文春文庫

盲剣楼奇譚

島田荘司

文藝春秋

盲剣楼奇譚◉目次

この物語はフィクションであり、実在の人物・団体とは一切関係ありません。

今日では不適切とされる表現が一部含まれていますが、当時の時代性を反映させるために用いたものです。ご理解賜りますよう、お願い申し上げます。

盲剣楼奇譚

金沢へ

1

東京大学の、赤門を入って右手にある総合研究博物館で開催されている「赤門から金沢展」の会場に、吉敷《よしき》竹史《たけし》はいた。金沢、東の茶屋街に「香聴き茶屋」という店を出している通子《みちこ》の作品も出品されている、そう聞いて観にきたのだが、回覧中、一点の日本画に惹《ひ》きつけられて動けなくなり、吉敷はさっきからずっと立ちつくして見つめている。

鷹科艶子《たかしなつやこ》という日本画家の華麗な装飾ふう絵画だったのだが、強い興味を惹かれる要素が多々あって、絵の前から動けなくなった。昔の講談本や漫画本なら、このような剣豪絵もありそうだが、二科展等では見た記憶がない。権威筋の画家なら、まず誰も選ばないであろうような通俗的な画題だ。非常に美男な剣客の瞬間的な太刀《たち》さばきを、写実で情熱的に描き込んでいる。

歌舞伎の一場面でも描いたものか。タイトルには「盲剣《もうけん》さま」とある。しかしそのような歌舞伎の題名は、聞いた覚えがない。しかも剣士の顔つきは、現在活躍しているどの歌舞伎役者にも、ちょっと見当たらないほどの美形だった。鼻筋が通り、切れ長の目は美しく澄み、瞳はガラス玉か、宝石のような光を描き入れられている。入念に化粧をした女よりも美しく、ということは宝塚ふうか。女流画家の美男剣客への思い入れが絵筆を執らせているというふうだが、まれな気迫がある。

一見、それほどうまいとも感じなかった。が、それは画題のせいかもしれない、と次第に思った。薄暗がりに浮かび、顔にスポットライトふうの光を浴びている剣士の顔は異様なまでに美しく、ために絵が、単なる美人画の通俗に堕し気味に映る。

剣を上下方向に斜めに振りおろす瞬間を描いており、その速い動きのせいで剣のかたちは見えない。幅を持った刃物の光る軌跡が、金銀をあしらった反物《たんもの》のように描かれる。刃の先には、たった今斬《き》られたらしい男の手足が、宙に泳いで見えている。女流の絵とは見えず、男の子の夢想画のようであるが、それだけですまない不可解な気配がある。

それはまず美形の剣士の体が下に向かうほどに淡くなり、すねのあたりで消えてしまっているからだ。剣士が立つ畳や、剣士の向こう側にある座布団や、黒い一人用の膳が足もとには見える。すなわち美男の剣士は、どうやら足を持っていない。ということは幽霊か。この絵は、この世の者でない美形の亡霊を描いているということだ。

奇妙なことはさらにあって、剣士が、赤児を背負っていることだ。黒いネンネコのようなものを着た彼の背には、小さな赤児の顔が貼りついている。赤児を負うたまま、この美形の剣士は抜刀し、この畳敷きの部屋に躍り込んで太刀を振るっているらしい。加えて奇妙な剣客はこの世の者ではない――。まことに奇妙奇天烈、型破りの趣向というべきで、この女流は、何故このような風変わりな絵を岩絵の具で描いたのか。

華麗と言う気になるのは、背景に見えている、すわる二人の女だ。彼女らの姿は遠景で小さいが、金銀、朱、焦げ茶等の色彩が見事な和服をまとっている。どうやら花街の芸妓たちらしい。

吉敷が絵に惹かれて立ち尽くしたのは、特殊な画題、構図のせいばかりではない。画家の名前だった。鷹科艶子というちょっと変わった名前に、吉敷は覚えがあった。覚えばかりではない。見つめるうち、ごく短時間だが、立ち話をした記憶までよみがえった。女性の顔つき、体つき、少しかすれた声の印象さえ思い出した。

どこで話したかと言えば、それが通子の金沢の店の隣りでだった。通子に連れて行かれたのだ。つまり金沢の東の茶屋街にある通子の彫金や小物の店の隣りは小さな画廊で、もう何年も前になるのだが、この画家はそこで個展を開いていた。その狭い会場で、吉敷はこの女流日本画家を紹介され、挨拶をかわし、ごくわずかだが立ち話をした。

画家は自分の個展中だったから、画廊にはこの画家の作品が何点も展示されていた。日曜日のことで狭い会場には閲覧客がひしめき、ゆっくり話す時間はなかった。吉敷の方も土日を使っての金沢訪問だったから、日をあらためて会うような時間はなく、会見は、一分にも充たない立ち話が一度きりになったが、それでも印象は濃い。

その理由もひとつではない。まずこの女流日本画家が、通子の店やその画廊がある家の所有者で、通子の店の大家であったことだ。だから通子も気を遣い、夫を彼女に紹介した。吉敷もそのつもりで話した。そしてもうひとつは画家が、少々特殊な雰囲気をたたえた、いかにも金沢らしい魅力を持つ女性であったせいもある。したがって吉敷は当初、画家だとは考えなかった。客あしらいを職業とするような女性かと感じた。

魅力があるというのは、美人ということではない。否《いな》それもあるが、体や立ち居振舞いが発する空気が優雅で、職業柄、一般よりも会う人の数が多い吉敷でも、なかなか類例が思い出せない種類の女性だった。つまり水商売といっても、銀座の型ではない。東京にはいないタイプ、という言い方でよいかもしれない。

それは、彼女の過去を聞けば了解される。彼女は、いっときは金沢一とも称された、「盲剣楼《もうけんろう》」という名の通った置屋の娘だった。彼女の母は、東の花街で一時代を作ったお染《そ》めという名芸妓で、彼女が引退して跡を継いだ置屋が盲剣楼だった。

盲剣楼は江戸の初期から続く由緒ある楼で、まだ金沢の茶屋群が東西の花街にまとめられるよりも以前から存在した、老舗《しにせ》中の老舗だった。この置屋は世襲を嫌う伝統があって、この楼から出た一番の芸妓が、代々跡を継ぐならわしになっていた。たとえ女将《おかみ》の娘であっても、持つ芸が人に秀でずに終われば、継ぐ資格はない。

とは言っても、女将の娘が跡を継ぐケースもなかったわけではない。力があればそれでもよかった。しかし艶子は、芸も資質も充分に持っていたふうだが、盲剣楼を継がなかった。理由は、母親のお染めが娘に楼を継がせるのを嫌い、普通の結婚をさせたがったこと、さらにひとつは、昭和三十四年に楼が火事で全焼したことだった。

お染めはこれを機に楼を人手にゆずり、自分は茶屋街のはずれに家を一軒買って、その二階に暮らしはじめた。一階は「和魂洋才」を謳《うた》う創作レストランと、和風の喫茶店にしたが、これもお染めが決めたことではなく、たまたまそういうオーナーが借りたいと言ってきただけだ。お染めは家賃だけを取り、経営にはいっさい口を出さなかった。もう経営いっさいからは手を引く、そう決意するなにがしかの事情を、お染めは持っていた。そして夫も旦那も持たず、戦後を静かに生き、そうした事情のいっさいを他人にも肉親にも語らずに、昭和五十一年、静かに没した。

盲剣楼が焼けた昭和三十四年は艶子二十四歳の時で、母が置屋商いをやめたので、以降艶子も花街からはあがり、平凡な銀行員と見合い結婚をした。そしてこの家、すなわち今通子が借りて店を出している茶屋街の家の二階で、夫とともに子育てをして暮らした。しかし母親に似て男縁がなく、昭和が終わる六十四年、夫を病いで亡くした。

艶子の夫はもともと病弱な人で、出世もしなかったし、長いこと子供もできなかった。夫の精子が充分育っていなかったらしく、苦労して人工受精をし、艶子が四十歳の時にようやく妊娠に成功した。母のお染めが亡くなった昭和五十一年、入れ替わるようにして一人娘を、艶子は授かった。

艶子の家族構成は、花街にはあることかもしれないが、一般的には少々特殊で、母親のお染めには夫がいなかった。すなわち艶子には父親がいなかった。しかし、それらしい人物はいた。盆次《ぼんじ》という名の男で、お染めの身の周りの世話を専門にしていた盲剣楼の牛太郎《ぎゅうたろう》だった。牛太郎というのは楼の呼び込み兼、お座敷の太鼓持ち職のことだが、彼はどもりで足が不自由であり、漢字もろくに憶えていないし、算盤《そろばん》や計算ができないなど、知恵が若干遅れていたから、そんな機転仕事は到底無理だった。

しかしお染めに命じられるまま、芸妓の世話から楼内の掃除、洗濯、そして食事作りまで一身に引き受けて、毎日ひたすらこなしていた。楼の女たちから徹底して小馬鹿にされていたが、盲剣楼は、彼がいなくては成り立たなかったろう、艶子はそう思っている。

盆次は母親のお染めと一日中一緒におり、いっときの休みもなく女将につくしていた。だから艶子は、盆次のことをなんとなく父親だと思って育った。しかしおとなになってのちの視線で振り返れば、彼は母と、ただの一度でも体の関係などは持たせてはもらえなかったろうと思う。女が心ときめかせるような、あるいは多少の妥協を思うような、なんらの魅力も、盆次は持っていなかった。

彼は言葉を発することに異様に時間がかかり、艶子が成人した頃にはどもりが嵩《こう》じていよいよ言葉が出なくなり、会話しようとすれば、口の端に唾《つば》をいっぱいためて、顔をしかめて悶絶するようになった。しかしそうしながらも、笑顔だけは無理をして人一倍なので、みなよけいに彼を気味悪がり、つきあいを避けた。盆次自身いつか会話をあきらめ、啞《おし》で通して、身振り手振りで周囲と会話するようになった。

盲剣楼がなくなり、盆次は暮らす家がなくなった。だから艶子は、新しい家で母と一緒に暮らすよう彼を誘った。しかしどんなに勧めても盆次は、お染めや艶子と暮らそうとはせず、近くの安アパートに住んで、寝込むことが多くなったお染めの世話に通ってきた。

盲剣楼と較《くら》べれば家が手狭になったから、彼がそう考えるのも艶子は理解できた。加えて、自分のような者が一緒に暮らしていれば、艶子の縁談に差しつかえると彼は考えていた。確かに金沢の者は保守的で、廓《くるわ》出身の者には格別口の厳しいところがある。盆次は長く廓にいたから、女世界のそういう世間について、よく心得ていた。

置屋をやめたので、お染めは手もとが不如意になっている。加えて医者代がかかり始めた。それを知る盆次は、生活のいっさいをお染めには頼ろうとはせず、アパートの向かいの飲み屋に賄《まかな》いの仕事を見つけてひっそりと働いた。それもむずかしくなると、内職を探し、自分の口に入るものは自分で得た。そのようにして彼は、お染めが死ぬまで尽くし続け、亡くなれば黙々と葬式の手配をし、自分ができることをすべてした。お染めの身の周りの世話を志願して以来、彼はお染めの死に水までを取ると、固く心に決めていたようだった。そしてそのようにやり通した。

母親が亡くなり、部屋が空いたし、自分も結婚したので、もう憂いはない。艶子は再度盆次に、茶屋街の家でともに暮らそうと誘った。しかしこの時も盆次は、頑として首を縦に振らず、アパートから通ってきて艶子の乳飲み子、頼子《よりこ》の世話を続けた。彼女が小学校に上がれば、高学年になるまで毎朝通学を手伝ってくれ、以降も午後急に雨が降り出したような日は、傘を持って迎えにいってくれた。彼にとって頼子は、孫娘だったのであろう。

歳《とし》を取るに連れ、不自由な体がますますきかなくなり、同じ家にいれば艶子に迷惑がかかると彼は考えていた。誠実で一途で、異様なまでに周りに気を遣い、どこまでも優しく、何にでも身を粉にして尽くしてくれる彼を艶子は大好きで、特殊な風貌も、子供の頃から見ているから全然気にはならなかった。だから十八くらいからは、彼を父親と思って接したし、成人してからははっきりお父さんと呼ぶようにした。

楼内には長く、彼をお父さんとは呼ばせない空気があった。母親のお染めもそう呼ぶことは嫌った。楼の女たちはみな、世話になりながらもどこかで彼を見下していた。艶子は女たちのそういう傲慢が嫌いだったが、子供の頃は遠慮していた。楼内の空気に抗するには、艶子自身が成人し、力をつける必要があったのだ。

しかし父と呼べば、盆次の方で猛烈に嫌った。何もかも半人前の自分が、艶子の父親はあまりにもおこがましいと思うらしく、呼ばれれば泣かんばかりに恐縮して、そういうことは言うもんじゃありません、とどもりながら懸命に諭《さと》してきた。

だが、では自分の父親はいったい誰なのか、と艶子は時に考えた。思い返してみても、楼の母のもとに、それらしい男性が訪ねてきていた記憶はない。それとも、客としてよく来てはいたが、みなでうまく隠していたのか。母親もまた、あんたの父親が実は誰それである、といったようなことは、艶子に話してくれなかった。一度益次にも訊いたことがあるが、彼もまた自分は知らない、滅相もない、というようなことを言った。

廓とはそういうところではある。贔屓《ひいき》の旦那衆も家庭を持っている。迷惑はかけないようにすべきが廓の女の嗜《たしな》みではある。しかし、それにしても度がすぎているように思うのだ。楼の内部には、まして実の娘には、父の存在はそれとなく解るものだ。ここまで解らないということは、よほど隠しておきたい人物なのか。そんなことを、艶子は考えることはあった。しかし、今にいたるも、それは結局解らない。

以上が、鷹科艶子についての経歴話だ。艶子の過去、生い立ち、そして金沢の花街という彼女の特殊な境遇のことを、吉敷は会うたびに通子から聞いた。艶子は自分の過去について、隠すことはしなかったようである。彼女は日本画ばかりでなく、踊りや三味線の腕も玄人で、乞《こ》われれば時に披露もした。花街育ちは、彼女にはむしろ誇りであったらしい。十代の頃に座敷に出ることはしたが、旦那衆に身を任せるようなことはいっさいしていない、そういう思いもあったのだろう。

だから通子に限らず、金沢の多くの人たちが艶子の経歴についてよく知っている。艶子は気さくで、開け広げで、他人の陰口は言わなかったから、みなに好かれていた。ゆえに隠す要はなかった。彼女の過去を使い、悪口を作ろうとする人がいなかったからだ。

ともあれそう聞けば、艶子の特有の口調とか、醸《かも》す空気、少し人と違う立ち居振る舞いが芸妓世界の由来であり、歳を重ねた今、それが特有の気配に育っていることによく理解が及ぶ。艶子とは、そういう女性なのであった。

そういう艶子が、一人娘の子育てから手が離れた頃、ある名のある日本画家の画塾に通うようになり、日本画を描きはじめた。才能があったのだろう、彼女は金沢の画壇でめきめき頭角を現し、このように金沢の文化の一翼を担う存在にまでなった。

花街出身の未亡人であったことも、おそらくは有利に働いたに相違ない。そして立場を得た彼女は今、このような不思議な剣士の絵を描いた。これは何ゆえか。何が彼女にこれを描かせたのか——？

吉敷は、妻の店の大家である鷹科艶子については、述べたように多くを聞いている。彼女の特殊な過去、家柄と人となりを、おそらくは一般の人たちよりもよく知っているだろう。しかし吉敷の持っている知識のうちには、この不思議な亡霊剣士の絵を、説明してくれる情報はない。

2

「パパ」

と呼ぶ声がして、振り返るとゆき子が立っていた。

「お昼ご飯食べに行こうよ」

彼女は言った。

「お腹へったでしょ？」

「ああそうだな」

吉敷は応じた。

「学食でいい？」

「いいよ」

吉敷は言う。しかし、まだ絵から目が離せずにいる。

「その絵、気になるの？」

ゆき子が訊いた。

「うん。この絵、どう思う。変じゃないか？　ゆき子はどうとらえてる？　この人、知り合いだよな？」

「うん。この剣士、足がないよね」

並んで絵の前に立った。会場は人が少なく、どうふるまっても気兼ねがない。

「幽霊なんだな。鷹科さんに聞いたことあるかな？　この絵描いた理由」

「それはないんだけど、艶子さん、幽霊は信じないって言ってたよ」

「信じないって？　だけど描いた？」

「うん、信じないけど、子供の頃に一度だけ見たって、そんなこと言っていたと思う。だからこれ、その経験を描いたものじゃないかなって」

「これは、つまり実体験ってことか？」

吉敷は驚いて目をむいた。

「そうだと思う。艶子さん、日本画家になったの、どうしても描きたいテーマがあるからって、昔そう言っていた。だから、もしかしたら、これなのかなって」

吉敷はまた驚いて娘の顔を見た。それから絵に視線を戻し、問う。

「この絵を描きたかったから画家になったって？　つまりこの絵が、いつかは描きたかったものなのか？」

どうしても描きたいテーマがあるから画家になる。画塾に入り、それまでの創作は、技術の習得と思って頑張り続ける。ありそうなことではある。そしてこの絵の細部までの丁寧さは、そういう経緯を語って見えている。するとこの絵は終着点ということか。

「本人に訊いてみたらいいじゃない。艶子さん、今東京に来てるよ。この大学内にいるんじゃないかな、昨日電話で話したもの。あとで電話してみるよ」

ゆき子は言った。

「そうだな、じゃ、学食行くか」

吉敷は絵の前から離れた。娘と並んで歩き出す。

「お母さんの作品は観た？」

ゆき子が訊いてくる。

「観たよ」

「どう思った？」

「相変わらずいいじゃないか。彫金ばかりじゃなくて、布を使った小物とかも増えてるんだな」

「うん」

「今年は赤門も作っていたね」

「うん、あれは売り物じゃなくて、この展示会のために、頑張って作ったんだって言ってた」

二人は会場の博物館を出た。親子は非舗装の道をぶらぶらと行き、そうしていたらゆき子が、

「ちょっと赤門観る？」

と言ったので、門を出た。

門の前の大通りは交通量が多く、自動車の騒音が立ち上がって、知らず会話の音量も上がる。

「東大は、加賀藩のお屋敷だったんだよな？」

吉敷は娘に訊いた。

「うん。加賀前田《まえだ》家の、江戸の上屋敷だったの」

「じゃこの門は……」

「御守殿門《ごしゅでんもん》。最初からあったわけじゃなくて、加賀藩主の前田斉泰《なりやす》が、時の将軍の徳川《とくがわ》

家斉《いえなり》の娘の溶姫《やすひめ》をお嫁にもらう時に、婚礼の記念に建てられたんだよ」

「なんだかこの門で、ここは金沢とつながっているんだな」

吉敷は言った。

「この門を入って、溶姫は金沢の殿さまにお輿入れしたの」

「江戸と金沢の結婚か。今の展示も、そういう趣旨で企画されてた感じだね」

「そうだね、今は東大の門。私も、天橋立《あまのはしだて》から金沢に越して、あの街で高校行って、だからこの大学に入れってことかなって思ったよ」

「しかしよく入れたよなぁ、こんなむずかしい大学に。到底無理だって思っていたよ」

「私も。でも憶えるの得意だったし。パパに似たかな」

「似てないな。パパには到底無理だ」

「でも模試なんかで東京に出てきて、パパのマンションからここ、大江戸線で一本だったじゃない？」

「うん。たまたまね、越した時は考えもしなかったけど」

「やっぱりすべてがここにつながっていた気がして」

「ああ、ゆき子を誇りに思うよ。こんなに優秀だったとはな、ちっとも知らなかった。しかし、今は駒場だから、一本じゃ行けないよね」

「うん、でも、青山一丁目と渋谷で乗り換えて、そんなに大変じゃないよ」

「そうか？」

「この門、面白いんだよ。加賀藩の算盤侍って言われた猪山信之《いのやまのぶゆき》って人がね、婚礼の準備係になって、この門とかも作ったんだけど、この当時、加賀藩も猪山家自身も、財政は火の車だったんだって。到底予算がなかったの。だから、ほらこっち来て」

ゆき子は先にたって門をくぐる。

「ほら、門の裏側、赤く塗られていないんだよ」

裏側を見せて言う。

「ああ本当だな」

「塗料代を倹約したんだよ。溶姫はお輿入れの時、この門をくぐっても、決して後ろを振り返ることはないからって、内側の敷地側は赤く塗らなかったの」

「そうか。しっかりしてるなぁ」

吉敷はうなずく。

「よっぽど金がなかったのかな」

安田講堂前の入り口から地下におりて、学食に入った。食券を買い、二人で向かい合ってカレーライスを食べた。

「ここの一番人気は辛〜い担々麺、けっこう人気あるんだよ」

ゆき子が言った。

「そうか、じゃあ次はそれにしてみるかな」

吉敷は言った。辛いものは嫌いではない。

「パパ、そういうのばっかり食べてない？　カツ丼に辛い麺に辛いカレー。体によくないよ」

「そんなことない。最近は和食中心。しまほっけとか、焼き魚の定食」

「私、あんまりご飯作ってあげられなくてごめんね。日曜だけで」

ゆき子は言う。

「そんなことないさ、日曜日に食べられたらそれで充分だ。ありがたいよ。仕事忙しいから」

「時間不規則なの、やめられないの？」

「うん、できるだけ、やめるようにしているよ、もう」

吉敷は言う。

「大学で東京出てきて、パパと一緒に暮らせるようになって、なんだか不思議」

「そうだな、こんな日が来るなんて夢にも思わなかった。ママは一人になって寂しいだろうけどな」

「うん、だから毎日電話で話してる」

「ふうん、そうか」

「パパの体のこと心配してるよ。私がマンションに転がり込んで、嫌じゃない？」

「全然。三年になったら本郷だよな、そしたら、あそこは便利になるだろう？」

「うん、大江戸線一本になる」

「文学部も三年から本郷なんだな」

「うん、二年の後半に進振りがあって、希望の科出すの」

「どんな学部あるんだっけ？」

「学科？　専修課程の希望だよね」

「ああ……、そう」

「文学部なら、言語文化学科、思想文化学科、行動文化学科、歴史文化学科の四つがあるの」

「はあ、ややこしいんだな。で、ゆき子の希望は？」

「希望は言語。成績次第だけど、かなうなら文学部、言語文化学科、英語英米文学専修課程、行きたいの」

「ううん？」

「つまり英文科だよ」

「ああそうか、英文科か」

ますます似てないなと思う。吉敷は、英語などひと言もしゃべれない。

「高校の時に白人の先生いてね、英語話すの好きになったの」

その時、ゆき子の携帯が鳴った。

「金沢、外国人に人気で、住みたい人多いんだよ」

言ってから携帯に出て、ゆき子はしばらく話していた。

切ってから言う。

「パパよかったんじゃない？　艶子さんだよ」

「ほう、なんだって？」

「工学部のサシハラ・ロボテック・ヴェンチャービジネス・ラボにいるんだって。今」

「工学部？　またなんで」

吉敷は問う。

「指原《さしはら》教授が艶子さんの絵のファンで、親しくなったんだって。それでね、今教授、ロボット作っているんだけど、そのロボット、艶子さんがアドヴァイザーになってて、今一緒に観ているんだって。行ってみる？　パパ」

「ん？　ああ」

吉敷はうなずいたが、狐につままれたような気分だった。どうして金沢の日本画家が、東大の工学部でロボットなんだろうと思う。

その建物はまだ新しく、三階でエレヴェーターをおりると、前方に開けた廊下の左右の壁は真っ白だった。ゆき子が先を歩いて先導する。両開きのグレーの扉の前で立ち停まり、ここだよと言って、彼女はノックした。しかし中で何やら機械音が続いており、ほかにも話し声や、機材を引きずって運ぶらしい異音などでうるさく、聞こえないらしくて、反応はない。ゆき子は黙って扉を開いた。

中央に広いスペースがある。手前にソファーがあって、和服姿らしい女性が後頭部を見せてすわっていた。

その女性に向け、小さな車輪が四つ付いた、縦方向に長い、衝立《ついた》てのような外観の機械が進んできていた。機械はアルミニウム製らしい銀色のフレームにおさまっており、中の機械類がすっかり覗いている。後方には、赤や黄色のコードの束を引きずっている。

興味を惹いたのは、縦長の機械の最頂部に、人の顔が描かれた頭部が載っていたことだ。色は塗られていたが、さして上等な出来ではなく、田んぼに立つ案山子《かかし》のような印象だった。そしてよく見れば案山子の顔の下、左右に、腕のようにも見えるアルミ製の棒が二本取りつき、一本は日本刀らしいものを握っている。

銀色のフレームのこの機械が何を表現しているかが、それで吉敷にも見当がついた。今はまだ到底そうは見えないが、これは一応人型のロボットらしいのだった。それも封建時代の人間を模したロボットで、右手に抜き身を下げているから剣客らしい。それが四つの車輪で前進してくると、ソファーにかける女性の前でつと停まった。そして銀色のフレームの中で、赤や白の小さなライトをしきりに明滅させながら、右に左にと、わずかに向きを変えてみせる。それから、刀を持つ右手をゆっくりと上げていき、最上部まで上げると、さっと振り下ろした。

観ていた学生三人が、笑いながら拍手をした。見ればゆき子も拍手しているので迷ったが、吉敷は手を下げたままにしていた。

興味深い見ものではあったが、全体の動きはぎこちなく、振り下ろされる刀も機械の単純な動きでしかなくて、侍の動きには見えない。おとなしく斬られる者も到底いそうではなく、この機械が、人間の侍に見える動きを獲得するには、まだ何十年もかかりそうに思われた。

ゆき子は機械の横まで進んでいき、コントローラーらしいものを持って立つ、若い男に頭を下げている。そして後方を指差している。自分のことだと思い、吉敷は進んでいって頭を下げ、吉敷ですと名乗った。

「指原です」

と言って、彼も頭を下げてきた。

ゆき子はそれからソファーの方に歩いて会釈し、

「父です」

と話しかけている。それで女性がゆっくりとソファーから立った。見るともう五、六年ぶりになるが、顔に見覚えのある画家の鷹科艶子だった。あの時もそうだったが、今日も着物を着ている。彼女は二、三歩歩み出てきて、

「鷹科でございます、お久しぶりでございます」

と言って、丁寧に頭を下げてきた。吉敷も頭を下げながら、数歩ソファーの方に歩み寄った。

「吉敷です。さっき展覧会で、作品を拝見させていただきました」

と言った。

「あ、どうぞおかけください」

教授が吉敷に声をかけてきた。

「君もどうぞ」

ゆき子にも言う。それで三人並んでかけた。すると教授は言う。

「鷹科さんの描かれたお作品を、われわれが最新テクノロジーで再現するという挑戦をね、今行っているところなんです」

「ああなるほど」

吉敷は言う。

「まだ到底人は斬れそうじゃないですがね、最近はチェスも将棋も、人間の名人がコンピューターに勝てなくなってきましたからね」

指原が言うと、

「さようでございますか？」

と鷹科艶子が驚いたように問う。

「そうです。だからこいつもね、ゆくゆくは日本中の剣道の達人にも勝利できるような機械になるかもしれませんよ」

「ほう」

吉敷は言った。

「そうなればメルツェルの自動チェス棋士です」

教授は言う。

「それは何ですか?」

吉敷が訊いた。

「十八世紀にハンガリー人が作ったという伝説の自動人形です。チェス盤の向こうに人形がすわっていて、人間の挑戦者が手前にすわって、人形とチェスの勝負をするんです。しかし誰も人形に勝てない。のちにメルツェルという男が手に入れて、ヨーロッパ中で挑戦を受けて廻るんですが、一度も負けなかったという伝説です」

「中に人が入っていたのではないのですか?」

吉敷が訊いた。

「それが、人間が入れないサイズだったというのですね」

「ほう」

「それに前の扉を開けて、客に中を見せるんです。機械しか見えないんですね」

「ふうん」

「じゃ先生、これはメルツェルの剣士ですね」

ゆき子が笑って言った。

「いや、それはね、鷹科さんが許してくれない」

「え、どうして？」

「鷹科さんが名前つけたんだよ、このロボット」

「え？ 何ていうんですか？」

ゆき子が身を乗り出し、父親越しに艶子に訊く。艶子はにっこり笑ってこう答える。

「盲剣さま」

3

指原教授は吉敷親子と艶子を、自分のラボのある建物のテラスに誘った。一階の端にあるガラス張りの気持ちのよいスペースで、すみにカウンターがあって、珈琲、紅茶、ジュースなどを売っている。四人がそれぞれ飲み物を注文すると、職員は割引があるのだと言って、教授が一括して支払ってくれた。

ガラスのそばのテーブルにつくと、学内の緑が望める。

「中世から近代にかけ、ヨーロッパは魔術の時代でしてね、数多くのトリックが考案され、伝統芸に磨かれていくんです。さまざまな魔術の見せ物が街や劇場で公開されて、大勢を驚かせたり楽しませたりしますが、十九世紀に入ると、それを機械科学が支えはじめるんです」

席につくと、教授が言い出した。

「科学が、魔術を支えるということですか？」

吉敷が訊いた。

「そうです。もっとも科学は万能の杖のようなところがあって、魔術には限りません。文学のジャンルにもミステリーを産み、ＳＦを産み、近代自然主義文芸を産み、というふうになります」

「ほう」

「思想にも民約論を産み、社会に台頭した科学者の合理的発想が、選挙や議会政治や、大統領制を創り出したとまで言えるかもしれません。そしてそれまでの教会の万能性や横暴を、次第に後退させていく」

「ふうん」

「警部さんご専門の犯罪捜査においても、ロンドンのスコットランドヤードは、今後犯罪捜査に科学を用いていく、伝統的な捜査官の職人芸とか、容疑者に自白強要や拷問は用いないと宣言して出発します。同様に魔術も、科学が支えた魔術見せ物が進化していって、科学技術そのものに変貌していくんです、そういう側面はありますね」

「どんなものがあるんですか？　科学が支えた魔術というと」

興味があるので吉敷は訊く。

「それはもう、さまざまあります。たとえばしゃべる生首。処刑されたばかりという触れ込みの生首が、華奢な三本脚のテーブルの上にぽつんと置かれていて、魔術師が魔法の香を焚くと、生首がぱちりと目を開けて、ぼそぼそとしゃべり出すんです。そして観客の質問に答える。

ブランコに乗った足のない女とかね、そういうものもありました。お腹から上だけの女性がブランコに乗っていて、ステージの上でぶらぶら揺れているんです。生まれついてこういう体なんだという説明があり、これも客と問答をするんです。

男たちが舞台の上でマネキン人形を組み立てていって、組み立て終わったら、その人形がいきなり手を伸ばして絵を描きはじめる、そういうマジックもありましたね。

あるいは電気少女。少女が電球を握ると明かりがつくんです。油を染ませた布を口に近づけたら、ぱっと火がつく。観客が少女と握手をすると、実際にびりびり感電するんですね、そういう見せ物。これなどは、当時の先端科学そのものを用いてますね」

「それはみんな仕掛けがあるんですか？」

ゆき子が訊いた。

「うん。当時台頭を始めた科学が、みんなタネとして背後にあったんだよね。十八世紀、十九世紀の人たちはまだ科学を知らなかったから、見当がつかなくて驚いた」

「ふうん」

「パリの透明少女っていう見せ物なんか面白い。これはパリに不思議な見せ物の一座がやってきてね、天井から鎖が下がっていて、小さなガラスの箱が吊り下げられているんだよ。箱の手前には拡声器のラッパが付いていてね、客がたとえば本を箱の中に見せて、これは何だって訊くとね、本、という声がラッパを通して聞こえる。だからみんな驚く」

「へえ。それは透明な人間がガラスの箱の中に入っているっていう？」

「そうそう」

「ガラスは完全に透明なんですね？」

「むろんそう、これは本物のガラス板で囲われた箱。そして透明少女はね、私は箱の中にいます、でも体が透明だからみんなに見えないんですって、ラッパを通して説明するの」

「へえ」

「でも、あきらかに本当にいるらしくてね、見物している観客たちの様子を正確に説明するんですね、服装とか、風貌とか、表情とか。実際に見えていないとできない説明。客の問いかけにもきちんと、それも当意即妙に答えるの。そういう出し物」

「それもみんなトリックがあるのですね？」

鷹科艶子が訊く。

「そうです。みんな今では解っています、これらのタネは」

教授は答える。

「機械仕掛け……」

「そうです。だから今日のわれわれのＡＩとかロボット、そういうテクノロジーのこれは黎明の姿で、これらがあきらかに原点になっているんですね、ロボテックは」

「欧州の魔法が……？」

「そうです。欧州には限らない、その以前には実は中東にあったんです、この種のトリックは」

「中東？」

ゆき子が問う。

「アジアだね。魔術も音楽も、楽器も文化も麻薬も、大学も、こうした喫茶店さえも、実はみんなアジアから欧州に入ってきている。印刷技術も火薬も羅針盤も、独裁者さえもアジアから来たと……」

「ああ、高校時代に習いました」

「うん。都市アレクサンドリアには、ヘロンの斬れない馬の首、というマジックが古代からあった。古代エジプトのプトレマイオス朝の宮廷にあったと言われるものだけど、これなどは機械メカニズムそのもので、今日のロボットに近い。機械仕掛けで水を飲む馬の置物なんだけどね、王がこの馬の首に刀を振り下ろしてね、首の下まで刃を通してしまう」

「はい」

ゆき子が応じる。

「でも馬の首は落ちないで、水を近づけたらまた飲んだっていうの」

「ふうん」

「完全なロボットの姿だよね。刀の通り道が造られている。刀が通りすぎた直後に各部が順次つながっていくという」

「ふうん」

「あの」

吉敷が口をはさんだ。

「はい」

教授が応じる。

「今総合研究博物館の展示で、こちらの鷹科さんの絵を見ました。それも何か関係するんでしょうか？　今のお話と……」

吉敷が言うと、艶子が笑いながら指原教授に抗議する。

「私が子供のおりに体験したこと、これはトリックでも、機械でもありませんわよ」

「まあそう、おっしゃるんですよ」

教授は苦笑しながら、吉敷の方を向いて言う。

「しかし、科学で説明できないことは、世の中に存在しませんよ」

彼は断定的に言った。

「盲剣さまの奇跡が、科学で証明できるとおっしゃりますか？」

艶子の口調はいたってゆっくりしている。

「まあねぇ」

　教授は苦笑しながら言う。

「盲剣さまが、ああいうロボットだと？」

「いや、そうは申しません。が、なんらかのメカニズムは、背後にあったろうと思います」

「どんなメカニズムとおっしゃりますか？」

「それはまだ解りませんがね」

　笑いながらだが、艶子はゆっくりと首を横に振る。

「それはあり得ないこと。あれだけは、絶対に説明がつかないことです」

「説明がつかない魔法。古今東西、そういう謳い文句のマジックは無数にありましたよ。でも今は、すべて解明されています」

　艶子はまた笑って首を振る。

「その言い方自体がおかしうあります」

「どうしてですか？」

「せやかてあの場にマジシャンなんておりませんでしたし、そもそもあれは、マジックの出し物やないです。本物の殺人なんですよ。未来永劫説明されることはないと、うちは思います」

「殺人？」

吉敷は職業柄、その言葉に反応した。

「あの絵に描かれたようなこと、鷹科さん、実際に体験されたのですか?」

艶子は言う。

「はい」

吉敷は艶子に向いて尋ねた。

「子供の頃に……?」

艶子は自信に充ちた顔でうなずき、断言する。

「はい」

「十歳の時」

艶子は言う。

「あの絵のような剣豪を、実際にご覧になったと?」

「はいそうです」

「人を斬り殺すところを……?」

「はい」

「しかし、戦後ですよね」

「終戦直後です」

「それで、絵にしなければと思われた……」

艶子は大きくうなずき、言う。

「大勢の悪人たちが殺害されるのを、すぐ目の前で見ましたから」

「ほう！」

「信じられないほどの素早さで、刀で……。あれは到底人間の動きではありません」

「では、何の？」

「神のみ技」

「足が、なかったのですか？　絵のように」

吉敷は言った。すると艶子は宙を見上げる顔になる。

「足のことは、解りません。子供のことで、よう憶えてはおりませんさけ。でも固く閉ざされた屋敷の中でのこと、窓も玄関も釘づけされて、タンスや机積んでバリケードして、誰も入れんようになっておりましたから。家の中におったのは、芸妓のおなごばっかりで……」

「それなのに、そんな剣客が飛び出てきた」

「はい」

「殺人は一人ですか？」

「五人です」

「そんな大量の殺人を、子供の頃に目の前で見て、よくトラウマになりませんでしたね。PTSDとか……」

「それはなりました。今も夜中に声が出て、目が覚めます。それは、ひどいひどい現場ですから……」

「座敷は血の海になりませんでしたか?」

「なりました。でも私たちは助けられたんです、悪人たちから。あの剣士が飛び込んできてくれなかったら、母は殺されるところだったんです。母が目の前で首を斬り落とされたりしたら、私の精神は、このくらいではすみません」

「実際にあんな、美形の剣士だったのですか?」

吉敷は尋ねる。

「はいそうです」

一瞬の躊躇《ちゅうちょ》もなく言って、艶子はうなずく。

「あとで、記憶の中で美化されたということは……」

「ありません。絶対に確かです。もううちはこの目で、しっかりと見ましたさけ、絶対に間違いありません」

「ほかの女の人たちは何と?」

「ほかのおなごらは、よう見ておりません。みな怖がって顔伏せて」

「あなただけがしっかり見ていた、剣客の顔を」

「はい」

「それで幽霊?」

「幽霊か神さましか、あの閉ざされた家の中には入ってこられまへんさけ」

艶子は言う。

教授と別れて、三人は大学の構内に出た。ゆき子は事務局に用事があると言って消えたので、吉敷は艶子と二人になり、なんとなく三四郎池の方角に、並んで歩いていった。安田講堂の前をすぎ、池に向かってくだる石段をおりながら吉敷は訊いた。

「どこにお泊まりなのですか？」

「鳳明館《ほうめいかん》という古い旅館なんです」

艶子は、吉敷に手を伸ばしながら言う。吉敷はその手を取ってやった。石段はコンクリート製のものではなくて、丸い石を積み、隙間に土を固めたもので、和服の女性にはいささか歩きづらいものだった。

「その旅荘の、森川別館というものが、大学の正門近くにあるんですよ。歩いてもすぐなんです、私には古い馴染《なじ》みの家で、金沢出身の女性がいるんです」

「ほう」

吉敷は言った。

「金沢の人なので、加賀藩のお屋敷そばに住むのかしらね」

艶子は笑って言う。

気にせずに聞き流したが、だんだんに意味合いを感じた。もと花街の芸妓、そう考えたらこれは江戸のもので、もしもこれを誇りにするなら、それは江戸の流儀から離れないという意志であり、それならもと加賀藩のお屋敷そばに住むという発想も、自然なものかもしれないと思う。

三四郎池のほとりにおりると、重なり合った植物の葉影が深く、ひっそりとして、あたりに学生の気配はない。水はよどんで、この場所の古さを語って見える。

「江戸の頃のものですわね、この池」

言って、艶子は石の上にハンカチを広げている。

「ちょっとすわりませんか?」

と吉敷を誘った。うなずき、並んで石の上に腰をおろした。

「紅葉が見えますね」

艶子はぽつんと言う。それで吉敷は池の対岸を見た。

多くはない。木々の間に一本だけ紅葉がはさまって立ち、それが葉を赤くしているから、その孤独さに風情を感じた。動きを停めると空気が停まり、かすかに水と、植物の湿った匂いを感じる。それを、歴史がたてる匂いのように、吉敷は思った。

「金沢は今、紅葉が見頃ですよ。いらっしゃればよいのに。奥様もお待ちですよ」

艶子は言った。

「ゆきちゃんがおらんよになって、淋しがっていらっしゃいます」

吉敷は苦笑してうなずいた。それはよく解っている。しかし、なかなか時間が取れない。まもなく金沢まで新幹線が行くと聞いている。そうなれば近くなる。だが今はまだ、遠い街だ。

「指原先生の研究室に行かれたのは、ロボットに興味がおありになって？」

吉敷は尋ねた。

「先生が誘うてくれはったからですが、確かに興味はありました」

「しかしあのぎこちない機械が、お話のような素早い身のこなしの剣客には、到底見えませんね」

するとは艶子はうなずく。

「はい」

彼女は応える。おやと思う。笑うかと吉敷は予想していたのだが、艶子の唇に笑みは浮かばない。

「動きはそれは、似ても似つきませんわね、でも……」

彼女は言いよどむ。

「どう言えばええのかしらんね、あのぐいと突っ立つみたよな様子、生きている人ではないような……」

「突っ立つ？」

「はい」

彼女は体をひねるような仕草とともに柔らかく応じ、この時にようやく笑う。そして吉敷の顔をちらと見る。

「あの、人の血が通うてないような様子、なんや機械みたような、思い出したらちょっと似ております」

彼女の言わんとするところが理解できず、なんと言ってよいのか解らないから、吉敷は無言になった。

「ですからあの剣士、もしかして機械やったんかなぁと、うちはちょっと思うてしまいました。あの機械、見せてもろうた時に」

「ほう」

「せやかて、ものすごう強うありましてなぁ、ほんの瞬《まばた》きするような間に、五人もの男たちを次々に斬り殺したんです。誰も、抵抗なんぞできしまへん。悪人ら、刀も抜くことさえできしまへんでした。黒い突風みたように部屋に飛び込んできて、瞬く間に斬り殺したんです。あんなものすごい剣さばき、目がくらむようで、うちは映画でも観たことありしまへん。俳優には到底できへんわ。せやからうち、あれは人間ではなかったんかなぁと」

「戦後ですよね？」

吉敷はもう一度問うた。

「昭和二十年です、今みたよな秋のこと、九月です」

「剣客が街にいるような江戸時代ではない」

「違います」

艶子は手を口のところに持っていって笑った。

「刀がどこにあったんですか？」

「楼内の中庭に、盲剣さまの社があって、その中におさめられて……」

「その刀だったんですか？」

予想外の答えに、吉敷は驚く。

「はい。見たら血がついていましたから」

少々頭が混乱し、吉敷は黙った。艶子の頭がまともでないような気が、かすかにしたのだ。

「悪人らも刀を？」

「はい。それは軍刀」

「軍刀、ああなるほど。で、警察は……」

「戦後のどさくさで、警察にもほとんど若い男の人がおらんような時で、復員も完了しておらんで、天皇陛下の玉音放送から、ほんのひと月くらいあとのことやさけ。十月になればアメリカ軍のMPが、金沢の街にも入ってきなさるがです。八月まではまがりなりにも日本軍がおって、街には治安が維持されておりました。でも九月ひと月だけは、今思えば金沢の街は、軍も警察もおらん、無法地帯やったんです。どこかの駅のホームでは、もと軍人に、警察官がシャベルで殴り殺されるようなひどい事件もありました。あの頃警察官は、拳銃の携帯を禁止されとりましたさけ」

吉敷は無言でうなずく。

終戦直後のその時代のことは、吉敷も心得ている。

「ホンマに恐ろしい時代で、みんな気持ちがすさんでおりました。うちの楼はまだ営業してはおりませんで、芸妓の人らも、まだまだ何人も帰ってきておりしません。そうな、戦中と戦後との端境《はざかい》みたよな、ほんのひと月ほどの間のできごと」

「そんな強い男だった……」

吉敷は首をかしげる。

「はい。あの人は到底人間やありません。さっき指原先生も言うてはったでしょ？　あと何十年か経ったら、このロボットに、日本中の剣道の達人が勝てんような時代も来るかもなぁて」

「そうでしたね」

しかし吉敷は信じていない。チェスや将棋とは違う。それは頭脳だけでよい。

「ですからぁ、そうな遠い遠い未来から来はった機械やったんかなぁと、あの剣士。そう思うたら、ようやく納得ができるような気ぃがしましたわ、うち」

「昭和二十年にですか？」

「はい。あり得んことですけど、あないに強い人が、あないに鮮やかに人を斬り殺すて、そんなんも到底あり得んことですから」

「ロボットなんて影もかたちもない時代。発想すらないでしょう」

吉敷は問う。

「はいそうです。ロボットやないなら、神さまか幽霊です、そう思うしかない。私らおなごを助けにきてくれはった」

芸妓たちの神さまか、吉敷は思う。

「あなたが十歳の時に、あなたの家……、置屋ですか？　花街の」

「はいそうです」

「それが、占拠されたんですか？」

「はい、三日間、軍隊くずれのやくざのような人たちに。いいえ、やくざの人らでも、ああなひどいことはしぃしまへん。街の男の人らみんな、花街のしきたりにしたごうてくれます。芸妓の女の人ら、みんな腰紐で手足縛られて、いいように、オモチャにされたんです」

「乱暴されたんですか？」

「そうです。戦地ではそういうことがあったと聞きましたけど、うちの楼の中がそうな、戦地のようにされて」

「ふむ」

「妊娠した芸妓も出たようです。あとでお医者に行って堕胎したりして、大変やったと聞きました」

「誰も助けにきてはくれなかったんですか？」

艶子は何度も首を横に振る。

「警察も軍隊も街におらなんだひと月ほどの間のことで。楼の窓も玄関も釘づけ、その上に机や椅子やタンスを積んでバリケードして、勝手口はひとつ開いておりましたけど、そこにはいっつも見張りの若い男が一人、いてました」

「それでも、近所には気づかれないものですか？」

「うちの楼は広いんですわ。花街でも一軒だけ、もとお武家さんのお屋敷でしたからなぁ」

「ふうん、誰も助けにきてはくれない中、その剣士が一人、救済に飛び込んできた」

「はいそうです。二階の、うちらが縛られておった大広間に。それでうちら、助かりました。もし占拠が続いとったら、うちの命もどうなったか解りません」

「勝手口の見張りの男は見ていないのですか？　その剣士」

「見なんだて、言いよりましたわ。勝手口はだあれも通ってはおらへんと」

吉敷はうなずく。

「ですからうち、このことが、今も不思議で不思議でしようがないんです。いまだに解けん謎で、いつか誰かに解いて欲しいわ、うちが生きとるうちに。吉敷さん、解りまへんか？」

吉敷はうなずき、しばらく黙る。いっとき考えてから、こう言った。

「もと武家のお屋敷だったんですね？　おたくは」

「はい」

「それなら、床下から表の街のどこかまで、抜け穴のトンネルが掘られているなんてこと、あるんじゃないですか？　そういうルートを通って、その剣客は家の中に入ってきたのではないですか？」

吉敷は言った。しかし艶子は首を横に振る。

「いえ、それが違うんです。それはうちらも考えました。でも昭和三十四年に、盲剣楼は火事で全焼しておるんです。焼け跡をみんなも調べたんですが、そんな抜け穴の類いは、全然ありしまへんでしたわ」

「ほう、そうですか」

吉敷は言う。

4

吉敷はそれから桜田門に廻り、仕事に出た。艶子は会いたい人が銀座界隈《かいわい》に何人かいるという話で、本郷三丁目の駅で別れた。すべて画廊や、演芸の関係者らしかった。ゆき子は夜になればフリーだと言うので、各自夕食をとったのち、湯島のEという古いバーで落ち合うことにした。吉敷も何度か行ったことがある、大ベテランのバーテンダーが立つ好事家には知られた店で、艶子も馴染みだから、Eの名を出すと、では私も八時までには行けますと言った。

艶子は東京には会いたい人のほか、行きたい場所もいくつかあり、あと二日間森川別館に滞在して、三日後の朝の便で金沢に帰ると言った。東大での展覧会は翌々日までなので、最終日の夜の打ち上げには出るつもりだそうだ。

Eから本郷の森川別館は近いので、森川別館に滞在する時は、艶子は必ず一度はEに顔を出しているらしい。それが東京滞在時の彼女の定番の行動らしく、それを知っているゆき子が提案したのだ。落ち合う場所がEなら、艶子にも負担がないはずだった。

ところが八時に吉敷がEに入っていくと、ゆき子が不安そうな顔をして、カウンターで待っていた。

「パパ」

ゆき子は言った。

「あれ？　艶子さん、来てないのか？」

隣のスツールに跨《また》がりながら吉敷が問うと、

「艶子さん、来れなくなっちゃったらしいよ」

と言う。

「どうして？」

「解らない。急用ができて金沢に帰るって。そう留守電に入ってたの」

「ふうんそうか」

吉敷はさして何も思わずに言ったが、ゆき子の様子はちょっといつもと違った。

「それがね、声の調子が普通じゃないの。何かあったみたいで。それで何度かこっちから電話してるんだけど、全然つながらないの。電源も切られちゃったし、普通じゃないよ。何か、悪いことじゃなければいいんだけど」

彼女は言った。

「艶子さん、いつもそういうこと、する人なのか？　急に予定を変えたり」

「全然。一度もない。すごくのんびり行動する人。こんなことはじめて」

「ふうん」

吉敷はうなずく。しかしこの時点ではまだ、警察官の自分が関わらなくてはならないような異常事態が起こったとは思わなかった。

ゆき子は携帯電話を取り出し、またかけている。それから携帯をバッグに仕舞いながら、首を横に振る。

「やっぱり駄目、電源切られてる」

その声も、なんとはなくうつろに聞き、

「そうか」

とだけ言った。

犯罪捜査の現場に長く身を浸《ひた》していると、その殺伐とした世界と自分の身内たちとでは、東京と海を隔てた海外ほどにも距離を感じる。身内の者たちの言葉は上品であり、穏やかで、暴力性など毛の先ほどもない。

親子でカウンターに並ぶと、なんとなく拍子抜けした気分になった。この店は、艶子の便を考えて決めた店だ。ゆき子と二人なら、月島のマンションそばに、吉敷の馴染みの店はいくつもある。そこなら、酔ってもすぐにベッドに入れる。

「まあともかく、彼女からの連絡を待つしかないな。落ち着けば彼女の方から電話してくるさ」

吉敷は言った。

「あとでママにかけてみる」

ゆき子は言う。

三十分ばかり父と語ってのち、ゆき子は母親にかけていた。

無事つながったようだが、通子は艶子については何も知らなかった。え？ もうこちらに向かって帰っているの？ とそう言ったらしい。ゆき子がそう報告した。艶子には、相変わらずつながらない。

その翌朝のことだ。事態は最も悪い方向に進展した。吉敷には予想外のことだった。

今朝は遅くていいのだとゆき子は言い、自室に残っていたから、吉敷は一人、いつも通りの時刻に部屋を出て、地下鉄・有楽町線で桜田門に向かった。すると立ち尽くすばかりの満員電車の中で、内ポケットの携帯電話が振動した。反射的に窓外を見ると、新富町を出たところだった。桜田門までにはまだ若干距離があり、タイミングはよくない。

苦労して内ポケットから携帯を引き出してみると、吉敷通子の文字が浮かんでいる。

「はい」

人と人の間で、吉敷は低い声で電話に出た。

「竹史さん？」

通子の高い声が、案外近くに聞こえる。

「今満員電車の中なんだ。今は話せないよ。もうすぐ桜田門に着く。そうしたらこちらからかけるが、急ぐのか？」

そう訊《き》いた。

「うーん」

通子は逡巡《しゅんじゅん》している。

「やっぱり急ぐ。緊急」

そう彼女は言った。

「解った。次の銀座一丁目でおりて、ホームからかける」

吉敷は言って、切った。

停車を待って下り、人を懸命にかき分けて柱にたどり着き、もたれて通子にかけた。

通子はすぐに出た。

「竹史さん」

すぐに、せっつくように言ってきた。

「どうしたんだ？　何か起こったのか？」

吉敷は驚いて訊く。すぐそばをすぎて行く人の数は多く、今度は大声も気兼ねはない。

「うん」

と通子の声。

「ひょっとして、鷹科さんのことか？」

訊くと、こちらの語尾にかぶせるように、

「そう」

と言ってきた。

「艶子さん、お孫さんが誘拐されたらしいのよ」

「えっ⁉」

思わず押し殺した声で応じる。

刑事事件の発生――、頭がめまぐるしく回転する。これが東京なら、まず現場に派遣する部下の顔が浮かぶ。身代金の額、受け渡し場所、犯人アジトの探索、敵の人数、携帯電話の使用は可か、判断材料が突風のように眼前を巡る。

「彼女、孫がいるのか？」

それは知らなかった。

「そうよ。艶子さん、頼子さんて娘さんがいるのは、竹史さんも知ってるでしょう？」

そうは言ったが、実のところよくは憶えていない。かすかな記憶があるという程度だ。

「うん」

「その頼子さんに、希美《のぞみ》ちゃんて娘さんがあるの。まだ三歳。その子がいなくなったの」

「誘拐されたのは確かなのかな？」

「確かよ。犯人から封書が来たもの」

通子が言った。

「封書？　つまり、手紙ということだな？」

電話でも、ＳＮＳでもないのか。

「ううん、違うの。本当に大きめの封書で、ノートが入っていたの」

「ノート？」

「そう。犯人が何ごとか、びっしりと書いているらしいの」

「見たのかい？」

「まだ。そのノートの表紙に、絶対に警察には知らせるな、と書かれていたらしいの。これは通常の脅しではない。警察が動いていることがかすかにでも知れたら、自分はすぐに子供を絞め殺して姿を消す。これは必ずやる。俺は別にそれでもいいから、やりたければやれ。それだけの強い怨みがあるんだ。と書かれていたらしいの」

「うーん」

思わず吉敷は唸《うな》った。それは危険だなと思ったのだ。それでは行為自体が怒りによる報復に見える。そう宣言し、行動を開始すると言っているように聞こえる。子供と交換で欲しいものの要求があるなら、こちらにも手の打ちようが生じる。なければどうしようもない。犯人としては勝手に殺し、勝手に去ればよいのだから。

子供が三歳というのがまずいけない。そんな幼な子は抵抗する力が弱く、首を絞めればすぐに死ぬ。今聞いた書き方からは、取引感情が感じられない。投げやりで、もうすでに子供を殺す決意を固めているといったふうの気配がある。そうするだけの激しい怒りを持っている。それならすぐにやればよい。なのに、何故連絡してきた。

「それで、要求は何なんだ？　その文面には要求がない。金なのか？」

湧いた疑念がそれだ。子を殺すと言っている。そうするだけの激しい怒りがあるとも言う。なのに、何故間を置いている。何故殺さずに連絡してきた——？

「お金ではないみたい。一円も寄越せとは書かれていないみたい」

わずかに沈黙してしまう。それが本当なら手強い。

「では何なんだ？」

「よく解らないらしいのよ、要求が」

「解らないって？」

吉敷は怪訝《けげん》な声を出す。そうして、過去の記憶をたぐった。そんな誘拐事件は、これまで経験がない。

「ノートに、長々と文章が書かれていて、今彼女、それを読んでいるみたい」

「……」

ではまだ、何とも言いようがない。

「艶子さん、全然寝ないで悩んで悩んで、でもどうしていいか解らないらしいの。それで今朝、思いあまって私に相談してきたのよ」

「犯人は、まともな頭の人間なのか？」

「どうも、そうではないらしいのよ、ノートからは」

「艶子さんに心当たりは？」

「ないみたい」

「しかし怨恨なら、彼女の関係だろう」

「そうよね、でもないみたい、心当たり」

聞いて、即座に頭に浮かぶことがある。彼女から聞いた、十歳のおりの花街での不可解な事件、彼女の絵に現れていたあの奇怪な事件だ。しかし、まさか——、とも思う。

刑事事件などいたって散文的で俗なものだ。物語のような因縁やロマンはない。それなら金だろう。何故身代金のことを言わない。それとも、ノートには書かれているのか。

「警察には？」

「絶対に知らせないって、艶子さん。知らせたら、絶対に希美ちゃん殺しそうだから。ねえ、そう思わない？　竹史さんも」

「思うね」

吉敷も即座に言った。この思いは、隠しようもない。

「どんなに内緒にしてくれていても、どこかで漏れると思うの。いかに警察でも。ね？ そうじゃない？」

吉敷は、今度は黙った。漏らしはしないと言いたいが、断言はむずかしい。

「子供が死んだら、家族みんな生きてはいけないからって。だから、警察には知らせない……」

「だが、俺も警察だぞ」

「だから東京の竹史さんに……。竹史さんも、だから誰にも言わないで。竹史さん一人の胸にしまって。そして助けてあげて、艶子さんを」

「俺がか？」

「そう。一人で。竹史さんならできるよ」

「馬鹿な、越権行為になるぞ」

言いながら、仕事の現状を思い浮かべてみる。今はたまたま一段落している。そして、有休の権利も溜まっている。確かに、行って行けないことはないが——。

「竹史さん、すぐにこっち来られない？ 頼れる人は、もう竹史さんだけなのよ」

「よく考えるんだ。きっといるはずだ」

「いいえいない、竹史さん一人よ」

失敗すれば責任問題になるぞ、とささやく声を聞く。

「艶子さん、私だけなのよ、相談できる人。でも私が読んでも解らない、犯人の送ってきたノート。私たち二人じゃとっても対処できない。こんな時に私が相談できる人は竹史さんだけ。ねぇ、仕事今忙しいの？　それは忙しいでしょうけど、何とかならない？」

通子も必死の声で言い募る。

忙しい、と言おうとしたが、言葉が出なかった。困ったことに、自分の闘争心がむらむらと興味を抱きはじめている。この犯人は何者で、いったい何を考え、何をやろうとしている？　身代金も要求せずに。その得体の知れなさに興味が湧く。活字貼り等の手紙でなく、ノート？　型を破って見える未知の敵、その顔を見てやりたい。思いを知りたい。だが軽々に、そう言いたくはない。

もしも、もしもだが、この誘拐が、あの絵画に現れた心霊現象的な不可解事につながるものなら、他人にまかせてよいか？　吉敷は自問する。犯人の寄越したノートはどうだ？　読んでみたくはないか――？

しかし、それは自分の勝手な期待だろう、とも思う。この誘拐、あの亡霊の剣士とつながっているという保証などどこにもない。東大の展覧会であの奇妙な絵を見、体験を聞き、興味を持ってしまって答えを知りたくなった。そういうことだ。吉敷は自分でそれが解っている。だがその答えが、この誘拐事件にあるという保証などはないのだ。関わって無関係と知った時、大丈夫か？　失望はないか？

人でごった返す銀座一丁目のホームで、長いこと、吉敷は沈黙した。あちこちが詰んでしまい、言葉を出せる段階が、早々とすぎてしまった。

「解った、一時間後に電話する」

やっとそれだけを言ったら、

「うん待ってる」

とすがるような通子の声がして、電話は切れた。

結局吉敷は、東京駅から新潟に向かう新幹線に乗った。金沢へは、長岡で乗り換えになる。

5

軍艦島は地獄島だと、まあ半島人が言うほどやないかもしれん。仕事の上での朝鮮人差別はいっさいなかった。十六だったわしは、島にあった学校行かせてくれたしな、ハッパを仕掛けたりの危険な仕事は朝鮮人にはなかった。わしは子供やったしな。日本人は日本語の読み書きを教えてくれたが、別にこっちは習いたかったわけやない、連中が、言葉が通じんと不便やったからやろう。

国家総動員法とかで、町内会の会長さんらと、慶尚道から軍艦島に連れてこられたけど、会長らはいつのまにやらどこぞに行ってしもて、一人になった。島にゃあ日本人も大勢おったけど、あいつらに、そりゃあ毎日やられた。野球やろうやと言われて、おまえがボールじゃと勝手に決めて、こっちをホームに向けて突き飛ばす。バッターがバットでこっちの腹や背中を思い切り殴る。そいで一塁に走れと言うから走ったら、一塁ー、行ったー、と声かけられた一塁手が、アウトー、言いながら、思い切りこっちの頭をゲンコツで殴ってくる。そんな毎日や。

たまにちょっと文句を言うたら「チョスン、チョスンとパカするな」とゲラゲラ笑いながら言う。朝鮮人の言い分を何度も聞いて、憶えているのだ。はじめてこれを聞いた者は、以来こっちを「おいチョスン」とからかって呼ぶ。

こっちに何か言わせて、朝鮮語の訛《なま》りが抜けないと、「おまえはそれでも陛下の赤子《せきし》か」と怒鳴られる。殴られて怪我させられて病院に行っても、「なんじゃ朝鮮か」と言われて一番後廻しにされて、夕方までじっと待つことになる。

朝早くから一日中暗いトンネルの中で働かされて、嫌な咳《せき》が出るようになったし、「こりぁチョンのバカタレが！」と言うて、大した理由もないのに殴られ続けて、いっつも頭痛がするようになった。それで、年寄りの中から病気になったり死んだりする者が出るたび、そろそろ逃げんと殺されるなと思うようになった。

けど、島から対岸まで泳いだら、向こう岸にはカッパ叩きというのがあって、海べりの住人に材木で殴り殺されると聞いた。長いこと必死で泳いで疲れとるから、やられても逃げることができんのだ。だから逃げるのは夜にして、一人で泳いでいけと教わった。大勢で泳いでいったら目立つから殺されるのだ。

こっちは徴用で長崎に来たが、兄貴はもともと自分の意志で出稼ぎで日本に来て、今は金沢におると聞いておった。だからいつかは金沢の、兄貴のところに行こうと思っていた。親戚の金昌男が博多におるということも聞いていた。だからまずは博多に行って、昌男を頼ろうと思うた。百円札を油紙に包んでポケットに入れて、夏になるのを待ち、夜中に海に飛び込んで、海峡を泳いでいった。

泳ぎは村で一番くらいに得意やったから、潮流にも流されずに、無事に対岸に着いた。カッパ叩きが怖いから、すぐには上がらず、人がおらんことをよくよく確かめてから、陸に上がった。

上がったらすぐに山の中に逃げ込んで、服を絞って乾かして、朝まで草の中で眠った。夜が明けたら、道路には出ずに、できるだけ山道をたどって、駅まで歩いていった。途中にあった家で下着や、食い物をちょっとずつ盗んで腹に入れて、歩き通した。

長崎の駅に着く頃にゃ、ズボンから靴まで日本人の洗濯ものを盗んで着ていたから、すっかり日本人になっていた。言葉もなんとか日本人並みにしゃべれたし、問題はない。緩行列車で博多まで行った。

金昌男の家を探し当てたら、昌男は軍に徴用されて、もう家にはおらなんだ。嫁さんがおって、しばらく家に泊めてくれて、飯を食わせてくれて、体力が戻ったら、金沢まで連れていってやると言うてくれた。

食い物がほとんどのうて、昌男の嫁さんが麦飯の握り飯を作って持って、門司まで行って、連絡船で本州に渡るというんで、船着き場で待っておった。船が来て、人が多かったから嫁さんとはぐれてしまい、はじめての本土いうものを見たかったから、船首にすわってぼうと前を見ていたら、いきなりぼかんと殴りとばされた。

振り向いたら警察官が乗ってきていて、「こりゃあチャンがあ」と大声でまた怒鳴り、俺をまた殴り飛ばした。「どこにすわっとるんなら！」と鬼のような顔で怒鳴る。意味が解らんのでじっと見ておったら、「チョンはケツの方へ行くんじゃ、行けえ、はよ行けえ！」と叫ぶ。

痛いからのろのろ起きたら、何が気に入らんのか、靴をあげてまた蹴り飛ばしてくる。殴ってやろうかと思うたら、昌男の嫁さんが来て、わしに抱きついて、「すいまへんすいまへん」と警官に懸命に謝ってくれた。なんで謝らんといけんのか、それがよう解らなんだ。

山陰線の列車でも、わしと嫁さんは席にすわらずに、連結部のそばの床に、新聞紙を敷いてすわっていた。

山陰線の連結部の幌の裂け目から、海が見えていた。東海や。あの先に、済州島《チェジュ》や朝鮮半島があるんやなと思うた。朝鮮人はいつまでこうな生活せなアカンのかなと思うたら、なにやら泣けてきた。この戦争で日本が負けたら、ちっとはマシになるんかなと考えた。

金沢の駅に着いたら、街を長いこと歩き通して、卯辰《うたつ》八幡社いうとこに向こうたのは憶えとる。

金森《かなもり》金融いう金看板の家を見つけて、店の中に入ったら、あんまり目つきのようない男らがごろごろおって、その一人が兄貴やった。それでも久し振りに見る兄貴は、えろう格好ようて、立派に見えたな。

兄貴は大した羽振りで、上等の着物を着て、わしの顔を見ると、「おお、おまえ正賢《せいけん》かあ！」と大声を出した。そして「よう来た、よう来た」と言うてくれて、「風呂に入れ」といきなり言う。「風呂に入って、ようよう体を洗うて、旅の埃《ほこり》を落とせ」と言う。

言われるままに風呂に入り、出たら、上物の着物が用意されておって、強制的に着せられた。昌男の嫁さんも風呂に入れられて、それから三人で、街で一番うまいという料理屋に行った。久し振りにうまいものを食わしてもろうた。兄貴は酒を飲んでいたが、自分はまだ子供やから、ラムネを飲んだ。

翌日は散髪屋に行き、嫁さんはパーマに行かされて、奇麗になって戻ってきた。そして土産を持たされ、旅費や手間賃までもろうて、ようよう礼を言いながら嫁さんは博多に帰っていった。

わしはそれから、金森金融で働くことになった。否も応もない。ほかに行くとこもない。働くというても算盤はできんしな、金融業と聞いても何をするものやらさっぱり解らん。兄貴の外廻りの時の鞄《かばん》持ちと、雑用と、熊手を持って、店の前の掃き掃除やな、そのくらいしかすることがあらへんわ。

商売は、要するに金貸しということやった。貸す時は金森社長も愛想がよいが、返さん相手からの引き剝《は》がしは、そりゃあものすごいもんやった。社員が総出で相手のところに行き、胸ぐら摑んで殴る蹴るや。社長自身も相当なごろつきやったな。一番よう殴った。

オモロかったのは、兄貴のお付きの仕事がない時の、チンドン屋の仕事やった。店にはどうしてなんか、チンドン屋の仕事をしておる兄ちゃんが一人おって、金森金融、宣伝広告部という部署を作っておった。融資しておる会社とか店がちゃんと繁盛するように、客寄せまでしてやるという、至れり尽くせりのサービスを店がやっとった。

そのほかにも、駅前あたりのどこぞの商店が新装開店して、宣伝の依頼があったら、宣伝広告部の兄ちゃん、白い化粧して、三度笠かぶって、近所の三味線弾きの姉ちゃん二人に声かけて、三人組になって出かけていく。その時リヤカーに乗って行くのやが、このリヤカー引く自転車をわしがこがされた。そうして依頼された店の前に行って、ちんちんどんどん鉦《かね》や太鼓を叩いて、道ばたで演奏をするのや。

子供が大勢寄ってきて見物して手を叩いて、そうしておるとおとなも寄ってくるから、「新装開店や、さあさあこの店入ってや」と大声で呼び込みをする。それが食い物屋なら、「さあさあ、うまいでうまいで、入って食うてや」と連呼して踊り廻る。それが始まったら、自分も鉦を叩いて、「さあさ、入ってや入ってや」と呼び込みを手伝いながら、ビラを配ったものや。

わしは騒がしいのが割と好きやったからな、この仕事がけっこう気に入って、宣伝広告部を志望して、この兄ちゃんの下に入った。この兄ちゃんは朝鮮人やなかったが、部落の出やったと思う。足が悪うて、口がどもりで、要するに不具者いうやつやった。店のみんなにゃ、「おいチン公」て呼ばれとった。チンドン屋のチンやろけど、チンコが変わったかたちしとるんやて、みなが言うとった。

なんでチンドン屋の部署なんかあるんかなあと思うたけど、社員のみなで酒飲んだら解った。近所のおばはんや姉ちゃんも混ざって飲んで、みな酔うてきたら、わしも知らんような朝鮮の古い民謡みなで歌い出して、大合唱や。そして社長以下、全員が踊り出すのや。おばはんらは女同士手に手を取ってくるくる回り出す。普段は強面《こわもて》のおっさんやあんちゃんらも、みな喜色満面で踊る。朝鮮人はみな踊りが大好きなんや。

とにかくチン公兄ちゃん、チンドン屋の演奏以外にゃ何の取り柄もないよな男やったが、わしはずっとこの兄ちゃんの手伝いをやりたかった。そして行く行くは、鉦や太鼓や踊りを教えてもろうて、チンドン屋になりたいと思うとったのやが、「ちゃんとした金融会社にこんなもん、格好悪いさけやめろ、いつまでやっとんのや！」という叱責が社長からおりてきて、宣伝広告部はつぶされた。それでチンドン屋の兄ちゃんは仕事失うて、金森金融を辞めさせられ、どこぞにおらんようになってしもた。下っぱのわしには、なんの説明もなかった。わしとはほんの一、二週間くらいの短い付き合いやったけど、兄貴以外の人間では一番好きやったから、わしは残念やったもんや。

金森金融の社長のお付きになって、あちこちに鞄を持ってお供するようになった。このお供は、兄貴も時々やっておったから、そういう時はわしもそのさらに下の、一番下っ端のお供になった。

社長の金森修太《しゅうた》は、廓遊びが好きで、よう花街に出かけた。無趣味で強面の社長の唯一の趣味は、おなごやった。東の廓の盲剣楼いう一番大きな置屋の、お染めいう芸妓にぞっこんで、三日とあげずに通うとったな。贔屓にして、旦那になってやっていた。

お染めの方も社長、好きやったようで、駆け出しの芸妓時代は、よう会社の社長室に来ておった。社長室で、二人して長いこと酒飲んどるような時もあった。社長は、盲剣楼はおまえに継がせてやる、そんだけの腕がおまえにゃある、金ならナンボでも出す、とたびたび言うてた。

社長にはすでに女房がおったが、お染めにはいずれ子も産ませると公言しておった。しかしそれは、盲剣楼の女将になってからやと言うてた。昼間にお染めを街に連れ出したら、うまい食い物や、娘が好むような甘いもんをたんと食わせてから、呉服屋に廻って、着物や帯、簪《かんざし》なんぞを、お染めが言うままに買い与える。そうして機嫌を取ってやってから、夜は楼に行ってお泊まりをするのや。

お染めはそれは奇麗な娘で、踊りや三味線の芸も一流やった。会社のもんも、みな憧れとったな。芸は楼ではむろん一番、東の花街全体でも一、二の腕前や。それをさらに磨くために、社長は習いごとになんぼでも金を出す。鳴りものも、一流のものを買うて与える。京都の祇園の舞台見て勉強したいと言えば、よっしゃと京都までも連れ出す。

社長がお染めを連れて金沢の街を歩き、浅野川大橋なんぞ渡っておったら人だかりになる。戦前、お染めは金沢の街の有名人やった。河原におりたら、見物人もぞろぞろ一緒におりてきて、歩けんようになる。端の方の者は水に落ちてぎゃあぎゃあ騒ぐ。せやから、わしや兄貴らが付いていって、交通整理や。

週に一度はそういうことやったから、当然やっかむ者も出る。「こりゃあ、たかがチョンの分際で、ええ格好しやがってからに！」と言いざま、殴りかかってくる者も時におった。そういう時が兄貴らの出番で、こういう男を二人掛かりで半殺しにした。鼻血を噴いて謝りはじめても容赦はせず、足腰が立たんほどに殴りつけ、歯を折り、腕をへし折った。わしは手出さなんだけど、喧嘩のやり方をよう勉強した。

社長も昔は任侠道で、喧嘩や剣道が強かった。棒があったら、与太もんを半殺しに叩きのめすようなこともあった。

社員のみなと仲ようなって話をしたら、社員はみな朝鮮やった。昔話をし出したら、みな腹を立ててしもうて話が終わらんわ。みながみな、えらい目におうとったからな。服地の闇流しに関与した言われて、警察に家に踏み込まれて、警官やら町内のもんに財産全部持って行かれて、四人家族やったから、家の中に畳四枚だけ残されたいうもん。一人ずつ一つの畳の上で寝えいうことやな。目の前で母親乱暴されて、兄弟はらまされたいうもん、子供の頃から学校行く途中で毎日殴られて、歯折られて、顔中血だらけにされたいうもん。

戦局がそろそろアカン頃で、兄貴も自分も召集で、会社の大広間で壮行会や。兄弟でたすきかけて、前にすわらされて、近所のみんなが大勢集まって、中学校の教師が来て軍歌歌うてな、万歳、万歳や。金沢の駅から汽車に乗せられて、またホームで万歳、万歳でな、小倉の連隊に舞い戻った。そして船に詰め込まれて、大陸の戦場や。

大陸がまた、ひどいもんやった。まあ戦争やからしようがないが、ここでも毎日殴られて殴られて、顔を腫《は》らして、いつでも一番危険な前線に出された。アホの上官、いつうしろから撃ったろかいなと毎日思うとったが、こっちが前やから撃たれへん。まあ待てて待てと我慢した。せやから新兵、一番前に出すんやろ。

日本軍、補給線も確保でけんで、食い物は常にない。連隊の誰かが殺されたら、すぐに火葬にして、右手の骨だけを拾うて骨箱に入れて、俺ら二等兵に持っとれと命令して、それきり放ったらかしや。それでもまだええ方やった。進軍のしまい頃にゃ、死にかかって苦しんどる戦友もそのまま棄てておいて、さっさと前進するようになったからな。

食いもんは、毎回土地の百姓の家に押し入って、少々めぐんでもろうた。最初はおとなしうめぐんでもろうとったが、だんだんに横柄になって、盗むようになった。たまには肉が食いたいと思うたら、勝手に鶏を盗んできて絞めて、焼いたり、鍋にした。

行軍中にきれいな娘見たら、たちまち襲うて、みなでやってしもうた。戦争しとるのか、強盗やって歩いとるのか、わけが解らんようになった。まあそれが戦争やろな。みな殺人や乱暴に馴れてしもうて、半年も経ったら、完全に頭が狂うてしもうた。特に強姦《ごうかん》や。それが、簡単にできるようになった。

たこつぼ掘って入って、敵待っておって、弾がびゅんびゅん飛んでくる。敵の数がたいてい多《お》ゆうて、もう死んだと何べんも思うた。生き残ったのが不思議やったな。

本土の大本営がわしら使うて、いったいどないな作戦やっとるんか、下々《しもじも》にゃさっぱり解らなんだ。ただ北から南に、戦争やりながら歩いていくだけや。足に豆ができて、それがつぶれて毎日血だらけになって痛うて歩けん。びっこを引いて、痛みこらえて、そら苦しかったもんや。

あれは「打通《だつう》作戦」いうんやて知らされたんは、もう戦後になってからや。でもたいそうな名前だけ教えられてもなあ、いまだにわしら、なんであれをやったんか、よう解らんな。まあわしらは解らんでもええのやろうけど。

でもわしらが大陸におったから、台湾や太平洋の守備隊は、大陸から大砲打たれたり、飛行機飛んできたりはせなんだやろうな。それは解るわ。わしらはそれを防いどったんや。それにや、ほんならおまえらが南方の島に行け言われてもな、困るで。輸送する船はない、補給路もない。あれしかなかったんや。そして大陸おったから、わしらは命拾いしたんや。

舞鶴《まいづる》に引き揚げてきて、そうしたらたまたまうまいこと、兄貴と再会した。兄貴の連隊名知っとったから、探したら会えた。兄貴も無事やったからびっくりや。ますます目つきが悪うなっとったけどな。完全にやくざやった。まあもともとそうやったが。

兄貴を中心にして、朝鮮のもんらが、次々に集まってきた。ほしたら、「朝鮮進駐軍作ったろー」いう話になってな。「アメリカだけやない、わしらも戦勝国や、憎い日本に勝ったんや」てみな言い出してな、「これからは、わしらが日本人にやられたこと、全部倍にして返したる」言うてな、「今から日本中全部旅して、どんどん仕返しやったろうや」て息巻いたもんや。

集まった者らには、南の島のもんも、大陸の南におったもんも、大陸の北におったもん、飛行連隊におったもん、さまざまやったな、そしてわしらみなで、朝鮮進駐軍結成やー、言うて騒いだ。

誰かが新聞拾うてきてな、「東京の銀座では、こうなおもろいことがあったらしいで」て、わしらに話してくれた。銀ブラしとった朝鮮人の態度が悪い、言うて交番のお巡りが注意してな。ほいで、なにぃ言うて朝鮮進駐軍が交番に入って、敗戦国の分際で何を言うとるか、頭《ず》が高い、言うて警官さんざん殴ってな、真っ裸にしてしもうて、土下座して謝らせてな、尻の穴に警棒突っ込んで、道に晒したったんやて。聞いて、みなで腹を抱えて笑うた。

「日本の警官らは今、武装解除でアメリカさんに拳銃取り上げられとるからな、全員丸腰や、今なら何でもできるで」言うた。「日本中の主だった駅の真ん前、朝鮮進駐軍が次々に占領していきよる。占領はこのままどんどん進むで、ええ土地、全部取ったる。わしらもやったろうや。ほいで日本国が復興したらここで商売して、わしら大金持ちになるんや」みなでそう言うて、楽しい酒を飲んだもんや。

特に兄貴は、大きい夢を持っとった。

「戦争で、金森金融がばらばらになってしもうた。これからはわしらが、この腕ひとつでのし上がるしかないぞ。今までわしらにやりたい放題やったチョッパリのブタどもに、ひと泡吹かせたる。日本の一等地全部ぶんどって、飲み屋やパチンコ屋や、いろんな会社やったるで。ええ女も、どんどんいてもうたる。そいで大金持ちになってな、この国支配したるんや。大臣も総理大臣も、みな朝鮮人にしたったらええわ。

そしたら国から、オモニ呼んだろう、な？　アボジもや。これがホンマの親孝行いうもんや。贅沢もできるでぇ、ええ？　わしら大金持ちや、正賢、おまえにも贅沢さしちゃる、この兄貴に任せとけ！」

そう言うて、兄貴は日本酒をあおっていた。

兄貴はみなのリーダーになった。階級もみなよりちょっと上やったしな。そいでみなで北陸本線乗ってなぁ、あちこちの街行って、繁華街で大暴れしたもんや。憂さ晴らしやったな。焼け跡で水商売のええおなごなんぞを見かけたら、みなで物陰に運んでいってな、さっさとやってしもうた。戦地とおんなじや。そいでな、悪さにも飽いて、そろそろ金沢戻ろうかあ、いう話になった。いっときでも金沢に暮らしとったんは、わしと兄貴だけやったけどな。みなに金沢見せたろ、いうわけや。

それでみなを引き連れて、金沢の駅におりたんや。ほしたらな、金沢は空襲がなかったと見えて、家はみなきれいに残っとったが、歩いとる人間が元気がない。街ぶらついても、どこの店も閉めたまんまで、なんもおもろいことがないのや。おなごらもちゃんと化粧しとらんでな、ええ女がおらん。みなそう言うて、ブーブー不満言い出した。ほいで兄貴が、「よし、盲剣楼行ったろか」て、そう言い出したんやな。

盲剣楼は、金森の社長が昔贔屓にしておった店や。

「今頃はお染めが、女将になってばりばりやっとるはずや。いっときあれだけ面倒見てやったんや、わしらは遊ぶ権利がある」そう兄貴は言うた。

「それでもなあ、もうお染めもわしのこと、忘れとるやろ」とも兄貴は言う。わしら、長いこと外地に行っとったし、そもそも金森社長について歩いて、芸妓時代のお染めの警護しとったんはほんの何ヶ月かだけや。ある日突然社長が「もうお染めの警護は要らん」て言い出した。自分一人でやるからええと言う。

たぶん、お染めを独占したかったんやろう。お染めも若い男の方がええかもしれんしな、目移りされてもかなわんから、それで兄貴ら、若い男を会わせんようにしたんや。

盲剣楼に上がり込んで、勝手に窓を釘付けして、玄関にバリケード積んで、二階の座敷に立て籠って、芸妓の娘ら人質に取っとった時、わしは一番年下やったからな、勝手口の見張りに立たされた。

兄貴らは二階を占拠して、女将も人質にとって、よろしうやっとった。食い物盗んで、女の体も盗んだんやけど、それがなにが悪い、てみな言うとった。日本人はわしらの祖国からみな盗んだ、わしらも日本からいろいろ盗んでなにが悪いのやて、兄貴はわしに言うた。

わしもそうやと思うたな。戦前からわしらが受け続けたひどい目に較べたらな、芸者らの被害はたかが知れとる。そやかてあのおなごらは、結局は客と寝るんが商売や。なんも問題はないはずや。

ところがなあ、三日目の夜に、刀持った賊が飛び込んできたらしうてなあ、すべて仕舞いや。わしは台所で一人、見張りしとったから知らなんだけど、兄貴ら、みな斬り殺された。全員酔うとったから、抵抗らしい抵抗はできなんだんやろ。

わしはすぐに楼を逃げ出したけどな、それからまた九州の炭坑で働いて、どん底の暮らしに逆戻りやった。

不良やったけど、わしにはええ兄貴やった。わしら兄弟、それからあんときの仲間らも、我慢に我慢を重ねて、ようよう日本が戦争に負けて、敗戦国になって、日本人がわしら半島の弱いもんに大威張りや虐《いじ》めがでけんようになって、わしらの時代、いよいよこれからやという矢先やった。それが殺された。

兄貴は大きい夢を持っとった。あの兄貴なら、力も頭も、人望もあったさけ、必ずやり遂げたやろうな。敗戦直後のあの頃は、しょうもないやくざやったけど、そらしょうがないわな。ほかにどうせえ言うんや。強うないと、やられるだけや。

兄貴をあんな人間にしたのは日本人やで。毎日毎日、殴って殴って、蹴っ飛ばして、腕力が強うないとこの世ではやっていけんと、わしら兄弟に、いんや朝鮮人全体に、徹底して叩き込んだのは日本人やで。せやからわしら、一生懸命喧嘩の腕を磨いて、強うなったんや。おまけに戦争に駆り出して、外地で死ねいうんや、やくざになるんは当たり前やろうが。あんな境遇やったら、日本人かて絶対ああなるわな。

戦後のどさくさがおさまったら、新潟か大阪か、焼け跡になったどこぞの都市の駅前の土地いっぱい手に入れて、背広着てビジネスやって、大成功しとったはずや。それが兄貴や。これは確かなことや。

そしてわしらは両親呼んでやって、プール付きの大きい家手に入れてな、住まわしてやって、親孝行もできとったはずや。金があったらな、ええ女も手に入れて女房にして、大成功しとったやろうな。

それが、あっという間に駄目になった。刀で斬り殺されたんや。わしがおなごどもに言われて二階の大広間に行ってみたら、全員が真っ赤な血の海の中で、断末魔でのたくっとった。もう手の施しようもなかった。わしにできることは何もなかった。なんでこういうことになったんか、わけが解らなんだ。あんたも殺されるで、はよう逃げえと女将に言われて逃げたけどな。夜行列車で博多まで逃れて、また昌男の嫁さんの家に転がり込んで、面倒みてもろうた。

それで来る日も来る日も、海見て考えたわ。兄貴ら殺したんは、いったいどこの誰なんか。出した結論はひとつや。金森金融の社長やろ。あの社長以外に、ああなことができるもんはおらん。

そしてあの社長なら、女将になったお染めにぞっこんやったからな、盲剣楼占拠して、お染めはじめ、楼のおなごどもを片端から手籠めにしとるようなやくざもん、許すわけがない。ドス持って飛び込んで、滅多斬りにするやろな。こら、間違いないことや。あの社長の暴力気性からして、確かなことやな。またあの社長ならもと任侠やから、そういう腕もそりゃあるやろ。

ましてお染めは、子を産んどった。これは社長の子や。つまり社長には自分の子や。金森社長はお染めにはようけ資金援助しておったから、養育費もふんだんに与えとったはずや。自分の子供にも手ぇ出そうかいうようなやくざもんを、あの男が許すわけもない。自分はお染めの守護神やぞて、社員にもたびたび言うとったから。

一方兄貴の方は、外地から引き揚げて戻ったあの頃は、もう金森社長への敬意はきれいに忘れとった。たまに思い出しては、あの女たらしの守銭奴のブタがょて、馬鹿にするようになっとったからな。それも酒飲むたびに言うてたから、金森社長も、どこぞでそれを聞いて、飼い犬に手ぇ嚙まれたと思うとったかもしれんわ。

しかしわしがなんぼ探しても、金森社長の消息は知れなんだ。どこにどうなって、今どうしとるのか、全然解らん。まああの守銭奴のことやから、金は摑んどるやろうけどな。金沢にはもうおらんようやった。大阪か神戸か、それとも東京に出とるんやろう。そう思うたが、わしのようなもんには調べきれなんだ。

博多の昌男は、戦死しとった。博多の家には結局帰ってこなんだ。昌男の嫁さんは、地元のやくざ何人かに犯されて、バーの女給にされた。家にくだらん男がようけ出入りするようになって、毎日家具壊して大喧嘩や。わしも何度か取っ組み合いをやって、路地中転げ廻ったわ。お互い血まみれになってな。毎日毎日殴って殴って、血まみれの殺し合いや。でも相手はとうとうドスまで出してくるようになったから、アホらしうなって、わしは飯塚に逃げた。

それからはまた炭坑労働者に戻って、しばらくは真面目に働いた。炭坑なら要領知っとったしなあ。小金摑んで多少貯金ができた時もあったが、仲間内のもんに大阪がおもろいぞ、一緒に行こうやと誘われて、大阪に出ていっとき遊びほうけてな、博打ですって文無しになった。それでまた、炭坑に逆戻りや。

ところが三井三池紛争で仕事のうなって、また仲間に誘われて、北海道まで流れた。

そこで飲み屋の娘とねんごろになった時もあったが、博打好きが嫌われた。結局縁がのうて、生涯独り者で終わった。女房を作らず、子供も持たず、家も持つことはなかった。慶尚道の両親が死んだと通知が来て、どっちの時も帰ることはできなんだ。そもそも旅費がないわ。親戚のもんに土産を買う金もない。

最近は体もガタが来て、あちこちいろんな病気も出て、もうそろそろ生涯が終わりやなと思うようになった。陽気やったわしが、暗い暗い爺《じじい》になった。

わしの人生の明暗の分かれ目は――、いうて考えたら、あの昭和二十年の九月の金沢、盲剣楼やった。あの時兄貴が殺されなんだら、おそらく金持ちの優雅な暮らしをしとったはずや。ええ家に住んで、上物の背広着て、ゴルフなんぞして、応接間でええ洋酒でも飲んどったやろ。戦争が終わって、暴力振るう日本人はおらんようになり、もうその目は出とったんや。目の前にあった。あとは手伸ばして、摑むだけやった。

そう考えたら、あの秋に兄貴殺したやつが許せんようになった。今更殺して復讐してもしようがないが、こっちもどうせ死ぬんなら、刺し違えて死んだろ、思うようになった。夢や望みなんぞ持ったこともない人生やったが、今できた。それがわしの、たったひとつきりの望みや。死ぬ前の、強い強い希望やな。

今この歳になり、死ぬことばっかり考えるようになって、自分の生涯を振り返ったら、わしがここまで生きてきた理由はひと言、ハンやな。恨みや。

日本いう国と、日本人に対する恨み。国家総動員法に対する恨み、戦争に対する恨み。これらがなかったら、わしは半島の片田舎で、貧しうても平和で、平凡な生涯を送っとったやろう。女房子供もできとったやろう。外国に連れてこられて、生涯をがたがたにされた。

そして最後が、あの兄貴と仲間を殺した男への恨みや。それが今のわしの、最大のハンや。

もともとわしは陽気で、笑うて騒ぐのが好きな、邪気のない人間やった。酒と女が大好きでな。他人につくして生きるのも好きやった。そういう善良な人間に、この国が、暗い暗い、血と暴力の感性を徹底してすり込んだ。人生いうもんは、他人を威圧して、自分は絶望して、人を恨んで生きるしかないんや、いうことをとことん教えた。わしなりに一生懸命頑張ったつもりやったが、気づいたら人のクズに成り下がっておった。

異国でのしょうもない、だらだら無意味に長い人生やったが、それでもあの事件さえなかったら、わしは成功しとった。この日本ゆう国で、大成功しとったやろ。間違いのう金持ちになっとった。子供のおりからさんざん虐め抜かれたもんとしては、それは当然の権利やったはずや。そして、そうなったら、多少の意味は生じたやろうな。

それがあの夜、ぶつんと、簡単に断ち切られた。もうすぐにそういうええ人生が開けるはずやったのに。

許せんと、だんだんに思うようになった。生涯のしまいのとこで、あの男を殺して、わしもこの人生のきりをつけたろかて、思うようになった。

そしてだんだんに、それはわしの信念にまで育ってしもうた。もうどうしようもない。誰にもこれは止められへんわな。そうせんと、わしの人生、あんまりにも意味がない。

そいでな、あんたらの娘を誘拐した。頼子にとっては娘、艶子にとっては孫、お染めと金森にとってはひ孫やな。

子供に恨みはないから、あんたらさえ変なことせなんだら、手は出さへん。あんたらおなごの手で、金森社長を探し出してわしのもとに連れてきて欲しいのや。そして、わしと勝負せえと言うてくれ。

わしも長ドス持っとる。金森も長ドス持ってきてええ。それで、わしと勝負するのや。勝負の場所は、わしらの出会うた、懐かしい場所やな。

別に勝負せんでもええ、わしに刺し殺さしてくれたらそれでええ。わしはそのあと、一人で首でも吊るからな。

言うとくが、金を出すから子供返せ、いうのは駄目や。もう今更、わしにとって銭なんぞは意味がない。残してもしゃあない。あとは死ぬだけなんやから。

警察に知らせたら、わしは子供の首絞めて殺して、姿を消す。そら、しょうがないやろ、あんたらが悪いのや。

あんたの家の黒電話の番号は知っとる。準備ができたら、わしのポケベルを鳴らせ。

そしたらこっちから家に電話する。番号は、
070‐9994‐×××や。

6

読み終え、吉敷がノートから顔を上げると、憔悴《しょうすい》しきった艶子の顔があった。その横には、娘の頼子の不安げな顔もある。

これで、事件の概略は解った。吉敷にとって幸いだったことは、やはりあの絵と関連があったことだ。

「お茶を」

後方から声がして、テーブルに三人分の湯呑みが置かれた。東の花街のとっつきにある、通子の店だった。ここには小さな応接コーナーがある。吉敷たちはそこにすわっていた。

「金森修太さんという人ですね……」

吉敷は名前をつぶやいた。

「はい」

と艶子は言った。

若干迷いながら、という気配で、通子がおずおずと吉敷の横にすわった。店内に客の

姿はない。

吉敷としては、艶子たちが人質にされていた座敷に飛び込んできて、芸妓たちの命を救った剣客の正体、という意味で金森の名を口にしたのだったが、艶子は別の意味に取っていた。

「うちの父親は……、どうやら……、この金森社長という方のようでありますな」

と艶子は言った。

「はじめて知りましたわ」

かすれた声で続ける。

「このノートが送られてくるまで、そしてノート読むまで、ついぞ知りませんことで……」

吉敷はうなずく。横で通子も、無言でうなずいている。

「えろう驚いて」

「お染めさんからは一度も？」

吉敷が訊く。

艶子は首を左右に振った。

「いっぺんも聞いたことはありません。母はそうな話、うちにいっぺんもしてくれまへんでしたわ」

「隠しとったんやね、お婆ちゃん」

頼子が小声で母に言った。母は無言でうなずいている。

「この人、金森社長のその後は？」

するとまた彼女は首を左右に振る。

「全然聞くこと、ありしまへん、解りません」

「それは少し妙ですね、これだけの事業を金沢でされていて、東の花街にもよく通われていたような人が。いわば土地の有名人です」

吉敷は言う。

「はい。ですから戦後、金沢からは離れられたのだと思います。金沢におられたら、噂の類いは必ずうちらの耳に入りますさけ」

「この方の行方を追う必要はありますね」

吉敷は言う。事件の処理を頼むなら、いずれにしても彼の耳には入れる必要がある。応じてくれるか否かはその次の問題だ。

「戦前、この方と親しくされていたような金沢の方、ご存知ありませんか？」

「戦前の方ですからなぁ、どうでっしゃろか。そもそもこの金森さま、まだご存命かどうか……」

「おいくつくらいになられる方ですか？」

「母よりは歳上でしょう、ですからもう、九十くらいになられるのではと……」

「この方の消息を知っておられる可能性のある方、交際のあった方というと」

「昨日からずっと考えておりました、そのこと。それで、一人思い出しました。私の記憶では、代議士の小野家《おのいえ》先生、この方は、座敷で何度か一緒になられたと聞いたような記憶があります」

「金沢の方ですか?」

「はいそのように……」

「この方のご住所は」

「それは、解りますでっしゃろ、うちは知らんけど」

「金沢の市役所とか」

「はい。たぶん名簿などが残って……」

「親しくされていたふうですか?」

「親しいかどうかは。ただ、お知り合いではあったと、そういう記憶です……」

吉敷はうなずく。そして、いよいよ核心に入る気分でこんな質問をした。

「それで艶子さん」

「はい」

「昭和二十年の九月に、あなた方が人質になっていた部屋に飛び込んできた剣客、この方が金森修太さんである可能性は、いかがですか?」

するとうつむいてしまう。そして、

「さあー……」

と言った。

「そないなことが……」

「会われたことは？」

「お見かけしたことは……、お座敷にすわられとったんを、遠くから……」

「この方の写真はありませんか？」

「はい」

艶子は力なくうなずく。

「昨夜、このノート読んでから、母の形見の行李《こうり》などを一生懸命に探しまして、古い写真帳から、一枚だけ見つけました」

そして懐《ふところ》から、二つに折った厚紙を引き出した。開き、黄ばんだ古い写真を卓の上に置いた。

「これです」

吉敷は急いで覗き込む。

意外の思いがまず来る。四角い顔をして、眉が濃く、目が、どちらかといえば小さな人物が写っている。頑固そうな風貌、暴力団の組長などによく見るタイプの顔だった。

「この方ですか？」

吉敷は尋ねた。

「お描きになった日本画の剣士とは、似ても似つかない風貌ではないですか？」

「はいさようで」

艶子は言う。それから、

「全然違う顔立ちです」

と言う。

悪い男ではない。意志の強そうな、そして暴力的な衝動をうちに秘めたふうの、男性的な顔立ちだ。魅力的と感じる者もいるであろう。しかし、絵のような美剣士とは、いささか隔たりがある。

「お化粧でもすれば……」

艶子は言う。

「あの絵のようになりますか？」

吉敷は訊く。

「ならないでしょうねえ」

艶子は首を横に振る。

「これは、顔が違いますね」

吉敷が言い、艶子もはいと言った。

「この剣客、赤児を背負っていたのではないですか？　あの絵からも……」

「はい、背負っていました」

「その子供はどこへ行ったんです？」

「さあ……」

「どこから来たんでしょう」

「さあ……私はなんとも……」

「そうですか。ではともあれ、この方の消息を尋ねましょう。あまり私が表に出ない方がよいでしょうから、あなたが市役所に電話して、尋ねてみていただけませんか？　電話で教えてもらえるならばよし、駄目ならば出向きましょう」

「はい」

　艶子は言う。

「この犯人が、希美ちゃんを連れて金沢か、その周辺にひそんでいるならば、ホテル、旅館、木賃宿、リースマンション、それらと思われます。三歳の子供連れなら、これらをすべて当れば、おそらくアジトは割れるように思います、子供は目立ちますから。石川県警を動かせば機動力も出ます」

「それはやめて欲しいんです」

　艶子は即座に言う。彼女の顔を見ると、哀願するような頼子の視線ともぶつかった。

「警察が動いていると知ったら、すぐに希美を殺して去ると言っています。この人はきっとやると思います」

　頼子が言う。吉敷はうなずく。そうかもしれないと彼も感じている。

「お金ではないので、警察さえ動かなければ、殺さないという気がします」

母親の頼子が言い、吉敷はまたうなずく。

「私一人が当たって歩いても、機動力がない」

吉敷は言った。

「また友人宅、知人宅かもしれない。そうなら発見はむずかしい。警察を動かしても、失敗することはあり得ます」

「はい、ですから」

頼子が言う。

「ただ犯人が、もしも連絡に携帯電話を使ってきたら、即座に基地局と、犯人の所在地を百メートル単位で絞り込めます」

「でももしその時に希美を連れていたら……」

母親が言う。

「首も絞められるし、人質にもとれるわね」

通子が言った。吉敷はうなずき、言う。

「解りました、おっしゃる通りにしましょう。それからもう一点。このノートを書いて、送って寄こした犯人ですが」

「はい」

艶子が言う。

「この男は、昭和二十年の秋に盲剣楼を襲撃、占拠した犯人グループの中にいたということになりますね」

「はい」

「最も年少で、勝手口の見張りをよくさせられていて、一人だけ生き残ったと」

「はい」

「ご記憶はありますか？」

「かすかに……」

「顔を憶えていますか？」

「いいえ」

艶子は首を左右に振る。

「自信はありません。そもそも見張りは、若い人何人かで交代でやっておりましたし……」

「声とか人となりは？」

「ほんまにかすかに……」

「年齢は？」

「当時十代だったのではと思います。せやさけ、昭和二、三年の生まれではと……」

「では今、七十代のなかばというところか」

吉敷はつぶやく。

「はい」

「この男は、事件のあと、すぐに楼から逃亡したのですか？」

「はい。母が、あんたはよ逃げんと、あんたも殺されるよみたようなことを言うて、男は台所から二階の現場に飛び上がっていって、みな殺されとるのを見て、びっくり仰天して、すぐに楼を出ていきましたわ」

「その後の消息とか、楼にまた連絡があったりとかは……」

艶子はまた首を横に振る。

「いっさいありませんでした。母親も、一度も話題に出したことはありません」

「この男は凶暴ではなかったのですね？」

「はい。おとなしかったような印象です。でもそれ以外の人らがあんまりひどかったから、そう見えただけかも」

「それで、大勢が死んでいる現場の処理などは、どのように？」

「それは、芸妓の年長の人が二、三人、警察に走って……」

「ふむ。そうしたら警察が来ましたか？」

「はい。でも私はもう部屋におれと言われて、布団に入っておりました。子供やったさけ。それから熱が出て、しばらく臥《ふ》せりました」

「ふむ。この時事件を、金森さんに伝えたりといったことは？」

「してない思います、うちはよう知らんけど」

「戦後も金森さんは、楼に遊びに来られていたのですか？」

「いいえ、戦後は一度もない、思います。うちは記憶にないし、母も話題に出したことない。顔見た記憶ないです」

「ううん」

「せやさけ、もう金沢にはおられなんだんやないかと、うちは思いますなあ」

「別の街に移られたと」

「はい」

「どんな事情からでしょうか？」

「さあ」

「小野家さんを探して訊いてみたら、そのあたりのことが解るかもしれませんね」

「はい」

「では時間がない、すぐにかかってもらえますか？　市役所に電話を」

吉敷が言い、それで艶子と頼子は立ち上がり、二階の自宅へと向かう。

「結果は、私の携帯の方に教えてください」

吉敷は言った。犯人が表で、この家を見張っているかもしれない。あまりばたばたするところを見せたくない。携帯の番号は渡してある。二人は足を停めて振り返り、うなずいた。

目立たない方がよいので、吉敷は通子の店から出ないことにした。通子の淹《い》れてくれたお茶を飲みながら待つことにする。

客が入ってきて、通子も立ち、持ち場に戻った。応対している。

この店を、彼女はずっと一人でやっている。ゆき子がいた時も、受験勉強があるからということで、手伝わせてはいなかった。小さな店だからそれでいいのだろうが、行楽のシーズンだけ、アルバイトの女の子を傭《やと》っている。

「頼子さん、ちょっとパニック症候群気味なんだって、言っていたよ。だから大都会は駄目なんだって。心配よね」

客が出ていったので、通子が言ってきた。

「そうか、それはちょっとまずいな」

吉敷も言った。

「鬱病の気もあるらしいから、倒れなければいいけど」

吉敷はうなずく。

「頼子さんのことなんだが」

吉敷は言った。

「うん」

通子は言う。

「ご主人は？　姿が見えないが」

通子はちょっと沈黙してから言う。

「他人のこと、詮索するのは嫌なんだけど」

「うん」

「うまく行ってないみたいで、別居してるのよ」

吉敷も、聞いてちょっと沈黙する。

「別居が、必ずしもうまく行っていないという証拠にはならないが」

「でも、別居の理由がないのよ。ご主人は金沢にいるみたいだし、別れて住む必要はないわよ。頼子さんも行けばいいじゃない？　ご主人のとこ。でも頼子さん、この家を離れないのよ」

「ご主人、何をしている人なんだ？」

「サラリーマンよね、運送会社の事務をしてるとか」

「うまく行っていないというのは、直接彼女から聞いたのかな」

「ううん、はっきりとは。でもだいたい解るわよ。つき合い長いから。二階の家、艶子さんの絵のアトリエ兼ねてるから、広い場所が必要なのよね、絵を下がって眺めたりするためには。だから、子供のいる夫婦には、ちょっと窮屈よね。でも、頼子さんは家出ないで、結局ご主人が出て行っちゃったの」

「子供のこと、伝えているかな？」

「さあ、それは伝えると思うけど」

「住所は解るかな？　ご主人」

「会ってみるの？」

「うん。誘拐に関係しているとは思わないが。協力してもらうことがあるかもしれない」

「加越《かえつ》運送っていうのよ。駅の北の、西念町《さいねんまち》、西念町緑地のそば。住まいは、そのすぐそばのマンションだって言ってた。正確には知らない」

吉敷は手帳を出してメモした。その時、電話がかかってきた。

通子が出て話していたが、すぐに受話器を差し出してきた。

「艶子さんよ」

と言う。受け取り、替わった。

「市役所、教えてくれました。やはり名簿あったみたいで」

艶子は言った。

「小野家さん、奥さんには先立たれたそうで、今は、内灘町《うちなだまち》の高級老人ホームにいらっしゃるようです。住所を申し上げましょうか」

「お願いします」

吉敷は手帳を出してかまえ、相手が読み上げる住所を書き写した。

「海が見える、大変立派な老人ホームですよ。いい暮らししてらっしゃるみたいですねえ」

艶子は言った。

「すぐに行ってみます」

吉敷は言った。

「今からすぐなら、まだ夕食前でしょうから、お邪魔はしないのではと」

「そうですか。申し訳ありません。ご一緒いたしましょうか？」

艶子が言う。

「一人の方がよいのです。目立たないし、身軽ですから」

吉敷は言った。

「ところで頼子さんは、ご主人にはお子さんのこと、知らせていらっしゃいますね？」

「はい……」

何故か、艶子はちょっと言いよどむ。

「知らせていると思います」

「帰りにでもお宅に寄って、話してこようかと思います。方向が同じですから」

吉敷は金沢の簡易地図を出していた。

「ああはい」

「ご主人のお住まいの住所も、お願いできますか？」

吉敷は言い、これも聞き写した。

「お名前は？」

「田畑勉《たばたつとむ》と言います」

「解りました」

これも写した。しかしその後、艶子はちょっと沈黙し、言いにくそうにこう言った。

「勉さんは、うちらのこと、あんまりようは言わんかもしれません。いろいろありましたさけ」

「彼の携帯の番号は？」

訊くと、

「それがうちは知らんのです。最近変えたらしうて」

艶子は言った。

7

吉敷は通子の店、香聴き茶屋を出た。木格子造りの引き戸をゆっくりと閉める。並んだ角材の間から、店番を続けている通子の姿が見える。向こうも見ていて、ちょっと右手を上げてくる。廓は、この細い木格子が並ぶ町だ。

人通りの多い道を避け、吉敷は路地を伝って浅野川の土手の上に出た。陽はまだ高く、浅く幅広い流れがその陽光を映じている。川底の石で乱れた流れが、反射光を破片に砕く。

川沿いのこちら側に並ぶ木には紅葉が混じり、それがわずかな風にそよいで風情がある。三四郎池のほとりで艶子は、金沢は今紅葉が見頃ですさけ、おいでくださいねと誘ったが、孫の事件が起ってしまい、紅葉のことを話す気にはなれないでいる。

人通りがある浅野川大橋は避け、吉敷は土手の道を左に折れ、川の上手に向かって歩いて、梅ノ橋《うめのはし》で川を渡った。昔、廓通いの才田幸次郎《さいだこうじろう》という粋人《すいじん》が、馴染みの芸者と川風に吹かれようと考えて造ったという言い伝えのある、木造の橋だ。

中途に立ち、欄干にもたれて下流に向く。左右に石垣、前方に石造りの浅野川大橋、その左手に橋場町緑地があり、江戸ふうの板張りの塔が立つ。視界に通行人の姿が一瞬途絶えて、金沢らしい景観だ。

歩き出し、渡りきると、路地を伝い歩くようにして大通りに出て、タクシーを拾った。車窓から加賀百万石の城下町を眺めていく。内灘に向かうには、城のそばには出ない。大通りを幾度か折れながら進み、繁華街を抜けて、駅前に向かう。

道行き、古い商家が並ぶ一角をすぎるが、このあたりの景観も吉敷は好んでいる。古風な黒い漆喰壁の家の瓦に、江戸期のものらしい古い看板が上がっている。軒が三重になって見えて、どうやら一部三階建ての意匠だ。これが、加賀の商家の流儀なのであろう。

駅前に出る。駅舎には寄らず、その右脇を通る。鉄道線路群が上空に迫ってきて、タクシーは高架をくぐって駅の北に出る。するとこちらは、江戸ふうの風情がやや薄い。旅人が思う古都金沢のたたずまいは、駅南の浅野川流域、茶屋街界隈、それから西の花街や香林坊、城の周辺、そういうあたりになるだろうか。

駅北には新しい建物が建ち、それも次第に消えて、工場群のような、いくぶんか単調な、どこの町にもある、庶民的な景観が広がる。

風景に飽きて、吉敷は事件について考える。これまでにもそういうものがあったが、今度の事件も、戦前戦中の因縁を引きずるものに見える。異分子への差別、虐待、その反発、性にからむ逆差別、そういう人間の愚かしさが根底にありそうだ。鍋の底にへばりつく黒焦げのように、それが生活の平穏を黒く汚しながら、子孫に迫ってきている。しばし黙考していると、海のそばに出たことが感じられた。建物群がまばらになり、心なしか風が変わった。

と、いきなり海の色が見えた。すると砂丘が続きはじめ、海水浴場らしい風情が現れた。そして水平線。タクシーは砂丘に沿う舗装路を走り、立派なマンションふうの建物の前でとまった。

ここか、と思う。見上げる窓からは海が見えるだろう。地図で見ると、そばには乗馬クラブや、ゴルフ場の緑地もある。成功者が晩年を過ごす環境に思えた。

ノートに書き連ねられた犯人の生涯を、つい思い浮かべる。そのあまりの落差に、知らず暗い気分になる。

予約は入れていなかったが、格別問題はないらしかった。入居者への面会は自由らしい。受付で身分を述べて来意を告げると、部屋に電話をかけてくれる。しかし相手は出ない。けれども受付の女性は彼方のロビーを見廻して、小野家老人を見つけた。そして、ああ、あの方ですと教えてくれる。吉敷は礼を言い、彼に向かってカーペットの上を歩いていった。

近づくにつれて、老人はもう九十歳にも見えた。しかし、生きていてくれてよかったと吉敷は思う。この人も行方が解らなかったり、亡くなっていたら、もう手だてがないところであった。

老人の横に立ち、身分証を見せ、東京の警視庁からまいりました吉敷ですと告げると、老人は警戒するような目になる。これは当然だろう。いつものことだ。

老人は落ち窪んだ目をして、鷲鼻が目立った。しわが勝る風貌。しかし老いると、不思議に白人のような外見になる人物がいるが、彼もそうだった。

「実は、しばらくの間はちょっとご内密に願いたいのですが、これは事件の調査です」

吉敷はまずそう言った。そして、携帯電話の番号も書かれてある名刺を渡した。

「東の花街に、盲剣楼という置屋があったこと、ご記憶でしょうか」

言うと、老人はちょっと記憶を辿っていたが、すぐにうなずく。

「もちろん憶えておりますよ」

彼は言う。そして目の前のソファーを示してくれた。吉敷は礼を言い、ソファーにかける。

「盲剣楼の……？」

小野家老人は言って、うながしてくる。

「女将のお染めさんの娘さんの艶子さん、ご記憶ですか？」

「うん……、まあ、なんとなくね」

彼はかすれた老人の声で言う。

「彼女のお孫さんが誘拐されたんです」

えっと言うように、老人は口を開いたが、声は出なかった。

「昭和二十年の秋に、盲剣楼を襲撃して、占拠した者らがいたんですが、その事件、ご記憶でしょうか？」

「また古いことやなぁ」

言いながら、老人はまた記憶をたどる。そしてうなずく。

「ああ、あったあった」

それで吉敷は、今回の事件の概略を、ゆっくりと老人に話して聞かせた。

「なんとまあ、因果なことやなあ」

長い話を聞き終わると老人は、あきれたように言った。

「なんや、因縁話のような感じやな」

彼は言う。

「因果は巡るか。それで私に何を訊きたいと？」

彼は問うてくる。

「戦前、金森金融という商店を、この金沢の地でやっていらした、金森修太という方についてです」

「金森修太……」

彼は目を閉じてうつむく。記憶をたどっているのだ。

「ああ、おったなあ、そういう男」

「はい。盲剣楼のお座敷で一緒になったこともおありだと、うかがいました」

吉敷は言った。

しかし老人は、返答をためらうような様子だった。花街での遊びの過去などは、土地の名士にとってはあまり語りたくないことかもしれないと思い、はっきりものを言うことにした。

「盲剣楼のお染めさんの旦那であったということです。そして、艶子さんの父親であると。しかし金森さんは戦後、盲剣楼に一度も姿を見せておりません」

するとと老人は、無言で二度三度うなずいている。そしてゆっくりと口を開いた。

「そうです。もう金沢にはおらなんだから」

と言った。

「どこに行ったんですか？」

「大阪やと、私は聞いたなあ」

「大阪？」

「そうです」

「何故ですか?」

するとと老人は、ちょっと沈黙し、こんなことをいきなり言った。

「私は今から夕食です」

「え?」

吉敷は驚く。腕時計を見ると、まだ四時だ。

「まだ四時ですが」

「早うに食べるんです。というのは、早うに寝るし、夜は酒を飲むので、あんまり遅うに食べると、胃の逆流が起こるんです。食べながら話しますか?」

「はあ、もしよろしければそのように」

吉敷は言う。

「あなたも食べますか?」

「いや、私にはまだ早いです。腹が減っておりませんので」

吉敷は言う。


食堂は立派なものであった。木造の重厚なテーブルと椅子が並び、窓には厚手のカーテンが下がっている。壁に下がる振り子の時計も、木造りの立派なもので、雰囲気はホテルに似ていた。

小野家老人の前に運ばれてくる食事も、豪勢だった。カニや、刺身の皿が並ぶ。海藻のサラダもある。

「どうです？　ちょっとつまみませんか？」

老人は勧めてきたが断り、吉敷は紅茶を飲んでいた。

「金沢のよいところは、秋にもうカニが食べられることですな」

小野家は言う。

「それで、金森さんですが」

吉敷が言うと、

「ああそうでしたな」

と老人は言う。

「私は格別親しかったわけではありません、個人的なつき合いなんぞは全然なかった。警部さん、私に聞きにこられたのは、ちょっとおかど違いかしれませんで」

「そうですか」

吉敷は言った。

「しかしまああんまり古い話で。確かにもう誰もおらんかもしれませんな、今となっては、私以外には。戦前戦中、あの人は有名人でしたからな。それも破天荒なところがあって、噂の類いはよう耳に入ってきました。昔はああいうびっくりするような人がおった。時代の暗い空気のせいもあったんやろなぁ」

「この金沢の地で、商売の根を張っておられたんでしょう。それが何故離れられたんです？」

　老人は豪華な食事を口にしながら、しかし発してくる言葉は異常なものだった。

「そりゃあなぁ、奥さんを殴り殺したんです」

　吉敷は息を呑んだ。

「あの人の女性関係は派手でしたからな、奥さんとの間は、そりゃトラブル続きです。あの人は女性が好きでしたから。それに加えて、家にあんまり金を入れん。それで奥さんと喧嘩になって、ひどいこと殴って、二階の階段から突き落としたんです」

　吉敷は無言でうなずいた。

「それで奥さんは死んでしもうて」

「それはいつ頃のことですか？」

「戦時中のことですからなぁ、脳溢血いうことで、処理したんです。さっさと葬式やってしもて、警察もろくにおらんような時代でしたから、うやむやです」

「ううん」

　吉敷は唸った。

「金森金融もなぁ、要するにあれは、やくざの金貸しです。けど代貸し以下、兵隊もみな戦争に取られてしもうて、会社も開店休業の状態で、そいだもんで金森は、店たたんで、作った金持って、大阪に、まあいわば逃げたんです。知人頼って」

「大阪のどこに出られたんでしょうか？」

「生野《いくの》区と聞いたなあ、鶴橋駅のそばあたりやったと。そういう記憶です。そのあたりでまた金貸しの商売始めたと。大阪住み着いたんですな。それ以上は、私は解らんなあ」

「以降金沢とは、特に盲剣楼のお染めさんなどとは、音信不通になったんでしょうか？」

「そらそうでしょう。大阪でも斬った張ったで大忙しやったらしいから、それどころではなかったでしょうな。金沢とはもうすっぱり縁を切ったでしょう。奥さんのこともあるしな」

聞いて吉敷は考え込む。そんな男なら、確かに楼に躍り込んで与太者を斬り殺すくらいはしそうである。しかし金沢の地を離れ、もう金沢とは縁が切れていたはずだ。盲剣楼の情報も入らないのではないか。

「金森さんはまだ大阪に？　ご存命ですか？」

「解りませんな、私は。ある時からぷっつり連絡が入らんようになったんです」

「いつ頃からですか？」

「東京オリンピックの頃かいなあ。まだ生きとるんかいなあ。解りません」

「大阪時代の金森さんをご存知の方というと、誰かおられますか？」

「私は、大阪で代議士やっとった谷村《たにむら》さんという方から聞いた。このあたりの出の人で、金森も、この谷村さんを頼っていったと思ったな」

「谷村さんは今は？」

「死にましたな。でも今、息子さんが天王寺で谷村建設いう、土建屋さんやっとるて聞いたなぁ」

「住所は？」

「住所は解りませんなあ。しかし天王寺の駅前やて聞いたから、すぐ解るんやないかな」

「下の名は？」

「それも知らんなあ、私は」

「解りました。ありがとうございました」

吉敷は言った。彼から得られる情報はこのくらいであろうと考えた。

「それで誘拐の方は、なんですか、金ですか？　犯人が要求してきておるんは」

「そうではないんです。昭和二十年に仲間を斬り殺した者を連れてこいと言っておるんです。それで、金森さんを」

「金森がやったと思っておるんですな？　犯人は」

老人は言い、吉敷はうなずく。

「確かに金森ならやりかねんが……。しかしもう今は、消息摑めんでしょう。大阪に行くんですか？」

わずかに迷ったが、吉敷はうなずく。致し方がない。金森がいるとすれば大阪らしい。電話ですますことは、ちょっとできそうもない。

「加越運送というもの、ご存知ですか。これから廻ろうと思うんです。タクシーは捕まりますか？」

「加越運送なら、内灘線乗られた方がいいでしょう。上諸江《かみもろえ》の駅からすぐですから」

小野家老人はそう教えてくれる。

「内灘線」

「この近くに内灘駅があります。金沢駅まで行きます。上諸江はその手前です」

「ありがとうございました」

言ってから、吉敷はもう一点、訊きたいことを思い出した。

「金森金融は、どこにあったのでしょうか？」

「あれは、卯辰八幡社の階段下の、参道のドン詰まりを右に入ったあたりにあったと思うな」

「今はないですね？」

「今は、卯辰酒造の酒蔵と、倉庫になっとりますな」

「そうですか、ありがとうございます」

8

吉敷は内灘線に乗った。正式には北陸鉄道浅野川線と言い、わずかに二両ばかりの車両を引く、こぢんまりとした鉄道だった。走り出すと、窓外に、彼方の日本海に落ちていく夕陽の色がにじみはじめた。没していく夕陽自体は建物で見えないのだが、その気配が解るのだ。

狭い水路を鉄橋で渡る。蚊爪《かがつめ》、北間《きたま》、と小さな駅に停車しながら南下して行くと、また左手に浅野川が迫ってきて、沿って走りはじめる。

車内を見廻すと、乗っている人は少ない。金沢駅と海、わずかな区間を往復する玩具のような小線、市民はこういう電車をあえて残している。東京の都電荒川線や、井の頭線よりも短い。富山にもまた、これに似た市電があったが、あれはモダンで、もっと路線が長かった。タクシーに乗ればよかろうにと思われる短区間。なんとなく金沢らしく思われて、一人ごちる。

老人に教えられた上諸江で下車する。都電荒川線の駅を大きくしたようなこれも無人駅で、人の気配はない。一緒におりる客の姿もない。一人きりだ。新しい石段を下ると駐車場があり、すぎれば住宅街だ。

住宅街を行くと、陽が落ちた。街灯の明かりが頼りになるが、さして苦労するまでもなく、田畑勉のマンションは解った。夜になったのに、ベランダに洗濯物が干されたままの二階があり、もしやあれではと入ってみると、やはりそうだった。

しかし、ベランダ側からは薄い明かりがにじんで見えたのに、玄関の呼び鈴を何度押しても返答がない。ドアノブに触れると、施錠されている。留守ということか。

このまま帰る気になれず、一応加越運送にも廻ってみようと考えた。田畑の人となりは知らないが、あるいは真面目な男で、残業しているのかもしれない。

加越運送もじき解った。大通り沿いと聞いていたからだ。トラックが並ぶ駐車場を抜けて事務所に入れば、がらんとしたオフィスの奥に、ひとつだけ明かりがともり、その下で残業している若い男の姿がある。寄っていって身分証を見せ、田畑勉さんを捜しているのだけれどもと問うと、

「もう帰りましたが」

と言う。

「マンションに寄ってみたんですがね、留守なんです」

そう言うと、

「ああ、『ひょうたん』かなあ」

と言う。

「ひょうたん？」

と問うと、

「飲み屋です。よくそこにいるから」

と言う。場所を訊いたら、表で説明するという。

駐車場のトラックの間を抜けながら、

「何か事件ですか？」

と彼は問うた。

「まあそうですが、秘匿捜査でしてね、ご理解ください」

吉敷は言った。

「自分が来たことも、周囲の方にはご内密に願います。人の命がかかっていて、よろしいですか？」

「解りました。あの、田畑が関係して……？」

「ああ、それはないです」

吉敷は即座に言った。

道ばたに立った。

「この道をまっすぐに行って、あのなんとかローンという看板のところを右に曲がってまっすぐ行くと、ひょうたんという行灯《あんどん》が出ていますよ。右側。いないかもしれないけど、でもたぶんそこです」

と彼は教えてくれた。

「田畑さんの携帯の番号は知っていますか？」

吉敷は尋ねた。

「知っていますが……」

彼は言いよどんだ。教えてもいいものか、と迷う顔をした。

「何番です？」

委細構わず、吉敷は無造作に訊いた。

これをメモし、礼を言って、吉敷は歩き出した。

ひょうたんに着き、ドアを引いて開けると、いらっしゃいませ、と言う若い娘の声が迎えた。入ってみると、格別美人というのではないが、ぽっちゃり型の可愛い顔立ちの娘がいた。厨房には、娘の母親と見える女性が丸い背中を見せていた。

狭い店だが、客は一人だけで、酔って上体がゆらゆらしている若い男がいた。今にもスツールから落ちそうで、放っておけない様子に見えた。急いで寄っていき、

「田畑勉さん？」

と尋ねると、赤い顔をした男はびっくりして目をいっぱいに開き、そして幸いなことに、自分で椅子にすわり直した。

「あんた誰？」

と言った。その様子は、彼が間違いなく頼子の夫だと語っていた。

「いらっしゃいませ」

と耳もとで言って、娘がそばに来ていた。耳もとにしたのは、店内に大きな音量で歌謡曲がかかっていたからだ。

「生ビールを」

と言ってから空腹に気づき、

「焼きそばがあるの？」

と尋ねた。田畑の前に、食べ残しの皿があったからだ。あるというから注文した。そして男の前にすわった。

「なんですかあ、いきなり」

田畑は酔いの廻りきったものに特有の、だらだらした口調で問うた。まだ時刻は早い。勤め帰りに、もうこんなふうに酔う夫かと考え、艶子や頼子の顔が浮かんだ。

「すわっていいとは言ってないよ」

また大声で言う。

「いいと言うさ、話を聞けばね」

吉敷は言った。男はふてくされ、ふんと言った。

「ちょっと君、騒がない方がいいよ」

吉敷は身を寄せ、ささやく声で言った。

「私は、こういうものなんだ」

奥の母娘の視線が横を向いているのを見てから、警察官の身分証を、彼の鼻先に提示した。そしてすぐにしまった。しかし田畑は、ほとんど何も見てはいない。

「噂になるのが嫌だったら、静かに話した方がいい。それとも、君の部屋に戻ってから話すのでもいいよ」

「帰りたくないよ！」

田畑はいきなり言った。けっこうな音量の声だったから、吉敷は話を続けるか否かを迷った。沈黙して、ビールか焼きそばが来るのを待った。

まずビールが来たので、持ち上げて、半分ほどになっている田畑のジョッキに近づけ、触れさせた。田畑は持ち上げてはこなかった。

「警察？」

彼は問う。吉敷はうなずく。

「そうだ、別に君と楽しく飲みにきたんじゃない。君の奥さんの頼子さんだが……」

言うと、田畑はいきなり両手を振り上げ、

「あんなの、奥さんじゃない！」

と叫んだ。

「頼子も、姑も、他人！　俺、あいつらと全然関係ない、だって別れるんだもん！」

歌謡曲に挑むように、彼は大声で言う。うがてば、店の娘に向かって言っているようにも聞こえた。

「別れるのかい？」

吉敷は確認するように、静かに訊いた。

「別れる、もう離婚届も取ってきてある」

「ああそう。どうして？」

吉敷は尋ねる。

「二人とも、穏やかないい人のようだったが」

「外ヅラだけ」

「ふむ」

「だって俺は関係ないんだもん。あの親子は双子だよ、俺入れない。俺には文句ばっかり。くどくどくどくど文句ばっかり。何言ってもはいって言うことないの。じゃあ二人で生きたらいいじゃないの。そうでしょ？」

「そうかな」

吉敷は疑義を呈した。

「亭主がひどい飲んだくれなら、そうなる気も解らんでもない」

低い声だったから聞こえないかと考えたが、

「飲みはじめたのは別居してから」

と田畑は言った。聞こえていた。

「そうか」

とは言ったものの、自分が言ったのはそういう意味ではないと思った。酒の態度が悪くなるのは精神が安定していないからだ。配偶者のそういう性質は、酒がなくてもそれと解るものだ。酒は、それをよりはっきりさせるというにすぎない。

「よく聞いてくれ、大事な話なんだ」

吉敷は言った。

「酒が入る前にしたかったが」

「悪い話でしょ？　どうせ」

彼は問う。

「まあ、乾杯するような話じゃないな」

「じゃ聞きたくない！　大事な話なんて俺にはない、聞きたくない！」

「まあそういわずに聞け。君の一大事なんだ」

「やだーっ！」

彼は叫び、両耳をふさいだ。

「もうこれ以上やだよーっ！　たくさんだーっ！」

これでは聞こえまい、そう思って吉敷は待った。なかなか手を離さないから、寄っていって、強引に耳から手をはがしてやろうかと考えていたら、焼きそばが来た。それで、こっちを先にかたづけることにした。

割り箸を割り、焼きそばを食べていたら、目を強くつむっていた男が、ゆるゆると耳から手をはずすのが見えた。それから手を伸ばし、ビールを飲む。そして、どんとかたわらの壁に肩をぶつけた。

「ビールだけでそんなに酔ったのか？」

食べながら吉敷が訊くと、

「焼酎」

とつぶやくように言った。

「ほう」

と吉敷はうなずき、食べ続けた。

ソース焼きそばの味は、悪くはなかった。さっきの小野家老人の食卓が目に浮かぶ。食材のランクは天と地ほどだが、不思議にうらやましい気分になれない。自分はこういうものやカツ丼を食べ続けて充分しあわせに感じる。昔からそうだ。

「うまい」

思わずそう言うと、

「でしょ？　ここの案外いけるんだよ」

と田畑が応じる声が聞こえたので、案外可愛いところがあると思った。

しばらく沈黙になったら、田畑が言った。

「で、何？」

田畑が訊いてくる。

「何だ？　聞く気になったのか？」

吉敷は驚いて言った。

「俺のこと、逮捕にきたんじゃないでしょ？」

「姑に頼まれてか？」

「うん」

「心配なのか？」

「それなら生活態度を変えろ」

「まあ」

「宵のうちから、毎晩そんなに飲んだくれてるのなら、逮捕してやりたいね」

「やだよ」

「冗談じゃねぇよ！　罪状なんだよ！」

ひと声叫んで暴れたら、田畑は椅子から床にずり落ちた。けっこう大きな音がした。落ちまいとして、しばらくあたふたと両手を振り廻したが、助ける気にはなれず、食べながら吉敷は眺めていた。

田畑が椅子によじ登った頃に、吉敷は食べ終わった。口をナプキンで拭き、またビールを飲んだ。

「君は、どういう育ち方をしたんだ？」

と訊いてみる。

「俺？　育ちはいいよ、おばさんが見栄張れる程度には。ボンボン」

「だろうな」

「で、話は何？」

「君の娘の希美ちゃんが誘拐された」

「え？」

するとさすがに田畑は目を見張った。

「奥さんから連絡はないのか？」

「俺、携帯の番号変えたもん。会社にかかってきても、出ないもん」

「ああ、それじゃあな。犯人は、警察に知らせたら子供を殺して姿を消すと言っている。会社の同僚とか知り合いに、事件のことや、自分が来たことは当分内密にしてください」

「俺、関係ないよ」

田畑はいきなり言った。

「え？」

「あんなの、俺の子じゃない。あの母娘の子だよ」

「ほう」

「なんか、俺には似てないしさ。ほんとに俺の子なのかな」

吉敷は無言で応じる。

「やっぱし、廓の関係者って特殊だよ。ひい婆ちゃんも変わってたみたいだしな、外面はいいけど、よその者寄せつけないようなとこあってさ」

「そうかい？」

「しょせん男は種付けウマだって思ってんだよ。誰でもいいんだよ、子供できたらはいさようならってよ。こっちのこと、徹底して小馬鹿にしてよ。あれじゃあ誰と結婚してもうまくいかないよ」

田畑はもっともらしいことを言った。

「廓の流儀」

そうなのだろうかと思う。艶子の母親は廓の習慣を嫌い、娘の艶子に普通の結婚をさせたがったと聞いた。だが夫は早く死に、艶子は寡婦になった。そして孫の夫はこの調子か、と思う。

どうしてこうなるのか、これが花街の血統と、どこかで関係しているのか、そう吉敷は考えていたのだ。そしてひ孫は誘拐された。世間並みの平穏を求めるお染めの思いは、今にいたるもなかなか実現されない。

「昭和二十年の、盲剣楼占拠事件って知っているか？」

吉敷は訊いた。

「いいや。何それ？」

頼子の夫は怪訝な表情になる。

「子供を誘拐して、犯人が何を要求しているのか、君は興味ないのか？」

「ないよ。金？　言われても、俺ないけどな。婆ちゃんも、持ってないんじゃない？」

「違う、金じゃない。鷹科艶子さんが描いた『盲剣さま』って絵、見たことあるか？」

「ない。興味ないもん」

にべもなく言う。

「婆ちゃんの絵なんて、俺興味ないよ」

「一枚もか?」

「ないよ」

「犯人は一人だ。しかも年寄りだよ」

「へえ、すげえじゃんよ、爺い?」

「言うことはそれだけか? 命賭けてでも対決して、自分の子を取り戻してやろうとは思わないか?」

すると頼子の夫はけらけら笑った。

「なんだい、なにそれ。冗談じゃないよぉ、そんなええ格好させてもらえないよぉ、そんな男らしいこと、許されないよぉ、この世の中」

「よし解った」

「え?」

立ち上がった吉敷を見上げて、田畑は言った。

「帰るの?」

「ああ、もう君には用がないからな」

「冷たいんだな」

「君には言われたくないね」

吉敷は頼子の夫に背を向け、女の子の方に行って金を払い、振り返ると田畑勉が、赤い顔でこっちを見ていた。

「早く帰れよ、洗濯物が湿るぞ」

そうひと言言い置いて、表に出た。そしてそのまま、一直線に上諸江の駅に向かって歩いた。

本数が少ないと聞いていたが、都合よく電車が来たので乗った。そこから金沢の駅は、ほんの二駅ほどだった。

タクシーで通子のマンションに戻ろうかと思い、念のためと思って時刻表を見たら、思いがけず大阪行きの列車がある。零時すぎに梅田に着く。迷わず切符を買い、急ぎ足で改札を抜けた。

すると携帯が鳴り、見ると通子だった。

今から大阪に出て、金森修太が頼って大阪に出た、谷村という代議士の息子に会うと告げた。明日の夕刻には金沢に戻れるだろうと言った。通子は驚いたが、そう、と言っただけだった。

梅田にはカプセル・ホテルがあった。そこで仮眠をとればよいと考えた。

9

大阪駅に着くと、まず天王寺駅に行き、谷村建設の所在を確かめてから休むかとも考えたが、列車では眠れず、疲れていたから、以前に利用したことのある駅付近のカプセル・ホテルにもぐり込んで眠った。

翌朝、付近でタクシーを捕まえて、天王寺駅に行った。谷村建設の始業時間に間に合うように、九時前に着く。駅前に立って見渡すと、谷村建設という看板はない。これは苦労させられるかと考えながら、駅前の大通りをわずかに進んだら、たちまち看板が目に入った。細いビルの中途に看板が上がっていたが、八階建てのすべてが谷村建設ではないようだった。一階から三階までの三フロアに入っているらしい。

信号を待って通りを渡り、会社の一階に入ると、エレヴェーター脇のガラスのドア越しに、朝礼をやっているのが見えた。背広姿と作業着姿の男たちが一対三くらいの割合で、正面のデスクの向こうにいる五十がらみの男の訓示を立って聞いている。あれが社長の谷村かと察しをつけた。聞いたのは苗字だけで、名前も知らない。

扉を開けてすぐのところに、受付と書かれたプラスティック製のプレートが載ったデスクがある。ここにいつも女の子がすわっているのか。しかし今は姿が見えない。大勢の男たちの間に娘の姿が二人ばかり見えるから、あれがそうかと思う。

見ているうちに、朝礼は終わった。整列していた男たちが乱れてフロアが騒然とする。今のうちにと思い、吉敷は素早く社内に入った。社員たちをかき分けて進み、正面で訓示を垂れていた男に向かう。

早足になっている男を部屋のすみで捕まえ、正面に立った。

「谷村社長さんで？」

吉敷は言い、身分証を示した。すると彼は、凍りついたような表情をした。

「うちに何か？」

と怯えたような声を出す。

「ああそうではありません。ちょっと金沢の刑事事件のことで、お話をうかがいたくて来ました。三十分くらいでけっこうです」

「どこからうちのことを？」

「金沢の、小野家さんといわれる、もと代議士の方です。以前お父さんと親しくされていたということで」

「ああ、小野家さん」

彼は言った。

「さあ、何ぞ私らで役に立つことかいなぁ。では三十分程度なら時間がありまっさかいに、ではこちらの応接間に」

言って、応接間と書かれた曇りガラスのはまったドアを示した。

「どうぞ」

ドアを開けると、谷村はソファーを右手で示し、

「今お茶を」

と言った。

「あ、どうぞおかまいなく、すぐに失礼しますんで」

吉敷は言うが、谷村はドアの向こうに、女の子にお茶を命じにいった。

「どういったことでしょうか」

せかせかと戻ってくると、谷村は問う。

「金沢で何かあったんでしょうか」

「申し訳ありませんが、秘匿捜査なんです。ご理解いただきたい」

吉敷は言った。

「生前、お父上が交際されていた、金沢出身の金融業の、金森修太さんについて知りたいんです」

「金森さん？」

すると谷村は、何故なのか頓狂《とんきょう》な声を出した。

「ご記憶ですか？」

吉敷は訊く。

「はい、まあ憶えてはおりますけど……、交際などと言われると、親爺《おやじ》は迷惑するかもしれませんなぁ」

と苦笑しながら言う。

「と、申されますと？」

言うと、ますます彼の苦笑は深くなる。

「いや私も、子供の頃ですが、なんとなく憶えております。しかしあの人、金森さんというのは、そりゃあもう、滅茶苦茶な人でしたから」

「滅茶苦茶？」

「はい、まあ、早い話が暴力的、喧嘩っ早い、口は悪い、酒癖は悪い、女癖は悪いと、三拍子も四拍子も揃ったような人で、周囲の鼻つまみです。あの人と友達だと自分で言うような人は、まず大阪にゃおらんでっしゃろなあ」

「つまりは、やくざですか？」

「そらやくざですが、金森組みたいなものは、組織してはおりませなんだなぁ、少なくともこっち、大阪では」

「ドスを抜いたり、振り廻したりですか？」

「ま、そりゃあ抜くでっしゃろなぁ、もし持ってりゃあ。しかし、ドスのことはあんまり聞きませなんだなぁ。もっぱら殴る蹴るですわ、腕っぷしが強いんですわ、ごっつい体して。ちょっとなかなかあのおっさんには、若いもんでもかなわなんだと思いますなぁ、全盛期は。迫力あったもん」

「こっちで、金貸しをやっていたんですか？」

「そうです。鶴橋の駅前でなあ、戦後間もない頃は、あのへんはもうドヤですからなぁ、在日のもんらの」

「金森金融という……」

「いや、そんな看板はあげてなかった思うな、口づてでね。でも金貸し商売が、うまいこといかなんだんですわ、こっちでは。そら時期が悪いわね、戦後のどさくさで。まだなぁ、あの当時は闇市なんぞがあちこち立って、だあれも大した事業なんぞ起こしてまへんしな、そこへもってきて、金森のおっさんも、だまされたて聞きますな、金を持ち逃げされたらしいです、身内のもんに」

「ほう」

「それで、手引きしやがったと言うてね、会社のもんを半殺しの目に遭わせたりしましてな。本人も大けがして、血まみれで、何度も入院ですわ。そいで出てきたら、豆腐屋始めましてん」

「豆腐屋？」

「そうです、兵隊も逃げたし。しばらくは真面目に豆腐作ってな、売り歩いてましてん。金貸し商売のかたわらな」

「ほう」

「そいから、夏はアイスキャンデーも作っとったな、わしももろうた記憶がありますから。あのおっさん、案外子供が好きやったからね」

「ふうん」

「でもそうしとる間もなぁ、女の問題は大変で、女房をどっからか見つけてきて、一緒に暮らしとったんやけど、女房が古うなったら、若い愛人をまたどっからか探してきて、隣のバラックに住まわせてな、一緒に暮らしはじめましてん。でも女房が隣の家やから、女同士がもめて、取っ組み合いの喧嘩にもなったって聞きます」

「ふむ」

「そいで女が愛想つかして逃げて、ほしたらまたどっかの飲み屋から、女房にしたるて若い女の子だまして連れてきてな、また暮らしだしたんですわ。その女は子連れでなぁ、子供も周囲を走り廻って、まあわやくそやったて」

「彼に子供はできなかったんですか？」

「できましたなあ、女房が女の子産んで、でもその子大きうなって、まだ二十歳前かなあ、電車に飛び込んで自殺しましたわ」

「自殺？」

「そうです。あんな親爺で、絶望したんですやろ、実の娘なら逃げるとこあらしまへん。子連れの愛人も子供産んだけど、これは赤児のうちに死にましたなあ、病気で。そのたびにおっさん荒れてなあ、家壊して、ガラス割って、大暴れですわ」

「なんだか、気が滅入るような話ですな」

吉敷は言った。そういうことなら、生き残った娘は艶子一人か。

「はいそうです、気ぃ滅入ります。でもまあスラム街ですからなぁ、そんなもんちゃいまっか。おまけになぁ、そうしとったら奥さんも死にましてん」

「亡くなった？」

「はい、脳梗塞で。さんざん苦労かけた挙げ句に、脳梗塞で殺してしもうた。さんざん頭殴っとったから、そのせいもあるんやないかてなぁ、みな言うとったそうです」

　吉敷は溜め息をついた。

「それじゃあ一人になった」

「そうです。みんな相手にしとらんかったから、孤立ですな」

「でしょうな」

「せやからうちの親爺も、さすがにあの頃は距離を取るようになっておりましたな、とってもつき合いきれんて。私にも、あの馬鹿親爺には近寄るんやないでと、よう言うとりました」

「ふうん」

「やくざとももめて、仲悪うなって、目ぇつけられて、たびたび命狙われて。生きとったんが不思議みたよな男でした」

　ちょっと沈黙になる。

「まああの頃はなぁ、軍国の名残もあって、暴力暴力の時代でしたから。まあ時代ですなぁ、あんなトンでもないおっさんも街におった。差別された在日の怒り、いうもんもあったやろし」

「金森さん、こちら、大阪に来たのは戦時中ですか？」

　吉敷は核心の質問に入った。

「そうです、私はそう聞いとります。親爺を頼って大阪出てきたんです。親爺が町内の世話役みたいなことしとりましたからなぁ。金沢でなんぞあったんやろて、親爺は言うてました。そいでおられんようになったんやろて」

「その内容についても、何か言っておられましたか？」

「いや、それは聞いておりません。でもあのおっさんのことやから、推して知るべしやろて……」

その時ドアが開いて、お茶が来た。湯呑みがテーブルに置かれている間、会話が中断した。

「こっちに来た理由は、なんぞご存知ですか？」

社長が訊いてくるので、女の子が出ていってから吉敷は言った。

「奥さんが死んだと、それが金森さんの暴力のせいだと、そういう噂がたったようですね」

「ああ、やっぱりね」

谷村社長は言った。

「金沢のことは、気にされているみたいでしたか？」

「誰がですか？　金森のおっさん？　いいやあ、いっさい話しようらんて言うてましたなぁ、縁切りたがっとったと、金沢とは」

茶をすすり、谷村は言う。

「帰っていないですか？」

「金沢？」

「そうです」

「一回も帰っとらんでしょう、金沢？　クワバラクワバラ、みたよな感じやったと」

「昭和二十年の、つまり終戦の年の九月ですな、この頃に、短期間でも金沢に戻っていないですか？　金森さんは」

「あ、そりゃないです」

谷村は即座に言った。

「昭和二十年言うたらまさに激動の時期で、まだ親爺と一緒になんぞ怪しげな商売やりよった頃です。闇物資の横流しや何やらで、ひと儲けしたろかて、二人して血まなこになっとった頃ですわ。ある意味、濡れ手で粟のチャンスも転がっとった時代で、そんな機会、あのおっさん逃さしまへんわな。とっても金沢に戻るなんぞというような、悠長な発想はありまへん。二人して、大阪中東奔西走です、銭儲け、銭儲けー、ですわ」

「ふうん」

これは違うか、と吉敷は思いはじめていた。金森修太は違う。

「それで金森さんは、今も大阪に？」

吉敷は訊いた。もしもこの地にいるなら、会っておくのもいい。個人的に興味も湧く。それほどにとんでもない男なら、ちょっと顔が見てみたい。

「え？　金森はんでっか？」

谷村はびっくりしたような顔をする。何を言うのだ、というような顔なので驚く。その理由が解らない。

「いないのですか？」

吉敷は訊く。

「おりまへん」

谷村は当然だというように言う。そしてこう言った。

「あの人は、北朝鮮帰りましたわ」

「え？」

思ってもいなかったことを聞く。

「帰還事業でなあ、帰国しましたわ。かなり貯め込んどった金もみな持って、所有しとった自慢の高級車も、豆腐作る機械も何もかんもなぁ、全部共和国に寄付して、帰国しよりました。あのおっさん、愛国者やったんですな、ああ見えてもな」

「いつ頃のことですか？　それは」

「あれは、一九六〇年代のことやったろうなぁ、六〇年代の後半やったと思います」

谷村は言う。

「北朝鮮に帰還した……」

小野家老人は、東京オリンピックの前後から噂を聞かなくなったと言った。正しかった。日本からいなくなっていたのだ。

「あのおっさん、夢持っとったんです。祖国の社会主義にも幻想持っとったし、もともとひと旗揚げたろ思うて日本に渡ってきたんです。せやから、この国で作った財産全部持って、祖国に凱旋したんです。まあ、故郷に錦を飾ったんですな、もともとそういう心づもりでおったんですから」

「はあ」

「それにもう、あんだけ悪名轟いたら、日本にゃおられんわな」

谷村は苦笑気味に言う。吉敷はうなずく。

「それなら、今頃は祖国で、いい暮らししてるんでしょうな」

そう問うてみる。

「餓死しました」

谷村は、するとあっさり言う。

「はあ?」

吉敷は言う。

「あり金全部祖国に取られて、貧乏のどん底に落ちて、雪が降る寒い村の、暖房もろくにないようなあばらやで、部屋に降り込んどる雪の中で餓死したて」

唖然としてしまい、吉敷は言葉がなかった。

「いや、人づての噂ですよ。でもまず間違いないなぁ、こっちに逃げ戻ったもんの名簿がありますが、それには名前がないし、向こうでつき合いがあったもんがこっちに逃げてきて、そのもんが言うとったことらしいんで、確かでしょう」

　吉敷はうなずく。

「あばらやで、一人寂しう餓死したて。まあ、自業自得でしょうなぁ。自分がさんざんやった悪行の報いですわ」

　谷村社長は笑って言う。

10

　吉敷は悄然とした足取りで金沢駅におり立ち、タクシーで東の茶屋街に戻った。茶屋街のとっつきでおりると、今日も観光客は多い。

収穫はなかった。ということはすなわち、犯人を満足させられず、子供の命が危険に晒されるということでもある。

　通子の店の、木格子の引き戸を開け、瀟洒《しょうしゃ》な和造りの店内に入ると、香を焚いているらしく、よい香りがする。かすかにだが、旅の疲れや、失望が癒される思いだ。壁の時計を見ると、もう午後の五時が近い。

「お帰りなさい」

　と通子が言った。随時電話を入れていたから、吉敷が帰ってくる時刻もおおよそ知っている。

とすぐに別の女の声が奥から追って聞こえる。喫茶コーナーのソファーに艶子と頼子がすわって、吉敷の帰還を待っていた。

二人とも、和装だった。こういう時、田畑勉はどんな格好をしたのだろうとふと考える。やはり和服を着たのだろうか。

「お疲れさまでございます」

寄っていくと艶子が言う。頼子も横で頭をさげている。二人の前のテーブルには、湯呑み茶碗が二つ出ている。

「帰りました」

吉敷は言った。

「しかし、収穫は乏しいです」

吉敷は昨日、内灘の高級老人ホームで小野家老人と会ったこと、彼に金森とつき合いのあった大阪の谷村を教えてもらい、天王寺まで行ってその息子と会ってきたこと、そして彼に聞いた金森に関する情報を、詳しく語って聞かせた。通子も、売り子の動けるスペース内を、精一杯近くまで寄ってきて、商品越しに吉敷の話を聞いていた。

「金森さんは、もう日本にいらっしゃらない……？」

つぶやくように艶子が言う。

「そうです。のみならず、もう生きていない。故人になっています」

「そうですか」

と頼子が気落ちした声を出した。

「では、犯人に会ってもらうのは無理ですね」

「ええ」

吉敷は言ってうなずく。

「それは？」

頼子が膝の上に何かを抱きしめているのを見て、吉敷が訊いた。

「固定電話の子機です。いない時に電話がかかってきてはまずいから。ここだったら、電波が届くんです」

頼子が説明した。

「そうですか。何か連絡はありましたか？」

「いいえ」

母と娘は揃って言う。

格子戸が開いて、客が入ってくる。いらっしゃいませと通子が言い、スペース内を戻って、商品を眺めている三人連れを見ている。客の一人が何か質問をして、通子が応えている。

「ここはまずいかもしれませんね、犯人から電話が入れば、客の声が入るし、客に気配の異常を悟られる」

「上に、私の家にまいりましょう。散らかしているんですが」

艶子が言った。吉敷はうなずく。

「それがいいかもしれませんね、それならスピーカーに切り替えもできる」

三人で立った。裏口に向かって歩く。吉敷は通子に向け、人差し指を上に向けてサインを送った。艶子の家に行くという伝達だ。通子はうなずいて寄越す。

裏口から出て、画廊の裏手を廻って歩き、隣家との境の路地を入って、そこについた狭い階段を上がった。

靴を脱ぎ、取っつきの四畳半に、吉敷は招じ入れられた。磨かれた黒い座卓があり、座布団があり、茶の湯のセットが見える。畳は青く、よく片付いている。

ガラス窓があって、そのすぐ外には木格子があるのだが、その隙間から、観光客がぞろぞろ歩く、茶屋街の石畳が見おろせる。

「今、お茶を淹れてまいります」

頼子が言った。

「いや、おかまいなく」

吉敷は言う。

「金森さん、暴れん坊だったんですね」

座卓の向こう側にすわった艶子がぽつんと言う。

「すごかったようですね」

吉敷も応じる。

「私にも、その血が流れているんですね。なんだか、解る気がします」

彼女は言い、

「はあ、そうですか？」

と吉敷は言った。

「はい。私はあまり、周囲に合わせることができません。人に何を言われても、自分がやりたいようにやってしまいます」

「ああそうですか」

まあ日本画家への道なども、型破りの部類ではあろう。

「女としては、ずいぶん暴れん坊だと思います」

吉敷はうなずく。

「田畑勉さんには、お会いになりましたか？」

艶子に訊かれて、少し迷ったが、

「会いました」

と応えた。

「私らへの悪口もお聞きになりましたか？」

「まあ、酒を飲んでいましたのでね」

とだけ言った。

「やっぱり彼は、来ませんでしたね」

艶子はつぶやくように言う。

その話題は、あまり歓迎ではない気分だった。頼子の夫は、世間の常識からすれば、まことにだらしのない人物だった。しかし吉敷は、ああいう情けない男を、軽々には嫌いになれないでいる。だから、どちらの味方もしたくない。内灘の小野家のホームにでも話を振ろうかと思っていたら、襖《ふすま》が開いて、頼子が入ってきた。

湯呑みをそれぞれの前に配り、盆の上に置いていた子機も、卓の上に移した。それから、串団子が載った小皿を、人数分配った。

「このお団子、あとで盆さんのところに持っていってあげよか思うて」

頼子が母に向かって言った。

「お櫃《ひつ》に入れた？」

「うん、ここ置いてあるよ」

そして後ろを向いて、広げた風呂敷に載せている重箱を持ち、蓋《ふた》を取ってこちらに見せた。

「ホームの同室の人にも食べてもらおか思うて」

「そやな、それがええわな」

母は同意する。

「盆さんというのは、盲剣楼の？」

吉敷は訊いた。

「はい。亡くなった母のお付きで、ずっと世話をしてくれとった人です。戦争前からずっとうちの楼に住み込んで、うちらの面倒もみてくれとった人で、私のお父さんですなぁ」

「私にはお爺ちゃん」

頼子は言う。

「今この裏手の、老人の家に入ってもろてて」

「老人ホームですか？」

小野家を思い出して、吉敷は言った。

「そうな立派なもんやのうて、普通の家です。その各部屋にベッド四つずつ入れて、お年寄りを大勢収容しておるんです」

「ほう、ひと部屋に四つ？」

それは狭かろうと思う。小野家などは、当然個室だったはずだ。

「ここに寝てもろうてもええんですが、盆さん遠慮して。盆さんはもともと障害がある人やさけ、なかなか入れてくれるとこがのうて」

「障害が？」

吉敷は聞きとがめる。

「はい。どもるし、足はびっこやし、体がうまいこと動かんで、それに、今で言う学習障害いうんかねぇ、計算とかがうまいことでけんのです。漢字もあんまりよう知らんし、どうかすると、カタカナも忘れとります」

「〝ミ〟て、どっち側に傾けるんでしたかいなぁ、ゆうたりね」

言って、頼子は笑った。

「ふうん」

「あ、お茶どうぞ」

と頼子が言った時、テーブルの上の子機が鳴った。電話機の音自体は大きくないのだが、卓がブーンと共振する。

瞬間、頼子の顔がわずかにゆがむ。恐怖で泣きそうな表情になった。

「お母ちゃん」

彼女は言って、すがるように母親を見た。

「出てください」

吉敷は冷酷に命じた。それで、艶子が子機を取り、ボタンを押して、

「もしもし」

と言った。そして吉敷の顔色を見てから、子機を離してスピーカーのボタンを押した。

子機は卓に置く。

「どや、もう二日間経ったでぇ」

男の、無遠慮な関西弁が聞こえた。

「わしのヒョンニム、いや、わしの兄貴殺したもんの消息は解ったか？」

「金森修太さんのことですか？」

艶子が、電話にやや体を傾けて問う。

「せや」

見ると頼子はうつむき、顔を両手で覆って震えている。

「調べました」

艶子がまた体を少し傾け、子機に話す。

「ふん、ほいで？」

長く声音を聞いていると、男が年寄りらしいことが声質から感じられてくる。

「金森さんは、もう北朝鮮に帰っておられました」

艶子が言うと、

「なに⁉」

と男は険しい声を出した。

「帰ったて？」

「はい」

「ほなら、日本におらん言うんか」

やや大声になる。頼子は威圧を感じてますます身をすくめる。

「はい」

「そうな、馬鹿なことがあるもんかい！」

男は大声を出した。馬鹿なことも何もない。事実だ。金森の行動は、こちらがどうこうできることではない。

「ホンマです。そちらでも調べてみてください。金森さん、金沢から、戦時中に大阪の生野区の、鶴橋いうところに出られて、金貸しとか、お豆腐屋さんをやっとられたんですが、東京オリンピックのあと頃に、北朝鮮に帰還された、いうことでした」

吉敷に聞いた事実を、艶子は必死で説明する。

「それで、ほなら、まだあっちにおると？」

犯人は訊いてくる。

「亡くなった、いうことでした、あちらで」

「死んだて？」

「はい」

「誰が言うとんのや、そないなこと」

男の口調が次第に乱暴に、やくざ口調になる。

「金森さんが頼って大阪出られた、谷村さんいう人の、ご子息です。今天王寺で、谷村建設いう会社をやってはります」

「なんちゅうことや。冗談やないで！」

吐き出すように、男は言った。

「今さら、そないな馬鹿なことがあってたまるかい！」

「でもホンマのことです。せやさけ、もう希美、返してください、お願いします」

艶子が必死で訴える。

「冗談やない、ほならわしの気持ちはどないなるんや！」

男は言う。吉敷は首をかしげる。この勝手さ、幼児性、あまり知能が高くないのか？

吉敷は疑う。

「希美、返してください！」

横から頼子が、いきなり叫ぶように言った。見ると、両頰を涙がいっぱいに伝っている。

「あかん！」

男の声が、にべもなく言う。

「こうなったらもうしまいや。子供殺してわしも死ぬで！」

男は、やけを起こしたように言う。

「やめて、子供返して！」

そういう頼子の叫びにあらがうように、ぷつんと電話の切れる音がした。

途端にどさっと音がして、見ると頼子が横倒しに倒れていた。

母親が立ち上がり、急いで卓を廻って、娘の背にかがみ込む。吉敷も寄った。

頼子の背中が大きく震えている。そして、うーっと大きな声を上げ、どっと嘔吐した。

「頼子、頼子、大丈夫⁉」

艶子が叫ぶ。

「今布団敷きます。すいません、運んでください！」

艶子は吉敷に言う。

「解りました」

吉敷は応える。

艶子は立ち上がり、小走りで隣室に消える。すると頼子は、大声で泣きはじめた。しゃくり上げ、激しく鼻をすする。吐き気が襲うと、泣き声がやんで、うっうっと声をあげ、背中をぶるぶると痙攣《けいれん》させる。

「お願いします！」

隣室から声がかかる。それで吉敷は、頼子を抱き上げた。襖の間から、急いで隣室に入り、頼子を運んで、敷き布団の上に横たえた。運ばれながらも、頼子は泣き続けている。

「今、洗面器……」

言いおいて、艶子が廊下に消える。吉敷は掛け布団を引っ張って、頼子の腰から下を覆う。

洗面器を持って艶子が現れ、隣室から新聞紙を持ってくる。それを洗面器の底に敷く。そして枕もとに置いた。

「希美は、希美はどうなるんでしょうか？」

すがるように訊いてくる。しかし吉敷にも答えようがない。

続いて艶子は、自分の胸を押さえた。

「ああ痛、私も、ちょっと駄目です」

言って、娘の横の布団に倒れ込んだ。

吉敷は携帯電話を取り出し、通子に向けてプッシュする。

通子の声が出ると、すぐにこう言った。

「すぐに来てくれないか。頼子さんと艶子さんが倒れたんだ。看病の要がある！」

「解った、すぐに店閉めて、そっちあがる！」

通子も叫ぶように言った。

11

艶子母娘には昔から懇意の主治医がいて、往診にも応じてくれるという。通子が代わりに電話をして、医者が来るまで、部屋を掃除したりしながら二人を見ているというので、二人は通子にまかせて、吉敷は串団子の入った重箱を持って表に出た。

重箱は、紫の風呂敷にくるまれていた。できれば傾けないで欲しいと艶子は言った。そして明日になれば、少しおいしくなくなるから、食後にでも、今夜のうちに食べて欲しいと言った。それで、吉敷が代わりに盆次に届けることになった。

黄昏時《たそがれどき》で、空はまだ明るいが、町並みはもう暗い。すれ違う人の顔も見えなくなった。時刻を見れば六時すぎだ。ちょうど夕食時になるかもしれず、ホームの訪問には失礼な刻限だが、あまりに具合が悪そうなら、すぐにおいとますればよいと考えた。

教えられた家はすぐに解った。古い二階家で、壁の板など、裾《すそ》は苔《こけ》が貼り付いて、朽ちかかって見える。屋根には草も見えて、どう見ても廃屋という風情だ。窓に明かりがなければ、空き家かと疑うところだ。ベッドから離れにくくなった低所得の老人たちのため、廃屋が利用されているという、そういうことらしかった。

玄関を入ると、電動の車椅子が置かれてある。ごめんくださいと奥に声をかけると、熟年の男性が出てきた。

「江原《えばら》盆次さんに、届けものを頼まれまして、鷹科艶子さんからですが」と言うと、

「ものは何ですか」

と問うので、

「串団子です。同室のみなさんにも食べて欲しいと言って預かりました」

そう言いながら風呂敷を解き、重箱の蓋を取って中身を示した。

男はうなずき、

「今食事中なんですが、よろしいでしょう。ご案内します」

と言い、こちらを待つふうなので、吉敷は急いで靴を脱いで廊下に上がった。

狭い廊下を進むと、左右の部屋に、ひしめくようにベッドが並んでいる。無言で食事をする老人たちが見える。厨房が見え、流しの前に立っている、熟年の女性が見えた。盆次は、突き当たり左側の部屋だった。ベッドのひとつが、障子のレールを跨いで、わずかに廊下にはみ出している。これは寝心地が悪かろうと思ったが、まさにそのベッドにいるのが彼だった。

「こちらです、江原盆次さん」

言って、たたんで壁に立てかけているパイプチェアを示してくれる。

「もしお使いなら」

と言う。それで吉敷は礼を言って、パイプチェアまで歩いた。

椅子を開きながら、

「盆次さん、吉敷と申します、鷹科さん親子から、これを持って行くように頼まれました」

と言って、重箱を差し出した。

盆次は、上体を起こして食事をしていた。胸のところに、細い帯状のテーブルがある。脱着式なのであろう。

「は〜」

というような声を発し、盆次は吉敷を見た。吉敷はゆっくりとパイプチェアに腰をおろした。

「つ、つ、つ、つ、だ、だ、誰、ど、ど、どなた？」

　彼は顔をしかめ、激しくどもって言い、さらに顔を強くしかめながら、じっと吉敷のことを見、それから愛想笑いらしいものを浮かべたのでほっとする。

　それで吉敷もはじめて、盆次の顔をしげしげと見た。しわに埋まっているような、痩せた風貌。大小の老人斑が、頰や額に無数に浮いている。目は小さく、瞼《まぶた》のしわに埋まっているような印象で、じっとこちらを見るが、もうよく見えてはいないふうだ。

　鷲鼻の印象が強く、鼻の穴から、白い鼻毛がたくさん覗いている。鼻の下には無数の縦じわがあり、唇は薄くて、乾いて見える。白く長い眉毛は、生え放題の雑草のようだ。

「だ、だ、ど、ど、どなたさん？」

　老人は問う。

「艶さんですよ、艶子さん」

　耳がよく聞こえないのだと知り、吉敷は大きな声を出した。

　すると、何やら視線を感じるので部屋を見廻すと、食事中の別の三人が、全員じっと吉敷のことを見ていた。

　吉敷は椅子を少し、老人の耳の方に近寄せた。そして、

「艶子さんと頼子さんが、このお団子を盆さんにと」

　とゆっくりと話し、重箱の蓋を取って団子を見せた。

　すると老人は、びっくりしたように目を開き、驚いたことに大きく頭を下げてきた。

その拍子に卓の上の皿ががちゃついて、吉敷はかばおうとして手を伸ばしかけた。

「い、い、い、い、いつも、ホ、ホ、ホンマに、す、す、す、すまんこってす、か、か、か、か、感謝しております、こ、こ、こ、こんなもんに」

老人は顔を大きくゆがめながら、懸命の努力を振り絞って言う。吉敷は申し訳なくなって、右手を上げて制した。もう、話さなくてもいいと伝えたかったのだ。そして、首を回して同室の老人たちを見廻しながら、

「みなさんにも、どうぞ食べてくださいということです」

と全員に宣言するように言った。

すると、一礼してくる老人が一人だけいた。あとの二人は、聞いても怒ったような硬い表情のまま、こちらを睨むように見続けている。その感情が不明で、吉敷はわずかに首をかしげた。

吉敷は、なんとはなく、盆次老人の食卓を見た。黒く焦げて固そうな小魚が二匹、皿に載っている。これはめざしだろうか。そして小さな卵焼きが二切れ、あとは白米、それだけだった。食欲がわくとは思えず、内灘の高級老人ホームの小野家の食事とのなんという違いかと思って、暗澹とした気分になった。

「狭いですね」

知らず、低く口に出してしまっていた。言ってから、失礼だったと後悔した。

「わ、わ、わ、わし」

聞こえたらしく、老人は言う。

「わ、わし、ふ、ふ、ふ、不具のもんですから」

だから仕方がないと言っているのか。体が不自由なら、狭い環境でいいという理由にはなるまいと思った。

四つのベッドの中央に小さなテーブルがあり、そこに大型の急須と、よく目にする月並みな模様の入った粗末な湯吞みがあった。立ち上がって重箱をテーブルに置き、急須を持ちあげてみると、中にたっぷり茶が入っているようなので、湯吞み茶碗を四つ並べておいて、それに茶を注いだ。そしてこれを、四人の老人たちの小さな食膳に載せて廻った。すると、やはり一人だけが礼を戻してきた。

一番深く礼を戻したのが盆次だった。不自由な首筋を、一生懸命折り曲げているふうなので、

「ああ、いいんですよ」

と吉敷は思わず言った。自分には、茶を淹れるくらいのことしかできないのだ。

「あ、あ、あ、あ」

盆次が何か言いはじめているので、

「はあ？」

と吉敷は言った。

「ど、ど、ど、ど」

彼は言う。吉敷はきょとんとした。何が言いたいのか解らない。

「何か、取って欲しいのですか？」

吉敷は訊いた。すると老人は激しく首を横に振る。そして、懸命に手で、お茶の碗を示している。

「あっ、私にどうぞと、おっしゃっているんですか？」

吉敷は気づいて言った。すると老人は何度もうなずく。

「いえ、いいんです、私は今飲んできました。喉は渇いていませんから」

急いで言った。

そうして、いったいなんという老人かと思った。形容する言葉がない。こんな老人を見たのははじめてだ。こんな状態にまでなり、自分が人生終焉の時を迎えているのに、まだ懸命に他人のことを心配している。これは、花街の楼の世話係として生涯をすごしたことによる習性なのか。

なにやら気持ちが沈んでしまい、動けなくなった。言葉も、思いつけなくなった。

「つ、つ、つ、つ、つ」

顔をゆがめ、老人はまた何かを言いはじめる。

「艶子さんですか？」

言ってしまい、後悔した。案の定、老人はうなずいている。

「ちょっと、都合が悪くなってしまいまして、代わりに私が……」

言って、後悔をさらに深くした。高齢者に心配をかけるべきではない。

「あ、あ、あ、あなた、じ、じ、じ、自衛隊？」

老人が問うてくる。吉敷は苦笑して、首を横に振った。

「違います」

「け、け、け、け、け、警察官？」

そう言われたので、ぎょっとした。どうして解ったのかと思う。迷ったが、うなずいた。そして顔を上げると、大きく見開いた老人の目と出会った。表情が、微動もしなくなった。彼が何かを感じ取ったことが解った。

しばらくそうしていたが、老人は大きく表情をゆがめ、こう言いはじめた。

「な、な、な、何か、あ、あ、あ、あったんや、ね、ね、ね」

今度は吉敷が、仏像のように凍りつく番だった。まずは、なんと鋭い感性かと仰天した。どうして解ったのか。

その次に、どうしたものか、と思い悩んだ。言ってしまっても、はたしてよいものか――。

「ど、ど、ど」

老人はまた、言葉を絞り出そうと奮闘する。

「も、も、も、も」

とまた言い出す。しかし今度は、内容の見当がつかない。

老人はゆるゆると動作して、枕の下に手を入れ、メモ帳と鉛筆を引き出した。そして震える手で、

「もうけんろう」

とひらがなを書いた。盲剣楼――。

続いて、こうも書く。

「よそうしていた」

「予想していた？」

読んで、吉敷はその通りを言った。すると老人は顔をしかめてうなずく。そしてさらに続けてこう書く。

「じけんあった？　はなして」

吉敷は身を固くし、溜め息をついた。驚いたのだ。

それから長い間迷い、ゆっくりと決心していった。立ち上がり、椅子を持って移動し、さらに老人の耳に近づく。老人の耳にゆるゆると顔を近づけて、

「希美ちゃんが、誘拐されたんです」

と告げた。

かすかに、老人の匂いを感じる。顔を離すと、すぐ鼻先に、いっぱいに見開かれた老人の目があった。やや黄ばんだ白目部分、赤い血管がいっぱいに走るのが見えた。

老人は、メモ帳を持って吉敷にかざし、「はなして」の部分をもう一度鉛筆で叩く。

何度も何度もそうした。

吉敷は心を決めた。これまでの経過、そして送られてきたノートの内容まで、詳しく語って聞かせた。老人が、こちらの知らない事実を、あるいは何か知っているかもしれない、そういうかすかな期待がそうさせた。

「で、で、で、電話を」

老人は必死の表情で訴えてくる。

電話？　吉敷は思う。電話をどうするのか。

老人は、頭上の卓に置かれた、白い電話機を懸命に指差している。

「どういう意味です？」

吉敷は問うた。老人はまたメモ帳に向かう。

「ここにかけさせて」

とたどたどしく書いた。

「かけさせて？　電話をですか？　犯人に、ここに電話をかけさせろと？」

今度は吉敷が目をむいた。犯人に、ここに電話をさせろと？

すると老人も目をむいていて、何度も何度もうなずく。

「かけさせてどうするんです？　まさか、あなたが話すって言われるんじゃ……」

すると老人は深く、大きくうなずく。そして顔を大きくしかめる。これは懸命に話しはじめようとする際の、老人の癖だ。

「わ、わ、わ、わ、わたしが、は、は、は、は、話す」

吉敷もどもった。

「ど、ど、どうして⁉」

「あなたが、何を話すと言われるんです？」

老人は顔をゆがめる。しかしどうしても言葉が出ない。だからメモ帳に向かう。

「このままだと、はんにん、こどもころす」

吉敷はうなずく。

「確かに、その危険があります。しかし、では、あなたが、時間を稼ぐと言われるんですか？」

するとと老人は何度もうなずく。そしてメモ帳に向かう。

「このはんにん、しっている」

吉敷は驚く。

「わし、もうけんろうにおりました。あのとき」

老人は書く。

「そしてはんにんとあいました」

「犯人と会ったのですか？」

驚いて吉敷は言い、老人は懸命にうなずく。

「こ、こ、こ、こ、こ」

そして言いはじめるが、老人はやはり言葉が出ない。興奮すると、ますます出なくなる。だからメモ帳に向かう。

「このはんにんのあにたち、だれがきったかしっている」

吉敷は、仰天して老人を見た。

「盲剣楼を占拠した犯人たちを、誰が斬り殺したか知っていると？」

吉敷は問う。

「あなたは、そう言われるのですか？」

するとと老人はうなずく、何度も何度も。

「それ、本当ですか？」

吉敷は老人の顔を見つめて訊く。すると老人は目を閉じる。答えなくなる。それで、吉敷はやはり疑った。

この老人は、ひと芝居を打とうとしているのではないか？　犯人を知っているから、その気安さから、兄を殺した者を知っていると虚言を言って、時間を稼ごうとしているのではないか。

「しかし、そうやって犯人をだませても、それが嘘なら結局同じことですよ。先でまたつらくなる」

吉敷は言う。時間を稼ぎ、それからどうするというのか。こちらは打つ手を封じられているのだ。この地の警察を動かせない。

しかし、ではどうするのかと問われれば、吉敷にもうまい手はないのだった。

すると老人は首を横に振る。何度も何度も振る。そしてメモ紙に、

「いまのままではあぶない、こども」

と震える手で書く。

「それはそうです」

吉敷はうなずき、言う。

「それは確かにそうなんですが、しかし……」

吉敷は沈黙し、考え込む。確かにそうなのだ。言われるまでもない。現状は、犯人にまったく希望がない。こうしている今にも、絶望から犯人は、子供の首を絞め、自分も死ぬかもしれない。

目を開くと、

「はやくかけさせてください」

と書かれたメモ紙が、鼻先に掲げられてあった。

「解りました」

それで吉敷は内ポケットから携帯電話を引き出す。通子にかけた。

まず状況を尋ねると、医者が来て二人に注射を打ってくれ、容態は安定していると言う。頼子は眠っている、ずっと寝ていなかったらしいから、と言った。吉敷はわずかに安堵し、艶子さんと相談して犯人のポケットベルを鳴らし、そこに電話をかけさせて欲

しい、と言った。

犯人からかかったら、このホームにかけるように、犯人に言って欲しいと伝えた。通子が驚いて息を呑むのが解る。盆次さんが犯人と話したがっているんだ、彼は犯人を見知っているようだから。

このホームの番号を知っているかな？　と問い、番号を見ようかと立ち上がりかけたら、鼻先にメモ紙が示されて、そこに数字が書かれていた。だからこれを読みあげた。

通子は、では艶子さんと相談すると言い、電話を切った。

「伝えましたよ」

吉敷は老人に言った。

「どうなるか、一か八かだ」

勝負になった。

通子がもう一度かけてくるかとも思い、携帯電話を手のひらに握りしめて吉敷は待つ。十分、二十分と時が経つ。どうしたろうか、と吉敷は不安になる。通子に言われても、艶子が迷ってしまい、犯人のポケベルを鳴らせないかもしれない。そうなれば、まだまだ時間がかかる。

見ると盆次は、皿の魚の一匹を、半分ほどかじっただけで、残している。ご飯も、卵焼きも、食べてはいない。

いきなり、電話が鳴った。大きな音だった。弾かれたように吉敷は立ち、電話のところに行って、コードを引っ張りながら、機械を盆次の枕もとまで持ってきた。そして受話器をはずし、盆次に渡した。

違う電話かもしれない、まずはそう思う。その可能性の方が高い。そう思いながらも、受話器に自分の耳を近づける。

よくは聞こえないのだが、だらだらとした口調の大阪弁らしかったから、吉敷は緊張した。盆次も、じっと聞いている。そして、

「わ、わ、わしや、ぼ、ぼ、盆次や。せ、せ、せ、せ、せ、正賢か」

と、咳き込むように訊いている。

「わ、わ、わ、わ、わしや、ぼ、ぼ、ぼ、ぼ、盆次や」

と顔を大きくゆがめながら、懸命に言う。狂気に似た表情が老人に浮かぶのを、吉敷は見た。

「せ、せ、せ、せ、戦前に、か、か、か、か、金森のこ、こ、広告部におった、チ、チンドン屋の、チ、チ、チ、チン公や」

すると相手も何か言っている。

「せ、せ、せ、せや、あ、あ、あれからわし、も、も、もうけんろうで、は、はたらておったのや、お、お、おまえ、し、しらなんだんか。は、は、はじめて知ったか？　せ、せ、せや、な、な、懐かしのう」

盆次は言う。

「お、お、お、お、おまえ、こ、こ、こ、子供殺したらい、い、い、いかんぞぉ、わ、わ、わいはな、お、お、おまえの兄貴殺したもん、し、し、知っとるんや」

　すると相手は息を呑んでいる。声が停まった。横で、吉敷もまた息を呑む。

　だが思い直す。これは、事実ではない。子供を助けんとしてのはったりだ。

「そ、そ、そうや、か、か、歌舞伎役者や、え、え、えろうイ、イロ男のなぁ、か、か、か、歌舞伎役者や」

　吉敷は驚いて盆次を見る。

「せ、せ、せや、ホ、ホ、ホンマや、ホンマのことや、か、か、か、金沢に住んどって、ま、ま、まだ生きとるわ」

　目を見張り、盆次を見る。しかし、老いてしわのまさる彼の横顔は自信に充ちるふうで、動じてはいない。嘘を言っているようには見えない。

「せ、せ、せや、わ、わ、わ、わしの知り合いでのう、お、お、おまえに会いに行ってもろてもええ。わ、わ、わし、い、い、いどころ知っとるさけ」

　すると相手も動揺し、何ごとか言いつのる。声から、興奮が伝わる。

「ば、ば、ば、場所、わ、わ、解ったわ、な、な、なに？　あ、あ、明日まで？　そ、そ、そら、早いわ、も、も、もうちょっと待て。れ、れ、連絡取るのに、じ、じ、時間がか、か、かかる。な、な、何？　ち、ち、違う、ぜ、ぜ、ぜ、絶対に嘘やない。ホ、ホ、ホ、ホンマのホンマや。だ、誰か絶対に知っとる、わ、わ、わしを信じぃや」

何ごとか興奮してまくしたてる相手の声がする。

「お、お、おまえも、も、もうここまで来たらお、おんなじやろが、も、も、もうちょっとま、ま、待てや」

しかし、電話が切られる音がした。

盆次は、受話器を枕の横にぼとりと落とした。そして、精根尽き果てたように目を閉じ、しばらくぜいぜいとあえいでいた。

「こ、こ、こ、これで、せ、せ、正賢、し、し、しばらく殺さん、で、で、です」

盆次は言った。

「し、しかし盆次さん、あんなこと言って、大丈夫ですか？　あの剣客を知っているなんて言って。歌舞伎役者だなんて、そんなわけはないでしょう……」

受話器を戻しながら、吉敷は言う。しかし盆次はもう話す気力が尽きており、長い長い沈黙が続く。

盲剣楼奇譚

1

金沢、東茶屋街にある老舗の置屋「盲剣楼《もうけんろう》」の中庭で、芸妓の春駒姐《はるこまねえ》さんが、苔《こけ》むした石灯籠や築山、玉砂利を敷いた灌水池《かんすいいけ》などの奥にある、玩具のように小さな古い神社の前で、頭《こうべ》を垂れ、両手を合わせて祈っていた。表では、いただきが魚を売り歩く声が聞こえている。

いただきというのは、頭のてっぺんに竹籠を載せ、能登周辺で獲れた魚を売り歩く女たちのことで、戦時花街の火が消え、芸妓たちの仕事がなくなったので、能登出身の芸妓たち何人かがこの仕事を始め、彼女らはなじみの花街の女将とか、贔屓筋のお客の家々がある一帯を重点的に歩いたから、みんな顔を知っている。

金沢は古くから軍都なので、戦時中は茶屋も置屋もみな軍人さん相手の枕営業を強いられ、気位の高い茶屋街も否も応もなく応じさせられたから、これを嫌う芸妓たちは楼を出て、挺身隊の勤労奉仕をすませてから、そんな仕事をして食いつないでいた。

先月、ようやく戦争が終わり、芸妓たちもだんだんに自分の楼に帰りはじめていたが、肝心の客筋や旦那衆がすぐには戻らず、店々の多くは商売の目処が立たずにいる。だから花街のいただきたちも、まだ魚売りの仕事がやめられない。

「春駒姐さん」

と名前を呼ぶ声が背後からして、振り返ると抱え妓《こ》の遊戯丸《ゆうぎまる》が、下駄を突っかけて庭におりてくるところだった。

「はい」

春駒が返事をすると、遊戯丸はかたかた近寄ってきながらこんなことを言う。

「おかあさんが、いただきさんからライギョ買うたて、春駒姐さんに言うといてて、言うてはりましたぁ」

「ああそうかぁ？　買いはりましたか」

春駒は体を向けながら応じた。

「ほかにお魚ないょて。ほならお腹に入るものないさけね、春駒姐さんならさばけるて。ライギョて、変なお魚ですよぉ。ウミヘビみたいで、うち見たけどな、気味が悪うあります。よう触らんわ」

「そうなことないのんよ、案外おいしいのよ」

言いながら春駒は縁側の方に戻っていく。

まだ天皇陛下の玉音放送からひと月で、街には全然ものがない。金沢は何故か空襲を受けなかったので、花街も家並がみんな残り、そのこと自体は本当にありがたいことなのだが、若い衆がみんな戦争に取られて漁師がいなくなり、日本海からあがる魚が激減してしまった。そこに持ってきて、あがった魚のうちのよいものはどこかが持って行ってしまうらしく、にわか商売のいただきのところに廻ってくる魚にはろくなものがない。それがこの東に来る頃にはさらになくなって、ライギョばかりになっている。ライギョはぬるぬるして顔つきも恐いし、おまけにウミヘビのような外観をして気味が悪いから、女たちは誰も買わない。しかしそんなことを言っていたら食べるものがないし、春駒が能登の漁村の出身で、ちゃんと食べられると言うから、渋っていた女将もとうとう購入に踏み切った。しかし調理は春駒がやってねと言っているのだ。

「普通にさばいたらようあります、刺身でもいけるんよ。盆《ぼん》さんは知っとるわ」

春駒は言った。

盆さんというのは盆次《ぼんじ》という名の、女将の身辺世話係で、戦前の芸妓時代から女将のお染《そ》めを慕い続け、志願してずっと付き人をやってきた男衆のことである。全然いい男ではないし、ちょっと知恵が遅れており、算盤《そろばん》はできないわ、簡単な暗算もできないわで、使い道がない。おまけにどもりで、言葉がなかなか出てこないから、会話にヒマがかかってしようがない。忙しい時はいつもいらいらさせられ、どこか奥に追いやりたい心地がする。女将もそれを言い、たいていこぼしている。

頭の回転が遅く、ゆえに体ものんびりして素早く動けない上に、根っからの不器用で、体が貧相なので腕力もない。さらに足が不自由で、重いものもなかなか運べないから、どうかすると挺身隊で鍛えられた芸者たちよりも力仕事ができない。どうにも取り柄がなく、みなで持て余している。娘らもあの馬鹿おじさん、とひそかにささやき合い、小馬鹿にしている。春駒も最初は苦手な男はんだった。

いつもへらへら、特有の薄笑いを浮かべ、ぺこぺこと常に低姿勢だが、それは力がないゆえの卑屈さと感じて、言葉を交わすどころか、ちらとでも自分を見られるとぞっとした。薄笑いで顔の筋肉が凝固してしまったという風貌も嫌で、さらに、笑いながら口の端にいつも白く唾液を溜めている様子も不潔で気持ちが悪かった。こんな人、いったい何が楽しくて毎日を送っているのだろうと首をかしげたが、それゆえに、いつしか盆さんの前では着替えができるようになった。聞けば他の妓たちもみんなそうで、どうやら犬猫のように感じれば、羞恥心は消えるものらしい。

娼妓たちのうちには、ちょっと胸や足を見せ、驚いて恥じらう盆さんをからかって遊ぶような妓もいた。盆さんは男らしい自信というものが皆無だったから、女たちに好色なちょっかいを出すということがいっさいなく、その意味で女ばかりの家に住むには具合がよかった。それをよいことにからかう娼妓たちのあくどさが春駒は不快だったけれど、戦前、置屋は芸妓だけでなく、一定数の娼妓も置かなくてはならない決まりになっていたから、娼妓たちを追い出すわけにもいかない。芸妓たちは、内心では娼妓を見下していて、ほとんど口をきかなかった。

けれど万事が刺々《とげとげ》しく、楽しみのない戦時にあっては、楼に居残った春駒も、盆さんの人畜無害ぶり、攻撃心、意地悪心のなさには救われた。彼は天涯孤独で、帰る故郷も持たないらしく、休暇をやってもじっと楼内にいる。女将のお染めも、そういう盆さんをむげにはできず、牛太郎として店に置いて自分の世話をさせている。

置屋の内部についても、説明しておくべきかもしれない。置屋とは、花街のお座敷に出張して笛や踊り、三絃や太鼓などの特殊な芸を披露し、座を華やかに盛り上げる芸妓と、客の求めに応じて褥《しとね》をともにする娼妓らが待機する家のことである。置屋の二階にも座敷があって、ここに直接訪ねてくる旦那衆もあるから、ただの待合室というわけでもない。

芸妓が美人で、持つ芸が一流であれば、名妓と呼ばれて一時代を作り、廓で長く語り継がれたりもする。芸妓、娼妓をまとめる家の主《あるじ》は一人の女将で、芸妓たちには「おかあさん」と呼ばれるが、この女将が大抵、そういうふうに娘時分に一時代を作った芸妓出身であることが多い。

女将の下に芸妓、娼妓たちがいるが、こうした娘らの世話をする女たちが家には何人もいる。芸妓志望者は、子供時代から養子になって家に住み込み、女将に読み書き算盤を教えてもらい、加えて毎日笛や踊りの習いごとに通いながら成長して、十数歳で芸妓に昇格する。こういう子供らはたあぼと呼ばれ、お座敷に向かう芸妓たちに楽器を持ってしたがい、付き人もこなす。ゆえにこの子らは忙しいから、料理までを習うひまはなく、賄《まかな》い仕事はそれ専門の者が行う。

芸妓は芸者とも呼ばれる。特殊な芸を持つ者の意だが、この言葉は古くは腕自慢の武芸者を指して使われた。それが江戸中期以降、座敷に侍《はべ》って芸を見せる遊興の女たちに、払い下げられた格好になった。

置屋の芸者たちは、刻限になれば裸の体と顔に入念に化粧を施し、着飾って待機する。お呼びの声がかかれば置屋を飛び出し、たあぼをおともにお座敷に駈けつける。別の家からもお呼びがあれば、一軒のお座敷を終えたらすぐに次の家に向かう。

こうして各茶屋で芸を披露しながら花街狭しと歩くのだが、座敷のたびにお花代という金銭が入る。おつきで横にすわるたあぼもまたお花代をいただく。これは歩合で当人も一部取るが、残りは家に入れる。このお花代とお祝儀が、置屋の全収入である。したがって、花街各家から呼び出しの声が絶えない売れっ子芸妓を出せるか否かが、置屋の浮沈を左右する。こうした売れっ子芸者は、毎夕食事をするひまがない。お座敷とお座敷の合間に、冷えた食事をわずかずつ口に入れては跳び廻る。

楼の食事作りはばんばと呼ばれる老婆が担当する。彼女はほぼ調理場仕事が専門となる。廓世界で縁の下仕事をする者はたいてい事情があって身寄りのない者が多いが、ばんばは特にそうで、終生楼に住み、仕事を続けながら老いて没する。それで俗に飼い殺し、などと酷な名で呼ばれることもある。

昔はこれにやり手婆と呼ばれる年寄りも別にいて、遊びたい盛りの芸妓、娼妓の見張りをしたり、時にお仕置きを与えたりして管理もする。反面、この道が長いので、客筋の説明をして立ち居振る舞いの助言を与えたり、稼ぎを増すための知恵付けを行う。しかし時代が昭和に入ると、この役職は次第に花街から姿を消した。

べえべと呼ばれる女は女中で、ねえやと呼ばれることもある。下働き専門の女で、すべての仕事を、状況に応じて手伝う。賄い、掃除洗濯などの家事全般もやるが、主な業務は芸妓・娼妓の着付けや世話である。そして女将の身の周りの雑事もこなし、命令一下、手足になって家中を駈け巡る。年齢は十代から四十代と幅が広く、きつい言い方をすれば、芸妓・娼妓になれない平凡な外貌で、習いごとが不得手の不器量女が、これをやるしかなくやっている、というのが正直なところであろう。

しかしべえべは体は売らないから、縁談が来ることがある。やり手婆も、腕を見込まれてよその店に引き抜かれることがある。牛太郎も料理人も、腕が良ければ他店が見込んで引き抜きにかかる。芸妓・娼妓はいずれは独立して自分の楼を持つ。唯一行く場所がないのがばんばで、ゆえに彼女らはばんばをやりながら、それぞれの楼で生涯を終えていく。

楼には男手も切実に必要である。これが牛太郎と呼ばれる呼び込みで、乞われれば家の力仕事もするが、主たる業務は店頭での客引きである。往来の男らの風采に応じ、旦那、親方、先生、などと巧みに言葉を選び、懐具合を推しはかり、性格を読んで語りかけては登楼にいざなう。口先と機転が勝負で、その気になった客が店に入れば、やり手婆に引き継ぐ。また時に芸者衆の世話役として座敷に付き添い、太鼓持ちも務める。表を飛び歩く芸者衆の見張り役であり、同時に用心棒でもある。

盲剣楼の盆さんは、こうした小器用な真似はできない。どもるから口八丁が務まらない。したがって牛太郎は無理である。それで終日室内にいて、女たちに命じられるまま、賄いを含む家事全般や芸者たちの世話、時には半裸の芸妓の着付けも手伝う。いわば盆さんは、べえべの男版であった。そして食事時になれば調理場に行って包丁も持つから、ばんばでもある。

もともと彼は、任侠組の顔役の下働きのようなことをしていて、親分衆の末端付き人として盲剣楼に登ることがあり、美しかった当時の名妓、お染めにぞっこん惚れ込んでしまい、組をやめさせられて盲剣楼に住み込み、ただ働きをした。気は利かないし、知恵は遅れているし、不器用のうえに言葉が不自由ときているから、十代の娘にまで軽んじられるのだが、気にしないで命じられるままよく働いた。そうしているうちに戦争が始まり、一人いたばんばが死んでしまい、女将は楼を閉め、食料事情もあってべえべはみな里に帰した。芸者たちも散り散りになったうえに料理人も兵隊に取られたから、今や行くところのない盆さんが、一人で盲剣楼を支えている。当初はいやいや置いていたふうの女将であったが、今ではずいぶん重宝している。

とは言っても、盆さんに料理人としての天分があったわけでは全然ない。彼は何ごとにおいても能力は並以下の凡夫なのだが、料理人の横で手伝っているうちに、見よう見まねでたいがいの料理は作れるようになり、まあまあの味も出せるようになった。

盲剣楼は長い歴史を持つ置屋で、金沢の花街発祥の頃からある老舗である。当然女将のプライドも高い。しかし戦時中、東西花街の各家は、新参も老舗も区別なく軍人相手の枕商売を要求され、芸も何もない、終日枕金ばかりの軍専用売春宿に堕してしまった。金沢は古くから軍都なので、軍とのつき合いは古く、要求にはあらがえない。

しかし女将のお染めはこれを嫌い、べえべはすべて里に帰し、住み込みの芸妓・娼妓にはもんぺを穿かせて挺身隊として軍需工場に勤労奉仕に出し、いったん楼の灯を消した。以降いかに慰安施設として国防奉仕の要請が来ても、うちはもう店は閉じたと言い張り、断り続けた。慰安所になれば、それなりに高収入がある。これで儲けた楼も多かったが、お染めはその道は採らなかった。そういう決断が可能であったのも、欲のない凡夫、盆さんが家にいたゆえであったろう。

ようやく終戦となり、挺身隊をしたり、はるばる外地に赴いていた芸妓たちも、お染めをしたって連日帰ってきはじめた。芸妓・娼妓の数が今は六人にもなり、お染めはあちこちに挨拶に歩いてのち、表の軒灯《けんとう》を再び灯す決意をかためた。しかし敗戦の傷は深く、客足はなかなか戻らない。お染めは蓄えを食いつぶしながら、戻った娘らを食わせねばならぬ事態に直面していた。

「退屈やなあお姐さん」

遊戯丸が言う。

「お座敷も全然あらへん。せっかく踊り習うたのに、見せることあらへん」

「先月まで戦争やっとったのやからな、そらしかたないわ。もうちょっと待っとったら、いっぱいお座敷あるで」

「うん、でももうじきアメリカ軍が来るて、みんな言うてるわ」

「せやなあ」

「今は京都とか、東京とか、太平洋の側におるけど占領軍。もうじき山越えて、こっちの日本海側にも来はるんやてー」

「せやなあ」

春駒はうなずいた。

「うち怖いわ。アメリカさん、怖いのやろ？」

「そうなことないいう話やけど。うちらの芸ごと、喜んで観てくれはるて」

「でも日本、負けたんやからなぁ、何されるか解らんのやないです？　特にうちら、廓のもんやさけ、大勢に押さえつけられて、手籠めにされるんちゃう？」

言うと、不安から、二人はちょっと沈黙した。

「お姐さん、なんぞお話しして」

遊戯丸は言う。

「何の？」

春駒は問う。

思えば遊戯丸は十五、見習い芸者でまだ子供だ。友達と連れ立って遊び廻りたい歳頃だろうから、退屈するのもよく解る。

「こっちすわり」

春駒は手を引いて、遊戯丸を縁側にすわらせた。自分もすわる。それからこう訊く。

「どうなお話しして欲しいん？」

「うちの楼、どうして盲剣楼いうのん？　あの社は、盲剣さまは、なんでここにあるのん？」

遊戯丸は、さっき春駒が手を合わせていた小さな社を示して問う。

「うーん、それはなあ、話せば長いお話やで」

春駒は言った。

「長うても話して。うち前から思うとります、聞きたいて。誰も話してくれへんさけ」

「うん」

「ねえ話して」

「解った」

春駒は言って、話しはじめた。

「うちの楼、盲剣楼ていうやろ？　それはずっとずっと昔、江戸の頃なんやけどなあ、それはそれは強い剣士がおったの。その人はな、それはきれいな顔してなあ、女の人に大人気で、絵のようにきれいな男の人やったん」

「へえ」

「そのうえに、日本全国、だあれもかなわんほどにな、強い強い剣客やったんよ」

「ふうん」

「でもその人な、目が見えなんだん」

「えーっ、目が見えんでも強いん？」

「そうや、目が見えんでもな、心の目で相手の剣がよう見えたさけな、ぱっと弾いて、どんいうて、倒すことができたん」

「へえー、そんなん、できるもんなん」

「その人はなぁ、半分神さまやったさかいに、できたんよ」

「神さま？　神さまの剣士？」

「そうや、せやから盲剣さま。あの社はな、その盲剣さまをお祭りしてあるんよ」

「あのな、姐さん」

遊戯丸は立ち上がって中庭を小走りになり、社に向かう。春駒も立ち、あとをついていった。

「これは何？」

遊戯丸は社の前に立ち、奥にすわっている小さな木像の剣士の前に置かれたがらがらや、赤児の産着《うぶぎ》を指差している。

「これは、赤ちゃんの産着？」

そばにやってきた春駒が説明する。

「ほうや。指で指したらいけんよ」

「なんで？」

「失礼や。このきれいな盲目の剣士さんな、赤ちゃん背負うてたん」

「えーっ⁉」

「せやからこっちはおんぶ紐《ひも》ょ」

「あれまあ、男の人なのに？」

「この剣士の神さま、盲剣楼の守り神なんよ。うちだけやない、東の茶屋街の芸者さんも、西の茶屋街の芸者さんも、みんなみんなの守り神なんょ。芸妓も娼妓も、金沢の廓のもん、みぃんなこの盲剣さまのこと、深うに深うに信仰しとるんよ」

「なんで？」

「え」

「赤ちゃん背負うて、それでチャンバラできるん？」

「そうや、神さまやさけな。赤ちゃん背負うてな、それでも強いのや。もう、ものすごう強うてな、相手が悪い人なら、あっという間に斬り殺してしまうのや。ほんの一瞬で、五人くらいばしばしって、斬ってしまうんやで、天才やから。せやから、悪いお客さんなんかいてな、ひどい目におうてるような時はな、この盲剣さまが現れて、うちら助けてくれるんよ。昔はな、この土地にそういうことが何度もあったんやてよ」

「ええ？　ほんまに？」

「ほんまや」

「なんか、うち信じられへんけど」

「信じなあかんよ、神さまなんやから」

「盲剣さま、なんで赤ちゃん背負うとるん？」

「それは……、うちはよう知らん」

「それでがらがら置いとるのですか？」

「うん、盲剣さまの背負うてる赤ちゃんのためにな、こういうお供えしとるの。それから赤ちゃんが喜ぶような飴とか、お菓子とかな、飴湯とか粥《かゆ》とか牛乳とか、いっつも欠かさんようにお供えするんよ、うちの楼の守り神やさけね。せやから楼の名前は盲剣楼。この楼の名前も、この天才剣士の言い伝えから来とるんよ」

「盲剣楼て、盲目の剣士さんのことかぁ」

「そうや、盲目の剣士、盲剣さま。この中に、ほら見て、剣がひと振り入っとるやろ？」

春駒は、社の下に付いた観音開きの扉を開ける。奥の暗がりに、太刀がひと振り置かれているのが見える。

「これ、盲剣さまのお刀なんやで。これで悪い人斬って、うちらを助けてくれはるんや。

せやからうちら、昔からこの剣をずっと手入れしとるん。おかあさん、時々やってはるよ。磨いて、錆びんように錆び止め粉はたいてな、そしていっつもここに入れとくの。錆びたら悪人斬れんようになるやろ？　うちらを助けられんようになるやろ？　なんぼ守り神の盲剣さまでもなぁ」

「ほならうちら、アメリカ軍が襲うてきても大丈夫やな。この盲目の剣士が現れて、みんなを斬り殺してくれるんや」

「そうや。強い強い守り神さんやさけ」

春駒は笑って言う。

2

「うちの楼、広いやろ？　あんな土塀に囲われてなぁ」

春駒が言い、ほんにと言って、遊戯丸はうなずいた。

「よその家と違う。土塀に囲まれて、こうな広い中庭までありますわ」

「ほうや、こうな立派な置屋、金沢の花街広しといえども、うちのほかにありしませんわ」

「春日灯籠、月見灯籠、槍灯籠が並んで、盲剣さまの社まであってなあ。姐さん、どうしてうちだけこうに広いん？　古いから？　由緒ある楼やから？」

「うん、こっちすわろ」

　春駒はまた遊戯丸を縁側まで引っ張っていき、腰をおろした。

「そやけど、うちの楼、土地で一番古いわけやないのんよ」

　春駒は話しはじめた。

「もっと前から茶屋はあったん。盲剣楼、最初に開いたのは、ここやのうて西やったんよ」

「え？　そうなん、西？　それは知らなんだわ」

「犀川《さいがわ》のそばやったんょ。でもあっちでも一番大きうなってなあ。ほしたら江戸時代がくだった文政三年に、町奉行さんの発案で、茶屋は犀川そばと浅野川のそばの二カ所に集められてなあ、西と東の茶屋街にしよてなった時に、東のお屋敷の跡が空いて、そこ茶屋にしてもよい、いうおふれが出てな、でもその沽券《こけん》買えるの盲剣楼だけやったさけ、うちのご先祖さまそこ買《こ》うて、東に移ってきたん。せやからうちだけがこうに広いんよ」

「ふうん」

「それでますます発展したん。加賀百万石やさかいにな、領民は前田家に謡《うたい》、奨励されてな、その頃の金沢ご城下は、空から謡が降ってくる、て言われたんよ。茶屋街も発展してなぁ、今みたいに大きうなったん」

「西に開いた最初から、盲剣楼いうたんです？」

「そうや」

「どうしてですか？」

「それは長い話。江戸のはじめ頃のこと、犀川の上流に紅葉村《もみじむら》いうところがあったんよ、紅葉の名所でな、そりゃあきれいな、ええとこやったんよ。その村にな、西河屋《さいかや》いう旅籠《はたご》があってな、そこには賭場《とば》があってなぁ、怖いお兄さんがいっぱいおるよな危険なとこやったん。でも芸妓や娼妓らもようけおってな、村人に演芸見せたりしてな、えろうはやっとったんよ」

「ふうん、それが盲剣楼になったん？」

「せやない、それはもっとずっと先のことや。そこにな、昔のことやからな、食べていけんようになったお百姓さんや、やっていけんようになった商家の可哀想な娘らが売られてきてなぁ、娼妓にされとったん。その妓ら、怖いお兄さんに脅されて、毎日泣かされてなぁ、とってもつらい日を送っとったんよ」

「おかあさんがひどい人やったん？」

「そうやない。花街と違うからなぁ、親分さんが仕切っとるんよ、怖い怖いやくざ屋さんや」

「男はんなのに、そうなひどいことするん？」

「やくざ屋さんいうのは鬼や。おなごを人とは思わへんの。大昔のことやからな、警察もおらへんし、やくざ屋さんいうのは人をいっぱい殺して、他人のお金盗《と》って、大きうなっとるのやから」

「ふうん、悪人？」

「そうや。そこへな、飛騨の山奥からな、食い詰め野武士の軍団が襲撃してきてな、旅荘をやってるみんなを斬り殺してな、乗っ取ってしもうたんよ」

「えー、もっと悪い人？」

「ほうや、もっとずっと悪い人や」

「怖いなあ、ホンマにそうなこと……。ほなら、旅籠のおなごの人らはどうなりました？　みな逃げたん？」

「逃げられるわけないょ。乗っ取る目的は、おなごとお酒やさかいにな、悪い人ら、絶対逃がさへんわ」

「ああほうやな」

「あとはお金、それと食べるもの。女の人らはみんな捕まってな、いやいやお酒の相手とか、させられたんよ」

「ふうん」

「芸妓は芸やらされてな、お座敷で三絃弾いて、鼓打って、踊り踊らされたん。汚い髭《ひげ》の生えた野武士らはな、酒のんで、酔っぱろうてそれ、見物したんよ」

「みんなおとなしう踊ったん？」

「いうことききかんおなごもおったんや。そしたらぐるぐる巻きに縛られてなぁ、梁《はり》からぶら下げられて、言うこと聞きます、言うまで竹の束で叩かれたんや」

「ひどい」

「もっということきかん娘は、縛られたまんまで何日も牢屋に入れられてな、折檻《せっかん》や」

「手籠めにはされなんだん？」

「そんなんもう毎晩や。芸妓に踊らせてなぁ、自分らはお酒飲んで、娼妓はお座敷で着物脱がされて、体中いらわれて、酒池肉林いうあれや」

「そんなん嫌やわ、うちは」

「そら、みんな嫌やわ。娼妓も芸妓も区別なく手籠めにされてな、せやからみんな、毎晩泣いとったんよ、来る日も来る日も」

「それは泣くわ、うちも」

「それだけやないんや。野武士はな、あちこちに出かけて行ってな、きれいな娘を見つけてはさろうてきてな、みんなで無理やり、してしまうんよ」

「えー」

「地獄や。言うこときかなんだら、また叩いて叩いて、拷問《ごうもん》や。ほんまに地獄やったんよ」

「ひどいなぁ」

「お、お、お姐さん、は、は、春駒ね、姐さん！」

　その時急に奥から男の声が聞こえた。妙におどおどしたふうの声で、足をちょっと引きずる独特の歩き方で、薄暗い奥から畳の上を、ひょことひょことやってくる者がいる。

「ああ盆さん、何？」

春駒は背後を振り向いて応じた。牛太郎見習いの盆次だった。

「あ、あ、あの、さ、さかなの、ラ、ラ、ラ……」

盆次は顔をしかめ、一語一語懸命に、絞り出すようにして言う。なかなか言葉が出てこない。すると口の端の白い唾がますます溜まる。

「ライギョか？　盆さん」

春駒は、助けるように言った。

すると盆次は助かったというように笑みを浮かべ、うなずく。

「へ、へえ、ラ、ラ、ラ」

「はいはいライギョさんや盆さん、魚の名前はもう解ったわ、で、ライギョがどないしたん？」

「ちょ、ちょ、あのちょ……」

「調理？」

「へえ」

「あんた、やったらええがな」

春駒はこともなげに言う。

「ど、ど、どうな……」

「どんな料理にするか？」

「へ、へえ」

「刺身でもええんよ、盆さん、さばくの得意やろ？」

「おか、お、お……」

「おかあさんが？」

春駒は察して言う。

「刺身は嫌やて？　そう言うたん？」

「へ、へえ」

盆次はぺこぺことうなずく。

「うちも嫌や、ああな蛇みたよなお魚の、生は嫌！」

遊戯丸も、顔をしかめて言った。

「あんたも？」

春駒は驚いて言う。

「ウナギやて、似たようなもんやが」

「でも」

「生はみんな気色が悪いわ、もっと怖い顔したお魚あるよ。包丁使うたら、血もようけ出るしな、料理しとったらとっても食べられへんよ」

春駒は言う。

「へえ」

と何故か、立ったままの盆次が言う。

「ほなら、甘辛う煮たらどうかな、おいしよ」

春駒は言う。

「ど、ど、どないしたら……」

「せやからぶつ切りにしてな、砂糖と醤油と、お酒で煮るんよ、解るやろ？」

「あ、はあ、ほ、ほ、ほなら、あ、あ、あ……」

盆次は頭を下げかけるが、なかなかうまく行かない。

「ありがとか？　盆さん」

「へ、へえ」

盆次は身を屈《かが》める。

「なんぎやなぁ、ヒマかかるなぁ。あっちでやっとって、あとで見にいってあげるわ」

「ほ、ほ、ほんまでっか？　ほならほなら、おね、おね……」

「解った解った盆さん、あとでな」

盆次がゆっくり奥に消えていくと、遊戯丸はくすくす笑い、春駒は溜め息をついた。

「かなわんなぁ、ああに悠長やったら、料理の手順全部説明したら、夜が明けてまうわ」

「ほんに」

「自分がやった方が早い」

春駒は言う。

「そいでお姐さん、そのひどい鬼が棲《す》んどる西河屋の、芸妓のおなごの子ら、どうなったん？」

「芸妓の中になぁ、それはそれはきれいな娘がおったんよ」

「ふうん、春駒姐さんのような人か？」

「うちら、較べものにならへんわ、三国一や。京にも、江戸にもおらんような、それはそれは美しい娘や。せやから鬼らもな、そのおなごをものにしよ思うてな、座敷に引っ張ってきてな、嫌がるのを無理やり押さえつけて、体をあちこちいらい廻したんよ」

「ひどいなあ、そうなきれいなおなごの人やったら、汚ない鬼らにはもったいないわ」

「ほんまにそうや」

「それで？」

「その芸妓はな、盲剣さまのことが好きやったんよ」

「ふうん」

「もう好きで好きでな、夜も眠れんくらいに好きやったんよ。毎晩思うて、泣いて暮らしとったんよ。ホンマの恋や。その芸妓がな、座敷で鬼らにひどい目ぇにあわされながら、それでも盲剣さまのこと思うてな、泣きながら一生懸命歌を歌うたん、助けてくださいい、いう思いを込めてな」

「どんな歌？」

「土地に伝わる子守唄や。犀川船頭さんの子守唄、いう古い歌。聞いたことあるやろ？」

「どうな歌？」

「犀川船頭さんは櫓を漕ぐホーイホイ、
　船頭さんは櫓を漕ぐホーイホイ、
　良い子が寝るよにホーイホイ、て」

「ああ、聞いたことあるわ、うちも」

　遊戯丸が言う。

「あるやろ。ほしたらな、襖ががらいうて開いたん。ほいでそこに、赤児を背負うたきれいなきれいな剣士がな、一人、刀抜いて立ってたん」

「えー、盲剣さま？」

「ほうや」

「芸妓の歌、聞いとったんかなぁ？」

「ほうや、聞いてたんょ。そしてな、さっと大広間に飛び込んできたん。怖い鬼ども、何十人もおったのになぁ、みんな刀横に置いてたのにな、全員を一瞬で斬り倒してしもうたんよ」

「えーっ、目見えんのに？」

「ほうや、心の目が見えるんやからな、神様やもん。それで盲剣さま、彼のことが大好きな芸妓、助けたんよ。そしてその芸妓の手を引いてな、西河屋出て、どこか遠いところに二人で旅に出てしもうたん」

「ふうん」

「もうそれきり、二人の姿消えてしもうたんょ。それでな、西河屋につながれて、一日中働かされておった娘らは、晴れて自由の身になれたん」

「そうなん、えかったなあ」

「うん、えかったよ。鬼は一人残らず殺されてしもうたからな、もうすっかり自由や」

「逃げられたんやね、みんな」

「芸妓も娼妓も、西河屋ではお花代いうもの、いっさいもろうてなかったからな」

「それはひどいなぁ」

「ただ食べさしてもらうだけ。店に売られてきとったんやから、しゃあないわな。それで旅籠の手金庫見たらな、それはようけ金子《きんす》があったから、みんなでそれ持って、ご城下の方に向こうたん。そしたらな、犀川大橋のそばの、千日町《せんにちまち》のあたりに茶屋がぼちぼち建ちはじめとった頃やからな、持ってきたお金で家建てて、みんなで置屋を作って住み着いたん。それでこの時、自分らの楼の名前、盲剣楼いうてしたんよ。おなごたち、みんな盲剣さまに助けられて自由の身ぃになれたんやさかいにな」

「ふうん、それが盲剣楼の始まり?」

「そうや、盲剣さまに感謝して始めたん。仲間の芸妓のうちから、一番年上をおかあさんに決めてな、それはみな、一生懸命働いたんよ、みんなで力合わせてな。お花代もいっさいもらえへん、西河屋でのつらい毎日に較べたら、それは天国やったからな、頑張れたん」

「そうやなぁ」

「その頃にちょうど、加賀藩が商藩として大発展してな、もともと百万石の豊かな藩やったから、野町《のまち》の広小路の方に、どんどん茶屋が建ったんよ。せやから置屋の盲剣楼は、それはようお声がかかってな、大繁盛したん。みるみる大店《おおだな》になったんよ。ほしたら力のある芸妓もようけ集まってきてな、お花代もたんと集まるようになって、盲剣楼の名前は、ご城下にようよう知られるようになったん」

「ふうん」

「そうして金沢一の、格式ある楼に育ったんよ。でも初代のおなごらはみな対等で、上下は作らずにみんなで力合わせて、お金貯めたん。女将も芸妓らも、だんだんに代が替わってな、名妓も代々出るようになって、でもみんな、初代の人らと同じように、喧嘩せずに仲良う助け合うてな、楼を発展させたん。それを楼の伝統にしたんよ。そうこうするうちにな、言うたように、茶屋はみんな東西二つの花街にまとめようという話になって、ええ出物があって、盲剣楼は東山のここに移ってきたん」

「それで、庭に盲剣さまの社も作ったんやな」

「ほうや、みんな盲剣さま信仰してな、楼の守り神にしたん。ようよう真剣に拝んだら、盲剣さまの姿見られるんよ」

「ホンマ?」

「そうや。昔から、見た人何人もおるんやて」

「どこで?」

「この楼の中やて。そうな話聞いて、花街のおなごらもみんな、お参りに来るようになったんよ。はーい!」

春駒は大声を出した。奥から名を呼ぶ声が聞こえたからだ。

「台所行こ、たぶんライギョのことで困ってはるのや」

言って春駒は下駄から足をあげ、縁側にあがった。

その夜、女将とお艶《つや》と六人の娘らは女将を中心に、大膳を囲んで夕食をとった。早めに食事を終えた女将のお染めが新聞を読みはじめ、しばらくしたら顔を曇らせて、横にすわっていた娘のお艶にこんなことを言った。

「あれぇ、怖いなぁ。お艶、あんたも気ぃつけなあかんよ、表歩くような時、それから夜とか」

「何?」

まだ十歳になったばかりのお艶は、顔を上げて母親に訊いた。

「お巡りさんがな、怖い与太者らに殺されたんや言うて」

新聞から顔を上げた女将は、まだ顔をゆがめている。

「おかあさん、どこでですか？　金沢？」

遊戯丸も食べ終え、箸を置きながら遠くから尋ねた。

「ううん、違うわ、小舞子《こまいこ》の駅やて」

「駅？　小舞子？　小舞子駅の構内ですかぁ？」

春駒も食べ終え、言った。

「構内いうか、プラットホームや。ホームの上でな、与太者らが騒いどったんやて」

「はい、それでどしたんですか？」

「なんで？　なんで騒いどったん」

お艶が母に訊く。

「それは解らんなぁ、書いてない。それでとめに入った人がおってな、でもその人、与太者らみなで殴る蹴るして、大怪我さしたん。ほしたら誰かがお巡りさん呼んできてな、お巡りさんがとめに入ったんやけど、与太者の一人が、シャベルでお巡りさんの頭を思い切り殴ってな、何度も何度も殴って、殴り殺したんや言うて」

芸妓らは低く恐怖の声を漏らし、みな顔をゆがめた。食後のお茶を飲んでいた者たちは手を停める。

「今お巡りさんら、ピストル取り上げられとるさけ」

「それでどうなったんです？　その人ら。捕まったん？」

お福《ふく》という芸者が訊く。

「いいや、逃げたらしいなぁ」

女将は不安そうに言って、新聞をたたんで畳に置いた。

「売店はお金も盗られたんやて。ひどいなあ、みんな、気持ちがすさんどるなあ」

「ほんに、男はんら、戦争でみなひどい目ぇにおうとるから」

やや太った年増のお夕ネが言う。

「外地で毎日人殺しやりましたさけ、そら、人も殺せるやろなぁ」

お福は言う。

「でもそれ、日本人？　日本の人ら、そうなことするかなぁ」

お夕ネが言った。

「今はなぁ、警察も人がおらんのよ。若いお巡りさんが戦争に取られて、まだ引き揚げてきはらへんし、年寄りばっかしで、せやから警察も手薄や。悪い人は、今はやりたい放題やな、みんなも気ぃつけてな」

女将は言う。

「はーい」

とみなは声を合わせて応じた。

「みんな、ライギョ、おいしかったやろ？」

春駒が空気を変えようとしてか、訊いた。

「うん、おいしかった」

お三津《みつ》が言う。

「あんたが調理したん？」

「うちと、盆さんとでやったんや。なあ盆さん」

「へ、へ、へえ」

盆次がみなの碗《わん》をゆるゆると集めながら、言ってうなずいている。

「あれ、ライギョなん？　全然解らんな。いけるわな、あなごみたよな感じ」

お福が言う。

「あなごはないわ！」

華《はな》という娘が笑って言った。

「ライギョ、見直した。あれならまた買うてもええな」

女将が言って、みなてんでにうなずいている。

「今度は刺身にもしてもらうかなぁ盆さん。お客さんにも出せるもんか、ちょっとうち、見てみたいわ」

「へ、へ、へぇ」

と盆次は言って、ぺこりと頭を下げている。

「今日はなぁみんな、ええことあるんよぉ」

春駒が言った。

「ええ？　なになに？」

みなが言うが、じらすように春駒はちょっと黙る。

「なんや、早う言うて」

「お手玉ほどいてな、小豆《あずき》出したん。それ煮て、せやからお汁粉もあるんよ、みな、食べたいやろ？」

「うんうん！」

みなが身を乗り出し、てんでに言って、うなずいている。

「食べたいわぁ、お汁粉。久し振りやもんなぁ！」

「ホンマや！」

みな知らず大声になる。

「ああ、あかんあかん！」

女将が即座に言って、手を叩いた。

「おタネ、あんたはやめとき。華、あんたも。お三津は、せやな、半分やな」

「なんでですかぁ、おかあさん」

おタネが不平顔で言った。

「かあちゃん、うちは？」

娘のお艶が訊いてくる。

「ううんまあ、あんたは痩せとるしな、育ち盛りやからええやろ」

お染めはわが子には言った。そして芸者らに向き直って言う。

「おタネ、華、あんたら、毎日竹槍訓練しとったやろ？　B29がこの上通りよった頃」

「はい。でもあれ、なんでここには焼夷弾落とさんかったんやろ」

おタネが言う。

「金沢の町にはたいした軍需工場ないからやろ？」

お福が言う。

「戦争終わって、兼六園とか、廓に遊びにきたいて思うとったから、焼かなんだて聞いたよ、うち」

「ううん、そやないんやて。白山とか大日ヶ岳《だいにちがたけ》からな、雲が湧いてな、視界が悪いんやて、アメリカの飛行機。それで金沢避けてな、富山の方に行きよったんょ」

「あ、ほうね。そら助かったなぁ」

「そんなんええわ」

女将が娘らの言を遮って言う。

「とにかくあんたら、もんぺ穿いて、お城で竹槍訓練毎日毎日やってな、陽に焼けて真っ黒うなってから、今度は軍需工場やろ？　飛行機に夜光塗料塗ったり、燃料タンク造ったりで働かされてな、毎日力仕事や」

「ほうです、お国が戦争やっとんのやから仕方ないわ、なあ」

「うんうん、ほうや」

みながてんでにうなずいている。

「そいで帰ってきたの見たらあんた、うちはびっくりしたわ」

お染めは言う。

「誰が帰ってきたんか思うた。戦時のボンさん（短髪の兵隊さんのことを、廓の女たちはこう呼んでいた）か思うたわ。みな顔、真っ黒うなって、体がごっつうなってからに、肩の方は丸々しとるやろ、たくましいわぁ。牛さんの盆さんよりしっかりしとるわ」

みなが聞いて失笑した。

「盆さんは痩せすぎやさけ」

「す、す、す、すいまへん」

盆次が言うので、みなまた笑う。

「こんなじゃとってもお座敷に出されへんわな。旦那さん方帰ってしまうで、こうなたくましい子ぉばっかりがお座敷にぞろぞろ出ていったら。ここは女相撲の座敷かぁて言われるわ」

言われて、おタネも華もうつむいている。

「みんな食うや食わずのおりに、太って戻ってくるてなんや、うち聞いたことないわ。あんたらお汁粉はナシ！」

女将は決めつけ、二人は不平を言わんとして顔を上げるが、何も思いつけず、また黙ってうつむいた。

「おーい、ごめん。この家誰かおるんかあ？」

男の声が玄関口の方からする。

「はーい」

女将が声を上げ、

「華、おタネ、あんたら行って。お客さんかもしれへんさけ」

と娘らに命じた。

この家にはもう年寄りはいなくなった。芸妓自身に客を迎えさせるよりほかはない。

華とおタネは、急いで立ち上がった。

3

玄関に小走りで出たおタネは、畳に膝をつき、しきたり通りにお辞儀をしたが、顔を上げた瞬間、内心に不安を抱いた。

玄関の土間を埋めるようにして立っている男らは、予想以上に大勢だった。目で数えると五人、表にもう一人、入りきらないから立っている。その男らの服装は労務者ふうで、薄汚れている。靴は兵隊靴だ。洒落《しゃれ》っ気《け》というものが少しも感じられない。東の花街で遊ぼうというような旦那衆は、どこか洒落っ気とか、口調の洒脱《しゃだつ》を合い言葉にしているような風情がある。彼らにはそれがまるで感じられなかった。

「はい、なんぞご用で……」

おタネはおずおず言った。すると、男は薄い笑いを唇に浮かべた。

「なんぞご用かて来たぜ、おい」

先頭に立っている男は、大袈裟《おおげさ》に驚いたふうを演技して、うしろを振り向いて言う。

「廓のおなごが、言うに事欠いて、客になんぞご用かはないやろが、おい」

後方に立つ者が、笑って言った。その様子にはぬくもりがなく、奇妙に冷たい刺々《とげとげ》しさがある。集団の目つきの暗さにもすさんだ気配を感じて、おタネは背筋が冷える心地がした。

「男がこんだけようけ置屋に来とるんやで、遊ばしたってくれ、言うとるのが解らんのんかいな」

先頭の男が言う。

「オツムの足らんおなごやな」

と言う小声も、後方から聞こえた。

「あの、うちは、一見《いちげん》さんはお断りさしてもろとるんですよ」

おタネは、勇を振り絞って言った。

「何？ おまえ、おい、横柄やな、なんやその言い方。誰ぞの紹介がない者はお断り言うてるのか」

「ああ、あの、はい。それは、うちだけやのうて……」

おタネは頭をさげながら言う。その言をさえぎって、先頭の男が太い、威圧的な声を出す。

「おい、世の中変わったんやど、それがおまえ、まだ解らんのんかいな」

「勉強が足らんのう」

後方の者がまた言う。

「今までこの国で威張っとったもんはのう、もうみな死ぬか、没落したんやで。交代や。今はもうなぁ、みなわしらのような平民の労働者、いうもんが、世の中の中心になったんや。せやからな、戦前、わしら人民を搾取して、その金でこうなところで遊んどったもんは、もうこうなとこ、永久に来られへんのや。世の中変わったやからな」

「ほうや！」

と間《あい》の手がかかる。

「今日からはな、わしらのような労働者が世の中の主役になって、こういうところで遊ぶ時代なんや、解ったか？　それが今回の戦争の成果、言うもんや。解ったらな、存分に遊ばしてもらうで、花街いうのはなぁ、そのためにあるんや。おい、みなあがれ！」

そして男らは、てんでに兵隊靴を脱ぎはじめる。

「ちょっ、ちょっと待っておくんなさいまし。今おかあさんに訊いてきまっさかいに」

そう言ってまた畳に頭をさげていると、後方の襖を大きく開けて、女将のお染めが現れた。

「おう女将か、その髪ええのう、ホンマもんの日本のおなごやで」

男らの一人が言い、みな沸《わ》いた。

彼女もまた、畳の上に膝をおり、丁寧におじぎをしてから言う。

「これは旦さん方、ようこそお越し下さりました」

「おう、ホンマや、ようこそ来たでわしら。遠いとっから、なあ？　せやから疲れとるんや。早うあがって、座布団の上でゆっくりくつろぎたいんや。早うあげてくれ」

「申し訳ございません、うちは……」

「一見さんお断りやてか？　そう言うんやろが。もう聞いたわ。せやから世の中変わったんやと、こう教えてやっとったんや、この無学なおなごにな。これからはおなごも勉強せんならんわ、社会の決まり事いうもんが変わったんやからな。せやから女将、あんたもこの家の決まりごというもの、全部変えんといかんで」

「ああ。そうでございましたか、それはありがとう存じます。うちらはこういう狭い世界にずっと暮らしておりまして、世の中の流れや変化に暗うおす」

「どんだけ暗うてもや、戦争やって、日本が負けたいうんくらいは知っとるやろ」

男が言い、うしろに連なって土間を埋めている男らが、どっとお追従《ついしょう》の笑いをつくった。

「この町、家が全然焼けとらんわ、空襲なかったんや。せやから、解らんか知れんぞ」

「ホンマか？　女将。今まで世の中は、戦争いう殺し合いやっとってのう、日本はコロッと負けたんやで。威張っとった日本軍人はのう、もうすぐみな縛り首で吊るされるわ」

「まあホンマに？　恐ろしいことでござります」

「ホンマのことや。せやから社会でものう、これまでとおんなじように威張っとることはでけん時代になったんや」

「よし、ともかくや、今日からな、ルール変えや、ルール変え。ルールいう言葉知っとるか？　決まり事や、決まり事。ここはな、一見さんしか入れん、こういう決まりになったんや今日から、な。常連さんお断りや、それが新しい決まり事や。よしゃ、ほなあがるでぇ、ちゃんともてなせよぉわしらを。あんたら、もてなしの玄人《くろうと》なんやからな」

先頭の男が言う。

「お待ちください。そうやおまへん、一見さんのことやおまへん」

女将は懸命に言った。

「ほなならなんや」

男らは手を停めて言う。

「うちまだ、開いとりません。やっとりませんのや、閉店中どす」

「閉店？」

「へえ、ずっと閉店どす、うち。戦時中から」

「なんや、嘘言うたらアカンで女将、金沢の花街いうたら、軍相手の枕商売で、えろう儲けたて聞いたぞ」

「そりゃ、よその楼の話どすわ」

女将は言った。

「嘘言うな、ここも軍の慰安所になって、たんと儲けたんやろが。兵隊に芸者抱かして、わしら人民にゃ抱かさんいうのは、こりゃ筋が通らんぞ」

「ほならよそで聞いておくれやす。うちは戦時ずっと、楼閉めておりました。枕の商いなんぞはこんりんざいやっとりません」

「そいでも表の軒灯ついとったやないか」

「あれは電気が通っとるかどうかて、今試しとります。芸妓らが戻ってきたらまた開けよか思うて」

「ほなら今日開けや。今宵から開業や。今夜は開業祝いや。わしらが最初の客になったる！」

「ほうやほうや！」

男らは気勢をあげる。

「まだ準備いうもんができとりません」

女将は言った。

「あんた、いちいちうるさいのぅ女将、もうそうな言い訳が通る世の中やないで。社会の中心のわしら労働者にな、言われたら少々無理してでもサービスいうもんをせんとあかんのや。ましてあんたらは廓のおなごや。サービスいうものをせんと。それがあんたらの仕事やからな。サービスて解るか？　勤労奉仕や、勤労奉仕」

「しとうても、ものがおまへん、出すもんがないんです。仕出し料理屋が休んどります。うちで料理しようにも、刺身も、卵もありしまへん。和菓子もない、水菓子もない、野菜も魚も、お肉も、ちょっとも入りません」

「そんなんええわ、菓子なんぞ要らん、ガキやない、酒はあるやろが。漬け物も、茄子やキュウリくらいはあるやろ、それをきざんで出せ。何より、おなごがおりゃええんやわしらは、のう？」

するとまた男らはうなずき、沸く。

「わしらずっと外地におっての、埃っぽいとこでのぅ、ろくなおなごもおりゃせんかったわ。せやから、日本の可愛いおなごに飢えとるのや。ええおなごの顔が見たい、お染めさんみたいななあ、そうな髪結うて、ええ調子に熟れた、そそるような年増がわいは好みなんやで、解ってくれぇや」

言われて、女将はおやという顔をした。自分の名前を知っている？　と思ったのだ。

「それは嬉しうござります。それでもその芸妓らも、みな里や外地に出してしもて、まだ戻りまへんのや。家の中、いまだにがらんとしてもうてなぁ」

「やかましおなごやなぁ。ああもう歩けんわ」

言って男は土間にしゃがみ込んだ。

「遠くからはるばる旅してきたからのぅ、歩きづめやで、もう一歩も歩けんわ。みなもそうやろが」

言われると、わざとらしく一緒にしゃがみ込む者が何人か出る。

「もう歩けんわヒョンニム」

そう言った若い男の声を、その時女将は聞いた。この人たちは日本人ではない？ と彼女は思った。

「ここは女将、東で一番名の通った楼なんやろが、盲剣楼言うたら、近隣県にも名が聞こえとるで。そういう評判聞いてな、わしらわざわざ汽車に乗って訪ねてきたんやで。そうな遠来のもんに冷とうしたら、店の評判にかかわるやろが。わしら、ちょいと遊びたいだけなんや、金沢一いうて聞く芸妓の踊りや囃子《はやし》をなあ、ちょっと見て聞いてな、拝んでみたいんや。一、二時間も遊んだら、わしらさっさと出て行くわな。踊れるおなごも一人くらいはおるやろ」

女将は黙る。それはいないことはない。

「おらなんだらの、あんたが踊ってくれたらええのや。盲剣楼の女将いうたら、一時代を作った名妓やて、わしゃ聞いたで、のう？」

後ろを向くと、みなてんでにうなずく。

「そやろ軍曹」

言われて、リーダー格と見える男が最前列に出てきて、女将に向かって口を開いた。

「お染め、久し振りやのう」

男はおもむろに言って、女将の顔をじっと見つめる。

「わしや、招賢《しょうけん》や。忘れたか。金森社長のとこにおった」

男は馴《な》れ馴《な》れしい口調で問う。

「あんたをよう警護して歩いたで」

「ああ」

と女将は言った。

「思い出したか」

「金森の招賢さん」

「せや、ようよう思い出してくれたか」

「その節はえろうお世話になりました」

女将は深く頭をさげた。

「こんだけ言うたら、意気に感じて上げてくれるんが、東の芸者の心意気言うもんや、せやろ？」

軍曹と呼ばれた男は言う。

「はい、ほなら……」

折れながら、女将は言う。

「金森の社長がおらなんだら、この楼もありゃせんで」

「はい、さようで」

女将は素直に同意する。

「せやけど、ホンマになんもありしませんょ」

「解っとる、解っとる。戦争が終わってまだひと月や、どこにもろくな食い物ありゃせんわ。そんなんとうに解っとる」

「みなさんが手にお持ちのそれは、何どすか？」

男らは、全員が手に布袋に入れた長いものを携えている。

「なんぞ刃物や鉄砲やないでっしゃろな、廓は、昔からのしきたりで、人を傷つけるような刃物は持ち込めんことになっとります」

「傷つけることとなんぞできへんわ、これは単なる竹刀や。わしらみんな、剣道やっとるからな」

女将は、ちょっと疑うように黙った。

「あんたはな、なんも心配せんでええわ。わしら、暴れたりはせえへんさかいにな」

「ホンマですな？」

「ああ絶対ホンマや、わしら紳士やで。紳士の集まりや、なあ」

「ほうやほうや」

みなてんでにうなずく。

「約束ですよ。うち、おなごばっかしの家ですさかいに。乱暴は困りますわ」

女将は笑みを消して言う。

「ああ約束や。男の約束や」

「一時間でもよろしうおすか？」

女将は訊いた。

「おお、ええ、ええ。一時間でもええわ」

「ほならお上がりください。あり合わせのもんだけ出して、今家におる芸妓だけで、三絃と踊りだけお見せしまひょ」

「おおそうこにゃいけんわ」

「どうぞ」

言われて男らは靴を脱ぐ。

しかし女将のこの判断は、大きな誤りだった。

4

朱塗りの階段を上がり、女将のお染めは、二階の一番広い座敷に男たちを導いた。盆次に座布団を持ってこさせ、おタネに熱燗《あつかん》の用意を命じた。

盆次にさまざまな漬け物を切って小皿に入れて出させ、膳の用意もさせた。そしてお染めとたあぼのお艶、そして盆次の三人が連なって熱燗を盆に載せ、厨房から座敷まで運んだ。そしてお染め自らが並んですわる男らに酌をした。

四十代のお染めだが、まだ色香はそう衰えてはいず、戦前からの常連客たちには人気があったから、こうして座敷に出ることはたまにあったが、基本的にお座敷は若い芸妓らにまかせ、自分は階下で指揮のみを取っていた。しかしこの時は人手がないものだから致し方もない。芸妓たちにはみな階下で、化粧や鳴りもの演奏の用意をさせなくてはならない。

舞台は春駒にやらせる。彼女は此花《このはな》踊りが得意なので、これを踊らせるのがよいとして、お囃子の手が足りない。芸妓たち全員が舞台に上がれば、五人囃子にはなる。笛、太鼓、小鼓《こつづみ》、大鼓《おおかわ》、それに唄方《うたかた》だが、大鼓に太鼓がいない。なによりそんな陣容で、客席に侍れる者は、否も応もなく女将と、その十歳の娘、お艶の二人しか残らない。盆次は座敷には出せない。もしもばんばやべえが楼に残っていたなら、それらも動員したいところだった。

お染め母娘《おやこ》が酌をしている間、春駒たちは階下で懸命に化粧を施し、楽器を合わせ、準備をしている。盆次が襖の間から顔を見せ、準備が整ったことを目で告げると、お染めは立って舞台の前に行き、膝を折って男たちに丁重な挨拶をした。

「では旦那さま方、これよりお囃子と此花踊りというものをお見せいたします」

ゆるゆる頭を下げると、男らがやんやの声を出し、拍手をしてはやす。

「おうし、早うやってくれ、待っとったで！」

「ろくに食い物がないんやからな、それが一番の馳走や！」

お染めは言う。

「踊りは今うち一番の芸妓、春駒が演じまする。お囃子は、ちょっと人が足りのうござりますが、おる者だけで精一杯演じて、ご覧に入れまする」

「ええぞぉ、それでええ！」

「この演目、もとは京の祇園の伝統芸に学び、ここ金沢で独自のものに磨いて育てた演芸でござります。戦前は、梅ノ橋たもとの女紅場《にょこうば》の演舞場で、みな競い合うて、ずっと腕を磨いてまいりました」

「おおそうか」

「そうな能書きはええわ。早よ、奇麗どころの顔が見たいわ！」

男らからご機嫌の声がかかる。

「歌詞は『羅浮仙《らふせん》』、それから『金沢の四季』、と続きまする。これが今のうち盲剣楼の持つ、精一杯の芸でござります。どうぞごゆるりとお楽しみを」

そう言ってお染めが立ち上がり、元の位置に戻ると、廊下の襖を開け、遊戯丸やお三津、お福らが楽器を抱えてしずしずと座敷に入ってくる。

舞台端で部所につき、お囃子が始まり、これに乗せてお夕ネが朗々と唄いだすと、襖を開け、しっかりと化粧をし、着飾った春駒が舞いながら入ってきた。そのあでやかさに、男らから歓声があがる。

「おお、可愛いのう」

「人形や、人形や！」

「これなら京の祇園にも負けせんのう！」

などと手を打ってはやす。

女将のお染めは、内心ではほくそ笑んでいた。人手がないなどあれこれ言っても、今これだけの芸を見せる楼は、自分のところをおいてほかにない。そういう自負が、お染めにはある。このような薄汚れた労務者集団には、もったいないほどの洗練の芸のはずだ。

男らがうっとりと見ている間、お染めは酌をして廻る。女将自らがこのようなこと、本来は必要ないのだが、人手がないから致し方ない。

演芸は長く続く。またそのように、お染めは計算して演目を組んでいる。一時間という約束の時間のうち、舞台の時間を長くとれば、無粋な男らが酔うて騒ぐ時間を短くできる。この男らは得体が知れないし、不吉なものを感じてもいる。長く呑ませれば危険だ。早く追い出してしまいたい。それでもあげたのは、敗戦直後の今、どの客も似たようなものであろうというあきらめもある。

踊りは長く続く。男らが次第に飽いてくる気配。粋心のない彼らは、高級芸の鑑賞などでなく、おなごを横に置いて下品に騒ぎたいだけなのだ。今や酔眼になった彼らは、中国大陸での戦闘経験などを横の者と大声で話しはじめた。これはお囃子の音に負けまいとしての大声だったが、芸者の演技への敬意が感じられない所業だ。これは長くは無理か、とお染めは読んだ。果たして、その通りのことが起こった。

一人が座布団から尻を浮かせ、こんな大声を出した。

「おーし、おし。もうええ、もうええわ、踊りは！」

「撃ち方やめー、やな」

軍隊用語を用いて別の者がはやし、みながげらげら笑う。

「演芸はもうええけ、みなこっち来て、酌をせえや。話がしたいわ」

「せや、もそっとそばで顔を見せえや」

みなが口々にそうわめき出す。高尚な歌舞音曲に興味を持たぬ者は、こらえしょうがない。

芸妓たちはお囃子の手を停め、踊っていた春駒も立ち尽くし、座敷にいるお染めの顔を見ている。

仕方ないとあきらめ、お染めはうなずいて見せた。ちらと腕時計に目を走らせれば、三十分ほどが経過している。残りあと三十分ならよかろうと判断した。

「ホンマは、芸妓は座敷にはべることはせんのですが、今宵は人手がおりませんので、特別でござります。ほなみんな、ちょっとこっち来て、お酌して差し上げて。粗相のないようにな」

「ほうや、粗相のないようにせんといかんぞぉ！」

男の一人が大声でわめく。声に酔いのにじみが濃い。危険だと女将は思っている。馴染みの旦那衆なら、座が少々の無礼講に及んでも、優れた芸を持つおなごに対する敬意とか、遠慮が感じられるものだ。しかしこの者たちにはそれがない。このすさみ方が戦争というものか、なんとやりきれぬこと、と女将は思っている。

春駒が壇からおりてきて、手近の一人の横にはべると、男はさっと杯をあげて酌を求める。春駒も笑って応じている。ぐるりを見渡すと、格別問題はなく、みな笑って芸妓の酌で呑みはじめた。胴間声《どうまごえ》も鎮まった。胸騒ぎから一転、お染めはわずかに安堵する。座は無事らしい、杞憂であったかと、お染めはほっと胸を撫でおろす。

しかし平和も十分程度のことで、まず春駒が抱きつかれ、頰や首筋に唇を這《は》わされて悲鳴を上げる。遊戯丸も膝の上に横倒しにされて悲鳴をあげる。すぐに起き上がり、ことなきを得ているが、あちらこちらで娘らの悲鳴が上がりはじめた。

「お客さま、ご無体《むたい》はなきようにお願いいたします。芸妓はお座敷には馴れておりません」

お染めが大声で言い、安全な話題を作るつもりで、こんなことを言って水を向けた。

「お客さま方、外地でずっと戦争をおやりだったのですね？」

するとはたして、反応が現れた。

「そうや、わいら、戦争をおやりやったんや！」

一人が言う。

「わしらはお国のために、命を捧げて頑張った者らや。数限りのう死線をくぐり抜けてきた。みな九死に一生もんやで、なあ？　もうあかん、これまでや、死んだ、思たことが何度もある。のう？」

「ほうです」

みなが大声で応じる。

「生きてここにおるんが奇跡のようなもんや。ここにおるもんだけで、敵を百人は殺したで」

「おう、やったやった。百人？　いんや、もっと殺しとるわ。化けて出られても不思議はないわなあ、せやからなぁ、わしらもう怖いもんはなんもない！」

一人がわめく。

「ホンマや、死んだ戦友の分まで楽しまにゃな」

「そらそうや」

みなが口々に言う。

「それはほんに、ご苦労様でござりました。大陸の方でござりますか？」

「大陸も、南方もおる。歩兵も、陸軍航空隊もおる。みなよう生きて帰ったもんや。悪運の強い連中やで」

「そうやな、相当にあくどいこともやったが、殺されることはなかった」

「おまえらも、みんな闘うとったんやな」

問われて女将も合わせる。

「うちのその子らも、みな軍需工場行って、航空機の燃料タンクやら造っておりました。月光いう飛行機の翼に、夜光塗料を塗っとったもんもおります」

「うちです」

おタネが言っている。

「ほうか。そら、国土防衛の飛行機やな、B29相手のな、高高度の迎撃戦闘機や」

「はい」

「ほならおまえもお国のためによう頑張った。わしらは同志や、戦友や、まあ呑め」

などと話が、いっとき女将の意図通りに進む。

話好きな男がいて、大声で大陸での地上戦の武勇伝を語りはじめた。みなそれを聞いては茶々を入れ、座は平穏に時が経つ。

頃合を計り、一時間までにあと四、五分と迫ったあたりで、お染めは言った。

「それではみなさま、本日はようこそお越し下さりました。もうそろそろ、お開きのお時間でござります」

「おい待て、まだ時間はあるぞ！」

リーダー格の男が言う。

「待てや軍曹どの、自分は小便です。厠《かわや》はどっちや」

別の者が言って立ち、横の一人も追って立ち上がる。

お福が立ち上がって襖のところに行き、開けて厠の方向を手で示している。

「まだやまだや。あんたらにのう、ちょっと軍歌教えてやろうか、軍歌。のう女将、どうや」

言われてお染めは仕方なくうなずく。

そして男は、手を打って歌い出した。みなが手拍子で加わり、歌い馴れているらしく、たちまち大声の大合唱になった。芸妓たちも、愛想笑いで手を打って参加する。お染めも、仕方なく手を打った。

立って厠に行った一人が戻ってきた。もう一人はまだだ。何をしているのだろうと女将はいぶかる。吐いていたりはすまい、さっき観察していたが、顔色なども悪くはなく、様子もおかしくはなかった。

「おい、ちょっと立て」

リーダー格の男が春駒のところに歩み寄り、手を引いて立たせた。

「なんです?」

春駒は笑って応じている。表情から、まだ不快は感じていないようだ。お染めは安堵する。しかし男が口にした次の言葉で、お染めの顔色が変わった。

「おいあんた、チョン抜けやろや、チョン抜け」

するとと男らがいっせいにわあっとはやす声を上げ、手を打ちはじめた。

春駒は驚き、無言で立ちつくしている。彼女はまだ若いから、うまく言い抜ける術《すべ》を知らない。

「いけません！」

お染めはとっさに声を上げ、立ち上がった。

「そうなご無体はいけません、お客さま」

女将は、思わず真顔になって言った。

「なんや、なんで無体や」

男は言う。

チョン抜けというのは野球拳のことだ。客と芸者がじゃんけんをして、負けた者が一枚ずつ着衣を脱いでいく。きわどい遊びだが、こういうことはめったにやらないし、座敷を重ねて相当な馴染みになり、着物や帯などを買ってもらい、心を許した上得意の客だけに芸者が応じる、いわば特別待遇だった。一度目の登楼客などに、芸者は決して応じることはしない。

「なんやなんや、なんでいけんのや女将。ひょっとしてあんた、わしらを差別しとるんか？」

「はあ？　差別て、なんですのん」

女将は本当に解らず言った。

「チョンとはなんや、朝鮮人のことか？」

「はい？　チョン？　それ、何のことですか？」

「ほならええ。とにかくや、お国のために命を捧げてきたわしらに、この程度の遊びにも応じんのかおまえらは、そんな非国民か？　せやから戦争に負けるんや」

「やれやれー、ほれチョン抜け、チョン抜け！」

ほかの者がはやしはじめ、一人が立ってやってきて、お染めの肩を摑《つか》んで強引にすわらせた。男は身がまえ、下半身を前後左右に振って下品な調子をつけながら、さっと右手を出す。春駒ものせられ、思わず手を出している。男がチョキ、春駒がグーで、男の負けだった。

「おーっ！」

男が大声を出し、上着をがばと脱いだ。

「ほれー、チョン抜け、チョン抜け！」

すわる者どもがまたはやしはじめて、またじゃんけんになる。今度は春駒が負けて、着物を一枚脱がされた。

「軍曹、頑張って〜」

おなごの声を真似、裏声で叫ぶ者がいる。

男たちはいよいよ泥酔して奇声を上げはじめ、丸めた紙をたがいに投げたりし始めた。

「やめてください！」

お染めは大声を上げたが、その声は少しも座に響かない。男たちの蛮声が勝っていたからだ。

お染めの大声におかまいなく遊びは進行し、男はとうとうズボンを脱ぎ、ふんどしとシャツだけになった。春駒もまた、長襦袢《ながじゅばん》だけにされた。

男たちの胴間声は部屋を揺るがすまでになり、堪《こら》えられずにお染めは立ち上がった。するとそばの男たちが寄ってきて、二人がかりでお染めを抱きかかえてすわらせた。

「ちょいと静かに見とかんかい女将。みなさまのご迷惑や」

男は言う。

その時襖が開き、厠に立っていた男が戻ってきた。すると男は仰天して目を見張る。仲間が半裸になっており、春駒が長襦袢ひとつにされているのを見て興奮し、奇声をあげて春駒の上体に抱きついてきた。乳房のあたりをぐいぐいと揉み、春駒が悲鳴を上げる。

「やめなさい！　ここはそういう楼やない、警察呼びますよ！」

お染めは喉を絞るようにして叫んだ。

すると半裸になっていた男に、その声が届いたようだった。

くるりと振り向き、酒で真っ赤に紅潮した顔を見せた。そしてつかつかと女将の方に歩いてくると、襟首を持ってぐいと立たせた。そして、

「呼んでみいや女将！」

と威圧的な大声を出した。

「そういう楼やないとは、どういう楼や、ああ⁉」

「格好つけとってものう、しょせんは淫売宿《いんばいやど》やろうが」

すわった者が叫ぶ。

「違います！」

「どう違ういうんなら」

別の者が言う。

「けっきょくはよう通うた旦那衆と寝て、枕銭取るんやろうが！」

訳知り顔でわめく者もいる。

「この地の警察ものう、わしらもう調べたわい。人手が全然おりゃせんのや。ピストルも持っとらんよぼよぼの爺さんがのう、ペチンいうて将棋をさしとるだけやわ」

リーダー格が言い、すわっていた者たちは、聞いてげらげら大声で笑い転げた。そして一人が、

「心配せんでものう、お巡りさんも若いのは戦争にとられとるわ！」

と笑いながらわめいた。

「なんぼ呼んでも、だあれも助けてくれりゃせんで。今はそういう時代や。あきらめぇや女将」

「こんなご無体、あんまりやわ。あんたら何？　何ね、あんたらは来る場所間違うとる。

うちは女郎宿やありません！」

お染めは大声を出し、立ち尽くした。そしてまだ座敷にいた自分の娘に言う。

「艶、あんたは奥へ行っとり、盆さんのところにおり」

それで十歳の娘は立ち上がり、走り出して廊下に出ていった。感心に、男らは子供には手を出さなかった。

「もう出て行ってください。お花代は要りませんさけ、すぐに出て行っておくんなさい。そいで、もう二度と来んとって！」

「何やそれ、金のことか？　言われんでも払う気はありまへんわ、わしら、銭なんぞ持っとらんものなあ」

半裸になった男が言い、それでみなが、どっとお追従の笑いを送った。

「お金も持たずに上がったんですか？」

女将があきれて言った。

「お花代てなんや？」

すわっていた一人が言う。これでお染めはさらにあきれた。

「そんなことも知らんのですか？　それでようここに上がろう思いましたなぁ、そんな田舎者が」

それで半裸の男がかっときた。つかつかとお染めに寄ってきて、上体を抱え込み、足をかけ、首投げで思い切り女将を投げ飛ばした。

お染めは悲鳴をあげて畳に叩きつけられた。そのまま転がり、とっくりの何本かをなぎ倒した。杯や膳が飛んで転がり、大きな音を立てる。

「一本！」

誰かが大声を出す。

「無礼者がぁ、頭《ず》が高い！」

男は叫んだ。

「生意気言うな！　敗戦国の、それもおなごの分際で！」

「そや、今までわしら軍人に守ってもろうとったんは誰や」

酔った者が言う。

「田舎者とはなんや！　わしらを誰やと思うとる。天皇陛下の赤子、もと帝国陸軍の軍人やど！」

リーダー格が叫ぶ。

それで芸妓らはさっと全員が腰を浮かせ、膝を立てた。これはまともな人間たちではないと悟り、逃げるべきと判断したのだ。しかし男らの動きも素早く、全員横の男らに抱え込まれ、悲鳴をあげてもがいたが、またすわらされ、動けなくされた。

「平民の分際で、生意気な口きくんやないどぉ、いっぺん懲らしめたるか？」

「せや軍曹、やったってください！」

お追従を言う者がいる。

「まずこいつや、このおなご」

厠から戻ってきた男が春駒を羽交い締めにし、うしろから長襦袢をむしって、湯文字《ゆもじ》一枚にした。

ふたつの乳房があらわになり、春駒は悲鳴をあげてしゃがみ込んだ。みなが大拍手になる。

「おお、裸にもおしろい塗っとるんか、感心やのう！」

男は言い、げらげら笑った。

「やめてください。うちの娘らには手ぇ出さんといて！」

倒れ込んでいたお染めが、上体を起こして訴えた。

「おいおい、阿呆《あほ》なこと言うなや。これからが面白うなるんやないか。娘に手ぇださんで何するのや」

軍曹と呼ばれた男が言い、すると脇の男がまたげらげら笑う。

「わしらはのう、これから三日三晩ほどはこの家におるで。あんたらの体、思う存分楽しましてもらおう思うて。食い物もせいぜいもらわんとあかんし」

「ほうや。わしら腹減っとる」

厠から戻った男が応じ、胸を隠さぬように仲間が手を押さえている春駒に寄り、悲鳴を上げるのもかまわず抱え上げ、おろし、それから背中をどんと突き飛ばした。春駒は畳にどっと両手をつき、鼻先にあった襦袢をたぐり寄せて乳房を隠した。そのまま駆け出し、廊下に逃げ出《だ》そうとするから、別の男が寄っていって捕え、また上体を羽交い締めにした。春駒は悲鳴をあげ続け、やかましいと思ったか、男が手で口を塞《ふさ》いだ。

「おい、こんなものがあったぞ」

厠から戻った男が、上着のポケットというポケットから、さまざまな色の紐を、まるで手品のように次々に引き出した。

「家探ししたったらな、タンスの中にこうな紐がぎょうさんぎょうさんあったでぇ、まだなんぼでもある。持ちきれなんだわ」

「よおし、それで娘らの両手をみな、うしろで縛ったれ」

軍曹と呼ばれたリーダー格の男が、仲間に命じた。

「あまったら足も縛れ、逃げ出せんようにな。うるさいおなごは口も縛れ。あんたも縛ったるで女将。そいでな、存分に楽しましてもらうわ。廓のおなごなら、まさか生娘はおらへんやろ、何されても文句はないはずや、なあ、そやろが」

聞いて、男らはみな、へらへら笑っている。

「おまえら、男の慰みものになるんが仕事やろが。わしら、おなごにゃ馴れとるで。あんたにもええ思いをさしたるわ」

絶望で、お染めは顔面蒼白になった。

「わしらにゃなあ、そうする権利があるんや。戦争はさんでなあ、これまでさんざんつらい思いさせられて、我慢に我慢を重ねてきたんや、今度はこっちが楽しましてもらう番や。もうわしらはなぁ、この世に何も怖いもんはないのや。人殺しもさんざん経験した。何人も何人も殺した。昨日はお巡りも一人、殺したったしな」

聞いて、女将も芸妓たちもはっとした。この男たちこそが、新聞に出ていたならず者たちだと気づいたのだ。大変な悪人たちを家に入れてしまったと、今ようやく気づいた。

「せやからわいらのこと、舐めたらアカンどぉ、ちょっとでも抵抗しよったら、鶏ひねるようにな、くいーてな、簡単に絞め殺したる。ええか？　そやからおまえら、今からわしらに絶対服従や、ええな。おまえらは今夜からわしらの軍の捕虜なんや。捕虜に抵抗する権利はないんやどぉ！」

「わしらこうなこと、なんぼでも経験しとる。籠城戦は馴れとんのや。外地で一般人の家に押し入ってのう、母親も娘も、まとめてなんぼでもやった。ほいで皆殺しや」

そばの仲間が言う。

「嘘や脅《おど》しや思うなよ、ホンマのことや。せやから、皆殺しにされんようにせいぜい気ぃつけえよ」

みな口々に脅しにかかる。

「そうや、そういうこっちゃ。命あってのものだねやで、あんたら。わしら、百戦錬磨や、強いんやどぉ。だあれもわしらにゃ勝てへん。わしらをやれる軍は、この町にゃおらへんわ。アメリカ軍でも呼んでこんとな」

「アメ公にも負けるかいな。なんなら呼んでこい、この軍刀で、片端から叩き斬ったるわ！」

男はかたわらに置いている布袋を取り上げ、右手でぱしぱしと叩いた。

「まあこうなったんもなぁ、お国が戦争に負けたからや。あんたらも、災難や思うてわしらにつくせ。何日か経ったらおとなしう出て行ったるさかいにな、ちょっとの間、しんぼうせえ！」

軍曹は言う。

5

男らは、戦場で同じ連隊にいたわけではないようで、ただの寄せ集めらしかった。それが何故このように固く団結して行動しているのかが不思議だったが、さすがに戦闘経験が豊富な復員軍人で、統制がとれていた。軍曹と呼ばれる男が命令を下すと、普段いかに軽口を叩いていても、みなさっとしたがった。それが自らの命を守る術と心得ているふうで、この軍曹が、みなの部隊長を演じていた。

仲間が厠からの帰りに見つけてきた腰紐で、芸妓たちは全員固く後ろ手に縛られた。腰紐はそれで底をつき、足までを縛る分はない。それで別の仲間が着替え室の所在を聞いて出かけていき、タンスからさらに大量の腰紐を持って帰って、女たちは全員、足首も固く縛られた。これで脱出も、近所に急を知らせることもかなわなくなった。

女将のお染めも同様に拘束されたが、拘束されても彼女はあれこれ苦情を言い、なかなか黙らないので、口に手拭いを詰められ、その上を腰紐で強く縛られて、猿ぐつわを噛まされた。そして座敷の隅に放り出された。

終わるともと軍人たちは、廓のおなごたちを全員大広間に転がしておき、手慣れた様子で籠城の準備にかかった。家中を家捜しし、物置からカナヅチや釘などの大工道具を見つけると、板きれも探し出し、一階の廊下にそった窓という窓を、スクリュウ錠を固く締めておいて、その上に板を釘で打ちつけて廻った。板は到底足りなかったから、厨房の床板を剝《は》がして窓の封鎖に動員した。それが終わると、部屋から衣装ダンスや本棚の類いを廊下に持ち出し、窓を塞ぐように置いた。

続いて玄関の戸も厳重に釘付けし、タンスや水屋、書棚、机、椅子、火鉢、座卓、行李の類いを玄関土間まで運んできて天井近くまで積み上げ、バリケードを築いた。さらにロープを見つけてきて、扉付近からこれらが動かないように、ひとつひとつ柱と結んだ。これで外界と通じる出入り口は、裏の勝手口がひとつきりになったので、軍曹はここに、五人の男たちのうちから一人を選んで、交代で常時見張りに立たせた。

外敵は封じられたと判断し、軍曹は盆次に命じて飯を炊かせ、男ら各自に二個ずつの握り飯を作らせた。そして酒蔵からありったけの酒を運ばせ、布団部屋に隠れていたお艶も見つけて二階に連れ上がり、手足を縛ってこれもすみに置いた。

朱塗りの階段下になる、天井の傾いた狭い部屋が、盆次の自室にあてがわれていた。

男らは男の盆次を危険視し、縛って監禁することを当初は考えていたが、盆次の知恵が遅れた言動を見て、これは危険がないと判断し、握り飯を作らせ終わったら、後ろ手に縛って二、三発殴りつけて脅してから、命が惜しけりゃおとなしくしておれよと言いおいて、自室の万年床の上に突き飛ばして戸を閉めた。

作業がすべて終わると男らは、また二階の大広間に戻って集合し、互いの労をねぎらって日本酒で乾杯した。夜が更けたが、二階の大広間と、勝手口の裸電球以外はすべて消して、いざ出入りという際のため、闇に目を馴らした。大広間の明かりも、天井のものはつけず、畳の上に点々と立つ、朱塗りのぼんぼり電灯だけ点灯した。

薄暗くしたまま男たちは腹ごしらえをし、ゆっくりと酒を飲む。窓から表を見れば、花街全体もまた黒々と沈み、煌々《こうこう》と明かりをともす楼はない。どの楼もまだ営業をはじめてはいないのだ。盲剣楼だけが灯をともすわけにはいかない。

侵入路を完全に塞ぎ、腹がくちくなってから、安心した男らはいよいよ娘らへの狼藉《ろうぜき》にかかった。てんでに転がしていた女たちのところに行き、抱え起こして抱き、冷や酒のそばへ運んできた。娘らは怯えて悲鳴をあげるが、むろん躊躇する者はない。抱き寄せ、唇を吸い、乳房をもむ。男らは好色な狼藉に手馴れており、自分たちが言っていた通り、戦場で似たような経験を積んでいるふうだった。

花街にはルールがあり、魅力ある芸妓の体が欲しくとも、いきなりは手に入らない。金を使って通い詰め、座敷を重ね、着物や帯、簪《かんざし》等を贈って当人と親しくなり、その上に女将の許諾を得てようやく褥《しとね》に入る。しかし暴力を使うなら、そうした約束ごとなど容易に省略できるのだった。力の弱い女たちは、そういうことを今回彼らから学んだ。それが戦時という時代の特殊さだ。殺し合いに手馴れた者たちの過剰な暴力、加えて彼らには、虐《しいた》げられた階層という特殊な事情が介在している。これに抗するべき警察という治安力は今、町から消滅している。世に聞こえた東の廓の楼内部は、彼らによって諾々と戦場に変わった。

性の欲求が高まると、男らは隣室に行って押し入れから布団を引き出し、掛け布団も出して褥を用意する。そうしてもと上官と見える男から好みの女を抱いて暗い隣室に消え、嫌がって泣いているのにもかかわらず、芸妓たちを思うままにもてあそぶ。終われば女は置いて大広間に戻り、また酒を飲みだす。すると、位が低いらしい男がのっそりと立ち上がって隣室に行き、褥に残されて泣いている芸妓をものにする。野の獣の様子と同じだった。

男たちのうちに、将校クラスの者はいないようであったが、軍隊時代の階級意識が持続している。ゆえに階級が上の者から順に女を選び、欲求を遂げた。上の者が、こいつは俺の女だと宣言すれば、当人がやめたといわない限り、下の者は手を出さなかった。人気があったのはやはり春駒で、軍曹と呼ばれる男がものにして、しばらく手を出すなと周囲に命じた。

男らがひと通り欲求を果たすと、軍曹は最も歳若い男に命じて勝手口の見張りの交代に行かせる。そして戻ってきた見張りにも、女を抱く許可を与えた。このようにして性の儀式がひと巡りすると、また女たちを隣室から大広間に連れ戻し、自由を奪ったまま自分の横や膝の上に置いて、体を触りながら酒を楽しんだ。

このようにして四、五時間がすぎ、時刻が深夜を廻ると、体の関係を持っても少しも反抗態度が消えない春駒に、軍曹は飽いてきたようだった。

「おい金原《かねはら》上等兵」

と彼は側近の名を呼ぶ。彼が返事をしてそばに来ると、

「この女、くれてやる」

とあっさり宣言した。

金原と呼ばれた男は、喜色満面で春駒を受け取る。すると金原と階級が同じらしい男二人が寄ってきて、金原が嫌うのもかまわず、春駒の体に手を伸ばす。春駒は悲鳴を上げるがおかまいなしで、彼女は以降三人のもと軍人の玩具にされる。

それを眺めていた軍曹は、何も言わずに立ち上がり、歳がいって誰も相手にしていないお染めのところに行って抱き起こし、抱え上げた。予想していなかったお染めは仰天し、激しい抵抗を示して暴れる。布を噛まされた口から、精一杯の悲鳴をあげる。しかし軍曹は委細かまわず、足をばたつかせる彼女を抱いて隣室の暗がりに運び、強引にものにした。

盲剣楼を舞台にしたこうした酒池肉林は夜明けまで続き、表の空が白む頃、そのまま

大広間の畳の上や隣室の褥で、半裸の芸妓を抱いたまま、乱入者たちは泥のように眠りこけた。当初は軍刀の布袋をそばから離さず、敵が侵入した際にそなえているふうの彼らだったが、何も起きないので次第に気が大きくなり、無防備になった。

狼藉は、以降二日二晩も続いた。目を覚ますと男らは、空腹を感じて厨房におり、戸棚を開けて漬け物やかまぼこをつまんだ。それでもおさまらず、盆次を叩き起こし、飯を炊かせ、握り飯を作らせた。そして有り合わせのものでみそ汁を作らせ、茶を淹れさせた。

芸妓たちは、男の許可を得て厠に立たせてもらい、腰紐を解かれぬ者は、握り飯のかけらを口に入れてもらった。反抗的な者は、部屋の隅に放置されたままで食べ物を与えられなかった。廊下に転がされ、厠に行かせてもらえない者もいた。

さすがに三日目の夕刻ともなると、男らも狼藉に飽いてきて、女たちにも疲労の色が目立ってきた。

「もう気がすみましたでしょう」

大広間で、リーダー格の軍曹に抱きしめられたまま、女将のお染めは言った。

「もう三日もうちらを自由にして、気がすみましたやろ。どうぞこれでもう、うちらを解放しておくれなさいまし」

眠っていないから、すっかりかすれてしまった声で、お染めは言う。目も赤い。

「わいが、お染めみたような年増の色っぽいおなごを好きであることは、これで解ったやろ」

　男は言うが、女将は何も答えなかった。

「嘘やない、いうんがな」

「このままこんなことを続けていると、さすがにご近所にも気づかれますよ。いえ、もうおそらく気づいております。どないしたんかと思うて、そろそろ訪ねてきますさけ、早う出て行った方がええ思います。どうぞうちらを許してくださりませ」

「そうよのう」

　軍曹はじらすような口調で言う。

「うちも、もうあなたのものになりました、何度も抱かれました。これ以上、何をすることがあります」

　聞いて軍曹はまた酒を飲む。そしてそのままお染めの口を吸って、口の酒を流し込んだ。しかしお染めはその酒は飲まず、唇の端からずるずるとこぼした。

「おい！」

　すると軍曹は腹を立て、お染めの襟元をぐいと持って、ぱしと頰を張った。そしてそのまま、畳の上に突き飛ばした。お染めはあっと言ったが、両手を縛られているからなすがままだ。

　その時、廊下側の襖が細めに開き、勝手口の見張りに立っていた男が顔を見せて言う。

「軍曹、いただきのお春《はる》いう女が、女将に会いたい言うて来とります」

「お春ちゃん……」

倒れたまま、お染めがつぶやいている。

「いただきが？　何の用や」

軍曹は問う。

「ええ鯖《さば》が手に入ったいうて、よそには売らずにこの家に持ってきたんやと言うてます」

すると大広間にいたみなが、しばらくしんとした。みな空腹なので、鯖に関心が湧いたのだ。

「鯖か、ええのう」

軍曹もつぶやく。

「そら、うまそうや」

「どないしましょ」

廊下の男は、上官の命を待っている。

「鯖は食いたし、女将を下にやるわけにゃいかんし、やの」

軍曹はつぶやく。

「警察に行ってくれと、いただきのおなごに言われてもかなわんからのう」

「そうなこと、うちは言いません」

お染めは言う。

「目配せいう手もあるわ」

「ほな、どうします？」

見張りは言う。

「金沢の警察は今手薄でも、よそから応援呼ばれたらかなわん。よし、子供に取りに行かすか。わしがうしろについて見張っとくわ。おいその、女将の娘の手ほどけ」

仲間に命じる。それで、大広間のすみに転がされていた十歳のお艶が、起こされて連れてこられた。

「娘に買わせるんや」

軍曹が母親に命じる。

「艶、ええ？　よう聞いて」

手をうしろで縛られたまま、母が不自由な上体を起こし、娘に言い聞かせる。

「台所の茶ダンスの一番上の左の抽《ひ》き出《だ》しに、十円札が八枚くらい入っとるからな、それ渡して鯖受け取ってや。足らなんだらあとで払うて、そうお春さんによう言うといて」

お艶は、しっかりとうなずいた。そして軍曹に手を引かれ、廊下に出ると、階下におりていった。そして一階の廊下を歩き、勝手口に向かう。

勝手をよく知る艶は、厨房の手前にある畳の間に入っていき、背伸びをして茶ダンスの上の小抽き出しから、十円札の束を引っ張り出している。それを持って、勝手口に行く。軍曹はついて行った。

勝手口の上がり縁に、ぽつねんとお春がすわっていた。

「ああ、艶ちゃん」

言って、お春は立ち上がる。

「大皿か、ザル貸して。ええ鯖が手に入ったんよ、よそのどこにも売らんと、ここ持ってきたん」

お艶はうなずき、戸棚から大皿を出して手渡す。お春が土間に置いた籠から鯖をとってこれに載せる。そして手渡してくる。

「ええ？　気をつけて」

「うん」

と言い、お艶は両手で受け取る。

「艶ちゃん、この男の人らは誰？」

何も知らないお春が訊いてくる。

「盆さんの、知り合い」

お艶が上手に答え、軍曹は安堵した。そしてお艶は、八十円ほどの札を差し出した。

「ふうん」

応えてうなずいているお春の鼻先で、軍曹がさっとそれを引ったくった。

「それは多いわ」

言って、十円札を一枚抜き、自分のポケットに入れた。

「ご苦労さん」

と軍曹は作り笑いとともに言って、お春を帰した。そして鯖の載った大皿を、お艶の手から奪って調理台に置く。

「おい正賢、よう見張っとけよ」

部下に言いおいて、お艶をさっと抱きかかえた。そのまま廊下を進み、朱塗りの階段をあがって襖を開け、もとの大広間に戻った。

お艶を畳の上に落とし、背中を突き飛ばした。お艶はあっと言って畳に両手をつく。

軍曹は落ちていた腰紐を拾い、お艶を手荒に転がして押さえつけ、両手をうしろに廻して手首をぐいぐいと縛った。その粗暴な扱いに、お艶がべそをかきはじめる。

「おい、やってくれたのう、女将」

軍曹は大声でお染めに言った。そしてポケットから紙を出し、広げた。それから裏返し、自分の方に表を向けて読み上げる。

「助けて。悪人に占拠されてる、警察に言って」

芸妓たちが驚き、目を見張っている。

「何やこれは！」

お染めは顔面蒼白になり、うつむいている。

「十円札の間に、こうな紙がはさんであったわい」

軍曹が言う。

「油断も隙もあったもんやないのう!」

男も女も全員が沈黙し、表に陽が落ちたゆえに薄暗くなっている大広間に、軍曹一人が仁王立ちしている。

「ようし、思い知らしたろか女将。この小娘、今からわしが犯して、水揚げしたる」

「やめてください!」

とっさに女将が大声をあげた。

「罰ならうちが受けます。なんぼでも、存分にしてください。せやから、娘には手は出さんといて! その子はまだ子供なんや!」

「子供でもなぁ、どうせ水揚げして、玄人の芸妓になるんやろが」

軍曹は、唇に薄笑いを浮かべて言った。

「その子は芸者にはさせまへん! 学校行かして、普通のお嫁さんにします。せやから、手は出さんといて!」

お染めは必死の表情で言いつのる。

「おい、ホンマか? 女将」

軍曹は訊く。

「ホンマです。うちはもうこうな商売、うちの代で廃業のつもりやさけ」

言って、お染めは何度もうなずく。

「ほならおまえは、どうに罰受けてもええんじゃのう」

「はい、ええです。子供にさえ手ぇ出さんとおいてくれるんなら」

「よし、おい、下にロープがあったやろが、あれ持ってこい！」

と軍曹は仲間に命じた。

ロープが届くと、女将は胸をぎゅうぎゅうと縛られ、男たち何人かの手で、鴨居から吊り下げられた。

軍曹は寄っていき、ぶら下げられたお染めの髪を摑んで顔をぐいと持ち上げた。そしてぱしと頰を張った。その勢いで、吊り下げられた女将の体はゆっくりと回転する。続いて軍刀を取り上げ、布袋を払い、鞘《さや》で女将の尻を思い切り叩く。二度、三度、四度と打ちのめすと、女将は苦痛で悲鳴を上げ、すすり泣きを漏らしはじめる。

畳の上に転がされ、その様子を見ているお艶も、泣きはじめる。

大広間のあちこちで男らに乱暴されている芸妓たちも、揃って泣きはじめた。女たちのすすり泣きが、ゆっくりと大広間に充ちていった。

「苦しい、息ができません、おろして」

女将は泣きながら訴えた。

「おい、もう泣き言か。どうな折檻でも受けるんやなかったか」

「でもこのままでは死んでしまいます。息ができません。おろして、おろしてください」

「苦しいんか？　女将」

　軍曹は訊いた。

「はい」

　言って女将は、懸命にうなずく。

「このままゆっくり窒息するのは苦しい、そうやな？」

「はい」

「ではいっそひと思いに、首を刎《は》ねたろうかい！」

　男は叫び、軍刀の鞘を払った。

　不気味に光る抜き身を目の当《ま》たりにして、娘らが悲鳴を上げる。女将を心配し、大声で泣き出す娘もいる。

「ふん、こうな銭のかかる髪しやがって。こうなご時世にのう。庶民はみな、食うや食わずにおるいうのに」

　軍曹は分別臭いことを言い、お染めの頭に寄っていって、髪の間に軍刀を挿し入れた。そして、どこかの一カ所をぷつと斬った。すると女将の豊かな髪が、ばさと垂れ下がる。

「贅沢三昧《ぜいたくざんまい》のおまえらのおかげでのう、今まで泣いとったもんがおるのや、ああん？　知っとるかおまえら、そういうことを！」

　軍曹は大声を出した。

「日本国民にもなれず、奴隷扱いで、ずっと泣かされとったもんらや。連絡船乗ってものう、船尾にしかすわらしてもらえん。前の方行ったら殴られる。ところが戦場じゃ最前線や。一番危ないところにいっつも行かされてのう、一番に死ねいうて言われるんや！」

「あんた……」

苦しい呼吸の下で、女将が言う。

「何や」

軍曹が訊く。

「あんた、日本人やないね」

「うるせえ！」

男は吼《ほ》えたて、女将の頬を、また思い切り張った。

「子供の頃からのう、わしの親爺もおふくろも、息子のわしの前で殴られて殴られて、よう泣いとったもんや。わが子の前で泣くいうんがどうな気持ちか、おまえらに解るか？　ああ？　そういう経験もないもんに、いったい世の中のなんが解る言うのや、あほうが！」

男は喉を絞って叫ぶ。男の剣幕に娘らの恐怖が増し、泣き声が一段と高くなる。

「よし、おまえ、こうなったら首を刎ねちゃる、それへなおれ。おまえらもじゃ、次はおまえらじゃ。ええか、皆殺しにしちゃるど、覚悟せえ！」

芸妓たちに向き直って軍曹は叫び、大広間の娘らが怯えて激しい悲鳴を上げ、泣き叫び始める。
軍曹が軍刀を跳ね上げ、大上段に振りかぶった。そうしてから、
「うん？」
とつぶやいた。
鴨居から吊り下げられた女将が、低い声で歌を歌っているのが聞こえたからだ。
「犀川船頭さんはホーイホイ、
船頭さんは櫓を漕ぐホーイホイ、
良い子が寝るよにホーイホイ。
良い子ははよ寝て夢を見よ、
泣いたら天狗さんが出てくるぞー。
天狗さんにゃ誰あれもかなわない、
みーんなみーんな殺される、
悪人はみーんなあの世行きー」
すると、廊下側の襖ががらりと開いた。
男らも娘たちも、そのもの音にみなが、廊下側の襖を見た。
暗がりに、世にも美しい者が立っていた。赤児を背に負うた、絵のように美しい剣士だった。

「なんやおまえは！」

軍曹が驚き、刀をおろしながら口をあんぐりとした。

軍曹はお染めのそばを離れ、剣士の方に寄った。そして刀を振り上げながらだっと踏み出し、剣士に向かって斬りおろした。

剣士はひょいとよけ、戻そうとする軍曹の刀を自分の刀で弾いた。そして一刀のもとに、軍曹の胸もとを、音を立てて切り裂いた。

目に見えぬ勢いで、彼はすでに刀を鞘走らせていたのだった。大広間にいた者らは、いったい何が起こったのか、少しも理解できずにいる。

「うおーっ」

獣じみた大声を上げ、軍曹は胸から激しく血を噴き上げながら、畳の上に仰向けに転倒する。

しかし軍曹が畳に倒れるよりも早く、剣士は太刀を一閃《いっせん》させる。血を噴く軍曹が畳に倒れ込むのと同時に、鴨居から吊られていた女将の体も、どさと畳に落下した。

「おのれ、てめえ！」

もと軍人たちがわめきたて、横の女たちを突き飛ばした。そばの軍刀をたぐって引き寄せ、布袋を払おうと、紐を解いてのち、ばたばたと焦った。

しかし剣士は、黒い突風のように座敷の奥深くに走り込み、瞬く間に三人を斬り殺し、突き殺した。軍人たちは、まだ鞘から軍刀を抜くどころか、布袋から出せてもいない。

立ち上がれた者もなかった。

三人の体が激しく血を噴き上げている間に、剣士はすでに体を回し、残る一人に向き合っている。ようやく鞘から軍刀を抜いたその男も、刀をかまえる以前に、大きな音を立てて胸もとを、袈裟《けさ》がけに割られた。

派手に血潮を噴きながら前のめりに倒れ込む男を目前にして、女たちは激しい悲鳴を上げる。縛られたままの体を後方に滑らせ、足で畳を蹴って、みな壁ぎわに後ずさる。

剣士の動きは素早いが、どこかがおかしかった。普通ではない。到底生きた人間のようには見えないのだった。芸妓たちはみな恐怖にかられ、不自由な体のまま、壁の前で身を寄せ合って震えている。だから、ろくに剣士を見ている者はない。

剣士の動きの一部始終をじっと見ていたのは、縛られて一人ぽつねんと畳に寝ていたお艶だった。剣士が自分のそばをすぎる時、お艶はしっかりと仰ぎ見た。そばに立つぼんぼり電灯の光で、彼の顔の半分が照らされる。反対側の半分は、暗く影になっていた。照らされた側の、息を呑むほどの美しさ。あきらかにこの世の者ではない。

その時お艶は、普通でない様子の理由に気づいた。絵のような顔だち、その澄んだ美しい目は、しかしガラス玉で、少しも自分を見てはいなかった。ああこの人は、目がよく見えないのだ、とお艶は思った。だから、動きがこんなふうに普通ではない。生きた人の動きではない。

ではどんな者かと言えば幽霊――、そうかもしれない。あるいは、魂を得て動き出した人形、とでも言うべきか。もっともそんなふうに考えをまとめられたのはずっとのちのことで、子供だったこの時は、ただ息を吞み、激しい恐怖の中に説明のつかない美を見ていた。

はっと気づくと、突風は去っている。大広間にいる者は、斬られて血にまみれ、血溜まりの中でぴくぴくとうごめき、苦しげにうめく瀕死の男たちだけだった。突風のような剣さばきで、またたくうちに五人の男を斬って捨てた美剣士の姿は、かき消すように消えている。

お艶は、ゆっくりと上体を起こした。そして、夢を見たのか？　と思う。あの剣士はどこ？　と思った。美しい剣士の姿、あれは自分の強い願望が見せた幻――？　とそんなふうに考えられたのも、やはりずっとのち、成人してからの追想だ。半裸の春駒が、ぼうと死人のように立っているのが目に入った。縛られていた手首の腰紐がほどけたのだろう。

それでお艶は立ち上がり、夢中で春駒に駈け寄った。足は縛られていない。そして、

「手、ほどいて！」

と彼女に訴えた。

はっとしたようにわれに返り、春駒の冷えた手が、お艶の手首の紐を震えながら解いてくれる。

手が自由になると、お艶は急いで母のもとに駈け寄った。苦しげにあえいでいる母親

の手首の腰紐、それから胸を縛っていたロープを、小さな手で懸命にほどいた。

身が自由になった母親が、ゆるゆると上体を起こし、娘に言う。

「今の人、誰?」

見ると芸妓らもみな手の紐をほどき、自由になって身を起こしている。しかし茫然としてしまい、誰にも声がない。

部屋を見廻す。激しい血の匂い。男たちはもう声もなく、動きもしない。死んでしまった。

遊戯丸が、

「盲剣さま?」

とつぶやいた。

「盲剣さまや……」

と春駒もつぶやいた。

「盲剣さまが来て、うちら、助けてくれはったんや」

それからみな、ゆるゆると立ち上がった。そして亡霊の群れのような力のない足取りで、女将を先頭にして一列になって、すでに開いていた襖の間から廊下に出た。これはさっき、剣士が開けた隙間だ。

朱塗りの階段をぞろぞろと下る。この時お染めは、階段の表面をじっと見ていた。土足による汚れは見当たらない。

女たちみなで、のろのろと廊下を進んで階段の裏側に廻り、盆次の部屋の前に立つ。

「盆さん」

お染めが声をかける。

「へ、へ、へえ」

と寝ぼけたような盆次の声が中からする。

戸を開けると。万年床の中に、盆次が寝ていた。

「へ、へえ」

と彼は、顎《あご》を起こして言った。

「盆さん、誰かこっち来なんだ？」

狭い三畳の部屋に踏み込んで女将が訊くと、盆次は掛け布団をめくりながら上体をゆるゆると起こし、

「な、な、何が、で……、ですか？」

と訊いた。

「何も見なんだ？」

「み、み、見たて、な、何を？」

春駒が訊く。

彼はきょとんとした顔で問い返す。

「もうええわ」

女将は言って、盆次の部屋を出る。そして勝手口に向かった。娘らも続いていく。そのあたりの廊下にも、土足の汚れはない。

乱入してきた無頼漢たちの一人、最も年下に見える男が、ポツンとともる裸電球の下で、上がり縁に腰をかけて孤独な見張りを続けていた。

女たちの一団を見ると、びっくりして立ち上がる。

「な、なんや?」

彼は問う。

「あんた、ずっとここにおったん?」

女将が訊く。

この男は静かで、楼に侵入してからも威張った口をきいたり、女たちに乱暴したりはしなかった。だから女将も、話しかけることができるのだ。

「うん」

男は言い、うなずく。そんなこと、当然だろう、という顔をする。

「誰かこっち、来なんだ?」

遊戯丸が訊いた。

男は怪訝な表情で首を横に振る。

「いいや、誰も」

彼は言う。

「なんで？」

「えー……、どういうこと？」

春駒がつぶやく。

「あんた、逃げた方がええよ、みんな殺されたよ」

女将が教えた。

「ええっ！」

彼は言って驚き、目をむく。

「誰に？」

「そんなん解らん、突然飛び込んできた人に、みんな刀で斬られたんよね」

女将は言った。

「うちら縛られとったさけ、よう解らん」

春駒も言う。

「二階に行ってみ。みな死んどる。あんたも早う逃げ。殺されるよ」

お染めが言った。

彼は板の間に飛び上がり、

「ヒョンニム！」

とひと声叫んで駈け出し、廊下に飛び込むと、足音をたてて階段を跳びあがっていく。

お染めたちは、それから一列になって、楼の中をすみからすみまで調べて廻った。どこにも異常はなかった。窓はすべて釘付けされたままだし、玄関口のバリケードもそのままで、わずかでも動かされた痕跡はない。そして家の中のどんな隅の暗がりにも、押し入れの中にも厠にも、浴室にも浴槽にも、人は隠れていなかった。

どれほどうまく隠れても、この家で長く暮らしている自分なら気配で解る、女将はそう思っていた。また外から来た者なら、土足による土の汚れを遺すはず。しかし廊下にも階段にも、土の汚れというものがいっさいないのだ。

それが何より不思議だった。どこの板の間にも畳の上にも、土の汚れがいっさい載っていない。やはりあれは亡霊だったのか――。

「盲剣さま、どっから来られたん?」

遊戯丸が言う。

「窓みな、釘付けされたまんまや。玄関もこれならとっても入られへんしなぁ、出られもせえへんょ」

「勝手口ひとつだけや、出入りできるんは。でもずっとあの男がすわって、見張りしとったていうやろ」

春駒が言った。

「解らんなあ、空中から降って湧いたみたよな話やが」

女将も言った。

「やっぱり幽霊なんやろか」

「あっ、盲剣さま行ってみよ、中庭の！」

遊戯丸が気づいて言い、先にたって廊下を小走りで進み、中庭に面した縁側に出る。ぽんと飛びおり、下駄に足を入れると、かたかたと音をさせながら社に向かって中庭を走っていく。

春駒もおり、下駄に足を入れると、遊戯丸を追って社に走る。

他の娘らも、女将も庭におりてきた。しかし下駄がないので、裸足のままで娘ら二人についていく。

遊戯丸は社の前に立つ。暗いから何も見えない。木像の前にあるマッチを取り上げて擦り、蠟燭《ろうそく》の一本に炎をともした。

小さな社の中を見廻すが、何も変わったことはない。おんぶ紐も、よだれかけも、がらがらも、三日前に見たままの状態でそこにある。

「なんも変わったことはないがの」

女将が言った。

「でも、絶対ここから来られたんよ、盲剣さま」

遊戯丸は言いつのる。

「せやな、よう拝んどこう」

言ってお染めが手を合わせるから、娘らも一緒になって手を合わせ、頭を垂れた。

真っ先に拝むのをやめ、遊戯丸がしゃがみ込んだ。下の段の観音扉を開ける。そして手を突っ込み、中から盲剣さまの刀を取り出した。

「やめとき、そうなこと。罰当たりやわ」

女将が言って、たしなめた。

けれど遊戯丸は、何かが呼ぶのか、刀を鞘からゆっくりと抜いている。そして、

「あぁっ！」

と悲鳴のような大声を上げた。

抜いた刀にはべっとりと、真新しい血糊が付着していた。

そっと指先で触れると、指の腹が、わずかに赤く染まる。

「やっぱりこっから来られたんや、盲剣さま」

遊戯丸は言う。

「うちらを助けるために、来られたんや」

そう言う遊戯丸の瞳に、みるみる涙が盛り上がっていく。

疾風無双剣

1

犀川《さいがわ》船頭さんはホーイホイ、
船頭さんは櫓を漕ぐホーイホイ。
良い子が寝るよにホーイホイ、
船頭さんが櫓を漕ぐホーイホイ。

良い子ははよ寝て夢を見よ、
泣き続けるなら棄てよかなー。
波間の夢路をゆーらゆら、
寝る子を乗ーせるゆーりかご、
悲しいこの世ははよ過ぎろ。

村の子供らを河原に集め、千代《ちよ》は、誰が作ったものかは不明なのだが、この土地に昔から伝わっている、「犀川船頭の子守唄」と呼ばれる歌を教えていた。千代は子供の頃に母から教わった。

自分がまず歌って聞かせて子供らに憶えさせ、それから歌わせようと思っていたら、大声に中断された。

「おーい、おーい、土左衛門《どざえもん》やー」

犀川で投網を打っていた、魚屋の為二郎《ためじろう》の声だった。

「おーい、聞こえるか彦佐《ひこざ》、そっち寄るぞぉ！」

「何⁉」

釣りをしていた彦佐が、釣り竿《ざお》をかたわらに置いて、立ち上がるのが見えたから、千代も立ち上がって、彦佐の方に数歩歩いた。すると三人の子供がみなついてくる。千代は本能的に不穏なものを感じて、両手をあげて後方の子供を制した。

「土左衛門だっちゃ、ホンマかや？」

これは千代も同感だった。土左衛門という言葉は知るが、この川で人が死んだという話はまだ聞いたことがない。

為二郎が、網の手もとを伝馬船《てんません》のどこかに引っ掛けておいて、こちらに漕ぎ寄ってくる。そして千代に叫びかけてきた。

「おーい千代坊、駄目や駄目や、子供に見せたらアカンわ、みな連れて、はよ土手の上いんでくれ。家に帰すか、土手の向こうで遊んどってくれや」

それで千代は、振り返って子供らの方を向き、

「みな、行こう。あっちで剣玉教えてあげるからなぁ」

と言って子供の気を引いた。女の子二人はじきにしたがったが、男の子だけはずっと川面に興味を惹《ひ》かれているふうだったから、右手を摑《つか》んで無理に引いた。

「タロべ、はよ行こ。置いていかれてもええんか？」

問うとタロべは、

「いやや！」

と大声を出してから、ついてきた。

土手を越したところの草の陰で、懐から剣玉をふたつ出してひとつを自分が操り、もうひとつを順繰りに子供らに持たせて自分の仕草を真似させていたのだが、千代は土手の向こうの水死人が気になって仕方がなかった。しばらく上の空で続けていたら、

「タロべ！」

と子供の名を呼ぶ声がして、母親が道の先から歩いてきた。

タロべが立ち上がり、あとも見ずに母親に向かって駈けていくと、女の子二人もつられてあとを追って走りだしたから、それで千代は河原に戻ることができた。

土手の上の道を横切り、川側の草の斜面を慎重にくだりはじめたら、小砂利の多い河

原につけた伝馬船の手前に、五、六人の男衆が身を寄せ合って立つのが見えた。一人は筵《むしろ》を手にしていて、今しもしゃがんで、それをほとけの体にゆっくりとかけているようだ。

小走りで人集《ひとだか》りに寄っていく千代の下駄で砂利が鳴るから、かなり遠くから、男たちは千代の接近に気づいた。そのうちの彦佐が体の表をすっかりこちらに向けて、

「おう千代坊、ええとこ来たわ。おとっちゃんに知らせてくれ、えらいこっちゃ、小六《ころく》が死んだわ」

「ええっ⁉」

千代は大声を上げた。小六は、自分もよく知る人物だったからだ。体は小さいが、口の達者な働き者だった。百姓をしていたが剣術が好きで、村の北のはずれにある道場にも熱心にかよって、よく竹刀をふるっていた。子供が好きで、千代は、小さい時からよく遊んでもらった。妻がいて、子煩悩なのに子供がなく、よく畑を手伝ってくれと言ってきて、手伝えば、自分の畑で採れた芋や茄子を持たせてくれた。

話も面白かったし、千代は大勢の百姓たちのうちでも、一番好きな部類の男だった。だから仰天のいっときがすぎたら、悲しくなった。

「小六は、一番元気がええやつやったなぁ」

乾物屋の文佐衛門《ぶんざえもん》が言った。

「西河組《さいかぐみ》に一番たてついとったやろ」

「ああ、わしらの拓《ひら》いた村やから言うてなぁ、やくざもんなんぞにゃ、絶対に渡さへんぞぉと、いっつも息巻いとったわ」

　為二郎も言う。

「それで若いごろつきもんらに睨《にら》まれたんとちゃうかな。そいで、とうとうやられたんや」

「殺されたいうことか？」

　正吉《しょうきち》が言った。死人が出たのははじめてだった。

「ああ、なんや、危ないなあと思うとったんや、わし」

　与七《よしち》がささやくように言った。

「これ、人にやられたんかな、自分で溺《おぼ》れたんとちゃうのんか？」

　彦佐が言う。

「違う、これ見てみい。この元気な小六が、溺れるわけもないわ」

　針医師の菊庵《きくあん》が、今自分のかけた筵の端をまくった。乱れた髪がべったりと頬や額に貼りついた、小六の土け色の顔が見えたから、千代は顔を伏せて、彦佐の袖にすがりついて握った。

「ここや、首筋や。頬や、この二の腕のとこ、痣《あざ》や」

「殴られたんか？」

「そやな、間違いない。木刀やなんかや、固いもんや。素手やない。肉の打ち身が深いし、ここ、見てみ、皮膚がめくれて、出血の跡もある」

紅葉村《もみじむら》の住人たちは、越前から山を越えてきた上方《かみがた》や、中国地方の出の者が多かった。だからたいていの者が西方の訛《なまり》でしゃべった。

「刃物で斬られてはおらん。骨も折れとらんな」

菊庵は、小六の体のあちこちを探りながら言う。

「ということは、殺すつもりやなかったんやな」

「脅しか、脅しで殴られて、川に落とされたんか？」

「そうだ、さんざん殴られて、川に落とされた。やった方は死ぬとは思ってなかったんやろ」

「でも死んだ。溺れたんかもな。こら、いよいよアカンか、いよいよわしら、夜逃げせなあかんか」

正吉が言った。

「アホか、そうなことしたら、西河組の思うつぼや。あいつら、それを待っとんのやないか」

「でもどうせい言うんや。どう頑張ってもわしら、刃物は使えんで。到底歯がたたんわ、ああな乱暴なやくざもんにゃ」

「使えるもんもおるぞ」

「数えるほどや、勝負にならんわ。川のそばで長いこと暮らしとるが、水死人が出たのはじめてや」

長いことと与七は言ったが、紅葉村は、井戸を掘って水が出ると知ってまず千代の両親が住みつき、そのぐるりに食い詰めもんが集まってきてそれぞれ百姓を始め、だんだん定住を決意して田畑を開墾し、村らしい集落を作ってから、まだせいぜい三十年ほどだった。村人の中には高齢に達する者も出ているが、それでもまだ、寿命をまっとうした故人は出ていない。死産の子や、育たずに死んだ赤児が何人かいる程度だ。だから珍らしい葬儀屋という者も越してきたが、まだ一度も仕事をしていない。これでようやく初仕事だ。

千代が、水死した小六の顔は見知っていると言ったが、そういう村のことで、千代の知らない顔はない。住人は、せいぜいまだ百人を超えた程度だ。ここで生まれ育った千代は、集落を出て、川しもの金沢の街にすらまだ行ったことがない。顔を見知っているのは当たり前で、知らない者というと、西河屋《さいかや》にたむろする西河組の与太者だけだ。この連中は出入りも多い。人数は不明だ。

「せやから寄合や、みなで集まってこれからの対策を協議しよう。本気の対抗策を講じなアカンで。西河の連中がいよいよわしらに牙《きば》むいてきよった」

彦佐が言う。

「ああ、とうとう小六、殺したんやからなぁ」

正吉が言う。

「そや、戦《いくさ》しかけてきやがったんやがな」

「受けて立つかどうかか、厳しなぁ。わしらのうちで、なんぼか腕の立つ者いうと、三人か、四人か……」

「師範の坂上《さかがみ》はんと、あとは新堂《しんどう》の厳三郎《げんさぶろう》はん、保科《ほしな》の義達《よしたつ》はん、でもみな、だいぶん歳《とし》とったで。もう五十は行ったわ……」

「せやから寄合や、どうするんにせよや。わしと菊庵先生とで今から小六の体を桶に入れてから、道場に行っとる。千代ちゃんは今からおとっちゃんにそう言うて、道場にすぐ来てくれるように頼んできてくれんかな」

「うん、解った」

千代は言い、彦佐に向かってしっかりとうなずいてから、彼らに背を向けた。

2

道場には師範用に壇が作られていて、ここに師範であり、村長《むらおさ》でもある坂上豊信《とよのぶ》がすわり、稽古用の板の間には、急を聞いて集まった村人が三十人ほど、彼の方を向いて尻をおろし、膝を抱えてすわっていた。

「小六が殺されたいうのんは、そりゃ確かか?」

坂上は訊いた。

「確かや、菊庵先生が言うとった」

　為二郎が言った。

「体中に木刀で叩いた痣があって、皮膚が破れて血も出ておった」

「斬られてはおらんのか？」

「刀の傷はない。骨が折れてもおらん。じゃから西河のやつらは、殺す気はなく、ただ脅しのつもりでやったんやが、川に投げ込んだんで、溺れてしもうたと、こういうことや。なあ千代坊」

　為二郎が同意を求めるから、千代ははいと応じた。

「西河のもんいうのは確かか？　やったんが」

　加平《かへい》という蕎麦屋が尋ねた。

「そりゃ、見とったもんはおらんから。じゃがほかに誰がやる」

　為二郎が言う。

「仲間同士、ただの喧嘩いうことは……？」

　加平が訊き、

「小六と喧嘩しとったもんはおるか？　この中に」

　千代の父、坂上がみなに訊いた。みな無言だった。

「そういうような話、誰か聞いとるか？」

「小六は気がええから、誰とも喧嘩はせんわ、仲間うちじゃあ。あっても女房とくらいやなぁ」

「この頃は、西河の連中の脅しがだんだんきつうなってきとったからなぁ、立ち退け、はよ立ち退《の》け言うてなぁ」

「小六はこの土地を気に入ってめでとった。よそにゃ絶対にいかんでて、よう力んどったな」

「今どき、この歳になってよそ行ってもなぁ、もうよう食わんわ。その土地のもんにも馴染めんしなぁ。若いうちから村のみなで一緒になって畑拓いたいうことがあるから、ここは」

新五郎《しんごろう》という百姓が言った。

「そうや、せやからこういう団結心も生まれとるのや。今さらよそ行ってももうアカン」

「ほならみなで、全員で新しい土地に移るというのはどうや」

正吉がみなを見廻しながら言った。

「この村全員で？　ぞろぞろ行くんか？　そら無理やがな。みなもう歳も取ってしもて、腰が痛いしな。新しう田畑開墾する元気なんぞないわな」

新五郎が言う。

「情けないこと言うなや」

「それにや、こんだけええ土地がもうあるもんかいや。井戸掘ったらええ水が出て、紅葉もこんだけきれいで、花も咲いての」

「川もあってなぁ。そもそもこの村がこれだけ大きうなったんは、土地がよっぽどよかったからや。紅葉の名所が近うて、大きい川がそばにあって、水がきれいで、魚がようけ捕れて……」

為二郎が言う。

「せや。そいで井戸水も出た」

「水はけがええんやここ。土地もけっこう肥えとるしな。山越えしてくる旅の商人にゃあ、あと金沢の城下町まで十里とちょっとでなあ、よし最後の一泊したろうかい、いう距離なんや。なんもかも揃うとる。ほんまにええとこや、じゃから発展した。娘らもようけ集まってきたしな」

新五郎が言う。

「そうや、べっぴんの産地になってきたで。じきに呉服屋も来るいう話や。こら、まだまだ発展する、この土地は、大きい宿場にもなるで」

加平が言う。

「せやからや、やくざもんも来たんやないか。西河の連中が目ぇつけたんや、いらんもんも来よった。もうちょっとさえん土地やったら、そら静かなもんやったで、今でも。みなでまた、そういう田舎探したらええやないか」

正吉は言いつのる。

「もっと山ん中か？」

新五郎が問う。

「せや」

「女もおらん、紅葉もない、花も咲かん、土地は石ころだらけの……」

「おるもんはイノシシだけや」

加平も言う。

「そらそうかもしれんが」

「おまえ一人で行け」

新五郎が言った。

「なんちゅうこと言うのや」

「わいはここがええわ」

加平が言った。

「なんぼようても、ここで殺されたら合わんぞ」

正吉は言う。

「西河屋にゃ、賭場《とば》もできとる。女郎もようけおるで。それ目当てで、おっさんもようけ集まりだしたわ」

為二郎が言う。

「なんや、怪しげな春絵も売られとるてなぁ」

「あの連中はこの村を全部そういうような店だらけにして、博打《ばくち》打ちゃ、好きもんのおとっちゃんが集まる、享楽の村にしたろう思てんのや」

「罰当たりどもが。博打打ちと女郎屋がいっぱいか、そういう村になるのんか、ここが」

「そうや。それから酒場と芝居の店や」

「芝居？」

「せや。西河の旅籠《はたご》は大きいやろ、中に、怪しげな芝居見せる舞台もあるて、そういう話や」

「怪しげ、いうて？」

加平が訊く。

「そら、娘が着物脱ぐ芝居だわ」

「ああ、そういう芝居か」

「村全部をそういう商売でいっぱいにしたら、こら大儲けやで。ちょいとオツムの足らんおっさん衆が、ようけ寄ってくるで」

「組は濡れ手で粟やな」

「せや、大儲けや。せやからあいつら、最初から住んどるわしらが邪魔なんや」

「そいで出て行け、出て行け言うてきとると」

「そういうことやな」

「なんでこうな田舎に目ぇつけたんや、そんなあくどい商売、街でやって欲しいわ」

「ご城下じゃ、おかみの目が届くんや。手入れも入る。近すぎもせず、遠すぎもせず、このくらいがちょうどええんや。そばに川もあるしな、船使うたら、ご城下からも楽や」

「うーん、まあ、こうなええ条件の土地は、ちょっとほかにないかもなぁ」

「よすぎて目ぇつけられたんや、悪いやつらに。もちょっとへんぴな場所にしといたらよかったなあ、村拓くの」

正吉が言う。

「もう遅いわ、立ち退くか、闘うか、どっちかや。どないする」

「闘うて……」

「これから、嫌がらせはもっときつうなるで、闘わんと。死人も出るで。覚悟せんとアカンなぁ」

「若い頃ならなぁ、戦もええけどな。みなもう歳取ってしもうたで、斬り合いなんぞはもうご免や」

「うちにゃまだ来んぞ、組のもん、一回も」

虎八《とらはち》が横合いから言った。

「おまえんとこは、西河屋からずっと離れとるからな、村はずれやから」

「西河組が立ち退きを要求してくる相手はなぁ、おおよそ決まっとるのや」

それまで黙っていた、知恵者で通っている文佐衛門が言った。

「まず剣の腕の立つもんや。こら、自分らが集落乗っ取って仕切るようになってから、少々具合が悪いからなぁ」

「使い手か」

「そうや、言うことききかんかもしれんけ」

「村長のことか」

「わしはそれほどのもんやない。もう歳も取ったしな」

道場主であり、村長でもある千代の父が言った。

「知恵もんもそうやな、口が立って、上にすぐたてつきそうなもんもいらん、危ない」

「そら小六やな」

「それから田畑や家が西河屋に近いもん、これは大いに目障《めざわ》りや。それにそういう場所は、これから家や田畑つぶして、芝居小屋とか建てたいやろうしな、あいつら」

「西河屋と競合しそうな商売の者もアカン。まず村長さんとこの紅葉屋《もみじや》。今一番あいつらの欲しい店はこれや、西河屋に似とる店やからつぶしたいし、自分らの家にして、賭博場にもしたい」

文佐衛門は言う。

「もう何回も言うてきとるわ」

坂上は言った。

「売ってくれて？」

為二郎が訊く。

「そうや」

「断った？」

「当たり前だ。だがしつこい。何度追うてもまた来よる」

「いくら出すて？」

「けっこうちゃんとした値を言うとった。だが、わしは売る気はない」

「最初の斬り合いは、おそらく紅葉屋になるな」

文佐衛門は断じた。

「一番腕のあるもんの店や。しかも、一番欲しい店や」

「せやな」

為二郎が言う。

「紅葉屋が落ちたら、われわれは総崩れになると見とるはずだ、あいつら組のもんは」

「うーん、厄介やな」

「あとは烏合の衆やと思てる。続いて酒場や、それに、酒屋も是非とも必要やな、あいつらの商売に真っ先に必要や。女と博打打ちは自分でやってくるやろが、酒まで運んでくるのは面倒やから」

「うん」

「うち来たわ、何度も来よるで」

酒屋の留吉《とめきち》が言った。

「せやろ。次が食い物や。なんぼやくざもんでも、これがないと生きていけん。味噌、野菜、塩、米、じゃからこれらの商い店は次に欲しがる、必ず買いたがる」

「ああ、来たな」

旅の者に野菜を売っている文五郎《ぶんごろう》が、あきらめたように言う。

「嫌がらせの乱暴なんぞはせんか？」

「まだ乱暴はせえへんけど」

「時間の問題や、じきにやりだすで。あいつらの常套手段や、連中も生活かかっとるから」

「そんな勝手な話があるかい。生活かかっとるのはこっちや」

「針医者はおってもええな。寺子屋もなあ、まあ問題ないわ、師匠が使い手なら話は別やが。神社、仏閣は、最初からこの村にはない」

そこへ針医者の菊庵と、彦佐が道場に上がってきた。ぼろ布で腕を吊った二人の農民をしたがえている。

「おう彦佐」

坂上は声をかけた。

「諭吉《ゆきち》に泰平《たいへい》、どないしたんやその手」

「大変だ村長」

彦佐が言った。

「この二人、西河の組のもんに、腕折られよった」

「何?」

集まっている一同が爆発的にざわめいた。

「本当か?」

「へえ」

と二人は、痛さで顔をしかめながらうなずいた。

「それだけじゃないぞ。今うちにゃ千蔵《せんぞう》がいて、こっちは足を折られてうめいとるわ。やっぱり西河の組のもんにやられたらしい」

「西河のもん、大小差しとるらしいぞ」

彦佐が言った。

「なに? 侍か?」

「解らんがの、そういう顔をして、のさばっとるらしいわ」

「そんなもん、おったか?」

「いや、新手や。新手の加勢が来よった、どんどん増えとる」

「くそぅ、厄介やな」

為二郎が表情を歪《ゆが》めて言う。周囲の者も、恐怖で青い顔をしている。

「こりゃ、いよいよえらいことになってきやがった。ちゃんと対抗の方策講じんとな」

「手向こうたらあかん」

正吉が血の気の引いた蒼白な顔で言う。

「下手に手向こうたら、斬ってくるぞ」

「いよいよ戦か」

文佐衛門が言う。

「殺し合いか、難儀なことや」

「手向かいせなんだら、向こうも殺すまでのことはせん」

「本当にやってくるか？」

坂上が訊く。

「流れ者の浪人で、もう斬り殺された者がいるらしい」

彦佐が言った。

「なに？　本当か？」

「ああ。銭のいざこざで、浪人が先に抜いたらしいから」

みな、衝撃で沈黙した。血の匂いとは、まるで無縁の山里だったのだ。

「こっちも武装の要があるか……」

坂上がつぶやくと、

「そうだ、見廻り隊、いうか自警団を組織する方がいい」

彦佐が言う。

「やめろみな、下手に抵抗したら、女房子供をやられるぞ」

正吉が言いつのる。

「西河のもんも鬼や蛇《じゃ》やない。話は通じるはずや」

「通じるもんかい」

「こっちが抵抗せんのに、むちゃなことはせえへん。悪いことは言わんわ」

「どうせいちゅうんや正吉」

「出ていこ、な？」

「どこへ？　イノシシが住んどるとこか」

「わいは争いは好かん」

「誰も好かんわ。無体を言うとるのはあっちや」

「わいは刀なんぞ握ったこともない」

「ほかに出ていくのに賛成の者は」

坂上が訊いた。手を挙げたのは正吉だけだった。

「家に刀がある者は手を挙げてくれ」

坂上が続けて訊いた。すると、六人ほどの手が挙がった。義達、厳三郎、時次郎《ときじろう》、文
佐衛門の手も挙がっている。

「よし、すぐ磨《と》いで、手入れをしておいてくれ」

「やめてくれぇ」

正吉が悲鳴のような声で言った。

「合戦の経験がある者は」

するとやはり同じ六人の手が挙がる。

「だが、遠い昔のことだぞ」

義達という百姓が言う。

「人を斬ったことがあるか？」

坂上がさらに訊き、するとみな、首を左右に振った。

「俺は槍だったから」

文佐衛門が言い、みな、てんでにうなずく。

「わしもだ。全員が槍か。では家に槍はあるか？」

みな、首を横に振る。

「とうに返納したわ」

時次郎という百姓が答えた。ほかの者も追随してうなずく。

「刀が六振《ふり》、わしのを入れて七振か」

坂上はつぶやいた。

「小六もそうだ、刀を持っていたはずだ」

「あいつも？　それじゃ八振か。で、西河組の連中は何人いる？」

みな、首をひねっている。

「私の見るところ、三十人というところだな、もうちょっとおるかもしれんが、加勢が来たというなら」

文佐衛門が言った。

「三十人……」

「まだ増えるで、これから」

正吉が言う。

「ちょっと黙っとれ、正吉」

時次郎が言った。

「ただ全員が大刀《だいとう》を持っとるぞ。腕のほどは知らんが」

文佐衛門が言う。

「ただのやくざ者なら、腕は大したことはなかろう」

坂上は言った。

「そうかもしれんが、こっちはもう実戦からは何十年も遠ざかっとる」

思案しながら文佐衛門が言う。

「よし、稽古を実戦用に切り替える必要があるな。みんなわら束をたくさん作ってくれ。径は一尺。人間の首斬りの手応えは、ちょうどそのくらいだ」

「村長、あんたは人間の首、斬ったことがあるのか？」

時次郎が訊く。

「いや」

「真剣で立ち会うたことは？　合戦ではなく」

「ない。わら束は人から聞いた話だ。そもそもわしは、殺生は嫌いだったんだ。人を斬ったやつはな、人間が変わるんだ。もうもとには戻れん。そういうやつを何人も見た。わしはあれが嫌いなんだ」

するとと六人がみな、てんでにうなずく。

「よし、刀がある者は刀を持ってきてくれ。家に刀がない者も、何か武器を用意するんだ。木刀でもいい、竹刀でもよかろう」

「ほんまにやる気かみな」

正吉が泣きそうな顔で言う。

「まだ解らん、みなの腕を見てからだ」

師範は言う。

「よし、いったん解散だ。そして午《うま》の刻にまた集まろう」

3

道場の表の空き地に棒が五本ばかり立てられ、その上にそれぞれ径一尺ほどのわら束が挿された。わら束がまだ足りないと見て、加平や新五郎たちはせっせとわらを束ねているから、千代もこれを手伝った。

大刀を持った坂上豊信が進み出て、腰に大刀を差し、腰を沈めて真剣を鞘走らせると、斜め上方からばさと、わら束を横殴りに斬ってみせた。

おうと、集まっていた三十人ばかりの百姓たちがどよめきの声をあげた。

「見事なもんじゃのう」

為二郎が言った。

「為二郎、その大刀は」

為二郎も大刀を左手に持っている。

「家に行って、小六のものを取ってきた」

「ではおまえ、それでこれを斬ってみろ」

言って坂上が、自分が斬って半分にした束を抜いて捨て、新たに別の束を挿した。

「いや、わしはそんななん、やったこともないからの」

為二郎が言った。

「だから稽古だ。それを腰に差せ」

為二郎は仕方なく、鞘を腰にぐいぐい差しこんでいる。

「そうだ、それでいい。そして腰を落として、こうして抜け」

坂上は、手本を示した。

「やらんといかんかな、どうしても」

「ここには番所も自身番もない。やくざ者が襲えば、自分の身は自分で守るよりほかない。今目の前に、西河の与太者がおると思ってやれ」

それで為二郎は、ゆっくりと刀を抜いた。めいっぱい右腕を伸ばし、どうにか切っ先までを鞘から出した。

「柄《つか》を両手でしっかりと持て。よろよろしていると、刀の重さで自分の足を切るぞ。そうだ、よし」

為二郎は、刀の切っ先を顔の高さまであげた。

「やれると自分が思う振りで、このわら束を斬ってみろ。ただし、まっすぐに振れよ。ためらって線を乱すと、刀を曲げる」

「横殴りか？　上からか」

「やれるかたちでいい。心気充《み》ちたと感じた時に行け。なんとなくはいかん、迷いもいかん。盲滅法の乱暴もいかんし、ゆるすぎても駄目だ」

「えろうむずかしいのう」

「斬る瞬間、わずかに引きながら力を足せ、叩くだけでは斬れん。それが竹刀とは違うところだ」

為二郎は聞いてうなずく。

「しかしすべてを一気に行く」

「頭がごちゃごちゃになる。それを全部同時ということか」

「そうだ。その加減を体で憶えるのだ。やれ」

為二郎は刀を振った。しかし、刃はわらに食い込んで止まった。

「ああ、いかんのう」

為二郎は、刀を少しゆすりながら抜く。

「もう一度だ。もう少しまっすぐにやれ。みなもやってみろ」

坂上が言うので、厳三郎と義達も進み出て抜刀し、ばさとわら束を斬った。

「うむ」

坂上は満足の声を出した。

「あんたはよい。いい腕だ」

厳三郎に言った。

「どこで稽古を？」

「いや、浪速《なにわ》の道場で少々、だが昔のこと、もう歳を取った」

「さようか。あんたもまずまず、よい」

義達にも言う。

「ほかの者も、斬ってくれ」

それで、文佐衛門と剛三《ごうぞう》という者がわらを斬ったが、坂上はよしとは言わなかった。

そこで彼らには、自ら手本を示しながら素振りをやらせた。

「為二郎、やりたいという者に、その小六の大刀を貸してやれ。そしてみな、それぞれわらを斬ってみてくれ」

百姓たちも刀を持ち、わらを斬って見せたが、坂上の顔は次第にしぶくなった。

「千代」

と呼ばれたので、千代は返事をして父のそばにいった。

「わらをすべて取り換えてくれ」

そう言われるから、棒の上のわらをすべて抜き、新しい束を運んできて、ひとつずつ挿していった。百姓たちがやってきて、手伝ってくれた。

「禹吉《うきち》」

と父が名を呼んだ。それは、まだ十代の若者で、道場に通う者のうち、坂上が特に筋がよいと目をかけている者だった。

「為二郎から刀を借りて、この束を斬ってみよ」

「はい」

彼は答えて為二郎から刀を受け取り、鞘を腰に差して、師範の動きを見ながら抜刀した。

「これが刀ですか。重いものですね」

彼は言った。

「そうだ、気をつけて扱え。怪我をする」

坂上は言う。

「よし、禹吉斬れ」

それで禹吉は、ばさとわら束を斬った。

「よしまあまあだ。素振りをやれ」

「この刀でですか？」

「そうだ」

「俺にも斬らせてくれよ」

百姓をやっている馬の助《うますけ》が声をかけてきた。馬の助もまた、もともとは武士の家の生まれで、合戦で一家が離散して、単身この土地に流れてきた。道場でも、筋がよいと坂上に評されている一人だった。

禹吉に向かって手を出すから、禹吉がちょっと坂上の顔を見た。坂上がうなずいてやると、刀を渡した。

「禹吉、おまえはこれで素振りをやれ」

坂上は自分の腰から大刀を抜いて、若者に渡した。

馬の助は抜き身のままの刀を二度三度振ってから、えい、と声をあげてわら束を斬った。

うまく斬れていて、わら束の上半分が地面に落ちた。

「うむ、悪くないぞ馬の助」

馬の助もまんざらでもないようで、落としたわら束や、断面をじっと見つめて立っていた。

「もう少し稽古がしたい」

「いいだろう、もっと斬ってみろ」

坂上も言った。

「おまえも、習ったことがあるんだな」

坂上師範が訊く。

「昔、京の道場にちょっとかよったことがあって」

馬の助は言って、半分になったわらを抜いて捨て、千代が差し出すわら束をまた、棒の先に挿した。

「しかし、こういうものを斬るのははじめてだ」

そう言ってから、やっ、と声をあげて、また束を斬り落とした。

その夜、夕食の時に父が千代に言った。

「これでは駄目だ。とても見廻り隊など組める腕の者はおらん」

「はい」

千代は言った。

「この村では、厳三郎と義達くらいのものだ」

「馬の助さんは？」

「じっとしているわらが斬れるだけだ。斬り合っている人間は激しく動く、まだまだ稽古の要がある」

「はい」

「みなも同じだ。あんな者たちで見廻り隊など、到底無理な算段だ。大刀をさした与太者どもに出会うたら、怪我をするか、命を落とすだけだ。どうしたもんかのう」

「はい」

と千代は言った。

翌朝、千代が表の井戸で食器を洗っていると、血相を変えた為二郎が走ってきて言った。

「千代坊、おとっちゃんは⁉」

「奥にいますが」

すると彼は、返事もせずに小走りで紅葉屋の裏に廻っていく。千代も、洗い物の手を停め、あとをついていった。

「師範、師範！」

と為二郎は裏口から千代の父親に大声をかけている。

「どうしたね」

言いながら豊信が出てきた。

「馬の助が斬られた」

いきなり為二郎が大声を出したので、えっと千代も声を上げた。

「なんだと⁉　西河の者にか」

千代の父も大声を出した。

「そうだ。見ていたもんの話じゃあ、馬の助の畑は西河屋のまん前だから、畑に向かっている途中に、あいつの腰の刀を指さして、西河の者たち二、三人になんぞ言われて……」

「挑発されたか」

「そうだ、えろうからかわれてな、かっとなって抜いて、渡り合うたが、結局斬られた」

坂上は言葉を失った。

「とうとう斬られる者が出た、師範」

「刀を渡さにゃあよかったか」

千代の父の師範はうつむき、唇を噛んでいる。

「普段に真剣を身につけて、振りの稽古をしたいと言うから」

「師範にほめられて、いっぱしの使い手のつもりになったんや、あいつ」

「今、馬の助は」

「葬式屋の善兵衛《ぜんべえ》のところに運んで、しばらく苦しんでおったが、死んだから桶に入れた」

「刀は？」

「そりゃ、取ってある」

千代の父は、溜め息をついていた。

「なんということだ、ではこれから葬式か」

「今から善兵衛のとこで、小六と一緒に葬式をやろうかと言うている。そいで、虎八の田の向こうに、村の墓地を作ろうかと。紅葉の見える土地に」

為二郎は言った。

「馬の助は、家族はなかったな」

「ない。これでもう土地も家も乗っ取られて、西河組が賭博場でも建てるやろうとみな言うてる」

「西河屋の鼻先だからな」

「そうや。西河屋と目と鼻の先やから、あいつらはハナから馬の助を狙うとったんや。独りもんやから、家盗っても面倒がない」

「考えてやるべきやった。それに刀なんぞを持たしたら、連中の思うつぼやったな」

「しっかし、刀差して畑に行くかいなあいつも。阿呆と違うか」

為二郎は言った。

「とにかく、馬の助の家に行ってみるぞ」

坂上が言い、為二郎もしたがい、二人連れだって馬の助の家に向かった。千代もあとを追いかけたら、おまえは来るなと父に言われたので、井戸のところに戻った。

途中で彦佐と出会い、坂上と為二郎と三人になった。

「馬の助が斬られたところを見ていたのはおぬしか？」

坂上が訊いた。

「俺じゃあない、正吉だ。俺は正吉から話を聞いただけだ」

彦佐は言い、坂上はうなずいた。

「正吉では、到底よう助けんな」

為二郎が言う。

「正吉に限らん、村の者、誰も無理だ。相手はごろつきだ、喧嘩馴れしとる。刀も持っとる。こっちには刀もないし、あっても腕がない」

坂上はうなずいたが、自分ならやれたと考えた。旅籠の周りには、いかにも遊び人という風情の、その向こうの、西河の旅籠もまた見えた。旅籠の周りには、いかにも遊び人という風情の、大仰な柄の着物を着て、おかしな細いまげを結った男らがたむろしており、通行人の娘らに目を据えては、からかいの声をかけている。娘らはこれを嫌い、男たちの前では小走りになって急ぎ、抜けていく。すると男らは、何がおかしいのかそれを見てげらげら笑う。

奥から遊び女ふうの、首筋を白くした娘が出てきて、男らに何ごとか声をかけている。

するると男らはついと笑い顔を閉じて、女にしたがって店に入っていく。

「昔馬の助、川のそばのええ土地が手に入ったと、喜んどったもんや」

彦佐が言った。

「それがあだになったな」

為二郎は言う。

「せや、よすぎたんや。西河屋までそばに来た」

「ああ船着き場のそばで、街道もあって、ああいう遊び人もやってきて住みつきよった。じきに賭場もできてなあ、芸妓も女郎も、どっからか湧いて出て、馬の助の畑の周りは、遊び人のシマになってしもうた」

「ああいう与太者が、一日中往来をうろうろして、娘らは道も歩かれへん。せやからみな、離れた田んぼの畦《あぜ》を歩いとるわ」

彦佐が言う。

「わしらの村なんやがのう」

「なんとか追い出せんもんかのう、ああいう阿呆なよそ者連中」

言いながら馬の助の家の前にかかった為二郎が、足を停め、家に入ろうとした時に、男が出てきて、為二郎にぶつかった。

「おう、気ぃつけんかい！」

わめくように男が言った。見上げるような大男だった。

驚き、為二郎の後方にいた彦佐と坂上が馬の助の家の中を見ると、男らが二、三人、奥の暗がりをうろうろしている。

「なんやあんたら」

為二郎が問うた。

「ここは馬の助の家やで」

「ああ⁉」

奥から険しい声がして、険悪そうに顔をしかめた男衆が二人、戸口に出てきた。

「なんや、聞き捨てならんぞ今のは。おまえらこそ何なら、人の家に勝手に入るもんやなかろうが。ちゃんと礼儀をわきまえんかい！」

両目のあたりを威圧的なしわにして、男は怒鳴った。まだぱりっと面の張った、新しい着物を着た、遊び人ふうの男二人だった。

「ここは馬の助の……、わしらの友達の家や」

師範がうしろにいるので気の大きくなった為二郎が言った。

「友達ぃ？」

すると男は頓狂な声を出し、三人の仲間はげらげら追従の笑いを送った。

「どこに友達がおるのや。見てみい、だあれもおらんわ。ここは西河の家になったんやで、知らなんだか」

「ちょっと待て、いつからそうなった」

後方から坂上が問うた。

「いつから？　今からや」

男が言い、みなまたげらげら笑う。

「持ち主を斬り殺して、家も畑も奪うわけか」

坂上が言った。

「なにぃ」

人相の悪い男が声を張り上げた。

「人聞きの悪いことを言うな。先に抜いて、斬りかかってきたのはこの家のもんやど。わしらはやむを得ず応戦して、身を守っただけや」

「さんざんからこうて、挑発して、刀を抜かしたんはそっちやないか。解っとんのやで。家や土地は渡さへんぞぉ」

為二郎が言った。

「なに⁉」

三人の男は言って、いっせいに刀の柄に手をかけた。

「言葉に気ぃつけんかいサンピン。ひとつしかない命、ちったあ大事にせぇや。友達とやらのおるとこに、おまえらも行くかあ⁉」

男たちは声を荒げてすごみ、しばらくは睨み合いになった。

「わしらは丸腰だ。あんたらも侍なら、卑怯な真似はせぇへんやろ？」

坂上が落ち着いた声で言った。それで与太者たちは、いっときの沈黙のあと、ゆるゆると柄から手を離した。坂上は言う。

「馬の助のことは解った。しかし、家や土地は返してくれ。われわれが全員で、汗水垂らして開墾した土地や」

「文句があるならな、親分に言えや。ここは親分の土地やで。おまえらがなんの断りもなく、勝手に住んどんのや。はよ出ていけよ」

「沽券持っとるわけやあるまい」

坂上が言った。

「なんやて？　そんなもん、おまえらの方こそあらへんやろ？　ええか、よう聞けよ、耳の穴ほじって」

「なんや」

少々気が大きくなっている彦佐が言う。

「ここいら一帯の土地はな、越前、越中、越後に加賀、越州お見廻り役様の所轄領や。せやから、おまえら百姓に住まう権利はないのんや。うちの大親分はなァ、見廻り役様の懇意、直属や。せやからここいら一帯はみな、西河のもんなんや。解ったか？　解ったら早よ出ていけや」

彦佐たちは、はじめて聞く話なので、真偽のほどが解らず、顔を見合わせてから沈黙した。

「せやからな、なんぼ開墾しても、おまえらのもんにはならへんのや、すまんのう。それが世の中の決まりいうもんや。解ったら、早ようい ね!」

しばしの沈黙のあと、坂上が言う。

「解った。今日のところはこれで帰るが、馬の助の家や土地はわしらに返してくれ。あんたらに畑の世話はできまい。それとも、茄子や芋が作れるのか?」

「解らんやっちゃのう、ここは親分の土地なんや。何べん言うたら解る、芋なんぞいらんわ。そんなん持って、早よいね」

与太者は言って右手を上げ、犬を追うように振った。


葬儀屋での葬式は、千代も手伝った。やってくる弔問客らに、線香を渡す役目を仰せつかった。終わったら、道場で集まるという話になったから、千代は母と握り飯を作り、二人で運んでいった。二往復して運び、母は帰り、千代は道場の戸口そばにあがって、しばらく父親たち男衆の話を聞くことにした。

「西河の親分が、越州見廻り役様の直属というのは本当か?」

と誰かが訊いた。

「まんざらの嘘でもあるまい。西河組は、見廻り役様に近づいて、たっぷり賄賂《わいろ》を入れとるのやろ。せやから、上訴願い出ても無駄や。袖の下がきいとる」

文佐衛門が言った。

「そんならどないするのや、わしらこのまま泣き寝入りか。馬の助は無駄死にか」

「どうしょうもないわ」

正吉が言った。

「わしらで歯が立つ相手やない。わしら、刀が満足に振れる者もたいしておらん。せやから徒党組んでもどうもならん、まるで歯が立たんわ。西河にゃ、えろう腕が立つもんがおったで。どうもならんわ」

「ほならどうするのや。やっぱし泣き寝入り……」

「泣き寝入りやない、今は泣き寝入りしても、それではすまんぞ。また何度も立ち退きを言うてくる、連中は。そうして、また誰かが殺される」

加平が言う。

「出ていくしかあらへんのや。ここはもともと、わしらの土地やないんやから」

正吉が言う。

「あいつらの土地でもないぞ！」

新五郎がわめく。

「よすぎたんや、土地が。今からもそっとしょぼい土地探すんや、みなで。な？　そうしょ。命あってのものだね、もうそれしかあらへんで」

「体が動かんわ正吉。また大木の根っ子掘り出したり、大岩動かしたりはようせんわい」

「あと三年もしてみぃ、もっと動かんようになるわ」

「師範、どないする」

正吉が訊く。

坂上は腕を組み、渋い顔でさっきから考え続けている。目を開き、腕をとき、とつとつとこう言い出した。

「対抗する見廻り隊、こっちも作ろうとわしは思うた。じゃがなぁ、腕の立つもんがおらんのや」

師範のそういう説明に、みなが黙り込む。

正吉が言う。

「歯向こうても、怪我するだけや」

「怪我ですみゃええが……」

坂上は小声でつぶやく。

「おい、大変や！」

忠吉《ちゆうきち》という百姓が、大声を上げながら、道場に駈け込んできた。

「なんや」

坂上が言った。

「馬の助の家が燃えとるで」

彼は大声で言い、みなの頭越しの方角を指差した。それでみな、絶望的などよめきをあげた。

「いかん、火をかけられたか」

言って、師範が片膝を立てた。

それを見てみなも立ち上がり、戸口に殺到した。陽の落ちかかった薄暮の表に飛び出し、道場に沿って廻って、わずかに下っていく小径《こみち》を、馬の助の家に向かって駈けだした。

千代の父親も、あとから追いついてきて、集団の中心になった。

狭い村だから、たちまちごうと音を立てて燃える、馬の助の家が見えてきた。先頭を走る加平が、

「おい、誰が火ぃかけた」

と叫びながら、そばの井戸に向かった。なんとか水をかけたいと思ったのだ。

「おい待てえ」

そういう声がして、そばの松の木の陰から、西河の若い者がぞろぞろと出てきた。四、五人の人数がいた。先頭の一人が、間を駈け抜けようとした加平に足をかけた。加平がもんどりうって土の上に転がり、みなの嘲笑を浴びた。

別の者が近づき、胸ぐらを摑んで引き起こすと、加平の顔を、拳《こぶし》で二、三発殴りつけた。

「加平！」

と叫んで新五郎が二人に近寄ると、別の与太者が後ろに駆け寄って新五郎の後ろ襟首を摑み、そのまま足払いをかけて、道に叩きつけた。

それから別の若い者たちも百姓に体を向けてばらばらと寄ってきたから、みな怯えてあとずさった。

「近寄るんじゃねぇ。この家はもういらねぇんだからなぁ、主はもうおらんのや！」

一人が、坂上たちに大声を上げて宣した。

「火消すこたならねぇ、誰も、手出しすんじゃねぇぞ！」

それでみなが後方の師範を見た。それで、やむなく坂上は、みなの前に進み出た。

「お、なんやおめえ、昼間の道場主か」

若いもんが言った。

「なんや、やる気ぃか？」

「やる気はない」

坂上は言った。

「わしは丸腰だ」

「ほうよ」

彦佐も横で言った。

「だがわしら、平和共存の道はないのか」

「なんや？　平和共存？　なんやそれ」

するとと仲間がまた笑った。

「同じ村に暮らすもん同士やないか。あんたらも、酒だけでは行きていけまい。米の飯を食わねばなるまい。味噌もいる、醤油もいる、たまには焼いた魚も食べたかろう。芋も、茄子もいるぞ」

「大きなお世話や。わしらが何食おうと勝手や。じゃが、それがどうした」

「あんたらには作れまい、茄子や芋、米もだ。わしらが作ると言うておる。畑仕事をするもんの手も、村には必要なはずだ。生活は助け合いだ、それでも出ていけと言うのか」

ばちばちと、燃える炎の音が大きいので、坂上も大声になる。

「畑仕事をするもんもなぁ、わしらの中にはようけおる。ひと声かけたらなんぼでも集まるわい」

「嘘をつけ」

忠吉が追いついてきてなじった。

「西河屋の周りでぶらぶらするだけの遊び人のくせに。畑仕事はきついぞ」

そのあとから新堂の厳三郎と、文佐衛門もやってきて立った。

「先生！」

すると与太者が大声を出した。その声に、待機していたのか太い松の幹の陰から、ふらりと浪人ふうの侍が姿を現した。

「百姓と四の五の言い合いをする気はねぇ。こっちゃ急いどるのや！」

与太者はわめいた。

「おぬしが師範か」

浪人が、坂上に静かに声をかけてきた。

「そうだ」

坂上は応えた。

「丸腰では勝負になるまい。これを持て」

言って、手に持っていた木刀を一本、坂上に放った。そして自分ももう一本、木刀を携えていた。

「無益な殺生はしたくない、今日は棒切れだ。村人をまとめて、おとなしく村を出て行け」

言うが早いかいきなり突いてきたから、坂上は払った。

「さあ打ってこい。わしに勝ったら、話を聞いてやろう」

そして今度は小手を打ちにきて、胴を払いにきた。いずれも木刀を操って堪えたが、本気で打ってきている様子ではなかった。ちょっと手を出して、こちらに打たせたがっているというふうだ。

打ち込むしかないかと思い、上段から一刀打ち、袈裟《けさ》がけに払ってもみた。しかし相手は手強《てごわ》く、難なく堪えたから、上段の構えのまま、しばし睨み合うことになった。

「こんなことをせにゃならんのか」

坂上は言って、木刀をゆっくり下げ、下段にした。

「おぬしの立場では言ってもせんないことだが、ここはわしらが開墾した村だぞ」

しかし浪人は打ち込んできたから堪え、上段で構え直した。

浪人は木刀を離し、跳びさがって正眼《せいがん》のかまえを作った。

「どうだ、剣をやる者同士、解ってはくれぬか」

坂上は呼びかけた。

「引いてくれ。この集落を追われたら、村人はどこに行けばいいというのか。わしは彼らの今後に対して責任がある」

浪人はしばらく黙んまりでいたが、

「わしには関わりのないことだ」

と言い、言いながら木刀の切っ先をゆるゆると立てていき、体の脇によせて停めた。

「八相《はっそう》か」

坂上はつぶやいた。と同時に鋭く打ち込んだ。

こちらは上段のままでいたからだ。八相は、真剣の勝負以外では、また一対一の闘いでは使わない。この構えは多数の敵に対しては、いかなる角度からの攻撃にも対応ができ、上段からの打ち込みには遅れるからだ。それで相手の手を見る絶好の機会と思い、坂上は間髪を容れずに打ち込んだ。この方法で、相手の腕や、癖を知ることができる。

浪人は瞬間体を引いて横に沈めたが、意図通り、相手の肩に木刀を打ち込むことができた。勝った、と思ったが、次の瞬間、何？　と思った。

同時に脇腹を打たれていたからだ。痛みはなかったが、意表を衝く敵の動きに、別の痛みを感じた。敵のこういう動きは、坂上はこれまでに経験がなかった。

八相の構えといい、知らない敵だ。ただ、かなりの修羅場をくぐってきた者ということは気配で解る。

「相討ちか」

坂上は言った。

「いや」

浪人は言った。

「おぬしは死んでいた」

「何？」

「だがなかなかいい腕だ」

聞きながら坂上は、木刀を相手に返した。浪人は左手で受け取り、唇に薄い笑みを浮かべた。

「田舎には惜しい。それに免じて、今日は別れよう。だがおぬし、真剣の経験はないな。真剣はまるで違うぞ。次の立ち会いはいやでも真剣になる。悪いことは言わない、われわれの言うことをきけ。話し合いはこれが最後だ。命は大事にしろ」

聞いて、坂上は立ち尽くした。横で、音を立てて馬の助の家の屋根が落下した。

「あんた、名を教えてくれ」

坂上は言った。

「猿田《さるた》」

とだけ浪人は言い、背を向けた。こちらの名は訊いてこなかった。

4

翌朝、坂上は道場に来て、一人で真剣を振っていた。昨夕猿田の言ったことが気になり、眠れなかったからだ。

八相から、あれほどに素早く木刀を繰り出してくる人間を、これまで見たことがない。しかも、打たれた痛みがさしてなかった。つまりあれは打たれたというより、こすったのだ。突きの剣の峰が、脇腹を、いわばこすった。

真剣ならおぬしは死んでいたと言われた。言われた時は雇われ用心棒のはったりと思い、正直どうも思わなかった。だが昨夜布団の中で考えるうち、次第にそうかもしれんと思いはじめ、眠れなくなった。猿田が正しく、自分が誤っていたと気づいた。

誤りは自分の経験不足から来るもので、気づきは猛烈な劣等感となって自分を襲った。次第に心身を打ちのめして、立ち上がれなくなった。自分は、己を立ててくれる者たちに持ち上げられすぎ、思い上がった現状維持主義者に成り下がっていた。平安への馴染みはそのまま気のゆるみで、ゆるみは怠惰となり、誤判断になった。一度でも剣を忘せば、斬死《きりじに》は死ぬまで隣りにある。これを忘れることは許されない。

徳川が天下を取った今は平和の御代で、もう真剣を振り廻す時代ではない。だがまだ戦国乱世と、合戦の経験者が大勢世間を歩いている。この紅葉村にも何人かいる。かく言う自分もそうだ。ただ合戦と言っても、関ヶ原のような戦場では一騎討ちの機会などはほとんどないもので、ひたすらの団子戦だ。自分の繰り出した槍で、怪我をした者くらいはいるだろうが、そのあとで死んだかどうかは定かでない。だから人を殺《あや》めたという認識はない。

その後この土地に流れてきて、刀を捨てて商いとか、畑仕事をするようになった。くわえて歳を取るにつれ、心底それでよかったと思うようになった。理由はよく解らないが、殺生を生業《なりわい》にした者の気分のささくれだち方を、次第に知るようになったからだ。一度でも人を殺せば、殺伐の心情から生涯抜けられない。その日暮らしの西河の者たちの気のすさみ方も、結局はそういうことに思える。ああいう手合いにはなりたくないと思う。

体の衰えを知るようになれば、自分が怨みを買っていないことはなによりの恩恵と思えるようになった。若ければ少々の怨まれ方も武勇の一環だが、歳を取ってから、若い頃の仇《あだ》を討ちにやってこられるのは愉快でない。

　だが昨夕、あの猿田という浪人者と木刀を交えてみて、そうも言っていられなくなった。あの男の体には、死人の怨霊《おんりょう》がまとわりついている。それは間違いがない。けれどもやつは冷静で、辛そうには見えない。口に入るもののために日々命を張って、ろくな暮らしではないはずだが、信念を捨てたすさみ方はない。

　人間いくつになっても、闘いと真に無縁にはなれないらしい。人の暮らしとはそういうものか。それがいやなら山奥で、仙人暮らしに入るべきか。知らず自分は、この集落に住み着いた大勢の生命を守る立場になってしまっている。これは日々の、多少の豊かさの代償か。闘いなど少しも欲していないのに、剣は捨てたのに、闘わざるを得なくなる。自分が一番腕が立つからだ。

　だが腕が立つといっても、たかが知れている。素人相手の竹刀自慢で、真剣での立ち会いの経験もなく、西国の揚心流《ようしんりゅう》の道場で、道場主が死んで、道場をたたむまでの一年、推されて師範を務めたというにすぎない。揚心流は、戦国の頃まではそれなりに知られていたが、徳川の世になって用ずみになり、衰えた。自分が師範になったのは、この時も求めてではなく、ほかになり手がなかったからだ。師範として若手に稽古をつけながら、道場破りが来ないことを祈っていた。その程度の腕だ。

　あの時は無事だったが、今度はそうもいかない。村を守るとなれば、それは自分の剣による以外にない。相手が西河の与太者ばかりなら、さしたる腕でもなかろうと思い、たかをくっていた。だが猿田のような使い手が加わったとなれば、そうもいかない。

あの浪人の言った通りだった。こうして真剣で素振りをくれてみて、それがよく解る。真剣を上段から振りおろしてみれば、木刀とはまるで様子が違う。猿田の言う通りだ。真剣は重い。相手の肩に届くまでが遅れる。八相からの猿田の剣は速く、こちらが相手を斬る前に、やつの剣が自分の脾腹《ひばら》をえぐっていたろう。

そう知ったら恐怖が襲い、震えがきた。自分の歯が立つ相手ではないと知り、底知れぬ無力感が来た。平穏な日々、自分は竹刀に馴染みすぎた。竹刀や木刀なら自分は自在に扱える。だが真剣は別物だ。これは恐ろしい道具で、知らず心を萎《な》えさせ、筋の萎縮を誘う。やつは真剣で立ち会った経験が豊富にあり、竹刀侍の様子もよく知り、たまに持つ者の振る真剣の筋が見えている。やつの読み通り、真剣なら、自分は昨夕死んでいた。

やつは昨夕、手加減した。突きを、自分の腹からはずしたのだ。いかなる理由からかは知らないが、そう知ることは屈辱だった。そうならどうするのがよいか。坂上はやや上がった息に堪《た》えながら、ゆるゆると板の間に尻を落とし、考えた。猿田のような使い手が相手側につき、いかに有象無象《うぞうむぞう》とはいえその下の者たちも、村で百姓をやっている仲間よりは腕が立つ。

そうなら、これはもうここを、この土地を明け渡す以外には道がないということだ。村の者も、自分を含めても、もう西河の者の手に合う者が一人もいない。ということは、事態はもう詰みだ。抵抗すれば怪我をするか、命を落とす。正吉の言うとおりだ。彼らの生命を守る役割がもし自分にあるのならば、誰でもない、自分こそがそう決断し、村のみなを説得して、この土地を去らなくてはなるまい。

物音に戸口を見れば、新堂の厳三郎が立っていた。軽く会釈をしてから、道場に上がってきた。彼も、真剣を携えていた。

「素振りをされていたか？」

彼は訊いてきた。厳三郎も、昔はかなりの使い手であったらしい。だから今、坂上が考えていることが解るのだろう。

「昨夕、あんたも見ていたろう」

坂上は言った。

「猿田はかなりの者だ。あんたなら、あれに勝機はあるか？」

坂上は訊いた。

「いや、もう歳を取った。あなたはよくやったよ」

厳三郎は穏やかに言った。坂上は、しばらく考えてから言った。

「いや、私はやられた。あんたなら解るだろう。昨夕のが真剣なら、私はもう、今ここにはいない」

厳三郎は何も言わなかった。

坂上はそして、次第に気づいた。猿田は、大勢の目の前で、真剣で自分をばっさりやるために、昨夕ははずしたのだ。自分が斬り殺されれば村人は総崩れになる。そう計算しているのか。

「あの流派は何だ？」

坂上は訊く。すると厳三郎は首を横に振る。それですますそうとしたようだが、坂上が黙っているのでこう言った。

「あれは受けの剣で、たいていあんたの動きを待っていた」

「そうか？」

「そうだ。先にちょんちょん手を出すあれは、本意ではない」

「うむ」

「そして敵の真の動きと同時に、こちらも真の動きを開始する」

「とすると？」

「北辰《ほくしん》の一刀流が、ああいうものだと聞いている。だが、確証はない」

「ほう、北辰。強いと聞いている。あれがそうか」

すると厳三郎は、まだ首を横に振る。

「私も見たことはない。そうだろうかと推察しただけだ」

「あの男は、真剣の立ち会いを多く経験している」

「そうだろうな」

厳三郎も言った。

「あんたのは何だ？」

「私のは無双直伝《むそうじきでん》と称して、いやもう昔のことで、道場の末席を汚しただけ。到底人に語れるほどのものではありませんな」

「真剣は？」

「いや、真剣立ち会いの経験はありません」

「しかしたいしたお手前だ。私に代わってこの村の者たちを……」

「ご冗談を。今はただの百姓、到底おぬしほどの腕はない」

厳三郎も横にすわってきて、二人は並び、黙して考えた。

「なあ新堂の」

坂上は言った。

「このままでは無理だ。下手をすればみなやられる。そののち、生き残った者たちですごすご村を出るしかなくなる。西河の組が事実越州の見廻り役と懇意なら、それでも連中におとがめはあるまい」

「鼻薬《はなぐすり》、たっぷり嗅がされておればな」

「それでは死んだり怪我した者はただの死に損だ。そうなら、みなに命があるうちに、揃ってここを出る方が利口というものかもしれん。どう思う、そうではないか？」

聞いて、厳三郎はじっと考えていた。そして、

「師範、弱気になられたな」

と言った。

言われても坂上は、ただうなずくしかない。昨夕の気づきはそれほどに強烈だったのだ。全身から力を奪った。自分が惨《みじ》めに殺され、あとに残る娘の千代や女房のよねのことを考えると、どれほどの屈辱にも堪えねばならないと思った。

「いかにも、弱気になった。しかし……」

言いかけたが、続かない。もはや手はない。八方が塞がった感覚。

「手がないであろうかなぁ、本当に」

厳三郎が言う。

「何かあるか？」

坂上は問う。しかし、厳三郎にも答えはない。

千代は一人戸口の陰に立ち、父たちの話を聞いていた。が、いたたまれなくなって、そっと離れた。

ふらふらと歩き、坂を下った。そして、小六や馬の助の墓所になるという土地を見にいった。

紅葉村の集落が始まる山裾《やますそ》あたりの空き地に、木切れや竹の皮が集められて小さな山が作られている。ここで今宵、二人の亡骸《なきがら》を入れた桶を焼くのだ。これを、この土地では野辺送りと言っている。それから小さな骨壺に焼いた骨を入れ、そばに並べて埋めて、村用の墓所を作るつもりと聞いている。

紅葉にはまだ季節が早い。周囲の葉はまだ緑色だ。木切れや竹の皮の山を前に、見つめながらしばらく立ち尽くしたが、ゆっくりとしゃがんだ。そして先ほどの父の深刻な独白について考えた。父が死に、ここで父の亡骸も焼かれる日のことを思い描いた。それは辛い想像で、自分は泣きじゃくることになるだろうと思う。そのあと、母と二人でこの村を出ていく。でもどこに行くことになる？　もっと山奥か、それとも金沢のご城下か。

母はご城下に、遠い親戚があると以前に言っていた。それならご城下に向かうことになるのだろうか。

そんなことはいやだと思う。それなら父の命があるうちに、なんとか懇願して、三人でこの地を去るのはどうか。ご城下でもいいし、もっと奥地に移って、みなで家族の口に入るだけの作物を作るのもいい。父という男手があれば、それほどの苦労はせずにすむ。それに山には、食料は存外豊富にあるものだ。自然はそこに暮らす獣や人間に恵みをもたらしてくれる。栗、アケビ、柘榴《ざくろ》、むかご、わらび、ゼンマイ、茸《きのこ》、松茸、タラノメ、山ウド、トチノミ――。父なら、加えて獣も捕らえられる。しばらくの間なら、畑を作らなくても生き延びられる。

とするなら、どうしても男手がいる。母と二人では無理だ。そうなら早く父を説得しなくてはならない。自分のような小娘の言うことを聞いてくれるかどうかは不明だが、早くしなくては取り返しのつかないことになる。西河組の者たちの横暴や狼藉は、日々目にあまりはじめている。千代自身、身の危険を感じたことが幾度かある。いつ父が、彼らと真剣で相対することになるか、知れたものではない。

父にいつ、どう切り出すか、千代は考えた。父はこの村の長であり師範だから、提案を受け入れてもらうのは、そう簡単ではあるまい。西河の与太者のことを思えば、師範の一家だけが逃げ出すことはできない。また紅葉屋で働く女たちの生活もある。出るなら、そういうみなと一緒でなくては許されない。そして村人みなの口に入るものを、父は都合してやらなくてはならない立場だ。山の恵みは、家族三人程度の口ならしのげるが、村人の全員となるとむずかしい。

立ち上がり、千代はとぼとぼと川べりまで行った。土手の草をかき分けて斜面を上がり、街道を横切って、流れの眺められる反対側の斜面にしゃがんだ。透明な水はゆったりと流れ、船が一艘水面に浮かび、ゆっくりと下っていく。ご城下に向かうのか。

子供の頃から馴染んだこの眺めが好きだったが、もうお別れか。山の恵みだけを口に入れて暮らす時が近づいた。川魚ともお別れ。旅荘のおいしい食事ともお別れだ。

だが父が死ぬよりはずっとよい。村の人たちともお別れになるのだろうか。気の合った人もいて、そうなら寂しいことだけれど、大勢の人と暮らす生活が、結局争いを生むのだ。誰とも会わず、人里を離れてひっそりと一家で暮らせば、争いなどは起きようがない。

千代は立ち上がり、川に背を向け、また土手と街道を越えた。来た時とは別の小径をたどり、ぶらぶらと山の方に行った。この季節、山の恵みが実際にどの程度あるものか、自分の目で確かめようと思ったのだ。子供の頃から、山歩きのたびに父と母に教えられ、口にできる自生植物はよく知っているつもりだ。

村の一番はずれにある虎八の畑地を左右に見て、千代は一人山に向かう。ずっと彼方には、まだ手つかずの空き地があって背の高い草が茂っている。土地が肥えているから雑草が育つ、村人はよくそう言っていた。この村は豊かで、まだまだ発展の余地がある。悪い人たちが目をつけるのもよく解る。何年か先、もっとたくさんの人が越してきて、集落は今の倍にも三倍にもなるのだろう。藩で一、二の宿場にもなるかもしれない。見届けられないのは残念だけれど、自分たちは去る。

小径が山にかかり、左右から枝が張り出しはじめた。ところどころで身を屈めなくてはならない。踏み分け道も次第に細くなり、坂になり、山を登りはじめる。登りながら千代は、絶えず足もとに注意していた。アケビや茸が顔を出していないかと留意したのだ。案外見つからず、千代は山道をかなり先まで登ることになった。千代には心当たりがあった。この先の草地に、柘榴やアケビの蔓《つる》が這っている木があった。

足が疲れてふと立ち停まれば、右側に草地が広がっていて、その先の林の足もとに、茸らしいものが見えている。確かめようとして草地に踏み込んだ。

近づいてみれば、群生している木々にはアケビの蔓も混じっていて、探せばきっと実をつけているものもあると思う。周囲を見廻しながらそろそろと林に踏み込んでいくと、期待通り、身をはじけさせているアケビの実をひとつ見つけた。背伸びしてもぎ、たもとに入れた。

見おろせば、足もとに伸びる草には茸も混じっている。母が喜ぶ顔が浮かんで、千代はしゃがんで茸を採り、これもたもとに入れた。もっとアケビがないかと考えて立ち上がった時、背後からぎゅうと抱きしめられ、仰天した。汗の匂い。そして耳もとで、かん高い笑い声を聞いた。

「娘一人がこんなとこに来ちゃいけないねぇ」

そう言うねちねちした男の声が、続いて聞こえた。そして前方の木の陰から、いかにも遊び人という風情の男が二人、肩を揺すりながら姿を現した。二人とも、歯をむき出してへらへらと笑っている。

西河組のやくざ者たちだ。いつも家の前でたむろしている者たちで、こんな山の中にいるとは思いもしなかった。千代を羽交い締めにしている男を入れると、無頼漢は三人だった。柄の大きい派手な着物を着て、三人のうちの少なくとも二人は、腰に大刀を差しているのが見えた。

悲鳴をあげて暴れ、全力で両手をもがかせていたら、たまたま肘が、背後の男の脇腹に当たった。うめき声を上げ、男の両の手の力がゆるんだ。千代は体をよじって逃れ、小径の方に向かって走った。すると後方で、どっと、仲間の不手際を嘲笑する声が湧いた。

しかし全力で追ってきた男二人にたちまち追いつかれ、左右からそれぞれ手首や二の腕を取られた。それから上体をかかえられ、力が強いから、一歩も前に進めなくなった。ひと足遅れ、千代の肘鉄を喰《くら》った男も追いついてきて、千代の腰を抱えるようにして捕まえた。そしてあっと思う間もなく、両腿《りようもも》のあたりを持って、両足を天高くに跳ね上げられた。その拍子に草履《ぞうり》の片方が足から離れ、天高くに舞ってどこかに飛んでいった。

大声を上げて助けを求めたが、人の気配などない山の中のことで、まったく空しかった。上半身を二人に、下半身を一人の男に持ち上げられて、千代は今来た方向に運び戻されはじめた。千代の腿を抱えている男が、そうしながら着物の合わせ目を割って手を入れ、千代の素足に触れた。そして、

「ほらほら、おまえが足をばたばたさして、はしたなく暴れるからよ、こういうところが見えちまうだろ」

と言って、下卑《げび》た笑い声を上げた。それで千代は、自分が今から何をされようとしているかを知った。

続く男の下品な笑いに、残る二人もお追従の笑いをあげて、千代は泣きながら、木立の間の暗がりに運び込まれていった。仰向けにされた視界に見えていた空が翳《かげ》り、張り出した枝と、枯れかかる葉の群れが見えた。林に入ったらしく、あたりがさっと暗くなり、そう思った途端に、千代は乱暴に草地に落とされていた。背中をしたたかに打ち、その痛みに、あがりかけた悲鳴が喉《のど》のあたりで留まった。

草の乱れる激しい音がして、男も一人、もんどりうって草地に転がっていた。即刻上

体を起こし、獣じみたわめき声を上げた。

「何しやがんでぇ、てめえ！」

男はわめく。埋まるような草の中で千代も頭を上げ、わけが解らず茫然とした。背中の強い痛みを忘れた。

立っていた二人の男が、左右から誰かに、同時に襲いかかった。しかしぐうというくぐもった声とともに弾き跳ばされ、一人がどうと草地に尻餅をついた。もう一人はまだ暴れていたが、ばしばしと激しい音がして、やはり激しくうめきながら、草の中に落下するように倒れ込んできた。

首を回して見ると、アケビの蔓の下に、赤い顔をした天狗が立っていたから、千代は怯えて大声で悲鳴をあげた。赤い頬にぎょろりとむいた目、高い鼻。手に刀を持っていたが、抜いてはいず、鞘でしたたかに男たちを打ったのだ。

最初に転がった男が立ち上がり、歯を食いしばって叫びながら、さっと抜刀して天狗に向かった。しかし振りかぶることもできず、天狗の突き出す鞘の先で喉を突かれ、さらに腹を突かれてまたどすんと尻餅をついた。それは電撃のような素早さで、何が起こったのか解らず、千代は目を見張った。

続いて別の一人がまた起き上がり、抜刀したが、かまえる前に刃を弾かれ、顔を突かれ、もう一人は首筋を打ちすえられて、背中から激しく立ち木にぶつかった。二人とも全身が草に埋まり、一瞬視界から姿が消えた。

一人が鼻血を噴き出させ、よろよろと立ち上がるが、もう戦意はなかった。弱々しく刀を下げ、じりじりと後方にさがっていく。続いてもう一人も立ったが、こちらも戦意はなく、腰を引いて逃げ足になりながら、互いの顔をうかがっている。暗黙の合意がじきに成立し、三人はくるりと背中を見せ、小径に向かって駈け出した。林を飛び出すと、あとはもうこちらを振り向きもせず、小径を一目散に駈けて、山を下っていった。

静寂が戻り、千代が振り返って天狗を見ると、驚いたことに天狗は、へなへなと草の中にくずおれるところだった。千代は驚き、跳ね起きた。当初恐怖だったのだが、くずおれる様子は弱々しく見えたし、赤い天狗の顔は面だと解ったので、勇気を振り絞って身を起こし、草を分けながら膝で進んで、天狗の方ににじり寄った。

「大丈夫ですか?」

千代は叫んで、天狗のそばでしゃがんだ。天狗は草の中に、長々と寝ていた。仰向けの両肩に触れると、ようやく自分がこの天狗に助けられたのが実感された。

天狗の面に触れ、上方にずらしてから、はっとして右手を引いてしまった。夢を見ているのかと疑った。まるで女のように美しい、白い顔が現れたからだ。

息を呑んで見つめていたら、ぷんと小さな音をたてて男の唇が割れ、真白い、見事な歯並びが現れた。それはまるで完璧な彫り物のようで、千代は恐怖も忘れて見つめてしまい、動くことを忘れた。そして、体が次第に震えはじめるのを意識した。

まだ若い。目もとにどこか幼さも残る青年だった。青年は白い歯を食いしばり、苦痛に堪えているようだった。たった今、自分を助けるために三人の男とやり合って、体のどこかに怪我をしたのだろうか。そうならそれは自分のせいだと思い、千代は激しく申し訳ない心地がした。

ふと見ると、青年が目を開け、ぼんやりと自分を見ていた。目が合い、千代は気恥ずかしさに見返すことができず、小さく二度、ぺこぺことおじぎをした。礼のつもりだった。

「あんた、誰？」

ささやくような男の声がした。訊かれていると知って、気恥ずかしさにあらがって千代は、懸命に自分の説明をしようとした。

「私はこの下の、川沿いの紅葉屋という宿屋……」

すると青年は、小さく首を左右に振っていた。そういうことではないと言いたげだった。

「ずっとそこにいたの？」

え？　と思い、それから、

「はい」

と言った。自分を助けてくれたのではなかったのかと意外に思った。青年は何も言わない。

「あのう、解らなかったのですか？」

千代は訊いた。

「面をかぶっていたので、男しか見えなかった」

彼は言った。

「どうしてそんなお面を?」

千代は訊いた。青年はしばらく沈黙を続けたが、

「もらったから」

と言った。

「眠るときにいい」

そして深呼吸をしている。

「あの、助けていただいて、ありがとう存じます」

千代は丁重に言って、また頭を下げた。実際、助かったということが信じられない。もうダメだと思った。これは奇跡だった。しかし青年は、何も返答しない。

「あの、どうして……?」

千代はこれを訊きたく思った。自分など放っておいてもよかったはずだ。三人はやくざ者で、刃物も持っていた。ひとつ間違えば彼も命がなかった。わが身が可愛ければ、誰もこのようなおせっかいはしない。

「あいつらが足を踏んだから」

彼は言った。

「せっかくよく寝ていたのに、起こされて、ついかっときた」

「はあ、左様ですか」

千代は言った。なんだかがっかりしたのだ。自分を助けてくれたのではなかった。青年は目を閉じている。眠ってしまったらしく見える。しかし口もとには、まだ苦痛の名残が見える。

「眠られましたか?」

千代は訊いた。しばらく返事はなかったが、ずいぶんして、瞼《まぶた》を閉じたまま青年は答える。

「昨夜歩きづめで、少しも眠っていない」

「あのう、ありがとう存じました」

とまた言った。

「どうしてだ?」

青年はささやく声で問う。

「助けていただいて……」

「礼を言ってもらう必要はない。あんたがいることなど少しも知らなかった。もう放っておいてくれたら恩に着る」

そして青年は、そのまま動く様子がなくなり、本当に寝息を立てはじめた。

千代は、到底場を離れることができず、ずっとすわっていた。しばらくして立ち上がり、音をたてないようにそっと戻って、草履の片方を見つけて履いた。それから足を忍ばせて戻り、またそばにすわって、何か自分にできる礼はないものかと考えた。考え続けながら、ずいぶん長いことすわっていたから、陽は天頂をすぎて、午後のものに傾いた。

ばさと草が激しく鳴り、青年が身を起こした。左手には刀を持っている。

「どうされましたか？」

驚いて千代は訊いた。

「なんだあんたか。また暴漢かと思った」

彼は言い、そしてばさと、また草の中に倒れ込んだ。

「まだいたのか。帰ったと思ったが……」

「草履を探して……」

千代が言うと、ううと彼はうめき声を上げ、歯を食いしばるふうなので、千代はそばに寄り、上から顔を覗き込んで、

「どこかお怪我などされているのでしょうか」

と尋ねた。看病が必要ならしなくては、と考えた。

「さっきのあの乱暴者たちに……」

言うと、

「怪我？」

青年はぱっちりと目を開き、高い、頓狂な声をたてた。

「あの程度の者ども相手に、どうやって怪我をするんだ?」

と言った。

「では何故そのように」

「どのように?」

「苦しげです」

「もう二日、何も食べていない。腹が減っているのだ」

「ええっ?」

千代はびっくりした。

「それで?」

「腹が減って、立っていられない。動くとよけいに腹が減る」

「それでは私が今、何か食べ物を持ってきます。握り飯などを」

「いや」

彼は即座に言った。

「施しを受けることはできん」

「施しではありません、お礼です。先ほど助けていただいたお礼です」

千代は言った。

「別に助けてなどいない。よいから放っておいてくれ」

彼は言った。

「ではどうするんですか？　お一人で」

「ここにはアケビの実がある」

それで千代は、即座にアケビの実をたもとの中で掴み、ぐいと彼に向かって差し出した。

ぼんやり見たが、それがなんであるかすぐに気づいて、彼はがばと起き上がった。そして実を割り、さっとかぶりついた。

「さっき見つけたんです」

千代は言い、

「かたじけない」

と彼は食べながら言った。

「探したのだが、自分には見つからなかった」

「私は見つけるのが得意なんです。家族や友達と争って探しても、私が一番たくさん見つけます」

千代は、どうでもよいような自慢をした。

「自分は、どうやら動くものしか目に入らない」

食べながら彼は言う。

「それでは足りないでしょう。ここでお待ちください。食べるものを持ってまいります」

千代は言って、さっと立ち上がった。返事を待たずに林を飛び出し、懸命に駆けて、山道を下った。

青年がいらないと言っても持ってくるつもりだったから、必死の思いで駆け続けた。平地に出て畑を横切り、西河屋の前に続く危険な街道には出ずに、畦道を左に曲がった。そのまま畦を伝い、紅葉屋まで駆け戻った。庭先の井戸で両手を洗い、勝手口からへっついの前に飛び込んで、釜の蓋を取ってみた。しかし、そこに白米はなかった。板の間の上がり口に腰をかけ、お櫃《ひつ》を引き寄せ、蓋を取ったらご飯が見えたので、塩を手にふり、荒い息のまま、大きな握り飯を三つ、急いで作った。

それから料理台の方を見たら、干物の魚とたくあんが見えたから、それらを竹の皮の上に並べて包み、両手で抱え持って、また裏庭に飛び出した。そしてまた畦から畦へと伝って走り、山道を登って林に戻った。

走り続けたから口の中が粘り、それでようやく、ああいけないと気づいた。握り飯ばかりでは喉につかえる。水か冷めたお茶なども、併せて持ってくるべきだった。あわてたから気が回らなかった。なんと自分は気が利かない娘だろうと思う。

けれど、青年が寝ていた草原に戻ってくると、姿はなかった。しばらく茫然と立ちつくし、ゆるゆると草地に膝を落として、がっかりとした。どこかに立ち去ってしまった。せっかく食べ物を持ってきたのに。

でも、こういうこともあるのかもしれないと思う。自分はあの青年のことを何も知らない。彼は剣客なのだから、自分の知らない事情もあるのだろう。世の中には敵がいっぱいで、命の危険がある毎日なのだから、同じところにいつまでもじっとしてはいられないのかもしれない。それにしても、何か言ってくれてもいいのにと不平を思う。こんなに頑張って遠い道を駈け続け、握り飯を作って持ってきたのに。

しばらく草の中にすわり込んで強い失望に堪えてから、帰ろうと思ってまた膝立ちになった。体を小径の方角に回して、立ち上がりかけたら声をかけられた。

「中食《なかじき》を、持ってきてくれたのかい？」

言って、やや離れた幹の陰から、青年が姿を現した。

「隠れておられたのですか？」

千代は言った。

「無益な争いはごめんだからな」

言いながら、彼はそばまで歩いてきた。千代は目の高さまで握り飯の包みを捧げ上げ、示した。

彼は受け取り、かたわらに腰をおろして竹の皮の包みを開いた。

「うまそうだ、いいのかい？」

と訊いてきたから、千代は何も言わずにうなずいた。それから、

「水や、お茶を持ってくるのを忘れました」

と言うと、

「それはここに持っている」

と彼は竹筒を見せた。

彼は握り飯にかぶりつき、うまそうに食べた。それを見て、千代は嬉しくてたまらなかった。自分のうちに湧くそういう感情に、千代は自身で驚いた。真に食べて欲しい人に、自分の作ったものを食べてもらうという経験が、千代にはまだなかった。このくらいのことが、これほどに嬉しいものなのかと千代は知り、驚いた。

「かたじけない、これでしばらく息がつける」

と青年は言った。千代は青年の顔を見た。そして、なんと美しい顔立ちなのだろうとまた思った。いったいどこから来たのか。この村に、このような顔の人はいない。これまで一度も見たことのないような種類の顔だ。唐天竺《からてんじく》からでもおりて来たのだろうか。こんなきれいな顔も、この世にはあったのだ。

「しばらくと申されますと……？」

千代は言ってみた。

「二、三日は」

「毎日食べないと、体に悪うございます」

千代は言った。

「そうは思わんな」

彼は即座に言った。

「毎日食べてはよくない」

「どうしてですか？」

「勘が鈍くなる。眠くもなる」

「はい……？」

「毎日たらふく食べている獣はない」

「はあ……」

あなたは獣なのですかと思う。

「いっときに食べすぎるのもな。これはもらってもよいのか？」

千代はうなずいた。すると青年は、小魚とたくあんを口に入れてからまた竹皮を閉じ、懐にしまった。

「この魚は何だい？」

青年は訊いた。

「鯖《さば》かな……」

千代は思わず言った。

「鯖？」

青年はびっくりしたように言った。

「どこに、向かわれているのですか？」

千代は尋ねた。

「ご城下だ」

「お急ぎでしょうか?」

すると青年は空を見るふうだ。そうしてから、

「そうだな」

と言った。

「何かご用事が?」

「別に」

「ではお助けください」

と言ってから、千代自身が驚いた。思わず口をついてそんな言葉が出たが、自分がそんなことを考えていたとは、と自分で驚いた。

「助けるとは、何をだ?」

彼は怪訝《けげん》な表情で尋ねてきた。千代はしばらく迷った。自分の村が、西河組の悪い人たちによって立ち退かされようとしている、そう言おうかと思ったが、いきなりそれははばかられた。いくらなんでもいきなりそんなことを言えば、逃げられてしまうだろうと思ったのだ。千代は、自分の狡猾さに、ちょっと戸惑った。そして自分の気分が、ずいぶん追い詰められていたことを知った。

「お急ぎではないのでしょう?」

すると彼はしばらく黙ってから首を左右に振り、言う。

「急いでいる」

「嘘です」

「命は短い、急がねばすぐに爺いだ」

「何をなさりたいのですか？」

すると青年は黙る。

「お名前はなんといわれるのですか？」

「名前は山縣《やまがた》」

「山縣……、下のお名前は？」

「鯖之進《さばのしん》」

「はい？」

千代は言った。

「でもさっきのお魚は鯖ではありませんでした。鮎《あゆ》です」

「では鮎之進《あゆのしん》」

青年は言い、千代はあきれて沈黙した。

「面白い方ですね」

「そうか？」

彼は言った。

「眠るところがないのではありませんか?」

千代は訊いた。

「自分はどこででも眠れる。大きな木の下や、ほこらや」

「また足を踏まれますよ」

鮎之進は腕を組んでいる。

「うちに泊まってください、鮎之進さま」

千代は単刀直入に乞うた。すると彼は、びっくりした顔になった。

「そんなことはできん」

彼は言下に言った。

「遠慮などは……」

「遠慮ではない。旅荘に泊まる金はない」

「では物置に。そしてお足を稼いでは」

「私はもの乞いではない。性格も、宿屋の手伝いには向いておらん」

「体も洗えますし」

「風呂は嫌いだ」

「前が川です、それならいかがですか? 水がきれいで、魚も釣れます」

「おおそうか!」

この点に、彼の気持ちは動いたようだ。釣りが好きなのであろうか。

「薪《まき》を割るのか？」

　彼は訊いた。

「いいえ、薪なら私が割れます。得意です」

「では何故だ？　何もさせずに自分を、家に泊める意味はなかろう」

「父が、村で道場をやっております。そこでみなに剣術を教えてください」

「それは断る」

　彼が即座に断ってきたから、びっくりした。剣術自慢ではないのか。

「何故ですか？」

「時間の無駄だ。棒切れや竹の刀などいくら振っても無意味だ。なんの役にも立たん」

「え？　そうですか？」

「そうだ、あれは剣ではない。別のものだ」

「別の？　意味が解りません」

「解らなくてもいい、あんなものを振って剣の道に励んでいるつもりになると、先で必ず痛い目に遭う」

　千代はしばらく黙って考えてみた。父を批判されているようで、わずかな不快を感じた。本当なのだろうか、と心が疑うのだ。

5

道場に集まった紅葉村のみなは、庭で真剣を振り、棒の先に挿したわら束を斬ってい
た。よくなかったのは、その場に厳三郎も義達も、文佐衛門もいなかったことだ。斬っ
ていたのは、為二郎と剛三、それに禹吉だった。

為二郎が声をあげてわら束をはねた時だった。すぐそばで、

「いてて、このやろう！」

という大声が上がった。驚いて脇を見ると、いつ来ていたのか、そばに西河組の遊び
人が二人いて、今しゃがんだところだった。

「おい忠兵衛《ちゅうべえ》、大丈夫か？」

わざとらしく声をあげ、仲間の与太者が脇にしゃがんだ。

為二郎は驚き、立ち尽くしてから、

「そんなところにいるからだ。わしゃ全然知らんかった」

と言った。

「やいやい、きたねぇ言い訳すんじゃねぇぞ、わざとやりやがったくせに！」

わめきながら、しゃがんでいた忠兵衛と呼ばれた男が立ち上がった。見れば袖のとこ
ろが少し斬れて、まくって見せた腕に、わずかに血がにじんでいる。

「見てみやがれ、怪我したじゃねぇか、どうしてくれるんだ！」

「そりゃ、えろうすまんこってす」

為二郎は言って、頭を下げた。しかし納得はしていず、

「こっちはわらを斬っていたんだから、そばへ寄りゃ危ないのは解ることだ、そっちも気ぃつけてもらいたいもんや」

と言った。

「なにぃ、人を斬っといて、盗人《ぬすっと》たけだけしいとはおまえのこっちゃ！」

一人が言うと、もう一人も血相を変える。

「おまえら百姓が真剣でわらを斬っとるて、いったい誰が思うんじゃ。百姓は畑でクワを振っとるもんやろが」

「おまえら百姓がよ、素人《しろうと》のくせに刃物を振り廻すからこういうことになるんだ！」

「生意気やってるんじゃねぇぞ、ひとつ、こらしめてやろうか」

言って忠兵衛が、腰の刀を抜いた。

「ええか、おまえらの方から先に斬りつけたんや、斬り殺されても、誰にも文句言うていけるもんやないぞ！」

忠兵衛は因縁をつけ、すごんだ。

「待ってくれ、わしらはなにも、あんたらとやり合うつもりはないんや」

「師範に果たし合いは禁止されている！」

禹吉も叫んだ。

「何が禁止だ、じゃあ斬りかかってくるんじゃねぇよ。そっちから斬りつけておいて、何を言いやがるんでぇ！」

やくざ者は言って、いきなり上段から真剣を振るって為二郎に斬りつけた。為二郎は駈けだして後方に逃げた。そのために横にいた剛三の肩口を刃がかすめることになった。むっとした剛三が、抜いていた刀を横に振るい、それが忠兵衛の刀に当たって金属音をたてた。

「おっ、てめえがやるってか」

忠兵衛が言い、剛三の方に向き直った。

「言いがかりや、刀を引いてくれ」

禹吉が言った。

「もう聞こえねぇよ。始まっちまったんだ」

忠兵衛が言う。

「今日のこの裟《さ》望丸《ぼうまる》はな、誰かの血を吸わねぇと、おさまらねぇとよ」

「裟望丸ってえのはな、おめぇら。忠兵衛のこの名刀の名前よ、死に際《ぎわ》によく拝んどけ」

忠兵衛の相棒が説明した。

忠兵衛がまた刀を繰り出し、懸命に受け、堪えている剛三の二の腕に斬りつけた。あっと言って、剛三が刀を取り落とした。逃げようとして背を向けるところを、忠兵衛は剛三の背中をばっさりと袈裟がけに斬った。

剛三は大声を上げ、音を立てて地面に倒れこんだ。そして苦痛に顔を歪め、体を海老状に反らせた。血が大量にあふれ、白く乾いた地面にじわじわと広がっていく。

「剛三！」

友の受傷に衝撃を受けた為二郎が叫び、あと先を思わず剛三の横にしゃがもうとした。その瞬間、眼前に来た無防備な為二郎の肩口に、忠兵衛が激しく斬りつけた。為二郎も肩口から血を噴き出させ、背後に転がった。

二人は大声を上げながら転がり廻って苦しみ、二人の体からあふれた大量の血が、乾いた地面に黒ずんだ血の色を広げる。

「へ、ざまぁみやがれ」

忠兵衛は言った。

「てめえもやるか⁉」

言って血に濡れた刀を一閃《いっせん》させ、忠兵衛は切っ先を禹吉の鼻先で停めた。その拍子に、飛び散った血が一滴、禹吉の頬にかかった。

「待て！」

遠方から大声が聞こえた。忠兵衛が振り向いて声の方角を見ると、師範の坂上が血相を変えて駈けてきていた。

「貴様ら、斬ったのか⁉ 為二郎と剛三を」

駆け寄りながら、坂上は叫んだ。

「無抵抗の者らを、何ということをした！」

「無抵抗じゃねぇ。こいつらが先に斬りつけてきたんだ！」

忠兵衛が怒鳴った。

「ほうよ、俺らはやむを得ず、わが身を守っただけや！」

西河組の相棒が叫んだ。

「違います、こいつらがわらを斬っていた為二郎さんにわざと近寄って、刀が当たって怪我をしたと因縁をつけたんです」

禹吉が叫び、訴えた。

「作りごとを言うんじゃねぇ！」

やくざ者二人が叫んだ。

「禹吉、手当をしてやれ」

坂上が命じた。そして忠兵衛に向かって、

「おまえたち、そうまでして、この村が欲しいか！」

と大声で問いかけた。坂上の顔は紅潮し、珍しく、怒りで頭に血が昇っているのが解った。冷静な坂上にしてはまれなことだった。

「欲しいと言うたらどうなんや、なんだ？ おめぇも抜くか？」

やくざ者が挑発した。

「駄目です師範、傷が深い」

禹吉が悲壮な声を出した。見れば、剛三は白目を剝き、体が断末魔の痙攣《けいれん》を始めている。

「誰も傷つける気がなかった善良の者を。この者たちはただの百姓だ。誰にも知られることなく、ただひっそりと、人の口に入る物を作って生涯を終える気でいた。もう勘弁はならん！」

坂上は大声を出した。

「歳は食ったが、まだおまえらを相手に、後れはとらんぞ」

言って坂上は真剣を抜いた。そして構えもせず、だらりと切っ先を下げたまま、二人に迫っていった。

「やめとけ年寄り」

忠兵衛が、軽蔑するように言った。

「猿田先生に聞いた、おまえの腕の程度はな。しょせんは田舎の竹刀自慢。生意気に真剣なんぞ持つんじゃねぇ、怪我するぞ」

相棒が声をあげて、正面から坂上に打ち込んだ。跳ね上げた刀で難なくこれをはじき、相手が体勢をくずす瞬間、坂上は素早く胴を払った。男は脇腹から血しぶきをあげながら、頭から地面に突っ込んだ。そして大声を上げ、地面をのたうった。

刀を返し、刃を上に向けて、坂上は忠兵衛に体を向けた。切っ先をずいと突き出し、そのまま忠兵衛に二歩迫った。

忠兵衛は低く恐怖の声をあげ、血の付いた刀をゆるゆると下げ、上体を引くと、体を坂上の方を向けたまま、蟹の横ばいのように走り、それからさっと体を回転させた。そのまま脱兎のごとく逃げだし、下りの小径に跳び込んで、あとも見ずに駈けていった。

「禹吉、為二郎と剛三は？」

坂上は刀を振って血を捨てながら、禹吉に訊いた。

「駄目です。もう体が冷たくなりはじめて……」

禹吉は目に涙を溜めて言う。

西河の与太者も、まだ苦しんでいる。赤黒い血が、白い地面にまだ広がり続けている。

「いよいよ戦か。禹吉、葬式屋に行って、桶を三つ持ってきてくれと善兵衛に伝えてくれ。ここはわしが見るから」

「解りました」

禹吉は言って立ち上がる。

死んだ為二郎と剛三をまず桶に入れて、それから西河組の者も桶に入れた。それから桶にかけた縄に、葬儀屋の善兵衛の持ってきた天秤棒を通し、集まってきた村の者で手分けして担いで、火葬にするため村はずれの原に運んだ。

　別の者たちは善兵衛とともに葬儀屋に行き、奥に安置していた小六と馬の助の遺体も運んできた。亡骸は五人になるから、薪の量も多くなる。準備に村人が総出になった。しかし季節は秋に向かっていたから、死人を焼く原の付近の山裾から、枯れ枝や枯れ葉を集めることは容易だった。

　枝を集めながら、正吉が怯えて新五郎に言っている。

「西河のもんはどうするのや。わしらが勝手に焼くわけにはいかんやろ」

「そうやな」

　新五郎は応じている。

「こりゃ、えらいことになるぞ。西河の組のもんを斬って捨ててしもうて。ただではすまん、戦になるぞ。わしら、もう逃げることを考えた方がええぞ」

「そうかの」

「ああ、命あってのものだねやで」

　陽が山裾に接するほどに傾いたら、火を入れようという相談になった。坂上が弟子の禹吉と話していると、厳三郎と葬儀屋の善兵衛がまだ空の骨壺を持ってやってきて、坂上に問うた。

「西河の手の者はどうなさる。一緒に焼くか。それともこの者の亡骸は、桶ごと西河の家まで運んで届けるか。どう考えておられる」

　坂上は腕を組んでいっとき思案してから言った。

「わしが西河に行って話をつけてくる。向こうの考えを尋ねてくる」

「あいつらがちゃんと話に応じるか？」

「猿田と話す」

坂上は言った。

「そうか」

厳三郎はうなずいた。坂上が向かいかけた時、

「師範！」

と名を呼ぶ声が聞こえたので、坂上は足を停めた。

見ると、野菜売りの文五郎がこちらに向かって畑の中を駈けてくる。その後方には、男の子の手を引いて、大きな荷物を背にしょった女の姿もある。

「なんや、文五郎、何ごとや！」

畑からやってきた虎八が叫んだ。

「えらいこっちゃ！」

文五郎は叫び、ますます足を速くして寄ってくる。

「留吉や、留吉！」

文五郎は叫ぶ。後方にしたがってくる女も早足から小走りになったので、女の顔が見えるようになった。彼女が、酒屋の留吉の女房であることが解った。

「留吉がどうした」

坂上も大声を上げて訊いた。

「殺された、殺されましたのや！」

そばに来た文五郎が、荒い息と一緒に、ようやく言った。

「何故だ？」

厳三郎が険しい調子で訊いた。

文五郎は、まだ体を折ってあえいでいる。それからなんとか上体を上げ、話しだした。

「留吉のやつ、西河組の賭場に出入りしよったらしい」

「何ぃ！」

正吉と新五郎、それに虎八が声を揃えてわめいた。

「全然知らんかった、ホンマか⁉」

「あんなところに、ホンマか」

「ホンマや、今女房から聞いた。最初はようけ勝ったらしいで」

「ホンマかいな、そいで？」

新五郎がうながす。

「そのうちにだんだんツキが逃げて、負けだしてなぁ、ほしたらどんどんどんどん負けてなぁ、借金で首が回らんようになってしもたらしいわ。女郎まで抱かされとってなぁ、それでのぼせてしもうて、抜けられんようになってたんや」

「馬鹿な」

坂上が吐き出すように言った。厳三郎も渋い顔をした。

なんという愚かな、と坂上は思う。西河の連中は旅籠や、酒屋、酒場を真っ先に狙ってくる。予想がついていた。そろそろ留吉らにそれを話し、気をつけさせようと考えていた矢先だった。敵の動きは素早く、先を越された。

「夜逃げしようと思うてたか?」

場に寄ってきた文佐衛門が言った。

「ああそう言うとったらしいなぁ」

文五郎が息をはずませながら言う。

「それが連中の手だ。そうやって家長を追い出して、店を乗っ取るのや」

世情にたけた文佐衛門が言った。

「最初勝ったのも、ツキなんぞやない、いかさまや。最初にたっぷり勝たしてやって、女抱かせて、そうやってずるずる博打に引き込んで、多額の借金を作らせる。金を都合する伝《つて》もなんも持っとらん留吉に、首が回らんようにさせて、夜逃げするほかないとこまで追い込むんや」

「なんと、姑息なやつらや」

「引っかかった方が悪いわ。こりゃ酒場の安一《やすいち》も危ない」

「蕎麦屋の加平《かへい》もなあ」

「蕎麦屋も酒を出すからなぁ」

話しているところに、息子の手を引いた留吉の女房も到着した。

「西河のもんが、店に来たんかいな」

坂上が訊いた。彼女もまず体を折ってあえぎ、それから坂上の問いに必死の表情で口を開いた。

「はいそうです。うちは奥におったんですが、店先で言い争いになって、何ごとやろて表覗いたら、西河の若い人らがうちの人をもう殴って殴って、うちの人は土間にこういうように這いつくばって」

「うん」

「そしたらあの人が、どこから持ってきてたもんか、ドス持っておって、それを抜いて振るうたもんやから、みなに寄ってたかって……」

「斬られたんか」

「はい」

「それで？」

「そのあと、西河の人らがようけ店に来て、私になんか紙を一枚突きつけて、これはおまえの亭主が書いた借用の証文やて。この通り、この店が担保になっとるんやから、たった今から西河組のもんになったんや、言うて、せやからおまえは子供連れて出ていけゆうて、追い出されましてん」

「なんちゅうやつらや！」

文五郎が憤慨《ふんがい》する。

「怨むんなら亭主を怨めよ言うて」

「ホンマに借用証文やったか？　ホンマに店が担保て書いてあったか？」

文佐衛門が尋ねた。

「うちは字、読めまへん」

女房は言い、みながうなずいた。

「せやな」

正吉がぼそりと言った。

「ほんなら証文なんぞ、なんぼでも作れるがな」

文佐衛門が言う。

「師範、うちはもう今夜から、この子連れて、寝るところがあらしまへん。どうぞ道場のすみにでも置いてくださ い。こうように、布団だけ背負うてきました」

坂上はうなずき、言った。

「うちにきなさい、道場は危ない、われわれの砦のように思われとる。いつ襲撃されるか解らん」

「はい、ありがとうございます。まかないでも拭き掃除でも、女中仕事なんでもやりますから」

「そんなことは気にしなくてよい、子供の世話があるやろ。それで留吉は、今どうなっている？」

「店の前の往来に、放り出されております」

「善兵衛、禹吉、桶用意して、ここへ運んできてやれ」

「おい、嫌やでわいは。西河の与太者がごろごろおるような、そうな危ないとこは。連中今、気ぃ立っとるやろ、何されるか解らへんで」

善兵衛が言う。

「厳三郎さんに文佐衛門、護衛についていってやってくれんかな」

「心得た」

厳三郎は言った。

「正吉、新五郎。おまえらはもっと燃やすものを集めるんだ」

「承知！」

それで坂上は彼らから離れ、単身西河屋に向かった。

西河屋の手前にかかると、店頭に縁台を出して、仲間と談笑している遊び人二人が見えてきた。つかつかと寄って二人の前に立ってやると、笑いの残る顔を上げて坂上を見、誰だか解ると、仰天してのけぞった。坂上の顔は、彼らにもうよく認識されている。敵方の長か、用心棒と認識されているのだ。

「なんでぇなんでぇ」

若い者は恐怖を隠して粋がった。彼らは坂上が今日、若い者を一人斬って捨てたとすでに聞いているらしい。

「殴り込みか？」

坂上は首を横に振った。

「違う。猿田に、会いたいと伝えてきてくれないか。わしはここで待っているから」

若い衆二人は、おっかなびっくり腰を引き、縁台の反対側にそそくさと廻ると、さっと背中を向けて店内に逃げ込んでいった。誰しも命は惜しいとみえ、斬られることに均等に恐怖を抱いている。村人もやくざ者もこの点は同じだ。組に草鞋《わらじ》を脱いだ以上、上に要求されるまま威圧的に振る舞い、虚勢を張っている。ここの組の者も、いずれ暮し向きの貧しい家の生まれに相違ない。文五郎や正吉らと、何ら変わるところはないのだ。

やくざ者の顔が消えた店先で、坂上はじっと立って猿田を待った。旅人たちが目の前をすぎていく。奥から女が二人出てきて、旅人の気を引いている。泊まらせようと、肩の振り分け荷物に手を伸ばしたりしている。しかし旅人は、店先に出された、中でかかる怪しげな芝居の演目図や、客引き女の妙に派手な気配に警戒感を抱いて、すたすたと逃げ去っていく。旅人も馬鹿ではない。この旅荘の危ない気配が解るのだ。

「おう、これは紅葉屋の」

声がして、猿田が店先に立っていた。まだ高い陽の下で見ると、木刀で手合わせした時よりも若い印象だ。しかし、あの時よりもさらに険相に見えた。命のやり取りを日常にした者の顔だ。合戦の前夜、味方の陣営を埋めた者も、こういう顔をしていた。漫然とそれを思い出した。

「呼び立てをしてすまん」

坂上はちょっと頭を下げた。

「ほかに知る者がないので」

「うちの若いもんを一人、斬って捨ててくれたらしいな」

猿田は言うが、咎《とが》める口調ではなかった。言いながら、唇に薄い笑いを浮かべた。

「村の者を、長年の私の親しい友人を二人も斬られた。そして、待っても刀をおさめる気配がなかったからな」

猿田はうなずいた。

「それで？」

「村の犠牲者が四人になった。いや五人か。先ほど酒屋の留吉までが斬られた。ここに出入りして、賭場で借金がかさんでいたらしい」

猿田はうなずく。どうやら知っていたふうだ。

「酒場の安一も、蕎麦屋の加平も、出入りしているのか？」

「名前は知らん。だが、何人かいるな」

坂上は、強い失望に放心した。村が直面している火急の事態を、彼らはどう心得ているのか。

「愚か者と、思うだろうな」

坂上は言った。

「人の世の習いだ、あんたは賢いのか？」

問われて坂上は、黙って考えた。

「確かにな」

坂上は応じた。猿田は言う。

「俺もそうだ、あんたもそうだ、詰まらぬものを後生大事に守ってな、命まで捨てて。それがまともな人生と信じている、笑止なことだ」

「大差はないか」

坂上は言った。

「五人を野辺で送る。そっちの若いもんも一緒に焼いていいか、尋ねにきた。焼けば骨壺を届ける。それとも焼く前に、桶に入っている遺体をここに届ける方がいいか？」

「火葬か？　俺では判断ができん」

「そっちの親分に訊いてくれないか？」

「解った、待っていろ」

言って、猿田はのれんを割って西河屋に入っていった。

坂上は、ふたたび往来の端に立ち、通行人に呼び込みを続ける女たちをぼんやりと見ていた。この仕事もまた、詰まらんなと感じた。間もなく、猿田がまた土間から出てきた。そして言う。

「骨壺を届けてくれたらいいということだ」

「そうか」

坂上は言った。それですぐにきびすを返そうとしたら、猿田が呼びとめた。

「待て」

坂上は振り返った。

「何だ？」

「骨壺はそれでいいが、もうことは、穏やかにはすまんことになったぞと言っている。組の者を殺《あや》められてはな」

「こっちは五人殺されて、三人が手足を叩き折られたんだぞ」

坂上は言った。

「それでも抵抗してはいかんのか？」

猿田は無言でいる。待っても何も言う気配はない。

「あんたが私でも、同じことをするはずだ」

すると猿田は、黙ってうなずいた。

「なあ猿田の」

坂上は言う。

「あんたがこれまで、どんなふうに生きてきたのかは知らない。だがあんたほどの腕だ、こんなやくざ者に雇われて、言われるままに善良な者に剣を振るって、それで満足なのか？」

猿田は答えない。

「こんな家の中にいて、あんたがここの遊び人連中と話が合うとは思われない。終日ぽつねんとして、そんな日々が楽しいのか？」

猿田は何も言わないが、坂上の言ったことはそれなりに当たっていたと見え、反論はしない。

「あんたに、関係のないことだ」

とだけ言った。

「ああ、そうだな」

坂上は言った。

「だがあんたも歳を取るぞ。解っているか？　じきにわしらほどの歳になる」

猿田は無言でいる。

「若い時に作った怨みは、歳を取るとつらいぞ」

「どうしろと言うんだ？」

猿田がぼそりと言った。

「わしらの方に来て、わしらに剣術を教えてくれ」

　ふっと猿田は、小馬鹿にしたような笑い方をした。

「竹刀や木刀でか。そんな玩具《おもちゃ》で教えられることなどない。剣は子供のままごとではないんだぞ」

「今の暮らしを生涯続ける気か？」

「人には事情がある」

「だろうな。だが、百人ほどいるこの村の連中にも、事情があるんだ。今日、留吉の女房が布団ひとつ背負って、子供の手を引いてうちに来た。亭主を殺されて、家を追われたと言ってな。あの親子にも事情があった。あんたにも母親がいたろう。自分の剣を、こんな悪事に加担させて、それで満足か？」

　すると、猿田の唇にまた薄い笑いが浮いた。

「あんたに言っても解らんだろうが、宿場もまた生き物だ」

「どういう意味だ？」

「なりたい姿があるということだ、あんたらの都合ばかりを通すことはできん」

「西河は、やくざ者の宿場にしようとしているんだぞ」

　坂上は言った。

「とにかくこっちの組は、戦だと言っている。伝えておくぞ」

「解った」

　坂上は背を向けかける。

「どう見ても勝ち目はないぞ、解っているか？」

「解っている」

坂上はうなずいた。

「死ぬぞ。あんたもだ。それが嫌なら、村の連中を連れて、ここを出ていけ」

坂上は驚いて振り向いた。それこそは、あんたに関係ないことだと思ったのだ。

「みなと何度も話した。だがもうみな歳を取っている。行くところがないんだ」

「行くところがないなら地獄へ行くだけだ。残るなら、あんたは俺と剣を交えることになる」

猿田は言って、じっと坂上の目を見た。険相。なんという殺気だと思う。

「結果は見えている」

猿田はぼそりと言い、坂上は素直にうなずいた。そして言う。

「あんたはわしより強い、それは認める。私の目もふし穴ではない。あの夕刻、真剣なら私は死んでいた。あんたの言う通りだ。だが村人が残るという時、彼らを捨てて私だけが村を出て行くことはできない」

言いおいて、猿田に背を向けようとした。

「説得しろ！」

すると猿田は強い声を出した。坂上は振り向いた。

「俺も、むやみに人を斬りたいわけではない」

猿田は言った。

「説得しろ、あんた村長だろう。あんたの言うことなら、みな聞く」

意外な言葉を聞くように、坂上はそれを聞いた。

だがそれ以上何も言う言葉を思いつけず、黙って彼に背中を向けた。

6

六つの桶を並べ、枯れ枝や枯れ葉で蓋の上までを覆って積み上げ、火をつけた。高く上がる炎の向こうに夕陽の茜《あかね》色が見えていたが、その暖色も、炎の色に負けるようにして、次第に夜の色に沈んでいく。

それを見ながら、坂上は厳三郎と義達をそばに呼んだ。戦になったとして、腕を頼りにできる者を呼んだのだ。この二人のほかはせいぜい、石を投げることができる子供程度の戦力だ。自分を入れてわずか三人の剣客で、猿田をはじめとする西河の手勢三十人と対する。しかも三人、真剣の立ち会い経験は坂上を除いてない。これでは到底無理というものだ。

「猿田と話した」

坂上は言った。

「うむ。なんと言っていた」

厳三郎が問う。

「向こうの親分が、骨壺を届けて欲しいと言ったのは伝えたな」

「ああ聞いた」

厳三郎が言い、義達はただうなずく。

「猿田は、うちの村の者何人かを、西河屋の賭場で見かけているらしい」

二人は驚く。

「本当か？」

「おそらく安一と加平だろう」

「本当にその二人か？ 正確に解らんのか？」

義達が訊く。

「猿田は、二人の顔は知るが、名は知らん」

「そうだな」

「では安一らも、留吉の二の舞か」

厳三郎が言う。坂上はうなずく。

「二人の店も家も、もう西河の手に落ちたも同然だ」

「証文なんぞは、殺してからいかようにでも書けるからな。どうせ女房どもは字が読めない」

厳三郎が言う。

「ほかになんと？」

義達が、そんな詰まらぬ話は聞きたくないというように、遮って言った。

「戦だと言っている」

坂上は言った。

「そうなら猿田も出てくる」

「だろうな」

義達は言う。

「そのために雇われている」

「どうだ、やれるか？」

坂上が訊くと、二人は沈黙した。

「こちらの頼みはこの三人のみだ。つまりわしの質問は、三人、この土地で枕を並べて死ねるかという問いだ」

三人は、それでますます黙り込む。

「西河の、われわれの領域への浸食は続いている。馬の助の家が盗られ、為二郎に剛三が斬られた。いずれ彼らの魚屋や家、土地は盗られる。旗色は悪い。まともに闘える者はわれわれ三人、広げても、文佐衛門と禹吉の二人にすぎん。併せて、たったの五人だ」

「あんなやくざ者、恐るるには足らんがな、ろくに剣術もやってはおらん。剣を人斬り包丁と思って、イキがって振り廻しているにすぎん」

義達が言う。

「だが数が多いし、猿田もいる」

坂上が言った。

「若い頃ならよかったが……」

厳三郎が言った。

「そうだ、もう歳を取った。長い戦になれば息がもたん」

「種子島《たねがしま》でもあればよいがな」

「そんなものはない。馬もない。そしてたいがいの者に、女房子供がある」

「うむ」

「戦場に女房子供を連れてきたようなものだ」

義達が言う。

「大筒《おおづつ》もなければ爆薬もない。砦もないし、備蓄食料も充分ではない。おまけに刀も数がない。これでは戦略の立てようもない」

「ああ」

「腕の立つ者がせめて十人もいればな、なんとか作戦も立つのだが」

「だが多少腕が立つといっても、わしらみな、五十の峠を越えている」

「あんたらの判断にしたがおう」

坂上はいきなり言った。愚痴を述べ合っても致し方ないと思った。

「二人がやるというなら、ここで死のう。だが村の総員、女子供の生命を考えるならば、ここは恥を忍んで土地を明け渡すというのもひとつの選択だ」

「逃げ出すというのか？」

色をなしたように義達が言う。炎の赤い色が、彼の頬に映じていた。古木のはぜる音が始まり、そういう時、互いの声は聞き取りにくくなる。

坂上はうなずいた。

「いかにも。武士としては、死ぬ以上の恥辱だ。だが家主が死んで、あとで女房や娘をやくざ者に蹂躙《じゅうりん》されることを思えば、これはそれ以上の恥辱だ」

「西河の連中ならやりかねんな」

厳三郎が冷静に言う。

「西河屋には、女郎屋も併設されてあるんだ」

坂上は言う。

「ここにもっと女が要る。だからやるだろう」

「確かにこんな田舎に、女郎は来たがらんだろうし」

義達が言う。

「現地調達ということやな」

「村の古女房は、商売ものにはならんだろうが」

「娘らがおる」

「確かにそんなことは、許すわけにはいかん。これはわれわれの責任というものだ」

義達は言った。

「だが百人もおる村人を引き連れて、土地を捨てて、いったいどこに行く」

「そのことをずっと考えていた」

坂上が言った。

「ご城下だ。金沢のご城下に行けば、何か生業の道も見つけられるだろう」

「わしらもか？」

厳三郎が問う。

「むろんだ」

「どうやる」

「西河組に三日猶予をもらう、これはわしがやる。その間にみな商売道具に家財をまとめて、大八車に積む。十日ほど暮らせるような保存食料を作って、これも積む。これは女たちにやってもらおう」

「十日間か」

「そうだ。城下のはずれまで行って、まだ誰も住んでいない土地を見つけて、そこに落ちつくのだ」

「また川のそばがよいが……」

「そんな土地がまだあるものかな。百人もおる。川のそばのよい土地なら、もう大かた誰かのものになっているはずだ。また争いになるぞ」

「そうだ」

厳三郎が言った。

「住める者は街中の長屋を探す。ほかの者は、新しい土地にまた小屋を建て、そこに住んで百姓をやる」

「農地があればな」

「川で魚を捕る者も出よう。村の者のうちには、盛泰《もりやす》のような大工もいる。まあ一人前の大工とはまだ呼べんが、一応小屋を建てる方法くらいは知っている。みなで協力して掘っ建て小屋を建てて、いろんな店を始めるのだ。魚屋に八百屋に乾物屋。あとの者は、城下の大店《おおだな》の類いを廻って、働き口を探す」

「わしらはどうするのだ。貴公はまた旅荘をやればよいのであろうが、わしらは、新たな土地で百姓といってもな……」

「温泉でも引き当てれば別だが、今からまた旅荘は無理だ」

坂上は言った。

「では何をやる？」

「道場でもやるか、三人で」

坂上は言う。

「それはさらに無理だ、爺い三人の道場に誰が来る？　板の間で、ひなたぼっこの浮き世語りでもするのか。傘貼りの内職がせいぜいやな。あとは虫かご作りか、正月の凧《たこ》作りか」

義達が言う。

「それも立派な生業ではないか。殺し合いよりはましだ」

「わしは昔江戸で、モモンジ屋とか草子絵屋《そうしえ》とか、酒屋の用心棒をやったことがある。そうしていろんな商いの店を転々とした」

「そうか。それは大したものだな」

坂上が言った。しかし義達は首を横に振る。

「用心棒とは名ばかり、ただの手伝いや。商いの手伝いに薪割りだ」

「ははあ」

「だが、それであらゆる商売の内実を見た。あらゆる商いは、それは大変なものであった。到底自分は務まらんと思ったものだ。大変なことやぞ、商売を起こして、安定させるということは」

「それは、わしは一応知っている」

坂上が言う。

「だが貴殿、さまざまな商いの内訳は知っておるのやな？」

巌三郎が、義達に訊く。

「そりゃあ、まあそうだが……」

自信がなさそうに、義達は言う。

「これは、無理そうだな」

坂上は言った。

「村を出ても、生きられそうもない。残って闘っても、勝ち目は薄い」

坂上は黙って、火を見つめた。それから言う。

「これまでだな。もう斬り結んで、死ぬしかない」

すると、義達も厳三郎もうなずく。

「ご城下に行っても、商売も心得んわれら、赤恥の連続になる。そして、最後には物乞いに身を落とすことになろう。せめて、武士らしく死にたい」

「そうだな、俺も同じだ」

「よし、ともに死のう」

坂上は決意した。

「三人、枕を並べて討ち死にをしよう。その前に、せめて女房子供は逃がすか、その算段を……」

「そうよな」

二人も言う。

「女たち全員、力を合わせれば、活路もひらけよう」

四ツ（午後十時ごろ）までの時をかけ、六人の遺体を焼いた。火を落とすと、遺体の骨を箸で拾って骨壺に入れ、さらに白木の箱に入れた。文佐衛門が矢立てを出し、箱の蓋に各故人の名を書いた。西河の者は名前が解らないので、白木のままにした。

葬儀屋の善兵衛、彦佐、医師の菊庵、新五郎に文五郎、虎八に正吉、それから留吉の女房とその子らが、それぞれ手に骨箱を持って善兵衛の葬儀屋に向かった。火葬の後始末の指揮で、坂上や厳三郎、義達はその場に残った。ものの乾く秋は、山火事に留意しなくてはならない。

村の者五体の骨箱は、善兵衛の提案で、ひと晩葬儀屋の奥の座敷に安置しようということになったのだ。明日にでもまた、手すきの者たちが葬儀屋に集まり、紅葉村の墓所ともくろむ野辺まで骨箱を運んで埋め、墓石などを置く算段にした。

葬儀屋の奥に骨箱を置いてのち、名前の書かれていない西河の骨箱ひとつを持ち、善兵衛と菊庵を除くみなで紅葉屋に向かうことになった。留吉の女房とその息子が紅葉屋に厄介になることになったから、彼女らを送って、みな紅葉屋を廻って帰宅することにした。

手に手に葬儀屋善兵衛の提灯を持った大勢の足が、旅荘紅葉屋の玄関口を横目に、家に沿って井戸の前をすぎた時だった。先の裏庭の暗がりが妙に騒がしく、大勢の足音が乱れるのが聞こえた。何ごとだとみなが足を停め加減にして聞き耳を立てた時だった。

金切り声の女の悲鳴が闇に響いたから、みないよいよぎょっとなって立ち尽くした。

建物の角を廻り、大勢の男たちがばらばらと走り出てきた。紅葉屋の小窓から漏れる、蠟燭《ろうそく》の明かりだけの暗がりでも、彼らの顔が血走っているのが解った。血相を変えて駈け出てきた前方の闇に、提灯の明かりが並び、彦佐や文五郎、虎八や正吉等に加えて女子供までが黙然と立つのを見て、集団もぎょっとして立ち停まった。

睨み合いが一瞬生じ、するとその時、後方から女が一人ぱたぱたと追ってきて、血相を変えて男らに摑みかかり、

「娘を返して！」

と叫んだ。

暗がりで解らなかったが、よく見れば男たちの一人が、肩に娘を一人担いでおり、この男に摑みかかった女は坂上の妻のよねだった。男は暴れ、娘はうめき声をあげた。しかし言葉にはならない。目を凝らせば、娘は猿ぐつわを嚙まされ、後ろ手に縛られている。

娘さらいか？　彦佐たちはようやく事態に気づいて戦慄した。殺気立った男らは、どうやら西河の手の者らしかった。暗がりだが、闇に目が馴れてくれば、どうやら見知った顔も混じっている。そしてさらわれかかっている娘は、よねと坂上の子、千代らしかった。

よねが男の背にすがり、千代の体に触れようとした。しかし千代を担ぐ男の左右の者

たちがその手を摑み、よねの腹を蹴りつけて庭に転がした。よねは悲鳴をあげ、提灯を手にその様子を見ていた新五郎や文五郎は、怒りの声をあげた。

「何をするのや！」

彦佐が言って、よねの方に寄ろうとした。新五郎は、

「千代坊をおろせ！」

と大声をあげた。

すると手のあいている西河の者たちが、音をたてていっせいに刀を抜いた。そして中の一人が、

「おめえら百姓はさがっていろ！」

と威嚇の大声を出した。

彦佐たちは丸腰で、暗がりで林立する真剣を前にしてはどうすることもできない。西河の者たちはゆっくりと進みはじめ、彦佐たちはじりじりとさがることになった。

「おまえら、粋がってこんなところで命を落とすんじゃねぇぞ。ずっとすみにすっこんでろ！」

西河組の与太者が大声を出した。

「おう、斬るぞ斬るぞ、さがれ！」

別の者が、追随して威嚇する。

「百姓が出しゃばるもんやないでぇ、ただ死ぬだけや。こりゃ脅しやない、ちょっとで

も前ぇ出てきてみぃ、叩き斬ったる！」

また別の者が言う。

「師範は？　師範はまだ野辺か」

彦佐が周囲の仲間にささやいた。

「誰か、師範呼んでこい」

「今から呼びに行っても無理や、間に合わんわ」

新五郎が言った、その時だった。

「おーい、娘をおろせ」

という声がどこからかした。

「娘はそこ、置いていけ」

見ると西河の男たちの後方に、黒い影がふらりと現れていた。そしてそのまま、すたすたとこちらに向かってきた。

「何だてめぇ、こらぁ、粋がるんやないでぇ！」

西河の者がすごんだ。そして与太者らはいっせいに体の向きを変え、武器のない彦佐たちには背を見せた。

人相の悪い男らが居並ぶ面前に迫ると、紅葉屋の窓からもれてくる蠟燭の明かりが彼の顔に射して、人影の頰が赤く、鼻が異様に高いことが解った。

「おい、天狗やで！」

正吉が怯えた声を出した。

「こないに大きな人間はおらんわ」

「おまえ、頭おかしいのんかぁ、そうな面かぶって。前が見えてへんのとちゃうか？

この様子見て、まだそないなエラそうなこと言うてんのかぁ⁉」

与太者の一人がわめく。

「誰だてめぇ、名を名乗れ！」

別の一人が言った。

「こっちの名なんぞはどうでもいいよ、とにかく娘を下に置け。話はそれからだ」

「置かなきゃあどうするってんでぇ⁉」

与太者が訊く。

「そら、死ぬことになるやろな」

と天狗が言ったから、西河の男らの血相が変わり、ばらばらと動いて、天狗の前方を
扇型に囲んだ。

「はよ名前を言わんかい、せやないと斬るぞぉ！」

「落ち着け。斬っても斬られてもしようがないだろ」

天狗が言った。そしてこう続ける。

「ははあ、山にいた連中か。さっき邪魔されたから、いっそさらって目的を遂げたいと
いうことか。一日中女郎屋にいるくせに、まだ女が欲しいか」

「うるせえ！」

「ブタに白粉か」

「やかましいやい、大きなお世話だ！」

「先刻斬られなかったこと、ありがたいとは思えんのか」

「はよ名前言え！」

「しつこいのう、名前はやな、紅葉山の天狗」

「ふざけんじゃねぇ」

「なめたことを言いやがって！　どうなるかよう見とけ！」

頭に来た一人が斬りかかると、天狗は抜いた刀の鞘で激しくこれを払った。

「おいおまえ、これだけの人数相手に、一人でやれると思てんのんか」

一人が冷静なことを訊いた。

「まあ、ちいと多いかの」

天狗が言い、その言に勢いを得た男らはいきり立ち、次々に斬りかかった。天狗は刀を払いざま、目にもとまらぬ素早さで、鞘の先で突きを繰り出し、男らの顔や喉を突いた。それでみな次々に後方に跳ばされ、激しく尻餅をついた。

「よう見たぞ」

天狗は言った。

「おまえらも解ったろ？　あんたらじゃ俺の相手は無理だ、娘を置け」

「おまえ、この女の身内か？」

やくざ者の一人が問い、それを聞いた千代を担いだ男が、手に持っていた抜き身をすうっとあげながら、

「そうなら貴様、刀を捨てろ、さもないと……」

と、刃先を千代の首筋に持っていこうとした。

瞬間、天狗の体が横っ飛びに動き、閃光《せんこう》のように抜かれた刀の先が、男の心の臓に突き立っていた。

天狗がぐいと刀を抜き、するとしぶきになって血が噴き出し、周囲の男たちはどよめきを上げながら、血から逃げるようにいっせいにさがった。

男は断末魔の悲鳴を上げ、しゃがみ込むようにして、前屈《まえかが》みにくずれた。その前に天狗は素早く千代の体を奪い、血を噴きながらうずくまる男から、すすっと離れた。

男はゆるゆると地面に長くなった。体が痙攣を始め、地面に降りかかる血が、黒い土の上に広がる。猛烈な血の匂いが立ちのぼって、裏庭をみるみる充たした。

「ホトケの顔は、何度もはないぞ」

天狗は言い、そのままじりじりとさがり、紅葉屋の板壁に背を凭《もた》せるようにして娘を置く。すると、母親が急いで駈け寄ってきた。

「見ろ、一人殺してしまった。無益なことだが、殺さないとこの男、女の首筋に何度も刃を当てて、刀を捨てろと脅してきただろう？　厄介の前に、命をもらうほかはなかっ

たのだ」

　言い訳でもするように、男は与太者たちに説明した。

「これで学べ。生きるも死ぬも、おまえらの出方次第だ。斬りたくない。解ったらもうこれで今宵は刀を引け。みな、死にたくはなかろう？」

「そうはいくか。仲間をやられて、このままおめおめ引けるか」

「おまえら、仲間というほどに仲がよいのか？」

　天狗は驚いたように訊く。言いながら、刀を振って血を捨てた。

「仲間のために命を捨てられるのか？　明日もまた女を抱きたいだろう？　斬らないでおいてやろう。命は大事にしろ」

　そして鞘におさめた。

「殺してくれ」

　彦佐がぼそと言った。

「さんざん村の仲間が殺された。どうぞこの連中、殺してやっておくんなさい」

「そうだ、殺してくれ」

　新五郎もたたみ込むように言った。

「頼みます、殺して。どうぞ、みな殺しにしてやっておくんなさい」

　文五郎も言った。

「俺らに刀がなく、弱いのをいいことに、乱暴狼藉の限りだ。馬の助殺して、為二郎殺して、剛三殺して、留吉殺して、諭吉と泰平の腕へし折って、千蔵の足まで折って。その上器量のよい娘をさらって手込めにしようなんざ、こいつらとんでもねぇよ。もう人間じゃないわ！」

「せや、弱い者いじめの獣や。ひとつ頼んます」

「聞いたか？」

天狗が言った。

「おまえら、獣らしいな。獣なら死んでもいいか？　親おらんか？」

天狗は、目の前の与太者どもに尋ねた。しかし返答はない。代わりに刀の切っ先が上がり、こちらにやや迫った。

「本当に殺してもいいのか？」

天狗は、今度は村人の方に向いて訊いた。それからまた男らの方に向き、刀の数を数えている。

「ひい、ふう、みぃ、よう、いつ、か」

「こいつら五人、全部死んだらだいぶん助かります。それでちょうどあいこやしなァ」

彦佐が言い、

「せやけど、そりゃちょっとちゃうで」

新五郎が言った。

「六人になるわ」

「なんでや」

「ここに一人、もう死んどるやないか」

「あ、そうか」

「足したら六人や」

　天狗は声を落として言う。

「簡単に言うもんじゃない。一撃でやれるのは四人までだ。五人となれば楽ではない。もしも一人逃がせば、ここでのことが組に伝わる。あとが面倒になるぞ」

「はあ、ほうでっか」

「走る用意しとけ」

　その瞬間、西河組の一人が悲鳴のような大声をあげ、天狗に斬りかかってきた。天狗は身を沈め、体を伸ばしながら下から上に激しく斬りあげた。がしと異様な音がしたので、彦佐たちは腰を引いた。

　そしておろす刀で横の者の体を深く刺し貫いた。刀を引き抜きざま、体を半回転させ、左から斬りかかる男の刀を跳ね上げておいて、空いた脇腹をどんと一撃で叩き斬った。

　絶叫が上がり、同時に響いた激しい音で、そばに立つ見物の者たちは怯えて足を引いた。一連の動きは瞬《まばた》きほどのうちに起こったから、村人たちは茫然と立ち尽くし、声を立てるのを忘れた。

　恐怖の声をあげて体を回し、背を見せかかる男二人のうち、一人の背を袈裟がけにばさと、叩くようにして斬ると、もう一人は悲鳴を上げ、脱兎のごとくに逃げ出した。

「逃がすな！」

天狗が村人に命じた。

「一人逃がすと、ここを大軍に急襲されるぞ」

その声にみなが提灯を足もとに置き、いっせいに駈けだして男を追いはじめた。背後では、与太者らが体から血を噴き出させながら、重なってゆっくりと倒れ込む。そして断末魔の絶叫とともに次第にのたうち廻りはじめ、傷口から噴き上げる黒い血が、暗い地面にみるみる血の輪を広げていく。

追って走りながら、みな素早く屈み、手に手に石を拾う。そしてこれを男の背に向けて思い切り投げつけた。男はつぶてに追われながら往来に出て、懸命に西河屋を目指して駈け戻っていく。

彦佐が棒を拾った。携えて全力で駈けすがると、逃げる男の足をめがけてこれを放った。棒は見事に足に絡まり、男はもんどりうって地面に叩きつけられた。天狗が追いつき、男の心の臓を貫いて殺した。男は断末魔の蛙のように地面でのたうったが、少しも声は上げなかった。

天狗は刀を振り、血のりを振り払ってから鞘におさめた。

「みなでこの男の体を持って、また紅葉屋の裏庭に戻るんだ」

天狗が命じたので、彦佐や新五郎、虎八、正吉の四人が、やくざ者の手足を持って運び、戻った。そして裏庭のすみのひとところに死骸を寄せ、積み上げた。裏庭は、すでにむっとする血の匂いが充満している。それが、村人たちの顔を青ざめさせた。

「今夜のうちに埋める方がいい、でないと勘づかれるぞ」

天狗は言った。

「どこにでっしゃろ？」

彦佐が小声で尋ねる。

「ここは駄目だ。離れた場所がいい」

「河原か？」

「河原は駄目だ。人の目が多い。土の色で解る」

天狗は言う。

「ほなら、どこやろ？」

正吉が訊く。

「いっそ戸板に載せて、墓所に運んで埋めるか」

新五郎が言った。

「ああそれがええわな。あそこは土が軟《やわ》い」

「天狗さん、それでええでっしゃろか？」

新五郎が天狗に訊く。彼はうなずいた。

「それでいい。たった今ホトケを焼いたばかりの土地に、ホトケが増したとは思わんだろう」

言いながら天狗は、つかつかと井戸端に戻っていって、手を洗おうと袖をまくってい
る。するとそばの暗がりからたたと駆け出てきた者がいて、見れば千代だった。地面に
ひれ伏し、続いてにじり寄って、抱えるように天狗の両足に抱きついた。そしてこう言
う。

「ありがとうございました、鯖之進さま」

「誰だ？」

天狗は千代に言った。そして、

「鮎之進だろう」

と言った。

「鮎之進さま」

「そうだ」

「命の恩人でございます、鮎之進さま」

「それほどのことではない。さっき握り飯と魚を恵んでもらったからな、これであいこ
だ」

母のよねも闇から出てきて土に正座し、礼を言った。それから急いで立って桶を摑み、
天狗の両手に水を注いだ。

「どうぞ中の座敷の方においでくださいまし。部屋や、お食事などご用意いたします。

風呂も。うちは旅荘ですので」

　よねは言った。

「必要ない。私はもうこの足で出ていく」

　天狗はさっさと言い、千代たち母娘は唖然として声を失った。

「こんな夜更けから、どこへ……」

「その方がよい。自分がいればろくなことはない」

「そうでしょうか」

　千代が言う。

「明朝また、やくざ者たちの報復までを引き受ける気はない」

「お、おい、冗談やないでぇ！」

　聞いて、新五郎たちがとんできた。そしてみなてんでに地面に膝をつき、額が土につくまで深くお辞儀をした。

「今行かれたら困るわ、大変や。あんた、わてらをみな置いて行くゆうて？」

「さよですわ、いかにあの死んだ連中を埋めて隠しても、いずれはバレるがな。おいらたち、西河の者らに復讐されます」

　文五郎が言った。

「あんたらがやったとは誰も思わない。傷口を見れば手が解る。通りがかりの素浪人がやったと言えばよい。そしてこの男はすでに去っていったと」

「それでわしらがおとがめなしになるわけはないわな」

虎八が言った。

「せや、わしら今、追い出されるところなんですで、この村。せっかく長い時間かけて切って拓いて、丹精して丹精して、農地にして、ようやく収穫できるところまでこぎつけたのにあんた、出て行け、出て行けて言われとるんです」

新五郎が言う。

「そんなことは私には関係ない」

「いんや、あんたこそは神の使いや、ホトケさんの化身やと見た、わいは」

彦佐が言う。

「あんたがどう見ようと勝手だが」

「天狗の顔が何よりの証拠や。あんたさん、この村を救いに来たんや。わしらを、どうぞ助けておくんなさい。お願いしますわ、お助けぇー」

「おい、冗談じゃない。そんなひまはない、私は目的があって旅をしている。こんなところでぶらぶら道草を食ってはいられないのだ」

「わてら復讐されますわ。あんなに大勢西河の者を斬って捨てては」

「だから斬らないと言ったんだ私は。殺生というものは常に無益だ。斬れ斬れとせがんだのはあんたらだぞ、六人みな死んだら村が助かるからと。もう助けた。あとはあんたら、自分で責任取ってくれ」

「とにかく師範と話をしてください、この宿の主人ですわ」

　彦佐が言う。

「うちの夫です。坂上豊信と申します。もうすぐ戻ります」

　よねが言った。

「うちの夫、殺されました。西河が憎いです。どうか後生です。お話、聞いてやってください」

　そばに来て、留吉の女房も涙ながらに言う。

「お腹空いてるでしょう。おいしい魚や大根がありますよ。ウドもある。鶏の鍋もできます」

　千代が言った。

「もう時は遅い」

「お酒もあります」

「いらん」

　天狗はまだ面を取らずに言う。

「面を取って、お顔見せてください」

　新五郎が言う。

「見ない方が無事だ」

　天狗は言った。

「では夕餉《ゆうげ》を。そしてどうか父と話してください。どうしても駄目というなら、明日の早朝に発たれてもかまいません。この村の今の苦しい事情を、私らの話を、ひととおり聞いてください。お願いします。ほかに頼る人、いてませんから、お願いします」

千代も言って、深く頭を下げた。

7

「坂上豊信と申す者にござる」

坂上はかしこまって言い、正座にした自分の足の上に、深々と頭をさげた。紅葉屋の奥の間、面を取った鮎之進の正面だった。鮎之進の前には、皿数をせいぜい多くした食膳が、出されてあった。

「お初にお目にかかりまする。貴殿の腕前、まことに感心至極。討ち取られた与太者どもの傷、すべてあらためさせてもらった。見事な太刀《たち》捌《さば》き、あれほどの腕の者は、数々の戦場でも、自分はお目にかかったことはござらぬ。見ればまだお若いようだが、いったいどこで修行をなされた？」

坂上は真剣に尋ねた。彼の後方には妻のよねと娘の千代が控え、父が頭を下げれば、そのたび同じように頭を下げている。

「堅苦しい挨拶はよいですよ、坂上殿」

鮎之進は言った。

「私は武家流の挨拶等、よく心得ませんので」

「いや、そちらはご随意に」

坂上は急いで言った。そして続ける。

「これはこちらの気持ちでござる。その魚も、香のものも、ウドも、お口に合いませんか?」

鮎之進は、半分ほど箸をつけたばかりだ。

「そのウド、この家の台所の地下でできるんだよ、おいしいよ」

千代が言う。

「これか? ほう、珍しいものだな」

「うん」

「あの、よろしければお酒も」

妻のよねも、控え目にうしろから言った。

「ここで熱燗にいたします」

火鉢の縁に手を載せて言う。

鮎之進は迷惑そうに黙ったが、しばらくして言う。

「酒は……」

「ではお好みのもの、ほかに何かございましたら、どうぞお申しつけを」

「ありませんな」

鮎之進は、頭を左右に振った。

「まだお心を開いては……」

「命のやり取りのさなかです」

「しかしわれわれはお味方です。どうかお心を……」

「そのような問題ではありません」

鮎之進はぴしゃりと言った。

「ひと眠りさせてもらえるのであれば、この食事、明日の朝に食したいと思うのですが、よろしいか？」

「おう、もちろんですとも。いかようにでも」

「こんな馳走は久方ぶりだ。だが今宵は……」

鮎之進は言う。

「まだ気は抜けぬ。さっきの与太者の仲間が、報復に戻る危険がある。動けぬほどに満腹にしておくわけにはいかんのです」

「なるほど」

坂上は言う。野の獣のような嗜みだと坂上は思った。自分はすでに忘れている心掛けでもある。

「しかし西河の与太者どもの骸は、すでに全員、すっかり山裾に埋め申した。裏庭の血もう一度洗うて、土をかけた。この旅荘の裏庭で、それもあなたに斬られたとは、西河の者は誰も思わん」

鮎之進は首を横に振った。

「一人二人の組の者なら、里心を出しての逃亡もあり得るが、あれだけの人数だ。全員が斬られた以外に、帰らぬ理由はない」

「しかしいったい誰が斬ると？　娘の話では、貴公の顔を見知る者たちはみな片付けられたようだが」

鮎之進は認め、うなずいた。

「山中で出会った者どもなら」

「ならば……」

「敵方には、使い手もおるのでしょう。じきに勘づきます。ここ以外のどこで斬られるというのか。だから私は、もう行った方がよかったのだ」

「私らは今、瀬戸際に立っております」

言って、坂上は畳に両手をついた。

「西河の者どもは多勢で、中には使い手もまじる。この村の土地は、われわれが長い時をかけて、われわれの手だけで拓いたものです。それをあとから西河組の遊び人どもがやってきて、勝手に川べりに住み着いて、賭場を作り、芝居小屋を作り、旅荘や女郎屋を作りして、村全体を盛り場にしようと画策を始めた。たまたま土地柄がよかったもので、木の実や茸はよう穫れるし、紅葉の名所でもあり、土地も肥えております。川魚の獲れる土地柄でもあります。街道筋で、人の足も繁く通る。人が逗留したがる場所だ。だから、やくざ者はわれわれを追い立てにかかった。先に住むわしらが、邪魔になったのです。この村は、わしらは思いもしなかったことだが、金のなる木になりかかっておる。大きな宿場にもなる土地だ。西河の者たちは、それをすべて自分らで仕切ろうとしている。いやなら戦だ、斬るぞ、腕をへし折るぞと、連日わしらを脅してきておるようなありさまです。

実際、仲間がどんどん殺される。そしてやつらは腕の立つ用心棒も雇い入れた。わしらには力が足りん。村を去るか、及ばずながら闘うか、ふたつにひとつの瀬戸際に、わしらはとうとう立たされておるようなわけで……」

「ご主人」

鮎之進は話を止めようとした。坂上は手を挙げてそれを制した。

「失礼は承知。もう少し聞いてくださらぬか。戦になるなら、私の命もあとわずかだ。死にいく者の繰り言と心得られ、どうぞしばらく。われわれはもう歳を取った。存分に恥を晒《さら》しますが、村の者、多少腕に覚えのある者も、みな五十を越えております。いまさら土地を離れても、もう生きて行くすべがない。新たに田畑を拓く体力もない。これだけ長いこと、ともに助け合うて暮らしてきた者たちが、今さら散り散りになるのもつらい。うちのようにずっと商売をやってきた家なら、使用人たちも大勢いる。この者たちに食わせる責任もあります。しかし住み馴れた土地を離れては、それももう無理だ」

「そのようなことはおおよそ……」

鮎之進は言う。

「聞かれたか？」

「先ほど裏庭で」

「では、もうお解りであられよう」

「解りはした。しかし、それでどうと言われるのか。私はよそ者です」

「それは承知の上で……」

「裏庭に与太者が六人集まり、自分に握り飯を恵んでくれた娘をかどわかそうとしていた。当人も嫌がっていた。だから取り返した」

「ありがとうございます。恩に着ます」

母のよねが言った。

「そうではない、礼など求めてはいない。私は食い物の義理を果たしたまで。そうしたら村の者に、この与太者六人を斬ってくれとしつこく乞われ、そうしてくれたら敵の頭数が減って大いに助かるからと。だから気は進まんが、そのようにした」

「かたじけない、本当に助かります」

坂上は頭を下げた。

「行きずりの者としては、これ以上はもう、いかなることもしたくはない」

鮎之進ははっきりと言った。

「自分は殺生は好かん。そう見えないかもしれませんが、これまでも、でき得る限り、そういう場所からは身を遠ざけてきた」

坂上は黙って聞き、深くうなずいた。自分もそのようにしてきたからだ。だからよく解る。それから、意を決してこう言った。

「恥の極みも、この際忍び、はっきりと申し上げる。自分らを、この村を、助けてはくださらぬか」

そして身を深くに折り、畳に額をつけた。後ろに控えた二人の女も、同様に身を折り、畳に額をつけた。

鮎之進はあきれ、言葉を失ってすわり続けた。侍ならば通常、このような言い方はしない。坂上は上体を上げ、言葉を継いだ。

「貴殿に関わりのないこととは百も承知。ついさっきまで、私はもうこれまでと覚悟を決めていた。村を去ることはむずかしい。残るなら戦だ。そうなら、もうここで命を捨てるまでと。枕を並べて、みなで討ち死にをと、もと侍の者三人でしっかりと誓うた、火葬の火の前で。しかし、そこに貴殿が現れたのだ。天はわれわれを見捨ててはいなかった」

「少々お待ちを」

鮎之進は驚いて言った。

「天がどうのと言われても、私はまったくあずかり知らぬこと」

「貴殿は、われわれの救いの神だ。貴殿が加わってくれるなら、老いぼれの軍団でも互角に渡り合える。どうか、どうか、お願いでござる。礼はいかようにでも。貧しい村だが、時をかけてでも、われわれができる限りのことはいたします。どれほどの時がかかろうとも、どのようなことであろうとも……」

「勝手を言われても困る。天に知り合いはない。私は神ではない」

「神様だよ！」

千代が叫んだ。

「はあ？」

鮎之進は唖然とした。

「なんでそうなるのだ」

「天狗のお面かぶっていたょ」

「そりゃ、もらったからだ。寝る時に暗くなるので重宝だ。それ以上の意味はない」

「あんな時にいてくれたのは、神様だからだよ」

鮎之進は溜め息をつき、言う。

「頭をおあげくだされ」

「ではお聞き届けを……」

千代の父親は言う。

「お断りする」

鮎之進はきっぱり言った。

「私はもう、お助けしたはずだ」

「いかにも」

「一度ならず、二度」

「おっしゃる通り、娘もお助けいただいた。その点は感謝申し上げる、深く、深く。われらはもう年寄りばかり。合戦の経験者もいくらかはおるが、真剣で立ちおうたことのある者もおりません。長い立ち会いになれば息がきれる、だから……」

「そんな話はもうけっこう」

鮎之進はうんざりして言った。

「何を言われても私には関わりのないこと。これ以上の長逗留はごめんこうむる。私は明朝には……」

「あいや、待たれよ」

「待ちません。ごめんこうむります。もう充分手助けした」

「いかにも。そのことには深く……」

「深くも浅くも感謝はけっこう。行かせて欲しいだけ」

「人でなし！」

千代が言った。

「おい、なんでそうなるのだ」

「どうか、どうか後生です。この老体、田舎道場の師範として、多少なりとも体面もある。それらをすべてかなぐり捨て、大恥をあえてかき、これほどにお頼み申し上げております。侍の身分はとうに捨てた者だが、それでも……」

「これまでの旅の間にも、そう言われたことは何度かある。しかしそういう頼みをいちいちきいていたら、命がいくらあっても足りない」

「いかにも。いかにも左様でござろう。よっく解り申す。しかしあなたに去られれば、わしらはただ犬のように死ぬだけだ。そしてさっきもご覧になられたろう、残された娘らはただ辱《はずかし》められるだけ。だから恥を忍んで、こうして、お頼み申し上げております」

「一宿一飯を盾に取られるか？　それなら拙者はこの足にて表に……」

鮎之進は膝を立てた。

「この食い物、まだたいして腹には入れておらん」

坂上は片手を上げた。

「いや、それにはおよばぬ。わしら、そのような小さいことは決して申さん」

「鮎之進さん！」

千代が叫んだ。

「何だよ」

鮎之進はうんざりして返事をした。

「ご城下に、何を求めてお行きになられます？」

「何をと言われても、私も武家の端くれ」

「立身、栄達、城持ちの夢をお持ちか？」

坂上があとを引き取って訊いた。鮎之進は黙った。それで坂上は言う。

「やはりそうでござるか。いかにも、貴公ならばその器でございましょう」

「そうですかね」

鮎之進は言った。

「周りがそういうことをあれこれ言った、子の時分から育ててくれた者たちも。自分に傷められた者まで。おまえはそれだけの器だと、城持ちにもなれると」

「いかにもさようです」

「ところが、自分ではそう思ったことがない。ただ、剣では負けたことはない」

「でござろうな」

「しかし時代が違う、遅きに失した」

「それでござる。いかにもその通りかと拙者も愚考いたし……」

「もう乱世ではない。剣一本で城などは持てない」

「すでに治の時代かと」

「だがそういうあなたは戦をと」

「ああ、左様でござるな……。確かに矛盾というもので」

「いつの世も、剣が不要になることはない」

「いかにも左様で」

「私は、剣などは好まなかった。だがみな、何故なのか、私の顔を見ると殴りかかり、斬りかかってきた。さしたる理由もないのに。だから、防がざるを得なかった。味方などこにもいなかったから」

「おなごはどうです」

千代が言った。

「はあ？」

「おなごは味方したでしょう。だからみな、あなたに斬りかかったのよ」

「おなごに味方してもろうても、何の役にも立たん。そして気づけば、敵はもうおらんようになった」

「お風呂をおたてしました。久方ぶりに汗を流されては」

よねが急に言った。

「その間にしとねを延べます。むずかしいお話は、また明朝になされては」

「全然むずかしい話ではないが……」

鮎之進はつぶやく。

暗い湯船に浸かっていると、脱衣場から千代の声がした。

「お背中流します」

「要らん、必要ない」

即答したにもかかわらず、木戸を押し開けて、千代がずんずんと入ってきた。上体をたすき掛けにして、着物の裾を一枚めくって、上方でとめた。

どうぞ、とせかすので致し方ない。あがって洗い場にある丸太に腰をかけ、千代に背中を向けた。

「固い背中ですね、斬り傷もいっぱい。これはみな、刀傷ですか？」

背をこすりながら千代が訊く。

「昔のことだ。未熟な頃は、よく刀傷を受けた」

「今は？」

「そんな話はいい」

「では別の話。私の話などいたしましょうか？」

「それもけっこう。どうせたいした話ではない」

「そんなことありません」

「村の窮状はもうよく解った、その話はたくさんだ。私はすぐに上がる。上がって、この家の周囲をよく見てくる」

「もうご覧になったじゃないですか」

「もう一度だ、地の利が命を守る。そして汗を流さない程度に走る。剣も振る。よし、もうよい。洗いすぎてもよくない、湯船に入って上がる。あんたはもう出てくれ」

鮎之進は命じた。

川べりを軽く走って素振りをし、坂上が与えてくれた部屋に戻ってくると、布団が延べられていた。しかし困ったことには、布団の中に余分なものが入っていた。

「鮎之進さま」

と千代が、布団の中から言った。

「おい、何をしている」

鮎之進は言った。布団の中に、千代がいる。

「俺の布団だ、寝られんだろう」

「鮎之進さま、私を抱いてくださいませ」

鮎之進はあきれて黙った。

「西河の女郎の真似をする気か？」

言って鮎之進は、勢いよく布団をはぐった。千代は襦袢一枚で横臥《おうが》していた。

「鮎之進さまは、私がお嫌いですか？」

「そういう問題ではない。下心がある者の姦計《かんけい》にかかるわけにはいかんのだ」

「姦計などではありません、下心もありません。私は本当に鮎之進さまが好きでございます」

「まだ会って一日だぞ」

「充分でございます」

「こんな経験、もうあるのか？」

「ないです！　もちろんない、ありません」

「親は知っているのか？」

「もちろん知りません」

「では戻って、自室で寝なさい。親に叱られるぞ」

「叱らないと思います。両親も、あなたさまのお力を、切に必要としています」

「だから姦計だと言うのだ。私に味方をさせるために、体を使うのか？」

「違います。そういうことではありません」

「ではそなたと一夜をともにして、それでも明朝出ていくと私が言ったなら、あんたはそれでもいいのか？」

「いいです」

千代は即座に言った。

「その覚悟はとうにしております」

千代は静かに言った。

「このことと、それは別のことです。父が討ち死にになら、私も生きてはおられません。そうなら死ぬ前に一度、好きになった人と、そういうことを……、味おうてみたく思います」

鮎之進は驚いて立ち尽くした。

「はしたないもの言いは百も承知です。私は自分が、こんなことを言える娘とは思っておりませんでした。自分でも今驚いております。けれど、わたくし今、命を賭けております。後悔はしないという確信が起こりましたので」

「私にはまだ起こらん」

鮎之進は言った。

「そなたのことを考える時間など全然なかったから、いきなりこんなことをされても困る」

「では今考えてください」

「無理だ。そういうことにはいとまがかかるのだ」

「待ちます、いくらでも」

「駄目だ。自分はもう眠い」

「私では駄目でしょうか。器量は悪くないと思います。村の人から、何回か言い寄られたこともあります」

「おい、そういう思いあがったことを言う女なのか？　あんたは」

そして手を持ち、強引に引いて立たせた。

「違います、でも言わなきゃ解らないじゃない！」

千代は叫んだ。

「普段なら言いません。こういう時だから」

「こういう時もどういう時もない。もうけっこう！」

言って鮎之進は千代の尻をばしと叩いた。

「痛うございます」

「それは子供だからだ。ではお休み。また明日だ」

すると千代の顔がぱっと明るくなった。

「え？　明日も居てくださいますか？」

言って、近くにすわってきた。鮎之進は布団に入った。大刀は、手の届く左の脇に置く。

「約束はできんがな」

「そうならまたお布団に入ります」

「やめろ。けっこうだ。そうなら出ていくぞ。私は据え膳は食わない主義なのだ。命がいくつあっても足りんからな」

「あなたさまなら誰にも負けはしません。私には解ります」

「買いかぶるな。世間は広い、強いやつは果てしなくいる。種子島もある」

「では明日の夜、お願いしますね」

「何を？　おい、何を言っておるのだ」

「明日も居てくださるのならば、私はこれにて帰ります」

「うん？」

「いかがです？」

「何が？」

「帰って欲しいのでしょう？」

「よし解った、居る」

鮎之進は言った。

「ああよかった、ではお休みなさいませ」

「だが、味方するという約束はせんぞ」

「それはまた、明日の話でございます」

千代は言う。

「存外したたかな女だな」

「そうではございません。私は誠実でいちずです」

「自分で言うな」

「いずれ、お解りになります」

「ああさようか。ではまたいずれな」

「お休みなさいませ、鯖之進さま」

千代は言って、頭を下げた。

「鮎之進だ」

鮎之進は言った。

8

暗い中で目が開いた。六ツ（午前六時ごろ）はまだ間があろう。

起き上がって袴《はかま》をつけ、身支度をして大小を差した。天狗の面も、腰にさげた。

床の中で考えたことは、何がどうあれ、このまま姿を消すに限るということだ。自分が残ることで、村人に過剰な期待が生まれる。自分がいなければ、揃って夜逃げをするという判断も生じ得る。その方がむしろ彼らのためということもある。

足音を忍ばせて畳を歩き、音をさせずに襖を開けた。そしてぎょっとした。

「お目覚めでございますか」

言って頭を下げる者が廊下にいた。

坂上豊信が廊下の板の間にすわっていて、深く頭を下げていた。隣には女房がいて、その横には娘の千代もいた。揃って、深く頭を垂れている。

右を見て、さらに仰天した。村の者たちがずらりと勢揃いして、すべて廊下の壁際に正座し、頭を下げていた。

「あんたたち、寝ていないのか？」

鮎之進は訊いた。

「死ぬる戦が近いというのに、安閑と眠っておる気にはなれませぬ」

熟年の、幾分か声の落ち着いた男が言った。

「あなたは？」

鮎之進は訊いた。

「新堂の、厳三郎と申します。もとは播磨《はりま》の、侍の出でござったが、もう歳を取り申した」

厳三郎は下げていた頭を上げて、そう言った。そのまま上目遣いで、

「命はとうに捨てておりますが、加勢いただけるならば望外の幸せ。どうか切に」

そう言って、また頭を下げた。

「保科義達と申します」

その隣の、やはり侍らしい声の男が言った。

「もとは剣の心得もござったが、歳を取り申した。しかし深い愛着を得たこの土地のため、命は捨てる覚悟にて。どうか、助太刀を切に」

「吉田《よしだ》文佐衛門と申します」

その隣で正座している、半白髪の男が言った。

「自分ももとは侍の出ですが、刀の方はとんと駄目でござった。以前医術の方を少々やり申したが、全然ものにゃならず、しかし戦になるなら、それがしも一命は捨て申す。足手まといにはなり申さん。どうか、加勢の方をひとつ、平に……」

そう言って、また頭を下げる。

「あんたは天狗だ」

遠くから頓狂な声がかかった。

「わしは根っからの百姓で、刀の方は全然駄目だが、芋を作ったら誰にも負けねぇ。土には心がある。作物が育つ年と、頑張ってもまるきり駄目な年がある。よう穫れる年は、種付けのおりに、畑の端に天狗が立つんだ」

「何？」

鮎之進は興味をひかれて言った。

「わしには見えるんだよ天狗が。あんたはこの村の救いの神だ。あんたが来たから、あんたさんがおってくれたら、この村は続くよ、わしには解るよ」

彼が言ったら、これが始まりの合図だったように、爆発的に村人たちの声が湧き起こった。

「どうかおってください天狗さん、ここに」

と一人が言い、

「行かんといてください。お願いします、わしら家族の命を」

と別の者が言った。

「貧しいわしら夫婦と、子供らと、村を助けて欲しいです」

とまた別の者が言った。

「このままではわしらは全員が死ぬ。こりゃ、命乞いだぁ。どうか、どうかお助けを、天狗さま」

言って、床板に額をすりつける者もいた。

「戦になり、何十人もの敵を相手に、私一人が何人斬れるというのだ」

鮎之進は反論した。

「勘違いせんでくれ。私は天狗ではない、ただの人間だ。息も切れる、腕も疲れる」

「それじゃあ、わしらを鍛えてくだされ」

一人が懇願した。

「わしらも闘う。命かけて、あんたさんをお助け申します」

「どうだかな」

到底役に立つとは思えんという顔を、鮎之進はした。

「ここを追われても、わしらはもう行くところがないです。ご城下に行きゃ、道ばたでもの乞いをするくらいしか生きるすべはないわな。そうならもういっそ、ここで畑を守って斬り死にしますだよ」

「どこで鍛える？」

「道場がありますだよ」

「武器がなかろう」

「槍なら、十本くらい見つかったわ」

「それでは足りん。敵は三十人だろう」

「竹槍を作ります」

「刀は増え申した」

厳三郎が言った。

「大太刀《おおだち》、六振り増えた。西河の与太者の分、保管してあり申す」

「ああそうだわ」

みなてんでにうなずいている。

「小太刀《こだち》も入れたらもっとある」

「私らも闘います」

男らの間にすわった中年女が言った。

「うちは亭主を犬のように殺されたんだよ、なぶり殺しだよ。これ以上生きていてもしようがないから、うちも闘うて死ぬよ」

「あんたはいかん、子供がおる」

坂上が言った。

「私も闘う」

千代が言った。坂上は複雑な表情で娘の顔をいっとき見てから、

「ともかく山縣殿、あちらに心ばかりの朝食を用意いたした。どうか食してくだされ。そして、道場で剣術を指南してくだされ、わしらに。これら村の男どもに」

と言う。

遁走に失敗した鮎之進は、朝食を腹に入れてから、大勢の村の者たちに囲まれて歩き、村のはずれの道場にやってきた。板の間に上がり、坂上に竹刀を渡され、片手でそれを、体の周囲を上に下に、そして左から右にと音をたてて振り廻してから、渋い顔をした。

しかしこれを見た村人は、ほうと感嘆の声をあげる。

「さすがでござるなあ！」

と文佐衛門が言った。聞いて鮎之進はびっくりした顔になったが、何も言わなかった。男衆の最後尾でひっそり道場の戸口から上がった千代も、壁際でうずくまり、遠くからこれを見た。

「ここでもこんな、上州産の竹の玩具を使っているのか。最近こんなものが世間ではやりだした。侍の間でも」

鮎之進は言う。

「自分はこんなところで道草を食う気はない。これでも忙しいんだ、先を急ぎたい。しようがない。誰か、ちょっと打ち込んでこい」

鮎之進は言った。

「腕を見せろ」

「禹吉」

坂上が命じた。

それで禹吉が竹刀を正眼から上段にかまえ、さっと打ち込んだ。

鮎之進は微動もせずにこれをかわし、自分の竹刀で堪えておいて、ぽんと小手を打ち、続いて禹吉の頭を打った。禹吉は竹刀を取り落とした。

「こんなものでは駄目だ」

鮎之進は言った。

「こんな軽い竹なら何でもできる。しかし相手にかすり傷も負わされん。こんなものに体や目が馴れてはいかん、実戦で有害だ」

時次郎が立って一礼し、

「それでは自分に稽古を」

と言ってから、横殴りに打ち込んだ。鮎之進ははっしと竹刀で堪えて、さっと突きを繰り出すと、時次郎は後方に飛ばされ、尻餅をついてうめいた。

「ほかは」

鮎之進は言う。

正吉が一礼して、竹刀を振るった。だが簡単に打ち据えられた。腰を打たれ、二の腕を打たれて、どんと尻餅をついた。

続いて彦佐が立ったが、竹刀を繰り出すこともできなかった。小手を厳しく打たれ、竹刀を叩き落とされた。

新五郎が立つが、頭頂部を打たれて、痛みでうずくまった。

加平も同様で、竹刀をかまえると同時に、二の腕や首筋を厳しく打ち据えられた。

「おいあんたら」

鮎之進は、吐き出すように言った。

「これで本当にやる気か？」

言って、集まった村人の顔を眺め廻した。大半の者の髪は、なかば以上白い。鮎之進はうんざりした顔になる。

「これでは子供にも勝てんぞ。足腰がそんなによろよろで、大丈夫か？　勇ましいことを言うから、もう少しは振れるのかと思ったぞ」

そしていらいらしたように、板の間を行きつ戻りつした。

「これは無理だ、悪いことは言わない、やめた方がよい。戦が始まると同時に全員死ぬ。みなでこの村を明け渡し、さっさと逃げる方がよい」

みなしんとした。

「これでは教えようもない」

「では不肖ながら拙者が……」

言って義達が立ち、一礼し、正眼にかまえてから、面に打ち込んだ。

鮎之進は、今度もまるで動じずに堪え、後方に跳びさがる義達を追って一歩前進した。

義達はさらに面を打ち、胴を打ち、上段のかまえに戻しておいて、もう一度面を打った。すべて堪えられ、横に飛んでから胴を払った。

意外にも鮎之進はそれを左の二の腕で受け、同時に突きで義達を後ろに飛ばした。

「なんと？」

義達は痛みに堪えながら、驚いて言った。

「望外のこと。これは、相打ちでござるか？」

鮎之進は、すると首を左右に振った。

「そうではない」

「ではどう……」

「実際の剣では、こうはならないからだ。あんたはとうに死んでいる」

そして竹刀をだらりと下げた。そしてみなの方を向き、腹を立てたように言う。

「もう一度訊く。本当にやるのか？」

村のみなを眺め廻して訊く。

「ただのやくざ者にしてもだ、連中はみな若い、生きだけはいいぞ。言いたかないが、あんたらのような老いぼれではない！」

みな、じっとうつむいている。しかしそれでもみな、次第次第に顔を上げ、うなずきを始めた。

「わしら、すぐに死んでもええんです。どうせみな年寄りで、ここを出たら、遅かれ早かれ野たれ死ぬ」

「せや、わしもせや。どうせおいぼれ、死んでもええ。ほんのひと太刀でもええです。あいつらには怨み骨髄や、倒せんでもええ、せめてひと太刀だけ浴びせる剣法、教えてくだされ。次の瞬間こっちが斬られてもええ、ひと太刀だけ相手に浴びせられたら、それでもうわしはええわ」

「ほんまそうや。ひと太刀や、死ぬ前にたったひと太刀や。そうな方法はないもんやろか？　なあ天狗さん」

鮎之進は、黙って立ち尽くした。声がなくなり、人が立てる騒音が静まると、表の百舌鳥《もず》の声が聞こえた。

「あんたら、本気でそれを言っているか？」

するとみな、無言でうなずく。

「覚悟は本物か？　いざ死ぬ日が来たら、こそこそ逃げ出したりはせんか？」

するとみな、首を横に振る。

鮎之進はいきなり、がらりと音を立て、竹刀を板の間に投げ捨てた。そして厳しい声を出す。

「それなら、こんな竹の玩具はすべて捨てろ。実戦では何の役にも立たん！」

そして坂上に尋ねる。

「木刀は？」

「あります。禹吉、木刀を」

禹吉が道場の後方に走り、木刀を三本持ってきた。

鮎之進はそれを受け取って振り、

「これは駄目だ、これもいかん。中ではこれだ」

と一本を選んだ。

「あんたらは、何も解っておらん。あんたらが間もなくやろうとしているものは、竹刀遊びではない。果たし合いでもない、ただの殺し合いなんだぞ。礼儀も型もない、世間に名の通った何とか流だの、そういうご大層なものも、白兵戦ではいっさい通用せん、全部忘れろ!」

「本当でござるか」

「本当だ。合戦というのは、ただのくそったれの人殺しだ。大勢が入り乱れて、ぜえぜえ荒い息を吐いて、血反吐《ちへど》も吐いて、長々とやり合う、くだらん消耗戦だ。長いぞ。誰もが逃げ出したくなる。それが終日続く。そして、一年経っても終わらんかもしれん。覚悟はいいのか?」

板の間に立ち尽くした鮎之進は言い、取り巻いた数十人の者たちは、無言で聞き入った。

「一対一の果たし合いなら今のようでもよい、斬り合いでよかろう。一人殺せばよいのだし、じきに終わる。だが戦はまるで違うのだ。いいか、よく頭に入れろ。敵を斬ってはいかん」

「なんと？　斬ってはいかん？」

義達と厳三郎が声を合わせて言った。

「そうだ。戦と果たし合いはまったく違う、全然別物だ。こんな竹刀の打ち合いも、斬り合いを想定した動きも、すべて頭から追い出せ。そんなものは戦ではまるで役にたたん。戦場では敵は、絶対に斬っては駄目だ」

「ではどのように……」

「もしも本気なら、今から、あんたらのような者でもやれる必殺の技を教える。あれこれ多くは言わん、言っても憶えられんだろうし、明日にも迫った殺し合いに、もう間に合わん。だから、ひとつだけ憶えろ。たったひとつだ、これひとつだけでいい」

「何でしょうか」

新五郎が言った。

「敵は裸ではない。着物を着ているんだ。これから冬に向かえば厚着にもなる。そんな敵を四、五人も斬れば、刀はじきに刃こぼれして、使い物にならなくなる」

厳三郎も、義達も、坂上も、無言で聞き、立ち尽くした。

「斬れなくなれば、死ぬぞ。相手が死なんのだからな」

「では……？」

鮎之進は、どんと腰を入れ、刀を突き出した。そして言う。

「突くのだ」

「そうだ、戦ならな。敵と派手に刃を合わせてもいかん。打ち合うな。生き残りたければ突くんだ。突いて突いて、突きまくれ。戦場では、刀も槍と心得よ」

「突き?」

「なるほど」

坂上がうなずいて言った。

「そして、振り廻すのはいかん、疲れるからな。こんな竹の玩具なら、軽いからいくらでも振り廻せる。腕も疲れん。だが刀は重い、じきに腕が疲れて、腰から上に、あがらなくなるぞ」

みな、しんとする。

「だが当人はそれに気づかないのだ。それが戦の恐ろしさだ。恐怖と興奮でみな正気を失っている。敵に打ち込まれ、防御しようとしてはじめて、自分の腕が上がらないことに気づく」

「そうか」

「だがもう遅い、事態に気づく前に死ぬ」

聞いて、みながざわついた。

「戦場では、度胸があり、血の気の多い初陣者《ういじんもの》から先に死ぬ。未熟なうちは、むしろ腰抜けがよい。戦場をせいぜい見学できるからな。だから、始まっていっときも経ったなら、まずそういう勇猛な未熟者を見つけて殺せ。そういうやつは、向かってきても肥えた大根のように殺せる。なにせ刀が上がらないのだからな」

「なるほど」

　義達も言った。

「続いて、刀がなまくらになった者だ。着物の上からでは、そんな刀ではいくら叩かれても斬れはせん」

「そうか、合戦とはそういうことか」

「戦場はきれいなものではない。自己鍛錬の場でも、武勇の場でもない。そんなものはすべて嘘っぱちだ。恐怖で小便を垂らして、泣きながら打ち合う、ただの殺し合いだ。弱ったやつから死ぬ。そいつを忘れるな」

　みなはしんとする。

「砂の目つぶし、落とし穴、足払い、蹴り、飛び道具、石投げ、何でもありだ。殺されたら、そいつは何の文句も言えん、死人に口はない。武勇伝などは、生き残ればあとでいくらでも作れる」

「はあ」

「種子島が出てきたらすぐ逃げろ。弓も同様だ。恥もへったくれもない、さっさと逃げろ。てめぇが死んだらそれで終わりだ。何か質問は？」

「解り申した」

　坂上が言った。

「目から鱗《うろこ》だ。では突きの練習をすればよいということでござるか」

「この場の者程度の技量なら、それ以外にない。ただひたすら、一日中突きの練習を繰り返せ。だが、竹刀は駄目だ。稽古は、真剣と同じ重さの棒がよい」

「用意しよう。あとは？」

聞いて、千代は立ち上がった。棒を用意しようと考えたのだ。

「相手が使い手でないなら、一発で必ずしとめる手がある。頃合いの棒が来たなら、伝授しよう。大量の集団戦で勝ち残るのは、実はむずかしいことではないのだ。多少経験を積んだ者なら、必ず勝てる。あるこつを知っておけばよい、実は簡単なのだ」

鮎之進は言う。

千代も手伝い、棒が届いた。手近の禹吉、新五郎、時次郎三人に配られた。

「いいか？　これは寺子屋ではない。くどくどは言わんぞ。生き残りたければよく聞け」

鮎之進は言う。

そして禹吉を手招きした。

「多くの者はみな、近頃竹の刀で稽古をしている。だからたいてい、このように大きく振るう。剣を人斬り包丁と勘違いしているからだ。そういう者相手に、突きはたいてい意表を衝く。相手は予想していない」

禹吉を相手に、鮎之進は実際に突いてみせる。

「だから、ぎりぎりまでこちらの手を予想させるな」

鮎之進は上段から下方に、何度か刀を動かす。

「そしていきなり突く。突く場所は、胸か、喉だ」

鮎之進が突きを繰り出すと、禹吉は後方にのけぞって避けた。

「そうだ、相手はそう逃げる。こっちの刀が刀で払われても、負けずに切っ先をぐいと突き出せば、相手は必ずそのように逃げる。そして逃げた方は、これでもう敵の攻撃をかわしたと考える。だから頭は次の攻撃の段取りに入り、体はそのように動きはじめる、つまり、迂回して起きはじめる。だからその瞬間、さらに突くのだ」

「二段突きでござるか」

義達が訊いた。

「さよう、二段突きだ。刀は引かず、突き出した場所から、さらにもう一段、前方に突き出す」

鮎之進は実際にやってみせた。

「これは必ず意表を衝く。敵が手だれでないなら、突きというだけで意表を衝く上、さらに二段目が来るとはまず考えておらん。だから西河のちんぴら程度なら、そして最初の手合わせなら、まずこれで討ち取れる。いいか？」

「はい」

禹吉が言った。

「今まで手合わせした西河の連中は、一人の例外もなく、この手がきく相手だった」

「その程度の技量と」

　巌三郎が尋ねた。

「そうだ。侍以外の者は、これ以外何も考えるな。突き一本だ。二段突きができたら、三段突きを稽古だ。よしやってみろ」

　そして鮎之進は、禹吉と新五郎を向かい合わせた。二人はそれぞれ突きを繰り出している。

「二段目で、刀がうまく敵の体に入ったなら、背に抜けるほどに深く突き通せ。刃こぼれがなければ入る。それができたなら、どんなに深く踏み込んでもよい、懐に密着しても、相手は決して斬ってはこられない。動けなくなるからだ」

「はい」

　また禹吉が言う。

「中途半端な生傷なら、相手も死にもの狂いになって刀を振るってくる、するとこっちが斬られるぞ。これは捨て身の戦法だ。二段目の突きは、体をぶつけるまで深く踏み込め。本当に死ぬ気ならやれる。剣の柄は、底を自分の体前面にあてろ。そしてぶつかれば、必ず相手の体に押し込める。浅ければ、こちらが死ぬ。それを忘れるな」

　鮎之進は言う。

「二段目を突いたなら、必ず殺せ。生き残る者が出たら、この戦法が相手に知られる。

そうしたら、また別の手を考えなくてはならなくなる」

「はい」

「刺したなら、必ず引き抜け。力まかせに引け。抜けなければ、敵の体に足をかけて抜け。人の血は、抜いてはじめて噴き出す。そして死にはじめる。抜かない間は生きているぞ」

「はい」

「この老いた手勢で活路を開くには、もうそれしかない」

檄《げき》を飛ばすと、半白の髪の者たちはみな、真剣な表情でうなずいている。

「戦になれば、どう闘います？」

鮎之進は、坂上に問うた。裏庭に出てのことだ。道場内では、村のみなが、突きの稽古に励んでいる。老人たちの精一杯のかけ声が窓から漏れてくる。

「ここを砦に、つまり城にいたす」

坂上の横にいた、義達が答えた。

「この道場は、少々ゆるいが坂の上、低い丘の上に位置し申す。中国の兵法では、砦は常に丘の上が鉄則とあります。また丘の上の敵を攻めてはならないとも申します。これは必敗が世のならい」

「うむ」

と言って、厳三郎もうなずく。

「道場前には石垣と土嚢《どのう》を積み、いばらを巡らし、ぐるりに兵員を配します」

「女子供を人質に取られる」

鮎之進が言った。

「女子供は家から出し、すべてここに集めて、戦の間はこの道場内で暮らさせます。入りきれん者たちは、道場背後のここに掘っ建て小屋を建て、生活させます」

義達が言い、

「稽古ができなくなるが、それはもう、みなには外で、この庭でやらせます」

坂上が言った。

「城の攻防なら、飛び道具が要る」

鮎之進は言った。

「葬式屋の善兵衛につてがあるということで、今ご城下に行っております、弓矢の調達に」

「では、弓の稽古場も必要になる」

鮎之進がつぶやくように言った。

「刀を研ぐ要もある」

「砥石《といし》はあり申す。弓も来れば……」

「今は乱世ではない。弓も、到底数は集まるまい。また、得てもすぐには使えん。心得のない者がいきなり矢を放っても、当たるものではない。稽古に長い月日を要す」

「ここに、弓の稽古場も作ります」

鮎之進は首を横に振った。

「飛び道具は、敵に奪われればかえって厄介になる。向こうが用意しないのに、こちらが用意する必要はない」

「しかしですな……」

鮎之進は手を上げて遮り、道場の窓を指差した。

「木刀も満足に振れぬ老人たちに弓と矢を与えて、的に当たると思いますか？」

それで坂上たちは黙った。

「連中がなんとか的に矢を当てられるようになる頃には、戦は終わっている」

「けれど、わしらにはああいう兵しかおらん」

「あの連中は、あてにはできん」

鮎之進は言った。

「彼らの竹刀の振りを見たでしょう。婆さんの盆踊りだ。少々の時をかけたところで、あの年寄りたちの腕が上向くとは思えん。剣も、弓もです。彼らに剣と弓を持たせてこの砦のぐるりに配しますか？　蠅がとまりそうな速度でしか剣が振れぬ者たち。さぞ頼りになるでしょうな」

「ではどのようにすればよいと？」

「砦という発想がそもそも誤っている。広大な領地と領民がいる藩主なら、城にこもって闘わざるを得ない。だがそもそも数十人しか兵のない軍同士、砦を造ってこもるのは、わざわざ負け戦の場をこしらえるようなもの」

「だが砦がなければ家を急襲され、すぐに殺されます。弱い者なら、せめて身を寄せ合って、助け合わねば」

厳三郎が言う。

「それはもう少し闘える者の話だ。ぐるりに兵員を配する？　どこにそんな兵員がいます？」

鮎之進は道場の窓を指差す。

「あそこで踊っている者たちのことなら、猫に守らせるのと同じだ。じきに破られて躍り込まれる。全員をひとところに集めるなど、敵に手早い殲滅《せんめつ》の手助けをしてやるようなものだ」

鮎之進は、木刀を首の後ろに渡し、両端に腕を載せて歩きだした。

「そういう作戦は誤りだ、負け戦を望む者の発想だ。まだ広域に広がっている方がましというもの、時が稼げる」

「では砦は要らぬとおっしゃるか？」

「要らん」

「ではどうすればよいと？」

坂上は訊いた。

「勝ちたいなら、待つのは駄目だ」

「言うはやすしでござる！」

義達が、やや強い声で反論した。

「ただ誹《そし》るだけならやや子でもできる。具体的な策がないなら……」

「むろんある。言いたくないだけだ」

鮎之進は言う。

「どうか、お聞かせ願いたい」

坂上が頭を下げて言い、言われてもなお、鮎之進はその場に円を描いて歩き続ける。

「自分は気が進まない、言えば自分の負担が生じるだけだからだ。私は殺生は好まぬ」

「われわれもでござる。しかしやらねば、ただこちらが殺されるだけだ」

「それはあんたたちの事情だ。あんた方はここに自分の家と土地がある。家族もある。だが私にはない」

「何故やらねばならんのかと？」

「そうです。人を殺すつらさを、あんたたちは知らない」

「早く決着をつければ、早く去れ申す」

「そうなら、何故今行ってはいかんのかということを考えている。自分にどんな義理があるというのか？」

「そうなるとわれわれが皆殺しだ。哀れと思われるなら、どうか策をお話し願いたい」

坂上が言い、厳三郎が続けた。

「こう思ってはくださらぬか、世直しと。もしもここがやくざ者どもの宿場になれば、善良な民《たみ》百姓は、そして旅の者たちも、なにより女子供が、多大な苦労をすることになり申す。あんな女郎屋があれば、貧しい家の娘が売られてくる、かどわかされる娘も出よう。われわれは、それを防いでおるのだと」

それでもしばらく歩いていたが、鮎之進は舌打ちをして口を開いた。

「曲がりなりにも闘える者は、ここにいる四人だけだ。たったこの四人で勝機を摑むには……」

言って鮎之進は天を仰いだ。

「はい、勝機を摑むには……？」

坂上が言って待つ。鮎之進が視線をおろしてから言う。

「勝機を摑むとは、この四人で敵を全員斬り殺すということだ」

鮎之進が言い、みなそれを聞いて、その途方もない困難を嚙み締めた。

「であろう？　それ以外の答えはない」

しばしの時があり、確かにと悟って、各自順にうなずいていった。

「そうなら、為《な》す方策はひとつしかない。いちどきには到底無理だ。敵を西河屋から五、六人ずつおびき出し、それらを毎回、残さずに斬り捨てていくということだ」

聞いて全員が黙り込んだ。

「一人も逃がしてはならん。そして殺した者たちの骸はすぐに隠す。今はまだ西河の者たち、私が加わったことを知らん。老いぼればかりで、いつでも殺せると考えている」

坂上たちはうなずく。

「そのようにして敵の兵員を漸次切り崩していき、手勢が少なくなったところで一気に敵陣に斬り込む。そして一夜のうちにカタをつける。それ以外にあるまい」

みな沈黙を続ける。

「城にこもって敵の襲来を待っていても、負けの時を先に延ばすだけだ。敵に攻め込まれ、かさにかかる勢いを与えては、防ぎきれなくなる。剣を知らぬ遊び人の手勢でも、時の勢いを得れば勝ちだ。もしも真に勝ちたいのなら、こちらが先に討って出ることだ。あんたたちは、最初から死ぬ気でいる。心に勝つつもりがないのだ」

聞いて坂上がうなだれた。

「いかにも、そのようでござったな」

「味方のあの老いぼれ手勢では、確かに負け戦と、最初から見切っていたな」

巌三郎も同意した。鮎之進は言う。

「勝つとは、敵陣を制圧するということだ。そのためには、遅かれ早かれ敵陣深くに斬り込まなくてはならない。遠くの山になんとなくすわっていて、勝つということはあり得ないのだ」

「確かに」

「そうなら早い方がよい。今ならまだ敵に戦の心づもりがない。博打や女郎屋のまかないに手間や頭をとられ、いずれ近いうちにと考えている。不意をつけるぞ」

「いや、まことにそうであるなあ」

厳三郎が言う。

「そう思って西河屋は猿田を雇ったのであろう」

坂上が言う。

「賭場や旅荘の経営には、それなりに人手がかかるものだ」

「待つほどにこちらが不利になる。長引けば必ずやられる。爺さんたちの剣の上達など見込めないからだ」

「準備などは要らないと」

義達が訊く。

「不要だ。準備などしても同じこと。どうせ勝てる陣容ではない。そうなら、闘える者たちだけで作戦を立てる。弓も要らん。刀数も要らん。闘いが複雑になるだけだ。ただし、総攻撃のおりに槍は要る」

「だが、わずかずつ敵をおびき出すといっても、いったいどのようにして……」

「よほどおいしい餌が要りますぞ。敵が飛びつくような。しかしこんな貧乏村に、そんなものはない」

「私がやるよ！」

遠くで聞いていた千代が言った。

「控えよ！」

父親の坂上が怒鳴った。

「おなごの出る幕ではない」

それで千代は黙った。

9

西河屋の前で、夏から往来に出している縁台で、西河の与太者たち六人ほどが、冷酒を飲みながら雑談に興じていた。話しながら、若い女が通りがかったと見ればからかいの声をかけ、ひとしきり笑い興じた。

「しかしなんだな、うちの女郎どもにゃ飽いたわなぁ」

一人が言う。みな言葉には出さないが、同意の笑い顔を見せた。

「抱く気が全然起きんわ、ありゃ、おなごやないで。どこぞによ、もっとこう、飛び切りのええおなごがおらんもんかいな」

「まあうちのおかめぞろいじゃあよ、客足も伸びへんわなぁ」

「おかめに白粉やな、勘弁して欲しいわな。あれじゃあ銭取れんわ」

「そのおかめがよ、最近一丁前にトオが立ってきやがったぜ」

「ほうよ、若いだけが取りえだったのによぉ、その上に婆《ばば》あになりやがって。あれじゃ、とっても売れねぇやな」

「この前もよ、旅の爺いが来てよ、ちょっとおまえんとこのおなご見せろてぇからよ。奥に連れてって見せたらよ、おい、ここは化けもの屋敷か？　て言いやがってよ。ほんならまた暑い頃に出直さぁとよ。オラァあったまに来たぜ！」

「まあこんな草深い田舎にゃよ、ええおなごはきぃしまへん。あきらめるこっちゃ」

一人が言って、台上にひっくり返った。

「せやからや、あんな百姓全部追ん出してよ、ここをもちっと大きい宿場にするのや。ほしたらええ女も来るで」

「それまでは化けもんで我慢か」

「毎日化けもん抱いとるこっちの身ィにもなれや。ホンマ、泣けてくるで」

「おう、ねぇちゃん！」

男の一人が、通りかかる女に声をかけた。

「べっぴんさんやな。どや、うちで働かへん？」

女は早足になって通りすぎていった。

「愛想のないおなごやで。いっそ、どこぞの岡場所からさろうてくるか」

「おなごさらいか、あほらしい。よその誰ぞにやらせとけや」

　そこに奥から若い衆がさらに二人出てきて、話に加わった。

「おい、どこぞにもちったええおなごはおらへんのんか？　こう太夫か、姫君みたいなよぉ、北国一のええ女」

　一人が彼らに尋ねた。

「そんなんがおったら、わいはそっちの組行くわいな」

　奥から出てきた男が言った。

「うちのおなごども、ごくつぶしやな、食うだけはよう食いやがる」

　もう一人が言った。

「一人も客取らんおなごがおるやろが」

「ああ、おるな」

「そういうのに限ってよう食うわな。あいつは叩き出すか。食うだけは三人前や」

「あいつ最近、女相撲みたよになってきたなぁ」

「あんたら、ええおなご要らんか？」

　その時、急にそういう声が頭上から降ってきて、男たちはぎょっとして顔をあげた。

「越前鯖江《さばえ》に、竜宮楼《りゅうぐうろう》いう遊廓があるの、あんたら知っとるかいな」

　男は言った。

「なんやおまえ」

　遊び人の一人があきれ顔で訊いた。男は小柄でやせており、目や口の周囲に皺が目立ち、よく陽に焼けた顔色は渋紙のようだった。それが黄色い前歯を見せて、へらへら薄笑いを浮かべながらこっちを見ていた。到底賢そうには見えなかったから、西河の遊人たちは、せいぜい見下した口調になった。

「なんやおっさん、こうな往来でうろうろせんと、はよいなんかいな。一人でひょろひょろしとると、盗人にやられるぞ」

「そらない、こいつ、たいして銭持っとりそうやない」

別の者が言い、それでみな噴き出してげらげら笑った。

するると男は言う。

「せやなあ、懐寒いわ。これから冬やさかいなぁ、風邪引くで。あんさんら、可哀想やて思うたら、わいにちいっと銭めぐんでくれへんか？」

「おい、なんやこいつ、乞食か」

「うっとうしい爺いやなぁ、働きもせんと。あっち行け」

「いやや。働いとらんのはあんたらもおんなじや」

「お、おまえ、一丁前にわしらに口応《くちごた》えするのんか？」

「生意気な爺いやなぁ」

「おい、誰ぞ二、三文めぐんだれや。臭いわ、はよ追うたれ」

「あほぬかせ。なんも売らんと銭だけもらおうたぁふてぇ野郎だ」

「おっさん、なんぼ欲しいのや？」

「やるな。つけあがるだけや」

　しかし男は言った。

「乞食やない、売るもん持っとるわ」

　遊び人は聞きとがめて言った。

「何持っとんのや？」

「なんぼ欲しいのや」

「まあ大負けに負けて、十両でええわ」

　と言ったから、驚いて三人ほどが涼み台から地べたに落ちた。

「十両⁉　おまえ、気ぃ確かか。そんな大金、いっぺんでも見たことあるんか？」

「わいはないでぇ」

「わいもない」

　与太者どもは口々にわめいた。

「わい、小判見たことないわ」

　一人は言う。

「おまえらに訊いとらんわい。何を売るちゅうんや？　爺さん」

　一番の年かさが訊いた。

「おなごや」

「何？　何やて？」

「おなごや、おなご。あんたらが、まだ拝んだこともないような上ものや」

「おい、聞いたか」

仲間に向かって問い、それでみな、またげらげら笑った。

「また大きう出たのう。おまえが女売っとるのか？　さえんなりして。そら、人間のおなごか？　牛かブタとちゃうんかい」

みなまた笑う。

「上ものおなごやて？　どこにおるのや？　そうな高そうなおなごが」

「越前の鯖江になぁ、竜宮楼いう、越前一の遊廓があるのや。そこになぁ、千両太夫《せんりょうだゆう》いうて、えろうええおなごがおるのや。北国一のべっぴんやで。上方浪速の分限者《ぶげんしゃ》がなぁ、何人も何人も、わては千両出す、いや二千両やてな、みなが身請けする、身請けするて争うたくらいのべっぴんやで」

「あほか。そんなもん、見たこともないわ」

「まあ聞いたれ矢助《やすけ》。それで、そのべっぴんがどないしたんや？」

「逃げてしもうたのや、竜宮楼を」

男は言った。

「逃げた？」

「逃げたんか⁉」

遊び人たちは頓狂な声を出す。

「そうなええおなごなら、そりゃじっと、ひとつとこにゃおれんわなあ。花の都か、唐天竺までても行きたいやろ」

別の者が笑って言う。

「せやからわいが追うてきたんや、店に頼まれてなあ、はるばる山越えて」

「ほいで、見つけたんか？」

男はうなずく。

「見つけた、この先の山ん中でなあ」

「ほんまかいな。またよう見つけたなあ」

「ほいでどうするのやそのおなご。鯖江に連れて戻るんかぃ？」

「そう思うてたけどな、気が変わってん」

「気ぃが変わった？」

「ほうよ。もうわい、腰がだるいわ、歳やから。おなごもよう暴れるしなぁ、生きのええ若いおなご連れて、年寄りがまた山越えるんはしんどいわ。そいで、もういっそ、このあたりに売ってしまおうかてなぁ、思うて。上ものの遊び女《め》欲しいいう店が、もしもあったらなあ、このへんに」

聞いて、だんだんに遊び人たちの目の色が変わってきた。酔いのせいで好色になってもいる。

「わいとても、もう帰りとうないしなぁ、ああなしようもない家。わいの商売もなぁ、ここらが潮時やさかいに。店にゃさんざん煮え湯飲まされてきたしなぁ。どや、あんたんとこ、べっぴん要らんか？」

「そら要るわな。当たり前やないかい、化けもの小屋にゃ飽き飽きしたわ。それがホンマにべっぴんならなぁ」

年かさが言った。

「そうなべっぴん、そうそうおるもんやないわ」

別の遊び人が言う。

「ほならまあいっぺん観てみい」

すると男は自信まんまんに言った。

「ちょいと観てみとうないか？　北国一の千両太夫」

男は言った。

「そら観てみたいわ、そうな上ものなら」

一人が色めきたって言った。

「絶対損はさせへんで」

「どこにおるのや？　その千両は」

「この先の祠《ほこら》に、手足くくって入れとるわ」

それで男たちはいっせいに立ち上がった。

「どこや、見せぇ」

「どや、買うか？」

「よっしゃ。ともかくまずはモノを見せえや、案内せえ。ほんまに上ものかどうか、まずはわしらが見たる。実地に吟味や」

男らは、酒の瀬戸物瓶を手に提げたまま、男についてぞろぞろと歩きだした。年かさが振り返り、仲間の一人に言った。

「おなご見てくるさかいにの。今のいきさつ、おまえが親分に伝えとけ」

それで一人が場に残り、みなは往来を横切っていった。残った者は、西河屋の裏口に続く路地に入った。早足で進むと、行く手に男が一人、つと立ちふさがった。

「おい兄さん、どこ行く？」

男は訊いてきた。

「なんやおまえ」

遊び人は険しい口調で訊いた。

「女郎の世話に戻るのか？」

男はさらに訊く。

「それとも親分に用事か？」

「なんでおまえに説明せんならんのや。そこどけ！」

怒鳴りつけてきた。

「あいすまんのう、そうなら、ここ通すわけにゃいかんのや」

男が言って刀の柄に手をかけるので、遊び人は一瞬怯えて腰を引いたが、気を取り直して自身も腰の刀に手を置いた。相手の指が鍔《つば》をわずかに押し出すのが見えたので、遊び人はあわてて刀を抜こうとした。しかし半分抜いたところで鞘走った男の刀で肩口をばっさりと斬られていた。仰天して声を上げた瞬間、続いて心の臓を深々と貫かれていた。

恐ろしいほどの速さ。鮎之進だった。遊び人は血を噴き出しながらゆるゆるとうずくまり、鮎之進は刀を大きく振って血を払い、鞘におさめながら背後を見て、左手をあおった。

新五郎と時次郎が全速力で路地に駈け込んできて、男の手足を持った。そこへ加平と禹吉が追ってきて加わり、断末魔にある遊び人の体を、みなで地面から持ち上げた。そして走り出した鮎之進を追い、死にかかる与太者の体をさげて駈けだした。

路地から路地を縫い、鮎之進たちは走った。そして川べりへ出ると、土手を越えて河原に出た。大樹の下を指さし、埋めろと命じておいて、鮎之進は一人になって街道に向かった。左右の人目を見てから速足で道を横切り、田の畦にかかると、また走りだした。

与太者たち七人は、ぞろぞろと一列になって、村はずれの祠の前までやってきていた。案内してきた男は、三段ほどの階段をあがって縁に乗り、格子戸から中を覗いている。

「おった。無事や。どや、ちょっとこっち来て、ここから中見てみい」

と手招きをした。

男たちもそれで全員、階段をきしませながら縁にあがり、そろそろと中を覗いた。

上半身と足首を縛られ、口に手拭いを噛まされた若い女が、粗末な床の暗がりに横たわっていた。いましめられてはいるが、しっかりと白化粧をして、確かに太夫級のよい女だった。

格子戸から顔を離し、西河の男衆が目を見張った。

「おい、こら、ホンマにええおなごやで」

手荒に扱われたのか、着物の裾が乱れて、娘の膝小僧があらわだった。

「おい、こらたまらんわ」

一人が言い、格子戸に手をかけた。

「これ開けて、もそっと近くで見たろ。こうなええおなご、わいは生まれてはじめて見たで。こら夢か幻か。唐天竺の天女さまやで」

観音開きの格子戸を男が開けた時だった。娘の背後の引き戸がガラと開いて、抜き身を下げた男がぬっと出てきた。坂上だった。すると娘は身を起こし、体を動かして脇に寄った。胸に縄は渡されているが、後ろに廻した手首は縛られてはいなかった。

抜き身を携えた坂上がすっと前に出てきて格子戸を蹴り飛ばし、中に入ろうとしていた男を、袈裟がけに叩き斬った。男は悲鳴をあげ、階段を転がり落ちた。

恐慌が一座を支配し、西河の男衆はわめきながら抜刀し、背後の広場に飛びおりた。

「こっちだ」

するとそういう大声がして、そこにも抜刀した侍が二人立っていた。厳三郎と義達だった。

六人になった男たちの何人かが、二人に同時に斬りかかった。二人はこれに刀を合わせて堪え、抜き胴で斬りかけた。与太者はかろうじてこれをかわし、一人に三人がかりで上段から斬りつけていく。厳三郎は、三人がかりにたまらず後ずさる。そこに縁から飛びおりた坂上が斬りかかり、中の一人を倒した。

男衆は五人に減り、三人の侍に三人が立ち向かうと、一対一の斬り合いになった。そこに人数の余裕が生じて、一人が群れを離れて畦道を戻りはじめた。体を群れに向け、こう大声を出す。

「おう、手勢を連れて戻るからな。猿田の先生もな。せやからみな、ちょこっと辛抱しとれ！」

そして刀を鞘にしまい、仲間に背を向けた。すると前方から、畦道をこちらに向かって走ってくる鮎之進の姿が見えた。

逃げようとしていた男は、それを見て狼狽《ろうばい》し、速度をゆるめた。もう一人が追って逃亡に加わり、男の背を押して走りはじめた。先の男も覚悟し、鮎之進に向かった。

鮎之進の姿はみるみる大きくなり、男二人との距離が詰まる。走りながら、鮎之進は抜刀した。与太者たちも駈けながら抜刀し、西河の二人は鮎之進を避けて左右に別れ、田に入った。鮎之進は駈けながら横跳びに跳んで、たやすく一人を倒した。

残る一人は、それを見ると悲鳴をあげて真一文字に田を逃げ出し、鮎之進はこれを追っていって、田の中央で背中から斬って捨てた。男たちはひたすら恐怖にかられており、逃走に専心するばかりで、まともに刀を繰り出してくることはなかった。彼らは剣の修行もしていず、加えて先刻からの酒が廻ってもいた。

鮎之進はそのまま走り、一対一の果たし合いを続ける六人のもとに駈けつけた。そばに来た鮎之進の殺気を感じると、厳三郎と刃を合わせていた与太者の一人は、赤くなった顔を恐怖に歪めて笛のような悲鳴をあげた。そして背中を見せ、厳三郎と戦うことは放棄して、全力で逃走を始めた。厳三郎がこれを追っていき、背中を袈裟がけに叩き斬った。男は大声を上げ、勢いよく頭から地面に突っ伏した。

これを見て、義達と向かい合っていた者は、あきらかに戦意を喪失した。悲鳴のような声をあげて鮎之進に太刀を振るってきたが、死の恐怖にかられ、ろくに前が見えてはいない。鮎之進は体を微動もさせずに剣の峰で払ってよけ、さらに相手の刀を跳ね上げておいてさっと身を沈め、一撃のもとに横腹を叩き斬った。

派手に血を噴き、彼もまた、悲鳴とともに地面に叩きつけられた。そして断末魔の絶叫とともに、地面をのたうった。

坂上と刃を合わせていた最後の一人は、それを見て恐怖の大声を上げた。生きているのはもう自分一人と悟り、観念して刀をさげ、地面に両手をついた。そして、

「勘弁してくれぇ！」

と泣き声を上げた。刀はかたわらに投げ出された。

「おらは、国に帰る。おとっつぁんとおっかさんがおる。そこで百姓やって暮らす。だから、勘弁してくれぇ！」

そうわめいて、大声で泣きだした。

その様子を、縁の上に立ち、白く化粧をした千代が無言で見ていた。その横には、西河衆を相手に大芝居を打った正吉がいた。

鮎之進は刀を鞘におさめ、地面に転がった酒の瓶を見ていた。寄ってつま先で蹴転がし、

「酒を飲んでいたか。夕刻から赤い顔をして、なんと愚かな」

とつぶやくように言った。

「おまえを逃がせば、西河の者たちに連絡が行く。それは許せんのだ。武士らしく立って、わしと勝負しろ」

坂上が言った。

「おらは武士じゃねぇ、百姓だ。だから勘弁してくれ。もう西河屋にゃ戻らねぇ、本当だ、誓う。このまま国へ帰る、助けてくれ」

わめき、地べたに額をすりつけた。

すると、カラスの声が二度三度聞こえた。彼方の山に、夕陽が落ちかかっている。

「あんな者たちの仲間に入った時、こうなることもあろうと覚悟していたであろう」

厳三郎が尋ねた。

「ねぇ！　そんなことは一度もねぇよ、ありまへん！」

頭頂部を見せた男は言った。

「どうする？」

厳三郎が仲間の義達に言った。

「ああ言っておる、助けるか」

義達は言った。

「助ければ、それであんたらの村は全滅だ」

鮎之進が即座に決めつけた。

「戻らねぇ、おらは西河屋にゃこんりんざい戻らねぇ、誓うよ！」

男は泣きながらわめいた。

「立て！」

鮎之進が寄っていって、男を無理に立たせた。それでみな、男の泣き顔を見た。まだ二十歳そこそこに見える、若い男だった。千代とも大差がない年頃に見えた。

「息子の歳か」

厳三郎がつぶやいた。

素手になった男が、怯えて両手を顔の前で交差した。その瞬間、鮎之進が小太刀を、若者の心の臓に突き通した。

男は口を大きく開け、苦痛に絶叫した。その口に血が昇り、たちまち噴き出た。

小刀を引き抜くと、男は胸と口から血を噴きながら、地面に転がった。

「しっかりしろ！」

小太刀をおさめながら、鮎之進は周囲を一喝した。

「始めたら、もう迷うな。決めたことはやり抜け！」

坂上たちは頭を垂れ、無言だった。

「人を殺すのは嫌なものと告げたはずだ」

鮎之進が言い、頭をゆるゆると上げてから、坂上は言う。

「そうでござったな、その通りだ」

「さようでござるな。その通り」

義達も言った。

「わしらは、荷物をまとめて逃げることはしなかった。こういうことが嫌なら、逃げるべきだった、最初にな」

厳三郎も言う。

「たとえもの乞いに身を落としてもなぁ」

「そうだ。さあみなを呼んで、こいつらを埋めて隠そう」

鮎之進は言った。

10

「寒いのか？」

鮎之進は訊いた。犀川の土手だった。

空には半月があり、冷気には水の匂いが充ちて、千代は激しく震えていた。その日の晩、食事をしてのちのことだ。

「寒うはございません」

千代は言った。

「すわっても？」

千代が訊くから、鮎之進は草に腰をおろした。

「今日、大勢の人が死ぬのを見ました。だから、恐ろしうて、震えが止まりません」

千代は言った。

「だから、見るなと言った」

鮎之進は言う。

「私とたいして歳が変わらないような、若い男の人が何人も死にました」

「その通りだ」

「苦しんで苦しんで、こと切れるまでに、ずいぶん時がかかりました。生きていれば、私と同じように、今も暮らしが続いていたでしょう。女の方を好きになって、夫婦になったり……」

「子供をもうけたかもしれんな」

鮎之進も言う。

「それどころか、時を経て改心して、人助けをして、そなたのお父上のように、人に慕われる人間になったかもしれん」

「はい。それを考えると、震えが止まりません」

「価値ある後半生が開けたかもしれん、生き延びる運さえあれば。私もそれを考える」

「さようでございますか？」

「そうだ。人を斬る時、こいつは斬って捨ててもかまわぬ人のクズかと、常に考える」

「すぐに解りますか？」

「解らなくはない。しかし今日のように、西河の組の者すべてを斬ると決めての仕事なら、どのような者でも致し方がない。たとえ善良の者であってもだ。悪いやつであってくれと、ただ祈るだけだ」

「はい」

千代は震える声で応じ、自身の両の二の腕を抱いた。

「あの者らも、西河の身内となったのには、相応の理由があるのだろう。家が貧しく、両親が食い詰めて、口減らしに家を出されたのかもしれん。しかし仕事の口などはなく、流れ流れて、仕方なく西河の家に入ったのかもしれん」

「はい」

「さらには、西河の旅荘の、ただの奉公人だとだまされたのかもしれん。入ったら刀を渡され、村の者を脅せと命じられたのかもしれん」

「そうでしょうか」

「おおかた、そのようなものであろう。あの歳頃なら、根っからの悪人など、そういるものではない」

「私は人が死ぬのをはじめて見ました。それも、あんなに大勢」

千代は深くうつむいた。

「とても、とても辛うございます。それも、年寄りではない、これからのある若い人たち」

「もう見なくともよい。お父上にもそう言われたろう」

「もう見なくともよいのですか？」

千代は、鮎之進に顔を向けて訊いた。

「よい」

「知らん顔で、家の奥にじっと隠れていてもよいと？」

「そうだ」

「私なしでも……？」

するとと鮎之進は鼻を鳴らした。少し笑ったらしかった。

「なんとかする」

「できましょうや?」

千代は即座に訊く。

「おい、そううぬぼれるな」

「鮎之進さまならおできになりましょう。しかしこちらの手勢は四人、相手は……」

「あと十七、八名残っている計算だ。そのうちには猿田という使い手もまじる」

「では……」

「さよう、こちらの陣容から見て、まだ急襲は無理だ。あと一度は策略が要る。あと五、六名は減らしたいのだ。敵を十人にすれば、力は疑問にせよ村人で編成した槍の部隊をしたがえ、とどめの急襲も可能になる。この戦も、それで終わる」

「私らが勝つということですか?」

「むろんだ。勝つ」

鮎之進は言い切った。

「あと一度の策略をどうなさいます?」

「なんとか考える」

「鮎之進さま、何故そのように、私どもにご尽力くださいます?」

千代は問うた。

「さてな」

鮎之進は言いよどんだ。

「もしや、私の考えておる通りで、よろしいのでしょうか？」

千代は鮎之進に向いて尋ね、鮎之進は黙った。

「黙られるのはずるうございます。男らしうないがやと存じます」

鮎之進は鼻を鳴らすが、それでも黙ったままで、視線を転じて白い月をゆらゆらと映ずる川面を見ていた。

「ここが、この川べりで一番好きなところでございます」

千代は言った。

「何故に？」

鮎之進は訊き返した。

「あそこに大きな木が何本かあるでしょ？　あれは紅葉の木ながです。枝が水面に向かってさがって、赤い葉が水に映るんです。その暗がりに、魚が集まってまいります。その近くを船が通れば、それはきれいなものですよ」

鮎之進はうなずいて言う。

「そうであろうな」

「今は暗いから、景色のきれいさは解りかねますが」

「いや、解る」

「昼の景色がきれいなこと、解りますか?」

「解るとも。月が出ているからな」

鮎之進はうなずく。

「強いお侍でも、景色の善し悪しや風流は……」

「解るとも。それは、もっとも大事な心だ」

「さようでございますか?」

千代は怪訝な顔をし、鮎之進はうなずく。

「鮎之進さま、奥方さまをもらって落ち着くなんてこと、考えられたことは?」

「ないな」

鮎之進は即答した。

「本当でございますか? でも、いつまでもそうはいきませんよ。ちゃんとしたお武家さんは、屋敷を持って、家来も持って、奥方も持つと、そう聞いております」

「自分はまだ、ちゃんとした侍ではない。修行中の身、家もない」

「先のことを申しております。鮎之進さまは、ちゃんとしたお侍になる方です」

「どうかな。もう時代が違う。剣の腕が少々立っても、それで立身はむずかしい」

「ではどうしてご城下に行かれますか? そういう出世の道を探して、ご城下に行かれるのでございましょう?」

「侍はそうするものと、昔から思っていた」

「私も一緒にまいります」

「何？」

「ご城下へ」

　鮎之進は千代を見つめた。

「よろしうございましょう？」

「駄目だ」

「何故でございましょう？」

「おなごにできる旅ではない。食うや食わず、夜になっても、まともに眠る場所もない。もの乞いと変わらぬ暮らし」

「それでは体を壊します。だから私がお世話をし、お料理をいたします。お洗濯も。血のついた刀も洗います。私はお料理得意でございます。旅荘育ちだから、おっかさんに、いいえ、母上にさまざまのことを教わり、どんな料理でも作れまする。おいしうございますよ、鮎之進さまにも食べさせとうございます」

「けっこうだ」

「なんででございますか!?」

　千代はびっくりした顔をした。

「どうして？　料理する者が近くにいたら助かりますよ。それに、軒さえあれば、食べ物屋も開けます。それとも食べ物屋でわたくしが働いて、お足を稼げます」

「おなごに養われるのか。そうなったら、男はもう終わりだ」

「そんなことはありませぬ。どうかお心を楽になさいませ」

「楽にはできん。おなごなど連れていてはすぐに命を落とす。あんたも、自分のような者のそばにいては命が危ないぞ」

「とうに命は捨てる覚悟をしております。それとも鮎之進さま、この村に残ってくださいませ」

「それはできん」

「私を奥方にしてよ」

「何ということを言うんだ」

「駄目なら側室でもいいよ」

「おい、急に口調が変わったか。正室もいないのに、側室など要らない」

「この村にいて、私と夫婦になって！」

「頭がおかしいのか？　そういうことは、おなごの方から言うことではない」

「言わなければ解らんがや。村を助けて。そしてこの村の長になって。鮎之進さま」

千代は言って、鮎之進に抱きついた。千代の細い両手のわななきが、鮎之進の腕に直接伝わった。

「命など、とうに捨てております。私は鮎之進さまが大好きです。好きで好きで、たまりません。狂いそうでございます。私は鮎之進さまに出会うために生まれてまいりました。鮎之進さまも、私のことを好いてくださっておりましょう？　違いますか？」

「どうなんでございます？」

鮎之進は無言でいる。

鮎之進は、たまらずにうなずいた。そして言う。

「そうだ、その通りだ。そなたの言う通りだ」

「嬉しうございます！」

そしてひしと抱きついた。

「無理に言わせて申し訳ございません。でも、ありがとう存じまする。私は鮎之進さまをお慕いして、ともに死ぬ覚悟でございます。ですので、どうかここで思し召しを」

鮎之進はぎょっとした。

「なに？　どういう意味だ」

「私を鮎之進さまのものにしてくださいませ」

「な、何を申しておる。意味が……」

「意味はお解りのはず」

「ここでか？」

「さようでございます」

言いながら、千代は体をぶるぶると震わせていた。震えで、言葉が乱れるほどだった。

「気持ちが悪うございますか？　鮎之進さま、私は興奮いたして、動物のようでございましょう。しかし、一途になったおなごは、しょせんはそのようなものでございまする」

「おい千代、頭を冷やせ」

「名前を呼んでくださいましたか？　ああ嬉しうございます鮎之進さま。わたくしは、欲だけで申しているのではございませぬ。これは、必要なことなのでございます」

「何が必要なことだ！　いったいどう必要なのだ」

しかし鮎之進は、必死の千代に、草の間に押し倒された。


ことが終わると、千代は静かにこう言った。

「ありがとうございます」

もう、震えはおさまっていた。千代は身を起こす。

「これでわたくしは、鮎之進さまのものでございます」

鮎之進は黙っていた。

「明日の朝に、私を縛って、あの鈴見橋《すずみばし》に晒してください」

「なに⁉」

鮎之進は仰天した。

「不義密通を為した加賀藩の藩士の奥方として、わたくしを罰してください」

鮎之進は口をぽかんと開けてから、こう言った。

「おぬし、大丈夫か？　気がふれたか」

「私は身持ちの固い女、不義密通など決していたしません。しかし、不義密通の罪深い女には、なってみとうございます」

「おなごが水べりに晒されるということがどういうことか、知っておるのか？　通行人や、子供に悪さをされるぞ」

「覚悟の上でございます」

「体に触られると言っておるんだ」

「覚悟の上です。いつぞや、山の中で、西河の与太もんに、体に少し触れられたことがあります。今の私なら、もう堪えることができます。私はもう、生娘ではございません」

「そなたが晒されれば、黒山の人だかりだ」

「そうはなりません。村の人々には言い含めて、橋には来ないようにしてもらいます」

「うん？」

鮎之進は、その言葉の意味を考えた。

「そうなると、見物に来るのは西河の者ばかりになります」

聞いて、鮎之進は黙った。千代の考えが次第に読めてきたからだ。

「西河の者をおびき出すというのか？」

「はい」

千代はうなずいた。

「西河屋はいっとき空になります。そして、賭場に出入りした安一さんか加平さんは、西河の親分の顔が解るはずです」

「安一と加平を連れて西河に斬り込み、一挙に親分の首を取るか」

「さようでございます」

鮎之進は闇の中で唸った。

11

「おい、こりゃあ、えらいええべっぴんやで」

やってきた西河の遊び人が、橋の上に、縛られてうずくまっている若い女を見おろして言った。縄尻は欄干に結びつけられている。

「なになに？　旗本工藤助佐衛門《くどうすけざえもん》の妻きぬ、不義密通の仕置きにつき、一昼夜、鈴見橋に晒すものなり、か。へえ、これだけええ女ならなあ、そら男も放っておかんわな」

男は女の横に置かれた立て札を読んで言う。

「なんや、密通の相手は坊主やて？」

男の仲間が、やはり立て札を読みながら言う。

「法事に通う寺の、色男の住職と密通の間柄になったと書いてあるわ。そいで、男はすでに打ち首にしたと」

するとそこへ、ぞろぞろとまた西河屋の仲間たちがやってきて加わった。

「おい、ホンマや。女が晒されとる。しかも、えろう上もんやで」

やってきた者が言った。

「おいおい、おまえらも来たんかい。えろうぎょうさんになってしもたで」

「ホンマや、店が空になるで」

「もったいないのう、うちで働かすか。このおなご、ひょっとして、手打ちになるんか？」

一人が訊く。

「なるかものぅ」

「ありゃあ。もったいないのぅ、こんだけの上ものを」

「おい、おまえら、何や。何しにきたんや」

最初からいた男が仲間を咎める。

「そら、鈴見橋にえろうべっぴんの罪人が晒されとるて言うから、見物に来たんやないかい」

「ここまでされるいうんは、よっぽど悪いことしたんやなあ、何したんや」

「寺の坊さんとええことしたらしいわ。旗本の奥方のくせになぁ」

仲間が説明する。

「坊主、うまいことやりやがったなぁ」

「おまえら何人来たんや、ひいふうみいよう……、おい、九人もおるで。こら西河屋、ホンマにからっぽやないかぁ。店の娼妓、放っといてもええんか？　怒るで親分」

「ああな化けもん、逃げてくれたら助かるわ、食いぶち減る」

　もの陰に隠れた鮎之進、坂上、厳三郎に義達が、往来越しに西河屋の玄関口を見ている。彼ら侍の背後には、加平、正吉、時次郎、文佐衛門らがひかえている。その背後には、さらに村の者が数人いる。みな上体にたすきをかけて袖を締め、戦の支度をしている。

「もうよいのではないか。店の与太者どもは充分に出払った」

　娘が心配な坂上が言う。

「まだ中に七、八人いる。五人以上いれば、かたづけるのに時がかかる。手間取れば、千代坊が危険になる。強襲したあとで即刻橋に廻る。おい、あんたの出番だ」

　鮎之進は正吉に向け、顎をしゃくった。

　正吉がうなずき、ひょこひょこと往来を横切って西河屋の玄関口まで行き、暖簾《のれん》を持ち上げて奥に大声をかける。

「おーい、おまえらは観に行かへんのかぁ？　えらいべっぴんさんが、鈴見橋の上に晒されとるぞぉ。ご城下にも滅多におらんような上もんや、しどけない格好やでぇ。早よ観んと大損するどぉ！」

言っておいて、さっと横の路地に逃げ込む。

するとと、奥から遊び人ふうの男が、手刀で暖簾を割って出てくる。ぞろぞろと続いて四人になった。並んで往来に立つと、いったい誰が声をかけたんかい、と言いたげに右に左に顔を向けて探っている。だが誰一人見当たらないから、早足になって鈴見橋の方角に歩き出した。

まだ朝が早いので、往来に人の姿はない。いつも客の呼び込みに出て立っている娼妓の姿もない。

「よし、行くぞ。あんたは私のそばから離れないでくれ」

鮎之進が、ささやき声で加平に命じた。加平がうなずく。彼は賭場に出入りして、親分の顔を見知っているからだ。

「あんたたちは女郎連中を頼む。たぶんまだ寝所に寝ている。部屋から出せば、騒いで厄介だ、ことがすっかり終わるまで、絶対に廊下に出さないでくれ」

「心得た」

文佐衛門と時次郎が返事をする。彼らも、大刀を腰に差している。

「おなごに手荒なことはするな」

義達が釘をさした。

「解っている、心配するな」

文佐衛門が応じる。

「ほかの者は、かねての手はず通りだ。抜かるな」

鮎之進が命じ、

「はい」

と禹吉が答えた。

それで鮎之進は往来に出て、小走りになって横切り始めた。加平と時次郎、文佐衛門が続く。そして侍三人も、その後ろに続いていく。

鮎之進はいったん暖簾の手前で立ち停まり、柱の陰から中をうかがい、人の姿がないので突入した。土間にいくつかの下駄が並ぶが、人の気配はない。男たちは鮎之進を先頭に、草鞋《わらじ》のままで上がりがまちに飛び乗る。

「案内だ」

刀の柄に手をかけ、鮎之進が加平にささやく。

加平が先頭に出て、廊下を早足で進んでいく。誰も出会う者はない。正面に、階段が見えてきた。加平がささやく。

「あの階段下が、女郎たちの寝所や」

それで、時次郎と文佐衛門がうなずく。

「親分の寝所は二階のとっつきや」

鮎之進はうなずいた。そして今度は自分が先頭に出て、足音を消して階段を上がった。

「何や、誰や⁉」

という だみ声がして、上がりぶちの部屋の襖ががらりと開いた。

人相の悪い中年男がぬっと立った。いかにも極道という面がまえをしている。鼻先に立つ鮎之進を見て、仰天した顔になる。険相が紅潮し、ますます醜怪な怒りの表情になった。

それが次の瞬間、口をぽかんと開け、棒立ちになる。鮎之進が、男の心の臓を大刀で刺し貫いたからだ。男は苦悶の声を上げたが、決して高くはなかった。

その左右から、坂上と義達が次々に部屋に躍り込んだ。

「親分や、あれが親分や！」

義達の後方にいた加平が指を差し、叫んだ。

布団の上に、初老の男が起き上がったところだった。枕もとに、酒瓶の載った盆がある。

仰天した顔をして、あたふたと床の間脇の刀掛けにいざり寄る。刀に手を伸ばしながら、

「誰ぞ、誰ぞおらんか⁉　猿田っ、猿田はっ⁉」

と喉を限りに叫んだ。

その背後に坂上が駈け寄っていって、草鞋履きの足を白い上物の敷き布団に載せ、背を斜めに叩き斬った。

大声を上げてのけぞるところを、前に廻った義達が深々と胸を刺し貫いた。白い絹の

寝具を、深紅のしぶきで染めながら、西河組の親分は畳の上に転がる。

同時に隣室との境の襖ががらと開いて、浪人ふうの大男が一人、ぬっと入ってきた。

刀を抜きにかかるが、抜かせず、厳三郎が男の横腹を斬った。

侍三人は、ここ数日の実戦を通して、人を斬る勘が戻ってきているようだった。動きが的確で、迅速になった。

「これが猿田か？」

鮎之進が訊いた。

「違う。猿田はいない」

坂上は答える。

「猿田はどこだ？」

厳三郎も問う。しかし、解る者とてない。

鮎之進は、掛け布団を引きずってきて、断末魔の三人にかけた。

「この骸は隠さなくていいのか？」

義達が問う。

「いい、橋だ」

鮎之進は指示した。三人はうなずき、寝所を出て階段に向かう。

「気をつけろ。まだ西河の家の者がいるかもしれん」

鮎之進が言う。

しかし階段をおりきるまで、駈けつけてくる者はなかった。千代の作戦が功を奏し、西河の家の者はすべて鈴見橋に行ってしまったようだ。

「女たちの見張りはもういい」

鮎之進が言い、それで加平が、娼妓部屋の襖の前で大声を出す。

「もうええぞ！　時次郎」

時次郎たちに声をかける。

襖が細く開き、時次郎が顔を見せる。右手には抜き身がある。時次郎は背後を振り向き、女たちにこんなことを言っている。

「ええかおまえら、百数えるまでここ、出たらあかんで。わしら、表で見張っとるさかいになぁ、解ったか？」

「うちら、百までなんぞ、よう数えんわ」

と奥から女の声がする。

「ほならなんぼまで数えられるんや」

「三十まで」

「よし、ほなら三十までを三回やれ」

時次郎が言う。

「阿呆か、三回やろが」

義達が言った。

「算盤のでけんやっちゃ」

土間におり、暖簾を割って、侍たちは往来に出た。さいわいまだ通行人はない。娼妓部屋の襖を閉め、時次郎と文佐衛門も追って出てきた。

「意外に簡単でござった」

鈴見橋に向かいながら、義達が言う。

「気を抜くな、まだ終わってはいない」

坂上が険しい声で言う。

「戦はこれからだぞ」

「敵はあと十三人。猿田を入れて十四人」

坂上が言う。

「これらを片付ければ終わりだが、侮《あなど》れば、命を落とす」

厳三郎が答える。

「敵は数が多い。しかし親分なしではしょせん烏合の衆だろう」

もと侍たちに、自信が出ている。そしてみなで足並みを揃え、橋まで小走りになる。

路地に駈け込んで、川縁《かわべり》の土手下に出た。みな姿勢を低くして、土手の上まであがり、頭を出して様子をうかがった。橋の中途には黒山の人が群れている。西河の遊び人たちの背後になるから、千代が何をされているのかは見えない。

「加平」

坂上が加平に呼びかけた。加平はうなずき、懐から呼び子笛を取り出し、力まかせに吹いた。そしてみな、橋の方を向いて、変化が起こるかを観察した。しかし何ごとも起きない。千代は、男どもに押さえつけられているのだ。

「くそ！」

言って、坂上が身を起こした。土手の坂を上がろうとする。鮎之進が手を伸ばし、腕を摑んで制した。

「まだだ」

鮎之進が言った。

「命までは取られん」

厳三郎がつぶやく。

すると、橋の上でどよめきが起こるのが聞こえた。男たちをかき分け、千代の姿が現れたのだ。上体を縛られたまま、橋の上を全力で駈け、こちら側に渡ってくる。渡りきると左に折れ、土手の上を、鮎之進たちがひそむ場所に向かって駈けてくる。

走る千代の両足は、大半が見えていた。着物の裾が、腿《もも》まではだけているからだ。その様子から、千代が西河の与太者たちに今まで何をされていたのか、おおよその見当がついた。

歓声をあげて駈けだし、与太者たちは千代を追ってくる。千代は走りながら、胸を縛っていた縄を解いている。解き終わり、足もとに捨てた。そしてうしろを振り返り、悲鳴をあげた。

坂上がまた動こうとする。

「まだだ」

鮎之進が手を伸ばし、千代の身を案じる坂上と、続く侍たちを制した。千代が充分に近づくのを待っているのだ。千代は全力で走るが、本気になれば、しょせん男の足の方が速い。げらげら笑いこけ、本気で走っていなかった男たちの足が、次第に本気になる。そして一番前の男が速度をあげて追いすがり、千代の肩に手を伸ばしはじめた。

まだ距離があり、千代は眼前に来てはいない。しかし、鮎之進は決断する。千代が捕まえられては面倒だった。

「よし行くぞ！」

鋭く言って斜面を跳び出し、土手に躍り出た。抜刀し、千代に向かって走りだす。三人の侍も、遅れじと続く。特に父親、坂上の顔色は変わっており、駆けながら猛然と抜刀した。時次郎、文佐衛門、正吉たちは、土手下を、橋の方角に走りだす。かねての打ち合わせ通りだ。

女の向こうから自分らに向かってくる、血相を変えた侍の集団を見て、西河の男たちの顔色も変わった。予想外の展開に仰天し、歩くほどに速度を落とした。

千代は泣き顔をしていて、鮎之進を見ると懸命に走り寄り、すがりつこうとした。鮎之進は片手をあげてそれを制した。まだそのようなことをしている時ではない。

先頭を走ってきた遊び人が足を突っ張って停まり、回れ右をして、今来た道を戻りはじめた。しかし顔を紅潮させた坂上がそれを許さず、追いすがり、怒りにまかせて背中を叩き斬った。

悲鳴をあげて男が土手下に転げ落ち、後方を走ってきた男たちも足を停めて、恐怖で腰を引く。目に激しい怯えが浮き、たちまち浮き足立った。何人かは、なかば背中を向けかける。しかしそれでも、腕に覚えのあるらしい者が一人、腰の刀を抜いたので、仲間も自分の腰の剣を思い出した。場に踏みとどまり、急いで刀を抜く。そして、

「お、おい、早く来てくれ！」

片手でまねき、後方にいる大勢の仲間を加勢に呼ぶ。

その時、米俵を積んだ大八車が、建物の陰から猛然と走り出て、土手の上で道をふさいだ。続いてその後方を、ときの声をあげて村人の槍部隊が走り出た。みなたすきがけをし、額に鉢巻きをしている。大八車を越えて来る西河の者をめがけ、声をあげながら順に槍を繰り出した。

土手の下を走っていった文佐衛門や時次郎たちが土手を駆け上がり、これに合流して加勢した。

後方で始まった戦闘を見て、千代を追ってきた男たちはもう一度仰天した。予想外のことに気が動転し、刀をかまえることを忘れた。厳三郎が走り寄り、浮き足立つ一人の男を斬って捨てた。義達も走り寄り、別の一人を斬った。これで西河の男たちの先頭部

隊は三人になり、しかも孤立した。

彼らも自分の刀を思い出し、かまえようとしたが、しょせんは逃走か、闘うか、と迷う小心者たちで、中央に走り込んだ鮎之進の敵ではなかった。一瞬で斬って捨てられ、三人ともが土手の下に転げ落ちた。

四人の侍はそのまま突進して、大八車に駈け寄った。大八車を越えてきて、槍の百姓を一人返り討ちにした男を、まず坂上が、仲間の仇討ちとばかりに叩き斬った。

巌三郎と義達は、大八車の左右を廻って向かい側に行き、村の百姓を斬っている男二人をそれぞれ斬った。鮎之進も続くと、彼らの絶叫にかぶせて、大声を上げながら鮎之進に向かってきた男がいたので、これの刀を払ってから、鮎之進が即座に斬り捨てた。

男の悲鳴が聞こえたので見ると、大声とともに必死の槍を繰り出し、新五郎、彦佐たち三人が、同時に三人の男の胸を貫き、仕留めていた。刺された三人ともが、悲鳴のようにかん高い苦痛の声をあげる。

足もとを見廻せば、すでに転がって虫の息の西河の者が一人。鈴見橋の上は、阿鼻叫《あびきよう》喚《かん》の地獄と化している。

「おまえたちの親分は死んだ。西河屋は終わりだ。もうおまえらに給金を払う者はない！」

坂上が、声高らかに、組の者らに告げた。

「おまえらのやっていることは、ただ働きだ！」

するとくるりと背を向け、逃げ出す男が二人いたので、巌三郎と義達が追って行って、橋の向こう岸のたもとで斬って捨てた。二人は草に倒れ込み、激しい苦悶の声をあげる。

その直後だった。いきなり静寂が訪れ、みな驚いて立ち尽くした。巌三郎と義達が、息を切らせながらよろよろと歩いて、橋の上をこちらに向かって戻ってくる。そのかすかな足音と、荒い息遣いが聞こえる。加えて、川からの風が、橋の上を抜けていくひそかな音。そういうもの音をみなの耳が聞いた。

死に行く者の、苦しい息づかいもわずかに聞こえて、しかし生きて立つ西河の者の姿は、もうどこにもなかった。

「勝ったのか？」

荒い息を吐きながら、坂上がつぶやく。

「おい、わしらは勝ったのか？　義達」

近くまで戻った義達に、坂上は呼びかけ、訊いた。

「あ、ああ」

義達も息を切らせながら言い、うなずいた。紅葉村の者たちも、みな目を大きく見開き、あまりの意外に呆然として声もない。

坂上は言う。

「命など、とうにないものと覚悟していた。これは、夢想だにしなかったことだ。わしらは勝ったのか？　それとも、これは夢か？」

「かもしれんぞ」

そういう大声がした。それで侍たちも、村人たちも、鮎之進も、声の方を見た。

木の陰から、浪人者がひとり、ふらりと出てきた。ゆっくりとこちらに向かってくる。

「猿田……」

坂上はつぶやいた。

「驚いたな、おまえたちがここまでやれるとは」

猿田が言った。

「しかしまだだ、まだ一人残っている。あんたは、俺とは、決着をつけねばならんはずだ」

言って、猿田は腰の刀を抜いた。

右手を上げて、坂上は言った。

「待て、猿田の」

「おじけづいたか？」

「そうではない」

坂上は断固として言った。

「西河組はすべて死んだ。組長も死んだのだ。組は絶えた。つまり、あんたに給金を支払う者はもうない。あんたの仕事は、あんたが命をかける理由は、消滅したのだ。無意味だ。刀を引いてくれ」

「体がなまってはと思い、裏の山で汗を流していた。早朝に襲撃があるとは考えなかったからな。その虚をつかれた。この全滅は、だから俺の責任でもある。敵の大将を倒さなくては、俺の義理がたたん」

猿田は言った。

「無意味だ、猿田の。刀を引いて、このまま行ってくれ。そもそも、西河の要求が理不尽なものであったのだ。解ってくれ。善良な民百姓のため、解ってくれ。刀を引いて、黙ってここを去ってくれ」

鮎之進が進みでて、坂上の肩を押した。

「坂上さん、ここは私に任せてくれ」

鮎之進は言った。

「いや、鮎之進どの、これは私の問題だ、私の勝負だ。あんたは手を出さんでくれ」

「おとっつぁん、やめて。ここは鮎之進さまにまかせて！」

千代が、彼方から泣き叫んだ。

「聞いたろ、坂上さん。刀を引くんだ、あんたには家族がある」

「いいや、鮎之進どの。今回の助太刀、心より感謝いたす。あんたがいなければ、到底わしらに勝ち目などはなかった。これほどの完勝、ゆめゆめ、思いもいたすことはなかった。私はこの戦で、どうせ死んでいたのだ。だからこのまま……」

「こいつは千人斬りの猿田だ。あんたは勝てん」

鮎之進ははっきり言った。

「山縣、おぬし、こんなところにいたか」

猿田が鮎之進に声をかけた。

「悪運の強いやつだな」

「お互いな」

鮎之進も応じた。

「いいか、誰も手を出すな！」

坂上は、厳しい声で仲間に宣した。

「わしが斬られてもみな手を出すな。そして猿田の。もしもわしが死んだら、この村の者には手を出さず、このまま去ってくれ。あんたには、関係ないことのはずだ。ここの村人たちまで斬らねばならん理由はないだろう」

猿田はまだ無言だ。

「猿田の。頼む、約束してくれ。そうしてもらえたら、勝負する」

猿田はうなずいた。

「よし、承知だ」

「かたじけない」

言って、坂上はゆっくりと刀を抜いた。

「おとっつぁん！」

千代が叫ぶ。

「坂上さん」

鮎之進が言う。

「鮎之進どの、あんたは見ていてくれ、この勝負の行方。この男を倒さねば、わしの戦は終わらんのだ。あんたの目には、わしなどただの老いぼれだろうが、わしにもわしなりの考えがある。これはよくよく考え抜いた末のこと、むやみに意地を張り、馬鹿をしているのではないのだ。やらせてくれ、そしてわしが死んだら、娘を頼む」

言って坂上は鮎之進の顔をちらと見、それから猿田に向き直って身がまえた。鮎之進はそれで、二歩後方にさがった。

「来い、猿田」

坂上は呼びかけた。

「竹刀侍の、死に際の意地を見ておけ」

「おとっつぁん、死んでは嫌!」

千代が叫んだ。

猿田は、刀をすうっとあげていき、身の横に引きつけた。

「八相か」

つぶやいて、坂上はすぐに上段から打ち込んだ。猿田は難なく堪える。勢いよく刀を離し、坂上は大振りで横から打ち込んだ。猿田はこれにも表情ひとつ変えずに堪える。

坂上はさらに上段から、今一度斜めに打ち込み、身を引いてこれをかわす猿田に、反対側からまた一度、斜めに剣を振りおろした。

猿田はやおら上段にかまえ直し、坂上と似た太刀筋で打ち込んできた。坂上は猿田の剣を峰で受け、勢いよく身を寄せ合って、二人は鼻先を突き合わせた。

「自分からは打ち込んでこないのだったな」

坂上は、鼻先の猿田に向かって話しかけた。

「振れるようになったな、坂上の」

猿田は感心したように言った。

「かなり殺したな」

坂上は答えなかった。

「だが真剣の太刀筋としてはまだだ。そんな大振りでは、到底俺はとらえられんぞ」

猿田は言う。そして、

「竹刀侍」

と侮蔑の言葉をつけ加えた。

離れざま、猿田は再び剣を繰り出してきた。意表を衝く動きで、坂上はあわててこれに剣を合わせ、堪えた。と次の瞬間、思いがけないことに、左の肩口を斬られていた。

坂上は茫然とした。どうしてそういうことになるのだ？　と思った。猿田の太刀の動きは異様に速く、こちらの肩を斬ってくるような流れではなかった。予想もしなかった。

通常の者なら、あり得ない動きだ。

痛みはほぼ感じなかった。しかし自分の意志でなく、何故か膝が折れた。隙を見せればやられる。瞬間にそう思ってあわてて膝を伸ばし、立ってはみたが、上体の左半身がみるみる痺れていく。力が入らない。斬られるとはこういうことかと知る。はじめての経験だ。

刀を上げるが、力が入るのは右手のみだった。左手は添えているばかりだ。猿田の力は、自分より数段上だった。解ってはいたが、そのことを今、坂上は腹の底から知った。

途端に、予想だにしなかった激しい恐怖が襲った。足先から徐々に、それは痺れとともに駈け昇ってくる。さらに、強い痛みも立ち上がった。立っていられる時間は、もう長くはない、坂上は知る。

力を振り絞り、刀を上段に持ちあげた。刀が、異様なまでに重くなった。ああこれがそうか、と知った。体が血を失い、疲労の度を強くしている。刀があがらない。

そのまま刀を振り下ろした。猿田は、薄笑いを浮かべてこれをかわした。太刀筋がにぶくなっている。それが自分で解る。だから猿田は、もう勝負はあったと思っているのだ。

坂上は歯を食いしばり、もう一度上段から斜めに、刀を振り下ろした。だが力が足りず、刀は中途半端で停まる。坂上は、その位置から、捨て身の突きを繰り出した。

猿田は上体を大きくのけぞらせ、突きをかわした。そして坂上の切っ先をかわして上体を起こそうとした。その瞬間を逃さず、坂上はそのままの位置から大きく踏み込み、倒れこむようにして二段目の突きを、猿田の喉に見舞った。

かっと、猿田が目を見開いた。猿田の首の右脇に、坂上の剣の切っ先が入っていた。

瞬間、猿田の首の右から、水鉄砲のように赤い血がほとばしった。

猿田はつまずくようによろけ、それから刀を大きくひと振りして、そのままどうとばかりに前向きに倒れ込んだ。ごろりと反転し、右手で首を押さえたが、その指の間からも、血は噴き出し続ける。

坂上も立っていられず、その横に膝をつき、そのままのめるように、頭から倒れた。

「おとっつぁん！」

叫びながら千代が寄ってきて、父親の背にすがりついた。

猿田がぜいぜいと、断末魔の濁った息を吐く。千代が手を伸ばし、猿田の刀を奪った。

「二段突きで、きたか。予想、しなかった」

猿田は苦しい息の下から、切れ切れに言った。

「ぬかったな……」

そう言いおき、もう何も言わなくなった。

「わざと大振りを繰り返したのは、最後の勝負を突きでいくという意図を、敵に読ませないためだ。父上はよくやったぞ、早く手当だ」

巌三郎が、千代に言った。

12

鮎之進や義達、厳三郎たちの指揮のもと、紅葉村の住民たちで手分けし、大量の戸板を用意して、街道筋や土手の上下、橋の上に散乱するすべての死者を戸板に載せて村はずれの墓所に運んだ。親分以下、西河組の全員だが、村人からの犠牲者も二人いた。逆に言えば、味方の犠牲者はわずか二人ですんだ。信じがたいほどの、完璧な勝利だった。

しかし怪我人は多く、坂上のように床を延べて臥せる要があるほどに、重傷の者も多かった。彼らは早々に帰宅させ、医師の菊庵の治療と、家人に世話をまかせた。

西河組の旅荘にもすみやかに入り、親分と側近、用心棒たちの骸も戸板に載せて運び出した。すべての死者を墓所脇の草地に並べれば二十名、まるで合戦の夕の戦場のような光景になった。全員を焼き、丁寧に弔《とむら》うことも考えたが、この人数では火葬に一昼夜以上かかる。炎や煙は街道筋に目立ちすぎるので、百姓みなで大穴を掘り、まとめて土葬することにした。旅の者などに死者や弔いの様子を見られて、ご城下で噂がたつことは避けたかった。

弔いの指揮は文佐衛門や時次郎にまかせ、義達と厳三郎は加平や正吉をともなって西河屋に取って返し、紅葉屋の下働きの女たちを動員して指図し、親分の寝所の血のりを拭い取り、丁寧に清掃した。洗濯すべきものは洗濯した。

手傷を負っていない百姓は街道筋や土手の上、あるいは鈴見橋の上に行かせ、血の跡に手桶で水をかけて流し、のちに土をかけて、殺生の痕跡を消した。鮎之進や厳三郎、また坂上の対処指示が早かったので、それらはいっときほどのうちにすべてすみ、旅の者たちにさして悟られることもなく、殺戮の痕跡はすみやかに人目から隠された。西河の家を調べていると、賭場のあがりらしい数百両という大金が、組長の部屋の隠しから出てきたので、西河の家の娼妓全員に口止めも兼ねて十両ずつやり、里に帰した。そうして、もう娼妓などは二度とやらず、故郷で嫁に行けと諭した。

帰る場所も、親や親戚等の身寄りもないという女が二人いた。彼女らは三味線や踊りの芸を持つというので、西河の家にいることを許し、どう扱うか、旅荘運営経験者の坂上夫婦と話し合うことにした。

住み込みの西河屋下働きの下男下女、また賄いの女たちは、訊けば組関係の身内もいないようだったから、やはり十両ずつ口止め料を与え、そのまま住み込み仕事を続けさせることにした。そして西河屋も、紅葉屋同様に、賭場を持たない通常の旅荘として、坂上の指揮のもとに再出発させるのがよかろうという話になった。ただし芸妓に仕事の場を与えるため、広間と舞台は残してもよかろうと判断した。

千代も体に傷を負っていたから、母親に言われてしばらく床に臥せっていたが、鮎之進の動向が気になって、すぐに起き出した。今にも逃亡されるのでは、という不安が先にたったのだ。

鮎之進は、砥石を借り受け、その日ほぼ終日、刃こぼれした愛刀の手入れをしていた。千代はそばにいて、命じられるものを運んできたり、あれこれと手伝いをした。

「体はもういいのか？」

と鮎之進は訊いた。

「もういいよ、もともと大して怪我はしていないから」

と千代は答えた。

「どこに怪我をした？」

と鮎之進は、千代が訊かれたくないことを訊いてきた。千代は答えなかった。だいぶして、

「心が病んだからね、怖くって。しばらく臥せって、それを癒《いや》しておりました」

とだけ言った。

「村の人たち、橋や土手の上の死者たちは、もうみんな運んで、そろそろ空き地に埋めるって」

千代は言った。鮎之進はうなずく。

「西河組の家の中の人も」

「そうか」

と鮎之進は言った。

手伝いながら、これからどうする心づもりかと、千代はおそるおそる鮎之進に訊いた。

出て行くと言われることを恐れた。

「戦は無事にすみ、村は安泰になった。もう私は必要ない。だから私は当初の予定通り、ご城下に向かう」

鮎之進は、刀を研ぎながら答えた。

「私も行くよ」

千代は即座に言った。

「馬鹿を言うな」

鮎之進は言った。

「おなごを連れて剣の修行など、聞いたこともない」

「鮎之進さまの世話をするよ。私はお料理上手だよ」

「それはもう聞いた」

「歌もうまいよ。踊りもできる」

「そんなものの用はない。父上の具合はどうだ」

「熱あるけど、かなりよいみたい、今は黙って寝ている」

「自分の見るところ、あの傷は浅くない。下手をすれば命を落とすこともある。心配ではないのか?」

「おっかさんが看る。私は鮎之進さまの方が心配だよ。あなたがあんなことになったら、誰が面倒看るの?」

「なりはせん。心配するな」

「いないでしょう？　看病の人。だから私がする。斬られないって？　それは解らないよ。どれほどの姦計に出会うかしれない。世の中には、ご城下の盛り場には、恐ろしい人間がたくさんいるよ。私はそう教わった」

「うかつにそんな目に遭うようなら、しょせんはそれだけの者だったということだ。そんな者は、修行してもしょうがない」

「では帰ってくる？」

「どうしてそういう話になる。死んでも致し方ないと言っているのだ」

鮎之進は顔を上げて言う。

「怪我して、それをほかの娘っ子に看られたらたまらないよ」

「なに？」

鮎之進はあきれて千代の顔を見た。

「だから付いてくると申すか？」

「盗られるもの」

「あの大根のようにか」

鮎之進は軒の下に干された野菜を指差して言った。

「私は大根か？」

「そんなことはないけど」

「それで監視か」

「嫌かい？」

「当たり前だ、断る。物見遊山ではないのだ」

「でも……」

「これ以上つべこべ言うなら、もうこれまでとするぞ」

「どういう意味？」

「お別れだ」

「嫌だ」

言って、千代はじっと鮎之進を見ていた。

「……本気？」

「そうだ、本気だ」

「寂しくないの？」

「それが寂しいようでは、修行は負けたも同然だ。剣とは、強い心のことだ」

「そんなに頑張らなくてもいいのに」

「そうか？　頑張らなかったら、今頃この村は誰のものだ？」

千代はしばらく黙った。

「そうだね、でも私は、鮎之進さまが帰ってくるという約束が欲しいよ。しっかり約束してくれるかい？」

鮎之進は黙って刀を研ぐ。

「もう自分は必要ないって？　必要だよ、私には」

「……」

「これからだよ。約束がないなら仕方ない、ついていくことになるよ」

「……」

「嫌だって言っても、黙ってついていくよ、どこまでも、どこまでも。京までても、江戸までても。約束してくれないなら仕方ない、うしろついてくよ。鮎之進さま、どっちがいい？」

「そんなよいところにはいかん。勘違いするな」

「じゃどこ行くの？」

「地の果てだ。熊が出るような山の中、ヒヒが出るような藪、獣の世界だ、幽霊も出るぞ。いいのか？」

「怖いけど、我慢するよ」

「この村にいる方がよい。ここはよいところだ。景色も、食べ物もよい。ここで、歌の稽古でもして暮らすのがよい」

「では帰ってきてくれる？」

「……」

「私を、ほかの男に盗られてもいいのかい？」

「よし解った、いつかは帰る」

鮎之進は言った。

「いつかじゃ駄目だよ」

「わがままを言うな」

「私を迎えにきてくれる？」

「ああ？　ま、そうだ」

「では夫婦《みょうと》の契《ちぎ》りを」

「おい、またか。今度は何をしろと」

「祝言《しゅうげん》上げて」

「何だそれは」

「大きい杯で、一緒にお神酒《みき》を飲んでくれたらいいんだよ」

「くだらん」

「断るのかい？」

「お断りだ。そういうおなごの遊びは好きではない」

「祝言はおなごの遊びじゃない、世の中の人はみんなするんだよ、おとなになったら」

「ああそうか。だが私は知らない」

「夫婦になるの？　嫌なのかい？」

「そんなこと、考えたこともないんだ。私には、とんと必要がないことだ」

「もしかして、私が橋で、与太者たちに悪さされたから？」

「何？　悪さされたのか？」

「縛られてたからね、逃げられないよ」

　鮎之進は黙って千代を見た。

「何された？」

「木津桃のとこ、いじられた、乱暴に。だから痛いよ」

「何だ？　木津桃とは」

「能登の木津の桃。娘のようなかたちして……」

「ああ、そういうことか」

「でも、それ以上のことはないよ、嫌かい？」

「いや」

　鮎之進は首を横に振った。

「そういうことは言っていない。千代が生《い》け贄《にえ》になったから、親分の首が簡単に獲れた」

「ごめんね、男にそういうことされて。すごく嫌でたまらなかったよ、汚い手で。ものすごく腹が立ったし、怖かった」

「そうであろうな。だが、千代のおかげだった」

「でも私は鮎之進さまのものだよ、ほかの、どんな男も絶対に嫌だよ、そこのとこ、解ってね」

「ああ解った」

「鮎之進さま、そろそろお食事の支度ができました」

千代の母の声がした。

「ご飯だよ、行こう」

千代も言う。空でひばりの鳴く声がしている。


その夜も、鮎之進は酒を飲まなかった。千代の父の坂上が、隣室で傷の痛みに、時に低い声をあげて堪えていたせいもある。

坂上を見舞いがてら、巌三郎、義達、文佐衛門、時次郎、正吉、加平たちがやってきて、そのまま祝いの酒宴になったのだが、彼らが揃って頭を深く垂れ、何度も礼を言ってから酒を勧めてきても、鮎之進は首を横に振って、杯を取らなかった。

「貴公は、酒は飲めない質《たち》でござるか？」

訊かれて、鮎之進は曖昧《あいまい》にうなずいた。

実は飲めないわけではないが、覚める時の気分が不快で、好きにはなれないでいる。杯を勧められること自体うっとうしいし、無礼講になりがちの酒席も、大抵はくだらないものだ。うっかり酔えば、誰が寝返って刃を向けてくるか知れたものではない。

鮎之進は一人でいることが好きであり、また敵だらけの世界、自分の思うように生きることにしている。厳しい世界では、いつ何時も、自分の判断がすべてだ。斬られて、言い訳などはできない。他人の言をあれこれ聞いてみてもろくなことがない。彼らには、自分ほどの剣の腕はないのだ。

大量に人を殺《あや》めたような夜は、ことに飲みたくない。鼻先に、殺された者たちの霊が漂う心地がして、時に怨みの表情を見せるその者たちの顔を見ながら酒など飲みたくはない。自分は殺したくなかった。また彼らも、死にたくはなかったろう。

正吉が酔い、こんなことを言いだした。

「わし、村を明け渡してここを出ようて、みなに何度も言うたんや。老いぼれ揃いで、西河の荒くれ連中に、到底勝てるとは思えなんだから」

そうだ、その方がよかったかもしれないのだ。

「言うてたな、さんざん泣き言」

時次郎が言う。

「わいが間違うてました。西河の者ら、弱い者脅すんがうまいだけや。剣はそうたいしたことなかったわ」

「おまえが言うなや」

義達がたしなめる。

「そうな生意気。おまえよりは振れとるわ」

時次郎が言う。

「すべてはこちらの、山縣どののおかげだ。この方がおられなんだら、今頃野辺の土に埋められとったんは、わしらの方や」

　義達は言った。

「せやな」

　みな言うと、やおら膳を前方に押し、また尻を後方に引いて頭を深々と垂れ、全員が畳に額を擦りつけた。そうして声を揃えて言う。

「ありがとう存じまする！」

「もういいよ」

　鮎之進は手を振って言う。

「人に頭下げられるのは嫌いなんだ。そのあと、常にろくでもないことを頼まれた。村長は怪我をした。あんたがた、これからが大変だ。村をどうするのか、今後西河屋をどうするかだ」

　するとみなぼちぼちと頭を上げてきて、てんでにうなずいている。

「それを、あんたがたみなで、ちゃんと決めなくてはならない」

「さようでんな」

　時次郎が言う。そして背後に置いていた小膳を前に取って、ずいと押した。

「しかしまずは今やるべきこと、これでござんすょ」

　小膳に、紙に包んだ小判らしい塊が三つ、載っていた。

「なんだこれは？」

鮎之進は問うた。

「包金《つつみきん》でござんす」

「包金とは何だ？」

「西河屋で見つけた小判でござんすょ。どうぞおおさめください、ひと包み二十五両、どうせ博打がらみの汚れた金。旅なら路銀が必要でござんしょう」

「いらん」

鮎之進は言った。

「物見遊山の旅ではない、修行だ」

「しかしこれは村長からの指示……」

「こんなもの、遣う場所がない。蕎麦屋で小判出しても釣り銭がなかろう。それに持ち歩くのが重い」

「では私どもでお預かりしておきましょう」

後方に控えた千代の母が言った。

「私どもの一家、たとえ何が起ころうと、決して手をつけることはいたしません。ですので必ず、取りにお戻りになられますように」

そう言って、頭を下げた。

翌朝、まだ暗いうちに寝床から起きだし、鮎之進は旅支度をする。そして廊下に出ようとしたら、隣室との境の襖が開いた。見れば、千代と母親のよねが、並んで頭を下げていた。

「鮎之進さま」

千代が言う。

「何だよ」

「私とお神酒、飲んでください」

「またそれか」

鮎之進はうんざりして言う。

「しつこいのう。私はそういう手合いではない。いつ背中から斬られるか、知れたものではない身だ。おなごと、いい気で酒などを酌みかわす気にはなれない」

「だからこそだ」

しわがれた声が、暗がりから聞こえた。そして、上体の左半身に白布を巻き、左手を吊った坂上が、苦しげな息を吐きながら、にじり寄ってきた。顔を見れば、血を多く失ったせいか、わずか一昼夜のうちにげっそりと痩せ、顔はまるで火鉢の灰のような色をしていた。

「坂上どの、寝ておられよ」

鮎之進は言った。

「いや、鮎之進どの、父のわしからのたっての願いだ。祝言だ、嫁入りだなどとうるさいことを言う気はいっさいない。ただかたちだけ、ほんの真似ごとだけでいい、娘と並んで盃一杯の神酒を……」

言って、坂上は苦しげにあえいだ。

「それで娘は納得いたす。わしも女房も、安堵いたす。貴公も、帰る場所ができよう。どうか、どうかお願いでござる。ふつつかな娘にいたらぬ親どもで恐縮だが、老いぼれのたわごとと思うて、ほんの戯《ざ》れ言《ごと》と思うて、どうかどうか、お願いでござりまする」

鮎之進は立ち尽くした。

「盃は、すでにそこに、用意してござる。もしも時が経ち、やむを得ぬ事情によってことが成就しないとすれば、それは天のご意志、致し方のないこと、文句など決して言わぬ。どのような強制も、貴公に対してする気はござらぬ。どのような負い目も、貴公にはあらぬこと、天地神明にお約束いたす。これはただの戯れ言、そうお考えいただいて、なにとぞ、なにとぞ……」

言ってから、坂上はどんと畳に突っ伏し、気を失った。よねが駈け寄り、千代も行って背中を抱いた。鮎之進も寄り、みなで協力して、坂上を寝具の上まで運ぶことになった。

「自分は作法も何も存ぜぬ」

床の間を背に、一張羅の着物を来た千代と並んですわらされてのち、鮎之進は言った。

視線の先には、なかば意識のない坂上が布団に寝かされている。時に、軽いいびきが聞こえる。

「もちろんでございます」

よねが言う。

「どうぞお気を楽に。ご無理を申しまして、まことに申し訳がございません」

鮎之進は渋い顔で黙った。

「娘のこういう姿を見ることは、愚かな母親の、生涯の望みでございまする」

「ああそう」

鮎之進は、当人に聞こえぬようにつぶやいた。

「嬉しいよ、鮎之進さま」

千代が弾んだ声で言う。

「真似ごとだけだぞ」

「うん」

千代は言う。

「早くしてくれ。一杯飲んだらすぐに発つ」

「朝食は？」

「いらん」

「そのようなことかと思いをいたし、すでに握り飯を用意してございまする」

よねが言う。そして素焼きの大盃に酒を注いで、鮎之進に渡してきた。

右手で受け取り、鮎之進はそれをひと口飲んだ。口から離したら、千代が手を伸ばして、早く杯を寄越せという仕草をした。

「千代」

母がたしなめた。

千代が受け取り、酒を飲んだ。

「おいしい」

千代は言った。

「よし、終わりだ！」

言って、鮎之進は片膝を立てた。

「あと二杯でございます」

よねが言うので、鮎之進はまたすわった。

そしてまた盃のお神酒を二人で飲み、ようやく儀式は終わった。

立ち上がり、すたすたと玄関先に歩み出し、土間におりて草鞋を履いたら、よねが盃を持ってきて土間に叩きつけて割った。これにどういう意味があるのか、鮎之進は知らない。

よねは続いて握り飯の包みを差し出し、鮎之進は礼を言って受け取った。

「世話になり申した」

鮎之進はよねにそうひとことだけ言って頭を下げ、すっかり明るくなった街道に出た。そうしたら、千代が小走りで追ってきた。そのあたりまで送っていくという。

「送れば、名残が惜しくなるだけだ」

鮎之進は言った。

「ここで別れる方がよい」

「それでもいいがいね。しばらくだけやから」

言って、千代は鮎之進の後方をとことことついてきた。

「橋までだ」

鮎之進は言い、すると千代はうなずく。

鈴見橋の上で、千代はたもとからいくばくかの銭を出して手のひらに載せ、示した。

「鮎之進さん、小銭持ってきたよ。小判じゃなきゃ、持って行ってくれるでしょ？」

千代は言った。

「これは四文銭か。これは何だ？」

鮎之進は問う。

「豆板銀だよ」

「豆板銀とは何文だ？」

「ひとつがだいたい二百五十文」

「ではこれひとつでいい」

鮎之進は豆板銀をひとつ取った。

「父上の治療に金も要ろう」

「これも持っていって」

と四文銭も数枚、千代は手渡した。それから鮎之進の二の腕にひしとすがりつき、さめざめと泣いた。

その様子を見て、鮎之進はびっくりした。知り合ってまだ数日で、よくここまで気持ちが入るものと感心した。

「ここは、そなたが、晒されていた場所だな」

言うと、千代は赤い顔になった。

「よくあんなことできたなと思います」

顔を伏せ、それから視線を上げて、川面を見てから言う。

「便りが欲しいよ」

ぽつりとそれだけ、泣き声で言った。

「解った。父上の看病、頼むぞ」

言うと、千代は、

「はい」

と言って、しっかりとうなずいた。その目には、強い決意が見てとれた。

それを見てから、鮎之進はくるりと背を向け、一路金沢の城下に向かった。

13

二つの寺の山門で眠り、握り飯を食べ、川魚を釣って焼いて食べての二昼夜をすごし、鮎之進は金沢のご城下に入った。急がず、行程に二日をかけたために、城の石垣が望めるあたりまで来ても、陽はまだ高い。

加賀藩はさすがに噂に聞く裕福な藩で、ご城下に入れば、真新しい家々が現れ、踏み込むに連れて次第に詰んでいく。磨かれた金文字看板が屋根に揚がる商家や、芸事を教えるらしい格子窓の家、食い物屋に団子屋、茶の湯に使うらしい菓子屋、それに居酒屋らしい店が軒を連ねはじめる。

大抵の家はみなまだ新しく、街が発展の途上にあると見えて、まるで京のようなにぎわいである。それが石垣のそばにかかると、家並が古くなった。これが昔から建つ家々らしい。

着飾った娘らが連れだったり、あるいは単身で、大勢歩いている。こういう様子は、他所ではまず見受けることがなかった。大店は潤っているようだし、大半の家々は豊かそうに見える。首筋を白く塗った娘らは、芸妓なのであろう。街のどこかには、花街もあるらしい。

しかしさすがに武家の町で、道場はいたるところに見受けられた。加賀藩の、腕自慢の下級武士が開いているのであろう。道場の小窓の前には、歳の若い男衆が何人か群れて、稽古を覗いている。窓からは大勢のたてる勢いのよい声が漏れてくる。そういう道場の一軒に、ふらと入った。

土間のところに立って見たら、門弟の若者たちが、板の間でしきりに声をあげ、竹刀を振って稽古をしている。風は肌寒くなったが、中は汗ばむほどの熱気が充ち、活気がある。一方の壁際には壇があり、ここに畳が入っていて、道場主らしい髪のなかば白い男がすわって、稽古を見ている。その横には掛軸が下がり、榊《さかき》が供えてある。

二人がひと組になって打ち合っている。がむしゃらだが動きには若さの勢いがある。紅葉村の年寄りたちよりはましではあったが、目に入る者のうちには、見るべき腕の者はないようだ。しばらく見ていると、

「おい！」

という罵声《ばせい》が飛んできた。そして師範代と見えるやや年かさの男が、つかつかと歩み寄ってきた。手には竹刀を下げている。鮎之進の鼻先に、わざと視界をふさぐようにして立ち、

「何だおまえは。道場の玄関先に無言で突っ立っておるのは無礼であろう！」

と威圧的な大声を出した。すると竹刀で打ち合っている者たちの一部がちらとこちらを見たが、すぐに組んだ相手に視線を戻し、声をあげて稽古を続けた。

「これは失礼を」

言って鮎之進は、軽く頭を下げた。

「自分は山縣鮎之進と申す剣の修行の者、一番、お手合わせを願えないか」

すると男は言う。

「なに？　うちは他流試合は受けつけておらん」

そして軽蔑するようにこちらを見おろし、

「帰られい！」

と不要なまでの大声を出した。

「師範代でおられるか？　では一手お教えを願いたい。名目はどのようでもよい、もしも腕に覚えの使い手がおられるならば、是非お手合わせを願いたい」

せいぜい丁重に言った。

「入門したいと申すか？」

背後に声が充ちているため、男は大声で尋ねてきた。鮎之進は鼻で笑いそうになったが、抑えてこう返した。

「もしも私が打ち負かされるならば、むろん入門いたしたい」

「ほう！」

男は感心したように言った。

「身のほどを知らぬもの言いだの。市川《いちかわ》道場の門弟に勝てると申すか？」

鮎之進は迷ったが、とっさには取り繕う言葉が浮かばず、

「某《それがし》は、剣術では負けたことはござらぬゆえに」

と答えた。すると相手はあきれ返ったようにしばらく黙り、

「その若さで、またえろう自信を持ったものであるな」

と言った。

「どこの山奥から来た？」

そして値踏みするように鮎之進の全身を見て、視線を上下した。

「周囲にまともな剣客などおったのか？」

訊いて、白い歯を剝き出した。

「近所の童《わらべ》相手にでも木刀を振って、自信持ったか？」

するとそばで竹刀を振っていた者が、聞いてお追従の笑い声をあげた。

「誠の剣の道は、田んぼの棒振り遊びとは違うぞ。大口たたきの世間知らずか。ま、一度くらいは鼻ぱしらをくじかれてもよいな」

そして彼は、背後の門弟たちの方を振り向いてこう大声を出した。

「おいみな！」

するとみなはぴたと手をとめ、沈黙する。

「えろう自信家が来たぞ、わしらに鼻ぱしらを折られにのぅ」

するとどっと嘲笑が湧く。

「あがって、そのあたりにすわって待っとれ。誰か、手のあいた者に相手をさせてやろ

う」

言って、彼は背を向けかける。

「そうなら、この道場で一番の使い手の方に、お願いしたい」

「馬鹿もん、十年早い！」

すると彼は即座に一喝してきた。

そして竹刀の先で、すわるべき場所を横柄に示した。それで鮎之進はそこにすわり、稽古の様子を見た。

集団稽古は再開されたが、待ってもなかなか声はかからず、どうやら嫌がらせをされているふうであった。しびれをきらして、鮎之進は立ちあがった。

そして大声を上げる集団の横と後方を迂回して、さっきの師範代のところまで遠征していった。

「師範代、私もひまではないのだ。陽も翳《かげ》るぞ。早くお相手を願えんか」

そう問いかけた。すると彼はこう、意味の解らぬ大声を上げるのだった。

「剣は心である！」

「は？」

と鮎之進は言った。

「それでもうおまえは、敵に一本取られたのだ！」

「なんでです？」

意味が解らず、問うた。

「何を焦っておるんだ。剣を志す者、終始水のような静かな心でおらねばならん。果たし合いの相手は、あえて刻限に遅れてくるかもしれんぞ」

「はあはあ、ですな。その点は解りましたので、早くお相手を願いたい」

「ええい、未熟者め！」

彼は、憤懣やるかたないというように言った。

「まことに仕様がないやつ、では特別だぞ。特別に相手をさせてやろう。甚八《じんぱち》！」

せいぜいもったいぶってから、また大声を出す。すると稽古の声がぴたりとやむ。

「ちょっとこいつの相手をしてやれ」

それで鮎之進は不平を思った。

「師範代が相手をしてはくださらんのか？」

「馬鹿もん、十年早い！　おい、竹刀を貸してやれ」

彼は威張って言い、そばの者に顎をしゃくった。

「木刀がよい」

鮎之進が言うと、

「駄目だ！」

と一喝された。

「道場内では竹刀と決めておる。その腰のものは取って、あの刀掛けに。おい、みな壁際までさがれ、場所を開けろ！」

彼は竹刀の先を上げて壁を示し、言う。

「腰のものは、このままでいい」

鮎之進は言った。

甚八と呼ばれた若者は、もう竹刀を持ち、蹲踞《そんきょ》の姿勢を取っている。鮎之進はその前に行き、立ったままで相対した。

「こらっ、すわらんかっ、無礼者！」

師範代がまた一喝する。

「ここもまた、このような竹の玩具を使っておるのか。このままでよいよ、打ち込んでこい」

鮎之進は静かに言った。だんだんに、四の五の面倒だと感じていた。礼儀作法などはどうでもよかったのだ。実戦の所作以外に興味はない。

「作法も知らんか。甚八、かまわんぞ、この田舎者を打ちのめしてやれ！」

師範代がわめいた。甚八はうなずき、立ち上がると声をあげ、上段から思い切り打ち込んできた。鮎之進は竹刀を上げて堪え、小手を激しく打った。竹刀を取り落としそうになるところをかろうじて堪える甚八の、胸を強く突いてうしろに飛ばした。

甚八は尻餅をつき、目を丸くした。しばらく動かないので、

「終わりか？」

と訊いた。すると彼はさっと立ち上がり、上段から、そして右から左から、激しく風切り音を立てながら力の限りに竹刀を振るってきた。鮎之進はこれを避け、時に竹刀で堪えながら、隙を待って厳しく頭頂部を打ちつけた。

すると甚八はどうと、前向きに勢いよく倒れ込んだ。しばらく動かない。それは、軽く意識を失ったからだ。

脇に寄っていってしゃがみ、抱き起こしたら意識を戻したので、

「立って少し歩け。じきに戻る」

と耳もとで指示した。

「木刀ならこれほどに面は打たぬ。竹の玩具だからしたことだ」

鮎之進は師範代に向いて説明した。

「では、お相手願えるか？」

師範代に尋ねた。

「待て！」

師範代は右手を前に出して言った。威厳をもって声を出しているつもりのようだが、目にわずかな怯えがある。

「今のそれは何だ、剣法か？」

この質問がまた、すこぶる意味不明であった。

「見ただろう。剣法でなくて何だ？」

「竹刀は突くものではない」

師範代は真顔で言う。

「はあ？」

鮎之進は耳を疑い、言った。

「どうしてだ」

「竹刀が傷《いた》むだろう。お道具類は決して安くはないのだ。大事に扱え」

鮎之進は、啞然として言葉を失った。

「剣術にはだな、作法というものがあって……」

「あんた何を言っとるんだ。これは茶の湯か何かか？」

鮎之進は言った。しかし師範代は、思いもしなかった言葉に直面したというふうで、面食らった真顔をくずさない。驚いたことに、彼としては真剣に、信じるところを口にしたものらしい。

「われわれは剣術をやっとるんだぞ、違うのか？　剣は人の命を奪うものだ」

「そうではないぞ！」

いきなり凛《りん》とした声が響いた。振り向くと、壇上の畳にすわる初老の道場主が大声を上げていた。

「剣は心の修行だ。軽々しく命のやり取りをするものではない」

鮎之進は仰天した。

「おい、では何のために終日竹の刀を振っておるんだ」

そう二人に尋ねた。

「世の中に、何のために侍がいる？」

「こらっ、無礼だぞ！」

見ていた門弟の一人が叫んだ。

「何だその口のきき方は！」

「先生に軽々しく話しかけるな！　頭が高い！」

「反論するんじゃないぞ、青二才のぶんざいで！」

そういう大声が、門弟の間から次々に湧いて起こった。鮎之進は、口をぽかんと開けて、二の句が継げない。

「もうそういう時代ではない」

道場主は頑として言い放った。

「合戦の時代は去ったのだ。勘違いをするな」

鮎之進は板の間の中央に立ち尽くした。おいおい、と思った。これだけのかまえの道場の主に、思ってもいなかったことを言われた。合戦の時代が去ったと思うのなら、何故剣を捨てない。刀をクワに持ち替えて百姓をやるか、算盤を持って商人になればよいではないか。命じられれば、それは嫌だと言うのであろう。腰に大小を差し、民に威張ることは続けたいからだ。

これまでの旅で、そういうやからを何人も見た。紅葉村の西河の者たちもそうだった。腕が立たぬ者は、たいてい口が達者になる。

「何でもけっこう」

鮎之進はあきれて言った。

「もったいぶった説教を聞きにきたのではない。あんた師範代なら、俺と勝負してくれ」

師範代の方を向いて言った。

「聞いておらなんだか、今先生の言われたことを！」

肩をいからせて、彼は怒りの表明をした。

「聞いていたが？」

鮎之進は言った。意味のないご高説をな、と思った。

「おまえは剣の修行を勘違いしておるのだ。おまえのような汚れた足の者に、この神聖な板の間を踏ますことはまかりならん。一刻も早く出ていけ！」

鮎之進はあきれて師範代の顔を見た。赤い顔で、せいぜい正義の怒りを演技していた。

「俺と立ち会うのが怖くて追い出すのか？」

「馬鹿を言うな！」

とすぐ大声になる。

「あんたの言うことは、いちいちわけが解らん」

鮎之進は言うが、師範代は石になったように表情をいからせ、じっと立ちつくしている。

「理屈は何とでも言える。だがここは剣術の道場だろう。木の刀か竹の刀かはともかく、それをふるって闘うことを教える場所のはずだ。だから一手でいい、相手をしてくれ」

「断る！」

「ほう。やはり腰が抜けたか」

「馬鹿もん！　身の穢《けが》れた者と交える竹刀など、持たんと言っておるのだ」

「私のどこが穢れているというのか？」

「おのれの身に訊け」

「上手だな。ごまかしばかり。口ばかり達者か、うまいものだ」

鮎之進はつぶやいてから壇に向き直った。

「では致し方ない、師範代は腰が引けているので、恐れ多いが道場主どの、一手お教え願えないか」

するとたちまち、

「無礼者！」

「身のほどを知れ山猿！　田舎者！」

「十年早い！」

と口々に叫ぶ声が湧き起こる。

「あんたら、それしか言うことがないのか?」

鮎之進は門弟たちに向かって言った。

「やれやれ。これでは帰るに帰れぬではないか。なんとかしてくれ」

鮎之進は言う。

「義克《よしかつ》」

道場主は呼びかけた。

「はっ」

すると師範代が忠義顔で応じる。

「仕方ない、ちょっと相手してやれ」

師範代の顔がさっと曇る。

「しかし……」

とっさにうまい逃げの口実は思いつけない。

「町であれこれ言いふらされてもかなわん。遠慮は要らんぞ。殺してもかまわん、いずれどこぞの馬の骨。存分にやれ!」

道場主はつけ加えた。

「軽々しく、命のやり取りはしないのではなかったか?」

鮎之進はつぶやいた。

「いい加減なものだ」

心の奥に、軽い怒りが湧く。この連中こそ、剣の道をねじ曲げている。そしておのれの未熟を、もっともらしい言葉で誤魔化しているのだ。安全な竹の刀を毎日振り廻し、それを心の修行だときれいな言葉に逃げ、ついでにあれこれ作法をでっちあげて門弟に憶えさせ、これを飯の種にしてはいないか。

弟子に向かっては心の修行、真剣にやってはならんが、こちらを痛めつけるのなら存分にやれと言う。笑止なご都合主義。命知らずのならず者が振る真剣は、柔《やわ》なものではない。心の修行がどうこうと言っている余裕はないのだ。この連中は、真の合戦や修羅場を知らないのではないか。

義克師範代が、真っ赤な顔をして、竹刀を正眼にかまえて立った。そのまま無言でいる。

「打ち込んでいいのか？」

鮎之進は尋ねた。

「こ、こい！」

彼は虚勢の大声を張り上げた。

それで鮎之進は八相にかまえてみた。これは、この程度の腕の者には有効だ。八相は、威張りたがりには浅薄な格好つけにうつる。ゆえに隙だらけに思えて、必ず手を出してくる。

案の定、彼は打ち込んできた。竹刀を上げて弾くと、すかさず小手を狙ってきたので、弾いてよけておいて右肩をばしと打ち、間を置かずに右の首筋を強く打ってやった。するとあわてて上体を引くから、休ませず、喉に突きを見舞った。喉をやられて、彼はたまらず後方に転倒した。そして喉を押さえ、じたばたもだえながら激しく咳き込んだ。

紅潮した顔が、ますます赤くなった。

鮎之進は、道場主に向き直った。

「歯ごたえがない。道場主、一手お相手を」

「立ち会うまでもない！」

すると彼はそう大声を上げた。彼の顔も紅潮し、何故なのか怒りの表情が浮いている。

「おぬし、流派はあるまい」

彼は問うてきた。

「おまえのものは喧嘩剣法だ、人殺しの剣だ。そのような太刀は、たとえ相手を倒せても、意味はない。到底剣の道とは呼べぬ」

またごまかしか、と思った。過去名を成した剣客は、誰もがおのれ独自の流儀を編み出したものだ。強豪たちはすべからく、どこかの既成流派に属していなくてはならないと言うのか。

「相手を倒せても意味はない？」

鮎之進は問うた。

それではいったい何のための剣術だ。向き合ってばしばし竹刀を当て合う以外、やってはいけないのか。

「心の修行ではないから?」

鮎之進は壇上の者に問いかけた。

「そうだ」

道場主は答える。

「あれこれと作法を心得ぬから?」

「その通りだ」

「それなら何故剣を持つ?」

鮎之進は言った。

「なんだと?」

「茶の湯をやればよい。あれこそは心の修行だ。茶を点《た》て、碗をぐるぐる回し、指で吸い口をちょいと拭って、作法もたっぷりだ」

道場主は赤い怒りの顔のまま、しばらく沈黙した。

「道具も大していらんしな、壊れるものもない。平和な時代になり、あんたらは剣術を茶の湯に変えようとしている」

「出ていけ。ここはおまえなどの来るところではない!」

するとと道場主はひときわ声を荒げて怒鳴った。それは唯一、彼の言った正しい言葉だった。

鮎之進は、竹刀をがらりと床に放り出し、すたすたと玄関口に向かった。

確かに立ち会うまでもなかろう、こんな道場主では、到底相手になるはずもない。そしてその通り、来るまでの場所ではなかったな、と思った。

14

まだ陽は高く、日没までは時がありそうだったから、鮎之進は石垣の方角に八丁ばかり歩いた。石垣がずいぶん近づくと、どこからか竹刀を打ち合うらしい音が聞こえたので足を停めた。そして踵《きびす》を回し、音を目指して路地に入り込んだ。

ずんずん行くと、ちょっとした広小路に出て、甘酒やら、茶を飲ませるらしい店々が並んだ軒の先に、道場らしいかまえの家が見えて、音が大きくなった。

大勢のかけ声が漏れる小窓の外には、ここにも見学する男衆の姿が二、三人ある。娘らの集団も、音につられて寄ってきて、ちょっと中を覗くが、立ち尽くす男たちに遠慮して、すぐに歩きだしていく。

鮎之進も男らにまじって中を覗いてみた。稽古する集団の姿に、さっきの道場にはなかった気合いも感じられたから、再びふらっと入り口を入った。さっきの道場で懲りる気分もないではなかったが、ほかにすることもない。剣を志す者同士というぶんかの気安さが、自分を誘う心地もした。

玄関先の土間に立つと、師範代らしい、竹刀を右手に下げた男の背中が見えた。その背はなかなかに大きく、邪魔になって稽古の様子が望めなかったので、

「頼もう」

と声をかけてみた。すると男はゆっくりと振り返ると、

「何だ、貴公は」

と言った。おまえと言わないところに多少の脈を感じて、

「一手、お教え願いたい、某《それがし》、剣術修行中の身ゆえに」

と言ってみた。

「他流試合か？」

彼は問い、鮎之進は少し迷った。どう答えるのが最も追い払われないかと考えたのだ。

「他流試合も、取っておられるのか？」

「うちは取っておらん、そういう要望ならば去れ」

と言ったから、やはりなと思った。

「他流試合でも、道場破りでもない。ただ、もしも使い手の方がおられるならば、是非一手お教え願いたい」

「そりゃおるわい。うちにはなんぼでもおるぞ」

彼は言った。

「だが見料は高いぞ」

彼は奇妙なことを言った。

「銭を取るのか？」

「うちは天下の鈴木《すずき》道場だ。教えてもらうのであろう、謝礼金は当然の礼儀ではないか」

彼は言う。

「いくらだ？」

「腕次第だ。腕がある者なら安い」

「それならばただでよい」

鮎之進は軽口のつもりでそう言った。すると男は、唇の端をゆがめて笑った。

「そういうことを言って、後悔せぬか？」

男は薄い笑いを消さずに訊いてきた。

「じき解る。どの道場でも、負けたことはない」

鮎之進は答えた。

「童の道場でもおとのうたか？」

ふふんと、鮎之進は鼻を鳴らした。

「この地には、そのような道場もあるのか？」

言うと、男は真顔になり、こう厳しく言った。

「どこの田舎道場を巡った？」

「田舎では道場の戸は叩かん。名のあるご城下のみに限っている。そして、評判の道場のみだ」

鮎之進は言った。

彼は言った。

「口は一人前だな。では一朱だ」

鮎之進は言った。

「自分が打ち負かされたなら、帰りに二朱払う。相手をしてくれるか？」

「よかろう、あがれ」

彼は言った。

「師範代の佐々木だ。貴公は」

「山縣」

「よし、そこで待っとれ」

彼もまた、竹刀の先で、横柄に壁際を示した。

「待て、金を払うのだ。多少の要求はさせてくれ」

鮎之進は言った。

「言ってみろ」

「夕暮れまでにそう時がない。すぐに頼む」

「ううむ」

佐々木は渋い顔をした。

「なんなら貴公でよい」

「阿呆を言うな。俺は師範代だぞ。先生の許可なくしては、門弟以外の者と竹刀を合わせることはできん」

「また行儀作法か、窮屈なこと。では先生に了解を取ればよかろう」

鮎之進はここでも壇上にすわる初老の男を指して言う。

「心配するな、すぐに二朱を払う気になる男を当ててやる」

彼は言い、

「よし、やめ！」

と道場内に向かって大声を出した。

「みな壁際にさがれ、しばし休憩だ。桜庭《さくらば》。ちょっとこの男の相手をしてやれ」

一人の若者に声をかけた。

「前座をこなせというわけか」

鮎之進は小声で言った。

桜庭と呼ばれた男は、竹刀をかまえて進み出、すぐに蹲踞の姿勢に入った。そして
佐々木は、自分の竹刀を鮎之進に手渡してきた。

「その腰のものは……」

と言いかけるのへ、

「このままでいい」

と言った。

「ここもまた竹の玩具か」

言ってから自分も膝を折り、蹲踞の姿勢に入った。

「始め！」

佐々木がすぐに言ったから、竹刀を腰に仕舞い、立ち上がろうとする桜庭の方へ鋭く一歩を踏み出して、きれいに抜き胴を見舞った。

「一本！」

佐々木が叫んでさっと右手を上げたが、技を決められて血相を変えた桜庭が、委細かまわず上段から打ち込んできた。やむなく竹刀で堪え、胸に強い突きをくれた。自らの猛然たる勢いも災いして、桜庭はたまらずどんと尻餅をつく。

「やめ！　やめ！」

わめきながら、佐々木が鮎之進に組みついて制してきた。

「一本というのが聞こえんか⁉」

彼は耳もとで大声を出した。

「おい、なんで俺をとめる？　言われても打ち込んできたのは向こうだぞ。あっちに言え」

鮎之進は言った。

「それでも技をとめるのが作法というものだ」

「無茶を言うな。それでは斬られてしまう。合戦や果たし合いで、一本と誰かが声をかけたら、それで敵は動きをとめてくれるのか？　俺は死にたくない」

「それは違うぞ！」

という大声がかかった。見れば、壇上にすわる道場主だったから、振り返り、鮎之進はうんざりした。それで、

「剣の道とは、軽々に命をやり取りするものではないと。心の修行なのだと、そう言われるのでありましょうな」

鮎之進が言うと、道場主はそれ以上は声を発してこなかった。

「ついでにおまえのものは喧嘩剣法だと、到底剣の道とは呼べぬと。もう聞き飽いた」

「こらっ山縣、言葉がすぎるぞ！」

佐々木は叱責してきた。

「ここでも茶の湯か。剣術はいつから茶道になった？　俺は剣の稽古をしにきたんだ。おなごの手習いになど用はない。おい、あんた相手をしてくれ」

佐々木に言った。

「金子《かねこ》！」

佐々木は鮎之進を無視して大声を出す。すると声をかけられた男が進み出て、蹲踞の

姿勢をとる。鮎之進は不平を感じて立ち尽くしたが、やむなく彼の前に行った。しゃがんだが、佐々木の方に向いてこう言った。

「こいつに勝ったら、次はあんただぞ！」

「始め！」

佐々木が声をかけ、先の対戦を見ていた金子は、警戒して跳びさがるような所作で素早く立った。そしてじりじりと弧を描いて鮎之進の前方を廻って動く。見るところ、案外隙がなかった。

前進しながら鮎之進が竹刀を八相にすると、金子は鋭く突きを繰り出してきた。かわすと、さっと竹刀を跳ね上げ、鋭く打ちかけてくる。堪えるとまた突きに移り、これも払うとすかさず斜めから振り下ろし、前進して上段にかまえ直して、また鋭く打ち込んできた。いっときも休ませない。落ち着きのないやつだと鮎之進は思った。

相手の打ち込みにいちいち竹刀を合わせながら、呼吸を読んで素早く踏み出し、合わせた竹刀を滑らせて、素早く金子の首筋を打った。

「お」

とつぶやいてしまう。意外だった。佐々木が一本と言わなかったからだ。

真剣ならもうこれで相手は死んでいる。しかしこの頃の作法とやらでは、これは技にないのであろう。やはり茶の湯か、と鮎之進は思った。

金子は踏み出しながら、上段から、また上段からと繰り返して打ちおろしてくる。その動きは速く、よく稽古を積んで振れている。油断をすれば当てられるだろう。が、当てられても大した意味はない。このような動きは、実戦にはないからだ。軽い竹刀ゆえの軽業的な舞いにすぎず、真剣ならこうは動けない。しかし当てられたら一本を宣してくるであろうから、すべて防いでおいた。

相手の動きの隙を読み、虚をついて上体を下げると、金子の腿をはしと打った。しかしやはり、佐々木は一本とは言わなかった。これも、道場の作法では技なしか、鮎之進は心得る。こんなに下半身ががらあきでは、実戦ではすぐに倒されるぞ、鮎之進は思う。殺し合いには、作法も何もない。

存外長引いている、鮎之進は思った。金子はかなりの腕前ではある。しかし前座でそう手間取っているわけにはいかなかった。こちらはもっと上を狙っているのだ。それで鮎之進は踏み込み、相手の竹刀に合わせて打ち合いながら、さらに踏み込み、もう一段踏み込んだ。すると竹刀をがしと合わせ、相手と鼻をすり合わせるほどの位置にまで来た。息を荒くし、歯を食いしばる金子の顔が目の前になった。

どんとさらに前進して押し、金子を後方に飛ばした。そして追ってすかさず、柄の尻で金子の二の腕をこづき、相手がさらに体勢をくずした瞬間に、ぱしと、派手に脳天を打った。

「一本！」

やっと佐々木が言ったから、鮎之進は動作をとめ、竹刀を引いた。

「おまえの負けだ」

佐々木は、鮎之進に面と向かってそう宣言してきた。

「何?」

鮎之進は驚いて言った。

「何故だ?」

「今のような所作は卑怯である。作法にない。剣術は子供の喧嘩ではないんだぞ」

鮎之進はあきれた。

「阿呆を抜かすな。あんたは竹しか振るったことがないからだ。実戦ではこれは常にある」

「馬鹿者。これは実戦ではない!」

また道場主の凜とした大声がかかって、鮎之進はうんざりした。

「じゃ何だ、何のために毎日稽古する。勝ってはいかんのか?」

鮎之進は言った。

「いったいどうしろというのだ? 竹刀同士、永遠にばしばし打ち合っていろと? そんなものは踊りだ。それこそが童の棒振り遊びだ」

すると、壁際にすわる門弟たちから、猛然と抗議の声が上がる。

「先生に何という口をきく、謝罪しろ無礼もん!」

「早う土下座せい、馬鹿もん!」

「何さまだ、田舎者の分際で！」

「汚い乞食侍！」

怒号が渦巻く。

「おまえは勘違いしておるのだ」

道場主は落ち着いた声で言う。

「おまえのような者はこの頃の世間によくおる。神聖な剣を、人殺しの包丁と勘違いしておる。そんな者、平安の昔の夜盗時代のことだ。今は武士道という尊いものがあるのだ」

道場主が講釈をたれると、佐々木は直立不動の姿勢になり、頭を垂れてじっと聞き入る。

「磨かれた刃は武士の魂だ。己を映す鏡でもある。心に獣を宿す者は、醜い相貌がこれに映る。朝な夕な、それをよくよく覗き見ることだ」

「おい、寺子屋の時間が始まったのか？」

鮎之進は言った。

「貴様、可哀想なやつだな」

佐々木は鮎之進を見て、哀れむように言う。みなまで聞かず、鮎之進は言った。

「可哀想でも何でもよい。あんたに救ってもらおうとは思わん。あんた師範代だろう、一番相手をしてくれ。そのために今のは急いだのだ」

「駄目だ」

佐々木は言った。

「おまえは敗《やぶ》れた。負けた相手には、師範代は稽古をつけん」

「なんと！　あんた、俺に稽古をつけてくれるつもりだったのか⁉」

鮎之進はあきれて言った。

「身のほどを知らんな。井の中の蛙は大海を知らん」

「何だと⁉」

佐々木は目をむいた。

「俺と立ち会いたくないから、俺を負けにしたのだろう？　腰が抜けたか」

「こら、馬鹿者が。何をそんなに焦っておる！」

道場主がまた壇上から言った。

「それでは先生、あなたでもよい。そんなところでわめいていないで、ちょっと一手、ご教授願えんか」

するとまた非難の罵倒が、口々に門弟たちからあがる。

「あんたでもよいとは何という言いぐさだ！」

「恐れ多い。先生に何という口をきく！」

「頭が高いぞ、この無礼者めが！」

「乞食浪人。はよう去《い》ね。橋の下の塒《ねぐら》へでも戻れ！」

「やかましい連中だな……」

鮎之進はつぶやいた。

「ここは悪童《ガキ》の寺子屋か」

門弟たちを眺め廻し、鮎之進は言う。

「おまえの望みは何だ？」

道場主は、鮎之進に訊いてきた。

「それは、仕官」

そう正直に言うと、意外なことに道場主は噴き出し、歯を見せて笑いだした。すると門弟たちもお追従の笑い声をあげて、道場内は爆笑になった。見れば、佐々木も笑っている。

「おまえ、なんも解っておらんな。どこの山奥から来た。下界は、まだ関ヶ原でもやっておると思っていたか」

そしてしばらく笑った。

「もう世の中は変わり、合戦の時代は去ったのだ。乱の世は去り、今は治の時代である。多少の腕があろうとだ、お城はもう剣の使い手など求めてはおらん。熊とでも剣を振っとれ」

するとまた道場内は爆笑になる。

「おまえ、算盤ができるか？」

道場主は笑いをおさめ、訊いた。

「いや」

鮎之進は首を横に振った。

「天下の商いの術《すべ》などは心得るか？」

「そんなものは知らん」

「城の縄張りの図面でも引けるか？」

「何のことだそれは」

「うまい屏風絵でも描けるか？　書はできるか？　それなら口をきいてやらんでもない」

「自分は剣客だ、絵描きではない」

「能は？」

「何だそれは？　知らん」

「何も知らんのか。ようそれでのこのこと天下のご城下まで出てきたものだな。今はそのような者こそが求められておるのだ。剣術のご指南役は、もう充分間に合うとる。前田家には、柳生《やぎゅう》の血統を引く尊いご一族がおられる。知らんか？　ましておまえのものは喧嘩剣法、時代が三十年ずれておるわ」

そしてまた笑い、道場内はまた哄笑《こうしょう》の渦になった。

「出直せ」

佐々木も歯を見せたまま、鮎之進のそばに来て言った。

「竹刀を返せ」

それで竹刀を戻した。

「こんなことをいくらやっても無駄だぞ山縣。悪いことは言わん、おまえ、多少の腕はあるんだ、高望みはせず、他の職を探せ。金もなさそうだから二朱は勘弁してやる」

そして竹刀の先で出口を示した。

鮎之進はおとなしく出口に向かって歩き出したが、ひと言くらいは言っておいてやろうかと考えた。

「あんたも目を覚ませ、佐々木。世の中には強い者もおるぞ。武士道とやらの口車にどっぷり浸かって、いっぱしの使い手になったつもりでいると、今に痛い目を見るぞ」

そして門弟たちに向いてはこう言った。

「おまえたちもだ。口先ばっかり達者だが、真に剣を極めたいなら、おなごみたいなべちゃくちゃはやめて、一度でも真剣を振ってみろ、竹の玩具なんぞ捨ててな」

「なにぃ⁉」

そう一人が言って、さっと立ち上がるのが見えた。すると、その両隣から始まって、大半の者たちが次々に立っていく。

「今のは聞き捨てならん！」

そうわめいて、竹刀を持って駆け寄ってきた。

「たかが乞食にそこまで言われては、名誉ある鈴木道場、こっちのメンツがたたん！」

「かまわん、叩きのめせ！」

そして大半がこれに合流し、たちまち暴徒の様相を呈した。見れば佐々木は、無言で突っ立ったまま、これをとめようとはしない。

鮎之進は、押し寄せる門弟たちの方に向き直り、姿勢を低くして、腰の刀を鞘ごと抜いた。そして先頭の者の竹刀を払っておいて、鞘の先で顔面を突いた。鼻血を噴いて倒れる門弟の隣の男は首筋を打ち、さらに横の者は頭頂部を思い切り打った。

押し寄せる者たちの中にこちらから踏み込み、胸、腹、膝を、突いて突いて突きまくった。さらに足払いをかけ、倒れた者の腹を強く踏みつけ、同時に前方の敵の顔面を突いて、横の者の側頭部を打ち据えた。

道場の床には十数人の門弟が重なって倒れ込み、声をあげてのたうっていた。瞬きほどの間のできごとだった。壁際の門弟たちは、茫然と立ち尽くし、声もなくこちらを見ている。道場主も、さすがに啞然としている。

「見たか佐々木、これが実戦というものだ。真剣なら、さらに悲惨だぞ。もっともらしいおしゃべりなんぞはおなごにまかせて、もっと真剣に剣を振れ」

そう言いおいて、鮎之進はさっさと往来に出た。

15

その夜は、街のはずれの山裾にポツンと建つ寿経寺《じゆけいじ》という小さな山寺の山門で眠った。廃屋寸前のような古びた破れ寺《やでら》で、はたして住職もいるものかどうか不明のような様子であったが、粗末な山門には破れ戸《やど》がついていて、開けて中に入ればわずかな空間があり、雨露や風がしのげて、まことに重宝だったからだ。

翌朝犀川まで行き、川魚を釣って焼き、食した。紅葉屋の千代の母にもらった食料はとうに尽きている。腹にわずかでもものを入れ、大樹の下に行ってしばし瞑想した。昨日は二つの道場をおとない、手合わせを申し入れたが、すこぶる冷淡な対応で、ついこちらも、つられて言いたい放題を言った。修行の身としてはあのような言動は慎むべきかもしれないが、理不尽に威張りたがるやからに、ひたすら頭を下げ続けても、世渡りの訓練にはなっても、剣の修行にはならない。太刀を合わせなくては学ぶものがない。愚にもつかぬ説教を聞くために、こちらは歩いているのではないのだ。幾ばくかの反省は思うものの、ほかのやり方はできない。

立ち上がり、今日もまた街に向かう。道場を探すためだ。これまで道場という道場、みながみなああいう対応をしてくるのは、こちらの印象が若いからか、そう考えてみる。今後もずっとああなら、こんな道場巡り、刻《とき》の無駄かもしれないのだが、ほかにすべきことも思いつかない。今更書画の修行などはできない。

昨日とは反対側の、城の北側に廻った。こちらには道場の数は少ないように思えたが、間もなく一軒に行きあった。かまえが大きな家で、昨日の二軒より大きい印象だった。よって稽古のかけ声も大きい。門弟の数が多いのであろう。声が、例によって窓から往来に漏れてきているが、ここでは道に、見物の者の姿はなかった。

入り口をふらと入ると、壇上にいる道場主とまず目が合った。すると彼は何故なのか血相を変え、即刻どんと片膝を立てた。その表情は、鬼か蛇でも見かけたようで、怒りとも怯えともつかぬものだったから、鮎之進は首をかしげた。道場主は、すぐに目の前にいる男に、おいと声をかけたらしいことが口のかたちから解った。道場内は竹刀を振り下ろす大勢のかけ声で充ちていたから、道場主の声自体は聞こえない。

声をかけられた若い男が、道場主の顔や視線が向いている方角をたどり、上がり縁手前の土間に立っている鮎之進を見つけた。すると彼の顔にもまた、道場主とそっくりな表情が浮いた。

おい、と彼もまた、周りに向かって大声を出す。すると周囲にいた五、六人の門弟が竹刀を停めた。彼は険悪な表情に顔をゆがめ、仲間に顎をしゃくってたたきの鮎之進を示してから、大股の早足でこっちに向かってきた。門弟の五、六人もまた、顔を怒色にゆがめていそいそと続いてくる。

一方道場主は、それを見て多少安堵したように、また膝を折って、ゆっくりと畳に正座した。その様子にはどこか小心者の気配が感じられたから、鮎之進は失望を覚えた。

「おい、そこで何をしている！」

師範代らしい男は、上がりがまちまで来ると、開口一番にそう大声で威圧した。

「何もしてはおらん」

鮎之進は静かに答えた。

「稽古を見せてもらっていた。よろしければ一手、お教えを願いたい」

「上手を言うな！」

彼はまた意味不明の大声を上げた。すると周囲の門弟たちも、眉を上げた顔でこちらを見おろし、うんうんと合点をしている。

「待っておった。やっぱり現れたな、ごろつきめ！」

彼は言った。

「なんという下劣なやつだ。侍の風上にも置けぬ！」

横の男もまた吐き出すように言ったから、鮎之進は首をかしげた。そこまで言われる理由に、とんと心当たりがない。

「おまえの噂は聞いたぞ。神聖な道場に、言葉巧みに土足で上がり込んで、要するに道場破りだな」

「道場破り？」

鮎之進は驚いて言った。

「どういう意味だ？　破るつもりなど毛頭ない。表の看板なぞいらん」

「では銭をせびるか？」

彼は言った。

「目的は何だ！」

横に立つ別の男が大声を出す。

「そうだ、目的を言え。善良な者たちを次々に害して歩く目的は何だ！」

やや年かさに見えるまた別の男が言った。

善良だと？　と鮎之進は思った。善良の者が人を頭から乞食扱いにし、自分の弱さをつべこべと言いわけした上に、あのような威張った口をきくというのか。

「どのような俗念もない」

鮎之進はうんざりしながら言った。ここもまた、似たようなものかと思いはじめていた。

「金など要らん。当方修行中の身なれば、使い手の方がもしもおられるならば、手合わせの上で、ご教授を願いたい。それだけだ」

「おるに決まっておろう。うちは加賀の並木《なみき》道場だぞ！」

師範代らしい男はわめくが、聞いたことはなかった。

「ではお手合わせを」

「ならん！」

彼はまた大声を出す。顔はすでに紅潮して、額には早くも青筋が浮いている。

「おぬしの噂はすでに町中に広まっている。たかが流派のない喧嘩剣法であろう。そして師範代に恥をかかせて道場の評判を落とし、世間に触れて廻るぞと脅して、銭をせびろうとする悪質な食い詰め者だ。泰平の世になると、常におまえのようなやからが世にはびこるのだ！」

「おい、聞き捨てならんな。俺が鈴木道場から銭をせびったと聞いたのか？」

鮎之進は訊いた。

「知らいでか。聞いたぞ、童の棒振りのような下品な、乞食剣の浪人が行くから気をつけろとな。決して相手をしてはならんと」

「まあ負けると知るなら、それがよかろう」

鮎之進は言った。

「何？」

「俺のものが喧嘩剣法で、童の打ち合い程度の乞食剣ならば、打ち破るのはたやすかろう。違うか？」

言われて師範代らしい男は黙った。別の者が、

「当然だ」

と言った。それで鮎之進は、その男に向かって言う。

「ではあんた、その竹の剣でかまわんから俺と打ち合い、破ってみろ。実際に喧嘩剣法

かどうか、その目で確かめろ」

　するとまた師範代が言う。

「いかに正しい剣の心得を持とうとだ、目つぶしの砂を投げられたり、石を投げられたりしたらかなわん。剣では防げんからな」

「この道場内には砂があるのか？」

　鮎之進は驚いて訊いた。

「もののたとえだ馬鹿者。作法にない動きをされれば、正当な剣士は調子が狂う、腕に覚えの剣豪でも、思わぬ動きをされれば、時に予期せぬ不覚をとる時もあろう。たまたまのそれを、町中に触れて歩かれては迷惑だ」

「道場の妨害だぞ」

　別の者が言った。

「何のだ？　商売のか」

　鮎之進は訊いた。

「下劣なことを言うな。おまえ程度の者の頭の中は、そういう銭金発想で埋まっているのであろう、恥を知れ。ともかく、だから流派というものは必要なのだ。勝負はある動きの範囲内でだな……、ええいともかくだ、剣法とはそういうものだ」

「あんたに剣法が語れるのか？」

　鮎之進はつぶやいた。

「俺がいつ町内を触れて歩いた？　いつ銭を取った？」

次第にはらわたが煮えてきた。下劣はどっちだ？　いったいこの世はどうなってしまったのだと思う。徳川の御代となり、どこまで行っても、出遭うのはこの手の口先侍だ。真の剣法はこの世から消えたか？　歯ごたえのある男は、社会から消え失せたのか？

「一文も取ってはおらん。一朱出せと言ったのは、鈴木道場の佐々木の方だ」

鮎之進は言った。

「ここもまた、剣は振らずにおなごのような屁理屈か……」

「何だと？」

男は威圧的な語調で言った。弱い犬の、吼《ほ》え声の連続。この手の者たちは、威張ってごまかす以外の発想を知らない。

「合戦や果たし合いの時も、相手にそういう悠長なことを言うつもりか？　ある動きの範囲内で斬ってきてくれと」

「私怨の果たし合いは、もはや御法度の世だ。今は合戦の時代ではない。時代錯誤を言うな」

「ああ言えばこうか。戦もなく、果たし合いもないというのに、何故侍がおる」

「なに？　われわれ侍がおらねば、世は治まらぬであろうが。夜盗や、押し込み強盗が、思うままに跋扈《ばっこ》する世になってしまう。こういう悪人どもに、いったい誰が対処する」

「ほう、では押し込み強盗は、剣の作法を守ってくれるのか？」

「ええい、下らん屁理屈を言うな！」

「屁理屈はそっちだ。俺が言っているのが理屈だ。あんたら、そういう押し込みのごろつきに相対したことがあるのか？　真剣で」

「出て行け。おまえのような不浄の者が、神聖なここに入ることはまかりならん！」

「俺は何度もあるぞ。剣の道を屁理屈にするな。四の五のはあとにして、とにかく一度立ち会え。俺に勝てばいくらでも聞いてやろう」

「問答無用。出て行け！」

門弟たちが揃って土間に飛びおりてきて、大勢が横向きに並んだ胸や手で、鮎之進を押した。そして往来に押し出した。鼻先でぴしゃりと戸が閉められ、つっかいの棒をきつくかます音もする。

鮎之進はいったん戸に手をかけたが、あきらめた。それから往来を歩き出した。ここにいてもしようがないことだけは解った。相手にするほどの者たちではなかった。

生まれた時が悪かったということか。今が乱世なら、自分が働ける場所はいくらもあった。昨日のいきさつが、すでにご城下中の道場に触れとして廻っているらしい。なんという素早さかと思う。しかも話にたっぷり尾ひれがついている。ついた上に歪められている。剣の道を極めんとする道場という世界に、女世界にも似た保身の連帯は違和感が湧く。しかし今の平和の世には、それもいたし方がないということか。こんなことをしていると、剣の道は滅ぶぞとも思った。

しばらく歩き、堀端の石に腰をおろしてしばらく休み、考えた。これは、無駄かもしれんなと思う。触れが廻った以上、自分との手合わせを、みな逃げるだけだ。道場巡りをいくらやっても、立ち会ってくれねばどうしようもない。

立ち上がり、またしばらく歩いた。これからどうしたものかと悩んだが、何も思いつかず、気づけば目は道場を探している。その時、ふとよい匂いを嗅いだ。焼いた団子餅と、これにつけた醤油タレの匂いだった。小僧が二人、串の端を持ち、食べながら歩いてきて、すれ違った。

ここ何年も、団子というものを食べた記憶がない。懐かしくなり、団子でも食うかと思って、頭を巡らして匂いのもとを探した。すると町屋の間に、一間と少しほどの狭い隙間を利用した、小さな団子屋が店を出していた。店の軒の前には休み台がひとつ出ていて、緋《ひ》の布がかかっている。そこには、若い男が二人すでにかけ、団子を頬張っていた。

提灯のさがる軒の下に入って、団子をひと串くれと鮎之進は言った。すると頬の赤い娘がびっくりしたように鮎之進を見て、はいと言った。そして刷毛で二往復ばかりタレを塗ってくれて、一本を差し出してきた。言われた代金を払い、団子を受け取って、鮎之進は店を離れた。そして食いながら、百間堀に沿ってぶらぶら歩いていった。

「お武家さん」

という声が、いきなりうしろでしたから振り返った。するとさっきの頬の赤い娘が追

いかけてきていて、

「もう一本食べませんか？」

と言って、団子の串をさらにひとつ差し出していた。

「男の方の体には、一本では足りないでしょう」

と言った。それもそうだなと思って受け取り、たもとから銭を出そうとしたら、

「お足は要らないです」

と娘は言った。

「一本余っていたから、持ってきました。長くあぶっていると固くなるから」

と言った。

「すまんな、しかし……」

鮎之進は言った。しかし娘は首を横に振り、

「また来てくださいね」

と言った。そしてくると背を見せ、とんとんと駈け戻っていった。それで鮎之進は裸になった串を捨て、二本目にかかった。

食いながら柳の木の幹に背でもたれて、尾山《おやま》の城を遠望した。白壁が真新しく、美しい様子ではあるが、民の暮らしを見おろすような、豪壮な天守閣は見あたらない。慶長七年の落雷で、天守は焼け落ちたと聞く。代わりに三層ほどの櫓が建ち、以降金沢城と呼びならわすようになった。名が聞こえている割には質素な城だ。

歩いてみれば、金沢のご城下は城よりもむしろ町屋の並びの方がこぎれいで、藩下の商いの勢いを語って見える。そして腰の抜けた侍どもより、街の娘が生き生きとしている。ここは侍よりも町人の街だ、そう鮎之進は感じる。

いっときの食休みを終えて、また当てもなく歩き出す。次第に、道場を探す気分が失せている。かといって、ほかの何をするという当ても思いつけない。ただぶらぶらと歩いていった。虚勢ばかりの痩せ侍にはもう会いたくないので、城からは遠ざかる方角に足を向けた。しかし、また竹刀の音が近づいてきて、道場の前に出ていた。板壁に開いた窓の前には、大勢の町人が群れて、中の稽古を見物していた。

しかし、家を見て少々驚いた。普通のしもた屋より、多少は大きいかという程度の小さな家で、ずいぶんと小ぢんまりした道場だった。紅葉村の、坂上の道場よりも小さかった。その規模から、鮎之進は闘争心をそそられず、そのまますぎようとしたのだが、ああ、という見物人のたてる声が聞こえて、戻って窓の中を見れば、小柄で髪の真っ白な老人が、今足を滑らせて転んだところだった。そんな様子にふと紅葉村を思い出し、気まぐれを起こして入り口を入ってみた。

上がりがまちの土間に立ち、中を見廻すと、思った通りずいぶん狭い稽古場で、そのせいもあるのか、道場主がすわる壇はなかった。たまたま今がそうなのか知れないが、みなで声を合わせて竹刀を振る稽古はやっていず、門弟は壁際にずらりと並んで立ち、中央で試合稽古をしている者たちの二組を見学していた。周囲の者も、中央で試合っている者も、年寄りの割合が高く、若い者にも町人然とした男が多い。これまでの道場とは、あきらかに毛色が違った。

「あっ」

と試合稽古を見ていた老人が声を出した。そして、ささっと小走りになり、鮎之進の方に向かってきたから驚いた。さらには彼が、

「山縣どのとお見受けいたします！」

と大声で言って、上がりがまちの板の間に正座をし、深々と頭を下げてきたからさらに驚いた。

これを見て、今試合っていた四人も竹刀を止め、さらに周囲にいてこれを見ていたものたち五、六人ほども合流して、全員で玄関口に駈け寄ってきてわれ先に正座平伏する。そして口々に、

「横山《よこやま》道場の門弟にございます」

と声高に言った。

「これは、これは、いったいどうされたのか？　頭を上げられよ」

鮎之進は驚いて言った。

「自分は、このような厚遇を受けるほどの身分の者ではない。どうされたのか？」

「お待ち申し上げておりました」

みなを代表して道場主らしい先頭の老人が言い、鮎之進は苦い思いでこれを聞いた。

「悪い噂を聞かれたということか？」

聞くと、老人は平伏したままで言う。

「悪い噂ということでは……。藩に名だたる鈴木道場の、手だれの門弟たち十数人を、一撃のもとに叩きのめされたと」

手だれなどではない、鮎之進は腹の底で嗤《わら》う思いで聞いた。口先で威張るのがうまいだけの、真剣を振ったことさえない小者たちだ。

「自分はこの道場の師範、横山克彬家信《かつあきらいえのぶ》と申しまする」

真っ先に飛んできた老人が名乗った。

「はあ、山縣の鮎之進と申します」

鮎之進も言った。

「拙者、この道場の師範を名乗ってはおりますが、それはかたちだけのこと、到底そのような腕は持ちませせぬ。代々足軽の家系、大した者ではございませぬ。ほんの小者にて、お恥ずかしい限り」

言って、額を床に、音を立てて打ちつけた。

「またこの道場も、ご城下の鈴木や市川の師範格の方々などとは大いに異なりまして、町人どもが戯れのため、こうして集まっては、見よう見まねで竹刀を振っておるような道場でありまして、童の遊びと大差はない、まことにお恥ずかしい限りでございます」

「はあ」

　鮎之進は言った。それがどうしたのかと思った。

「門弟は大半町人でござりまして、中には百姓までおる始末」

「はあ」

　それは見れば解った。

「立ち会うまでもなく、腕に自慢の道場破りの方にありましては、一撃で破られること は必定。このような田舎道場の看板など持たれても……」

「少々お待ちを」

　鮎之進は言った。

「鈴木や市川の道場から、どのように聞いておられるのか知りませんが、拙者は道場破 りなどではござらぬ」

「ご謙遜を」

「いや、謙遜しているわけではありません。本当に道場破りなどではないのだ。ただ剣 の修行中の身なれば、使い手の方がもしもおられるならば一手お教えをと……」

「はい。うちのようなところ、おとのうていただき、光栄しごくなれど、そのような者、 うちにおるわけがありません。鈴木や市川とは違います。山縣さまのようなお方がいら っしゃる場所では……。あの、これを……、おい」

　と後方の者に指示する。すると、神棚に供え物をする際に用いる、白木の三方《さんぽう》が後方 から順繰りに送られてきて、しまいに師範がこれを受け取ると、懐から白紙に包んだ何かを出して上に載せ、うやうやしく捧げ持って差し出した。

「どうぞこれを、おおさめいただければと……」

師範はかしこまって言うのだった。

「これで、今日のところはどうかお引き取りを願えればと、それでわれわれといたしましては……」

見れば、白紙にくるまれたものは、あきらかに一枚の小判であった。

「なんとこれは！　このようなもの」

鮎之進は仰天して言った。

「わずか一枚では、ご不満でございましょう。お顔が立ちませぬでございましょう。しかし私ども、貧しい台所でこの稽古場の営みをいたしております、貧しい百姓どもからは、到底銭などは取れませぬ。どうか、どうかひとつ、ご賢察を」

師範は三方を板の間に置き、額を板にすりつけたまま、くぐもった声で言いつのる。

鮎之進は脱力し、たたきにすわり込みたくなった。

「それでは、このような大金、軽々に出すものではないでしょう」

そう言った。

「道場の、修繕の要もありましょう。道具や防具を揃える要もある。誤解があるようだ。私は道場破りでも、銭の無心の食い詰め者でもない。どのような俗心もない。したがって、このようなものはいらん！」

後半、多少声が荒くなった。自分の純な志が、ひたすら不浄の方向にねじ曲げられるようで、腹立たしかったからだ。戦国の時代が去っても、まだ幾十年、幾百年というわけではなかろう。関ヶ原も、まだ誰の記憶からも薄れてはいない。それでもう、侍の心はこれほどに朽ちたか？　なんと素早いことか。みな、剣は捨てたのか？　剣の心を忘れたか？　治の時代にあっても、剣が強くなりたいとは願わんのか？

「へ？」

鮎之進の言に、道場主は顔を上げ、面食らったハトのような顔をした。

「では、あの、どのような……」

「だから申しておる、聞こえんのですか？　拙者は剣の修行をしておるのだ、集金の旅ではない。もしも手だれの方がおられたらと思ったのみ。不安を与え、まことに申し訳がない。恐縮の極み、失礼つかまつった！」

言い捨てて、土間でくると回れ右をし、さっさと往来に出た。

16

意気消沈して、寿経寺の山門まで戻ってきた。虚脱して、今後何をなすべきかが解らなくなった。ここに戻るのは、この塒《ねぐら》が気に入ってしまったからだが、気に入る入らぬもなく、ほかに無賃で眠れる場所はない。

もう冬が迫っている。金沢は、雪が降る土地と聞く。雪が降れば、いかに雨風がしのげても、この山門では夜をすごせないであろう。悪くすれば凍死する。本格的な冬が来れば、街のどこかに、安価な破れ長屋でも見つけて入らねばなるまい。

草や枯れ枝を手折ってきて束にして縛り、枕にした。冷たい石の上に横になり、枝の束を枕にしてしばらくものを考えようとしたが、何も脳裏に浮かぶものがない。浮かぶ言葉はひたすら、自分はこの世界に不要だという思いばかりであった。自分のような乞食侍を必要とする人間は紅葉村の千代だけということらしい。が、そうは言っても、これでもうあの村に帰る気には、どうしてもなれない。生まれてきた以上は、自分の天職が何処かにはあるはず、そういう考えが去らない。

聞こえていた虫の音が停まる。密かな足音が近づいてきている。気配に気づき、鮎之進は闇に耳を澄ませた。破れ戸が、いきなりがたと、音を立てて動く。静寂のうちで、その音は飛び上がるほどで、鮎之進はさっと上体を起こし、刀を身に寄せて、尻で壁際まであとずさった。

何度か音を立てながら、苦労して戸が開いた。ぼうと、提灯の明かりが覗く。鮎之進の粗末な塒が浮かび上がる。そしてその後方に、白いものをかぶるらしい小柄な影が見えた。鮎之進は、刀の鍔《つば》に親指をかけ、右手で柄を摑んで身がまえた。

「このようなところでは、お寒うございましょう」

いきなり、女の高く、柔らかい声が聞こえた。

「さあどうぞ、寺にお入りなさい。火鉢があります。お腹がすいておいででしょう。粗末なものですが、食べ物もあります」

鮎之進は、柄にかけた右手からわずかに力を抜き、声を発するか否か、しばし迷ったがこのように応じた。

「どうぞおかまいなく。見ず知らずの者を住まいにお入れになるのは不安でありましょう。ご放念を」

「見ず知らずではありません。朝、遠くから何度かお見かけしました。それに今日は、街でもお見かけしました。おそのちゃんの団子屋のそばで」

「ああ」

と鮎之進は言った。知らないうちに見られていたかと知った。

「さようでございましたか。無断で山門を使わせていただき、失礼をいたしました」

鮎之進は丁重に言った。

「かまいません。お気になさらず、さあこちらへどうぞ」

尼僧は言う。

「かたじけないが、まいれません」

鮎之進は丁重に断った。

「何故ですか？」

「ご好意は感謝いたします。しかし拙者は修行中の身です。ここに置いていただければもう充分です。ここなら雨露がしのげる。ご住職に迷惑はかけたくないのです」

「迷惑ではありません、来て欲しいのです」

言って、尼僧は待つふうで沈黙になる。

「何故ですか？」

「薪も割って欲しいし、家の修繕もして欲しい箇所があります。水汲み、草取り、男手が必要なのです。もしもよろしければですが」

鮎之進は黙り込んだ。やはり迷う思いは強い。遠慮もあるが、訳の知れぬ親切に対し、気味が悪かった。

「いけませんか？　この粗末な寺、女一人には広うございます。客人をお泊めする離れや、布団もございます」

言われても、鮎之進は依然黙り続ける。警戒の思いが去らない。

「今宵は雨になるやも知れません。星も月もなく、空気が湿っております。このような場所にいては、病いを得ぬとも限りません。さ……」

「薪割りならいたします、言ってくださされば。男手が必要なれば、いかようにもお手伝いをいたします、水汲み、荷物運び、壁の修繕。しかし、寝所はここで充分です。どうかご放念を。寺の方にご迷惑はかけたくない」

「迷惑ではないと言っているのですよ」

「そちらが迷惑ではないと言われても、当方は破れ袴《ばかま》。浮浪者身なりの野宿生活で、幾日も風呂に入っていない。獣も同然の人間が、迷惑でなかろうはずもない」

「湯も沸いております。入ってください。どうかお体、お流しください」

「馬鹿な……」

　鮎之進は思わずつぶやいた。

「どうして馬鹿ですか?」

「あ、いや」

　鮎之進はあわてた。

「御坊のことではござらぬ。このご城下に来て以来、あちこちでさんざんな言われようで、親切にされたことがありませぬゆえに、びっくりいたしております」

「まあ、なんとお可哀想に」

　尼らしい人物が言うので、鮎之進は苦笑した。

「お腹はすいておられませんか?」

　これがまた、どう答えてよいか迷う問いだ。

「いかがですか?」

「それは、正直にお答えすれば、すいてはおりますが、それはいつものこと、空腹もまた修行の一環でありますゆえに」

「まあ、なんとお可哀想に」

　再び言って尼僧は声を震わせ、提灯を持っていない方の手の袖を、瞼《まぶた》の方に持っていく。鮎之進は暗がりでのそんな様子を見て、首をかしげた。自分は狐に化かされようとしているのかと疑った。

「こんなところにいては危険です。夜盗に襲われますよ」

この点だけは、聞いて鮎之進は鼻で嗤《わら》った。

「夜盗などはものの数ではない。そんな覚悟はとうにしております」

「まあ、お強いこと」

言われて、鮎之進は黙った。自慢話など、もとよりする気はない。それを誘うような声に乗らぬのも、また修行だ。

「夜気が、冷えてまいりました。さあ早う……」

「失礼ながら、まいれませぬ」

「何故?」

「わけが解らぬからです。何故親切にしてくださるのですか？　このような見ず知らずの者、乞食身なりの浮浪者侍、ご城下の道場でも、さんざんそのようにさげすまれました。汗と垢《あか》にまみれております。このような穢《けが》れた者に親切にされても、御坊にはなんの益もないこと」

「まあ、そのように強がって……。世間にさぞ冷たくされたのでしょう。お可哀想に」

尼僧は声を震わせた。

「ふん、その程度のこと、堪える訓練はとうにできております」

「まあなんと頼もしい。み仏に仕えるもの、これも功徳《くどく》のひとつでございます。あなたは気になさる必要はありません。あなたと同様に、私もまた修行中の身。さあどうぞ、ついてきてください」

言って、ついと戸からはなれる風情で、提灯の明かりが戸口から消えて暗くなる。

「さ」

とうながす細い声が、闇のどこかからする。やむなく、鮎之進は立ち上がった。破れ戸まで行き、悄然《しょうぜん》と表に出た。障子窓にぼうと黄色い明かりがともる寺の手前、雑草のはえる境内に、小柄な影が提灯を携えて、ひっそりと佇《たたず》んでいる。

魔物か？　と疑う。ついていけば、魂までとって食われるか。しかしもしもそうなら、挑戦してみたい誘惑にもかられる。鮎之進が出ていくと、提灯はゆっくりと歩き出す。仕方なく、鮎之進はついていった。

建物の濡れ縁に沿い、尼は歩いていく。鮎之進も続く。裏口で下駄を揃えて、彼女は廊下に上がった。うながされるまま、鮎之進も上がった。

濡れ縁をしばらく進み、段になった板の間を下った。そこは食事の調理をする場所らしくて、へっついが二つ並んでいる。大きな水甕《がめ》があり、流しがある。脇に、大根、ネギ等、わずかな野菜が置かれている。その横を抜けて、突き当たりの戸を開くと、質素な湯殿があった。

洗い場の石の上に、蠟燭がひとつともり、燃えていた。湯気の気配の残るそこで、鮎之進ははじめて尼僧の顔を見た。

目尻や口の端に細かなしわが幾筋も浮いて、すでに若くはない。しかし、不思議に目鼻だちがくっきりとした、艶やかな風貌をしていた。あきらかに素人とは違う気配がある。齢《とし》はもうすでに五十を越えているふうだが、美しいといって差しつかえのない顔立ちをしていた。どういう素性の女性《にょしょう》なのか、どうしてこのような人里を離れた寺に住み暮らしているのか。何ごとか、浅からぬ謂《い》われがありそうに思われた。

「湯が沸いております。まださめてはおらぬはず。私が浸かったあとで申し訳ありませぬが、ここで汗を流されませ。私はこの先の部屋で待っております。蠟燭の明かりがあるお部屋でございます。あがられたら、どうぞ、お声をおかけくださいまし」

尼僧は言った。

「御坊、拙者、風呂まではとても……」

鮎之進は言った。

「あまえすぎというものにござる」

「ここに浴衣や丹前がございます。どうぞお召しを」

「しかしですな」

「床にお入りになるのですから、身をお清めいただかなくては。私は、茶漬けか汁物などをご用意いたしておりますゆえに」

そして尼僧はついと鮎之進の横をすぎ、庫裏《くり》へ行く。尼僧の体からは、何かのよい香りがした。

　しばしあっけにとられたが、仕方なく鮎之進は浴室に入って戸を閉め、着衣をほどいた。刀は、手の届く場所に立てかけた。

　さっと体を流し、顔を洗い、ヘチマで体をすり、ぬかで垢を落とした。湯釜の蓋を取り、湯に入る。そのまましばし水音をさせずにいると、外で虫の音が立ち上がる。あまり長々とは浸からずに上がった。

　迷ったが、出されていた浴衣を着て帯を巻き、これに大小を差して丹前を着た。戸を開き、庫裏を通り抜け、段を上がって濡れ縁に出る。通廊を進んでいけば、黄色い明かりの色に染まった障子が右手に見えた。

「湯を上がりました。よろしいか？」

と中に向かって声をかけた。

「どうぞ」

という声が戻り、鮎之進はそれで、ゆっくりと障子をすべらせた。

　黒塗りの小膳が畳に置かれていて、上には汁の椀と、玄米が盛られた茶碗が載っていた。飯の脇の小皿には、大根の煮付けが載る。尼僧は火鉢の上から鉄瓶を取り、湯呑みに湯を入れていて、大きめの急須から、湯気が上がっていた。

「さ、どうぞお召し上がりを」

　尼僧は言って、碗の玄米を右手で示した。

「何もございませんが」

「湯をいただきました」

鮎之進は言った。

「けっこうな湯で」

言って、前方に両手をついて頭を下げた。

「しかし自分は、こういう場合の礼儀の作法を心得ません。どう礼を申せばよいのか。生来の無骨者、おそらくは非礼があろうかと思います。どうかお見逃しを」

「そのようなことはありません。作法のことなどはお気にかけず、どうぞ存分に召し上がってくださいませ」

「かたじけない。しかし、何故なのか未だに解せません。狐に摘まれた心地です。何故ここまでのことをしてくださるのですか？　もしや、用心棒の要などがおありなのでしょうか」

「食べながら……」

尼僧は言った。それで、鮎之進は玄米に箸をつけた。久し振りの食事で、腹は喜んでいるふうだ。表では、虫の声がよみがえりはじめた。

黙々と食していると、尼僧が言った。

「虫の声が……」

「さようですね」

汁をすすりながら、鮎之進は応えた。

「なんと静かでございますこと」

尼僧は言う。

「このような山寺で、長く一人でお暮らしか？」

食べながら、鮎之進は訊いた。尼僧は小さくうなずく。

「興味がおありですか？」

彼女は訊く。鮎之進は首を横に振った。

「いや」

尼僧の顔をちらと見た。柔和に微笑《ほほえ》んで見える。

「詮索などはいたしません。他者のご事情に立ち入るような非礼は、決して……」

「私の言葉から、解りませぬか？」

鮎之進はちょっと怪訝な表情をした。

「いや」

彼は言った。

「土地のお方ならば……、私はこの土地に生まれ育ちましたので。纏綿《てんめん》とした事情があり、齢《よわい》三十をすぎて、落飾いたしました。仏門に入り、修行をして、そして縁あってここに参りました。けれど私のような者には、すこぶる合うております。多少寂しうはございますが、手伝いに通うてきてくださる娘さんもおりますし、ここならば、人付き合いの煩わしさは少しもありませぬゆえに」

「でしょうな」

鮎之進は言った。ごくわずかにだが、うらやましい心地がした。

「剣術の旅をしておいでてでしょう」

訊かれて鮎之進はうなずく。

「もうどのくらい旅をしておいでです」

「十七の春から、故郷にはおられなくなりました。以来、あちらこちらです」

「少しでも強い剣客を求める旅なのですか？」

うん？　と思い、鮎之進は顔を上げた。

「街で聞きました。鈴木道場の手だれの門弟たちを十数人、一撃のもとに叩きのめされたとか」

「そのような噂になっておりますか？」

驚いて訊いた。道場関係のみかと思っていた。

「おそらくなっております。私のような者の耳にも入るくらいですので」

「言い訳はいたしませぬが、それは私の本意ではありません。求めてしたことではない。そのような噂が先行するゆえに、道場破りなどと言われる」

「違うのですね？」

「むろんです。破ることになど、毛頭興味はない」

「では何故に道場を？」

「ほかにないから……。私を招き入れたのは、このような問答が目的ですか？」

するとと尼僧は首を横に振る。

「そうではありません。お答えになりたくないなら、このようなお話はもうけっこうです。ただあなたが、とても気を病んでおいでのように見えましたので」

鮎之進は箸を置いて、尼僧をじっと見た。

「そう見えますか？」

「はい」

鮎之進は黙り込んだ。すると虫の音が耳に入るので、それをしばしじっと聞いた。

「確かに、今、迷っております」

鮎之進は言った。

「何をですか？」

「この先の、自分のとるべき道をです。ずっと求めてやってきたもの、その目標が、消えてしまっていた」

「消えてしまって？」

「そうです。もうありませんでした。いや、最初からなかったのかもしれない」

「ああそのこと……」

尼僧は不思議なもの言いをした。

「私にも憶えのあること」

「御坊にも？」

意外な発言だった。

「はい。つらいこともたんとありましたけど、ですので、答えも……、持っております」

「答えも？」

「はい」

「答えもお持ちか？」

「はい。おそらく」

「教えてくだされ。某《それがし》は、こののち、どうすればよいのか」

鮎之進は前方の畳に手をついて、頭を下げた。尼僧は言う。

「鈴木の道場は、この金沢の地で、一番と言われる道場です。土地には並ぶものがないと。ゆえに門弟の方々も、たいそうな自信を持っておいでです」

鮎之進は聞いて、意外を感じていた。あの程度の者どもが、この土地の一番？

「その方々、あなたには、歯ごたえがなかったのでありましょう、違いますか？」

鮎之進はゆっくりとうなずいた。

「ありていに言えば、そうです。到底、某の相手ではなかった」

「つまりあなたは、彼らをもうはるかに越されましたのです」

「越した？」

尼僧は、うなずいた。

「あなたは、盛りにある獣のように、毛並みが美しい」

「はい？」

鮎之進は言って、首をかしげた。意味が解らなかった。

「それはどういう？」

「獣のような生活をされてきましたね？　それが私には解ります。あなたの全身から、強い殺気を感じます」

鮎之進は黙って聞いた。そうであろうと予想はつく。

「それは、街で見かけるどのお侍からも、決して感じることのない気配です。私は多くの方々の死出への旅立ちを手伝ってまいりました。人の死と、ごく身近で暮らしてきたのです。だから解ります。あなたのその刀は、人の血を多く吸ってきましたね？　先ほどまで着ておられた着衣も」

鮎之進は茫然と、鼻先の空間を見つめた。ずっとそうしてから、ゆっくりとうなずいた。

「言い訳はしません、斬りたくはなかった。いつも懸命に逃げようとした、殺生からは。どうしても、どうしてもという場合のみです。これは必ず世に害するという与太者のみを」

ごく小さな声で答えた。聞いて尼僧は言う。

「あなたさまはそういうお方、そのことは信じます。しかし、み仏の前で、そのような差はないのです」

彼女は静かに語る。鮎之進は衝撃を受けた。そうなのか？　と疑う。

「土地の道場の若者たちに、人を斬った経験を持つ者はもうないのです。真剣を抜いた者さえいない。そして彼らは、これからの長い生涯を、間違いなく、腰の刀は一度も抜かずに終えるのでござります」

「そうなのですか？」

鮎之進は驚いて言った。

「はい」

尼僧はうなずく。

「抜けば、それは自らが切腹をする時となります。それは女子供を殺《あや》めている夜盗とたまたま行き会うたというならいざ知らず、必ずそうなります。城仕えとは、そういうことなのです」

「城仕えが……？　それではいったい、何のための侍か」

「治の時代の定めです、固い固い定め。合戦の時代が去った今、侍たちは自らの剣に、固く封印したのです、自らと、自らの腰の剣に。もう二度と抜かぬと。斬死《きりじに》の悲惨をよくよく知るゆえに、そう取り決めたのです」

鮎之進は茫然とした。

「あなたさまは、地の底を這いずってこられたのでしょう。それは、ずいぶんとおつらい、陰惨な世界であったこととお察しいたします。おなごの私もまた、別のものですが、そのような世界を知っております」

「御坊が？」

するとと尼僧は、手を口に添えて笑った。

「私のものなど、あなたさまと較べれば笑止千万ですが、それなりに、命のやり取りをいたしました。ともあれ、そういう世界を生き抜いてきた、勝ち抜いてきたあなたと、戦も果たし合いも知らぬ若者たちは、まったく住む世界が異なります。実際に血を吸ってきたあなたさまの剣に、彼らが勝てる道理がございません」

鮎之進は無言でいた。

「このご城下で、あなたに剣で勝てるお侍は、今はおそらく一人もおりますまい。私には解ります。男の人の真の姿を見ることを、生業《なりわい》にしておりましたゆえに」

鮎之進は黙《だ》んまりを続ける。

「あなたは、今後もまだ街の道場をお訪ねになるおつもりですか？」

鮎之進は首をゆっくりと横に振った。

「さっき、そのことも考えていた。しかし、もう駄目でありましょう。街中に触れが廻ってしまった、入り口で撃退される。道場に入れてももらえません」

「あなたの目的とは、仕官でしたか？」

尼僧は訊く。

「名のある道場で散々に腕を見せつけ、口をきいてもらってお城に上がり、殿様より屋敷と禄を賜りたいと？」

「……はい」

少し迷ったが、鮎之進は言って、素直にうなずいた。ここまで言われては、もう隠してもしようがない。それが正直な思いだった。

「侍に生まれて、幼少よりそのように思わされてきた。しかしもう合戦もない、手柄を上げる機会もない。そうならご城下の有名道場の戸を叩き、次々に試合い続ける以外にない」

「いいえ」

尼僧は言って、首を左右に振る。

「この時代、それはもう無理です」

彼女は断定する。

「周囲と競い、天下一に、天下一にと頑張れるのは、周囲と力にそう差がないおりのこと。力が大きく開き、事実天下一となってしまえば、ただみなの嫉妬を呼び、争いのもとになるだけ。時代は大きく変わったのです」

鮎之進は溜め息をつく。

「では、どうすればよいと？」

「明朝、座禅をお組みなさい。私がお教えいたします。そして、み仏の声を聞いて、仏像を彫るのです。そういう生活をしばらくお続けになれば、きっと見えてくる世界もありましょう。今のあなたには、それが必要に思われます」

尼僧は言う。

「私は剣客だ。木彫り師ではない」

「しかし、木か竹の刀で試合われるでしょう？　決して真剣は使わない、それと同じことです」

尼僧は言い、その言に、妙に納得させられるものがある。確かに、真剣と竹刀の模擬戦とはまるで別物だ。しかし自分も、道場では竹刀を使わざるを得ない。

「長い合戦の時代が終わって、民は救いを求めております。それは、この世をどう生きるべきかという、あの難しい問いへの答えと、導きを求めているということです」

「その答えを民に教えると、そう言われるのか？　それは、私の役目ではない」

「誰の役目でもありません。寺子屋の教師も、僧侶も無理です。その答えは、ひと言やふた言の言葉ではないからです。一幅の絵や、書や、物語のうちに降臨して、目にした民が、自ら見つけ、読み取るのです」

鮎之進は、尼僧の言わんとすることを理解しようと、じっと考え続けていた。

「答えは空中にあります。私自身長く禅の暮らしを続け、自分の若い頃の業を悔い、なんとかそれを読み取ろうと、ずっと努めております」

宙を見つめ、尼僧は静かに言う。

17

その夜は寺の建物の裏の、使用人が使っていたらしい小屋に泊まった。空気は湿っていたが、雨は結局降らなかった。

翌朝尼僧が、檀家の呉服屋が、使用人にでもと言って寄贈してくれた男子用の着衣を出してきたので、言われるまま、洗濯のためにいったんこれに着替えた。この時尼僧は、寂蓮《じゃくれん》と名を教えてくれた。

朝食に握り飯をひとつ食べ、寺の裏山の灌木の林に入って走り込んだ。屈伸をし、筋肉を伸ばし、これは常日頃やっていることだ。それから山をおりてきて、寺の敷地の外で、しばし真剣を振った。境内は神聖な場所に思われて、剣を抜くことは遠慮した。

寺に戻ると、寂蓮に命じられるまま、本堂の裏手に積まれた丸太を、斧《おの》で細く割った。割った薪は、浴室のかまどの脇に運んで積んだ。その間に寂蓮は、鮎之進の袴を洗濯してくれていた。自分でやると言ったのだが、薪を割ってくれた方がありがたいと尼僧は言った。

薪割りが終わると、本堂に入り、仏像の前で座禅を組んだ。結跏趺坐《けっかふざ》と呼ばれる座禅に特有のすわり方と足の組み方、法界定印《ほっかいじょういん》と呼ぶ手の組み方を学んだ。さらに瞑想時の呼吸の方法、口の中の舌の位置、目線の方向などが、細かく決められており、このおよそを教えられた。

目線や顎の角度も細かく定まっていて、これを大きくくずしたり、眠ってしまったりすれば、警策《きょうさく》と呼ばれる棒によって、肩を打たれる。尼僧によればこれは罰ではなく、瞑想を続けるための仏の励ましなのだという。

鮎之進にとって、禅は予想外に心地がよいものであった。少なくとも、始めてしばらくの間はそうであった。心地よいというと多少の違和感があるが、なかばうつつになって頭の中を空《くう》にするこの感覚は、はじめてのものではない。眠っているのではない。しかし気を張って覚醒、緊張しているのでもない。合戦の殺戮《さつりく》の中、決着までが長引いてしまったようなおり、消えた敵の出現を待って、気分を研ぎすましているようなおりの感覚は、これに似ていた。

しかし時が経つにつれてつらくなり、ともすれば口から漏れそうなうめき声に、終始堪える気分になった。心は千々に乱れ、これまでの殺戮の数々や後悔が、つむじ風のように脳裏を吹き抜けていき、血にまみれてうずくまる死に行く者たちの姿がありありと見えはじめて、到底安寧といえるものではなくなった。仏の世界を日常とする人たちの境地からするなら、澄んだ瞑想の気配にはほど遠いものであったろう。時が経つにつれ、生々しい光景の数々が飛来した。それは視界というだけでなく、臭気さえともない、鮎之進の脳裏を襲う。次第に激しい不快と苦しみが立ち上がり、終了を告げる寂蓮の声を、ほっとした思いで聞いた。自分がいかにひどい暮らしをしてきたかを、禅を組むことで鮎之進は思い知った。

「どうされましたか？」

寂蓮は尋ねてきた。鮎之進の目に浮かぶ疲労や不快感、さらに恐怖心、また額の汗などを、じっと見られた。

「少々、つらいものがありました」

鮎之進は、隠しても仕様がないと思い、正直に言った。

「さまざまなものが見えて、それは苦しいものが多く、これがみ仏の力というものなのか」

言いながら、鮎之進は顔を上げて正面の仏の像を見た。

「不思議だ、夢には見ないのに、禅を組めば見えるものがある」

鮎之進は感心し、なかば打ちひしがれる思いで言った。

「それが空であり、縁起《えんぎ》の姿なのでございます」

寂蓮は言った。

「空？　縁起？　それは何ですか？」

「煩悩があれば苦があり、煩悩がなければ苦がない。煩悩が生ずれば苦が生じ、煩悩が滅すれば苦もまた滅す、そう申します。これを此縁性《しえんしょう》縁起と申します。お釈迦さまが説かれたものです。空は、説明がとてもむずかしいものですが、我がなく、ゆえにそれらもない境地。夜の空のように、澄んで、何も詰まっていない場所」

「その境地に向かうためのものが、禅ですか？」

「はい。私はそう解しています」

「生き方を変える必要があるのかもしれない。こうつらいものなら」

鮎之進は言った。

「それを気づかせてくれただけでも……」

「気づきがおありでしたか？」

鮎之進は深くうなずいた。

「それは、容易なことではないが、悟りを開くため、門弟は必ず出家して、修行をすると聞いております」

鮎之進は言った。

「仏門に入るためにはそういう修行が必要なのですね？」

「いいえ」

寂蓮は即座に、首を左右に振った。

「浄土真宗では、そういう要求はいたしません。親鸞《しんらん》上人は、出家も求めず、煩悩とともに生きる私たちに、あるがままでよいと言われ、何の要求もしないのです」

「なんと？」

鮎之進は、仰天するほどに驚いた。

「真の悟りなど、お釈迦さま一人にしかできぬこと。常人には到底無理なことなのですから」

「では禅は？」

「禅は、組むのがよろしいのです、おのれの心の底に縁起を見いだし、よく見つめるために、これは必要です。けれど、強制はありません。人の世の営みについても、禁止などは少しもいたされません。お金への執着も、夫婦になりたいという思いも、子供をもうけることも。ゆえに、殿方とおなごとのむつごとさえも、すぎねばそれでよいと。まことにおおらかなことであります」

「ほう。それが親鸞上人の教えでございますか」

「はい。これがありましたので、わたくしは親鸞さまを信じることができました。わたくしは、実は娘時代花街に、廓《くるわ》におりました。花街一といわれる人気の時代も、それなりにありまして、お座敷から引っ張りだこでした。そこで、お恥ずかしいことですが、いっときは人の業の限りをつくすような、ひどい恥をさらし続けたかいに……。どうしたことなんか、あの街では頭がおかしうなって、どうな恥ずかしいことも、体がすんなり受け入れます。それどころか、進んで求めるようにさえなって、わたくしは自分の体がこおうなりました。殿方には、お解りにはならんでしょうが」

意味が解らないので、鮎之進は黙って聞いた。

「わたくしは、自分が少々特殊な心身を持つおなごやて、そう確信するようになりまして、おとろっしゃ、このままでは身の破滅やと思うて、奉公の年季が明けるとすぐに、旦那をとったりはせずに、仏門に入りました。十四の時より、ずうっと廓におりましたんで」

鮎之進はうなずく。

「親鸞上人は、そういう人のすべてをお許しくださいます。私どもは、あらかじめ、み仏に許された存在なのだと。ですから、ただ南無阿弥陀仏と、そうお唱えなさいと」

「それでよいのですか？」

「はい、それでようございます。その謙虚さだけがあれば」

「それで、殺生の罪も、許されましょうや」

「はい、許されます。けれども、二度としてはいけません」

寂蓮は言い、それを聞いて、鮎之進は溜め息とともにうなずいた。そういう生活ができるだろうか、と自問した。しかし、自分では解らなかった。

それから鮎之進は、寂蓮に命じられるままに井戸で水を汲み、運んで、流しの下の水甕に移した。続いて自ら申し出て、大根を刻んだ。そして味噌の溶き方を尋ねた。鮎之進は、以前より調理の技能を学びたく思っていたので、自分から尼僧の教えを乞うた。一人旅の途中、食材が手に入っても食べ方が解らない。簡単な調理をしたいと思うことがたびたびあったが、これまではずっと、それを果たさずにいた。米を研ぎ、へっついに火をおこして釜を載せて、米を炊いた。そういう作業をしていたら、ごめんなさいましという若いおなごの声がして、振り返ると、見覚えのある顔がついと覗いた。

「あ」

と女は言った。

「お侍さん、ここで？」

百間堀のそばの、団子屋のおそのだった。両手に、野菜を抱えていた。おそのは野菜を流しに置きながら言う。

「ああ、世話になっている。それを、持ってきてくれたのか？」

訊くと、

「はい。これおいしいょ、食べてください」

と言った。

鮎之進は、声をひそめておそのに訊いた。寂蓮の背が遠くにあったからだ。

「いつまでもご住職にあまえるわけにはいかん。ご城下に、安い長屋など、知らないかな？」

「うん、はい、知っておりますょ」

娘は答えた。

「では、ここを出たら紹介してくれるか？」

訊くと、

「はい、解りました」

とおそのは気軽な口調で応じた。

「団子屋に来てくれたら、うちはおりますから」

それから、おそのも手伝いに加わって、三人で夕餉の支度をした。おそのは、寂蓮の日々の食料調達、買い物などの手足になっているようだった。そして寺に手伝いに通ってきている。寂蓮に、学問、芸事をはじめ、禅や行儀作法、料理、お裁縫、書、歌詠み、茶の湯など、さまざまなことを教えてもらっているらしかった。

夕餉の支度を手伝い、終わればおそのは、干魚と漬け物を分けてもらって帰っていった。よろしければ、明日また来ますと言いおいて行った。

食事ができると、寂蓮の分と二つの膳に載せ、昨夜の部屋に運んだ。そうしていたら、雨が降りだした。酒もあるが、飲むかと尼僧は問うてきた。修行中の身なので、と鮎之進は断った。尼僧は笑ったが、意外そうな表情を作った。そして、

「もしもお飲みなら、少しだけお相伴しようかと、わたくしは思っておりました」

と言った。

「御坊はどうぞ」

と鮎之進は言った。

「某は、酒はあまり好きではありませんで」

と言い添えた。

尼僧はかなり迷っていたが、とっくり一本だけ熱燗に仕立て、運んできた。

庫裏を出て、本堂の濡れ縁に上がる際に、わずかに冷たい雨にあたる。首筋にかかる雨に、わあと、寂蓮は若い声をあげていた。そのような声を立てる人に思えなかったので、鮎之進は驚いた。

雨の音を聞きながら、差し向かいの質素な夕餉になった。

「雨が降れば、虫は鳴きませぬね」

と寂蓮は言った。

「そうですね」

と鮎之進は、玄米を頬ばりながら応えた。

「ああ、楽しうございます」

と尼僧は小さい声で、まるで恥じらうように微笑んで言った。

「お酒など、ほんに久し振りで」

彼女は火鉢の上の小鍋からとっくりを取り、手酌で、大きめの杯についだ。

「鮎之進どのにお会いして、久し振りにお酒を飲みとうなりました。もう何年も飲んでおりませんでした。仏門に入ったこともありますが、一人ではとてもお酒など、飲もうという気になれませぬ」

「酌を、いたしましょうか？」

鮎之進は訊いた。

「え、本当でござりますか?」

尼僧は言う。

「これだけ世話になっております。また、さまざまなことをお教えいただいて、感謝しております。酌など、いかようにも」

言って、とっくりを持った。

「嬉しうござります」

寂蓮は言って、頭を下げた。

野菜のたっぷり入った汁と漬け物、干物の魚が一匹、あとは玄米のみの夕餉だが、自らも調理にかかわったと思うと、鮎之進はうまく感じた。

「獣の肉を口にされたことがおありか?」

驚いた表情のまま、尋ねてくる。

「はあ、山くじらと、雉子《きじ》などは……」

答えると、

「山くじら? ……とは何のことでござります?」

と訊いてきた。

「イノシシです」

鮎之進は答えた。

「京の都には、こういう肉を食べさせる店もございました」

「おお！」

言って、尼僧は顔を歪めた。なんとおぞましいという風情だった。

「そのようなもの、おいしうござりますか？」

「あの、おいしいです。ほかに、たぬきの煮物なども……」

鮎之進は言った。

「私はそんな生臭いもの、到底欲しうはありませぬ。鮎之進どの、ついでくださります
かや？」

「あ、はい」

ついでやると尼僧は、杯をゆっくりと口に持っていく。食べ物には少しも手をつけず、
酒を口に運び続けていた。

「ああ、おいしい」

尼僧は言った。頬が紅潮して、酔いの気配が顔に浮いた。

「鮎之進どの、お酒は飲めぬお体か？」

「そんなことはありませぬが、覚める時の気分が好きではないし、酔えば剣で不覚をと
ります」

「ああ、さようですか。私は廓時代、本当に酒が好きなおなごで、それでずいぶん恥ず
かしい、人に言えぬ失敗もいたしました」

「あ、そうですか」

「それ、聞きとうござりますか？」

「いや別に」

「さようでござりますか。鮎之進どの」

「はい？」

「ずっといてくださりませぬか？　ここに」

「は？　はあ……」

鮎之進は戸惑い、言いよどんだ。

「廓時代のわたくしを知っている男どもが、たまにここをおとのうてきて、時にわたくしを襲おうといたします。怖うござります」

「本当ですか？　仏の道に入られたお方を？　なんと罰当たりな」

「はい。暖かくなると、また来ます。守っていただければ、それは心強いことでござります」

「易いご用ですが、しかし、いつまでもここにお世話になるわけにはまいりません」

「どうしてでしょう？」

「どうしてと言われても、ご迷惑でしょうから」

「迷惑ではありませぬ」

「私は修行中です。またご城下にも行かねば」

「道場を訪ねますか？」

寂蓮は訊く。しばらく考えてから、鮎之進は首を横に振った。

「それは、もう無理でしょうな、某はすっかりお尋ね者だ。中に入れてもらえませぬ」

そう言った。

「では何をされに？」

「ふうむ」

鮎之進は考え込む。問われれば、解らなくなる。自分はこれから、何を為すべきか。しかし、ここでただ薪を割って暮らすべきではないと感じる。

「御坊は、書画はたしなまれるか？」

訊いてみた。

「書画？　また何故に？」

「たしなまれるのなら、教えていただけるかと」

「歌詠みと、書は多少やりますが、絵は駄目です。到底、人に教えられるほどの技量は持ちませぬ」

「ああさようですか」

言いながら、鮎之進は汁を吸い、玄米を食べた。そして、思い出しては寂蓮に酒をつぐ。尼僧に酒をつぐのも妙なものだと思った。仏門に入った者、それもおなごが、このように酒を飲んでもよいものなのかと不思議に思った。

「鮎之進どの」

「は？」

「明日、私に薙刀《なぎなた》をご教授くださらぬか？」

「薙刀？　そのようなものをお持ちか？」

「持っておりますし、木刀もあります。薙刀の木刀もあります。稽古用のもの」

「それは、お断りいたす」

鮎之進は言った。

「何故でござります？　おなごも護身用に薙刀くらいやっておかねば、一人暮らし、襲われた際に危のうござります」

鮎之進はひとつうなずき、言う。

「剣法は、到底人に教えられるものではござりません。まして某のものは本気の剣で、茶の湯のような遊びではない」

するとと尼僧は黙った。

「わたくしが、そのような下品な男どもにどうされてもかまわぬと……」

「申し訳ありませぬが。ここでは某は、仏の道を、禅の奥義《おうぎ》を教えていただきとうございます。境内では、人を傷つけたり、殺めたりする不浄の道具は、もう手にしとうありませぬ」

「ああ、そうですか」

尼僧は寂しげに言った。

食事が終わると、寂蓮は、懐から笛を抜き出した。そして、

「篠笛を、お聞かせいたしましょうか」

と言った。鮎之進はうなずいた。寂蓮の着物の懐から、笛の端が覗いているのに鮎之進は気づいていた。

「廓時代の芸には、踊りも三味線もありますが、それらは寺にはなじまず、もうやっておりません。唯一、笛ならと……」

言って、寂蓮は笛を吹いてくれた。

これは見事な腕前であった。しとしとと降る表の雨音に溶け合い、鮎之進の殺伐の心を癒して、覚えのない境地へと運ぶ。

しばし、酔うような心地がして、笛か、よいものだなと、鮎之進は心の底から思った。

18

翌日は、終日雨だった。朝のうち、小降りになった表に走り出て、長いこと裏山を走り込んだ。刺客は雨であれ、雪であれ、待ってはくれない。山を上り下りして、終えると上がった息を戻しながら、屈伸をし、筋肉を伸ばし、大樹の下で剣を振った。

寺に戻ったら井戸端で足を洗い、乾かしてから本堂に入り、終日、寂蓮の指導で座禅

三昧になった。心身が禅に馴れてくれば、次第に雑念のない境地に入れるようになり、この時間が有意義に思われはじめた。午後の時が経ってのち禅を解くと、雨脚の見える縁に寄って、境内の水たまりを打つ雨を見ながら、尼僧と語り合った。

尼僧の話は娘時代からの思い出話で、鮎之進の少しも知らぬ世界のこと、含蓄があって面白かったのだが、時に、理解のできない奇妙なことも言った。

命じられるまま雨の中に出て、ともに井戸の水を汲んで庫裏まで運んでいく途中のこと、水たまりを避けたり、飛んだりしながら寂蓮がこんなことを言う。

「ほれ、うちの足ご覧くださりまっし。これは雪下駄でござります」

鮎之進はちらと見てから、

「ああさようで」

と言った。

「男はん、時々雪国の女の方がよいて、言いまさるがやけど、雪国のおなごを男はんが好んまさるわけ、なんでか知ってらさる？」

「いや」

「こういうふうに、滑らんように、腰に力入れて下駄を運ぶんやろ。知らん間にしっかりと締める稽古、ついとるがやといね」

「？」

「おなごの味がようなるがやて、そいで仲間の芸妓の子とな、いっつも競争して雪道、歩きましたもんや」

そして寂蓮はからからと笑った。

夕刻が近づくと、またおそのが頰を赤くして、ネギや茄子を運んでやってくる。賄いの支度を手伝ってくれるのだ。野菜の切り方、ゆで方などを、寂蓮は細かく指導する。寂蓮がどこかに去って、おそのが一人になると、湿った薪をへっついにくべて苦労して燃しながら、鮎之進は、彼女にご城下の様子をあれこれと訊いた。今、空き部屋のある長屋があるょとおそのは言った。必要ならいつでもうちに声をかけてと言う。鮎之進は承知する。いずれ頼むよと言った。

夕餉ができ上がる頃合いになると、おそのは街に戻っていくのだが、おそのには父親がなく、病いがちの母を一人で養っていて、だからなんやかやで終日忙しいらしい。尼僧の指図でできあがった煮付けや汁などを分けてもらい、母と自分のささやかな夕餉のために持って帰る。おそのの父は渡り職人だったらしいが、酒好き、博打好きで、尻が落ち着くような男ではなかったらしい。もう十年がとこ行方が知れないという。

夕食は、座敷まで運ぶのが面倒になって、庫裏に続く板の間に延べられた、筵の上で食すようになった。

「鮎之進どの」

立って酒を燗にしながら、寂蓮が呼ぶ。

「はい」

「あなたは、もうご城下の道場をおとのうたりはなさらぬのですか？」

鮎之進はうなずき、しばし考える。それから言う。

「考えております。このような日を送っていてはたしてよいものかと。しかし訪ねても、到底立ち会うてくれるとも思われませぬし、今は禅が、有意義なものに思えております」

そう応えると尼僧は満足げにうなずき、

「それはようござりました」

と言った。

寂蓮は燗にした酒を今宵も飲みながら、廓時代の話を始める。その時期には、嫌な思い出も無数にあるようだが、しかし彼女は花街にいた時代を決して嫌ってはいず、むしろ懐かしんでいた。それとも、十四のおりからずっと廓暮らしだったというから、思い出話となれば、廓以外の世界を知らないのかもしれない。

「うちは、今でこそおそのちゃんに、お料理のことをいろいろ教えておりますが、これは実は仏門に入ってから学んだことで」

彼女は言った。

「ほう、そうですか」

箸を運びながら、鮎之進は意外に思って言った。

「はい。奉公の年季が明けて、それがもう三十を少し出た頃合いでしたからな、廓では

ぶぜん
もう年寄りであります。女将《おかみ》になるぐらいの歳。それが仏門に入って、もう、憮然としましたわなぁ。若い子を育てるような、ええ歳になっておるがに、うちは、世の中のおなごがみな身につけておるようなこと、いっさいなんもできしません。炊事洗濯、お掃除、裁縫、なんもできしませんでした。そういうことはみな、ばんばにべえべがやってくれておりましたからなぁ」

「ばんば？　べえべ？　それは何でありますか？」

「置屋に住み込んでおる手伝いのおなごはんです。ばんばは飯炊き、賄いが主な仕事で、これは身寄りのないおばあさんが多いゆうて、娘らにそう呼ばれておりました。べえべは女中はんで、主に女将さんの身の周りの世話をします。でも言われたら、うちら芸妓や、娼妓の身の周りのお世話もしてくれて、洗濯、賄い、裁縫、何でもやります。置屋の下働きです。べえべには若い子も多かったから、ねえやとも呼ばれとりました」

「ふうん」

「芸妓はもう、こういう家事に手ぇ出すのは御法度。やったら女将さんに厳しう叱られます。姫君みたいなもんで、一日二回履き替える足袋も、いっぺんも洗うたことありません。針と糸さえ持ったことない。でもうちらは、たあぼいうて奉公に入りたての時分から、習いごとに明け暮れます。朝も暗いうちから三絃、踊り、歌、鼓、横笛、それから日が暮れてもお化粧の仕方、着物の着付け、男はんの好まれるいろんな遊びの相手も、みっちり仕込まれてなぁ、それだけをやって、ともかくお座敷の人気者になることだけを求められます」

「なるほど」

「あちこちの店からどんどんお声がかかる芸妓出すことが、置屋の生命線です。せやから修行はとっても厳しうてなぁ、毎日が一生懸命です。芸事のお稽古だけで手一杯、ほかのことはなんもできしません。お座敷とお稽古以外では、朝夕のご飯食べる暇がやっと、売れっ子の芸妓になったらそれもありしません。炊事や洗濯、お掃除、そういう普通のおなごの仕事が、世の中にいっぱいあることも忘れておりました。年季が明けて、世の中に出て、うちらそういうことなんも知らんこと知って、みなにたいそうあきれられました。あんたどこのお伽《とぎ》の国から来たんやと言われて。自分でもあきれました」

「そうでしょうな」

　食べながら、鮎之進はあいづちを打つ。

「芸事なら、うちは誰にも負けん自信がありましたが、お料理の腕ではどもなりません、まるきり子供で。先達の和尚さんについて、また一から修行のやり直しです。必死にやりました。仏門の料理は、遠く唐《から》から学んだものがありまして、それがはるばるこの加賀の地まで伝わってきてなぁ、この土地で独自に発達して、味つけも変わっておって、とっても面白うございました。廓の食べ物とは違います」

「花街の食は豪華なものなんでしょうな」

　鮎之進は訊いてみる。

「それはお客さんだけのこと。うちら芸妓は、特に売れっ子になってから、ちゃんと食べた記憶、ありしません。眠る時間もない、お座敷からお座敷のちょっとの合間に、大急ぎで、冷えたもののお腹に入れます。お花代、稼がなんなりませんから」

「ほう」

「そやから仏門に入って、ようやく朝夕の食事もゆっくり食べさしてもろて、ほんまに嬉しうござりました。仏の修行、それは厳しいです。寒の修行、山に登るんも、男もおなごもないがや。それでも食べることはゆっくりさせてくれましてな、嬉しうござりました。そしてうちも、ようやく大勢の修行僧らの口に合うものも、なんとか作れるようになりまして……、お口に合いますがか？」

「ああ、うまいです」

鮎之進は言った。

「何年もして、ようやくお料理もほめてもらえるようになって、ほっとしました」

素朴な味だが、世辞ではなく、実際にうまく感じていた。

「作ったもの、食べてもらえる人が近くにおるいうのんは、励みになりますなぁ。近所に家もないこうな鄙《ひな》びた寺、一人きりで暮らしておっては、そりゃあ味気のうあります」

「はあ」

「花街のおなご、男はんはどの子もみな同じようなもんて思てはるでありましょう？

実は全然違うてなぁ、芸も、廓内での細かな行儀や立ち居振る舞いも、みな置屋の女将さんに厳しう仕込まれるんがやけど、男はんのお褥《しとね》にすぐ入るような子ぉは娼妓言いしてなぁ、これは、これといった芸も、文読む頭もない子が当てられます。置屋に奉公にあがって、女将さんに一年二年じっと様子を見られましてなぁ、この子は芸事の才もないなとか、やらせても人気が出えへんなと思われたら、こっちに振られます。たとえきれいな子でのうても、頭や才能がありましたら、鼓やなんぞやらせて、脇の役割で座敷に上がらせます」

「ほう」

「芸の腕があれば、不思議に人気も出ますがや。芸妓いうのは、踊りも鼓も三絃も、それはみな街で一流の芸の子ばかりで、見栄えもよいおなごが仕込まれます。そうして、置屋を背負うて立つ看板になります。置屋が男はんに知られて、お客がぎょうさん遊びにこらっしゃるようになるかどうかは、置屋の女将さんが、売れっ子の芸妓を育てられるかどうか、その腕にかかります」

「ふうん」

「娼妓しか出せなんだら置屋は、あの家はおなごのしもを売っとる、ただの女郎屋やて、馬鹿にされます。芸妓いうのは、娼妓とは全然違うたおなごです。気位がとっても高うて、簡単に男はんに身ぃまかせたりは、決してせぇしません。せやからお座敷でも、置屋に戻ってからも、芸妓は娼妓に、ほとんど口をきくこともせぇしませんでしたわなあ」

そして寂蓮は食事を終えたら、また篠笛を吹いて聴かせてくれた。言う通り見事な音色で、これは売れっ子の芸妓の時代に身につけた、大した技に思われた。

翌日は雨も上がっており、鮎之進はいつものように走り込み、体を伸ばし、剣を振った。

午後になると座禅を組む。寂蓮は鮎之進の背後にすわっていて、不自然があると、警策で、はしと肩を叩く。

表の陽が傾くまで長々と禅を組んでから、解くように言われて、またしばらく尼僧と話す。今日の禅はいかがでござりましたか？　と問われるので、気分のよいものでございましたと答えた。

何を考えましたかと問われるから、何もと言った。実際思い返すと、いかなる言葉も、自分の過去に関わるとみえるような、いかなる考えも追想も、脳裏には浮かばなかった。自分が何を思ったかということを、じっと目を閉じ、しばしの回想で思い返そうとした。

「言葉は何も思いませんでしたか？」

寂蓮は問う。鮎之進は首を横に振った。

「何も。禅を組みはじめた頃は、悔やむ思いばかりが脳裏に湧いて、苦しうてたまりませんでしたが、しかし、今は……」

「はい。今はいかがでございますか？」

「今は言葉でなく、ただ見えるものがありました。眺めです」

「ほう、いかなる眺めですか？」

「雲が湧く空と、ただ木々が見えました」

「木ですか？」

「はい。見たこともない木々の森です。深い深い森。天地左右、地平まで、地面をすっかり覆う緑です。ここよりずっとずっと南の地に思われました。何故かというと、顔に当たり続ける風が温かでしたから。それをじっと見おろして、いつまでも飛んでおりました」

「ほう、眺めは空から？」

「そうです。高い場所から。森が眼下をゆっくりと動いていくので、鳥の見る世界のように見えました」

「ほう、そうですか。なんと興味深いこと」

「ずっと見ていると、森の間に細い道がひと筋通っており、白い衣を幾重にも体に巻いた人たちが、一列になって歩いておりました」

「ほーう」

「それを追い越して、ずっとずっと先に行くと、突然森が途切れて、水の音が聞こえました。そして、崖《がけ》が見えました」

「崖？」

「はい。茶色な岩の断崖です。その崖に、大きなみ仏の像が彫られていました。一人座禅を組まれている、大きな大きなみ仏の座像です。崖の一方の面が、すっかりみ仏の座像になっておりました。そして左側の崖には滝があって、水が白くしぶきをあげておりました。自分はすっかり打たれて、その景色を見おろしながら、その上を丸く円を描いて飛んでおりました」

見ると寂蓮は、あきれたように口をなかば開けていた。ずいぶんしてからこう言う。

「なんとみ仏に近い景色を見たことでしょうか。わずか三日ほどの座禅で。それこそは、大陸のずっと南にあるという、唐天竺に相違ありません。それからどうなりました？」

「雲が湧いて、高く高くに盛り上がって、雨になりました。下の森は白く煙ってしまい、次第に何も見えなくなりました。風がみるみる冷えて、水の匂いが空一杯に充ちて、崖の岩場に彫られたみ仏の像も、徐々に白くかすんでいき申した」

「それから？」

「それからは何も。ずっと待っておりましたが、白くなった眺めの中から見えてくるものは何も……」

尼僧は、深い溜め息をついた。

「あなたさまは何か、貴重なものを持っておいでです。今後もずっと、禅を組まれることをお勧めします。他人に見えないものが見えるお方。それはきっと、み仏の世界に向かって飛んでいく翼をお持ちなのです。このまま修行を続けられたら、きっと何か貴重なものを、その手にお摑みになれましょう」

「私のような者の、この血で汚れた手に、み仏は何かを摑ませてくださいましょうか？」

尼僧はうなずく。

「だからこそです。民の真の苦しみを見たそういうお方こそが、弱い衆を救えるのです。それが特別、という意味です」

鮎之進は無言で聞いた。

「間違いありません。うちはもう二十年も修行をしておりますが、凡人のつらさで、禅によってそのような世界が見えたことはまだ一度も。けれど、うちらを導いてくださった高僧が、やはりそのような世界を見ると申されておりました。唐天竺のさまざまな景色を」

「はあ、私のはたまたまのまぐれというもので」

「いえ、あなたは選ばれたお方です。苦しむ民を救うためにこの地に来られた、わたくしには解ります。遠くに立つあなたを、最初にこの目に見た瞬間から解りました。汚れたなりをしていても、薄く光っておられて」

「ははは」

鮎之進は少し笑った。幾人も人を斬ってきた自分が、そのような存在とは到底思われなかった。下賤な俗世間のさらに下方、地獄の釜の底を這いずり廻り、いかに人よりも速く剣を振るって、阿修羅のように怒りたける相手を血の池に沈めるか、そんなことばかりを考えて、これまでをすごしてきた。そのような存在からは、最も遠い者だ。

しばらく沈黙したが、尼僧は突然こんなことを言った。

「鮎之進どの、あなたは妻帯をしたいと思うたことはありましたか？」

「妻帯？」

「はい」

「妻《めと》を娶るということですか？」

「さようです」

「考えたこともありません。そのようなこと、興味がとんとあり申さん」

尼僧は、深くうなずいていた。

「そうだろうと思いました」

笑みを浮かべてから、彼女はまた沈黙になる。

「けれど、おなごの方から持ちかけられることもあるがやわ？　違うておりますか？」

鮎之進はしばらく考え、紅葉村の千代を思い出した。

「ああ、自分と並んで、杯で酒を飲んでくれと言われたことが……」

「なんですって⁉」

尼僧は顔を赤くして、高い声を出した。

「どこでですか⁉」

「この先の、犀川の上《かみ》の、紅葉村という土地の、千代という娘……」

「そのようなことをしてはいけませんよ！」

寂蓮は激しい声を出した。

「あなたは選ばれしお体。大事な大事なお方なのですよ。軽卒なことをしてはいけません。衆にとって、貴重なお方」

「はあ、そうでしょうか？」

鮎之進は首をかしげて言った。

「そうです。俗な妻帯などされては、資格が失われます」

「はい」

「杯など、そのようなこと、おなごにとっては深い意味があります。民を救い導くお方が、一人のおなごと勝手にそのような……。選ばれしお方は、決して妻帯などしてはいけませんから！」

「妻帯などは考えておりません」

「あなたはそうでも、相手のおなごは、一人で勝手にそう考えるがや！」

「はあ、そうでしょうか？」

男にその気がなくてもか。

「そうです、おなごとはそうしたもの」

鮎之進は首をかしげた。親鸞上人は、妻帯も許すと言われたように思ったが、と考えた。

「それは私に、剣を捨てろと申されるのか?」

気にかかっていることを尋ねる。すると寂蓮は考え込む。しばらく肩で息をしていたが、ずいぶんしてから言う。

「私程度の格下の僧に、即答は難儀なことでござりますが、あなたほどの能力、それを、ただ人を殺める剣のみに注がれるのはいかがなものかや、うちはずっと考えておりました」

「買いかぶりでございましょう」

鮎之進は即座に言った。

「私は、この地の道場にさえ相手にしてもらえぬ身。お城への仕官もかないませぬ。今が戦国の世なら身を立てる道もあったでしょうが。また、剣なら多少の自信もあった……」

「ですから!」

寂蓮は、強い調子で鮎之進を遮った。

「うちと同じと、そう申しております。あなたさまの武芸と較べるのはおこがましいのやが、でもうちもいっときは、この土地の花街では並ぶ者がないと言われる人気者でありました。踊りも鼓も笛も、うちが座敷にずっと出ずにいれば、金沢の花街は立ちゆかんて言われるほどでありました。金沢の粋人、みなさんうちに会いたいがやと言うてくださって、命を落とす人まで出ました」

「そうですか」

「はい。それで、もうこれ以上このような罪深いことをしていてはいけないと思い詰めたといね。あなたさまと同じでござります」

それで、いっとき沈黙になった。

「買いかぶりでござる。御坊にそのような口のきき方をしていただくのはありがたいが、私は武家と呼べる者やらどうやらも解らぬ、末端の浪人者」

「世の中のうわべの約束事になど、わたくしは関わらんがといね。わたくしにはただ、本物か否かを見る目がござります」

「御坊、お城に口をきいてくださるということなどは……」

「申し訳ござりませぬ。私は一介の僧侶、そのような伝は到底持ちませぬ」

鮎之進はうなずく。

「ではどうすればよいのか……」

「ともあれ、座禅を」

寂蓮はすぐに言う。

「今一度、座禅を組みましょう。あるいはみ仏が、何ごとかのお答えをくださるやも知れませぬゆえ」

言われて、鮎之進はまたみ仏の方を向き、畳の上で足を組んだ。手を法界定印に組むと、寂蓮は妙に低い声で、背中からこのようなことを問いかけてきた。

「それで鮎之進どの、あなたはその千代という娘と、杯でお神酒を飲み交わしたがかいね？」

鮎之進はそれで迷ったのだが、み仏の眼前で、嘘はいけないと考えた。自分のすべてをさらけ出してこその禅であろう。

「私は、気が進みませんでした。しかし娘のご両親の旅荘には世話になったし、かたちだけと繰り返し乞われて、飲まねば旅に発《た》たせてもらえそうもなく、深い手傷を負うた父上からも頭を下げられて……」

「飲みましたかいね？」

「はい。では一杯だけならと。飲んだらすぐその足で発つぞと、そういう固い約束と引き換えに……」

背後で激しい悲鳴が起こったから、鮎之進は仰天した。そして警策で思い切り肩や背を、何度も何度も、激しく打ち据えられた。

「痛い、痛い、痛うござる！」

鮎之進はたまらず、大声を上げた。

「寂、寂蓮どの、これもまたみ仏の励ましにございまするかっ⁉」

鮎之進は、打たれながら尋ねた。警策の雨はいつまでもやまず、背後に立つ尼僧は、ついに金切り声をあげ、警策を畳に放り出して自身も畳の上に身を投げ出した。そして激しい泣き声を上げげた。鮎之進はあっけにとられ、しばし放心した。激しかった泣き声は、しばらく黙って、尼僧の子供のような泣き声を聞いていた。激しかった泣き声は、しかし次第におさまっていって、低い嗚咽《おえつ》に変わっていった。

尼僧はそれから、しきりに鼻をすすりあげていたが、やがてこんな、言葉らしいものを激しい鼻声で言った。

「ここで、座禅を組みしません？　鮎之進どの」

「はあ？」

鮎之進は言った。だからもう組んでいるではないかと思ったのだ。にもかかわらずしばしと叩かれて、中途やめをさせられたのだ。止めたのは自分ではないかと思った。

「ここに通うてきて禅を。無理な日はよいです。無理はせんでよいがやから、来られる日だけ通うて」

「はい？」

意味がよく解らないままに、鮎之進は返事をした。

「わたくしは業の深い女で……」

畳に突っ伏したまま、くぐもった声で寂蓮は言う。

「いつまで経っても、どれほどに修行を積んでも、煩悩の火が消えませぬ。廓暮らしを長う送ったせいやがいねー」

「はあ」

「わたくしが心身を捧げられると思うような男はんは、ついに一人も知りまさん。出逢うことができんかったがか……」

「はあ」

「いえ、わたくしめのこの体のせいでございます。この罪深い体。すべては自分の罪、誰のせいにもできんが」

「はい」

何が言いたいのか解らない。

「お見苦しいところをお見せいたしました。これはわたくしの恥の極みにて、仏門に身を置く者にはあるまじき醜態。どうぞこれ、うちを可哀想に思われましたなら、お忘れくださいまし。わたくし、まだまだ修行が足りんがやねー。これでは到底み仏に仕える身とは申せませぬがや。人さまに申し開きもできんがか。これより一人になり、さらにさらに修行を積みまする所存。ですのであなたさま、おそののところに行き、ご城下に長屋を探されてもようございます」

「え？　はあ、さようで」

鮎之進は、少し驚いて言った。知っていたのかと思った。

「どうしなさるか？」

「そういたしまする」

鮎之進は即座に言った。

「ああそうでございますか」

少し気落ちしたようにそう言うと、尼僧は声を震わせ、またしばらく泣いた。

「いえ、大丈夫でございます。どうぞ、どうぞご心配なく。これはうちのいつものこと、おなごの坊主は、毎日泣かずにおれんがやか……」

「はあ」

「でも空いた日でけっこうです。どうぞここに、禅を組みにいらしてくださりまっせ。わたくしの方はいつでも、お待ち申し上げておりますゆえに」

寂蓮はそれだけを、ようやくのことで言った。

19

翌日、朝食をいただいてから、鮎之進は長逗留《とうりゅう》の礼を言い、寿経寺を出て、ご城下に向かった。寂蓮は、お達者でとのみ言い、ただ深く、頭を垂れたばかりだった。四日間ほど借りた着替えを、布に包んで持たせてくれた。

よく晴れた日で、空は青く澄んで雲もなかった。日射しが温かく、気持ちのよい日だったから、城下に入ると、左右の家並みを眺めながら、そぞろ歩くことを楽しみはしたものの、もう道場は探さなかった。道場をおとのうて、試合うことはもうあきらめた。

しかし、では何をするかと問われたら、答えはないのだったが。

尾山の城の、堀に沿って半周した。水の中に魚影が見えたので、石垣の縁にしゃがみ、いっとき眺めることもした。どこかで頰白の鳴く声がする。それを聞いてから、おそのがやっている団子屋を目指した。

鮎之進の姿を見つけると、おそのは笑って会釈をし、今焼いているこのお団子がみんな売れたら少し休めるから、長屋に案内します、ちょっと待っとって、と言った。そして焼き上がっている醬油タレの団子をひと串差し出してきたから、受け取った。金を払おうとしたら要らないというので、それは駄目だと言って、代金を払った。

掘割沿いに植わる柳の木の一本の下に行き、水を眺めながら団子を食っていたら、彼方で妙に大声がしはじめたので、声の方を見た。すると柄物の着物の裾をはしょって、白く太い足を出した男たち五人ほどが、おそのの団子屋の並び、二軒ばかりはさんだ蕎麦屋の前で辻売りの店を出しているウナギの串焼き屋の前で、親爺に何か言っていた。

男たちのうちには、長刀を腰に差した者が三人ばかりいる。そういう一人が、売り上げを入れていると思しきざるに手を伸ばし、中の小銭を摑んで、自分の銭袋にじゃらじゃらと移し入れている。そして、やくざふうの威圧的な大声を出していた。

そばに出された縁台や、石の上に腰かけて味噌ダレの付いたウナギを頰ばっていた客たちは、そろそろと立ち上がって退散していく。ウナギ屋の親爺は何ごとか不平を言ったが、やくざ者らしい男らはそれに哄笑で応え、最後の仕上げとばかりに、親爺を足払いで土に転ばせた。

そして集団は意気揚々と、おそのの団子屋に向かってきた。店の前に立つと、男らの一人が、ものも言わずに焼かれている団子をひと串取り、頬ばった。おそのは苦情を言うどころか、ぺこんとお辞儀をしている。

「繁盛してるかい、おその」

と代貸し格らしい男が気やすく声をかけた。おそのは何も言わない。鮎之進は、ゆっくりとおそのの団子屋に寄っていった。

おそのは、おこした炭の入った焼き台の脇に置いた、紙を貼った小ざるを指示している。男は無造作にこれに手を伸ばし、持ち上げて、当然のようにまた自分のずだ袋に中の小銭を移そうとした。鮎之進は右手を伸ばし、ざるを持つ男の手首を摑んだ。

「おいちょっと待て」

鮎之進は言った。そして男の手を強引にもとの場所に導き、締め上げて小ざるを置かせた。

「この売り上げ、こいつにくれてやってもいいのかい？」

とおそのに訊いた。彼女は緊張した赤い顔で、どう答えていいか解らないようで、怯えたように男と鮎之進の顔を、交互に見た。

「放さんかいこらぁ！」

男は威圧の大声をあげた。残る四人も、それにならっていっせいに動物的な吼え声をあげる。

「なんやなんやおめえ、どこのよそ者や。事情知らんのんやな。これは所場代いうもんやないかぁ。こいつらなぁ、自分から進んで払うとるのや。それが世間の決まりいうもんやろが、あほが！」

もう一人が言った。

「あほかおまえ、こら礼儀やろが。娘の前や思うてなぁ、調子こいてええ格好しとったら、大怪我するでぇ。すっ込んどれ！」

「おなご日照りかおまえ。こんな小娘とやりたいんか、阿呆が！　女郎屋行け、女郎屋！」

と口々に下衆の勘ぐりをわめいて、手を伸ばして摑みかかってきた。鮎之進は、そのうちの一人をさっと土の上にひっくり返した。

「どや、おそのちゃん、やらん方がいいんやろ？　その銭。大事な稼ぎなんやろ？」

訊くとおそのは、泣きそうな顔で、小さくうなずいている。それで鮎之進は、男の手を引っ張って店の前を離れた。

「こらぁ放さんかい、馬鹿たれが！」

言いながら摑みかかってくる一人を肩でぶつかって突き飛ばしておき、手首を握っていた者を背負い投げで地面に叩きつけた。

「いてて！」

男は悲鳴をあげた。

「こらおまえ、どこの田舎もんや。加賀の卯辰《うだつや》家を知らんのんかぁ！」

言いながら男は、腰の大刀を抜こうとした。鮎之進は一瞬早く、鞘ごと抜いた刀で男の手首を打ち、頭の左側を叩きのめした。ふらつくところを、腹の真ん中を蹴り飛ばして地面に転がした。

「こらぁ、わしら、こいつら店のもんの守り神なんやと。みな、小銭を払うてなぁ、わいらに頭下げて、わざわざ用心棒してもろとんのやないかぁ。そこのところの理屈が解らんのか馬鹿たれ！　こんなことしてなぁおまえ、あとで泣いて詫び入れることになっても知らんどぉ！」

「土下座せぇ土下座。このサンピンが！」

口々にわめく三人を、脳天や首筋を強打して、叩きのめした。五人全員が地面に並んで伸び、しばらくうめいていたが、罵声をあげて起き上がろうとする元気な者が一人いたので、頭の側面を蹴りつけて、再び寝かせた。

「おまえら、それで用心棒か。猫も追い払えんぞ。もうちょっと稽古してから出直せ」

鮎之進は、大刀をぐいぐいと腰に差し戻しながら言った。

「ご苦労さん。おまえら、もうおはらい箱や。今日からな、俺がここらあたりの用心棒をやることにした」

比較的痛みの少ないらしい、中の一人がゆるゆると起きあがった。

「おや起きたか。土下座しろとは言わん。はよ家帰れ。そして、ウダツか何か知らんが、帰って親分によう言うとけ。百間堀の用心棒はクビになりましたとな。だから傘貼りの仕事でも廻してくださいませと」

全員がよろよろと起き上がった。そのうちの一人が鮎之進に向かい、何ごとか言おうとした。

「何も言うなサンピン」

鮎之進は遮った。

「憶えてろよ、だろう。黙ってはよういね！」

やくざ者たちは、足を引きずりながら、黙って去っていった。

恐る恐る、おそのがそばに寄ってくる。見れば、ウナギ屋の親爺も来ている。

「お侍さん」

おそのが声をかけてきた。

「鮎之進だ」

「鮎之進さま」

「何だい」

「うちらの、用心棒やってくださるがけ？」

「え？　……ああ、そうだな」

鮎之進は言った。今のは、少々言葉の勢いというやつだった。深く考えてはいなかった。

「空いている長屋というのは、ここから近いのか？」

「すぐ近いよ」

「そうか。ではしばらくなら、かまわんよ、どうせやることもない」

「そりゃ、ありがたいことでございますが」

ウナギ屋がおそるおそる言う。

「お代はいくらぐらいで？」

「そんなものはいらん」

鮎之進は言う。

「私は、剣で金をもらうことはせん」

「はあ？」

「用心棒で金をもらいたくはないのだ。たまに串焼き一本食わせてくれたらたくさんだよ」

鮎之進は言う。

おそのについて、彼女の団子屋のそばの路地を入って、歩いていった。するとまもなく右手に入る、ほんの三尺ほどの幅の路地があって、体をはすにして入り込めば、井戸のある狭い空き地に出た。その脇には便所があって、子供らが大声をあげて走り廻っている。

井戸の横をすぎると、正面に、傾きかけた古い長屋があった。それぞれの入り口に障子紙を貼った粗末な引き戸があって、どこの何某とか、大工の辰五郎《たつごろう》、などと下手な筆で住人の名が書かれている。おそのはすたすたと歩いて、一番端の障子戸の前まで行った。そして苦労して戸を引いて開けながら、

「ここだよ、お侍さん」

と言った。

「そうか」

鮎之進は言って、障子戸の中に踏み込んだ。まず土間があり、土間の右手にはへっついがひとつあって、上に飯を炊く釜が載っていた。蓋を取ってみたら、当然だが飯はない。横には流しがあり、中にひとつ汚い鍋が置かれてあり、流しの下には水甕がある。土間から上がれば四角い床に畳は敷かれていず、筵が何枚か延べられているばかりだ。部屋の隅には布団隠しの破れ衝立があるが、その陰に布団はない。へっついの上には小窓があり、これから冬に向かうというのに、風鈴がひとつ、寒々と下げられていた。

「こんなでいいかなぁ？　鮎之進さま」

おそのは申し訳なさそうに言った。

「ああ、充分だ」

鮎之進は言った。言いながら上がりがまちに腰をおろし、草鞋をほどいて部屋に上が

った。腰の大小を抜いて手に持ち、背筋を伸ばすと、鮎之進の頭は天井につかえそうになった。手を頭上に持ってきてみると、ようやく拳がひとつ、天井板との隙間に入るくらいだ。

「鮎之進さま、背が高いね」

おそのは言った。

「ごめんね、こんなところしかなくて」

おそのがもう一度言うと、

「何だ、こんなところとは」

というだみ声がして、小太りの小男が入ってきた。

「大家の伍七《ごしち》だぁ、あんたかね？　うちに入りたいいうお人は」

そう鮎之進に訊いた。

「そうです」

鮎之進は応じた。すると大家はまくしたてる。

「朝は振り売りが季節のものを売りにくる、井戸端までなぁ。漬け物も、魚も、煮物も、何でもあるで。ちょいそこまで出たらなぁ、振り売りがどんだけでも店出しとるわ。ここは便利や。食うのに困らん。ほやけ、おなごの手もいらん。あんたええとこに入ったわ。なんせうちは、場所が自慢やさかい。ご城下で、一番の土地や」

「そうだなあ」

鮎之進はつぶやく。

「橋の下よりはましだ」

「何やて？」

「ああいや、何でもござらぬ」

「湯屋は、南に八丁ばかり行ったらあるさかいにな。あんた名前は」

「山縣師宣《もちのぶ》……」

「え？」

おそのが言った。

「いや最近は鮎之進だな。山縣鮎之進」

「山縣さんね、そいであんた、部屋代はちゃんとあるんか？　お足は」

「ああお足か」

それで鮎之進は、懐に手を入れ、胸に巻いていたずだ袋を探った。そして小判を一枚抜き出して示した。

「ひえ。小判はじめて見た」

「おい、あんた小判か。こんなものでは、釣り銭がないわ」

おそのが言う。

「釣りはくれなくていい。これでいつまでいられる？」

「これなら、二年はおってもろうてもええなぁ」

「じゃあ二年だ」

鮎之進は言った。

「お侍さん、お金持ちなんやねぇ」

小判を押し頂いて大家が出ていくと、おそのは言った。

「小判はあれで終わりだ。なんか、職を見つけんといかんな。何か、仕事を知らんかな？」

「お仕事？」

「手仕事とかな、虫かご作りとか。さっき与太もんどもにやれと言っておいて、自分がやっていれば世話はないが」

「鮎之進さまならすぐにお仕事はあるよ」

おそのは言った。

「何？　どういう意味だ」

「みんなが寄ってくるよ、鮎之進さまはそういう人だよ」

「みんな？　どこのみなだ」

しかしおそのは謎のような言葉を残して、いそいそと団子屋の仕事に戻っていく。

その夕刻鮎之進は、おそのの団子屋の並びに見つけていた蕎麦屋に蕎麦を食べにいった。行きすぎる時に見ると、小さな団子屋におそのの姿はない。母と二人の長屋に戻っているのであろう。

20

日暮れ時に歩くと、大家の親爺が言っていた通り、大通り沿いの道には、軒に提灯の灯をともした家が多い。大方これらはみな、食い物も出す飲み屋の類いなのであろう。酔っているらしく、ふらふら歩く男の影がふたつ、みっつと見える。

縄暖簾を分け、障子戸を左に引いて蕎麦屋に入ると、さして広くもない店内はがらんとして、人の姿は少ない。客は二人ほどで、静かに飲むか食べるかしている。酔客がいないのはありがたいと思って手前の卓についた。このあたりの住人はみな、おなごと話せるような飲み屋に足が向くのであろう。そのような店には用はない。

一番安い蕎麦を注文して食っていたら、脂粉の香りが漂ってきて、見ると、しっかりと化粧をした女が横の腰かけに腰をおろすところだった。鮎之進は驚いて店内を見廻した。二人いた客の一人が来たので、残る客は一人、それも今立ち上がって店を出ようとしている。横に来なくてはならない理由はないはずだった。

「ちょいとお侍さん、ここ、いいかい?」

すでにすわってから、女は訊いてきた。

「別にかまわんが、窮屈ではないか？」

鮎之進は言った。

「席はたっぷり空いておるぞ」

箸をあげて、ぐるりを示した。

「ここがいいのさ」

女は言った。口調に、土地の者ではないふうの洒脱《しやだつ》がある。

「お侍さん、一杯つきあってよ。ちょいと、おチョウシもう一本！　お杯も！」

女は奥に向かって大声をかけた。

「けっこう。某は酒は飲まん」

鮎之進は言った。

「どうしてさ」

女は不平を言った。親爺が酒のとっくりを持ってくる。

「何故に酒を、飲みしまへんの？」

女は問う。

「死にたくないからな。酔っているところを後ろからばっさり、なんてこともある」

するど女は下を向く。袖から何かを取り出している。そしてさっと右手を突き出してきた。鮎之進は腰を引き、刀の柄で女の手首を強く打った。

がしゃと音がした。

「あいたたた！」

女は言った。

「それは何だ？　何か試したのか？」

鮎之進は問うた。床に落ちたものは匕首《あいくち》だった。

「痛いよ、おなごの手だよ、そんなに強く叩くもんじゃないよ」

女は泣くような声で言った。

「打たなきゃ刺されるだろ」

「刺さないよ。でもあんた、やっぱり強いね。みんなが言ってる通りだね」

「みんな？　みんなとは誰だ？」

驚いて尋ねた。

「今朝方かい？　このお店の前で、卯辰家の一番生きのいい五人組、叩きのめしたんだってね。聞いたよ」

「もうそんなことが噂になっているのか？」

歓迎できることではない。やくざ集団なら、メンツの報復を考えるかもしれない。やくざ者は、街の者に怖がられなくては商売にならない。

「鈴木道場の猛者《もさ》も、十人ばかり叩きのめしたって」

鮎之進はうんざりした。

「馬鹿らしい。そんなこと、自慢にもならん」

蕎麦を口に運びながら言った。それ以上何も言う気はなかったが、女は続く言葉を待つふうだ。

「剣術もやったことがないやくざもんやら、真剣に触ったこともない初心の者を、いくら打ちのめしても自慢になどはならん」

「へえ、あんたすごいじゃないかい」

女は目を丸くした。

「謙遜だね、本物のすごみだよ」

「謙遜じゃない、事実だ」

「あたしは何でも自分の目で確かめないと信じない性分でござんすからね。それでちょっとね」

言いながら女は腰かけを引き、上体をかがめて床に落ちた匕首を拾っている。

「でもやっぱり噂に間違いはなかったよ、あんた強いよ」

鮎之進は鼻で笑った。

「酔ったおなごが袖から匕首を出して、鞘を払ってかまえるのが全部見えていた。それでおとなしく刺されるような間抜けなら、即刻頭を丸めて坊主になるか、魚の行商でもした方がよかろう」

「ああそうかい？」

「当たり前だ。やくざ者をやっつけた？　おなごの匕首をはらった？　話が低級すぎる、冗談ではない、泣けてくるぞ。そんなくだらん話なら、もう応じん！」

「そりゃ、悪うござんしたね。それじゃあたしゃ、一人で静かに酒飲むよ」

「ああそうしてくれ」

「あんたは？」

「なんだ？　俺のことは放っておいてくれんか。今蕎麦を食っているんだ、見りゃ解るだろう」

「そのあとは？」

「長屋に帰って寝る」

「この近くかい？　塒《ねぐら》」

「やかましいぞ。酒を飲め」

そして鮎之進は、さっさと蕎麦を食った。食い終わり、立ち上がっていくらだと奥に訊いた。

「お代、けっこうですぅ」

親爺の声が戻った。

「何？　どうしてだ」

「もういただいておりまっさかいに」

「誰に⁉」

すると親爺は、奥から出てきて鮎之進の横のおなごを指差した。

驚いて女を見おろすと、女は言った。

「今宵の用心棒代さ、ちょいとうちまであたしを送っとくれよ。そんなに遠くはないから」

女は立ち上がり、鮎之進の肘のあたりを持って、表に導き出した。

「どこだ?」

鮎之進は訊くが女は答えない。

「あんやと存じます」

と親爺の声が背中でした。

「こっちだよ」

女は鮎之進の左手の袖を引いて、堀のそばへ行く。表はもう陽が落ちて暗く、女の手には提灯がある。

「今宵あたり、そろそろ危ないんだよ。たちの悪いのがあたいを襲いそうでさ、だから腕のたつお武家に守ってもらいたくってさ。それで試してもみたのさ」

女は堀に沿って歩いていく。

「お武家さん、背高いね、六尺もあるかね。ああいい気持ちだね、ちょいと寒いけどさ」

「ではどうして蕎麦屋なんぞに来た? 危険なら家におとなしくしていればよいではな

いか」

「誰もいないんだよ、うち。だから退屈でさ、男の声でも聞きたいのさ。たとえ爺さんでもさ。でも今宵はあんたの声聞けて、満足ぅ」

女は言って、鮎之進にどっと寄りかかってきた。

「おい、送って欲しいんだろう、ちゃんと歩いてくれ。近いんだな？」

言って鮎之進は、女の体を離した。

「近いか遠いか……、道次第」

女は言って、ふらふらと先をいく。そして足がもつれて、ばたっと倒れ込んだ。

鮎之進はそばまで行って提灯を拾った。幸い、提灯は無事だ。しかし女は起こさずに、じっと立ち尽くしていた。

「ああ、酔っちまったよぉ。どしたの？　助け起こしてくれないのかい？」

仕方なくしゃがんで、背後から抱き起こした。

「ああ、起こしてくれたね、嬉しい！」

言いながら女はくるっと素早く体を回し、鮎之進に抱きついてくると、口づけを求めてきた。鮎之進はあわてて女の肩を左右から摑み、突き離した。

「酔ってるのか？」

「そうだよ」

「いったいどうしたんだ？　この街は」

鮎之進はつぶやいた。

「おなごがみんな頭おかしいぞ」

そして強引に歩かせた。

「あんた、あたしを嫌い？」

女は、ふらふらと進みながら訊く。

「好きになったり、嫌いになったりするほどの刻はなかった。さっき会ったばかりだ」

「男とおなごには、ひと目惚れっての、あるんだよ」

立ち停まろうとする。

「俺にはない。さっさと歩かないのなら帰るぞ」

「あんたもどうせヒマでしょ？　仕事ないんだから」

「余計なお世話だ。送る義理はないんだぞ」

「蕎麦代払ったよ」

「返すか？」

「いらない、お金余ってるんだよあたし。ねぇ、あたし、そんな悪い女じゃないよ、よく顔見てごらんよ」

「今は夜だ、見えん」

「提灯貸しなよ」

「けっこう。また倒れそうだから」

「あんた、あたいが男日照りで頭おかしくなってると思ってんでしょ」

「ま、ありていに言えばな」

「悪いのに襲われるってのも嘘だって思ってない？」

「思っている」

「じゃあ少し遅れてついてきてよ。たぶん今宵あたり来る。間違いないね」

女は提灯を奪い取り、すたすたと歩きだす。そして立ち停まって振り返り、言う。

「だけど、襲われたら助けてよ。いい？」

「ああ、解った」

女は、柳の木の下を、ふらふらと行く。すれ違う人はない。人通りが途絶えた。盛り場から遠ざかったからだろう。女は右に折れて路地に入る。五、六丁も行った頃だろうか、闇の中からばらばらと黒装束の男らが四人、走り出てきた。中の二人が女の前後をはさみ、腹を拳で打った。それから口を割って手拭いを嚙ませ、さっと肩に担ぎ上げた。提灯はすでに別の者が奪っており、道の端に置いた。

手際のよさに、酔っている女は、悲鳴ひとつ上げるいとまがなかった。鮎之進はだっと駈け出した。女をかついで走る男に並ぶと、追い越して前に廻り、鞘の先でみぞおちを、背に抜けるほどに突いた。

げぇと声をあげて男は前のめりになり、女を放り出しながら倒れた。鮎之進は女を受け止め、路地に横たえた。すると残りの三人が、いっせいに音をたて、白刃を鞘走らせた。いっさいの声を出さず、しかも統制の取れた様子が不気味だった。鮎之進も抜き、同時にだっと踏み込んで一人の首筋を刀の峰で強打した。そして横の者の二の腕を、背を、やはり剣の峰で激しく打ちつけた。

一人が前のめりに倒れた。しかしすぐにさっと起き上がる。動作は敏捷だ。こういう立ち会いになかなか馴れている。

「峰打ちにした。次は殺すぞ。続けるか？」

鮎之進は静かに訊いた。

男たちは正眼に剣をかまえていたが、互いに小さくうなずき合い、さっと背中を見せて駈け去った。

ううんと、女のうめく声が聞こえた。倒れ込んだままの女を、しゃがんで抱き起こした。

「襲ってきたな」

鮎之進は言った。

女は口に巻かれていた手拭いを自分でほどいてはずした。

「嘘じゃなかったでしょ？」

「ああ」

「痛いよ、お腹を叩かれたよ」

その手拭いを、鮎之進は取って眺めた。傀儡屋《くぐつや》、と紺字で名が書かれている。

「傀儡屋？　知ってるか？」

と女に訊いた。驚いた顔になり、黙ってうなずく。

「あたしの旦那の知り合いだけど。でも、今の男らは違うよ。傀儡屋の人ら、あたしは会ったことあるもの」

「ふむ、歩けるか？」

訊きながら立たせた。

女はふらふらしているが、歩けはするようだった。

「住まいはどこだ？」

「この先、尻垂坂《しりたれさか》」

「何故襲われる？」

「知らない、たぶん旦那のことでしょ」

「旦那？」

「あたいは金貸しをやっている旦那の妾《めかけ》だから。でも、あたしが言うことも本当だって解ったでしょ？」

鮎之進は仕方なくうなずいた。

「早く家に戻れ、送っていくから」

提灯を拾ってきて言った。

「歩きたくないよ」

「では俺はここで帰るぞ、いいか？」

提灯を差し出した。

「よくないよ。じゃあ歩くよ」

それでふらふらと、女は歩きだす。しばらく歩いて、こぎれいなしもた屋の門扉を開けて、中に入っていく。足もとには石が敷かれて、すぐに玄関がある。

「入ってよ」

女は言った。

「ここか？」

驚いて言った。立派な家だ。

「こんなところに一人で住んでいるのか？」

「そうだよ。今宵は旦那来ない、入って」

「入れるわけがなかろう。あんたも俺などを家に連れ込んだら、旦那に折檻されるぞ」

「あたしの旦那はもの解りがいいから大丈夫だよ」

女は言う。

「俺はここで帰る」

「また襲われるかもしれないおなごを、あんた、一人にするのかい？」

「家の中にいりゃ、安全だ」

すると彼女は猛然と突進してきて鮎之進の右手を摑み、

「来てよ」と言って引いて、玄関に連れ込んだ。

取っ付きの四畳ばかりの部屋に入れられて、女が提灯から、行灯に火を移そうとしている。

「火の元うるさく言われてっからさ。今火つけるよ」

しばらく難儀をしていたが、ようやくぼうと部屋が明るくなって、女の顔が見えるようになった。確かに、整った顔だちをしている。蕎麦屋では、警戒感もあって気づかなかった。

「今お茶でも淹れるけど、時間がかかるねぇ、お酒でも飲むかい？　冷やで」

「酒は飲まんと言っているだろう」

「そうだ、お風呂入るかい？」

「おい、冗談じゃない。あんたの旦那に叩き斬られる」

「大丈夫だよ、あたしの旦那は年寄りだから、やっとうはできない。泊まってく？」

「ふざけるな、話をややこしくしたくない。俺の塒は近いんだ。じき帰る」

「あんたすごくいい腕してるから、用心棒やらないかい？　仕事欲しいんだろう？」

「いらん。俺は剣の修行をしているんだ」

「用心棒も修行になるよ」

「なるものか。そんなことより、さっきの暴漢どもの襲撃の理由を聞きたいんだ。何故あんたを襲う？」

「そりゃ、さらいたかったんだろう？」

「何故さらう？」

「そりゃ、あたいはいいおんなだからさ。あたいを手籠めにしたかったんだろ」

鮎之進は無言になった。

「それか人質にして、旦那に金を要求するつもりなんじゃないかな。旦那は金持ちだから」

鮎之進は無言で考えた。

「それとも手籠めにしてから、どっかの遊廓に売りとばしたかったんじゃないかな。あたいは高く売れそうだもん」

そんな程度のことなのか、と考える。ただの女さらいか。それにしては、あの男たちの腕はかなりよかった。それに、もうそろそろ襲われそうだという女の言葉とつながらない気がした。

「ねぇあんた、本当に旦那の用心棒やったら？　月五両はくれるよ」

「剣を銭にはしたくない。俺の剣は、もっと神聖なものだ。邪魔したな、旦那によろしく言っといてくれ」

鮎之進は立ち上がって玄関に向かった。女は廊下を追いかけてきて、

「お侍さん、名前教えておくれよ」

と言う。

「鮎之進」

と応えると、

「あたいはお多津《たつ》だよ」

と言った。

21

長屋の自室に戻ってみると、なんと筵の上に夜具が積んである。敷き布団に箱枕だ。油じみた染《し》みがあって、新しくはないが、充分に使えそうな代物《しろもの》だった。誰だ？　と思う。まさか大家ではあるまい。夜具の上や、筵の上、へっついのあたりも探ってみたが、ひねり文の類いも見つからない。まあよいと思い、布団を延べて服をかけ、眠った。

翌朝起き出し、用を足してから、備え付けの桶を持って井戸に水を汲みにいった。まだ人の気配はなかったが、釣瓶《つるべ》で汲んだ水を入れた桶を持ち、部屋に戻っていると、

「お武家さん」

と中年の男に声をかけられた。

「大工の辰《たつ》と言いますわ、お侍さんがこっちの部屋に？」

と訊くので、

「そうです。よろしく」

と応じた。

「お武家さん入るの、はじめてや、こんな破れ長屋」

と言うから、

「だからまあ、お武家というほどの者じゃないよ」

と言った。

「でもやっとうはやんなさるでしょ？」

と手つきを交えて問うから、

「まあね」

と応えた。

「この長屋、男しかおらへんからな、むっさくるしい親爺ばっかり。あとで剣術教えてやっておくんなさいよ」

それで鮎之進は、ただうなずいて、部屋に入った。

湯を沸かし、手拭いを浸して顔に当ててから、小刀で髭《ひげ》を剃《そ》っていたら、

「おはようさんですぅ」

とかん高い声がして、おそのが入ってきた。

「あ、お侍さん、おひげ剃ってるの？」

と訊く。

「ああそうだ」

と応えると、

「朝餉《あさげ》のお握り持ってきたょ」

と言う。

「え、悪いな」

そう言うと、

「汁もあるよ。まだ温いょ、駈けてきたさかいに。冷めないうちに飲んみまっし」

と言った。

「おい、そりゃ嬉しいが、近いのかい？　あんたのうち」

「すぐ近くだよ。じゃまたあとで」

と言う。

「ちょっと待ってくれ。昨夜この夜具を持ってきてくれたのは？」

「うちゃ。ウナギ屋の清六《せいろく》さんが、余分な夜具があるって言うから、もろうて運んできたんだよ」

「そうかあ、すまんな。重かったろ？」

「いいんだよ。またあとでお店来てね、お団子食べに」

そう言っておそのは出ていく。

握り飯を食い、汁を飲んでのち、夜具をたたんで衝立てで隠してから、大小を差して鮎之進も表に出た。

長屋の空き地で刀を振れば、住人が集まりそうなので、路地を抜けて小走りになり、人けのない方角を探していった。大家がこのあたりは便利な一帯だと言っていた。どうやらその通りらしいが、しもた屋が詰んでいるから、足腰の鍛錬には向いていない。このへんの住人に混じれば鮎之進は背も高い。それが刀を振ったり走ったり、何ごとか目立ったことをすれば、人だかりもできかねない。

浅野川の河原で剣を振り、寿経寺に行って座禅を組んだ。無我と思える時が去って、渚の光景が見えた。波が、繰り返し繰り返し沖から寄せてきて、砂を洗っては去る。その様子を心のうちでじっと見ていた。これにも、何ごとか意味があるのか。

正午近くになり、百間堀一帯の用心棒をやると語った約束を思い出した。おそのの店の前に来ると、団子を求める人が五、六人ばかり並び、焼けるのを待つふうだ。客の背に隠れ、おそのの姿は見えなかったから、邪魔をせぬように素通りして、辻売りのウナギ屋の方に行った。鮎之進の姿を見ると、ウナギ屋の親爺は笑って会釈をして寄越した。寄っていって、夜具の礼を言った。

「いいってことさね、どうせ使うてなかったから。世の中、あいみたがいやさかいに」

彼は、内容と裏腹に、ちょっと暗い声で言った。

ウナギ屋の隣には、老婆がやる、やはり辻売りの汁粉屋が見える。近くの石にすわり、老婆の様子をしばらく見ていると、その向こうから、また卯辰家の与太者たちが、徒党を組んで、肩で風を切ってやって来るのが見えた。しかし鮎之進が立ち上がってやると、連中はぎくりとして立ち停まり、こそこそと回れ右をして、来た道を戻っていった。汁粉屋にも寄らなかった。

これで今日の用心棒の役は果たしたかと考え、鮎之進が団子屋の方角に戻っていると、

「鮎之進さん」

という女の高い声がどこからかして、行く手の木の陰から、昨夜の若い女がふらと出てきた。濃い藍色の着物を着て、昼の光で見ると、ずいぶんと派手な女だなという感じがした。

「ああ、あんたは……」

鮎之進は言いかけた。

「はい、あんたは？　だあれ？」

女は訊く。いっとき考えるが、名前が出ない。

「忘れた」

鮎之進は言った。

「お多津だよ。しっかりしてよ」

女が言うから、

「お多津さんだ」

と言っておいた。

「あれ、お侍さん、お髭剃ったね」

と言った。

「あんた、明るい陽の下で見るとますますいい男だね。こりゃ、おそのが夢中になるのも無理ないわ」

「おその？」

鮎之進は言った。

「あの店のか？」

後方を指差す。

「そうだよ」

「団子屋のか？」

「そうだよ。知らないのかい？」

「知ってはいるが、あれはまだ子供だ」

「ところがどっこい、もう立派なおとなさね、お団子食べに行く？」

「いやいい。今朝、握り飯と汁を持ってきてもらったんだ」

「おや、ふうーん。そうかい」

お多津はにやりとし、したり顔でうなずいた。

「頑張ったね、あの子。夜具を持っていったり、握り飯持っていったりね。あの子自身が、今大変なのにさ」

「何が大変なのだ？」

鮎之進は訊いた。

「おっかさんの病い、重いのさ。なんとかいう、聞いたことない珍しい病気でね、治す薬はあるらしいんだけど、高いんだとさ」

聞いて、鮎之進はうなずく。

「団子なんかいくら売っても、とっても作れないくらいのお金さね。もしもおっかさん命落としちまったらさ、あの子、天涯孤独になっちまうんだよ。なんとかしてやりたいねぇ。でもあたいも今もの入りでね。ちょいと自由になる金子《きんす》がないのさ」

「ふうん」

「あたしは踊りのお稽古行く。その衣装代も高いんだよ、お師匠さんがめついしね。じゃあお稽古が終わったらね、鮎さん」

「あ？　ああ」

鮎之進は応えた。

見ていたら、団子屋の人並みがはけたから、店の前に行って、おそのと話した。鮎之進が寄っていけば赤い頰をほころばせて嬉しそうに笑うのだが、おっかさんが悪いんだってと訊くと、途端に顔が曇った。

緋色の布がかかる縁台に腰をおろした。

「食べます？」

と団子を一本差し出すから、

「いや、今はいいんだ。売れ残りそうならもらうよ」

と言った。

「おっかさんの病い、何てんだい？」

鮎之進は訊く。

「れば……、なんとかって、憶えられないよ。蘭語なんだよ。お医者さんには診てもろうてる。それで長崎にいい薬があるんやて、でも高いんだよ、二両から三両はするって」

「そうか、そいつは高いな」

「うちにはとっても無理やわ、用立てるの」

「ふうん」

「でもどんどん弱ってねぇ、おっかさん。もう夜具から立てないんだよ」

「そうか、心配だな」

鮎之進はうなずく。

その夜、蕎麦屋に晩飯のために寄ったら、またお多津が酒を飲んでいた。見ると、横には半白髪の初老の男がいる。そして二人の前には、背筋が伸びて、挙動に隙のない男がすわって、香の物を肴《さかな》に酒を飲んでいた。

「あれぇ、鮎之進さん」

お多津が手を挙げて、鮎之進に声をかけてきた。

「こっちこっち」

と手招きをする。気は進まなかったが、そばへ行って、男の横にすわった。

「茺生屋《うりゅうや》さん、この人が鮎之進さんだよ。とっても強いんだよ」

「ほう」

初老の男はうなずき、

「茺生屋の岩五郎《いわごろう》と申します」

と柔和に微笑んで頭を下げてきた。その様子は、根っからの商人というふうに見えた。しかし、笑みを消した瞬間に双眸《そうぼう》に浮く暗く鋭い気配に気づいて、鮎之進はおやと思った。何ごとか、うしろがありげな人物に思われた。

「こっちのお武家は田所孫之助《たどころまごのすけ》と申される剣客。ご城下では知られた、慈眼一刀流《じげんいっとうりゅう》の遣い手でな」

「はあ」

鮎之進は、格別の関心を引かれずにそう応じた。男の様子には確かに隙がない。しかし酔いの影響で、時おり肩が前後に揺らぐ。

「あなたは何流を使われまするかな？」

岩五郎は訊いてきた。

「私には、流派はありません」

鮎之進は応えた。

「幼少のおりに道場に通うたことはありますが、そこでの教えにしたがうところはいっさいありませんゆえに」

すると孫之助が鼻を鳴らし、

「我流か」

とつぶやく声が聞こえた。

「鈴木や市川の道場を破ったとお聞き申した」

「破ってなどおりません。ただ、使い手の方がおられるならば、一手指南をと乞うたまで」

「で、おりましたかな?」

「いや」

鮎之進が言うと、沈黙が生じた。無言が続くので、何か言わねばと考えてこう続けた。

「近頃は、門弟の方々、みな竹の剣を使われるので、少々やりにくく、あまり試合にはならぬように……」

「剣の奥義を摑むまでに、骨を砕かれてはせんないことだからな」

黙っていた孫之助が、太い声で応じた。その声には、いくぶんか酔いのにじみがある。

「木刀のことを言われておるのか？」

鮎之進は訊いた。そこに親爺が寄ってきたので、かけそばを注文した。

「飲まれませんかな？」

岩五郎がとっくりを持って勧めてくる。

「酒は、某は飲みませぬ」

鮎之進は応じた。

「おぬしは、木刀も遣わぬと？」

孫之助が訊く。

「ろくでもないところで育ちました。両親とも早くに死に、落ち武者からでも奪ったのか、太刀も槍も、村の納屋には腐るほどにあった。ゆえに最初から真剣でありました」

「よくまだ生きておるな。いったいどこの村だ？　それは」

「まあそうした詮索はよいでしょう。鮎之進どの、剣の修行をされているのですな？」

岩五郎が柔和な表情で尋ねてくる。

「はあ、そのつもりでおります」

「しかし道場には、相手はもうおらぬと？」

「道場破りだと誤った触れが出て、ご城下の道場はどこも入れてもらえません。入り口で撃退される」

「それでは、私の護衛をしてくださる気はござらんか？」

茂生屋の岩五郎はいきなり言った。

「護衛？」

「さよう」

「それは、用心棒ということで？」

「まあ、そうとも言いますな。このように金貸しなどをしておりますと、なにぶん物騒でいけません。これまでに夜盗の類いに襲われたことも、一度や二度やない」

「ははあ。しかし私は、用心棒というものは……」

「用心棒は駄目ですかな？」

「いや、駄目というのではありませんが、修行の者が用心棒とは……」

「私どもの周囲には、そう申してはなんだが、一流の剣客が揃うております。みな、その腕が高い銭になる一級の使い手ばかり。このご城下では間違いなく最高の剣客が集うております。藩全体を見廻しても最高、おそらくは北国でも一、二の使い手ばかりでございましょう」

「一流の使い手は、今は街の道場になどおらん」

孫之助が強い口調で言う。

「あのようなところは、竹刀遊びの踊り子ばかりよ」

それで鮎之進は孫之助を見た。その点はまことに同感であったからだ。

「一流の使い手に会いたいなら、今はもうその世界しかありまへん。合戦のない世の中や。鮎之進どのの評判は、このお多津や、街のあちこちで聞いた。月に五両お支払いしよう。なに、仕事はごく簡単、六ツ（午後六時）頃、うち、すなわち苽生屋の軒先にいらしてくださればそれでよろし。そして私が出かける場所に同道してくれたらええ。簡単でおましょ？」

　苽生屋がこちらを見つめて訊いてくる。

「陽が暮れてからは、おとのう場所というとこれの宅に行くか、花街か、あるいは博打場、いずれにしても遊びの外出ばかりやろが、暴漢が襲いにくるのは夜と決まっておりますからな。いかがかな？」

　岩五郎はそう言って、鮎之進の顔を覗き込んできた。岩五郎はさすがに商人で、微笑を浮かべれば人好きのする好々爺《こうこうや》になる。だが、油断のない気配は消えない。

「五両は大きいぞ貴公。今時月に五両も稼げる仕事はほかにない」

　孫之助が、多少酔いのにじんだ声で言う。

「もっとも、はたしてそれだけの値の腕であるかどうかは、わしにははなはだ疑問だがな」

　そう続けた。

「貴公もその額で？」

　鮎之進は横の侍に訊いた。

「ふふん、わしの腕は、もっと値が張るのう」

彼は声高になり、尊大な口調で言う。

「わしの場合は安うない。街のやくざ者や、竹振り道場の青二才に打ち勝ったという程度の触れ込みではないからな」

思わず鼻に嗤《わら》いが浮く。酔っぱらいの自慢話か。その言を聞いて、ただでさえやる気のなかった鮎之進のやる気が完全に失せた。

「せっかくのお話ながら、お断り申す」

鮎之進は言った。

「私は修行中の身」

「おお、修行中の若輩者であったのう」

孫之助がひき取って言った。

「私の望みは、用心棒をやって酒を飲む、そういう暮らしよりもいささか高うございまして。失礼」

鮎之進は席を立ち、奥の卓に移動した。そのときちょうどかけそばができてきたので、視界のすみに孫之助たち三人を見ながら蕎麦を食べた。

何か言ってからんでくるかと予想したが、鮎之進が蕎麦を食べ終わるまで、孫之助も岩五郎もお多津も、何も声をかけてはこなかった。

ちょうど食べ終わった頃、立てつけのよくない障子戸が、苦労する様子で開いて、おそのの赤い頰が覗いた。ざるの木枠と、碗の載った盆を持っていた。

「あっ、鮎之進さん」

気づいておそのは、嬉しそうな声をあげた。盆を親爺に戻しながら、

「いつも晩はここ来るがですか？」

と訊いた。

「ああ、ここのかけそばはうまいから」

鮎之進は言った。

「おっかさんもね、ここの蕎麦が好きでね、ここの蕎麦なら食べるんや。半分くらいやけど」

「そうか。おっかさんの病い、心配だな」

鮎之進は言った。

「うん」

とうなずいてから、おそのは思いついたように言った。

「あそうだ、お侍さん、傘貼りの仕事ありそうだよ」

とかん高い声で言った。まずい、と思った瞬間、案の定、彼方の孫之助が豪快に高笑いをした。

「わははは！　わしのものより高い望みとは傘貼りのことか！」

とこちらを振り返って大声を出した。

「そりゃ大したものじゃ、確かにそれなら怪我することもないしの。加賀藩一の傘貼り

侍になるか。そりゃ大いに出世だわい。感心感心！」

「あ、お侍さん。いけなんだ？」

おそのは顔を近づけて、真剣なささやき声になった。

「かまわん、どうせあれは大した剣客ではない。あんなに酒を飲むようではな」

鮎之進は言った。

「傘貼りもろくにできはせんさ」

「なにい⁉」

言って、孫之助が立ち上がった。腰かけががたんと後方に倒れた。

「今のは聞き捨てならんぞ！」

「ああ、聞こえたか、それは失礼」

鮎之進は言った。

「傘は貼れるみたいだな。剣の方は知らんがな」

後半はおそのにささやく。

「お侍さん」

おそのが小声でたしなめ、おろおろして立ち尽くしている。

「えろうすみません、お侍さん！」

おそのが、孫之助に二度も三度も頭をさげている。

「心配しなくていい、おその。おっかさんのところに早く戻るんだ」

「ええんですか？」

「いい、いい」

鮎之進は、いけいけと手を振って言った。

「では明日朝、またお握り持って行きます、お部屋に」

「え？　あそうか。心配しなくていいよ。もしも飯が余ったならでいい」

「余っているよ、おっかさん、いっつも食べないもの」

「そうか、しかし、では粥にしてはどうか」

「ええい、やかましいぞ。何ごちゃごちゃ言うとる！」

孫之助は怒鳴った。

「早くいけ、おその」

「はい。では明日の朝」

おそのは戸口を開けて表に出ていく。

「おまえも表へ出い、傘貼り侍」

棒立ちになったまま、孫之助は威張って言い放つ。

「おい、まだ貼ってはおらんぞ。だが蕎麦も食ったし、まあ出ろと言うのなら」

先に表に出た。続いて出てきた孫之助が、さっと剣を鞘から抜いた。

「おい、真剣はやめておけ。怪我をするぞ」

鮎之進が右手を挙げて制した。

「ははん若輩、おじけづいたか」

孫之助は真剣をかまえて言う。

「どうとってもいいが、あんたは酔っている。無理だ」

岩五郎と、お多津も続いて出てきた。

「問答無用、抜け！」

孫之助は大声を出す。そして上段から、えいという気合いもろとも、いきなり打ちおろしてきた。鞘に収めたままの刀で、鮎之進は弾いた。さらに下方に払いざま、跳ね上げて孫之助の顎を打った。ついでに額の真ん中も、激しく突いてやった。

知らず後方に大きくよろけたのち、孫之助はしゃがみ込んでしばらく痛みに堪える。

「おい、何をしている。休憩か？　道場ではないんだぞ。果たし合いなら斬られるぞ」

言って、孫之助の頭頂部をとんとんと鞘で打った。

「あんた、自分に遠慮する弟子たちに馴れすぎだな」

聞いて頭に血が上った孫之助は跳ね起き、大声を上げて打ちかかってきた。刃を横に払うと、続いて上段からも振りおろしてくる。存分に振らせ、また堪えてから、鮎之進はどんと懐に踏み込んで鞘で刀を押さえながら、腰を沈めて相手を押して飛ばした。孫之助がまた体勢をくずすところに、腹の真ん中を思い切り蹴り飛ばした。

孫之助はそれで宙を飛んで、背中から堀に落ち、盛大に水しぶきを上げた。

「これで酔いも覚めるだろう」

鮎之進は言った。

「真剣を振り廻す気なら、そんなに酒は飲むな」

「十両出そう！」

寄ってきながら、岩五郎が大声で言った。

「見事だ、あの田所の孫之助を、これほどたやすくあしらうとはな。実に見事だ！」

岩五郎は、感嘆しきりの様子で言った。

「今のは唐渡りの格闘術か？　剣術の技ではござるまい」

「実戦では、流派の型などは意味をなしません」

鮎之進は言った。

「あれでもあやつは、慈眼一刀流道場では師範ですぞ」

「ほう、大した師範だな」

鮎之進は、聞こえぬようにつぶやいた。酒飲みでも務まる師範か。いずれ大した道場ではあるまい。

「酒に酔うとは、気が弛緩するにもほどがある」

「ほら、あたしの言った通りだろ？」

お多津の声がした。

「鮎之進さま、強いんだよ」

「そうだな」

岩五郎は、あやすように言う。

「でも大変だよ」

お多津は大声を上げる。

「何がだ？」

「孫之助さま、泳げないんだよ。土左衛門だよ」

「何？　それは大変だ」

岩五郎が言う。

「なあに、足が立つさ」

鮎之進は言った。

「それで鮎之進どの。わしの護衛の話は？」

岩五郎は問うてくる。

「鮎之進さま、お願いだよ、やってあげてよ」

お多津も横で言う。

「傘貼るとこ、あたしは見たくないよ」

鮎之進は、堀端まで寄っていって、下でまごまごしている孫之助の首尾を見ている。

「十両では不服と申されるか？」

「いや」

鮎之進は即座に首を横に振る。

「金額などどうでもいい。それでは三両だけ前金でいただけないか。それでひと月だけ、お務め申す」

そう言った。

22

翌朝、破れ長屋で起き出し、用を足してのち、布団をたたんで衝立ての陰に隠していると、

「おはようさんで」

と声がして、おそのが入ってきた。

「鮎之進さま、朝餉持ってまいりました。ここ置いても？」

「ああ、すまんな、おそのちゃん」

言いながら鮎之進は、上がりがまちまで行って腰をおろし、懐から三両を出して、おそのに向かって差し出した。

「ここに三両ある。これでおっかさんに薬を買ってやれ」

「えっ⁉」

とおそのは言い、仰天して立ち尽くした。

「どうして？」

「昨夜の莵生屋さんが、どうしてもくれてやると言ってきかないから、仕方なくもらっておいた。しかし私には、とりあえず遣い道もないからな、あんたにあげよう。朝餉の礼だ」

「やめてください、いただけないよぉ」

おそのは怯《おび》えるように言った。

「こんな粗末な朝餉、全然こんな大金の価値ない。鮎之進さんはこんなところに住むお方じゃないよ、そのお金でもっといい長屋にかわろうよ。うち今から探すよ」

「ここで充分だ、雨露がしのげるからな。ここを出たなら橋の下」

しかしおそのは、ずるずるとあとずさった。

「ごめんよ、いただけないよぉ、鮎之進さま。鮎之進さまは、うちに対してそんな義理ないもの」

「義理って何だ？　そんなこと、俺には興味がない、むずかしいこと考えるな。金は必要な者が遣えばいいんだ。金持ちの爺いが女遊びに遣うよりはマシだ。おっかさん、急ぐんだろう、気にせずにもらっておけ」

おそのの右手を取って引き寄せ、強引に握らせた。

「でも鮎之進さま、今晩の蕎麦屋のお足だって……」

「あの蕎麦屋はもう飽きた。莵生屋の爺さんが、もっとましな店で飯を食わせるとさ」

「ほんま？」

「こんな銭、蕎麦屋では遣えないしな」

「茁生屋さん？　鮎之進さま、それでいいの？　剣の修行は？」

「ひと月だけのことだ、茁生屋の仕事など」

「もしかして、うちのために引き受けてくれたんじゃ……、違うよね？」

「違う。道場よりも腕の立つ者が大勢集まっているというから、ちょっと会ってみたくなったんだ」

「昨夜の怒っていたお武家さんは？」

「あ？　ああ、あんなのは酒を飲んだらすぐに機嫌が直ったさ」

おそのはそれで土間で土下座をした。額を土にすりつけて言う。

「鮎之進さま、申し訳ありません。うち、必ずお返しいたします。何年かかってでも」

「返さなくていい。私には要らんものだ。こんなきらきらした悪趣味のものに興味はない。薬買って、おっかさん、よく看病してやるといい」

「申し訳ありません、申し訳ありません」

おそのは言って、涙を流した。

「おい、もういいよ、いつまでやっている。汁が冷める。いただくぞ。もう頭上げてくれ。そして行っていいよ」

おそのは顔を上げ、放心したようにしばらく土間に正座して、頬に涙が流れるままにしていた。

　そしてありがとうございますともう一度言い、三両を頭上に掲げて拝んでから立った。鮎之進はその時、寿経寺のみ仏の像の前で、瞑想で見た崖のみ仏を思い出した。すると不思議なことに、黄金の小判などに、何の興味も湧かなかった。

　食事をすませてから筵の上に放っていた天狗の面を壁にかけた。それから大小を腰に差し、障子戸を開けて表に出た。するとどうしたことか、長屋の男たちがドブ板の脇に整列していた。

「な、なんだみんな」

　彼らがすべて自分を見ていたので、鮎之進は驚いて言った。

「お武家さん」

　と昨日の大工が言うから、

「みんな揃って並んで何ごとだ？　今日祭りでもあるのか？」

　するとみんな、ゆるゆるとしゃがみ、地面に膝をついて頭を下げる。

「お侍さん、えろう強いんやて、わしら聞いたがです。鈴木の道場の手だれをあっという間に十人以上叩きのめした言うし、先日は卯辰家の与太者どもをこの先でぶちのめしたと」

　大工が言う。するとうしろの者がこう続ける。

「ゆんべは一刀流のお武家さんを、百間堀に叩き込んだと」

「なんだみな、よく知っているな。地獄の早耳か」

鮎之進はあきれて言った。

「噂の早いことだな」

「あの卯辰一家の与太者らにゃ、わてらいっつも痛い目におうてます。お武家さんがこの長屋に入って来られたんも、何かの縁や。わてらにひとつ、剣術教えてもらえんやろか？」

一人が言う。

「なんだ、それでみんな、棒きれ持って集まってるのか？」

「そうです」

「出入りかと思ったぞ。みんな、長屋のもんか？」

「はいそうです」

「困ったのぅ、某も、これでも忙しいのや」

鮎之進は言う。

「そこをなんとか。ただわてら金、ありしまへん」

「そうか。ないのか」

「全然ありません。ただ、食い物とか酒くらいなら、部屋に持っていきますから」

「こんでよい。酒は要らん、自分で飲んどけ。しかし剣がうまくなりたいなら、酒は飲むな。体が動かんようになるぞ」

「えっ、ホンマですか？」

遠くの一人が言う。

「ほんまだ、嘘言うても仕様がない。酒絶ち、でけんやついるか？」

大声で訊いた。

「そらわし、ちょっと無理ですわ」

一人が言った。

「よし、おまえは抜けろ、部屋に帰って酒飲んでろ。ほかにでけんやつ」

声は上がらない。

「よし。しかしこの空き地で棒きれ振るのは無理だ。狭い、危ない、童《わらべ》に当たる。今から河原まで走る。私についてこられた者だけに剣術教える。行くぞ！」

そして鮎之進は走り出した。井戸端を矢のようにすぎて、路地を突風のように抜けた。往来に出ると、犀川に向かって走り出した。逃げるような気分で、まあ実際に逃げてもいるのだが、五丁ほども行って足をゆるめ、うしろを振り返ると、誰もいなかった。

「なんだ、口ほどにもないやつらだ」

つぶやいて、鮎之進は速度をゆるめて走った。

犀川のほとりに出ると土手をくだり、河原に飛びおりた。ここで剣を振ってもよいが、それでも遅れてついてくる者がいるかもしれないから、見つからないように上《かみ》に向かってかなり走り、木立の陰で剣を抜いた。そして腰を入れて素振りをした。

しばらく続け、汗をかいたから、川の水に手拭いを浸して絞り、体の汗を拭いた。そして手近の大石の上に足を組んですわり、瞑想を行った。茳生屋の用心棒を引き受けたことで、内心忸怩《じくじ》の思いがあったから、このことの正否を、座禅によって確かめられないものかと考えた。

川風に体をさらし、しばらく瞑想したが、不思議なことに、寿経寺の寂蓮の前で瞑想するほどの充実感がない。答えがやって来る気配もなく、やはりみ仏の像の前での座禅には、特別の意味あいがあるものと知った。

それで、その足で寂蓮の寿経寺に、座禅を組みに行った。寂蓮は、満面の笑みで歓迎してくれた。午後いっぱい座禅を組み、尼僧の淹れてくれる白湯を飲んで語った。

何ごとか悩みの類いが？ と問われるから、解るのだろうと思い、今朝方までのいきさつを話した。茳生屋の岩五郎とお多津の乞うところを入れて、ひと月だけ用心棒の仕事を引き受け、前金で三両ほどをもらって、母の病いの薬代を欲しがっていたおそのにやったと言ったら、それはよいことをなさりました、と寂蓮は言ってほめてくれた。

「おそのはさぞ喜んだでしょう？」

と問うので、まあとだけ応えておいた。

心ならずも用心棒仕事を引き受けることになってしまった。このことがよかったものかどうか、み仏の善導にかなうものかを迷っている、それで座禅を組みにきたのだと言った。しかし今の瞑想でも、答えは得られなかった、そう告白した。

寂蓮は聞いたのち、それは致し方のないこと、けど、もう二度と殺生をしてはなりませんよ、と言った。あなたさまほどの腕前ならば、どのような者が襲うてきても、多少傷つけるだけで、命は取らずに撃退することは可能でござりましょう？　と問う。鮎之進は、じっくりと考えた。力に大きな差があれば、峰打ちで撃退することも可能だ。だが伯仲していればむずかしいことも考えられる。

これは大いに矛盾だと、時に思う。未熟者ならば命が助かる。そうなら手だれの者は、まるで自分に殺されるために、これまで懸命に修行を続けてきたようなものだ。

寂蓮は、茋生屋の岩五郎を知っていると言った。一度だけお見かけして、粋な遊びぶりで、花街でも、芸妓たちに人気があったという。懐かしむような顔をした。しかし花街では、いわば入れ違いであったらしい。寂蓮が引退してのち、岩五郎は花街で遊ぶようになった。

「けど、不思議な旦那さんでございましたよ」

寂蓮は言う。

「何故です？」

と問うと、

「たいがいの旦那さんは、みんな二代目三代目、花街での親の遊びを見て、通ってこられますがなぁ、茋生さんは一代であそこまでの、加賀一の金貸しになられたお方で、若い頃のことは、誰も知りしません。何をしていらした方か、どういういきさつで金貸しになられたのか。それも、急激にのしてこられたお方で、最初の資金はどうしたのか、女将やみなの話題でした。でもお金払いがきれいな方やったからなぁ、芸妓に人気はありました」

「ふうん、さようですか」

鮎之進は言った。

「夕餉、食べていかれますかなぁ？」

と問われるので、

「いや本日から、苽生屋さんでの仕事、始まりますから」

と言って、まだ陽が高いうちに寺を辞した。

「また来てくださいねぇ、人里離れた住職は無聊《ぶりょう》ゆえに」

そう尼僧は、別れ際に言った。

尾張町《おわりちょう》の苽生屋の軒先に行くと、昨夜の田所孫之助が立っていた。

「待ちかねたぞ山縣」

「おや、誰かと思えば田所どのか、無事上陸なされたか？」

鮎之進は問うた。

「いい気になるんじゃないぞ、人の商売邪魔しくさって」

孫之進は言った。

「商売？」

鮎之助は仰天した。

「商売とは何のことだ？」

「商売とは商売だろが、とぼけるな。おぬしもそうであろう。自分の腕をいかに高く買い手に買わせるか、それがわしら剣客の勝負だ。世の中すべてそうであろう、売り手と買い手。剣客とても同じこと。すでに合戦も仕官もない世の中だ、腕に多少の憶えがあれば、もう銭しかあるまい」

「はあなるほど」

鮎之進は言った。すでにそういう世の中か、と思った。

「おぬしは値を十両に吊り上げたらしいが、こっちは二十両から盛大に値下がりだ。そもそもおぬしは汚いぞ。こっちが酒に酔うておる時を狙うとはな」

「何を言っておるんだ。私は何も狙ってはおらん」

「よいよい、もうどうせ手のうちは知れておるんだ」

「ちょっと待て。酔っている時からんできたのはそっちであろう」

「もうそういう話はよい、終わりだ。四の五の言わず、わしの道場に来い。慈眼一刀流の田所道場だ。当然知っておろうな？　所在地は」

「全然知らん」

「とぼけるな！　そういう猿芝居はわしには通用せんぞ。長町《ながまち》だ。わしと立ち会え。おぬしが望むなら、木刀勝負にまけてやる。真剣でなく、な」

「ほう、竹刀は遣わんのか？」

「あんな玩具はうちでは遣わん」

「そこのところだけは気が合うなぁ」

「とにかく、わしはいったんおぬしに勝ったということにしなくてはならなくなった。おぬしのせいでなぁ」

「自業自得、自縄自縛、身から出た錆《さび》。酒はやめたらどうだ？」

鮎之進は言う。

「大きなお世話だ」

「そうかなぁ」

「そうでなくてはこっちは商売上がったりだ、道場も経営が苦しい。どうだ、同業のよしみ、五十両で手を打たんか？」

「何ぃ⁉」

鮎之進は仰天した。

「ええい、では七十両」

「おい、いい加減にしろ！」

本気の叱責が、ほとんど喉もとまで駈け上がった。

「何か、もめておりますのかな？」

穏やかに言いながら、奥から岩五郎がのそのそ出てきた。

「おや、孫之助どの、どうなされた。本日、貴殿はお呼びしてはおりませぬがな」

　岩五郎は無遠慮に言う。

「某はお払い箱でござりますかな」

「そうは申しませぬが、商いの世界は、それはきびしいものでござります。小判が飛びかえば、それは真剣を振るう果たし合いと同じこと」

「某ほどの腕の者を切られるとは、茁生屋どのはずいぶん大損をされたもの、いずれそれがお解りになろう」

「よく存じ上げております。孫之助どのの腕前のことは、小生よくよく存じ上げております」

「ともあれ、昨夜は酒の上とはいえ、不覚をとった。そのことは事実、いずれにしてもこの青二才を打ち破り、雪辱を果たしてのちに、またお目通りを願おう」

「お待ち申し上げておりまする」

　岩五郎が黙礼をすると、

「ではおい、山縣の。道場で待っておるぞ」

　言いおいて孫之助はくると身を翻《ひるがえ》し、せいぜい肩をそびやかして歩みさっていく。

　それを見送りもせず、

「ではまいりましょう」

　と岩五郎は言った。鮎之進は黙ってしたがう。

「本日は南の花街に向かいます」

黙したまま、かなり進んでから、岩五郎はぽつりと言った。

「山縣どのは、こういう場所で遊ばれたことはおありか？」

岩五郎は顔を回して鮎之進を見る。

「まったくありません」

肩を並べて歩きながら、鮎之進は答えた。

「興味はおありか？」

「全然ありません」

「美しい芸妓、娼妓が大勢おりますぞ」

「ああさようですか」

「北国一の踊りや鼓の芸を持つおなごもおります」

「そのような趣味をもちませぬゆえに。しかしもと芸妓の人より聞きましたので、花街のことも一応は知っております」

「もと芸妓、それはどなたでございますか？」

「寿経寺の尼僧の、寂蓮どのです」

「ほう」

岩五郎は黙って歩みはじめた。記憶をたどっているふうだった。

「もと芸妓の方……」

「そうです。南の廓一と呼ばれた時代もあったと」

「さようで。そのお方、廓時代の源氏名はなんと言われます」

「そこまでは聞いておりません」

鮎之進は言った。

「いずこも、厳しい商売の世界ですな」

岩五郎が言ったが、その言葉の意味は不明だ。

「今の南の廓一は、鶴子《つるこ》というおなごです。これはひと晩でお花代を五両も稼ぐと言われております。踊りも篠笛も、むろん器量も、加賀一といわれる絶品ですのや」

「さようですか」

「今から、『水の登《みずのと》』という茶屋にまいります。そこに鶴子を呼んでおります。山縣どのにも会わせて進ぜよう」

「さようですか」

「欲がないですな貴公。では二階には上がらず、一階で六十婆ぁの女将と一緒に、茶漬けでも食いながら待つことになるが、よろしか？」

「むろんです」

「怪しいのんが勝手にずかずか階段を上がっていかんように、しっかり見張りを頼みますわ」

と言う。鮎之進はうなずく。

「わしはおなごも剣客も、一流が好みでしてなぁ、天下無双、この言葉が一番好きなんです。趣味の書画骨董もそうや。職人も、武人も、盗人でさえも天下無双、そういう者が大好きでしてなぁ、男に生まれた以上は、底光りのするような天下無双を目指さんでは、本当やありまへん。山縣どのも、そうは思われへんか？」

「剣に関しては……」

とだけ、鮎之進は言った。

「わしは、一級の品を見抜く目だけはおます。それで大金を積んで、妾宅を与えてお多津を囲うた。いや、これがありまっさかいになぁ、一度惚れ込んだら、もう自分のもんにせんならん。せずにはおれまへんのや。これがわしの病いやなぁ。もう、生涯治らへん」

そのような俗念、どうでもよいことだと鮎之進は思う。

「田所どのも、最初はそうかとわしは思うた。しかし、首を傾げるとこもあった。底光りいうものを感じませんでしたな。あのお方の舌先にだまされたんやな、わしともあろうもんがな」

鮎之進は口をしっかりと結んだ。軽々に、自分が破った者の悪口を言う気はない。

「孫之助どのは、これでしばらくは這い上がれまへんな。あのお武家の剣の相場はこれで暴落、月一両の値も、もう危ないものやな」

岩五郎はまたちらと鮎之進の顔を見る。試しているわけでもあるまいが、無表情を維持した。

「どうですかな。田所どのの道場には、行かれますかな？」

「行く気はありませんな」

即座に言った。そんな義理はない。二度立ち会う価値はない男だ。

「でしょうな。しかし山縣どのの剣は、南の鶴子の芸と同等の値がつく。あるいはそれ以上かも知れません。わしはそう見てます。わしのそばにずっとおってくれたら、屋敷も建ちまっせ、それも、道場つきのな」

岩五郎は請け合うように言う。

おなごの廓芸と一緒にするか、と鮎之進は内心で思った。

23

茶屋「水の登」で、岩五郎は女将の嬌声に迎えられていた。横の女将にひと言、鮎之進の名前を告げるや、あとも見ずに二階に上がっていって、さらに何倍もの嬌声に迎えられるのが、階段の下まで聞こえてきた。

鮎之進は階段脇のお座敷に通され、床の間の前にすわらされた。横には値打ちものらしい火鉢があり、流麗な意匠の行灯《あんどん》がふたつ置かれている。

すぐに女将がやってきて、まずは酒が出そうになったが、これは断った。

「仕事中ゆえに」

とひと言言うと、女将は心得て、たあぽを呼んでとっくりをさげさせた。そして、

「おたかと申します」

と名乗って頭を下げてきた。そして、

「お武家さまは、岩五郎はんの……」

と言ってから言葉をとめる。沈黙の意味あいが解らないから、鮎之進はじっと黙って待つ。しかし女将もずっと声を出さないから、

「警護でござる」

と言った。そんなことは解っているだろうに、という気分だった。すると女将は、

「はあさようで」

と目を丸くし、ほうけたような声を出してから、立ち上がって奥に消えていく。鮎之進は首をかしげた。

そのまましばらくすわっていると、まだ十三、四と見える娘がしずしずと茶を運んできたから、一人でこれを飲んでいた。先ほどのたあぼだった。すると、続いて夕餉の膳が運ばれた。これは今の娘と、腰の曲がった老婆が前後して運んできた。そして、

「どうぞごゆるりと」

と娘が頭を下げて言う。そしてちらと鮎之進の顔を見る。老婆は、

「どうぞお召し上がりを」

と勧めてから、よっこらしょとしんどそうに立つ。二人の姿が奥に消えてから、鮎之進は箸を取った。

焼き魚、香の物、汁、さらにはさまざまな野菜の煮付けの皿があって、水菓子まである。器にも金がかかっているから感心した。一階がこうなら、二階の酒席で出されている食膳は、さぞ豪勢なものであろう。鮎之進にとっては、紅葉村の坂上の旅荘以来の、本格的な夕餉の膳である。

汁を吸えば、二階から囃子の音が始まった。二階へ向かう階段は、右手の障子にぼんやりと影になって映っている。階段の壁に蠟燭の明かりがあるのだ。ゆえに段を上下する人影は、すべてこの部屋からそれとなく解る。ここは用心棒のためにしつらえられた見張り部屋というわけか、鮎之進はそう了解する。

物音に見れば、今しも女の影が階段を上がっていく。その姿かたちは、どうやら今の女将らしい。女将が、岩五郎の酒宴の席に顔を出しに行くようだ。

腹に負担をかけないよう、鮎之進はゆっくりと箸を運んだ。一応ここは戦場と心得なくてはなるまい。ご城下一の金貸しの酒宴だ、何が起こるか解らない。食いすぎて腹が苦しければ、火急時の動きはにぶる。急な出に備え、腹に負担はかけられない。

二階の囃子の音が、やまずに降ってくる。芸妓たちのものであろう、嬌声もやむことがない。それを静かに聞きながら、鮎之進は黙々と箸を進める。

半分ほど平らげたあたりで、女将が階段を下ってくるのが解った。と思っていたら、

廊下を曲がって鮎之進の正面に現われた。部屋に歩み込んできて、ゆるゆると向かいにすわって頭を下げ、

「ご飯、お替わりをいたしましょう」

と訊いた。

鮎之進は首を左右に振り、

「いや。何があるか解りませぬので」

と言った。

しかし女将は意味が解らなかったようで、つくねんとすわり続ける。酒を飲まないので、つぐこともできず、手持ち無沙汰のようだ。

「私の方のお相手はけっこうですので、どうぞご放念を」

見かねて、鮎之進は言った。すると女将は、

「うちのような婆ぁを目の前にされては、お目汚しでございましょうなぁ」

と笑いながら言った。

「そのようなことはござらんが、自分のような末端の者にまで、お気を遣われる必要はございませぬ。どうぞお二階などに」

と勧めた。本心を言うと、一人で静かに飯を食いたかった。くだらない話題に、頭を使いたくなかったのだ。

「お武家さん、うちが酒席に居続けたら追い出されます。婆ぁは階下に引っ込んでおれ

と」

「はあ」

　箸で香の物をつつきながら応じた。

「そういうもんでございますよぉ、おなごの世界、それは厳しいもんでございます。ご覧の通り、遠い昔にお座敷辞退の骨董品でございますが、よろしければしばらくここにおらせてくださりませ。お武家さんのりりしいお顔、見ていとうございます、婆には薬でございますゆえ。もしもお嫌でなければ」

「私はかまわんが、不調法者にて面白い話というものがない。また私は、一人でおることに馴れております」

「お武家さん」

「何ですか？」

「お鈴《すず》と親しい、とうかごうたといね、大旦那さまに」

「お鈴……」

　はてと、その名で記憶をたどってみるが、心当たりはない。

「いや」

　と首を横に振った。

「そのような知り合いはおりません」

「尼僧でございますよぉ」

と女将は笑って言った。

「ああ、寂蓮どのでござるかぁ」

と鮎之進も気づいて言った。

「確かに寂蓮どのなら、何日か寿経寺に逗留《とうりゅう》させていただき、座禅の手ほどきをお受けいたした」

「寂蓮、そういう名前で……」

「はあ」

「芸妓のお鈴ならば、うちが、たあぼの頃より手塩にかけて育てました。仏門での名は知りませんし、今どうしておるのやらもまったく知りませんでしたが、廓においって、いっとき南一とも謳《うた》われて、年季が明けても旦那も取らずに出家したというようなおなごは、花街広しといえども二人とはおりません。それはもう、お鈴でありましょう」

おたかは言い、

「ああそうですか」

鮎之進は言った。

「寿経寺というお寺になぁ、住職?」

「そうです」

「一人でお寺を守って?」

「そうです」

「なんとまあ、ちっとも信じられんがやうちは」

女将は天井を仰いで言った。

「お武家さん、何日かお鈴の寺におって、座禅？」

「そうです」

「それだけでござりますか？」

「それはまあ、薪を割ったり、水を汲んだり、料理の手ほどきを受けたり、いろいろと……」

「それだけでござりますか？」

「そうですが？」

「ほかに、何ぞ言われませなんだか？」

「それは数々。み仏の道の話、剣の道について、人の世の生き方についても、さまざまにご指導を受け申した」

「お鈴に⁉」

女将はびっくりしたように目を丸くして言う。

「はい」

「幾日か逗留された」

「そう、三日くらい世話になり申したかなぁ」

思い出し思い出し、鮎之進は言う。

「お鈴は、お酒は飲んでおりましたがや？」

「そう、燗にしたとっくりを一本、たいがい夕餉のおりに」

すると女将はこくこくとうなずいている。

「ほんながでも、仏門に入っても、酒はやめられんがやといね。それでお鈴、何か言いまさなんだか？　お武家さんに」

「何をです？」

「なにてそら、色の道でござります」

「色の道？」

鮎之進は首をかしげた。意味が解らない。

「うちにおった頃のお鈴はねぇ、殿がたがおりまさらんと、夜も日も明けんおなごでござりましたよ。男の方が好きで好きでなぁ、旦那衆誰かに三日も触れられんと、ああおかあさん、足が痙攣するがて」

「はあ？」

「手もこういうように、ぶるぶる震えだしてなぁ、すぐに殿がた殿がたて言うような子ぉでしたがや」

「はあ」

「なにしろなぁ、十四の時やったかいなぁ、水揚げ。まだそんなこと、右も左も全然解らんはずの娘っ子の水揚げの晩からな、おかあさん、うちよかったって、そう言うような子ぉでしたからな」

「はあ」

「水揚げいうのは、たいていの子ぉにはつらいもんで、全然ええもんではおへん。腰骨がごつんごつん当たって痛いばっかしで、あそこも痛いって、大抵の子ぉは言います。そいで水揚げのお相手の旦那を一生怨んだりします。お座敷で、旦那衆にお酌して廻っても、水揚げしてもろた旦那さんにだけはお酒をつがなんだりな、抵抗するんやといね。それが普通やったがですわ」

「ふうん」

「お武家さん、三日ほどもお鈴のとこにおったんでしょう。そしてお武家さんこないな色男でおらっしゃって、お鈴何も言わなんだがやや か?」

「別に」

　鮎之進は首を左右に振った。

「ひぇーっ、たまげたなゃ！」

　女将は後方に両腕をついて、大声を出した。

「人もまあ、おなごもまあ、変われば変わるもんだなゃ、おっそろしゃぁ。ああな頭がおかしいわて言われたような子ぉが。はあ！　み仏の道はありがたいもんだなや。うちも出家しよかいな」

　女将は笑って言う。

「まあともかくあの子ぉは、この世界には向いておりましたよぉそれは。踊りも三絃も上手でしたしなぁ、才がありました。鼓はへたくそやったけど、篠笛はじょうずやった」

「聴かせてくれ申した」

「そうでっしゃろぅ？　もう、ほんとうにそうな子ぉですが。そいで、お武家さんに何も言わん？　体にも触ってきぃへん？」

「体に？　いいやあ」

鮎之進は首を横に振った。

「へえ、そうなことも、でけるんやなぁあの子ぉが。まあありゃ、若い頃のことやったいうことかいなぁ、歳とって達観したんやろか。そうなん？」

「え？　解りませんよ、私は」

「若い頃のあの子はなぁ、褥の中でも暴れてなぁ、大声出して、大きい声で泣いてなぁ、よがるんやって。それでどうでもあの子を身請けしたいて言われる旦那はんが何人も出ましたんや。あの芸妓の相手は、自分でないといかんはずやて。わしを求めておるて、身上《しんしょう》全部投げ出してもええて。でも褥ではどう言うてもなぁ、それはお夜伽《よとぎ》の上でのこと、本当はそんなことありません。あの子ぉは、誰が相手でもそないになります。なあ旦那はんも、そう思いませなんだ？」

「誰が、私が？　私はそんなことは知り申さん」

「はあ、本当に何にもないんですかぁ」

　女将はがっかりしたように言う。

「事件を何回も何回も起こしてなぁ、とうとうさらわれて、心中未遂みたいなことまでして、男の人だけが亡《の》うなってなぁ、お鈴は助かって。それでもう言い出しまして、うちは出家するがやて」

「はあ」

「誰もみな大笑いしてな、信じませなんだがやか。ほうか、はよやれやれて。頭のおかしいあんたみたようなおなごが尼になれたら、廓のおなごはみな尼や、世の中のおなごもみな尼やー、て。それでもまさかと思うた尼に、ほんとになりましてん。見事な黒髪ばっさり落として、落飾《らくしょく》して。しかし座禅なんぞ組んどったらすぐ逃げ出すやろて、みな言うてた。あの子ぉに男が絶てるわけないがやて。でもあれから連絡ないし、どうしとるんかなぁて思てたら、本当に尼僧やってたんやなぁ、ああそりゃ、びっくりやわ！」

「立派な尼僧ぶりでした」

　鮎之進は言った。

　話好きの女将が姿を消し、食事を終えて茶を飲んでいると、数人の人影が階段を下るのが見えた。どこかの分限者集団のお帰りであろうかと思っていたら、脂粉の匂いが感じられ、顔を上げて驚いた。

前方に、世にも美しい者が立っており、今しもゆっくりと近づいてきていたからだ。朱色と金銀で飾られた極彩色《ごくさいしき》の衣装をまとい、高く結った髪には、櫛とかんざしが挿されていた。造りもののようで、とうてい生きた女には見えない。

その華やかさを、あっけにとられて見ていると、鮎之進の前方、やや距離を置いた場所に、彼女は微笑みながらゆっくりとすわった。白く塗った顔は絵のように美しく、彼女が今まさしく、匂うような盛りにあることが感じられた。

「鶴子でございます、以後お見知りおきを」

ゆっくりと言ってのち、彼女はゆるゆると頭を下げる。芝居のようだと思った。鼻先に展開する、芝居の一幕のようだった。しかしその声音には、芝居がかった気配はまったくなく、二階で歌っていた時の発声からの連続性が感じられて自然だった。

鮎之進も、つられて頭をさげた。岩五郎もやって来て、彼女の後方の壁際にすわり、にやにやしながら見ている。少々頰が赤いのは、酒に酔うているのであろう。

「山縣鮎之進と申します」

鮎之進も、かしこまって言った。彼女のたたずまい、そして発散する尋常ならぬ気配には、武家にまで緊張を強いるような、気高い空気がある。

「いったい何ごとで？」

鮎之進は尋ねた。

「私のような下々にまでご挨拶をくださるのは恐悦至極なれど、何故でござるか？　理由がとんと解りませぬ」

鶴子に言って、それから岩五郎の顔も見た。

「鶴子が挨拶をしたいて言うもんやさかいになぁ」

彼は遠くから言った。

「お武家さま、お鈴ねぇさんと親しうされておられるがやか？」

と鶴子が問うので、ようやく解った。

「ああ、寂蓮さん、寿経寺の。確かに知り合いで、本日もお会いして座禅を組んでまいりました」

鮎之進は答えた。

「ああさようで」

鶴子は細い声で言った。

「うちがこの道に入ったのは、まだほんの子供のおりでしたがやか、下の道でお鈴ねぇさんとすれ違うたことがあって、ほんになんと美しいおなごの方かと、強く心を動かされましたのがきっかけでござります。それ以後、毎日のようにこの近辺に来て、遊びながらお鈴ねぇさんの出を待っておりました。この世に、あのような美しいおなごの方もおるものかと、なんとか近づきたいものと思うて、十四になるまでの時を、見よう見まねで踊りをしたりなんぞして、すごしておりました」

「はぁそうですか」

「お鈴ねぇさんは、今でもお美しうておられますか？」

訊かれて、鮎之進は深く、ひとつうなずいた。確かに最初に会った晩、あきらかに常人ではないと感じた。目鼻立ちが異様にくっきりとして、説明がむずかしいのだが、一種の華を感じた。

「しかし私は外見の美しさではなく、それよりもあの方の内面の深さの方を、より尊敬いたしております。私に禅の世界を開いてくださり、仏の教え、人の世の生き方、剣の道の行く末までをも、お教えいただいた。あのようなおなごの方は、ほかに知りませぬ」

「ああ、さようでございますか。さすがにございますなあ。ああいうお方は、そうでのうてはいけんがやか。やはりねぇ、そうであろうとうち、日々想像いたしておりました。到底、うちなどには追いつけぬお方。お鈴ねぇさんは、今は芸は……」

「芸……？　芸は、そう、笛をお聴かせいただいた。夕餉のおりに毎晩」

「毎晩でござりますか！」

鶴子は、心から感心、感嘆したように言った。それから微笑み、続いてうなずいた。手をゆるゆるとあげ、懐に手を入れて、焦げ茶の布で造られた笛袋を引き出した。袋がたもとから覗いていることに、鮎之進は気づいていた。

「このような笛でござりましょう？」

言いながら袋から、黒い篠笛を抜き出してこちらに見せた。漆塗りなのか、筒は光っている。

「わたくしも、お聴かせしてもよろしうござりますか？」

鮎之進は驚き、うなずいた。そして、

「是非に」

と言った。

それから奏でられた曲は、一種異様な華麗さを持っていて、鮎之進は驚いた。予想とはまったく異なる調べだったからだ。

最初はゆったりと始まるのだが、勘所《かんどころ》にいたれば異様に細かな音を散りばめて旋律を上下させる。そのように、きわめて技巧が勝った曲である。まるで滝を落ちる水の飛沫《しぶき》を見ているような、凝った旋律だった。

終わると、鶴子は鮎之進に向かって深くお辞儀をした。鮎之進も返し、

「見事なものでございました」

と感想を言った。

「楽しんでいただけましたか？」

鶴子は尋ねてきた。

「充分に」

「どのようなご気分を感じられましたか？」

さらに質問が来るので、鮎之進は少し意外を感じた。普通芸妓は、座敷での自分の芸

の評価を、客に細かく尋ねたりはしないと聞く。

「滝を下り落ちる水の飛沫を見ておるような心地が……」

そう言うと、

「おお」

と鶴子は声を発した。

「この曲は『翡翠桜《ひすいざくら》』と申します。雪解けの水が充ちる春の浅野川に、はらはらと舞い落ちる桜と、それを載せて流れさる翡翠色の水の勢いを、表現した音曲にございます」

「ほう」

鮎之進は心を動かされて言った。

「お鈴ねぇさんは、この曲は？」

さらに訊かれ、鮎之進は首を横に振った。

「この曲は、今はじめて聴き申した」

「ああさようでございますか」

鶴子は言って、満面の笑みを、その白い顔に浮かべた。

表に出ると、もう外は暗い。帰り道、水の登の女将の持たせてくれた提灯を揺らせながら、岩五郎はこんなことを言う。

「鮎之進どの、花街はいかがでござった？」

鮎之進は黙っていた。感想など、すぐには出ない。

「加賀の、南の廓一と言うたら、そら日の本一いうことやて、この土地のもんは昔から言います。そのくらい、ここの芸妓らは誇り高い」

「あの笛は、見事なものでござった」

鮎之進は言った。

「実際見事で、まるで手だれの剣客の、刃が舞うのを見るようでござった」

「ほう」

岩五郎は感心したように言う。

「芸妓の吹く笛が、あれほどのものとは想像もしませなんだ」

「寂蓮どのの笛は、ああいうものではござりませなんだか？」

岩五郎は訊く。

「もっとずっと静かで、物悲しいような、まったく違う性質のものでございましたな」

鮎之進は思い出しながら言う。

「女将がお鈴のことを言うてなぁ、それでわしもしばらくそのことを話しておったら、鶴子が急に鮎之進どのにお会いしたいて言いだしてなぁ、先に立ってさっさか階下におりましたのや」

「何故です？　あの芸妓、私のことなど知らんでしょうに」

「女将のおたかがなぁ、座敷に来て話しましたのや、あんさんのこと、そして寂蓮、いやお鈴のことをな。それで鶴子がなぁ」

ああそうなのか、と鮎之進は思った。

「鶴子が何故あんさんに翡翠桜をお聴かせしたか、解りますかな？」

「いや」

鮎之進は首を横に振った。

「あの曲は、篠笛の中では一番の難曲でござりますのや」

「難曲？」

「かずかずある篠笛の名曲のうちでも、一番むずかしい。腕に覚えの芸妓の中でも、あれが自在に吹ける子ぉは限られます。せやからな、ここ一番という勝負のおりには、笛自慢の芸妓はたいがいあれを吹きます。言うてみればあの曲は、笛自慢の芸妓の、勝名乗りの雄叫《おたけ》びみたよなものでござりますのや」

「ふうん」

「鶴子はなぁ、気ぃの強いおなごで、お鈴ねぇさんが毎晩笛を吹いて聴かせたていうから、いきり立った、燃えたんですわ。そうならお鈴ねぇさん、あの勝負の曲はたぶん吹いとるやろて思うたんでっしゃろな。お鈴ねぇさんもまた、笛自慢の芸妓でしたから」

「聴いていませんな、私は。翡翠桜は」

鮎之進は言った。

「そう。それ聞いて、鶴子は勝った、思うたんですわ。あの曲はえろうむずかしい。ひと晩でも稽古を欠かしたら、もう吹けんようになるて言いまっさかいにな」

「ほう……」

「そのくらいの難曲や。あの子ぉは、あんさんを通して、お鈴ねぇさんと勝負したんですわ。お鈴ねぇさんは、鶴子にとっては永遠の憧れであり、永遠の宿敵やさかいに。お鈴ねぇさんもまた、今に語り継がれる伝説の名妓や。鶴子もそう。今宵、鶴子は勝ったんですわ、お鈴ねぇさんに」

鮎之進は無言でうなずいた。そういうものか、と考えていた。

「どうです？　芸妓の世界もきびしいもんでおましょ？　剣客の世界とおんなじですわ」

岩五郎は笑って問う。

24

朝、大小を差し、河原で汗を流してこようかと思って外出の準備をしていたら、

「おはようさんです」

という高い声とともに頬を赤くしたおそのが、障子戸のすきまから、苦労して入ってきた。例によって朝餉を運んできてくれたのだ。

礼を言い、薬を買ったかと問うと、昨日の朝、あれからすぐに先生のところに行き、

取り寄せの申し込みをすませたという。長崎から薬が届くまでにひと月ほどかかると言われたと言った。そしてまた何度も礼を言い、昨日の汁の椀を持って帰っていった。

上がりがまちに腰をかけ、おそのの握り飯を食べようと手を伸ばした時、

「おはようございます」

とまた女の声がして、誰かと思ったら、障子戸を開けて寂蓮が現れたから仰天した。

「これは寂蓮どの！」

鮎之進は驚いて言った。思いもかけぬことだった。

「どうしてまた御坊のようなお方が、こんなむさ苦しいところに」

と言ったら、

「近くまで来たので、朝餉にお握りでもと思い……」

と言ってから、朝餉の盆を見つけてびっくりしていた。

「あれま！」

「これは、今おそのが持ってきてくれたのです」

と言うと、多少残念そうにうなずいてから、

「ではこれはどういたしましょうか？」

と言うから、昼に食べます、と応じた。しかし昨夜から、いささか食べすぎている。これまでは食うや食わずの生活をしてきたのだ。こんな飽食を続けると体が重くなり、動かなくなる。剣客は、体が動かなくなれば、それは即、死だ。

「ご一緒に朝餉をいかがです？」

尼僧を誘うと、

「ではうちは、茶でも淹れて進ぜましょう」

と言うので、

「申し訳ありませんが、ここに茶の葉のような気のきいたものはありません」

と言った。

「では明日にでも、うちがおいしい茶の葉を持ってまいりましょう」

と言う。

「あいや、それはありがたいですが、こんな乞食長屋に高価な茶の葉などは似合いません」

あわてて言ってから、

「それより昨夜、南の廓の、水の登という茶屋に行って、おたかさんという女将さんにお会いしました」

と言うと、えっ、と言ったなり、寂蓮は絶句して立ち尽くしてしまった。

「どうして……」

と声までが震え出す。茨生屋の岩五郎という商人の警護で行ったのだというと、顔が真っ赤になり、どすんとくずおれるように、上がりがまちに腰をおろした。

「おかあさん、うちのことを何か言うておりましたか？」

と消え入るような声で問う。

「はあまあ、それはいろいろと」

と怖々言うと、

「花街でのうちは、それはもう恥の連続で……」

と泣きそうな声で尼僧は言う。

「何を聞かれましたものやら……、でもそれらは、もうどうぞ、全部お忘れくださいまし」

「まあ、たいして憶えてはおりません」

と嘘を言ったが、実はすべて憶えている。

「あんまりあさましうて、み仏の道が聞いてあきれますやろ」

「いや、決してそのようなことは……。あの、今私これ、食べても、冷めますので……」

と訊くが返事はない。それで鮎之進は言った。

「とにかくおたかさんは元気にしていて、寂蓮さんのことを案じておられました。とんと便りがないと」

「はい、それはもう……、はいさようで、ああそうですか。うちはああな馬鹿なこと、いろいろしでかしてしもて、とっても便りなんぞ書けしません、恥ずかしうておれんがやか……」

寂蓮はうつむいて言う。

「水の登のおかあさん、うちとさして歳が違わんかった、七つやったがかいなあ、上で。せやからもう、うちの腹の中はよう解っとったといね。全部みすかされとったが、もう恥ずかしうて……」

鮎之進は、汁を吸いながら聞いていた。

「それで、誰か芸妓には会われましたか？」

「はい。鶴子という人と」

「鶴子……、それは今の南一番の子、さぞきれいでしたやろ？」

「はい、確かに」

「茁生屋さんと一緒に、お座敷に出られました……？」

問われるから、鮎之進は即座に首を横に振った。

「いや、むろん出ません。階下で待機しておりました。そうしたら、鶴子さんがおりてこられて、ご挨拶をいただきました」

するとと寂蓮は、びくんと顔を上げた。

「なんと？　鶴子が自ら？」

とやや強い声で言う。

「ど、どうされましたか」

あまりに様子が変わったので、鮎之進はびっくりした。

「それで鶴子は何と？」

「何……、というまでのことはなかったと思いますが。ただ童《わらべ》の頃にお鈴さんを何回か廓の道でお見かけして、強く憧れて、それで芸妓の道に入ったと、私に」

「ほう、そないなこと……」

「それで、笛を吹いて、聞かせてくださいました」

「笛？　曲は何を？」

「確か、翡翠桜と言ったかと……」

するると寂蓮が沈黙した。そのまま沈黙は続く。ずいぶんしてから、

「鶴子が翡翠桜を……」

とつぶやいた。そして、

「じょうずでしたか？」

と問う。

「見事なものでした」

鮎之進は正直に答えた。

「本日は笛は持っておりません」

と寂蓮は言った。

「ただ今朝はこれをと、鮎之進さまに」

言って、風呂敷を膝の上で開いて、頭巾を出した。

「これから寒うなります。雪の日もありましょう。夜廻りに、寒さはこたえます。そういうおりにこれをかぶって歩かれれば、ずいぶんと違います」

言って、手に取って鮎之進に差し出してきた。

「おお、これは。ありがとうございます」

鮎之進は受け取り、頭を下げて礼を言った。

「よろしいのですか？」

「なんでもございません。ほかにも何か必要なものができましたなら、遠慮のう、何なりと言うてくださりまし」

寂蓮は言った。

尼僧が帰っていったので、鮎之進は朝餉をきちんと平らげ、尼僧のくれた握り飯の包みをぶら下げて、ふらと表に出た。そして仰天した。また長屋の男たちが勢揃いして、ドブ板の脇に並んでいたからだ。

「なんだ、あんたら、まだ剣術習いたいと？」

「へえ、さいです」

大工が言う。

「懲りんやつらだな。よし、ついて来れたらな」

鮎之進は言って彼らの前をすぎ、風を巻いて走り出した。

路地を抜けて往来に出、弁当の包みをぶら下げて八丁ほども本気で走り、よしもう巻

いたろうと思ってゆっくり振り返ったら、まだ一人だけついてきている若者がいたから
びっくりした。

さらに速度を上げ、犀川まで走り続けた。堤の上に出て振り返れば、なんとまだ後ろ
にいる。

「おい、来たのか?」

思わず言った。

「感心感心」

土手を下り、河原に飛びおりて、また川上の方角に河原をしばらく走った。いつもの
大樹の下に行き、付近の大石に腰をおろし、弁当の包みを脇に置いて、上がった息を整
えた。若者も、石の上に手をついて、荒い息をしている。

「おい、よくついて来たな。あんた、何を生業にしている?」

「駕籠屋《かごや》です」

訊いてみたら、
と言うから、ああなるほどと思った。それなら足腰の鍛錬はできているであろう。

「名前は?」

「弥平《やへい》です」

「よし弥平、走りは合格だ。次は素振りを見せてみろ」

と言って、持っていた棒を振らせてみた。しかしこれはまったく駄目だった。おなご

子供が振るよりもひどかった。

「おいあんた、木刀を振ったことないのか？」

　鮎之進はあきれて言った。

「ありまへん」

「それでどうして剣術をやりたい？」

「そりゃわしら駕籠かき、与太者なんぞに街道筋でからまれたり、嫌な目に遭うこと、なんぼでもあります。せやからみなそうや思うわ、誰もが強うなりたいんで」

「しかしな、中途半端に剣の技持つと、かえって命を落とすぞ。みじめにぺこぺこしていた方が安全なことがある。いいのか？　やる以上は強うなれよ、できるか？」

「はい」

「素振りはこうやるんだ、足さばきはこうだ、見とれ。こうして前後に動く」

　実際にやって見せた。

「よし、やってみろ」

　駕籠かきの青年は、見よう見まねで体を前後させ、上下に素振りをくれる。

「ようし、それを今日から一日百回やれ」

　鮎之進は、自分もそばで抜刀し、素振りを始めた。

「百まで、わしはよう数、数えません」

「そんなら、腕が疲れるまでようけやれ」

鮎之進は言った。

「上下の剣の振り、体に憶え込ませろ。そうすれば、自然に体が動くようになる」

自分は振りを停めて説明する。

「たいがいの者の剣術は、それで終わりだがな」

「は？」

「ただの棒振り男になる。棒振り反復は、実戦には何の役にも立たんからだ。棒振りは、しょせんただの棒振りだ。だが師範もその程度なら、別に文句も出ん。実際町の与太者程度が相手ならそれでもよい」

「はい」

「だが剣術は棒振りだと勘違いすれば、敵もそう動くと甘く見て下半身ががら空きになる。道場でなら、相手も能無しの棒振り野郎で問題なかろうが、実戦になれば簡単に斬られて死ぬ」

「はい」

「型を覚えるのは単なる道場行儀で、剣とは別物だ。常に、敵の顔を前方に見ながら振れ。敵というやつは、絶対に死にたくないんだ。だから死にものぐるいで何でもやってくる。どんな動きを見せるか解らん。それを想定して、考えながら振ることだ。凡百との差は、そこでつく。幻の敵が魂を持ち、勝手に素早く動きはじめれば、それが上達の第一歩、素質というものだ」

「はい」

「相手の描く想定、つまり読みを、こっちの動きが上廻れば勝つ」

「はい」

「殺し合いとは、それだけのことだ。一にも二にも頭だ。そういう頭の通りに、自分の刃先を自在に操れるか否か」

「はい」

「だから棒振り野郎に勝つのは簡単だ。相手はただ稽古通りに振ってくる。行儀頭に読みなぞ生じん。それが極意だ。だがまあそれは、ずっと先の話。まずは棒を振れ」

鮎之進は言う。

そして昼まで振らせ、鮎之進は脇で真剣を振り、昼時になったら、寂蓮がくれた握り飯ふたつのうちのひとつを駕籠かき弥平にやって、ともに中食《なかじき》とした。

その夜の警護は、尻垂坂のお多津の住む妾宅に岩五郎が出向く、その道行きになった。提灯をそれぞれが持ち、いつぞや訪れたことのある、お多津の家に向かった。

角材を組み合わせて造った、それなりの構えの門を入れば、かすかによい香りがする。寒椿か。近頃では椿が好まれ、あちこちで見かける。

厚い木戸を開いて玄関に入る。玄関の上がりがまちにでも腰をかけて待つのかと鮎之進が覚悟していたら、ともにあがれと岩五郎がうながしてくる。草鞋を脱いで廊下に上がれば、行く手右側に狭い中庭が見える。

いつかも通された玄関脇の小部屋に入ったら、行灯があかく、食事の膳が用意してある。二人分あり、示されるままそのひとつの前にすわったら、お多津が出てきて畳に正座し、

「ようおいでていただきました、お二人とも」

と嬉しそうに笑顔で言って、深くお辞儀をした。

「夕餉を用意しております。どうぞお召し上がりくだしゃんせ」

などと言う。そして岩五郎の横にいざり寄って、とっくりから杯に酌をした。

昨夕の水の登での宴と、似たような眺めになる。どうやら岩五郎は、毎晩こういうふうに、美女を侍らせた夕食をしているらしい。これが文都金沢の、分限者の暮らしというものか。

「鮎之進さまもお酒……」

とっくりを持ったまま、お多津が尋ねてくる。

「飲みません」

鮎之進はにべもなく言った。

「警護の途中です。何が起こるか解りませんゆえに、酔いとうありませぬ」

そう断れば、誰も酒を勧めてはこない。雇い主の命に関わることだからだ。

そういう意味で、仕事中の酒宴は悪くない。岩五郎はすまながっている気配だが、鮎

之進には逆にありがたい。酒を勧められるのが好きではないからだ。強敵は酔わせて襲うのが古事記の昔からの常道、みなそれをたやすく忘れる。

「たまにはお飲みになればよいのに」

お多津が言う。しかしそれは、たまには斬られてみろと言っているのと同じだ。

「鮎之進さま、仕事は馴れられましたか？」

続いて訊いてくる。

「まだ二日目ですからな」

鮎之進は答えた。馴れるも馴れないもない。鯉口《こいぐち》を切る局面もまだない。

「鮎之進さま、私に冷とうござります」

お多津が不平を言った。

「これお多津、苦情を言うものではない。山縣どのは、ただ今は仕事中なのだ。気を張っておられる。おなごがあれこれ、考えもなくからむものではない」

別に気を張ってはいない。ごく平常心だが、お多津のつまらぬ軽口につき合うのは、いかにも気が進まない。おなごたちは、ただ隙を見ておちょくりたいだけなのだ。

「うまいのぅお多津、これはおまえが調理したんかいな？」

岩五郎が上機嫌で尋ねている。

「この煮物と香の物、この突き出しはそうだよ。でものどぐろとかね、魚や吸い物は『黒滝《くろたき》』から取ったのさ」

とお多津は説明している。黒滝というのは、賢坂辻《けんさかつじ》にある料亭である。

「鮎之進さま、お味はどう？」

訊いてくる。

「うまい」

ひと言答える。しかしこのところ、少々腹が贅沢をしすぎていると気がとがめ、手放しで楽しむ気分になれない。

「ひと言だけだね鮎さま」

「おいお多津、おまえ、ずいぶん退屈しとるようやな」

岩五郎が言う。

「退屈してるよぉ、話し相手ないものこの町。だから鮎さま、遊びにきてね」

「来られるわけがない」

鮎之進はぶっきらぼうに言った。

「これ、山縣どのを困らせるものではない」

また岩五郎がたしなめる。

「おまえ、そないなこと言うても、お江戸にゃ帰れん身やろ。どんなに帰りとうてもな、人相書き廻っとるさかいにな。ここにおるしかないんや」

「意地悪だねぇ茋生屋さん。お江戸になんか、あたしは帰りたくないよ、金輪際」

お多津は言う。

「どうですかな？　山縣どの」

　やや酔いが廻ったふうの岩五郎が、今度は鮎之進の方を向いて問いだす。

「このお多津と昨夜の鶴子、あんさんはどちらがお好みかいな。どちらがより美形かいな、決めてくだされ」

「甲乙はつかぬものと。いずれも美形……」

　面倒に思いながら、鮎之進はさっさと言った。

「うまい、うまいな」

　岩五郎は笑って言う。

「あたしだよ」

　とお多津が小声で訴えている。

「お江戸は将軍さまの町だよ」

「それがどしたのや」

「おなごも将軍さまだよ」

「何のこっちゃ。意味が解らん」

　食事がすめば、岩五郎はよっこらしょと立ち上がる。お多津が手を引いてやっている。

「いっときばかり失礼しますよ」

　岩五郎は言う。

「しかし今宵は家に帰りますからな」

そう断って小部屋を出ていく。酔いのため、いくぶんかよろめき、廊下に消える。

「ここにお酒、こっちにお茶。それ飲んで、ちょっと待っといてね」

照れ隠しもあるのか、お多津がにぎやかな口調で言う。それからさっとそばにしゃがんできて、鮎之進の耳もとでこうささやく。

「今度、鮎さまともしようね」

それからいっときばかり、鮎之進は一人で茶を飲みながらすごした。一人になると、晩秋の宵の静けさはしみいるようで、中庭からであろうか、虫の鳴く音がする。

用心棒の仕事とは、奇妙なものだと鮎之進は思う。剣を抜くよりも、待つことが主たる業務だ。岩五郎は今褥《しとね》でお多津を抱いている。二人のむつごとがすむのを、こうしてひたすら待っている。そして終われば、また本宅まで警護していく。考えれば苦笑が湧く。それが用心棒だ。こんなものが剣客の仕事と果たして呼べるのか。このようにして辛抱の時間を長くすごすから、おそらく用心棒の金子《きんす》は高い。

耳を澄ますでもなく澄ませば、庭の虫の音にまじり、お多津があえいだり、声を上げかけて、すぐに口をふさがれるらしい物音がかすかにする。こういう生活をうらやむ者なら、馬鹿馬鹿しいと怒りたくなるような時がすぎていく。

半ときほどがすぎると、廊下の板がわずかにきしむ音がして、水音が聞こえはじめた。ことが終わり、岩五郎が湯を使っている。お多津も手伝うのであろう、高い声も浴場の反響をともなって聞こえる。

おそらくは、家の端と端とに離れたほどの距離にいるのだが、そういう様子が、どうやらすっかり知れてしまう。町屈指の分限者の、人がうらやむお大尽暮らし。しかし反面自分の命を守るためには、こうしてかたわらに、一部始終を知る者も出てしまう。別室に用心棒を待たせてこんなことをしている者たちは、鉄面皮と言えば鉄面皮だ。

提灯を掲げての帰り道、ほろ酔いと、たった今若いおなごを抱いた疲労からか、下り坂に岩五郎の足もとはややふらつく。

鮎之進の行く手に、黒装束に身を固めた男たちが五人ばかり、ばらばらと駈け出てきた。

「あらあら、出おったわ。ひとつあんじょうたのんまっせ、山縣どの」

岩五郎が言う。

五人の男は音を立てていっせいに白刃を抜く。月も星もない闇夜だが、こちらの提灯の明かりで、五本の刃が白く光る。

鮎之進は提灯を岩五郎に手渡し、持たせておいて、自分も剣を抜いた。

暴漢たちは、ただのひと言も発しない。その様子が不気味だ。二人の前方に、静かに扇形が作られる。

中の一人が、上段から無言で斬りかかってきた。刀の峰で堪え、横に払うと、男はさっと飛び退く。体が軽い。動ける男であることは、その一瞬で見て取れる。

こちらは踏み込むことをせず、待って堪え、刀を振るうことになる。攻め込んで、岩五郎のそばを離れることは職務上ご法度だ。

次の男が斬り込んでくる。刀で堪え、押し合うと見せて突き飛ばし、さっと二の腕を浅く斬りつけた。

うっと、闇で声があがる。味方の受傷で、相手の空気が乱れた。今だと思い、踏み込んで相手の首筋の急所を次々に峰打ちした。集団に続々と苦痛の声があがる。急いで跳びさがるが、岩五郎のそばに来る者はない。

鮎之進は素早く二歩を踏み込んで、一人の刀を自分の太刀で受け、意識的に顔を近づけた。体がよく動く連中だから、一瞬、以前にお多津を襲った集団かと疑った。そのために顔を見ようと考えたのだ。

しかし岩五郎の手にあるふたつの提灯に、ぼうと照らされる鼻先の顔、そして離れた位置の顔、さらにその背後の顔、みなあきらかな別人たちだった。加えて太刀筋も違う。それで鮎之進は相手を押して飛ばし、しかしいっさい離れずに追って踏み込み、さっと姿勢をかがめ、相手の腿に軽く傷を負わせる。うっと、うめき声が戻る。それを聞いてから、素早くもとの位置まで退く。

受傷した男もまた背後の闇に退き、無傷の男が替わって前面に出て、刃を振るってくる。しかし、かわすことは容易だった。瞬間、違和感を覚えた。そしてお多津を襲った連中とは別ということが、完全に解りもした。

男たちの持つ技量は、なかなかのものではある。そして剣も使えはするものの、斬り合いが専門ではなく見える。これまでに数限りなく相対してきた剣客連中とは空気が違っている。何だこいつらは、と思う。何を行う集団か。そしていったい、何が目的の襲撃か。

かわされることを承知で、大きく左右に剣を払う。刃がすぎた瞬間、反射的に踏み込んでくる者がいる。読み通りだ。待っていた鮎之進は、刀を反転させ、相手の剣を弾いて踏み込み、戻ってきた自分の剣と相手の前進とを利用して突きを繰り出し、敵の脇腹に傷をつけた。そしてすぐに岩五郎の横に体を戻す。低いうめき声を遅れて聞く。

「三カ所だ」

鮎之進は闇の暴漢たちに言った。

「しかし傷は浅くした。すぐに帰って手当をすればじき癒える。今宵はもうこれで引け。次は本気で斬り殺す。続けるか？」

鮎之進は訊く。その瞬間だった、暗がりの中でだが、鮎之進の目は見のがさなかった。頭領と思しき男の目が、ちらと岩五郎を見たのだった。そして次の瞬間、

「引け」

と低い声を出した。すると全員がさっと反転、背中を見せて駈け出し、闇の内に消えた。命令一下、なかなか統制が取れている。

刀をひと振りし、鞘に仕舞いながら、ちらと刃先を確かめた。血はついていない。

「見事だ、実に見事な剣と、体の動きや」

岩五郎が感嘆の声を出した。

「心技一体。いや腕前、ほれぼれしますなぁ」

言って、提灯を手渡してきた。そしてまた歩き出す。

「このあたりには、もうあんさんの腕にかなう剣客はおりますまい。あんたにかかっては、手だれの悪党どもも赤児の手をひねるようだ。何より、むやみに斬り殺さぬところがよい。際限なく人の怨みを引き受けるのは愚か者のすることや、さあ帰りましょう」

と言う。恐怖はないらしかった。

しばらく無言で歩んでから、鮎之進は言った。

「今のは何です？」

「それは、わしを狙うたんでしょうな」

岩五郎は平然と言う。

「そうは思いませんな」

鮎之進は言った。闇の中で、岩五郎は沈黙する。

「私はこれまで、数限りなく、真剣で暴漢や剣豪と相対してきたんですよ。こちらの命を狙ってくる敵の殺気は、骨に沁みて知っている」

「ほほう、で？」

「今の連中にはそれがない」

「さいですかな？　単に山縣どのほどの腕がなかったていうことでっしゃろ」

「違いますな、あれはあなたの手の者たちだ」

鮎之進ははっきりと言った。

「何のことやら」

岩五郎はとぼける。

「やつらはあなたの指示で動いていた。金貸しという生業、あれほどの手下を飼っておく必要があるのですか？　今の連中は何です？」

「お話が解りませぬなぁ、山縣どのの勘違いです。あなたはあまりに頭がおよろしい、考えすぎです」

「連中は私にばかり向かってきた。あなたにはいっさいの関心を示さず、近寄りもしなかった」

「わしは大刀、持っておりませんさかい」

「真の頭領だからだ。試したんですか？　私の腕を」

岩五郎は、しかし黙ってすたすたと歩いていく。

言う気はないのか、とそう思いながら、鮎之進も黙り、ついていった。

「孫之助程度をやり込めたというだけでは、まだ充分は解りませんさかいにな、腕前のほどは」

かなり行ってから、岩五郎は決心したように言い出した。

「そうです、お試ししました。そして合格や。月二十両お支払いしましょう。うまいものも食わせましょう。必要ならおなごも抱き放題、お多津はあんたに進呈してもいい、どうやら惚れとるらしいし。だからひとつ、末長くわしの警護をお願いしたい」

岩五郎は言う。

「今後は、全国の腕自慢がわしの命を狙うてくるやもしれん。そうなら、なまなかの剣客ではわしの護衛は務まりしまへん。天下無双がわしの望みや。せやから試した。今後は、一級の剣客と手合わせできますぞ。それはあんたにとっても望むところのはずや、そうやおまへんか？」

25

翌朝、またおそのが朝餉を持ってきて、空いた昨日の椀を盆に載せて帰っていき、鮎之進は一人で握り飯を食べ、汁をすすった。

筋肉を伸ばし、関節を動かし、のち大小を腰に差して、そろそろ表に出るかと思っていたら、妙に表が騒がしい。外で何か始まっているのかと思っていたら、障子戸が乱暴に引き開けられ、駕籠屋の弥平が顔をのぞかせた。そして切羽詰まったような大声で、

「先生、えらいこっちゃ！」

と言う。

「何がえらいことだ？」

と訊くと、

「先生に客人や」

と言う。

「客人くらいがなんでそんなに大変なんだ」

と鮎之進は訊いた。そして、

「おまえ、今日も犀川行くか？　稽古しに」

と問うと、

「行きたいけど、わては今日は仕事やさかいに」

と言ってから、

「そんなことより先生、ちょっとこっち、こっち出て」

と手招きをする。

「何や？　何ごとだ」

言いながら鮎之進も障子戸に寄って、顔を出した。そして仰天した。長屋前のドブ板が見えないくらいに大勢の人間がひしめいている。井戸のある空き地も、すし詰めの人の群れだ。

「何だ？　これはいったいどうしたことだ？　みんなどこから来た？　今日、何があるんだ？」

「何んもない、先生んとこや」

言って弥平は表に出、人をかき分けて先の方に行く。

「俺のとこ？」

鮎之進は首をかしげた。

「こっちや、こっちやで」

という声がどこかでして、誰かを先導してやってきた。そして男たちの体の間から、妙に色鮮やかな柄がのぞき、

「山縣さま」

と高い声が聞こえた。

人をかき分け、見事な和服姿の美しい女が、鮎之進の部屋の前に立った。

「ああ！　水の登の鶴子さんか」

と言った。

「あい、もうお忘れでありましたか？」

と彼女は問う。

「いや、朝見ると、茶屋でとはまた、全然違ったお顔に見えましたもので」

と言い訳を言った。

「今朝はまたどうされたのでござるか？　あなたのようなお方が、どうしてまた、このようなむさ苦しいところに」

思わず言った。

「百間堀のところまできましたものでなぁ、ちょっとお顔が見とうなりました」

「しかし、よくここが解りましたな。だがこれは、どうしたものかな……」

汚い部屋に、南の廓一のおなごに入れとは言えないと思っていたら、

「鮎さま」

という別の高い声が、またどこかでする。そして鶴子の後方から、人をかき分けかき分け、また派手な色彩が現れた。鶴子に負けないほどに着飾った女だった。

「あ？　お多津さん？」

また驚き、鮎之進は言った。

「あいよ、鮎さま、こんなとこに住んでたのねぇ、近くまで来ましたものでね、ちょいと寄ってみたくなったのさ」

「花街一と言われるようなおなご衆が二人も。これでは祭りみたいに人が群れるはずだ」

「祭り以上やで」

弥平が言う。

「鮎さま、ちょっと中、入れてくれない？　これじゃ身動き取れないよ」

お多津が言う。

「うちも少し落ちつきとうあります」

鶴子も言う。

「しかしこんな汚い部屋に、はて入ってもらってよいものであろうかなぁ」

鮎之進は迷ったが、

「かまわないよ」

お多津に言われ、障子戸を開けた。

二人のおなごが前後して、窮屈そうに鮎之進の部屋に入り込む。すると野次馬たちも、どっと前進してくる。弥平も中を覗き込むから、

「おまえは仕事に行け」

と言って戸を閉めた。

「まあこのあたりにでも、かけてくだされ」

言うと、鶴子は上がりがまちに寄って腰をおろした。お多津は立ったままでいる。そして鶴子に声をかけた。

「あなたが鶴子さんねぇ、茁生屋さんからいつもお名前、うかがってるよ」

どうやらお多津の方が、少し年上のようだ。

「南一と呼び声の高い芸妓さん」

「まあそないなこと、おねぇさん、もったいのうおす。うちはまだまだとても、ほんの駆け出しの芸妓やが。お多津さん？　江戸からはるばるおいでてもろたとか。ほんにまあお会いできてうれしいわ。江戸の辰巳《たつみ》一と呼び声高いお方とお聞きしました」

「そんなん昔のことさね」

お多津はさっさと言う。

「以後、どうぞお見知りおき、よろしうに」

「こちらこそ鶴子はん。この町のしきたり、あたいはよう知りません、失礼の段は重々……」

言って二人の女は、狭い土間で丁重に頭を下げ合っている。そしてお多津は、鮎之進の方に向き直る。

「鮎さま、昨夜の食事は楽しかったよぉ」

言って鮎之進にぶつかってきて、さっと左手を取った。

「あら、この傷どうしたのさ？」

「昨夜仕事中に、ちょっとな」

言うと、お多津は鮎之進の左手を両手に包み、頬のところに持っていく。

「あたしが治してあげるよ」

と言って傷口をちょっと舐めた。

「あ、ちょっと、やめてくれ」

「なによぉ、他人行儀やめてぇな。あたしとあんたの仲やないのん」

「莚生屋さんに叱られるが思うけど、うち」

鶴子が小声で抗議している。

その時障子戸ががたがたと振動して、苦労しながら押し開かれた。そして寂蓮の顔がのぞいた。

「あれま、何ごと⁉」

驚いて、尼僧は高い声を出す。

お多津も鶴子も仰天し、口あんぐりになる。そして、

「どうしてまたここに、こんなにおなごが群れるのさ」

とお多津は言った。

「どうぞこっちおすわりに、おねぇさん。そこ狭うございます」

鶴子が言ってお多津の袖を引き、自分の隣にすわらせた。

狭い土間にひしめいた女たちは、窮屈に頭を下げ合い、互いに名乗り合って自己紹介をした。特に鶴子ともとお鈴は、思いがけない初対面に仰天のていで、丁重に挨拶をかわしている。

寂蓮は持ってきた湯呑み茶碗と茶の葉を取り出し、

「鶴子さん、お湯をわかしなさい」

といきなり命じた。

「はい」

と鶴子は従順にしたがう。

「あんた、わかせるのん？　火おこせる？」

お多津が訊いている。

「あたし、手伝おか？」

「けっこうです。そんなん狭いがや」

鶴子が言う。

「これを頭に」

寂蓮は手拭いを出す。

「いえ、けっこうです。うち、手拭いは似合わん」

「似合う似合わんの問題ではありませんよ」

寂蓮はまた厳しく言う。


その晩、今度は西の花街に向かう岩五郎を警護することになった。岩五郎が遊んでの帰り道、一杯加減の岩五郎に、訊かれるままに今朝の長屋でのひと騒動を話した。すると、わははと岩五郎は楽しげに笑った。

「女盛りの江戸と加賀の名妓同士や。そいでもなぁ、縁のある男は金持ちの爺ばかりでなぁ、若い男の顔が見たいのやな」

と言う。さすがに女遊びに飽いている男だから、嫉妬の風情は見せない。

「しかしなぁ山縣どの、廓のおなごいうのんは、そりゃめんどくさいもんでっせ。情を通じるとなぁ、銭もかかりますしな。もしも許されるもんなら、そりゃ堅気のおなごが一番や。せやな、尼いうもんもええな。わては尼さんいうおなごは今まで一人も知りませんなぁ。山縣どの、あんたは果報者や。そいでもな、ま、お鈴はもう五十路の婆さんやけど」

「寂蓮さんはそういうお方ではございませんな、遊び女《め》のような気配はもういっさいござらぬ。あの方は学問もあり、仏の道に通じて、多くの一般見識もおありだ。私は常日頃、あの方におおいにご指導をいただいております」

鮎之進は言う。

「ほほう、そういう教養あるおなごも、なかなかええもんやろかなぁ。一回、お相手願いたいもんや。しかし廓時代のお鈴のご乱行は、そりゃあものすごいもんやったって聞いたがです。このわしでもよう口にしませんわ、その内わけは」

「乱行といわれても、花街には娼妓もおりますからな。それに較べれば、それほどのものでもありますまい」

「いやいや」

岩五郎は頭頂部のあたりで右手をひらひらと振った。

「お鈴のご乱行を見たらあんた、売れっ子の娼妓も裸足で逃げますわ。聞きとうおますか？」

鮎之進は鼻で嗤って首を横に振った。

「いや」

「あ、さよか、あんさんは真面目でんなぁ、堅物や」

と岩五郎が言った時、また黒装束の男たち六人が、抜刀しながら、ばらばらと道に駆け出てきた。

「菰生屋さん、これもまた私の腕試しか？」

提灯を渡しながら鮎之進が訊くと、岩五郎はぶるぶるとかぶりを振る。

「知らん知らん、こいつらは知らんわ」

と怯えた顔になる。

「腕試しなんざ、一回で充分や」

最初の男が突進して、いきなり打ち込んできた。間合いをはかる様子も、頃合いを待つ様子もない。誰何《すいか》もせず、名乗る気配もない。鮎之進も抜刀して堪えると、二番手三番手が、間髪を容れずに走り寄り、次々に真剣を打ち込んでくる。

本気だ、と鮎之進は感じ取った。しかもこの連中は腕が立つ。それで三番手の男の脇腹を、反射的に斬らざるを得なかった。剣を峰に返す余裕がなかった。男たちの殺気には、こちらに手加減を許すほどの余裕がない。

「待て。引け」

鮎之進は声をあげた。

「これでは手加減ができん。みな死ぬぞ」

鮎之進は警告した。

「倒れた仲間を連れて引け。今なら助かるかもしれん」

しかし、無理かもしれんとも考える。

地面に倒れ伏した男は、のたうつように動き、苦しんでいる。しかし声は上げない。ところが集団は、仲間の苦悶には頓着せず、次の男が仲間を飛び越えて猛然と打ち込んでくる。岩五郎が、怯えたように鮎之進の背後に来る。昨夜は見せなかった動きだ。岩五郎の動きが、今宵の者たちは本物だと告げる。

相手の剣に峰で堪えれば、火花が鼻先で飛ぶ。押し返せば、次の者が打ちかかり、また火花がはじける。

男たちは列をなし、次々と斬りかかってくる。一人ずつ来るが、こちらを少しも休ませない。

車がかりか？　と疑う。こういう戦法が世にあることを聞いている。実際に闘うのははじめてだが。おのおのが走り寄り、打ち込んでは去り、周囲で大きく輪を描く。

もしもそうなら、これは戦国時代の戦法で、周到な訓練が要るし、盗賊夜盗が用いる戦術ではない。武家のものだ。

連なる五人の攻撃に休まず堪えていれば、さすがに息があがる。これはいかん、と思う。待っていてはやられる。これはこちらを待たせる態勢に追い込む戦法だ。そこで今打ってすぎた最後尾の男を追って全力で走り、振り向いて驚いたところを、さっと姿勢を沈め、膝を斬った。そしてまた戻ってきた男に向けて伸び上がり、突きで転がした。

足を斬られた男がつんのめって地面に倒れ、痛みに絶叫する。聞きながら鮎之進は、岩五郎のところまで駈け戻る。岩五郎もまた、鮎之進に走り寄ってくる。

集団の動きが停まった。空気が乱れた。仲間の苦悶の大声が、走り廻る彼らの足を停めたのだ。

「三人斬った。続けるなら、四人目は殺す！」

鮎之進は大声で闇に宣した。寂蓮の言葉が耳もとによみがえる。軽く傷つけるだけにして、決して殺してはいけません。あなたの腕ならそれができるはず。軽くは無理だ、鮎之進は思う。こいつらは腕が立つ。こっちも全力にならざるを得ない。

すると無傷の男が、さっとこちらに向けて手を挙げた。休戦の合図か。こちらの動きを制してきた。そして倒れた仲間に駈け寄り、助けて起こすと、連れて逃げる動きに入った。鮎之進は、内心ほっとする。もう殺したくはない。斬った三人も、今宵ひと晩は苦しい。鮎之進にも、経験のあることだ。そのあげく、一人は死ぬかもしれない。

「この前の男らか？　尻垂坂でおなごを襲ってきた」

鮎之進は訊く。覆面をしているので、顔が解らないのだ。しかもこの前と太刀筋を変えている。動きもまったく違う。おそらくそうだろうとは思うのだが、確信が持てない。

「名乗れ！」

鮎之進は要求した。

「夜盗ではあるまい。どこの手の者だ？」

しかし、相手はいっさい応じる気配がない。仲間を肩にして去りながら、岩五郎に向かって大声を出す。

「茁生屋、怨みは必ず晴らすぞ。貴様だけがいい思いをしおって、われらを謀るとは！」

聞いて、鮎之進は首をかしげた。それはどういう意味か。

続いて別の者が叫ぶ。

「いかに用心棒をつけようともな、われらは必ず貴様に代償を支払わせる！」

「代償だと？」

鮎之進は言った。

「用心棒風情には関係のないことだ」

男たちは答えながら駈け去り、たちまち闇に没した。

「あれはどういう意味です？」

刀を鞘に仕舞いながら、岩五郎に尋ねた。息があがっているので二度三度、深呼吸をする。

「さあ……」

茁生屋は言って、首をかしげる。

「とんと解りませんな」

そんなはずはなかろうと思ったが、どう尋ねてよいか解らないので、鮎之進はしばし黙考する。それから再び問う。

「われらを謀ったと言った。侍が金貸しに怨みを抱くこともあるのか。何を騙されたというのか？」

「わてはお武家さんにもようけ銭を貸しておりまっさかいにな」

岩五郎は言う。

「しかし闇討ちまでするとは、そうとうな怨みだぞ」

鮎之進は言う。

「これからは増えまっせ。世の中、いろんなお武家がおりますしな」

それで鮎之進はまたしばし黙ることになった。しかし得心したわけではない。岩五郎から提灯を取り戻し、先にたって歩きだす。体はまだ興奮しており、足が勝手に動こうとする。

「今の連中は腕が立った。孫之助で撃退できたのか？」

気になっていたことを尋ねた。

「実は用心棒はわて、いっつも三人でやってもろうておりましたのや」

岩五郎は言う。

「三人。三人の態勢か」

それならなんとかなるかもしれん、鮎之進はうなずく。

「そ、三人の態勢や、念には念を入れましてな。でもそしたら金がかかりますしなぁ、秘密を知られる人間も増えてしもて、しょもないんですわ。こっちの行動もいきおい狭うなりますしな、いや不自由でかなわなんだ」

なるほど、と鮎之進は思う。

「それで一人に」

岩五郎はうなずく。

「ずっと探しておりましたのや、三人分の働きができる腕利きをなぁ」

ちらと鮎之進の顔を盗み見て、岩五郎は言う。

「せやから二十両や。いや助かりましたで、三人に払うことに較べたら安いもんや」

26

それからの鮎之進は、ただ惰性で、茂生屋岩五郎の護衛の仕事を続けた。当初はひと月の予定でいたのだが、自分の相手になる者が城下の道場にいるようには思えなかったし、用心棒をしていると、月に二、三度襲って来る連中は、腕が道場の竹刀組よりは遥かに上で、それゆえに刺激になった。

しかし彼らは、鮎之進が命の危険を感じて用心棒を辞めようかと考えるほどに腕が立ちはしなかったから、まことにほどよい相手で、真剣立ち会いの勘が鈍るのを防いでくれる効果があった。

岩五郎は続けて欲しいと懇願するし、お多津も続けてと言い、おそのも、顔を見ればご城下から去らないでくださいましと言う。実際用心棒を辞めたところで、駕籠かき弥平の指導くらいしかやることがないので、ほかにすることがないというのが、正直なところだった。

陽が落ちかかり、六ツ（午後六時ごろ）の鐘が鳴ると、鮎之進はぶらぶらと莵生屋に出向き、夜遊びに出てきた岩五郎に同行して用心棒をやり、朝になれば犀川まで走って唯一の弟子の弥平を鍛えてやり、昼時には百間堀に顔を出して団子をつまんだり、ウナギの串焼きを食べたりしながら、辻売りたちの用心棒をした。こちらの仕事では、鯉口を切ることはもちろん、鞘で誰かを打つ機会さえなかった。鮎之進が姿を見せるようになってからは、卯辰家の与太もんたちは、百間堀に寄り付かなくなった。

朝食はおその、中食は辻売り、夕餉は莵生屋の据え膳というわけで、食べることにはいっさい困らない。むしろ太ることを不安に思い続けた。金は勝手に貯まっていくし、辻売りや長屋の者たちに日頃感謝されて、暮らしにそれなりに張りというか、生き甲斐が出はじめた。お多津も鶴子も時おり姿を見せて騒ぐし、取り寄せた長崎の高価な薬のおかげで、杖を頼りにそろそろと表を歩けるようになったおそのの母が、娘に連れられてお礼参りにやってきたりもした。

日中が空いた日は、寿経寺に行って座禅を組む。こういう生活が、おそらく充実というものなのであろう、鮎之進は考える。このままやっていれば家も建つ。そうなれば、千代を紅葉村から呼んでやれるかもしれない。

一般の者なら、こういう日常は満足に違いなかろうが、鮎之進は何かひとつ気に入らない。自分が長く目指していた生活は、このようなものではなかったと感じる。このまま、この町に落ち着いてよいとはどうしても思われない。旅立ちを思うのだが、別のご城下に行っても、やることは道場を訪ねて試合うことくらいだろう。そうしても、もう仕官の道はひらけないのだ。そう考えれば、思いはいつも隘路に入る。

貯まった小判は、床板をはぐった地面に瓶を口まで埋め、その中に貯めた。月の終わり、二十両をもらうと、床板をはぐって瓶の口を取り、中にざらざらと小判を落とし込んで蓋をし、床板をおろしてその上に布団を敷き、眠った。瓶の中をあらためることもしなかった。

そんなふうにして冬になったから、雪の舞う夜などは寂蓮にもらった頭巾をかぶって警護を務めた。やがて水がぬるむ春になって、おなごたちに誘われるまま、犀川や浅野川で花見もした。唯一の弟子の弥平が筵を持って供をしてくれるが、鶴子やお多津がいれば、筵を敷いて弁当を開くと周囲は黒山の見物人になり、落ち着かないことおびただしい。

そういう春も行き、街の気温が徐々にあがって初夏が近づく。気づけば、惰性で半年近くがすぎている。時のすぎるのは速く、鮎之進の迷いは深くなる。岩五郎とのつき合いは、日暮れ時からのふた刻くらいのもので、昼間に会うことはいっさいない。彼の女と酒の遊びの道行きだけで、昼の金貸し業務に同行することはまずない。だから岩五郎の暮らしぶりはいっさい知らない。興味もない。だから鮎之進の日中は自由なものであった。

茲生屋の主としての岩五郎は、それなりによく働いているらしく見えた。大工や左官たちを見ていれば、働くのは午前中ばかりで、昼になれば職場を放り出してさっさと遊びにいく。岡場所に行ったり、飲み屋に沈没したりと遊びほうけるが、岩五郎は仕事で出歩かない日は、店の奥に終日こもって銭の計算をし、帳簿付けに専念しているふうだった。

ただ、不思議に思うことはある。岩五郎を知る町の者も言うのだが、茲生屋はそれほどあちこちに金を貸しているふうではない。それでこの殿様も驚くお大尽暮らしで、よく金が続くものと思う。大口の固定顧客が大勢いるということなのであろうか。

時おり汗ばむようになったある夕刻、いつものように花街に向かいながら岩五郎が、こんなことを問う。

「山縣どの、この仕事を始めてからの毎日は、満足でおますか?」

「いや」

鮎之進は正直な気分で応じた。

「ほう、満足やない、ほならあんさんの目指すところはどんな暮らしでおましょう?」

「自分は剣の修行をのみ、考えてまいった者」

「そういうお方なら、どないな暮らしが、満足のいくかたちでございましょうかな？」

それはこのところ、よく考えることでもある。それが解らないから悩んでいるのだ。すぐには答えられない。

「あんさん、わしのような生活には興味おまへんのやろ？」

「ない」

「即答でんな。酒も飲まず、おなごにも興味がない。では仕官でございますかな？　目指すところは」

「もうそれがかなう時代でないことは知っている」

鮎之進は言った。

「では？」

「天下無双。あなたも言われた」

「あんた、もうなってはりまっせ、おそらく」

芸生屋はごくあっさりと言う。

「わしはこれまでに、大勢大勢剣客を見てまいりましたわ。戦国乱世を知るお武家は、今はもうすっかり年老いた。爺ぃです。戦国いうのんはもう遠い昔のことやしなぁ、せやから、どんな武将でも、真剣立ち会いの勘は錆びついていく一方でっせ。他方、若い連中はもう竹刀、木刀しか知りしまへん。そいでみななぁ、口ばっか達者になって、たいしたこたおまへんな、最近の剣客」

「孫之助か……」

思わずつぶやく。

「さいでんな」

「そういえば孫之助、最近全然姿を見んな、道場に来いとも言わん」

鮎之進は言った。

「まだこの町におりますか？」

「ほらおるでしょう」

興味なさそうに岩五郎は言う。

「天下無双となって、それでどうなさる？」

問われて、鮎之進は考え込む。それが解らないのだ。

「解らん、ただこの生活は違う」

「ああさようで」

「ここに、このまま長々いてもいいようには思わん。違う場所を求めて、更なる修行を積むべきではと、そういう思いが去らなくて」

「旅に出とうおますか？」

鮎之進は声に出さずうなずく。

「ここはあきまへんか？」

「むろんここは、それなりに居心地がよい。だからぬるま湯で、このまま浸かっていれば、上がり機《しお》を失う」

「それではあかんと？」

「あかんな。拙者もいずれは歳を取る。体が動くうちに……」

「動くうちに何です？」

「摑み取りたいものがある」

「何でっか？　摑み取りたいものて」

「何であろうなぁ」

「解りまへんか、そらま、雲を摑むようなお話でんな。うちのな、尾張町の金蔵にゃ、千両箱が五つおますで」

「ふうん」

「気のない返事やな。手に摑めるもんいうのは、そういうもんでおます」

「ま、そうだなぁ」

「何なら譲りまひょか？　わしももう歳でっさかいにな。いずれ誰ぞに家督、譲らんなりまへん」

「いらん」

「いりまへんか、あんさんらしいな。天下無双となって、それでどうなさる？　自分の流派開いて、それを世に広めると？」

「そうだな……」

鮎之進は腕を組む。

「そうなのであろうな、おそらく」

言ってはみるが、それにどんな意味があるのかとも思う。自分の剣は、おそらく自分にしかやれまい。弥平などをどこまで鍛えても、到底無理な話だ。

「では道場を開かなあきまへんな」

岩五郎は言い、鮎之進はうなずく。

「ま、天下無双を証する方法は、ほかにないからな」

話を合わせて言う。

「ほんなら開きなはれ。小判もどんどん貯まっとりますやろ？　盗られんようにしなはれや。もしもはよやりたいんでしたら、わしが援助しまひょ、利子取らずに貸しつけまっせ」

岩五郎は、まんざら嘘でもなさそうに言う。

夏になり、蟬の声がうるさくなった。剣の鍛錬に弟子の弥平を連れて卯辰山を上下し、卯辰八幡社の境内を通りかかった時のことだ、鮎之進は不思議なものを目にした。

甘酒屋や蕎麦屋や、土産物屋や菓子屋や、そういった店々が連なる参道を突き当たり、石段を登って境内に入ってすぐの空き地に、髪の白い、老いた小柄な武士がぽつねんと一人、立っていた。大小を腰に差し、汚れた袴に垢染みた着物を着て、白髪の髷《まげ》も乱れがちである。

鮎之進が目を引かれたのは、そういう老剣士が、胸の前で手紙と見えるような書きつけの紙を左右に広げ、神社に詣でる人々に、読んで欲しいというように晒していたからであった。

かなり大きな文字で書かれてはいるが、読むにはかなり近づかなくてはならない。近づいて読むまでの気分にはなれない。鮎之進たちは参道から鳥居をくぐって境内に入らなかったので、老人のそばは通らず、したがって文字も読んでいない。

「あれは何だ?」

鮎之進は顎をしゃくり、弥平に問うた。

「ああ、あれ最近、駕籠かきの間でも噂になっています。あのご老人、なんや知らんが、果たし合いの募集をしとるがや」

「果たし合い?」

「へい」

「誰とだ」

「いや、誰でもいいようです」

「誰でもいいから果たし合い?」

鮎之進は首をかしげた。

「どうしてそんなことをする。腕のよい者を求めてのことか?」

「へえ、いや、金のためです」

「金？　あんな老人がか？」

あの歳になって、金を求めるというのか。

「そうです。昔は腕に覚えがあったお武家さんとちゃいまっか。金釘流《かなくぎりゅう》やて。そういう流派らしい」

弥平は言った。

「金釘流……？」

鮎之進は記憶をたどる。

「聞いたことがないな」

「ほんでもあれは、言うてみたら新手のもの乞いでんな」

弥平は言う。

「最近はみな、いろんな変わったことしますね」

「もの乞い？　何故だ」

「まず二両ばっかし預けてくれと。それで試合うからと、そういうことで。自分が勝ったらその銭はもらうと。もしも負けたら銭は取らんと。つまりは銭欲しさですな、みなそう言うてます」

「得物は何だ、決闘の。木刀か？　竹刀か？」

「何でも。申し込んだ者の好みで」

「真剣でもいいのか？」

「いいらしいですわ。ただ飛び道具は困ると。あくまで剣術……」

「馬鹿な！　あの年齢で、到底無理だ」

「でも先生、戦国の時代を知るお武家は、なかなか肝がすわってまっせ」

「解るが、それでも無理だ」

「先生は解りまっか？　あの爺さんの腕のほど、見るだけで」

「解る」

「そうですか。殺されても文句は言わんいうことで」

「命がいくつあっても足りんぞ。それで、応じる者はあるのか？」

「ないようですな。駕籠屋連中はみな、試合うてるとこ、見たことないと。ずっとああして、一日中立っとるだけでんのや」

「長いのか？　立つようになって」

「もうふた月は経ってますかね。あの爺さん、あそこで見かけるようになってから」

それから鮎之進は妙に気になり、一日に一度は卯辰八幡社の境内を通るようにした。卯辰山に行けなかったような日は、莵生屋に向かう日暮れ時、わざわざ浅野川を越えて八幡社まで遠征し、遠廻りをして境内を見るようにした。

鮎之進が見る限りでも、老人はいつでも立っているだけだった。まるで木彫りの仏像か何かのように、じっと境内の同じ場所に、紙を広げて立っている。見ていても老人に声をかけている者はない。

何か事情があるだろうと鮎之進は考える。しかし、自分のように剣の修行をもくろんでのことではあるまいと思う。彼は高齢だ、今更剣の修行ということは考えまい。ふた月以上もこうして立ち続けるというなら、それは尋常ならざる決意だ。いったい何があるのか。

連日老人を見に卯辰山詣でを続けるようになり、十日が経った。鮎之進がこれほど通い続けたのは、老人の決意に、自分の求めるものへの答えが含まれないかと期待したからであった。答えとは言わないまでも、何らかのきっかけでもよい。老人と話したいとも思ったが、声をかけるのは気兼ねだった。固い決意や、心に秘めた深い事情を、武人なら軽々には他人に語るまい。

それで一度などは境内の反対側、遠い木陰の石に腰をおろし、長いこと老剣士の様子を見ていた。彼は石になったように微動もしない。終日立ち尽くすのは足がつらかろうと思うが、その意味では鍛錬ができているのであろう。休んだり、腰をかけたりする様子がない。じっと黙って立ち続け、胸の前で紙を広げ続けている。その様子を、鮎之進は感心して見ていた。

しかしやがて暮れ六ツの鐘が鳴り、仕事の刻限が近づくから、すわり続けてはいられなくなった。もう行かなくてはならない。じきに日が没する。しかしそれは、老人にとっても同様のはずだ。陽が落ちれば、闇の中で試合うことは無理だ。老人もまた、何処へとは知れぬが、塒《ねぐら》へと帰ることになるはずだ。

どんなところに暮らしているのか。家族はあるのか。そういうことを知りたい気もして、帰宅のあとをつけたい心持ちもしたが、用心棒仕事に就いている今は、そのようなことをしている余裕はない。

老人に話しかけて尋ねることはしなかったが、彼のこうした決意に、うっすらとだが、理解が及ぶような心地もする。なんとなれば、ご城下に散在する道場には、こちらの腕を磨いてくれるような、歯ごたえのある剣客はいないと知ったからだ。もしもいるなら、こんな用心棒仕事などしない。また道場側も、あれほどかたくなに他流試合を拒絶することもしないであろう。

道場側が門戸を開いてくれれば、自分は道場を訪れ続ける。用心棒仕事は、こうでもしない限り、腕のある剣客と試合えないからだ。相手は人さらいかもしれない。火付け、強盗かもしれない。自分が正義の側にいるものか否かも不明の、道義的には問題のある仕事だ。しかし真剣で命を危険に晒さない限り、もう自分の腕はこれ以上、上には行かない。

あの老人も、あるいはそうかもしれないと感じたからだ。道場を訪ねて廻っても仕様がない。だからこうして街に立ち、自分を晒しものにしてでも、試合う相手を求めているのかもしれない。自分もまた、似た方法を考えたことがある。奇をてらう見せ物のように町衆に扱われる厄介を感じて、自分は行動に移さなかったが。

だが、自分とは違う匂いも感じる。自分は金のためではない。しかし老人は、試合うには金二両と、はっきり金額を打ち出している。急ぎ、まとまった金を必要とする事情に迫られているのか——。

鐘の音を聞き、この日もやはり腰を上げざるを得なかった。用心棒仕事は毎晩ある。だから一度も、老剣客が店じまいするところまでを見届けることはできないでいる。

すっかり夏となったある宵のことだ。鮎之進は岩五郎を護衛して、汐見町《しおみちよう》を歩いていた。岩五郎が新たに妾にしたおせいという踊りの師匠が、汐見町に住まっていたからだ。この家を与えたのもどうやら岩五郎らしいが、それは大勢の弟子を教えるほどの広間があるこの広い家を、彼は何故か以前から所有しており、家を餌にして、おせいをものにしたらしい。

汐見町は市街地からはかなりはずれており、地面が卯辰山に向かってゆるく昇っていくので、町内全体が傾斜している。ゆえに道もゆるい昇り坂で、城の掘り割り周辺の中心地に較べれば広めで暗く、人通りも少ない。おせいの家は、斜面のかなり上方、卯辰山の斜面がいよいよ始まるあたりに建つから、裏手はすぐに山肌で、鬱蒼とした暗い林が立ちふさがって、物の怪《け》でも出てきそうな気配を、おせいは怖がっていた。

提灯を掲げ、右手に広がる林の脇の道を、二人がいくぶんか山道にかかった時だった。四、五人の男が立てる荒い息や物音が、前方の闇から聞こえた。慎重な岩五郎はすぐに歩速を落とし、鮎之進の袖を引いて停まるように告げる。しかし、警護の際は常にこういう出入りを覚悟した気分でいるので、鮎之進は騒動に心ひかれた。

「関わるもんじゃござんせんよ、山縣さん。こっちもいつ襲われるか解らへんのやから、よそさんの騒ぎにまで首突っ込んでおったらあんた、命がなんぼあっても足らしまへんで」

岩五郎は怯えて言う。

鮎之進は一応うなずいて歩みを停めたのだが、おや、と思った。提灯がひとつ、道に落ちて燃えている。これは襲われた側の持ち物であろう。この小さな炎に照らされ、振り廻される幾振りもの刃が、時おり白く光って見えるのだが、輪のかたちに取り巻いた五人の人影の、中心にいる者の髪が白いことに気づいたのだ。

しかし年配の者の腕は悪くなく、打ち込む、これは歳が若いらしい者の刃を落ち着いてはじいている。しかし、いかにも多勢に無勢で分が悪い。同時に斬りかかられた今、左足の腿を斬られたように見えた。

このままではやられる、そう見た鮎之進は、提灯をさっと岩五郎に押しつけ、駆け出そうとした。

「ちょっと待たんかいなあんさん。これでもわしの方は高い銭を払うてまんのやで」

提灯二つを持たされた岩五郎は、文句を言う。

「しばし待たれよ、すぐに戻る。このままではあの老人が死ぬ」

鮎之進は言う。

「老人て誰や。しばして、どのくらいですねん」

「四十数える間だ」

言いおいて、鮎之進は駈け出した。

大声とともに、五人の一人がまた斬りかかった。そこへ、鮎之進が背後から声をかけた。

「待て！」

全員の顔がこちらを向くところに、抜刀しざま、鮎之進は躍り込んだ。そして剣の峰で、手前二人の首筋を強打して倒した。そうしておいて、老人に斬りかかろうとする相手の前に廻り、その剣を自らの剣で受けた。背後になった老人に、鮎之進は素早くささやく。

「早く逃げられよ。ここは私が引き受ける」

「な、何故でござるか⁉」

老剣客は、仰天して訊いてきた。

「そこもとは、どちらの……」

「誰でもよい、卯辰八幡社でお見かけした。助太刀をいたす」

何ごとかを書いた紙を胸の前で広げ、金を払って立ち会う者を求めて連日境内に立つ、老剣客だった。

「しかし、この連中はたちが悪い。一人では無理だ」

老剣客は言った。

「心配はご無用」

鮎之進は言った。

「腿に怪我をされたろう、早く行かれよ」

「この者ども、それなりに使えまするぞ、名の知れた道場の高弟どもだ。そもそもこれは私が蒔《ま》いたタネ、助太刀はかたじけないが、敵にうしろを見せるわけには……」

聞いて鮎之進は、刃を向けてくる者たちに向き直った。そして声をあげた。暗い中、燃える提灯の炎に照らされる男どもの顔に、見覚えがあったからだ。

「おやおや、誰かと思えば、これは鈴木の門弟たちではないか！」

思わず大声になった。以前道場をおとのうた時、帰り際に玄関の上がりがまちで叩きのめした門弟たちだった。彼らもまた鮎之進の顔を見て、すぐにそれと解ったらしく、ぎくりとして前方二人の者の腰が引ける。

「なんと、妙なところで会うものだ。こんなことをしていないで、ちゃんと稽古でもしたらどうだ」

しかし事情を知らぬのか、委細かまわず後方から声をあげ、斬り込んでくる者がいた。身をかわしてこの刀をはじき、鮎之進は素早く男の脇腹を斬った。声をあげ、男は音をたてて胸から倒れ込む。

「軽く斬っただけだ。すぐに連れ帰れば命に別状ない！」

　鮎之進は大声で告げた。

「竹刀侍ども、おまえら、真剣を振る気になったのはけっこうなことだが、鈴木の者たちは、こんな汚いマネもするのか。年寄り相手に大勢で闇討ちか！」

　言い放った。

「また町衆に噂されたいらしいな。師範の顔にもういっぺん泥を塗るか、感心なことだ。今宵某は、おまえらの相手をしているいとまがない、仕事の途中だからな。ゆえに、今度斬り込んできたら叩き斬る。この前のように、鞘で突かれるだけではすまんぞ。まだ死にたくないならすぐ引け、仲間を連れてな」

　言いたいことを言って、刀をさっさと鞘に納めた。

　すると門弟たちも刀を引き、こちらをちらちら見ながら、腹を斬られてうめいている仲間を抱え上げ、精一杯の早足で逃げ去っていく。

「ご老人、それではこれで」

　それを見届けて鮎之進は言い、会釈をして、彼方の闇で待つ岩五郎の方に駈け戻る。

「お名前を！」

　老人は大声になって問う。

「お礼をせねばなりますまいゆえに！」

「今は刻がない。いずれのおりにか！」

　鮎之進は振り返ってそう告げる。

「では明日、卯辰八幡社境内にてお待ち申し上げる。拙者の名は、武藤兵衛門《むとうへいえもん》と申す！」

老剣士は大声で言った。

27

翌朝、朝餉を運んできたおそのが、

「今朝は、お握りしか作れへんかった、ごめんなさい」

と言った。

「かまわんよ、謝る必要はない、気にしないでくれ」

鮎之進は言った。

「寝坊したのか？」

と問うと、

「うち今朝、汁に入れるもんがないよになったんや、野菜」

「そうか、銭がないのんか？」

「そんなことない。今日はもう手に入れるさかいに、野菜。今日はこれ持ってきたょ」

と言って、傘を差し出してきた。

「傘？　傘か？　これで傘貼りの稽古するのか？」

「そんなことないよ。鮎之進さまは、傘貼りなんぞなさる人やないよ」

「そう買いかぶるな、いずれはやらにゃならん日も来る」

「いつ？」

「歳取ったらな」

「来ないよ、そんなん」

「来ないか？　そうか。それじゃあそんなもの、何に使う？」

「そんなもの？　鮎さま、雨の日には人は傘さすんだよ、知らないの？」

「え？　そうなのか？　知らなんだ。浪人の内職用だと思っていた」

「鮎さま、変わってはるなぁ。今日は雨降るよ。お天道様出てないし、空気湿ってはる。もうすぐ降るよ、あといっときくらいしたら。うちの言うこと、よう当たるんや。うち、雨降り当てるの得意なんやから」

「そうか」

「それで鮎さま、傘持っておられへんな思て、持ってきた」

「そうか、すまんな。でも別に要らないんだがな俺は」

「どうして？　雨の日はどうするの？」

「濡れるまでだ。傘さしてる獣はいないだろ？」

「鮎さまは獣じゃないよ」

「だが、俺の師だから」

「師？」

「でも、あんたのうちは大丈夫なんか？」

「うちにはまだ別のあるから、使うて」

「悪いなぁ、おっかさんの具合はどうや？」

「割といい。外に出たがるようになった」

「そうか、そりゃよかったな」

「長崎の高いお薬のおかげだよ。ありがとございます」

「もういちいち礼は言わなくていいよ」

鮎之進は言う。

おそのの握り飯を食べてから、傘を脇に携えて、鮎之進は表に出た。見上げると、確かに空は一面に真白く曇っており、頰に当たる風は温《ぬる》い。初夏の曇天日は蒸している。

今朝は井戸端に人けがなく、弥平も顔を見せないでいる。ここ数日、かなり厳しくしたから、体の節々が痛んで、まだ寝ているのかもしれない。

一人で走り出し、今日は浅野川に向かった。そして河原におり、剣を振った。しばらくそうしてから、足もとにおいていた傘を拾って、卯辰八幡社に向かった。雨はまだ降らない。

ぶらぶら山道をあがりながら、昨夜の斬り合いを思い起こしてみる。毎日卯辰八幡社の境内に立ち尽くし、胸の前で果たし相手を求める紙を広げているあの老人、武藤兵衛門と名乗った。兵衛門老人が、闇討ちの鈴木の門弟に囲まれているのを見た瞬間、間髪を容れず助太刀に向かったのは、そうして知り合いになり、来る日も来る日も境内に立ち尽くす、その理由を訊きたかったゆえかもしれない。

それは老剣客としては、果たし合いを餌に金が得たいのであろうが、では何故金が欲しいのか。あの老剣士の人となりから推して、遊興の金が欲しいわけもあるまい。助太刀をして一度恩を売っておけば、自分の問いから逃げることはできまいというような、俗な計算もした。そう思えば自身のずるさに嫌悪も抱くが、そのくらい自分は今、剣客としての将来、剣を頼りに生き続ける目的を模索して悩んでいる。ために禅も組むが、あの老人の清く痩せた風貌に、大きく期待する気分はあった、これは告白しなくてはなるまい。

卯辰八幡社の境内にと続く参道に入ったが、このまま参道を行くことを躊躇した。ここから石段を上って境内に入れば、たちまちにして兵衛門と目が合う。すればいきなり会話を始めざるを得ない。昨夜の礼も言われるであろう。鮎之進は、そういう会話はしたくなかった。彼の言葉によらず、老人の行動の真意を探りたい心地が長くしている。彼自身の口からの説明は、それはいずれ受ける。その前に、自分で見当をつけたい。

そこで土産物屋の脇の路地を入り、草をかき分けて藪に入り、そこから斜面を登って境内の林に入った。そして一本の大杉の幹の陰に大石を見つけて、そこに腰をおろした。

そこから境内を望めば、並ぶ杉の幹の隙間から、境内の向かい側に立つ武藤兵衛門の痩せた姿が見えた。今日もまた、垢染みた着物の前で白い紙を左右一杯に広げ、老人はじっと立ち尽くしていた。その姿は、今日もまた、木像のようで、微動もする気配はない。

鮎之進もじっと石の上にすわり、傘は脇に置いて、動かず、長い間老人の様子を見続けた。境内に参拝に入ってくる町衆の数は少ない。神社が、中心街からはかなりはずれた山の裾にあるからだ。周辺には、神社に参拝に来る者を目当ての店以外はない。民家もなければ一般の店舗もない。祭りの頃ならば人出も多いのであろうが、そうでない今はごく静かなものだ。だから、老人が広げて持つ紙に近づき、読む者はない。

もっとも読んでも、町衆では用があるまい。腰に大小を差し、しかもある程度以上腕に覚えがなくては老人と試合う意味はない。というのも、遠目だが、紙に以下のような言い廻しが見えたからだ。

「それがしは過去、幾たびか合戦にも参加し、真剣による果たし合いも行ってきた。そういうそれがしの太刀筋から、剣客はなにがしか学ばれよ。結果、それがしの命が奪われても、いっさいの苦情は述べぬ、うんぬん――」

学ぶ用を持ちそうな武士の姿が、境内にはないのであった。町中の辻にでも立った方が人寄せの効率はよさそうに思えるが、しかし触れの内容が内容であるから、城に近いあたりは気兼ねであるのかもしれない。人通りの多い場所で、真剣での立ち会いもできまい。おかみの目にとまれば、咎めも生じそうだ。駕籠かき弥平の話では、この老人のことは街で噂になっているらしいので、応じる気の生じた武将なら、山裾のここまでで も足を運んで来ようから、これでいいのかもしれない。

曇天だが、蟬が鳴き出した。その声につられるようにして、蟬の声はどんどん大きく なる。ことに鮎之進がすわっているあたりは特別に鳴き声が降ってきて、参道界隈に充 ちるはずの喧噪《けんそう》が聞こえなくなる。それでも鮎之進は、老人の人柄に引かれて、じっと 辛抱を続けた。待っていれば何ごとか、ことが起こるかもしれないと考えた。昨夜も襲 撃騒ぎがあった。今日もまた、あるかもしれない。

だが、ずいぶんと長い時がすぎていき、何ごとも起こる様子はなかった。もう昼時も すぎる。参道沿いの蕎麦屋や、甘酒や団子などの中食を出す店は、けっこうにぎわって いる。そのせいだろう、境内の人けがばったりと絶えた。足を踏み入れてくる者がなく なり、ただ生暖かい風だけが吹き渡り、蟬の声が充ちている。

突然、犬が境内に駈け込んできた。そして空き地をうろうろしていたが、立ち尽くし ている老人の姿を認めておそるおそる寄っていき、怪しい気配に吼《ほ》えはじめた。やがて 安全と見たらしく、安心して喉を限りに吼えたてる。長々と吼えて、やめる気配がない。 犬の全力の声に、蟬の声がやむ。

老人は微動もしない。足もとでいかにうるさく犬に吼えたてられても、喧《やかま》しいその声 がいっこう耳に入らないとでもいうように、じっと立ち続けている。その様子は、はて 生きているのかと、疑いたくなるような気配さえある。

いきなり犬の声がやむ。吼え飽きて、犬も疲れたのであろう。それとも、これはどうやら生き物ではなく、人に似た灌木か木切れだとでも思ったのか。ふいと吼えることをよして、たったっと駈け出し、鳥居をくぐって石段を下っていった。

するとまた、時が止まったような静寂になる。境内は、人の気配もなく、物音もせず、風までが止まった。食い物屋の方角から聞こえてきていた人の話す声、叫ぶ声も止まった。立ち尽くす兵衛門老人に合わせたように、森羅万象が、その気配を消してしまった。

しばらくは蟬も鳴かない。しかし時がすぎるにつれ、ぽつぽつと鳴くものが出はじめる。最初はおずおずとしているが、やがて合唱になり、その音声は大きくなる。が、以前ほどの勢いはない。かすかにだが、何ごとか気配が変わったふうだ。鮎之進はじっとすわり続ける。ここにいることの意味を強く感じはじめたのだ。禅を組んでいる気分で、心を空にして、境内を充たす何ものかを、見つめ続ける。

と、それは突然だった。かすかに声をもらし、老人が左膝を折ったのだった。片膝をつき、やがて左手も草についた。しわになった紙の端を、足もとの草に垂らした。

老人の食いしばった歯が見える。苦痛に堪えている。昨夜の襲撃のせいだ。鮎之進はそう推察した。鈴木の門弟たちと対し、左足を傷めたのだ。今日の立ち尽くしは、もうやめる方がよい、と鮎之進は遠目に見ながら考えた。長時間じっと立つことは存外骨だ。ただ起立していることは、動き廻っている時以上に足が疲れる。このようにたたまま足が萎えたおり、立ち会いに応じようと言いだす者が出たらどうする気か。到底満足な対応はできまい。相手が真剣を所望すれば、簡単に命を落とす。今日は帰った方がよい、密かにそう考えて、鮎之進は心を騒がせた。

老人の苦痛は、思いのほか大きいようだった。紙を草の上に広げたまま、彼はゆっくりと四つん這いになり、長々と痛みに堪えるふうだった。それからごろりと尻を草に落とし、すわりこんだ。膝を抱いた。じっとそうしてのち膝から手を離して、脇腹とか、左の腕をさするようだった。その仕草は、すっかり老人だった。

これは体がよくない、眺めながら、鮎之進は直感した。昨夜の傷だけではない。老人は、体のどこかを病んでいる。おそらくは、立ち続けているのも楽ではなかったのではあるまいか。

いったいそうまでして、彼は何故こんなことを続ける？　鮎之進は考えた。高齢の上に病んでいる。おまけに昨夜人に襲われて、怪我や打ち身までを作った。今日は外出などせず、家で終日休んでいる方がよい。

今日に限らない。二両を取って立ち会い人を求めるなど、そのような無謀をもうこれ以上続けるべきではない。そのようなことのできる体ではない。大した腕の者でないなら、それでも何とかなるかもしれないが、いずれは使い手も現れよう。その者が若ければ、長時間の闘いも持つ。

老人がかつて腕に覚えを得た者であろうと、今は体も動くまい、長時間となれば息も切れよう。結果は、間違いなく命を落とす。これは自明の理だ。それとも老剣士は、命を落とそうとして、こんな無茶をしているのか。何故これほどの無理をする？　鮎之進はますます興味が湧く。年齢を顧みぬこのような無謀の理由を、どうしても知りたく思った。

痛みが去ったか、老人はゆるゆると立ち上がる。そして以前のような端正な立ち姿になり、また紙を左右に広げた。するともう、顔から苦痛の色はかき消え、以降二度と浮かべず、再び木彫りの像のように固まってしまった。鮎之進は感心し、わずかに感動さえ覚えて、その様子を遠見した。そしてますます、目を離せなくなった。

蟬の声。風はますます生暖かく淀《よど》む。うん？　と鮎之進が空気の変化を感じた時、さーっと葉が鳴る音が遠方から聞こえはじめた。音は大きくなる。迫ってくる気配。たちまち首筋に、頰に、髪にと、冷たいものが降りかかった。人けのない境内の白い土は、見ている間に黒ずんでいく。みるみるあたりを充たす水の匂い。そして世界は暗転。雨だった。雨が降りはじめた。

見ると老人も、空を見上げている。そしてまずは紙を、急ぎたたんでいる。雨に濡らしては、紙とそれに書いた文字が駄目になるのだ。だから、まずは紙を守った。

懐に入れ、頭を垂れる。それは身を屈めて、足もとに置いていた木製の皿を拾っているのだ。これも、懐にしまっている。皿は、預かり金二両をいったん入れておくための器なのであろう。

それから悄然と肩を落とし、背を丸めて、老人は歩きだした。帰宅を決めたのであろう、鳥居をくぐり、石段の方に退場していく。鮎之進は、おそのにもらった傘を少し広げて頭上にかざし、いっぱいには広げず、境内に歩み出るが鳥居の下は抜けず、草の斜面を下って参道に並ぶ店々のうちの、最も手前の漬け物屋に向かって早足で歩いた。

板壁の角から目を出して見ていると、老人は濡れながら歩いて、参道に沿って店を出している団子屋の軒下に入って、涼み台に腰をおろした。このまま家に向かっては濡れねずみになる、そう考えてのいっときの雨しのぎだろうか。

奥から親爺が出てくる。ふたことみこと言葉を交わして、親爺は奥に消える。団子でも頼んだかと思っていると、そうではなくて、出てきたものは茶だけであった。無料で出される茶だけを飲み、老剣士は涼み台にかけ、悄然と雨を見ていた。

鮎之進は手前の漬け物屋の建物の陰にいて、濡れないように傘を広げ、壁の角から目だけを出して、兵衛門の様子を見ていた。兵衛門は、今度は団子屋の店先で座像になってしまったふうだった。長い長い間、地面を打つ雨を見つめて、微動もしない。

雨がやむのを待つのか、やめばまた境内に引き返すつもりか。それともこのまま家路をたどる気か。この静かな様子からは、彼の心づもりはまるで読めない。ただ木石になったように、彼はぴくとも動く気配がない。

雨はやまず、厚い雲の上で、陽はゆっくりと西の地平に向かって移動していくようだった。雨が落ちはじめて暗くなった世界だが、そのせいでさらに暗さを増していく。雨降りのせいもあり、団子屋の店先に寄る者はない。だから老剣客が涼み台を占拠していても、店の迷惑はないようで、親爺は二度と顔を見せることはなかった。

長くそうしていたが、老人はついと立ち上がった。そして腰の剣をぐいと差し込み、ふらと雨の中に出た。そのまま急ぐふうもなく、濡れながら雨の参道を行く。境内とは反対の方角だから、どうやら帰宅を決めたらしい。見上げれば、雨はいくぶんかは小降りになったふうではある。しかしまだ、小雨とか霧雨というには遠い。しっかりと降り、このまま歩けば、濡れねずみになることは間違いない。

それを見て鮎之進は、ようやく傘をいっぱいに広げ、雨の中に歩み出た。早足になって老剣客を追う。老人は急ぐ気がないので、追いつくのはたやすい。かすかに左足を引きずる。ごく短い参道が、そろそろ切れかかるかというあたりで追いつき、左後方からゆっくりと傘をさしかけた。

「濡れますよ」

鮎之進が言うと、頭上の気配に老人は、びくりとして身を反対側に引き、瞬間雨の中に出た。しかしさっと後方を見て、さしかけてくれたのが昨夜加勢をしてくれた若い剣客と知り、戦闘的だった目が、即座に柔和になった。頬に笑みを浮かべ、会釈を送ってきた。しかし次の瞬間足を停め、それでは充分ではないと見たか、きちんと鮎之進の方に向き直り、あらためて上体を折る、丁重な礼を寄越した。

「昨夜は思いがけずお助太刀をいただき、老体、一命を拾い申した。お礼を申し上げます」

彼は丁寧に言った。

「いや、そんなの別によいですよ」

鮎之進は言った。そして、

「腹はすきませんか？」

と兵衛門に訊いた。すると強い当惑の表情が、老剣客の顔に浮かぶ。

「いや、自分は腹はすいておりません」

兵衛門はきっぱりと言った。

「この蕎麦屋ででも雨宿りをしませんか？　雨はやみそうもない。自分は今懐が多少暖かく、馳走申し上げたい」

「いや、それではあまりというもの」

老人は即座に言う。

「助太刀をいただき、傘をさしかけられ、おまけに蕎麦を馳走になる、これはいけません」

「ああそうですか」

鮎之進は言う。

「昨夜の礼に、自分がお支払い申さねば」

老人は律儀に言う。

「そういうふうにお気になさらず、気楽なおつきあいをお願い申し上げたい。ではこちらに」

鮎之進は蕎麦屋に老人を導いた。

席に落ち着き、鮎之進がかけそばを注文しても、老人は黙って何も注文しようとはしなかった。それで鮎之進は、勝手にかけそばを二人前にした。今は金が余っている。小判さえ、懐に二、三枚あった。使う場所がないのだ。

「酒を、召し上がられるか？」

鮎之進は訊いた。飲むというなら、注文しようと考えた。しかし老人は、

「私は酒は飲みません」

ときっぱり言ったから、鮎之進はうなずいた。

「自分もです。酒は剣客の命を縮める」

蕎麦が来て、鮎之進は食べはじめるも、老人は手を付けようとはしない。

「どうぞ」

と勧めても、箸に手を伸ばさない。しかし鮎之進は、朝方から老人を見ている。昼に弁当を開く様子もなく、空腹であるはずだった。

「お住まいは、この近くで？」

食べながら、鮎之進は訊いた。

「角間町《かくままち》で、ちょっと歩きますな」

老人は声を落として言った。

「落ちぶれ浪人どもが暮らす、しがない破れ長屋で」

「昨夜の鈴木道場の門弟どもは、どのようないきさつで……？」

鮎之進はさらに訊く。老人は、これにもじきに口を開いた。

「鈴木の門弟のひとりが、私の呼びかけに応じて、試合うてくれたのです。木刀だったが、剣をたたき落として、降参を言わしめた。そうしたら、その兄弟子なる男が後日来て、真剣立ち会いを所望して、これも相手の右手を浅く斬って、小手を峰打ちした。そうしたら……」

「報復とばかりに門弟を誘って、夜に襲うてきたと」

老人はうなずいた。

「なるほど、おおかたそのようなことと思っておりました」

鮎之進は言った。

「しかし何故二両を募り、あのような果たし合いを連日求められる？」

鮎之進は訊いた。しかし老人は、この問いには固く口を閉じ、なかなか開こうとしない。

「どうして毎日、卯辰八幡社の境内に立たれるのか？　失礼ながら、ご高齢とお見受けする。いかに腕に覚えがあろうとも、これはすこぶる無謀なことと……」

言いながら、鮎之進は老人の顔を盗み見た。老人は目を伏せていて、こちらは見返さなかった。

鮎之進は返答を待った。しかし老人は、長く口を開かない。しかしやがて、礼儀上これは通らぬことと観念したようだった。かねて予想した通り、昨夕の助太刀がなければ、老人はこのまま無言を通したろうと鮎之進は思った。

「無謀は承知」

老人は言った。

「負ければ金は取られるのだから、相手の益は、私の捨て身の太刀筋の見極めくらいのものであるが、このような平和のご時勢、それも果たしてどれほどの益があるものか」

「師範であられたのか?」

老剣客はうなずく。

「いっときは師範で、やがては道場を譲られ申した」

今度は鮎之進がうなずく。

「加賀藩士であられた?」

「かつては五十石二人扶持《ぶち》で。しかし、大昔のことでござる」

「ほう」

鮎之進は言う。

「急に金の入り用があり申して」

老剣客は言った。それで鮎之進は、老人の顔を見た。視線を落としている。意外な言に感じた。

「まことにお恥ずかしい限りでござるが、浪人となった今は、他に金の稼ぎようも思いつかず」

聞いて、正直なところ鮎之進は、がっかりする思いを留められなかった。老人の忍耐に、少なからず心を動かされていたから、背後にもう少し高尚な理由が存在することを期待した。

「金のために、あのようなことをされていたと」

思わず、鮎之進は確認した。すると、老人はしっかりとうなずくのだった。

「いくらご入用ですか？」

「二十両でござる、あと十日ほどのうちに」

「その金を何に？」

するど老人は頭を下げる。

「その件だけは、平《ひら》にご容赦を」

と言う。

「借財でござりますか？」

問うてみる。

「いや」

と老人は短く言った。

「他人に金を借りることだけは私、これまでしたことはござらぬ。金貸しの顔も、一度も見たことはない」

「二十両のために、あのようなご無体を……。で、いくら貯まり申された?」

「もっか四両で」

老人は言う。

「このご時世、なかなか試合うてくれる者もおりませぬ」

「あと十六両でございますな」

算盤を言うと、老人は短くうなずく。

「武藤どの、あのようなことをなさるくらいなら、いっそ用心棒の仕事などされてはいかがか? これは、守る人によっては、たいそうな金になりまするが」

すると老人は、首をしっかりと横に振る。そして、

「私は、用心棒だけは決していたしませぬ」

ときっぱりと言った。聞いて鮎之進は、胸に匕首を突き立てられたような心地がした。

「道場破りもでござる。道場破りは、いよいよ道場主と試合うところまで追い込めば、奥の間に通されて、五両から十両にはなる。これも自分はやり申さん。看板をはずされる側の悲哀を、知り抜いておりますゆえに」

鮎之進は無言で思いを巡らした。この地で道場破りと間違えられた際、小判を出された。

「道場破りも、お家断絶も、侍には死に勝る恥辱」

兵衛門は言う。

「用心棒をやられぬのは何ゆえに？」

こちらが気になり、尋ねた。

「私はかつては加賀藩士でござった。お家を潰《つぶ》され、これほど落ちぶれはしたが、自分の剣への、ささやかな誇りだけは維持しております」

聞いて、ますます鮎之進は悄然とする。

「某《それがし》は、士道に反することには、絶対に自らの剣を使いとうござりません。これは生涯の強い思いにござる。用心棒に大金を払うような輩《やから》は、たいがいは腹黒いことに手を染めているもの。そして口先が異様にうまい。ゆえに、こと分けを詳しく聞いてすっかり納得せぬうちは、私は、どのような者に対しても鯉口を切りとうない」

鮎之進はいちいちうなずく。

「これは、私のうちに残るただひとつのささやかな誇り。これを捨てては生きている意味がない。用心棒をやるくらいなら、町衆のみなに赤恥をかき、もの乞いかと罵《ののし》られても、自身の納得するやり方で剣を振るいとうて……」

と言った。聞いて、鮎之進は自らの肩が大きく落ちる思いだった。

28

武藤老人は、蕎麦代を鮎之進が払おうとしているとみて、決して蕎麦を口にしようとしない。そこで鮎之進が、ではここは馳走になりますと言うと、ようやく食べはじめた。

そろそろ店を出るという段になり、鮎之進が、

「私は今、剣の道について悩んでおります」

と言い、

「ゆえに、兵衛門どのに、道についてのご教授を願いたい」

と打ち明けると、老剣客は仰天したらしく、

「自分のような転落した食い詰め者が、人さまに伝授するようなもの、何も持ちはいたしませせぬ」

と言った。

「いや、現にたった今うかがったようなお話、自分のような迷う者にとっては値千金《あたいせんきん》のもの、充分に身になり、教訓となっております。そうなら、講義料をお支払いすべきは後進の心得」

そう言いおいて奥に飛んでいき、さっさとお代を払ってしまった。

表の雨はやまない。老人と肩を並べて出てみれば、かえって強くなっている。鮎之進

は、兵衛門を住処《すみか》まで送っていくことになった。

二人で傘に入り、六ツ（午後六時ごろ）も近い夕刻、暗い道をとぼとぼと行く道行きは、老人にとっては楽しいことではなかったと見え、口を開こうとはしない。鮎之進も、老剣士を楽しませる話題は浮かばず、ゆえにただ黙って歩んだ。だから、さしたる距離ではなかったはずが、いささか遠くに感じた。

老人は、昨夜には命を助けられ、今は蕎麦の代を払われ、その上にこうして傘で送られていることに、相手に幾重にも負担をかけている負い目が去らないようだった。

「そこもと、私が金に不如意と知って、あのように言ってくださったのでありましょう。自分に剣の道の教授を、などと」

長い沈黙ののちに、老剣客はそう、ぽつりと言った。周囲に雨の音が充ちるので、内容が聞き取りにくいほどの小声だった。老人の声は、そうでなくともかすれている。

「教授するものなど少しも持たぬ身と知りつつ」

「とんでもない」

鮎之進は言った。

「思っても見ぬこと。しかしまあ、そうお考えの気持ちは解り申す」

鮎之進は言った。

「それは、多少の配慮はないでもないが、しかし私が剣に迷うておるのもまた事実。今は寿経寺に通い、住職に指導されて座禅を組んでおります」

「おおそれは……」

聞いて老人は、感心したように言う。

「それも、み仏に解答をすがっておるからで、合戦も遠のいた治の時代、武芸による仕官の道も閉ざされ、このような時節、剣に果たしてどのような意味があるものか。多少名の聞こえた道場をおとのうても、みな軽い、竹の剣を終日振っております。木刀でも真剣とまるで違うというのに、竹の剣ではこれはただの遊戯にしか思えず、しかし門弟どもは、やれ心の修行などと、口先ばかりは達者だ」

暗い傘の下で、老剣客はうなずいている。

「これでは剣術は、日に日に本来とは違うものに変貌していく」

「確かにそうでござるな、私らが剣を修行していた時代とは違う。時代は大きく変わった」

そして老人はまた黙り込む。そしてしばらく歩んでから、このように口を開いた。

「今はもう、死ぬことを美徳とは、みな考えなくなりつつある」

鮎之進は、聞きながらうなずく。鮎之進も、そのことには気づいている。木刀も、思い切り振れば相手の骨を砕くし、命も奪う。だから嫌われて、今度は竹の剣に移りつつある。それは解っている。

「私などに、人さまにご教授できることは何もない。ましてそこもとはまれな腕を持たれる剣客だ」

老剣客は言う。

「あ、いや、私は……」

言いかける鮎之進を、老人は手を挙げて遮った。

「ご謙遜の儀は、この際ご不要に。私はかつては道場主でござった。土地でいっときは、多少名も聞こえ申した。剣客の腕のほどは、一瞬で解り申す。先刻より、ずっと考えておりました。そのような腕の方に、惨めな老体の身が、なにがしかの教訓をお与えできるとすれば、それは包み隠さず、貧しいわが身の上を、生活の様子を、お見せすることでござろう」

老人は言い、鮎之進は驚き、返す言葉が湧かなかった。

「命を救っていただいたご仁、そうなら心よりの礼に、どのような恥も隠さずお見せすべき。そう気づき申した。さ、こちらでござる、私の塒《ねぐら》は。そこを左に。しかしどうか、驚かれませぬように」

そして老人は先に立ち、傘から雨の中に出て、路地を入っていく。確かに肩を横に並べては進めぬ、狭い路地だった。抜けると、鮎之進の暮らす長屋と大差がないふうの破れ長屋が前方に現れた。

その一間の障子を引き開け、老人は入っていく。土間に立ち、こちらを振り向くと、

「さあ、遠慮なく上がられよ」

と言って、自分は先に上がった。すると、若い女が急いで前に出てきて立ち、上がり

がまちに膝を折って出迎える。

「これは雨の中、ようこそまいられました」

と丁寧に頭を下げた。

「せがれの嫁のおふじと申します」

老剣客は鮎之進に紹介した。

「山縣と申します」

鮎之進も頭をさげた。

「今、粗茶をお持ちいたします」

言って、嫁は立ち上がる。

「あ、おかまいなく、すぐに失礼を……」

言うのだが、嫁はさっさとへっついに向かっておりてくる。

「どうぞあがられよ」

と勧められるから、鮎之進は縁に腰をおろして言う。

「雨で足がよごれております。畳に上がるのは少々……」

言うと、さっと濡れた手拭いがおふじによって差し出された。しかたなく、それで拭いて上がった。

「八畳ほどのひと間で……」

老剣客は言う。

「そしてこれがせがれでござる」

狭い縁側そばの布団に、誰かが寝ている。

「せがれは身に深い傷を負いまして、精神にも異常をきたし、今は終日寝ておるばかりです。起きて挨拶もできぬ人間になり果て、客人には大変ご無礼をいたします」

兵衛門は、息子に代わって深く頭を下げる。

「いや、お気になさらず」

少々驚いたが、それを隠して鮎之進も言い、礼を返した。

見ると息子は、うつろな目をじっと天井に向け続けている。来客の鮎之進にもまるで気づく様子はなく、関心もないというふうだ。

狭い縁側の上の軒には、洗濯物が多く干されている。今うずくまった兵衛門の左手には、内職中と見え、紙を中途まで貼った傘の骨が広げられている。それを見ながら、鮎之進も腰をおろした。

「傘貼りの仕事を、嫁と二人で手分けしてやっております」

老剣客は苦笑するように唇を歪めて言う。

「この傘が、われわれ一家の収入のすべてでござる。一本お持ちになりますか？　できたばかりのものがある」

鮎之進は即座に手をあげて左右に振った。

「もう持っておりますゆえに」

と言った。

嫁がそばに来て、湯呑み茶碗を鮎之進のかたわらに置いた。

「どうぞ」

と小声で言う。鮎之進は会釈をした。すると嫁は、思いがけないことを言う。

「山縣の、鮎之進さまでは」

鮎之進は驚き、おふじを見た。

「どうして？」

「百間堀のおそのちゃんからお名前、お聞きいたしました。とてもお強い方と」

「わしも昨夜暴漢に襲われて」

すると兵衛門が、嫁に向かって言い出した。

「まあ」

と嫁は顔色を変える。

「そのおりに助太刀をいただいた。こちら山縣どのは、確かに強い。わしの命の恩人だ」

聞くと嫁は頭を畳につくまでさげ、しばらく上げようとはしない。

「もうけっこうでござる。どうぞ頭を上げられよ」

鮎之進は恐縮して言った。しかし嫁は頭を下げたまま、くぐもった声でこう言う。

「ごらんのような貧しい暮らしでございます。父が倒れれば、私ども死ぬよりほか、道はございません。父の恩人は私どもの恩人、まことにありがとう存知ました」

「もうよい、仕事を続けてくれるか」

兵衛門は言い、おふじははいと言って立ち、骨ばかりの傘のそばに行き、すわって紙を貼りだした。

鮎之進は茶をひと口すすったが、早く逃げ出したい思いが募った。この部屋にいると、この暮らしを自分が見たがってここに来たような気がしてしまい、堪えられなかった。

「ここは、この長屋では一番大きな部屋で、謡《うたい》の師匠が住んでおったところでござる。だからわれわれ三人も、なんとか眠る場所が作れる。あきれられたでござろう」

「いえ」

鮎之進はあわてて首を振った。

「これが五十石をいただいていた、まがりなりにも加賀藩下級藩士の、成れの果てでござる。いささかも隠し立てをする気はござらぬ。どうぞ存分にご覧あれ」

「武藤どの」

鮎之進は急いで言う。

「私はそろそろ仕事にまいります。お宅に押しかけてしまい、まことに申し訳ないことをいたしました。ではこれにて」

片膝を立てる。

「山縣どの」

兵衛門は、手を挙げてそういう鮎之進を制した。

「そこもとはさきほど、剣の道と言われた。私も剣だけにこの身を、命を捧げてまいった。物心ついてから、剣のことだけを考えて日々を生きてまいりました。酒も飲まず、おなごにも、遊興にも身をやつさず、ひたすらおのが剣を磨いた。賄賂、付け届けのたぐいも、したこともされたこともない。そして剣術は、ついに藩で五本の指に入ると言われるところまで昇りもいたした。それは、日夜の精進の賜物《たまもの》ではあり申す」

「はい」

「だがそれも、何ほどのものもなかった。家老の妾腹であった妻をもらい、広い、道場付きの家屋敷をかまえ、幸いよい家臣も集って、暮らしには何の不自由もなかった。だからその頃、自分の人生と、剣に身を捧げた自らの信念を、露ほども疑うたことはない。これでよい、このまま、なんとか晩節をけがさずに生涯を終えられればとばかり、考えておりました」

「は」

「ところが家内が死んで、突然暮らしが暗転した。ひたすらお家のためにと考え、忠心励んできたのに、己の力の及ばないところでことがつまずき、すべてがみるみる狂うた。すると、転落はあっという間のことで、わずかに半年ほどで、この暮らしにまで落ちた」

鮎之進は声を出さずにうなずいた。

「それもまた、剣の道だ。一瞬で人の命を奪う剣は、時を得れば龍が昇る道。だが時が去れば、淪落《りんらく》の一本道でもある。ひと筋の太刀は、大勢の怨念を背負いもする。それはひどく恐ろしいものだ。私は、そのことを、この身をもって知り申した」

表に出ると、雨がやんでいた。兵衛門と二人、肩を並べて歩き出すと、遠く六ツの鐘が聞こえる。鐘が終わると、兵衛門はいきなり言った。

「せがれは、腹を断ったのです。しかし死にきれずに、あのようなことになった」

驚いて、鮎之進は老剣客の顔を見た。

「嫁の前では、恥をかかすようで言えなかったが」

「武藤どの」

鮎之進は言った。

「もうけっこうでござる。私は、他家の詮索は好きではない。とりわけ、お家の転落になど興味はない」

「いや、山縣どの」

老剣客はそれを遮って言う。

「私は、自分のすべてをお見せすると決めた。何故なら、それもまた、剣の道だから。剣というものの持つ一側面、裏面であるからです。落ちぶれた私が、一身をもって貴公にお教えできるものがあるとするならそれだ。たったそれ、ひとつだけだ」

老剣客の横顔は、厳しく、降りはじめた前方の闇を見つめる。

「そのあたりまで、お送りしましょう。剣もまた、廓の芸妓たちの世界同様に、その世界のうわべに憧れる人間どもが群れて、虚飾にまみれてしまった。どす黒い、薄汚れた裏面も持ってしまった。剣など所詮は人斬り包丁、そう陰口を言う者もある。藩より禄をいただいていた頃なら、そう聞けば立腹もしたろう。しかし今は、それもまた真実を述べていると思います」

老剣士は先にたつ、そして背中を見せたままで続ける。

「加賀の前田さまは外様《とざま》で、それゆえ、利家《としいえ》さま以降、ゆめゆめ有事への備えはおろそかにすまいと家臣どもは決め申した。先日まで戦国で争い合っていた藩同士が、急に心よりの友になれるはずもない。いつ何時攻められるか、そうでなくとも、何ごとが起こるか知れたものではない。しかし同時に、天下獲りの野心など毛ほどもないと満天下に、そして徳川さまに示し続けなくてはならない。お解りでありましょう」

「はい」

と鮎之進は言った。

「だから見せかけ上は鉄砲を棄て、あるいは隠し、刀剣や武芸鍛錬はやめて、書画骨董、筆の修練に励み、表向きは身をやつすことを決めた。周囲の諸国、譜代《ふだい》の、そして徳川さまの警戒を解くためにござる」

鮎之進はうなずく。

「だが今後は鉄砲の時代だ、そう考え、われわれは合戦で最も重要な武器、鉄砲の鉛の弾丸を鋳潰《いつぶ》し、瀬戸物に似せて瓦を造ることにした。そしてこれで尾山の城の屋根を、ことごとく覆うことにしたのです。そしていざ有事には、これを再び鋳潰し、鉛に戻して弾丸に変える、そういう計画を密かに進めた。その秘密計画の中心を担うよう命じられたのが、家督を譲ったせがれでございました。せがれは、武芸よりもむしろ算盤の才があり、その方向では才たけた一面もあったゆえに」

鮎之進はうなずく。

「そのための費用が、秘密裏に城からわが武藤家に運び込まれた。せがれはひそかに方々に手を廻し、鉛瓦製造の段取りを進めていた。ところが、藩から廻されたその公金が、一夜ですっかり盗まれた」

「なんと⁉」

「大泥棒の仕業だ。秘密計画の情報が、どこからか漏れていた。大泥棒にとっては、これは千載一遇の好機だったでありましょう、大量の公金が、ひとつ武藤の屋敷にあるとは。一家臣の家の守りなど、城に較べればたかが知れておりますからな。大勢の訓練された手勢を動かす大泥棒なら、盗み出すのは雑作もない」

「……」

「せがれは、そして拙者も、この盗難の咎《とが》を負うことになった。家臣どもは汚いもので、おのれに火の粉が降りかかることを恐れ、せがれ一人をしきりに責め立て、ついには公金を横領したという根も葉もない噂を作って城内に流布せしめた。生真面目なせがれが、そんな大それたことを企《たくら》もうはずもないと百も千も承知の上で、あえてそういう話を作りあげ、責任逃れをした」

「……」

「せがれは腹を断った。それでうまく死んでいてくれれば、あるいは家も、難も逃れられたやもしれぬ。しかしせがれはこの上もない恥の上塗りで、切腹に失敗した。九死に一生を得たのはよかったのかもしれんが、精神に異常をきたし、床から一歩たりとも離れられぬ身となった。それが、たった今お見せしたあの体たらくです」

鮎之進は、ひそかに溜め息を吐いた。それほどに深刻な事情があろうとは、露ほども予想しなかった。

「武藤家は改易、本来ならご城下にも身の置きどころがない身だったのですが、せがれの嫁の実家が密かに手を廻してくれ、土地からは追われずにすんだ。土地にいれば、なんとか口に入れるものくらいは手に入る。だから飢え死にはせずにすみ申した。せがれの大勢の同僚たちは、以後みな知らぬ存ぜぬを通して、おのが身を守った。それがまぎれもない、城勤めのご家人たちの実態というものでござります」

鮎之進は言葉を失った。

その時、暗雲を抜けて月が出た。この世界の頂上に君臨する武家という者どもは、あの月のようなものかと感じた。闇空を照らし、光り輝くが、裏の実態はそのようなものか。

「時々それがし、人の命を奪う剣という、所詮は人斬り包丁にすぎぬ刃物を、武人はご立派に飾りたてすぎたかと、思う時もござる」

「しかしその剣ひとつを手に、武藤どのは毎日境内に立たれておられるが」

鮎之進はそのことを言ってみた。その理由が長く解らないからだ。

「あれは、嫁が団子屋をやりたいと言い出しましてな」

兵衛門が口調を変えて言い、

「は？」

鮎之進は、またしても予想外の言を聞いて、不審の声をたてた。

「先ほど私が軒先にすわっておった、卯辰八幡社参道の、団子屋がございますでしょう」

「ああ、はい」

鮎之進は思い出した。

「あの店の親爺が、もう歳だし、体もようないから、店を閉めたいと言い出しまして、売りに出したんです。その店の沽券《こけん》の額が二十両です」

「ああ、そういうことか」

鮎之進は得心した。

「嫁は料理好きで、汁粉も甘酒も、団子作りも得意で、祭りの頃は客が引きもきらぬほどにあの参道の店々、繁盛いたしますのでな、自分が店をやり、わしら父子を養いたいとあれが言い出しまして、それならわしがその資金を作ろうと、こういう話にしたんです」

聞いて、鮎之進は深くうなずくほかなかった。これでようやく、すべての謎が解けた。

「落ちるところまで落ちた拙者に、もうこれ以上守る恥はない。町衆に嗤《わら》われても、見せ物扱いで童に石を投げられても、立つ腹とてない」

老人は静かに言う。

29

その夜の警護行動は、お多津の妾宅に向かう道行きだった。提灯を揺らせながら、意外なことに岩五郎の方から、卯辰八幡社の境内に連日立っている老剣客について、話題にしてきたのだった。

「どうしてですか？　あの武人を知っておるんですか？」

驚いて、鮎之進は訊いた。すると岩五郎は、

「近頃、町衆の噂ですさかいにな」

と言った。

「私が武藤どのと知り合うたことも？」

訊くと、岩五郎はうなずく。

「知り合いが見かけたと。あんさんとあのお武家が一緒におるとこ」

そう言うから、そうなら別に隠すことでもあるまいと考えて、鮎之進は住まいを訪ねたことを話した。

「どないな暮らし、してはったかいな？　あのお方」

興味を持ったようにして訊いてくるから、息子が精神を病んで寝たきりになっており、もと謡の師匠が住んでいた八畳ひと間の長屋に一家三人が暮らし、よくできた嫁が、かいがいしく父子の面倒を見ていた、といったことを話してやった。

「転落の理由は何でしたかいな？」

と訊くから、城から公金横領の疑いをかけられたこと、しかしこれは冤罪《えんざい》であり、武藤父子にはなんらの咎もないこと、なども話した。

するとと岩五郎は鼻で嗤い、わざとらしく首をかしげて見せた。そして、

「はて、そらホンマかいなぁ？」

と言う。

「何か疑いが？」

と訊くと、

「最近はみな、口がうまいさかいになぁ、お武家も商人も。わしはたいがい眉に唾《つば》つけて聞きます」

と言う。ほうと言うと、

「あんさん、だまされてまへんか？　公金横領しておいて、泥棒のせいにする輩もおりまっさかいにな」

などといい加減なことを言うから、

「大金を横領しておいて、あのような貧乏暮らしをするはずはなかろう」

と言うと、

「そら解りまへんで、裏にどうなカラクリがひそんどるか」

と言った。それからこちらの顔を覗き込んで、

「あんさん、あの爺さんを信じなはるか？」

と問うから、

「むろんだ」

と答えた。

「盗人に、あり金全部盗られたと？」

さらに訊くから、無言で大きくうなずいて見せた。老人の語りを聞いている間、毛ほどの疑念も感じることはなかった。

お多津の宅に泊まるつもりやから、今宵はもうここでええと岩五郎が言うので、鮎之進は門前でお役御免になった。一人提灯をぶら下げ、ぶらぶらと長屋に戻った。

翌朝は弥平を鍛え、午後には百間堀へ行ってしばらくすわり、六ツ（午後六時ごろ）になれば、芪生屋に行って警護の仕事をこなして、安静な一日を終えた。そういう翌早朝のことだった。

長屋の煎餅布団の内でふと目が開いた。自分の名が呼ばれた心地がしたからだ。しかし、顔を向けて見れば障子戸は暗い。夜明けの赤い陽さえ、まだにじんではいない。

鮎之進は警戒し、掛けものをなかば剥《は》いで身がまえた。

こと、とかすかに障子戸が振動する。刺客か？　反射的に身を起こし、そばの大刀を引き寄せた。その時だった。

「山縣さま」

と名を呼ぶ細い女の声がして、提灯のものらしい明かりが障子ににじんだ。

「どなたか？」

鮎之進は誰何《すいか》した。そして音をさせず、そろそろと立つ。

「申し訳ございません、武藤の、家内でございます」

と女の声が言ったから、鮎之進は土間におりて、障子戸を開いた。

暗い中に、かすかな記憶のある女の顔があった。兵衛門の息子の嫁の、おふじだった。

彼女が持つ提灯の火が照らすから、それと解った。

「申し訳ございません、このような刻限にぶしつけな」

女は言った。

「山縣さま以外に、頼る者もありませんゆえに。はしたないふるまい、どうぞご容赦を」

そう、目を伏せて言う。

「かまいませぬ、どうされた？」

尋常でない気配を感じて、鮎之進は尋ねた。

「義父《ちち》が、義父が」

ふじは言う。

「父上がどうされた」

「昨夜から、戻ってまいりません」

「なに？」

鮎之進はささやく声で言った。

「何かあったのだと思います。今までにこのようなことは、ただの一度もございません。真面目な義父は、外泊などすることは決してありませんでした」

「解り申した。どこか、すでに探されたか？」

訊くと、おふじは首を横に振る。

「真っ暗でございますし、私には解りかねます、義父が立ち寄りそうな場所など。けれど、しきりに胸騒ぎがいたしまして、とてものんびり眠ってなどはおれませんで」

「うむ、今支度をいたします。中に入られるか？」

鮎之進は訊いた。

「いえ、こちらでお待ちいたします」

嫁は律儀に言った。

それで鮎之進は中に入り、身支度をして大小を腰に差し、提灯を持った。表に出て、おふじの提灯から火をもらい、二人前後して長屋を出発した。

「どちらへ？」

背後からおふじが訊いてくる。

「某にも、お父上が立ち寄られそうな場所等、とんと解りません。まだつき合いは浅い。だから、とにかく卯辰八幡社に行ってみようと思います」

鮎之進は応じる。

「あなたは、思い出しておいて欲しい。ほかに兵衛門どのが立ち寄りそうな場所を。あなたの方がよくご存知だ」

すると背後は沈黙となる。ずいぶんして言う。

「義父は、お酒は飲みません。ですので、酒場へ行くとはとても思われません。また、遊興等にも興味がなく、ご友人のお名前も、聞いたことがありません」

「将棋や碁は？　そのお仲間などは」

「一人も、聞いたことはございません」

嫁は言う。

「無趣味であられたと」

「季節によって、花を観に行くぐらいで。でも、今はその季節では……」

長い道行きの間に東の空が白みはじめ、やがて朱に染まっていく。左右の家並がみるみる輪郭を持ちはじめ、壁板や、しっかりと閉じた木戸の様子も見えてくる。軒にあがった商家の看板文字が読めるようになりはじめる頃、二人の足は卯辰八幡社の参道に入った。

気持ちのせく足で参道を抜け、石段に向かっていくと、手前に団子屋がある。思わず、それを指差した。

「奥方、この店をおやりになると？」

鮎之進が問うと、

「いいえ、もうあきらめております」

おふじは、きっぱりと言った。

「近頃見た、おなごの愚かな夢でございます」

「夢でござるか？」

多少の意外を感じ、振り返って問うと、

「かなわぬことは、この世に多うございます」

と言った。

しかし、嫁の漏らしたその夢のため、それを実現させてやらんと、老人は生涯最後の気力を振り絞り、恥も外聞も棄て、文字通り命を賭して境内に立ち続けていた。

石段を登り、鳥居をくぐり、境内に歩み込み、鮎之進はそこでようやく歩みを停めた。その後方に、やはり歩みを停めて、おふじが悄然と佇んだ。

夏の緑の気配が境内には充ち、涼しい朝の風がゆるく抜けていく。植物の香りがいっぱいに含まれるが、しかしその中に、鮎之進ははっきりと異常を感じ取った。数限りなく修羅場をくぐってきた鮎之進には、起こったことがはっきりと察せられた。ゆっくりと、いつも老人が立っていた場所に向かって歩む。すると、草むらが始まるあたりに、見覚えのあるものがぽつんと遺されていた。預かった二両をいっとき入れておくための、木の皿だ。

拾い上げ、背後に戻って、おふじに手渡した。形見になるかと思い、そう言おうかと迷った。嫁は武家の娘だ。火急の際の対処には、覚悟もあるはずだ。しかし、言えなかった。

「ここで、待っていてくだされ」

鮎之進は言い、おふじに背を向けて、草むらに歩み込んだ。草を踏んでずんずんと進めば、気配は濃厚になり、疑いようのないものになる。

合戦を知る者には、決して消せない記憶がある。血の匂いだ。時に臓物の匂いもまじり、それがどれほどにかすかでも、経験を持つ者には迷いは起こらない。他のどのような匂いとも、それは異なるからだ。この世に、これと似たものなどひとつもない。

林の奥の草むらに、兵衛門の死体は隠れていた。周囲の草の先に黒々と、大量の血が降りかかっていた。

しゃがみ込み、遺体を確かめた。惨殺と言うべき量の刀傷だった。上体を、前、横、背後から、縦横に斬り刻まれている。出血の量はおびただしい。

刀傷を、鮎之進は詳細に確かめた。集団で襲っている。遺体の様子から、斬られたのは昨夜だ。日没時になり、老人が引き上げようとした矢先、集団に襲われたふうだ。その様子が、場数を踏んだ鮎之進の脳裏には明瞭に見える。襲った者たちの動きまでもがよく見える。

立ち上がり、しばし両手を合わせた。

境内に戻って、お父上は亡くなっていたと告げると、おふじは衝撃を受けて立ち尽くしたが、気丈で、決して涙を見せたりはしなかった。桶の手配とか、葬儀の手配をしようかと問うと、いえ、それは心当たりがあるからこちらで、と彼女は言った。

ではお父上を桶に入れたら、人足どもに寿経寺まで運ばせて欲しいと言った。住職に弔《とむら》いの準備を願っておくのでと。そして費用が不如意だろうと思い、自分が用立てると言って懐に手を入れたら、

「それはこちらで」

とおふじが、手を挙げて制してくる。

「積み立てているものがございます。お気持ちは深く感謝いたします。が、これはわた

くしどもの家のこと、どうぞご放念を」

と言う。そして、

「大変お世話になりました」

と深く頭を下げてきた。

「何とお礼を申し上げてよいか……」

「私は立ち会わずとも？」

と訊くと、

「知り合いの者たちがございます。ひどいご迷惑を、おかけ申しました」

と詫びた。

鮎之進はそれで立ち尽くした。彼女の右手の木の皿を見つめて、鳴きはじめた朝の蜩の声をしばし聞く。一昨夜見た、褥に横たわったままの彼女の夫の様子を脳裏に思い返した。これから彼女はどうするのか、たった一人きりで、と考える。しかしそれは、自分が口を出すことではない。

これ以上話すことも思いつけず、鮎之進は一礼して場を去ろうとした。すると、おふじが感極まった高い声をあげてきた。

「やはり、ここで義父と立ち会うた人の、報復でしょうか？」

鮎之進は足を停め、もう一度立ち尽くした。頭の中で、突風が音を立てて吹き抜けるようだった。しばし沈黙し、迷い抜いたが、何も言わずにただ首を左右に振った。そしてまた一礼をし、おふじに背を向けた。ここは、何も聞かせぬ方がよい。

一人になり、とぼとぼと歩いて、浅野川べりに出た。土手を歩き、考えをまとめようと思った。夏が、一日一日、盛りに向かう。日に日に、昼の陽射しは堪えがたいほどにきつくなる。子供らが川に入り、水遊びに興じている。水を掛け合って歓声をあげたり、魚を追って走り、水しぶきを上げたりしている。

土手におり、それを見ながら下《しも》に向かって歩いた。木陰があったから入り、長いこと石にすわって、水の流れを見ていた。脳裏に去来する思いに、次第に感情が高ぶり、全身がぶるぶると震えた。

やおら立ち上がり、抜刀して剣を振った。上段から振り下ろし、下段から激しく振り上げ、左右に二度三度と、力の限りなぎ払った。刃が空を切る音が突風のようで、耳に戻る。

自らの失態に気づいたのだ。迂闊《うかつ》だった。しかし、人の世の、何という醜さかと考える。怒りに気分が翻弄され、立っていることもつらい。すべてに知らん顔をしてすぎられれば、どれほど気分が楽かと思う。だが自分は、たいていすべてを知ってしまうのだ。これまでがそうだった。おそらく、これからもだ。

剣を鞘に納め、川に入って冷水で顔を洗った。二度三度、しかし思いは鎮まらず、両手で水をすくって頭に浴びた。

河原にあがり、またとぼとぼと歩いてから、土手の上に戻った。川風に背をおされるままに歩き、卯辰橋を渡り、長屋に戻った。

路地を入り、井戸端の空き地にかかると、部屋の障子戸の前に、悄然と立ち尽くしている小柄な人影が見えてきた。おや？　と顔を上げて見ると、相手も鮎之進に気づいた。歩きだし、次第に早足になってこちらに向かってくる。寂蓮だった。

「寂蓮どの」

鮎之進は言った。

「ちょうどよかった、今からそちら、寿経寺に向かおうと思っておったのです」

「鮎之進どの」

尼僧も言った。心なしか顔色が青く、様子がおかしかった。

井戸の脇で、二人は向かい合った。

「待っておられたのですか？　中に入っていてくだされればよかったですのに」

言って、さらに鮎之進は続ける。

「もと加賀藩士の、武藤兵衛門どのが昨夕亡くなって、今ご子息の奥方が、桶の用意をしております。桶の人足が寿経寺に向かいますので、どうぞ埋葬と、弔いのご準備のほど、よろしくお願い申し上げます」

「そうでありますか、あい解りました」

聞いて、寂蓮は言った。しかし言ったまま、尼僧はじっと立ち尽くす。何も言葉を発しようとしない。

「どうされました?」

鮎之進は訊いた。

「本日は、何か用向きがあって来られましたか?」

しかし寂蓮はじっと鮎之進の顔を見上げたまま、声を発しない。

「どうされました?」

鮎之進はもう一度言った。

「何かおっしゃりたいことがおありでしたら、どうぞ、なんなりと」

鮎之進は言った。

「鮎之進どの」

寂蓮は、沈んだ声で言う。

「はい、なんでございましょう」

「あなたが前に言っておられた娘ご、お神酒を飲みかわしたという……」

「ああはい、千代というおなごで……」

「それは犀川の上の、紅葉村と言いませなんだがやか?」

「そうです、紅葉村」

「今朝、ある檀家筋の人から聞き申した。紅葉村で戦があったと」

「戦?」

ぎくりとした。あんな村で戦?

「飛騨の食い詰め武士の残党が、西河組という遊び人集団と合体して、山を越えて紅葉村を襲うたと」

衝撃で、鮎之進は絶句する。しばし、時間が停まった。

「何と？　それで？」

ようやく問うた。

「村長《むらおさ》以下、主立った男衆を、すべて見せしめの磔《はりつけ》にしたと……」

鮎之進は声を失い、茫然と立ち尽くした。

「皆殺しに……」

「はい。百姓衆まで、多くを殺したと」

「お、おなご衆は」

尋ねるが、心は恐怖でわななく。

「若い娘ごは、みな捕えて、女郎にと……」

足が萎《な》えた。気づくと、鮎之進は井戸端に尻餅をついていた。左手が釣瓶を叩いたとみえ、からからと頭上の滑車を回しながら、音を立てて水に落ち込んだ。

「あ、大丈夫でございますがや？」

尼僧は言い、横にしゃがんできた。鮎之進は、井戸枠を摑み、立とうとしたが、膝が萎えて立てなかった。

愕然とする。こんなことは、生まれてはじめての経験だった。恐怖も、緊張も、これまで覚えがない。死の危険を前にしても、腰が抜けたことなど一度もない。むしろ力が湧き、歓びに似た感情を得た。それが今、これはいったいどうしたことか。激しい絶望で、視界が暗転する。そしてこの時はじめて、自分があの千代を、いかにかけ替えがない存在と思っていたかを知った。

しゃがんだ尼僧が、両手を伸ばして鮎之進の右手をとってきた。そして自らの肩につかまらせた。鮎之進は、目がくらむような心地がした。おなごにこのようなことを、今までされたことがない。寂蓮が懸命に立ち、屈辱に全身を震わせながら、鮎之進もどうにか立った。

しかし、目の前を火の粉がはじけ飛ぶ心地がして、立っていられない。夏の陽の中、視界は井戸の底に落ちたように暗澹となり、失われかかっている。自身のこのような感情の動きを、生まれてはじめて知る。

「なんという日だ」

鮎之進はようやくの思いでそう言い、上体をかがめ、両手を井戸枠につく。

「あまりにひどい日だ、すべてが、いちどきに襲った」

「そうがやか？　うちでよければ、何でも言うてくだされ」

寂蓮は言う。

「そうですか？　頼りにしてもよいでしょうか」

鮎之進は寂蓮の方を向き、必死の気分で問うた。

「もちろんがや」

寂蓮は言う。それで鮎之進は、尼僧の足もとにひざまずいた。

「あ、大丈夫がやか?」

寂蓮は、またしゃがもうとする。

「あ、どうぞそのまま」

鮎之進は言った。

「これは尼僧にではなく、尼僧の背後におられる尊いみ仏にお詫びをしたいからで」

それを聞いて、寂蓮はまたしゃんと立った。鮎之進は頭を垂れ、寂蓮の草履から覗くつま先を見つめて言う。

「私は、もう人は斬るまいと思うた。固く固く心に誓うたです。人と立ち会う機会があっても、教えを守り、浅く斬るだけで、命を奪うことは決してせなんだ。しかし、もう駄目だ。この町に、度し難い悪人がはびこっております。どうしてもそいつらは、斬って捨てねばならない。無垢の町衆に害をなす」

「そうがやか? ホンマに斬らんと?」

「はい。立派な人物を貶《おとし》め、その子息を滅ぼし、その上で斬り刻み、無惨な骸《むくろ》にした。到底許すことはできない。また、罪もないおなごを辱め、平和で、善良な暮らしを奪った。それらの悪行、到底見すごしにはできぬ。傍観には堪えない。どうか、殺生《せっしょう》のお許しを」

そして、鮎之進は立ち上がる。返事は聞かず、歩き出し、言う。

「御坊、こちらに来てくだされ」

言って、寂蓮を自分の部屋に招き入れた。板の間に上がり、床板を乱暴にはぐり上げた。腹這いになり、床下の瓶から、小判のすべてを摘み出して床板に並べた。

「ここに、百二十両ばかりあり申す」

かき集めながら言った。

「まあ、なんと！」

尼僧は驚いて言う。

「このうちから十六両を、本日これから、父上の武藤兵衛門の弔いに寿経寺に来る、武藤家の嫁の、おふじさんに渡してくだされ。私が、父上から預かっていた金だと、そう言ってくだされば解り申す。それからこの三両は、団子屋のおそのに。もう一度母上に長崎の妙薬が必要になった際、使うようにと」

十九両を数えて選り分け、ずいと尼僧の方に押した。

「残りはすべて、寿経寺にご寄進申す。私には要のない金子《きんす》。寂蓮どのの裁量で、世のため、人のために使うてくだされ」

言ってから、さっと土間に飛びおりた。

「解りましたが、鮎之進どのは？　これから、紅葉村に行かるがやや か？」

「その前に、やっておくべきことがある」

言って、腰の大小をぐいとより深く、差し込み直した。

30

莵生屋の前に立ち、鮎之進はその隣家を眺めた。「よろず・鳶《とび》」と書かれた大型の提灯が下がり、軒の向こう側に下がるもうひとつの提灯には、「傀儡屋」という文字が黒々と書かれる。尻垂坂手前で、お多津がさらわれかかったことがあった。その時、お多津の口を割って嚙《か》まされた手拭いに、この屋号が染められていた。

狼藉を働く時、自分の家の名を書いた手拭いを使う者はない。だから「傀儡屋」が、あの賊どもの素性とは考えなかった。賊は、自分らがこういう狼藉を働く理由を、あの手拭いに語らせようとしたのではないか、そう想像していた。誰に対してかといえば、それはまずはお多津だ。そして、その背後にいる何者かに対してだ。

頭をかがめて軒下に入り、店内に岩五郎の姿を探した。しかし見当たらない。店の土間に入り込み、鮎之進はそのままずいと、奥の暗がりにまで歩み込んだ。忙しく立ち働く男や、奥の座敷にすわり込んで算盤をはじく男たちは見えるが、岩五郎はいない。

「へい、なんでっしゃろ」

と声をかけてくる者がいた。岩五郎の用心棒として、鮎之進はこの店の者たちに顔を知られているから、警戒する者はない。

「岩五郎さんは？」

訊くと、

「旦那さんは奥でっしゃろ」

と言う。それで土間をずんずん進んで、突き当たりになったから、草鞋のまま廊下にあがった。

廊下を進むと、中庭の脇に出た。よく手入れされた立派な庭で、苔むした大型の石灯籠が立ち、その足もとにも苔が覆う築山があり、赤い実を無数に付けた山苺《やまいちご》の木が、いただきにぽつんと一本立っていた。

築山の苔には水が打たれているから、苔は濡れて光っている。築山の向こう側には池があり、黒い鯉が二、三匹泳ぐ。上空には屋根がないから、中庭の全体にさんさんと陽が注いで、濡れた苔が涼しげに映る。風が抜けてくるが、打たれた水のせいで涼しい。

廊下の左右には点々と柱が並ぶ。部屋側のものは、襖がすべて取り払われて立つ柱の群れだ。ゆえに廊下の左側は、何部屋分もの畳が連なり、雄大な大広間になっている。中庭に背を向け、ぽつんと文机《ふづくえ》についた岩五郎が、一人帳簿をつけている姿が見えてきた。しばらく書きつけては、右に置いた算盤を弾く様子に鮎之進が近づく。

「立派な中庭ですな」

鮎之進はそう話しかけた。

すると岩五郎は驚いてこちらを見、まぶしげに上目遣いになった。それから右の片膝を立て、大儀そうに立ち上がる。

「これは、誰かと思えば山縣どのか。さいでっしゃろ、金がかかっておりまっさかいにな」

茺生屋の主は言いながら、よろよろと廊下に出てきた。

その時、鮎之進の足が草鞋のままであることに気づき、岩五郎は抗議の目になる。

「他人の金がな」

言うと同時に、鮎之進は右手を飛ばし、岩五郎のみぞおちに思い切りの当て身を見舞った。

岩五郎が低くうめいて尻餅をつくと、後ろ襟を摑んで、柱の一本まで引きずって行く。そして懐から細引きを出し、柱を後ろ手に抱かせ、両手首を重ねてきつく縛った。そうしておいて、体を手前に引き出し、背に膝をあてがってぐいと突いて蘇生をさせた。

「あっあっ」

気づくと、腹の苦痛に身を折りながら、岩五郎は怯えた声をあげる。

「な、何をしなはるのや、あ、あんた気でもふれたんか！」

「正気だ」

言うと同時に、大刀を抜き放った。

「あ、あんた、わしを裏切るんか⁉」

茺生屋は血相を変えて問う。

「裏切ったのはあんただ茂生屋」

鮎之進は言った。

「俺はあんたをそれなりに信用するようになっていた。だから、大嫌いな用心棒仕事も黙って務めていた。ろくでもない人間とは知っていたが、けっこう愛嬌もあるしな、世に大害をなすほどの極悪人ではないと信じた。だがあんたは救いようのない屑だった。そういう俺の信頼を、ニコニコ顔でコケにするほどの、非人情な大嘘つきだ！」

「な、なんや、なんやあんさん、あんたなんぞ、ひどい勘違いをしてはりまっせ！」

岩五郎は叫んだ。

「そうかな？　じきに解る」

そして鮎之進は、大刀を素早く一閃させた。

「ひえーっ」

岩五郎の声が上がった。彼の左の頬に一筋切れ目ができており、じわりと血が盛り上がりはじめる。

「覚悟をしてもらおう茂生屋、これまでの長い悪行の報いだ、いずれこういう日が来ることは、薄々考えていたろう」

「誰かー、誰か来てくれ、狼藉者や！」

しかし鮎之進はいっさい意に介さず、続いて右の頬に、大刀の切っ先を当てた。そしてじわじわと傷を付けていく。

「そうだ、狼藉者だぞ。それが今、あんたの命を奪おうとしている。これまでは守っていたのだがな、もうやめた。早く人を呼ばんと、首を落とす！」

冷酷に宣言し、刃を首筋にあてた。本気の鮎之進の目を見て、岩五郎の目が、激しい恐怖でいっぱいに見開かれる。痙攣のような震えが全身に走る。

「ふふん」

鼻で嗤い、唇に冷酷な笑みが浮く。

「この程度の策士に、俺は手もなくだまされていたか」

鮎之進の唇から、自嘲のつぶやきが漏れた。自身に対する激しい軽蔑が、この時の鮎之進の、心体のいっぱいに充ちていた。なんという迂闊か。それが強い殺意に姿を変え、全身から放射された。

「命を賭けて、俺はこの屑を守り続けた。なにより、そういう自分が許せん。あんたは俺の純情を利用した、わずかに小判の何枚かでな」

後ろ手にされた体を揺すり立て、岩五郎は喉を限りに恐怖の大声を上げる。全身を揺すって吼え立てる。首を目いっぱいに曲げて刃から逃れながら、おなごよりもかん高い、断末魔に似た声を張り上げる。

「それでいっぱいか莢生屋。もっと大声は出せんか⁉」

鮎之進は叫ぶ。そして鮎之進は、次に岩五郎の額につと切っ先を当てる。

「うわーっ」

岩五郎はまた大声を上げる。

「貴様の頭蓋の鉢を、今叩き割ってやる！」

鮎之進は、大刀を上段に振りかぶった。岩五郎は、笛のような恐怖の悲鳴をあげた。

その時、左方向に風圧を感じた。風を巻いて、黒装束の男らが奥から走り出てきた。素早く目を走らせると、その数は七人。まだ昼日中だが、ご丁寧に覆面で顔を覆っていた。

「は、はようなんとかせい！」

岩五郎は手下に向けて叫んだ。

「出たか傀儡屋。いや、鳶の盗人集団。この家は、奥でつながっているのだな」

鮎之進は言う。

「出会うのは二度目か。今日はもう助けん。冥土《めいど》の土産に、俺の太刀筋をよく見ておけ！」

叫ぶより早く集団に躍り込むと、大刀を一閃させ、先頭の二人を音を立てて叩き斬った。二人は折り重なり、畳を振動させて倒れ込む。

続けて斬り込んでくる者の剣をなぎ払い、一人の右の腕を叩き斬った。激しく血を噴き出し、肘から先の右腕が、畳に落ちて転がった。

背後から斬りかけてくる男を振り向きざまに叩き斬り、横の者の心の臓を突きで貫いた。体に足をかけて剣を引き抜き、腕を落とされた苦痛に絶叫するのみの男を、遠慮なく叩き斬った。

重なって倒れ込む四人の仲間にひるんで、腰が引けている後方の二人を、逃さず、激しく追って剣を交えると、弾かれた刀先を利用して、横の者の腕をばしと傷つけた。さっと姿勢を沈め、前方の者の腿《もも》を斬りはらい、腕を斬られて奥に向けて逃げて走る男、そして続くもう一人も追い、二人の背中を続けざまに袈裟がけに叩き斬った。

その男の体が畳に打ちつけられると、戦闘はあっさり終わった。座敷は一転、気が抜けたような静寂になる。そして、激しい血の匂いばかりがいっぱいに充ちた。

足を斬られた男は、畳の上に片足を投げ出して尻餅をつき、血の海の中でもがいている。覆面が乱れ、食いしばった白い歯が見えるようになった。

「これで終わりか」

鮎之進は、柱に縛った岩五郎に尋ねた。

「あんたの手下集団は、これで全部なのか？」

すると岩五郎は懸命にうなずいている。

「いつもこの七人で行動していたというわけか。武藤家から公金を盗み出す時も、夜に辻斬りとなって人を襲う時も」

岩五郎はうなだれる。その様子は、問いかけが当たっていることを示す。

「そして生き残った者はおまえだけか」

血の海のただ中で、血が噴き出す腿を押さえて苦しむ者に向きなおり、鮎之進は訊く。

「痛いか。おまえらが地獄に突き落とした者たちも一緒だ」

鮎之進は冷酷に告げる。

「この者たちは、じきに死ぬ。おまえも同じだ。昨夜、卯辰八幡社の境内で、武藤兵衛門どのを斬ったな?」

男は歯を食いしばったままだ。背後の岩五郎にも向き直ってみるが、主もまた黙っている。

「答えなくともかまわん、俺にはもう解っているからな。おまえたちとは一度剣を合わせた。ゆえに、太刀筋をよく憶えている。武藤どのの上体を切り刻んだ太刀筋は、迷う余地もなく、おまえらのものだ。何故斬った⁉ 武藤どのを、何故斬った⁉」

その時、今度は表の茈生屋の店の者どもが数人、太刀を振るいながらなだれ込んできた。しかしこちらは、刀がまるで振れていない。雇われ者だから、義理で斬り込んできただけだ。

振り返り、先頭の二人を無慈悲に斬って捨てた。この連中も、いずれ岩五郎の配下だ。続く三人は仰天し、到底かなわぬと見て、背中を向けようとする。

「逃げるな、停まれ!」

鮎之進は一喝する。

「算盤と刀は違う。よく解ったろう!」

すると男らは立ち尽くし、何故か素直にうなずいている。

「逃げれば、追っていって斬り捨てる。それでかまわんか？　そうならいいぞ、逃げてみろ」

　それで三人は棒立ちになる。

「そのままこっちへ廻れ」

　鮎之進は刀の先を巡らせて指示する。

「おまえら、その程度の腕で、盗人親分のために死ぬ義理はあるまい。刀をそこに棄ててこっちへ来い」

　鮎之進は命じた。

「壁際にすわれ。そして俺の話を聞け。おまえたちは悪党集団だが、おとなしく話を聞き、のち改心すれば、命は助ける。どうする⁉」

　ひと睨みすると、刀を置き、壁に背をつけてすわった三人は、また激しくうなずく。

「武藤兵衛門どのを斬った理由は、俺がおまえらの悪行を、すっかり知りそうに思えたからだ。おまえらは、昼間は苙生屋という金貸し、傀儡屋という鳶職人だ。だが夜は変身して大泥棒の集団になる。その上がりが、この金貸し商売の元金だ」

　鮎之進は、男らを眺めわたしながら説明する。

「銭に名前は書いてないからな」

　彼らの目に、わずかでも異議の光が浮かべば、即刻質《ただ》すつもりでいる。ゆえに、一人一人の目をしっかりと眺めて廻る。

「ある日城勤めの武士から情報を得て、城の鉛瓦造りの費用に、大量の公金が城から武藤家に運び込まれると知った。だからおまえらは、武藤家に忍び入り、公金をすべて盗み出した。それで武藤家のせがれは、公金の横領を疑われて腹を斬ったが、失敗し、武藤家はお家断絶同然となった。

没落した武藤家の嫁が、小さな団子屋をやりたいと言い出し、その金を捻出せんとして、兵衛門どのは、連日卯辰八幡社の境内に立った。その姿に興味を持った俺が、兵衛門どのの長屋を訪ね、詳しい事情を聞いてしまった。このままでは俺が、すべての裏事情に気づくとあんたらは恐れた」

言って、みなの顔を舐めるように観察する。少しも異議の光は見えない。血の海にすわる男の、苦痛の声だけがする。

「おまえらが実は大泥棒の集団で、武藤家を没落させた張本人だとな。お多津や岩五郎を襲った賊は、公金を盗む際に手引きをした武士で、分け前をやらずに捨て置いた連中だ。すべてが明るみに出ることをおそれたあんたは……、岩五郎、あんただぞ。こっちの覆面の連中に命じて兵衛門どのを襲わせ、斬殺したのだ」

鮎之進は刀を振り、血を払ってから鞘に納めた。

「口封じのためにな。なんとせこい輩どもだ。ろくでもないこの世界、俺は下衆どものうごめきになど興味はない。おまえらが、あの兵衛門どのさえ斬らなければ、俺は知らん顔でおまえらを見逃したろう。だが、あの人を斬ったことは許せん。どうしても許せんのだ。おまえらは、世の害虫だ。世のため人のため、斬って棄てなくてはならん！」

その時、足を斬られてうめいていた男が、最後の力を振り絞って斬りかかってきた。とうに気配に気づいていた鮎之進は、身を避けながら大刀を鞘走らせ、胴を叩き斬って、一瞬のうちに刀を鞘に戻した。そののち、男が畳に倒れ込む音が続く。

何故なのか、柱に縛られた岩五郎が感嘆の声を漏らすのが聞こえた。

「おまえらは鳶だ。屋根の上の軽業には秀でているだろうが、刀では俺の敵ではない」

斬られて横たわる、最後の一人に言った。

「死にたかったのだろう？　だから慈悲に斬ってやった」

言ってから、鮎之進は背後を向き、ぐるりと眺め廻した。血の海に横たわる七人の男らは、もう少しも動く様子はない。

「これで、俺の勤めは終わった。これ以上もう何も言うことはない。おまえらには、二度と会う気はない。今度そのツラを見たら叩き斬るぞ！」

すわり込んだ男らにそれだけ言い遺すと、鮎之進は血溜まりを避けながら、ずんずんと表に向かって歩いた。廊下に出てから、今一度振り返る。そうしたら、もう少し言うことを思いついたので、こう言った。

「おまえら、寿経寺に行って座禅を組め。よく瞑想して、そして改心しろ」

それから、柱に縛られ、じっとこちらを見ている岩五郎を見ると、目が合った。

「世話になったな、茁生屋」

鮎之進は言った。

「あばよ！」

そしてくると背を向けた。すると岩五郎が大声を出した。

「ひとつだけ違いまっせ、山縣どの！」

言うから立ち停まった。

「武藤どのを斬ったんは、わしらの悪事がバレるからやない」

「では何だ？」

鮎之進は訊いた。

「あんたを失いとうないからや。全部バレたらあんさん、わしの用心棒やめるやろ」

「当たり前だ！」

鮎之進は吐き出すように言う。

「バレなくともやめる」

つぶやいた。

「用心棒仕事など、糞だ。もう二度とやらん！」

武藤兵衛門の言葉を思い出す。すべてが、彼の言った通りだった。

「しかしあんさん、わしのもとで大金を稼ぎなはったで」

岩五郎は、往生際悪く言う。

「あんたの腐った金など、一文ももらう気はない。すべて、あんたが地獄に落とした者たちにくれてやった」

鮎之進は言った。

「ほう。それが、あんさんのええところでおまんな」

茁生屋岩五郎は、感心したように言った。

「今時珍しいまっすぐなお人や」

鮎之進は鼻を鳴らした。

「ほめるな。あんたにだけはほめられたくない。身が穢《けが》れる」

「わしはあんさんの剣に惚れとりましたんや」

岩五郎は言いだした。

「ホンマに電撃のような剣や、目が覚めるようやった。わしはあんさん以外でそうなすごい太刀筋、見たことがありまへん。ずっと、ずっとそばにいて欲しかったんや、ずっとそばで見ていとうてな。わしはゆくゆくはあんさんに、家督の全部を譲りたかった。前にいっぺん言うたあれは、嘘やおまへん。そのくらい、惚れとりましたんや」

鮎之進はあきれて立ち尽くした。そして言った。

「きっぱり、ごめんこうむる」

刀の柄に触れて鞘からわずかに引き出し、最後にこう言った。

「この剣も、泥棒ふぜいに惚れられて、迷惑千万だと言っている！」

そしてぐいと剣を押し込み、ずんずんと大股になって、茁生屋をあとにした。

旅荘であり、犀川沿いでは最大に育った賭場でもある西河屋に隣接する家が、一軒まるまる食材置き場兼大型の調理場に改造され、西河屋の裏手と渡り廊下で結ばれたから、手狭だった西河屋の料理場は、言うことを聞かぬ娼妓や、間諜《かんちょう》が疑われるような怪しい者の詰問部屋に改装されていた。もともと水を扱っていた調理場の石敷の床が、拷問で自白を求める際、水を浴びせかけるのに具合がよかったのだ。

上方は、巧みに軒を重ねながら、明かり採りの開口が大きくとられていたので、雨は防ぎながら、陽の位置によっては陽光がいっぱいに室内に射し込む。この時も、光がたっぷり射し込んで、天井の梁から吊り下げられ、責められる人物の凄惨《せいさん》な姿を白々と照らしていた。

31

今千代が、後ろ手に縛り上げられ、胸や腹に幾重にも縄を巻かれ、梁から下げられた縄につながれて、無惨にぶらさげられていた。今や泣き声も嗄《か》れはて、ただ無言で、ゆっくりと回転していた。

後ろ手にされた両腕と腰部が高く、頭部は低く下がっていて、折檻で泣きはらした顔からの唾液が、細い糸になって床に届いている。

「どや千代、まだおとなしう客を取る気にはならんか?」

折檻場を眺められる座敷に、髭づらの野武士集団ややくざ者が、どっかりとあぐらをかいて陣取り、とっくりを大量に並べて酒を飲みながら、責められる千代の姿を眺めていた。

「いやです」

千代はかすれた声で言った。

頭領格と見える野武士が、あきれたように言う。

「強情なおなごよのう、おまえはもはや、たった一人の身寄りもない身だぞ、助けてくれる者などどこにもおらん。わしらの言う通りに娼妓になって生きる以外に道はないのだ。強情を張り通すなら、ここでただ死ぬだけだぞ」

「どうぞ殺して」

ゆっくりと回りながら、千代は苦しげな息とともに、絶え絶えの声で言った。

「あなたらのような鬼の僕《しもべ》になってまで、おめおめと生きていとうはないです。どうぞひと思いに殺して」

「そうはいかんわ」

頭領格は言う。

「おまえほどの美形は使いようある。わしの妾にもならん、娼妓にもならん。そういうわがままが通るほどに、この世はあもうはないわ」

言うと、集団はお追従の笑い声を上げる。

「まあおまえほどのおなご、こうして毎日いたぶるのを見るのも、酒の肴にはちょうどよいがの」

「こらおなご！」

別の野武士が、腹を立てて声を荒げた。

「客を取るのがいやというなら、そうして縛めたまま、裾をめくって客に抱かせるぞ！」

「ではどうぞそうなさいませ」

千代は言った。そして苦しげな息で、途切れ途切れになりながらも、続けてこう言い放つ。

「あなた方も、もともとは武士でございましょう。武人としての矜持《きょうじ》はないのですか？気概は消えて失せましたか？下賤なやくざ者とつるんで、大勢で無力なおなごをいたぶるしか能のないお方に、成り下がられましたか？」

「なにいっ⁉」

聞いて、やくざ者の一人が血相を変えて立ち上がった。小走りになり、石敷に跳びおりて、千代のそばに立つ男から、割り竹を束ねて作った折檻棒を奪い取った。

「このあま、なんちゅう生意気を抜かしやがる！」

言いながら、千代の尻や腰、足のあたりを、思い切り打ちのめした。

千代は、声をあげずに堪え続けている。

「たかがおなごが、いっぱしの武人のような口をききやがって！」

やくざ者は顔を赤くし、千代を打ち据える。

「着物の上からなんぼ叩いてものう、きかんぞ助次郎《すけじろう》」

野武士の一人が、笑いながら言った。

「へえ」

助次郎と名を呼ばれた男は言い、千代の着物の裾を割り、一方を高々とめくって足を露出させ、腿のあたりを思い切り棒で打つ。千代はああと悲鳴をあげ、また泣き出した。打ち据えられ、真っ白であった千代の腿は、みるみる赤く染まる。

激しく泣き出した千代の声に、気持ちがおさまった男は、折檻棒を石敷の床に放り出した。着物の端を離したので、千代の足は隠される。それからつかつかと千代の前に廻り、乱れた髪をわし摑みにして、ぐいと上向けた。顔を歪めて泣きじゃくる千代の顔が、それで見物する男らに露になった。鼻水が唇を伝い、白い紐のようになって長く垂れ下がっている。

男はぐいと千代の頭を押しやった。それで縛められた千代の体は、また勢いよく回りはじめた。泣き声が遠ざかり、また近づき、垂れた鼻水やよだれが螺旋《らせん》を描き、床には円を描くので、男らは下卑《げび》た声をあげ、笑いこけている。

「なんと、みじめよのうおなご、小僧のように鼻水を垂らして」

野武士の頭領格が言う。

「そうまでしておまえ、なにゆえ強情を張る。何を待つ？　そうして頑張っておれば、誰ぞがおまえを助けてくれるとでも思うとるのか？」

別の者が言う。

「涙と鼻水に汚れて、ええおなごが見られた図ではないわ。わしらの言うことさえきけば、すぐにおろしてやる。そして飯を食わせるぞ。温い布団にも寝かせてやろう。意地を張り続ければ、こうした折檻がくる日もくる日も続く。いい加減にしたらどうだ」

「考え違いをすなよ、おなご！」

続いて助次郎が、千代の耳もとで喚《わめ》きたてる。

「おまえを助けるもんはな、この世界のどこにもおらんのや。ええかげんに素直になって、わしらの言うこと聞かんかい！」

しかし千代は、泣きやんだかわりに今度はだんまりになった。ただ苦しげな息だけを漏らす。

「強情なおなごよのう、こういう性悪《しょうわる》はなあ、扱いようがある」

言って、野武士の一人が立ち上がった。そして折檻場に向かって歩き、つと石敷の床の上に跳びおりた。吊り下げられた千代のそばに行き、前傾姿勢になって荒い息をしている千代の着物の胸もとを、苦労して広げた。縄がかかっているから、着物は容易に左右に開かない。それを力まかせになって、片方をぐいぐい手前にずらせた。

大きく膨らんだ乳房がひとつこぼれ出て、縄の間から飛び出した。野武士はそれをゆるゆるとさすった。千代は不快な声をもらす。

「大きな乳房よのう」

男は言う。そして千代の上体をぐいと持ち上げて、それを男らに示した。酔った男らの口からどよめきがもれる。

「何故こうも大きい？　ええ？　おなご、何故だ？」

男はねちねちと訊く。千代はただ苦しげな息をしながら、何も答えようとしない。

「それはこうだ」

男は言って、千代の乳房をぐいと、乱暴に絞るようにした。

ぴゅっと、白い液体が細い筋になって空間に飛んだ。

「おお！」

と男たちがどよめき、それから笑いだす。

「ほれ」

と男はまた言って、もう一度絞る。するとぴゅっとまた白い乳が、細い線を描いて飛ぶ。

その様子は、しかし男たちに不思議な感動を与えたと見え、彼らは黙った。

「子がおるのだろうがおなご」

男が言った。

「強情を張れば、なかなか乳も与えられん。揚げ句に死んでしまえば、おまえの子も死ぬことになるのだぞ。そこをよう考ええ！」

男はさとすように言った。

「ええか、素直にさえなりゃ、おまえはおろされ、子をここに連れてきてもらって乳も与えられるんやど、解っとるか？　な？　そうせい」

そして男は乳房から手を離し、ゆったりとした仕草で座敷に戻る。

男の手が離れても、むき出しにされた千代の乳房はもう隠しようもなく、下向きに覗いたまま、乳首の先から点々と白い乳を床に落とし続けている。

「しかし、あわれよのう」

野武士の一人が言う。

「母になってまで、みじめに縛められて、童《わらべ》のように折檻されるか」

そう言った時、吊り下げられた千代が、激しい悲鳴をあげた。ゆるく回転しながら、悲鳴は長く続く。

「おや、とうとう気が狂うたか」

誰かが言う。

悲鳴を終えると、千代は声をあげ、激しく泣いた。

激しい怒りで、千代の頭の中は真白くなっていた。屈辱と腹立ちで、しばし発狂した。

しかし疲労と体力の衰えで、それも続かず、しばしの時がすぎれば、声を上げる気力も体力も失せた。そしてがくりと頭を垂れ、気を失ったようになった。

「おい」

激しい静寂に、折檻役の男と助次郎が、二人かがんで女の顔を覗き込む。

「生きておるか？」

座敷から野武士の一人が訊く。

「殺すなよ、殺すには惜しい上ものだ」

すると別の一人が言う。

「売れば、高う売れるぞ、そのおなご」

その時千代が、はっと意識が戻ったか、かすれた声でこう訴えた。

「苦しい、胸が苦しい……」

「うん？」

助次郎が問い返した。

「長う吊るされて、息が、息ができませぬ。胸が苦しうございます。どうぞ、もうおろしてくださいませ。このままでは死にまする」

「おろせて、言うてまっせ」

助次郎が座敷の野武士たちに言った。

「さすがに音を上げたな」

さとしていた野武士が言う。

「では、わしらの言うことを聞くか？」

頭領格の野武士が、太い声で問いかける。しかし千代は、切れ切れの声でこう返答した。

「それはできませぬ」

野武士は溜め息をついた。

「何とまあ、強情なおなごよのう」

「どうします」

助次郎は言う。

「おろしてやれ」

頭領格は命じた。

「このままではホンマに死ぬるわ」

梁からおろされると、千代は石敷の床の上にくずおれて、長々と横になる。

折檻役の男が上体を起こし、続いて抱き上げ、野武士たちのいる座敷まで運んだ。そして開いて重なっている障子戸の桟に、背をもたせかける。

乳房の片方を露にし、片方の足も腿まで見せたまま、千代は朦朧《もうろう》としている。両手を縛められているから、隠すこともできない。

「赤児を連れてくるようにお富《とみ》に言え」

頭領格が命じ、助次郎は表玄関の方角に駈け出していく。

やがて年配の女が、赤児を抱いて通路をやってきた。それをちらと目に留めると、

「お富、乳を飲ませてやれ」

と頭領格が言った。どうやら女は、頭領格の女房のようだ。

それで女は千代の前にすわり、赤児の口を、縄の間からのぞいている千代の乳首に近づけた。赤児はことの異常に気づく様子もなく、千代の乳首に吸いつき、ちゅうちゅうと音をたてて飲み始めた。それを見て、野武士たちがどっと湧く。

「おう、飲みよる飲みよる」

と誰かが言い、男たちはますます下卑た笑い声を立てる。

「母親が縛られておっても解らんか。あわれよのう」

その大声に、はっとしたように千代が正気づき、背を障子戸から起こして、体をわずかに前傾にした。赤児が乳を飲みやすいようにしたのだ。しかし不自由な身だから、乳首は赤児の口からともすれば離れがちで、いらだってわずかに前進したり、懸命に身もだえたりする。

「あんた、ほどいておやりよ」

女が亭主に言った。それで頭領格は、

「ほどけ」

とさっきから千代のそばに立っている折檻役の男に命じた。

折檻役は急いで寄っていき、千代の背を押してさらに傾けておき、きつく縛っている

手首の縄をいそいそと解きはじめる。折檻が長かったので、千代の手はすっかり色が変わっている。

ようやく自由になると、千代は嬉しそうに赤児をお富から受け取り、ひしと抱き、男たちの視線から乳房を隠すようにやや背を向けて、赤児の口にしっかりと乳首を含ませた。そして涙を流しながら、懸命に乳を与えている。

千代は声を立てず、お富もまた何も言わず、それからは赤児の乳を吸う音だけの静寂になった。それで男たちは様子を見るのにも飽いて、また酒を飲んで猥談《わいだん》を始めた。西河屋にいる娼妓たちの品定めや、道具の善し悪し、感度などについて熱心に語り合っている。

そうしていると、女の低い声が歌う子守唄が聞こえはじめて、野武士たちは猥談をとめた。首を回してみると、それは千代が、子供に乳をやり、自分の上体を揺らせてあやしながら、低く、歌を歌っているのだった。それは、紅葉の村に以前から伝わる子守唄だった。

犀川船頭さんはホーイホイ、
船頭さんは櫓を漕ぐホーイホイ。
良い子が寝るよにホーイホイ、
船頭さんが櫓を漕ぐホーイホイ。

良い子ははよ寝て夢を見よ、
泣き続けるなら棄てよかなー。
波間の夢路をゆーらゆら、
寝る子を乗ーせるゆーりかご、
悲しいこの世ははよ過ぎろ。

泣く子は乗れない伝馬ぶね、
泣くより夢路は楽しいぞー。
母さんも一緒に夢見よか、
いつかは二人で行きたいねー、
良い子の夢路はごーくらく。

32

折檻部屋から渡り廊下でつながった離れに、座敷牢が造られていた。座敷牢とはいっても、もう古くなって棄てるばかりの畳が、二畳ほど入れられているというだけの板の間造りだったが、千代はその二枚の畳の上に突っ伏していた。

離れは大きな新しい小屋で、座敷牢の隣には、見張り役が何人も寝起きし、生活ができるほどの部屋がある。ご城下に多くあるような安長屋ではなく、部屋には数人分の布団や、長櫃《ながびつ》をしまえる押し入れもついている。

すでに陽が落ち、野武士や西河の残党の者たちは、母屋の広間で夕餉をとっている。千代には握り飯の夕食が差し入れられたが、ひと口かじっただけで、とても喉を通らず、板の間に置き放しにしている。冷めた湯を、かなり飲んだ。喉だけが渇いているのだ。

牢に監禁された日、食べ物が全然喉を通らず、不思議に思った。二日目、それは喉の渇きゆえと気づいて、水だけは飲むようにした。緊張と恐怖で、喉の渇きに気づかなかったのだ。すると食べ物が入りはするのだが、胃が消化しないのか、食後が苦しくなった。それで食べないようにしていると、みるみる胃が受け付けなくなってしまって、日に日に痩せた。毎日ひどいことをされるので、体力をつけないと死んでしまうと思いはするが、どうしても食べられない。

もうひとつ、食べられない理由は厠《かわや》だ。牢内には排泄用の穴が切ってあり、蓋が閉められている。ここで用は足せるのだが、排泄していると、好色な見張り役に見られてしまう。体を隠す衝立てなどは用意されていない。

見張り役との間に会話などはまるでない。話しかけられるが、応じてもろくなことはないから終日口はきかず、黙って臥せっている。それでこの日もそうしていたら、静寂ゆえに母屋の方から男たちの笑い声が聞こえる。時々女の嬌声が混じるのは、芸妓や娼妓たちが、酒宴の相手をさせられているのであろう。

以前は千代も食事と酒の席に連れ出されたが、どうしても相手をしないので、強情なおなごと言われ、また結わかれて折檻になった。体中を打たれて、動けなくなった。今日もまた、さっきの折檻で体中が痛むから、すわることもむずかしい。じっと横になっているのがやっとだ。

見張り役の男がついと立ち、障子戸を開けて表に出ていく。見てはいないが、それが気配で解るのだ。見張り役は、千代が牢に入れられている間は、格子の外の土間に置いた台にすわり、見張るように言いつけられている。だからめったに動かない。出て行くのは、用を足す時くらいのものだ。

牢に入れられると千代は、終日背を向け、決して見張り役の方には向かないようにする。向いて目が合えば、決まって男は妙な気を起こし、のそのそと牢に入ってきて、千代の体をまさぐろうとする。少しでも気を抜くと、着物をめくり、体を見たり、手籠めにしようとする。だからじっと背を向けているが、もの音や気配で、男の動きは解るのだ。

見張り役を含め、西河屋にたむろする男たちの様子に、千代は心の底からうんざりしている。彼らは毎日、ただ女を手籠めにすることだけを考え、生きているように見えた。ほかのことは考えないのか、と千代は思う。西河の家には、その気になれば抱ける娼妓が大勢いる。何故隙《すき》あらば自分に手を出そうとするのか、それが解らない。こちらは終始一貫強く拒否しているのに。

自分に悪さをすれば、見張り役も折檻になる、それを承知なのに、男は見張りの間中好色そうな目で自分の全身を眺め廻し、隙を見ては手を出してくる。今もそうしたいと思っているに決まっていた。それはきっと、ついさっき自分が縛られ、梁からみじめに吊られた姿を思い出しているからだ。そういうことが、千代にもだんだんに解るようになった。男たちは折檻され、泣いている女に劣情を刺激される生き物なのだ。そう知ってからは、責められても叩かれても泣くまいと心がけた。泣けば男の劣情を刺激し、そうなると牢に戻されてからが怖い。しかし痛みには堪えられても、精神の屈辱には、時に泣かずにいられないことがある。

障子戸がそろりと開き、見張り役が戻ってくる。ゆるゆると中に入り、戸をもと通りに閉めている。千代はやや身を固くして、その音を背中で聞いている。おやと思う。気配が、何かひとつといつもと違う。戸の開け閉めの様子が違う。歩く速さが違う。足音も違う心地がする。何か重いものを持っており、それを土間に置く。何だろうと千代は思う。しかし、振り向けば身に危険が及ぶ。

「千代」

ささやく声が、自分の名を呼んだ。

瞬間、全身の血が沸き立つ心地がした。それが、待ちこがれた声のような気がして、全身に衝撃が走る。しかし、同時に疑いの念も湧く。これもまた夢かと思うからだ。何度も何度も、この声を聞く夢を見た。夢なら、喜びすぎてはならない。あとに来る失望が大きすぎて、また泣くことになる。牢の中でも泣くのは危ない、これも隙になる。

千代は痛む体をおし、跳ねるように上体を起こしていた。激しい期待で、一瞬、痛みなど消えてしまう。振り返る。牢の格子に、額を押し当てている男の顔を見た。

自分でも気づかぬうち、動物のように激しく這い、格子に寄っていた。格子に体をぶつけてしまい、隙間からもどかしく両手を出し、男の首を抱いた。涙があとからあとからあふれ、何も見えなくなった。けれど、牢格子のすぐ外にいる男の顔が、待ち焦がれたものであることは、何の疑いもなく解る。

ああ、何故こうも違うのだろうと思う。気配も匂いも、目に飛び込む体つきや、それが発する気配も、何故こうも西河の者たちと違うのか。もう長く見ることがかなわなかった姿。

すべてが心地よく、感じがよい。何故こうも違う？　あの下卑た、好色な、ぶよぶよと不潔そうで、絶えず酒の匂いと、腐臭を発し続けるブタのような最低の男たちと、なんと感じが違うことだろう。まったく別の生き物のように美しく思えるのだ。

「鮎之進さま！」

言ってから、千代は顔をいっぱいにゆがめて号泣した。とても泣かずになどいられない。涙や鼻水や、よだれで顔が濡れても、到底我慢などできない。

「泣くな千代、声を聞かれると危険だ」

言われて、千代は懸命に声を呑もうとする。だが無理だった。喉が鳴り、涙も嗚咽《おえつ》も、あとからあとからあふれ、喉を駈け昇ってくる。

「逢いたかった。きっと戻ってきてくれると信じて、信じ続けて、ずっと堪えていました、ああよかった。嬉しい、嬉しいです！」

千代は言い、また激しく泣いた。

「ご城下で聞いた。寿経寺という寺のご住職から。紅葉の村が、飛騨の流れ者と西河屋の残党に襲われたと」

千代は泣き続け、顔中を涙でぐしゃぐしゃにして、幾度も幾度もうなずく。

「坂上どのは？　父上は？」

鮎之進は訊いた。

「死にました」

千代は泣きながら答える。

「母御は」

「殺されました」

するとまた別種の涙。口がゆがみ、涙がこぼれる。

「だから私は、酒の酌をしろと言われても、絶対にできません、あんな人たちに対してだけは。するくらいなら死にます。両親を無惨に殺したような人たち……」

手をほどかれ、鮎之進に身を離された。

「あっ」

と声が出る。心細くなり、涙が増す。

離れたくない。身を離され、涙や鼻水にまみれ、顔をゆがめた、醜い表情を見られることへの恐怖も湧く。

「離さないで。怖いです」

千代は訴えた。言いながら鮎之進へ手を伸ばし、空《むな》しく空《くう》をつかむ。手を伸ばし、触れる感覚を知ってしまっては、もう折檻に堪えられなくなる、それが新たな恐怖になった。

「もう大丈夫だ、心配するな」

鮎之進は自信に充ちて言う。その言葉自体は嬉しい。力が湧く。しかし、違うのだ。鮎之進はまだ知らないことがある。事態はそう簡単ではないのだ。

「助け出す」

「はい」

思わず千代は返す、が――。

「新堂の厳三郎どのは?」

涙を周囲に散らして、千代は激しく首を左右に振る。

「死んだか?」

「はい」

「保科の、義達どのもか？」

首を左右に振る。また涙が散った。

「吉田の文佐衛門さまも、みんなみんなとらえられて、村のみんなの見せしめのために、磔にされました」

「……」

「時次郎さんも、文五郎さんも。新五郎さんも、彦佐さんも」

「みな磔か」

「はい。虎八さんの畑で。村のみなに見せて、怖がらせて、したがわせるためです」

「本当であったか……。では、坂上どのも？」

「父だけは斬り死にしました。それがせめてもの……」

「そうか」

鮎之進はうなずき、

「とにかくここを出ろ、逃げるんだ。話はあとでゆっくり」

と言った。

「こいつがその鍵を持っているだろう。今開ける」

言われてはじめて見張り役が手足をしっかりと縛られ、口と目に手拭いを巻かれて土間に転がされていることに気づいた。鮎之進は牢格子を離れ、男に近づいて、腰に下げた根付けや煙管に手を伸ばそうとしている。

「駄目、いけません！」

千代は声を殺し、叫んでいた。ぎょっとしたように、鮎之進は振り返る。そして問う。

「何故だ？」

鮎之進は目をむいている。当然だろう、彼としてはわけが解らない。

千代は、牢格子から手を伸ばし、また泣いている。

「何故だ？　話せ」

「出られないのです」

「どうしてだ？」

途端に激しい恐怖を感じ、千代は話せなくなった。ここでもし鮎之進に棄てられたらと思うと、とてつもない恐怖が湧く。今や自分は、その鮎之進に匹敵するほどに大事なものを持っているのだ。

「言え、千代、話すんだ。何故出られん？」

「子供を」

反射的に言葉が出た。

「赤児をとられているんです」

ゆっくりと続けた。

「赤児？」

鮎之進はきょとんとしている。思いもしなかった言葉を聞き、放心している。

「赤児だと？」

もう一度訊いてくる。

「はい、あの人らに赤児を押さえられています……」

絶句し、しばらく考えてからこう訊く。

「誰の赤児だ？」

訊いて、千代はうつむいて泣いた。ここで沈黙してはならない。

「私のです」

「千代の？」

「はい」

「千代が……、つまり千代が子を産んだのか？」

千代はしっかりとうなずく。

「はいそうです」

沈黙が生じる。この沈黙が持つ恐怖。どうか鮎之進に嫌われませんようにと、千代は心の中で手を合わせる。

鮎之進は、あきらかに予想外の事態に直面していた。思ってもいなかった局面に、どうしてよいか解らず、戸惑っている。

「このような火急のおりに、本当に申し訳ありません」

言って、千代は謝った。どうして謝るのか、と千代は内心かすかに思う。

「私が逃げれば子供を殺すと、きつく、きつく言われています。あの人たちは本当にやると思います。赤児はとても弱く、無防備です。手荒に扱われただけで死んでしまいます。私が乳をやらなくても、死んでしまいます」

「それは解るが……」

鮎之進はつぶやく。

「千代が子を産んだと？」

「はい、産みました」

「誰の子だ？」

鮎之進は訊く。言いよどんではならないと、さっき決意していた。言いよどめば悪い意味を持つ。だからすぐに言った。

「はじめて申し上げます。あなたさまの子です！」

千代は強く言い切った。

唖然とする鮎之進の顔。

「なんと……」

とつぶやき、記憶をたどっている。

この点には自信がある。確信しているのだが、千代には別の迷いがあった。赤子を産む十月ほど前にそういうことがあったのは鮎之進とだけだ。だが母を殺され、千代にはおなごの体のそういうことに充分な知識がなかった。そして決して言えないことだが、飛騨の野武士たちに急襲されてのちは、千代は捕えられ、野武士やならず者たちに日夜慰みものにされた。今、西河の家にいる娼妓たちよりも数多く、男たちに散々になぶられ、折檻され、挙げ句に陵辱された。だからならず者たちの子では絶対にないという確信が、おなごの体に知識のない千代には、今ひとつない。それが激しい不安になっている。

「いつだ?」

鮎之進は問う。

「え?」

「いつ産んだ」

「まだ生まれたばかりです」

だが体からやってくる確信はある。あの薄汚い男たちのタネではないという確信が、自分の体から絶えずやってくるのを感じる。だから、あなたの子だと胸を張って言える。しかし、死なずに男たちを諾々と受け入れさせられたこと、これには激しい罪悪感がある。そのことはとても言えない。自分は命を絶つべきだった。両親まで殺されたのに、おめおめと生き延びた。

しかし生きて鮎之進に会いたかったことと、月のものがなくなり、体内に子が宿っていると知ってからは、この子を守りたいという思いも募った。そうした罪悪感が、つい言いよどむ思いになる。

「申し訳ありません、このような時に。しかし鮎之進さまの子が欲しくて、あの子は、鮎之進さまの子です。間違いありません。だからどうか、それだけは疑わないで」

「千代を疑いはしない」

鮎之進は低く言い、

「よかった」

と千代は言った。今度は歓びの涙。

「俺が父親か……。どっちだ？」

「え？」

「男かおなごか？」

「男の子です」

「そうか。だがこれでは動きがとれん。行ってとってこよう」

鮎之進は言う。

「何をですか？」

「赤児だ」

「いけません！」

「何故だ？」

「今度の人たちは本当の侍、とても強いです。それが赤児の周りを十重《とえ》二十重《はたえ》に取り巻いています。多勢に無勢、とても無理です」

「ふん、たかが食い詰め野武士」

「あなたさまならおやりになれます。そんなこと、私は疑いません。でも、いくらあなたでも、いとまがかかります。今度の人たちは本物の侍で、しかも命知らずの荒くれ者、昨年の西河屋の者のようなわけにはいきません。合戦の経験も、豊富に持っています」

「俺もだ」

「鎧《よろい》も持っています。甲冑をつけられれば、容易には倒せません」

「合戦など昔のこと。今はたかだか盗人集団だ、ものの数ではない」

「おとななら奪えます。でも、まだ襁褓《むつき》も取れない赤児です。手荒に扱えばすぐ死にまする」

言われて、鮎之進は黙った。

「赤児を奪うことに手間取っていれば、ここに来て私を押さえられます。人質にされて、私は命など惜しみませんが、私が死ねば、たとえ赤児を救い出しても、赤児が死にます」

鮎之進は溜め息をついた。赤児の争奪戦とは、まったく思ってもみない事態だった。

「どうすればよいというのか?」

鮎之進は言った。

「一人では無理です」

鮎之進は首を左右に振る。

「もう味方はいない。一人でやるほかはない」

「そうなら、細かな策を、練るべきです」

鮎之進は唇を噛む。もうそういう時期はすぎた気がする。

「だがもう、表にいる見張り役を一人斬った。こいつもこのありさまだ。そうなら次は警戒して来ようから、容易にはいくまい」

そう思う理由を述べた。

「はい」

言って千代は、じっと考え込む。千代もまた、そのことは考えている。それから顔を上げ、言った。

「こちらへ、お耳を」

とささやく。縛られた見張り役からできるだけ遠くに鮎之進を導き、耳打ちによって意図を伝えて、男に内容を知られないようにと考えたのだ。

「私は、責められても堪えられます。それに、あの人たちは私の使い道を考えていますから、決して殺しはしません」

「それはまことか?」

鮎之進の目が真剣になる。

「はい、間違いありません。あの人たちの要求を受け入れるふりをすれば、さらに安全です。そして見張り役がやられたのだから、誰の仕業かと、必ず私を問い詰めてきます」

「ふむ。それで？」

「嘘を教えます。以前から私を嫁にしたいと言い、ずっと口説き続けて、つけ狙っていた浪人がいると。私が断り続けているので、仲間を募り、武士団を構成して、私をさらいにきたのだと」

「ふうん」

鮎之進は腕を組む。そんなことがあり得るかなと思っているのだ。

「それで？」

「とても腕の立つ手勢で、でも、私が産んだ赤児の存在は知らないと伝えます」

「ふむ。すると？」

「西河の人たちは必ず私をおとりに使います。私を袋小路の奥に縛りつけて、その手前に落とし穴を掘ったり、上には落とし網や、材木、落石を仕掛けて、野武士たちは屋根の上や、物陰に隠れて待ち伏せます。集団を誘い込んだら、出口を封じて一挙に襲いかかります」

「必ずそうするか？」

「今まで何度もそういう戦略をとったと、酒宴で話していました」

「聞いたのか？」

「はい、聞きました。だから、今度も必ずそうします。また、私もそう仕向けます。おとりの私の周りに手勢を集中させて、赤児が手薄になります。何故なら、襲ってくる者は赤児の存在を知らないと思っているのですから、西河の野武士が赤児の守りを厳重にするはずがありません」

「では、赤児はどこに置く？」

「あの人らの頭領の女がお富という人で、この人が赤児を預かって、みていることになります。いつもそうしていますから」

「うーん」

　鮎之進は考え込む。

「その袋小路はどこになる？」

「ここです。ここは家が詰んでいて、しかもご覧になったでしょう？　この離れの前、裏庭が広いのです。しかもあちら、右手の裏木戸が閉められます。こちらの入路は広いので」

「左手は」

「こちらは狭い路地です。すぐに塞げます。私はたぶん、庭の左手奥に柱を立てて、縛りつけられると思います。そして通行人を裏庭に入れて、晒されている私を見物させれば、すぐに噂がたちます」

「赤児はどこにいることになる？」

「きっと私の前の家、紅葉屋の調理場付近です。そこにお富さんの部屋があるので

「……」

「紅葉屋の？」

「はい。あそこは今は、西河屋別館になっています。旅籠《はたご》です。こっちの西河屋は賭場や娼妓部屋、そして芝居や演芸を見せるのが、商売の中心です」

「では俺はその時、千代でなく、赤児のいるもとの紅葉屋のお富を襲って赤児を奪うと」

「はいさようです」

「しかし、お富が一人でいるとは限るまい」

「一人ではないでしょうが、お富さんの配下はみなおなごです。あの人は、無骨で下品な野武士たちを、あまり好んではおりませんから、たいがい別館におなごたちとともにいます」

「こっちの西河屋にいることはないのか？」

「ありますが、ここが合戦場になると思えば、別館に行くでしょう」

鮎之進はうなずく。が、すぐに首をかしげた。

「駄目でしょうか？」

千代は訊く。

「本当に、そうなるかな？　千代一人のために、野武士の全員がひとところに集合して待ち伏せるまで、はたしてするものか。これまでさんざん戦をしてきたような海千山千のやつらが」

「はい……」

「そうなら、まもなくここを急襲し、西河屋そのものを乗っ取ろうとする、強力な武装軍団があると信じさせないと無理だ」

「はい」

「一人二人が襲いくるかもしれん程度なら、連中は今まで通り分散してふたつの旅籠内にいるだけだ。赤児が一人にはならん」

「はい」

「強力な軍勢がここまで来たものの、一度目は引き揚げ、再度襲うと言い置いて去ったと、そういうことにする」

「はい、さようですね」

千代はうなずく。鮎之進は、黙って考える。

「だが何故引き揚げる？」

鮎之進は宙を見てつぶやく。

「では何故軍団は、一度目の襲来時に、千代をさらわなかった？」

言って鮎之進は、見張り役の脇に行ってしゃがむ。見張り役の腰のあたりや懐を探っている。そしてぱっと明るい顔になった。

「これはいい。あつらえたようだ。こやつは鍵を持たされていない」

「ああ。では、牢の中に入らないように、鍵を取り上げられたんです」

千代はうなずき、言う。

「ふむ。これなら千代を狙う軍団も、いったんは引き揚げざるを得まい。見張り役を倒し、鍵を探ったが持っていない。それで連中の頭領は、今日のところは食い物だけ盗んで引き揚げるが、後日また必ずおまえをさらいにくるぞ、そう格子越しに千代に宣言する……」

鮎之進は言う。

「はい。でもどうしてすぐには家を襲わないのでしょうか?」

「まだ陽が高く、人目が多い。客など大勢に見られれば噂になる。そうならお上の耳にも入る。襲うなら準備を整えてのちの、夜だ」

「はい」

「ここを乗っ取った飛驒の者どもを、今度はわしらが皆殺しにする。そしてこの旅籠の銭もおなごも、すべてを乗っ取り、わしらのものにする、そう言いおく」

「ああ」

「そう聞けば、西河の者どももさすがに本気で警戒しよう」

「はい」

「ではこの見張り役は、殺さなくてはなるまいな、私と千代が話したということを知ってしまった。千代に赤児があることを俺に話したと、そう母屋の手勢に伝えるだろうから」

「はい……」

千代は力なくうなずいた。

「なにより敵の手勢は一人で、軍団ではないと知れる。殺生は避けたいが、仕方あるまい、こいつの縄をほどき、この周囲で斬り合ったように見せかけよう。さいわい大小を持っている」

鮎之進は言って、見張り役を見おろす。

「ついでに西河の与太者を、何人か斬っておこう。味方の骸がいくつも出れば、敵の軍勢は多数で、しかも腕があると信じよう」

「はい」

「そして食い物を盗み、いったんは引き揚げたように見せておく。夜盗集団らしくな」

「はい」

千代はうなずく。

「千代を置いていっても、連中が千代を殺すことはないのだな?」

鮎之進は念を押した。

「絶対にありません」

千代は断言する。

「千代が無事ならよい。これは千代のために行うのだから、殺されてはかなわん」

鮎之進が言い、千代はうつむいてまた泣く。それから言う。

「ありがとうございます。あの、ちょっとお待ちください」

思いついたように千代は言って、広い牢内の奥に行く。壁ぎわの板の間に、着物が何枚かたたんで重ねてあった。その間から、黒い布で造った妙なものを引っ張り出し、いそいそと持ってきた。

「これを」

「ん？　これは何だ？」

「おんぶのたすき紐です」

そして広げてみせる。

「ここに赤さんのお尻を入れて、そして、こういうふうに背負います。そしてたすきは前に廻して、交差させて、こういうふうに赤さんのお尻のところの両側に作った輪に通して、前に持ってきて結びます。そうしたら、両手が使えるようになりますから」

「ふうん、そうやるのか。それなら刀が持てるが、しかし、剣客らしくない格好だなあ」

鮎之進は言う。

「赤児を負うてなぁ……」

「申し訳ありません」

「だが千代は頭がよいな。西河の親分の首を取った時も、千代の考えた策のおかげで、容易にことが運んだ」

「そうでしょうか？」

「そうだ」

鮎之進は言ってうなずく。

「そうならまごまごはできん。すぐにかかるぞ」

それから、こう問う。

「時に、敵の手勢は何人だ？」

「きちんと数えられてはおりません。けれど、おおよそ三十人くらいかと」

「多いな。そのうちの侍は？」

「半分くらいかと」

千代は言い、鮎之進はうなずく。

「到底剣が足らん、それでは刃こぼれがする」

「刃こぼれ？」

「すべてを斬り捨てるには、だ。赤児を取り戻し、千代を救い出したら、ともにここを出て、遠くに逃げよう」

「はい」

「もう殺生はたくさんだ、心底飽いた」

鮎之進は言う。

33

西河屋の裏庭の奥に、棒杭が一本立てられ、千代がすわらされて、これに縛りつけられていた。西河屋の、呼び込みを仰せつかった太鼓持ちが一人往来に立ち、

「この村一番のええおなごが、仕置きにこの奥の庭にさらされとるぞぉ、お代はとらへん、タダや、どうぞ見て行きやれ。えろう美人や、見にゃ大損やどぉー」

と大声を出しているものだから、開け放した木戸から通行人がぞろぞろと入り、中庭は人でごった返していた。

「ほんまや、えろうべっぴんやな」

と言う者があり、

「なんや。これ、なんで晒されとるんや?」

と訊く者がいるから、庭に立つ別の太鼓持ちが、

「この店の娼妓に売られてきたんや。せやけど娼妓はいやや、いやや言うてごねまくってなぁ、いっこうに働かへんもんやさかいにな、こうして終日お仕置きや、反省させとる」

などと声高に説明している。それで千代に目を移した男らが、

「まあこれだけの器量やったら、そらそうやろなあ。淫売なんぞは、いややろなあ」

などと語り合い、納得し合っている。

「そやかてなあ、このおなご、ちっとばっかし顔がええいうても、三絃《さんげん》はでけへん、踊りはできん、芝居も歌もからっきしときとるさかいになぁ、そら女郎くらいしかでけへんわな」

などと太鼓持ちは勝手な講釈を加えている。

鮎之進も人出にまじり、西河屋や、中庭の様子を観察していた。西河の者どもには、鮎之進はまだ顔を知られていないのだから、目立つ動きさえせずにおけば、人出に混じって顔を晒していてもかまわないはずであった。

これまでのところ、こちらの思惑通りに事態は進んでいる。しかし見上げても、屋根の上に野武士の姿はない。あちらこちらの物陰にも、人がひそむ気配はない。仰ぐ空に、まだ陽が高いせいか、もっかのところまだ陽動策の成果は出ていない。

これだけ人でごった返していれば、確かに夜盗軍団も襲えはすまい。西河屋の野武士や与太者の手勢は、まだ母屋、別館に散っていると見なくてはなるまいから、こちらは一人のことでもあり、まだ動くことはできない。

昨日はあれから見張り役を連れ出し、縄をほどいて声を上げる前に斬り殺し、さらに物陰に隠れて待っていて、腰に大刀を差した与太者が三人連れで裏庭に出てきたから、人目がないことを確認してから、三人ともを一刀のもとに斬り殺した。そして軒に陰干しにされた大根六本を盗んで西河屋をあとにした。あとは千代が、西河の野武士どもに打ち合わせ通りの作り話をしてくれていたなら、連中はまず信じると思われる。しかし陽が落ち、見物の人出が消えてからでないと、敵の思惑は不明だ。

往来の彼方で辛抱して待てば、やがて陽が落ちかかる。すると西河屋から人相の悪い男どもが二、三人出てきて、今日の見世もんは仕舞いや、とわめきながら野次馬を往来に追い払っている。しかし人がいなくなっても裏の木戸は閉じず、そのまま母屋に入っていく。

物陰から辛抱強く観察していると、夜の帳《とばり》が降りた屋根の上に、うごめく人影が現れた。出た、かかった、と思う。野武士どもが待ち伏せを始めた。ということは、こちらの作り話を信じたということだ。

では、行動開始だ。まごまごしてはいられない。千代を敵の手の内に置いたままなのだ。いつやつらの気が変わり、千代を手にかけるか知れたものではない。連中にとっても千代は確かに貴重な女だろうが、暴力を用いれば、代わりの女はいくらでも手に入るのだ。

間もなく夕餉の刻限になる。その時を狙うか、と考える。ものを食っている時、兵の警戒心はゆるむ。西河屋の別館の調理場では、女たち賄い方が夕餉の食い物を作る。これを運んでもらい、侍たちも食う。その間調理場の女たちは、支度が終わって安堵している。この時襲うなら、とっさの動きはみな鈍くなる。

千代はまだ縛めを解かれて牢に戻されてはいまい。庭に晒されたままで、自由がきかない。敵にその気になられたら簡単に殺されるであろうし、事態によっては人質にとられもする。千代のため、母屋の連中に悟られないよう、静かに行動しなくてはならない。季節が夏で、寒くないのが千代へのせめてもの救いか。

母屋をあとにして、鮎之進はもと紅葉屋の別館に向かっていく。闇にまぎれ、暗がりを伝うようにして、紅葉屋の裏庭に入り込む。この裏庭で紅葉村の連中に出会い、西河の手勢を何人か斬り捨てた。あれはもう一年以上も前のことになるのか。そののち、このような事態になるのなら、あの時したことは、はたしてよかったのか。

人の気配はない。別館の壁伝いにそろそろと裏手の調理場に廻っていく。調理場の格子窓から湯気が漏れているのが見える。食い物のよい匂いがする。まだ調理中か。そうなら、待つのがよい。

調理場の裏口が望める暗がりにひそみ、腰を落として闇にまぎれる。待つほどもなく裏木戸が開き、たすき姿の女たちがぞろぞろと出てくる。大きな鍋や釜のつるに棒を通し、二人がひと組になってその棒をかつぎ、大勢出てきた。桶を持つ者たちも続き、鍋釜を先頭にして、母屋の方角に運んでいく。

今から母屋で、これを食器に盛るつもりであろう。表で見張る者たちのためには、握り飯にもするはずで、兵の数が多いから、これからが女たちのひと仕事になる。一方、別館の調理場に残った女たちはもう一段落だ。頭領の女房なら下女たちを指図していようから、こっちに残ってほっとしているはずだ。今母屋に向かったおなごたちに、子を抱く者はいなかった。したがって、赤児もこちらにいる。

女たちがすっかりいなくなってから、鮎之進は立ち上がり、もの陰から出た。さいわい夏のことゆえ、裏木戸は隙間が空いたままだ。板壁に貼りつき、目だけを出して奥を覗く。すると女たちの声が聞こえはじめる。男の声はない。男たちはみな母屋の警備に廻ってしまった。こっちに残っているのは女だけということらしい。そうなら、すっかりもくろみ通りだ。

赤児の泣き声がした。いた、と思う。千代の産んだ、これが自分の子か、鮎之進は思い、妙な感慨を抱く。子供とは不思議なもので、じっと泣き声を聞いていると、しみじみ人殺し稼業から足を洗いたい気分が湧く。子を背負うて、斬り合いもあるまい。

「おいおい、腹が空いたんかい？　かあちゃんのおっぱいがないからの。おばちゃんが飴湯やろうかね？」

そんなことを言う女の声がする。覗くと、年配の女がすわり、赤児を抱いてあやしている。

「うめ、ちょっと飴湯といておやり」

そばの者に命じる。すると近くにはべっていた、少しふっくらした娘が立ち上がってへっついの方におりていく。しゃがんで火吹き竹を取り、少し吹いて火をおこしている。

「いいよ、そんなことしなくても、その残り火で充分なんだよ、気のきかない子だね」

などと叱っている。

聞きながら鮎之進は、それならしばらく待ち、赤児に飴湯をやってもらってからにするか、と考えた。赤児を奪っても、何をやってよいか自分では解らない。

うめと呼ばれた娘が、飴をといた湯を湯呑みに入れて持ってきた。女はそれを受け取り、茶さじを入れて、飴湯をすくっている。ふうふうと息をかけて冷ましている。

「うめ、おまえは何を言っても返事がないね。これも、はいお持ちしました女将さん、とかなんとか言うものだろう？　教育がなってないねぇ」

とまた小言を言っている。飴湯を飲まされているからか、赤児の泣き声がやんだ。

「私にも湯をいっぱい持ってきとくれ」

するとうめは、また黙々とへっついに立つ。

「ほらまた返事がない。何度言うても解らん子やね」

女房が言っている。

「ほんまに意固地な子やで」

しばらくして、白湯を入れた湯呑みをうめは運んでくる。

「また黙ってへぇか？　よし、もういいからね、次はこの食器を全部そっちに運んで、きれいに洗っておくれ。きれいにだよ」

と命じる。ずいぶん人使いの荒い女将だ、鮎之進は聞いていて思う。

うめは黙々と仕事をこなしている。が、やがてがちゃんと瀬戸物が割れる音がする。

「あ！」

とうめが声を上げている。

「こらうめ！ その食器は高いんだよ。いつも言っているだろう、気をつけて扱えって。馬鹿、こっちに来なさい！」

しかしうめはやって来ない。

「早く！」

とお富が大声を出す。

すごすごと、うめが座敷に上がってくる。うなだれて、ずりずりと膝で女将に寄っていく。そのうめの頬を、女将は大きな音をたてて張った。

「あっ」

うめが声を上げ、続いて泣き出した。しかしお富の気はおさまらず、拳を振り上げて、うめの頭を思い切り叩いた。叩かれ、泣きながらうめは、じりじりと後ずさる。女将の気はまだまだおさまらないと見え、二発目の拳を振り上げる。あぶないと思った。うめのうしろはもう畳がなく、上がりがまちで、土間が待ち受ける。

頭が叩かれるよりも早く、尻を引いたうめは、悲鳴とともに土間に転落する。女将は驚き、いたわるかと思うとさにあらず、ますます激昂し、そばにあった樫と見えるかつぎ棒を取り上げると、子を抱いたまま縁までにじり、振り上げて、土間でうめいているうめの体を叩きはじめた。

「おまえにはいっつも腹の虫がおさまらないんだよ。ぐずで、もの覚えが悪くて、性根がねじくれていて、いっつも返事ひとつせずに、まったく最低の小娘だよ、田舎帰らんか！」

わめきながら何度も叩く。見かねて、鮎之進は調理場に入った。素早く近づき、座敷に片足をあげて、振り上がった棒を後方からはっしと掴んだ。

「やめんか！　もうそのくらいでよかろう」

言ってから奪った。そして後方に放り投げた。

「赤児が落ちるじゃないか」

土間にかがみ、倒れ込んでうめいているうめを抱えて起こした。

「大丈夫か？」

言いながら抱き上げて、上がりがまちに腰かけさせた。痛がっている肩に手を触れてみる。脱臼してはいなそうだ。

「なんだいあんた」

お富が鮎之進の顔を見て驚き、毒づいてくる。

「赤の他人がいったいなんの権利があって、あたしの教育の邪魔をする。あたしはね、憎くてやっているわけじゃないんだ、この子のタメを思ってやっているんだよ」

「そうは見えなかったがな」

鮎之進は言った。

「なんでこんなぐずをかばうのさ？」

「かばうわけじゃないがな、下等で下らん世の中だ、その上に、どうしてこうも堪えるばかりの日を送らなくてはならん。この子の気持ちが解るだけだ。俺もそうだったから」

お富はあきれ、目を見張っている。

「この子の手は腫れている。痛いんだ。あかぎれが治りきっていない。俺には解る」

「そんなもん、あたしもそうだったよ！」

「みな勘違いしてるんだ、世の中はつらいものと決めてかかっている。みなが虐《いじ》めをやめて、気持ちを少しずつ切り替えたら、毎日を楽しく送れるのにな」

「寝言は寝て言いな！」

「ま、そうなるだろうな」

鮎之進は言う。

「解れとは言わん。赤児に飴湯をやってもらってかたじけない。もういいよ、赤児をこっちにもらえないか？」

女将はぽかんとした。

「なんでだい？　あんた誰だ？」

「この子の父親なんだ。もらっていくよ。今まで面倒みてもらって感謝する。さ」

赤児に手を伸ばした。しかしお富はさっと赤児を後方に引く。

「手荒なことはしたくないんだ。おとなしく渡してくれないか？」

鮎之進は頼む。

「あたしはね、頭領に命じられてやっているんだよ。どこの馬の骨とも解らん者に、赤児を渡せるもんかね」

「おい、そりゃこっちの科白《せりふ》だ。この子を産んだ母親もよく知っている。千代という。この家は、もとは紅葉屋という旅籠で、それもよく知っている。主は坂上豊信という武将で、奥方はよね。どこの馬の骨とも解らんあんたの亭主たちが襲って、乗っ取ったんだ」

お富は驚いた様子で、いっときは黙る。それから気を取り直して言う。

「ふん、うまいことを言いやがって、その手にゃ乗らないよ」

「その科白もそっくりお返しだ。あんたたちが磔にして殺した村の者たちの名前も、すべて言えるぞ。さ」

また手を伸ばす。

「抵抗すれば、手荒なことをしなくてはならなくなる。解ってくれ」

「解らん！」

大声がして、前方の襖が叩き付けるようにして開けられた。髭面の男が三人立っていた。三人とも人相がよくない。いかにも荒くれという面構えをしていた。

「おい」

鮎之進は驚いて言った。

「おまえら、母屋の警備はどうした。何故ここにいる？」

訊いたが、すぐにうなずいた。

「そうか、腹が減ったというわけか。晩飯が足らなんだか」

「何者だおまえ。名乗れ！」

一人が大声で言い、三人は揃って抜刀した。

「待て、刀をしまえ」

言いながら、鮎之進は座敷にあがった。

「臆したか？」

「そうではない。もう人は斬り飽いた。引け、俺は赤児が欲しいだけだ」

「欲しけりゃ、わしらを倒して持っていけ！」

言うなり斬りかかってきた。

よけてから、鮎之進も抜刀した。

「それをしたくないと言っているんだ。おまえらの腕では俺は斬れん」

聞いて、男は目を丸くした。それから顔を見合わせて笑い出した。

「寝言は寝て言え！」

「ここのやつら、みな同じことを言うんだな。毎日人を叩いて、折檻して、挙句が殺し合いか。そんな生活、いったい何が楽しい？　目を覚ませ」

そして振り返り、

「待て！」

と叫んだ。これはお富に言ったのだ。裏口から逃げ出そうとして、お富は立ち上がっていた。うめは戸口の横の土間に立ち尽くしている。

「逃げるのはかまわん。だが、赤児を置いていってくれ、そこに」

しかし、お富は歩き出そうとする。

「すまんな」

鮎之進はひと言断り、女将の手から赤児を奪いざま、女の腹に足をかけ、蹴り飛ばした。女は悲鳴をあげ、侍の一人に向けて倒れ込む。ぶつかってこられて、一人が思わず後方によろける。隣の者はこれをよけ、大刀を振りかぶって斬りかかってきた。

刀の峰で堪え、赤児を足もとに置き、素早く突きを繰り出し、引かずに二段突きで身を引こうとする男の顎の先を、下から斬りあげた。

顎の肉を裂いたが、勢いはないから、骨は割っていない。大した傷ではないはずだ。

「次は胴を斬るぞ。おまえら、命は惜しいだろう？　どうだ？　このまま見逃さんか？」

と訊く。顎からぽたぽたと血を垂らしながら、手負いの男は後方にさがる。刀は、骨に達した手応えはある。ゆえにかすり傷ではないが、致命傷でもない。しかし強い痛みに、男は戦意を喪失している。

「まだ駄目か？　ではもう一人斬るか？」

鮎之進は宣告し、斬り込んで左右の者の刀を弾き、一人の脇の下をさっと斬った。うっとうめき、野武士がしゃがみ込む。

「すぐに手当をしろ、死にはしない」

言った時、残る一人の目に、戦意喪失が現れた。

「もうよかろう」

言って鮎之進が刀を鞘におさめたその瞬間だった。どんと大きな音がして、右足の腿に激痛が走り、鮎之進は声を上げてしゃがみ込んだ。

その瞬間に大声がして、襖の向こうから男が三人なだれ込み、鮎之進に突進してきた。体当たりで倒され、その上に折り重なって、男らは押さえ込んできた。まだ斬られていなかった男も、これに加わった。

「やっておしまい！　殺しておしまい！」

かん高い女の声がする。

「利いたふうな口ききやがって、生意気言うんじゃないよ。世の中きびしいんだ、いいから殺しておしまい！」

われを失って金きり声を出す。

「縄だ、縄をかせ、縛れ！」

男の大声がする。

激痛で動けない鮎之進は、大勢に寄ってたかって押さえつけられ、後ろ手に縛り上げられた。

隣室から、種子島を持った年配の男がゆっくりと姿を現した。銃口の先から白い煙が出ている。

「どれほどに剣の腕がたってもなぁ、飛び道具にはかなうまいて」

男は言った。

34

それから鮎之進は、縛りあげられたのち、大勢の男たちに寄ってたかって殴られ、蹴られ、思うままに罵られた。女たちは、さっさと奥の間に引き揚げている。

「刀取り上げろ、あっちに隠しとけ。持たれると厄介だ」

それで腰の大小を引き抜かれた。

「こいつ、ちょこざいにも、そこそこ腕が立ちやがる。それで天下無双とうぬぼれてやがんだ。思い知らせたれ！　二度と刀が持てんように、両腕叩き折ってやるか」

「おうやったれや、へし折れ！」

話がまとまり、男たちに樫の棒で、二の腕を滅多打ちにされる。

「足も殴ったれ、種子島の弾、当たったとこに」

それでまだ血が流れている右の腿を棒で思い切り殴られ、激しい痛みに鮎之進は絶叫する。

「ええ気味やでこいつ」

言って、一人が鼻で嗤《わら》った。

「もっと殴ったれ。足斬り取ったるか」

「放っときゃ腐って落ちるわ」

「ほうか？」

一人が、苦しむ鮎之進の顔を覗き込んで言う。

「痛いか？　おお？　痛いか、どや若造」

「痛い痛いて、泣いとるわ」

言って、みながどっと沸いた。

「こいつ、さっき赤児の父親やて言うとったやろ。ほならもしかして、千代のこれか？」

「ホンマか？　この野郎、生意気やなぁ、あのべっぴんに惚れられとるてか⁉」

みな、激しい嫉妬で腹を立てる。

「顔殴ったれ、ふた目と見られん顔にしたれ。こいつはちょこっとこましな顔しとると思てからになぁ、思い上がっとるのや。馬鹿な女に騒がれてなあ。馬鹿女が二度と騒がんような不細工な顔にしたれ」

それで鮎之進はさんざん顔を殴られた。

一人が身を屈めて言う。

「可哀想になぁ、おまえなんも知らんやろ。あの娘、わしらがマワしたってんで、何べんもなぁ。存分にやりまくったったわいな。娘もよがって泣いとったで。次の子ぉは、わしらが孕《はら》ましたる、心配すなよ」

そしてまたげらげら笑う。

「明日またマワしたろ、なあ」

「ほうや、素っ裸にひんむいてなあ。おまえにゃ、やらしたらへん」

それから、ふと気づいたように言う。

「おまえ、腕斬り取ったろか、二度と刀振れんようになぁ。そいであの子ぉがみなにマワされるとこ、見せたろか」

「待て。それより、こいつの目つぶせ。その方が効果があるぞ。盲目になりゃ、刀も持てん。二度と人は斬れんわ」

「せやな、おう、そりゃええ考えや！」

「おうおまえ、千代の顔、もうこれで見られへんぞ。今宵限りでおさらばやなぁ、悪う思うな。明日から、べっぴんさんも、どこぞの提灯婆ぁも、もう全然区別がつかへんで」

「目をようけ開けとい て、目玉に塩、たっぷりすり込んだれ！」

それで一人が塩の壺を取りに行き、みなで寄ってたかり、鮎之進の頭を持ち、両目を無理にこじ開けておいて、塩をたっぷり入れられた。鮎之進は苦痛で絶叫する。

「調理場やからな、塩ならなんぼでもあるで！」

それでまたみな、げらげら笑う。

「目から塩が出んようにな、押し込んだら、この手拭いできつう目の上、巻いといたれや」

そして目の上をぐるぐると手拭いで巻かれた。鮎之進は苦痛で絶叫し、暴れ、転げ廻る。それを足もとに見おろして、男たちは腹を抱えて笑った。

「ああ、気持ちええなぁ！」

一人が大声を出す。

「ざまぁねぇなぁサンピン。おめぇよぉ、いっぱしの剣客のつもりやったんだろがな。芋虫みたいにふん縛られて、手も足も出ねぇや」

「このままひと晩置いときゃ、明日の朝にゃ盲目や。大小棄てて、按摩《あんま》になるしかないわなぁ」

へらへら笑いながら言う。

「そら、生きとったらの話やろが。ちょっと、生かしておくわけにゃいかんで。うちの先生ら、二人も大怪我さしたんや」

「ほや、ただではすまされへんで」

「ほなどうするのや、わいらで殴り殺すんか？」

一人が周囲に訊く。

「いいや、明日の朝、うちの先生らがこいつの首刎《は》ねるわ。明日の朝まで待つんやな。今はまだ見張りしとんのやから」

「待つて、このままここに転がしてか？　土間に」

鮎之進は苦痛の声を上げ、土間を転げ廻っている。

「いんや、こっちの梁に吊るしたれや」

別の者が離れた場所から言う。男が見上げているそこには、天井に梁が通っている。

「よし、それがええわ、ここまで引きずってこい」

頭領格の一人が梁の下に行って言い、鮎之進は胸を縛った縄を持たれ、土間をずるずると引きずられていった。別の縄が出され、これが梁にかけられる。その縄の端を、胸に廻した縄に結ばれて一方を引かれ、鮎之進の体はゆるゆると上昇して、梁からぶら下げられた。反対の端は、窓と窓との間の柱に結ばれる。

「ええ格好やなおい。あの娘とおんなじ格好にされたなぁ」

「これで夫婦らしうなったで」

と嘲笑する。

鮎之進は、苦痛の声を漏らしながら、ぶら下げられてゆるやかに回転している。体中をさんざんに叩かれ、足は種子島で撃たれ、顔も繰り返し殴られた上に、両目には塩を入れられている。この上に今は、吊るされた苦痛も加わる。鮎之進は激しい苦痛で、うめき声を止めることができない。

「よしゃ、これでええわ。たいがいのもんはなぁ、朝までこうして吊るしておいたらな、息がでけへんからまず死ぬるんや。こいつは種子島で撃たれて、体弱っとるからな、朝までにゃ間違いのぅ死ぬるわな。もしも感心に生きとったら、そん時ゃ裏の庭まで引きずっていって、首刎ねたったらええのや、そんだけの話や」

「そやな」

そうして男らは、しばらくの間、梁から吊るされた鮎之進を見あげていたが、だんだんに飽いてきて、母屋に酒を飲みにいった。

吊られた鮎之進は、しばらくの間は懸命に苦痛に堪えていたが、やがて意識が遠のくのを感じた。そして、ああ、自分はこれで死ぬのだなと思い、気を失った。

どさと固い土間に落下した衝撃に、鮎之進は意識を戻した。途端に、激しい苦痛がよみがえり、うめき声を上げる。苦痛は全身から湧き上がる。それは到底堪えられぬほどの激しさだった。

目の上を巻いた手拭いがほどかれ、大量の塩が顔から払われ、急いで目に水がかけられる。絶えずかかるのは、手桶に水が汲まれて、そばに置かれているのか。考えるでもなく鮎之進は、そうしたことをぼんやりと思う。

また気を失う。はっとすると、手首と胸を縛っている縄が、苦労してほどかれているのが解った。長い間吊られていたから、縛り目がしまっている。簡単にはほどけないのだろう。

かなりの手間をかけて、ようやく手が自由になる。右の手が、それでぽとんと体の脇に落ちるが、まるで感覚はなく、少しも動かない。

食いしばった歯の間から苦痛の声を漏らすと、冷たい手で、さっと口を塞がれた。

「駄目だよ、声を出すと気づかれる。殺されるよ」

娘の細い声が、耳もとでささやく。

「我慢して、ええ？　できる？」

問うて来るので、鮎之進は何度も懸命にうなずいた。

するとまた、目に水がかけられた。塩が洗い流されている。それが、何度も何度も繰り返される。次第に、痛みが引いていく。だがまるで縫い合わされたように、瞼は開かない。

いったい何が起こっているのか——、鮎之進は考える。懸命に考えようとするのだが、思考が追いつかない。頭が働かない。自分が今どんな状態に置かれ、何を目的に、何をされているのかが少しも解らない。

「どう？　見えるようになった？」

娘の声が訊いてきた。それでようやく、自分が昨夜何をされたかの記憶がよみがえりはじめた。

苦労して、瞼を開く。しかし、開けても同じことだった。閉じている時と同じく、視界は暗黒だ。

「見えん、何も見えん」

鮎之進は、ようやくそれだけをつぶやいた。そして、そうか、与太者どもに、自分は目に塩をすり込まれたのだ、と思い出した。そして今、誰かが目を洗ってくれている。ありがたいが、いったい誰だ？　天の女神か？　となかば本気で考えた。こんなところに自分の味方がいるはずもない。それ以外に考えられないからだ。

「駄目だ、何も見えん、痛い」

鮎之進はもう一度言った。

「顔が腫《は》れてるせいだよ、ずいぶん腫れてる、目ぇ塞がっとるよ。それに暗いから。まだ夜が明けてないんだから」

女の声が、なぐさめるように言う。

「いやそのせいじゃない……」

鮎之進はつぶやく。

「蠟燭《ろうそく》、持ってくるょ」

言って、娘に特有の匂いが遠ざかり、しばらくじっとしていたら、目の前がぼうと明るくなった。

「どう？　見える？」

鮎之進は懸命に目を開く、そして溜め息を吐いた。目の前に、蠟燭の炎が来たのだ。それは、さらに増す絶望だった。明るいことは解る。だが、炎のかたちは全然見えない。濃霧の内にいるようだ。

「見えん。ものの輪郭だけは、ほんのちょっと見えるが」

言ってから上体を起こし、自分で左手を盥《たらい》の中に入れ、水をすくい、目にかけた。次に盥に顔をつけ水の中で両目を開く。そしてしばたく。それを何度も、何度も繰り返す。

少しずつ感覚がよみがえり、体が動くようになる。しかし同時にそれは、全身を押しゆがめ、打ちのめす、激痛の始まりでもあった。鮎之進は歯を食いしばる。正気が戻ってくるに連れ、痛みもみるみる激しくなる。天井知らずに増していく。

「痛いの？　どこが？」

娘は訊く。

「どこもかしこも……だ」

鮎之進はようやく言う。

「だが特に、足だ。種子島の弾がまだ入っている。取り出してくれないか？」

「ええっ？　どうやって？」

娘は仰天の声を出す。

「火鉢の、箸はないか？　そのあたり。なければ木の箸でもいい、先の尖ったものがいい」

「火箸……?」

娘は言う。そしてへっついの方に探しにいった。間もなく戻り、

「あったよ」

と言った。鮎之進は、食いしばった歯の間から言う。

「それで、足に食い込んだ弾を、ほじくり出してくれ。放っておくと、足が腐ってしまう」

「うちに、できるかなぁ……」

娘は力なく言う。

「やるんだ。どれほど痛かろうと俺は我慢する。この手拭いを噛んでおいて、声はたてない。血が噴き出ても、気にするな、箸を挿し入れて、弾を見つけたら、箸の先で弾を摘んで、外に出してくれ」

「うん……」

自信がなさそうに、娘はつぶやいている。

「ちょっと待って、あんたは誰だ? 顔を見せてくれ」

鮎之進は言う。それで娘は、自分の顔を鮎之進の視界に入れてきたらしいが、人相は見えなかった。

「駄目だ、見えん」

鮎之進は力なく言う。

「これで生涯盲目か」

　肩を落とす。

「きっと回復するよ」

　娘は力づけるように言った。

「とてもそうは思えん、まるきり見えんからなぁ」

「じゃあうちのこと、解らないね」

　娘は言う。

「いいや、声で解る、うめ、うめさんか？」

「そうだよ、憶えていてくれた？」

　うめは嬉しそうに言った。

「当たり前だ、さっき会ったばかりだ」

「はい」

「女神か弁天さまかと思うた。ありがとう。恩に着る」

　鮎之進は、痛みに堪えながら言う。

「いいんだよ」

「赤児は……」

「ここに持ってきた、眠ってるよ」

「そうか、よかった。かたじけない。では、やってくれるか？　弾」

言って、鮎之進は手拭いを嚙み、袴をまくりあげた。

娘は足の方に行き、弾が入っている患部の横に左手を載せ、手技《しゅぎ》にかかった。

箸の先が傷口に挿し入れられる瞬間、あまりの激痛に鮎之進は布を嚙み、歯を食いしばって堪え、声を漏らすまいとした。

「ない、ないよ」

娘の声がする。

「大丈夫かい？　お侍さん。痛くない？」

娘は訊いてくる。痛くないわけがない。だが、

「大丈夫だ、とにかく、探せ、距離があったから、それほど深くは入っていないはずだ」

などと言おうとするのだが、極限的な苦痛で到底言葉にはならない。声に出せば叫びになる。

長い長い時間に思われ、ひたすら堪えていたら、また意識が、ゆっくりと遠のきはじめる。これは、人が堪えられる痛みの限界を超えているのだと知る。そして、もう駄目だと思い、意識の混濁を感じて気を失いかけた時、何かが自分の肉をかき分けてあがっていく感触があり、

「取れた」

という声を聞いた。

気を整えてから、

「出した。これ、どうする？」

と訊いてくる。しかし、到底答えられるものではない。何度も何度も深い呼吸をし、

「そんなもの、棄ててくれ」

とやっと言った。声がかすれていることに驚く。

それからまた呼吸を整え、

「ここに、焼酎はないか？」

と訊いた。

「あるよ。女将さん飲むから」

とうめは言う。

「ではそれを傷口にかけてくれ」

と頼んだ。

娘が立っていき、どこかにある棚から焼酎の瓶を取って戻ってきた。

「あった。いい？　かけるよ」

と言う。うなずくと、とぷとぷという音とともに、患部に、また焼けつく激痛が走った。再び布を嚙み、固く、固く歯を食いしばる。意識がみるみる遠のいた。

はっと気づくと、濡れた布で、額や頬を拭かれていた。

「あ」

鮎之進は言って、気づいた。

「すまない」

言って、懸命に上体を起こした。弾は取れた。そうならもう行かねばならない。まごまごはしていられない。敵が戻ってくる。

「大丈夫？　すごい汗だよ、熱があるよ。寝ていた方がいい」

「どこで？　ここでか？　冗談ではない、もう夜が明ける、敵が戻る。種子島で穴があいた場所、手拭いで縛っておいてくれないか？」

「うん」

娘は嬉々として足の方に行き、手拭いを出して腿に巻いている。

「できた。それからどないする？」

「立つ。ちょっと手伝ってくれないか？」

鮎之進は言って、娘の声の方向に片手を伸ばした。

「大丈夫？　立てる？」

言いながら、娘は懸命に手伝ってくれる。

ようやく立ち、鮎之進は両手、そして腰の屈伸をしてみる。まだまだ駄目だが、時が経てば、力が戻りそうな気配はしはじめた。足の痛みは相変わらずひどく、時に歯を食いしばり、苦痛の声を漏らさずにはいられない。だが、ここにじっとしてはいられないのだ。

「逃げるの？」

「むろんだ、赤児を連れてな」

懐から、千代にもらったおんぶ紐をずるずると引き出した。さいわいまだ入っていた。

「これで、赤児を背負わせてくれないか？　これのやり方、解るか？」

うめに訊く。

「解るよ、背負ったことあるもの」

うめは答える。それでうめの手を借り、鮎之進は苦労してわが子を背中に負うた。

不思議な感慨が来た。まだ軽く、ほとんど負担は感じられない。そして後ろ首のあたりから、赤児に特有の匂いがする。これは、千代の乳の匂いなのか。そうならいいと思う。

「よし、できたな。あとは刀だ、俺の刀、どこかになかったか？」

「あった、隣の部屋に置いてあったょ」

「取って来れるか？」

「うん。待って」

うめは座敷にあがり、とんとんと小走りになって、襖をそっと開けている。隙間からするりと抜け、暗い隣室に消える。そういうことが気配で解る。

待つほどもなく、うめは鮎之進の大小を抱えて戻ってきた。今度は音で解る。

「ありがたい」

鮎之進は言ってこれを受け取り、腰に差した。うめは、その上にさらに言う。

「これ、ねんねこ。取ってきた。夏でも表はちょっと冷えるからね、赤さんには悪いよ。これ羽織って」

娘は言い、背中の赤児ごと、羽織らせてくれた。

「こっち、袖、通して」

鮎之進は通す。少し綿が入っているふうで、これなら刃を遮る効果がありそうに思える。

「紺だからね、男の人でも大丈夫だよ、笑われないょ」

「笑われてもかまいやしないさ」

鮎之進は言った。

「どうせ俺には見えないし、馬鹿が何を言おうと、気にはならんさ」

「表に見張りがいるかもしれないょ。どうする？」

うめは問うてくる。

「見張りは何人だ？」

「それは、たぶん一人だよ」

鮎之進は鼻で嗤った。

「ではものの数ではない」

「でも目が見えないでしょ？　うちが一緒に……」

「駄目だ」

鮎之進は厳しく言った。そして激痛に堪えながら、手探りでゆるゆると上がりがまちに腰をおろす。袴の裾に手を伸ばし、裏地に縫い込んであった布と糸を引きちぎった。そこにとめていた一枚の小判を出したのだ。

「うめ、本当にありがとう、感謝に堪えない」

鮎之進は深く頭をさげ、言った。

「あんたに会わなければ、俺はなぶり殺しに遭っていた。あんたのおかげで、命を拾った」

「そんなことないよお侍さん、うちも嬉しかったから。あんなこと言ってもらったの、生まれてはじめてだったから」

「ここに小判がある。この小判を持って、故郷に帰れ。あんたはここにいても、ろくなことにはならない。ここは、あんたのような娘のいるところではない」

「こんな大金、いらないよ」

娘は驚いて言った。

「お侍さん、やめてください」

「大した金ではない。こんなもの、はした金だ、今までお守りに持っていたんだ。ようやく使い道ができた」

「うち、はじめて見たよ、小判」

赤く腫れ、肌荒れでごつごつしたうめの手を探り、取って引き寄せ、小判を握らせた。

「薬を買って、その手を治すんだ。俺と一緒にここを出よう。だが見張りがいるのなら、俺はそいつを斬らねばならん。だからあんたは、うしろの俺に何が起ころうと、いっさいかまうな。一目散に逃げて、故郷を目指せ。与太者くらい、一人で何とでもする。俺のことは気にするなよ。サンピンの一人や二人、目が見えなくとも何とでもなる」

「お侍さん、強いからね。でも、目が見えないんだよ。うちが一緒にいて、目になって助けないと」

「冗談ではない、危険だ。俺を助けたことで殺される。一生懸命走って逃げるんだ、できるだけここから遠ざかれ、うしろなんか見るなよ。でないと連れ戻される。そして女郎がいるようなこんなくだらない場所には、もう二度と戻るんじゃないぞ」

「それでどうするの？　田舎帰って」

「いい男見つけてな、幸せになるんだ」

「いないよ、そんないい男。ここ見ても……」

「ここは糞のゴミためだ。こんなところにはまともな男も、いい男もいない」

「いい男って、どんな人のこと？」

「尊敬のできる男だ」

「そんなの田舎にはいない、お百姓ばっかり」

「百姓のなにがいけない。あれもこれも尊敬できる必要はない。ひとつあれば、やっていけるんだ」

「お侍さんみたいな人はいないよ」

「俺か？　俺は駄目だ。いつ殺されるか知れたものではない。今も目をやられた。もう生涯目の力は戻るまい。こんなやつにかまうな、俺みたいなのに、絶対惹かれちゃ駄目だぞ。大小差したやつはみんなごろつきだ」

するとうめは黙り込んだ。

「おしゃべりは終わりだ、時がない。ところでこの赤児だが、首が弱い」

「もうすわってはいるけど……」

「斬り合いになれば振り廻す。手拭いはないかな、首の周囲にいっぱい巻いておいて欲しいんだ」

「いくらでもあるよ、手拭いなら。ここ旅籠だから」

言ってうめは立ち、そばの物入れを開けて、たくさんの手拭いを出してきた。

「よし、それ全部巻いてくれないか？　赤児の顔、埋めてしまうくらいに」

鮎之進は言う。

35

板戸を開けて見る表は、もう夜が明けはじめていて薄明るい。薄明の蒼《あお》い光が世界には充ちており、夏の朝の冷気が、裏庭をゆっくりと吹き渡ってくるのが感じられる。しかし、鮎之進の目には何も見えない。世界をすみずみまで、青白い、濃い霧が充たしているようだ。

「見張りは？」

やむを得ず、鮎之進はうしろのうめに訊く。うめが代わって顔をのぞかせ、左右を見る。

「いないみたいだよ」

うめは言う。

「よし、迷っているいとまはない。すぐに発《た》つぞ。うめ、往来に向かって壁際を歩くんだ」

鮎之進は指示する。うめが先にたってそろりそろりと表に出ると、左手の指先で壁を擦《こす》るようにしながら、往来に向かってゆっくりと歩みはじめる。鮎之進も続くが、右の足を踏み出せば激痛がよみがえり、うまく進むことができない。しかし壁に左手をつき、足を引きずりながら、なんとか歩む。

昇りはじめる陽の光の中でも、目は、やはり何も映さない。痛みは変わらずにあり、前にいるうめの頭部の輪郭が、ごくごくおぼろに見えるばかりだ。しかし、匂いは感じる。髪につけた油の匂い。首筋につけている白粉《おしろい》の匂いが鮎之進を導く。

しかし、これでは斬り合いは無理だと、正直なところ思う。素早く動けない。体の前に一人敵がいるばかりなら何とかなろうが、背後にも横にもいて、いっせいに斬りかかられたら、到底防ぎきれまい。それとも、いざことが起これば、体が動いてくれるのだろうか。

「あっ、てめえ、待ちやがれ！」

という大声が、いきなり背後から聞こえた。

「あっ、いけない、見つかったよ」

うめの声がする。たたたと、駈けて迫る男の足音がする。

「敵、何人だ？」

鮎之進は訊く。

「一人だよ」

「一緒に行くのは無理になった」

鮎之進は言う。

「よし。うめ、走れ、逃げろ！」

「うしろは振り返るな。そしてもう、二度と戻るなよ」

言って、自分は刀の柄に右手をかけた。

鮎之進は命じた。

「でも……」

言いよどみ、うめは立ちすくむ。それが気配で解る。

「俺は絶対に死にはしない。早く行け、そして幸福を摑め！」

たたたと、うめが駈け出す音を聞いてから、鮎之進は振り返り、見張りの方を向く。

「頑張ってね、死なないでね！」

と叫ぶうめの声を背中に聞く。おう、まかせとけ！　と心の中で叫ぶ。千代も助けず、こんなところで死んでたまるか！

見えぬ目を懸命に見開き、頭を低くする。

相変わらず何も見えぬ。青白い霧が充ちるばかりの世界。加えて足が痛く、踏み込むことができない。ひたすら待つばかりの戦か、と思う。

五感を動員し、研ぎすます。こうなれば、目以外の感覚に頼るほかない。迫る足音、男の汗の匂い、荒い息遣い。

ぴーと、呼び子笛が鳴りわたる。

しまった、と思う。これは予想していなかった。仲間を呼ばれた。呼び子笛は考えなかった。敵の数が増せば苦しくなる。また種子島が来る、と激しい恐怖が湧く。

敵が一人二人なら斬って捨て、その後は這ってでも、ここを離れられると考えた。あまかった。大勢になり、囲まれれば、見えない目ではとても闘いは続けられまい。それではと逃げだせば、追いつかれる。斬り死にする以外に道がなくなる。

踊るように躍動するやくざ者の上体が突然、ぼんやりした影になって目に飛び込む。右手に掲げる大刀も、うごめく灰色の影になった。瞬間、鮎之進はさらに身を沈め、大刀を鞘走らせた。捨て身の居合い抜きだった。

しゅっと低い音がする。敵の腹に届いた。斬った。しかし、これは薄い。

苦痛の声が戻る。しかしこれではまだ、相手の動きを封じきれていない。死にはしない。

まずいと見た男が身を引く。すると、たちまち霧にまぎれる。見えなくなる。気配は解る。油じみた匂い、そして草履が土を擦《す》る音。だが距離を取られれば、もう手は出せない。

何だ、何だ、という大声が遠くで聞こえる。何人かが加勢に飛び出してきた。声で数えると、総数は四人。しかし、姿は見えない。

これはまずい、と考える。五体無事ならものの数ではない。が、今は相手が一人でも厳しいのだ。

しかし、駆け寄った一人が威勢がよく斬り込んできた。いきなりぬっと影が視界に飛び込み、それが踊るように激しく動いて、大刀を打ちつけてくる。武士だ。その刀を受け、はね、そらさずそのまま突いた。弾かれた刀の動きをそのまま用いる。切っ先が、音をたてて男の胸に突き立つ。その鈍い音。

肉の手応え、着物がない。こいつは裸だ、と知る。近寄れば匂いでも解る。寝起きだ。ふんどしの上に着物だけを引っかけ、飛び出してきている。

刀を引き抜けば、派手に血潮が噴き出す。その大きな音と生臭い匂い、そして手にかかるかすかな血しぶき。心の臓を貫いた。続いて男が、足もとにどさと倒れ込む異音。見えなくとも、数限りなく踏んできた修羅場が、相手のそうした動きを、鮎之進の脳裏に明瞭に映す。

続いてまた別の男。武家らしい太刀《たち》筋で斬り込んでくる。左上方から風を切ってくる刃。耳を澄ませ、剣の峰で受ける。すると敵の剣が引かれる。今度は真横に払ってくる。身を引く。次の瞬間、躍る灰色の影が視界に飛び込む。踏み出しながら姿勢を沈め、剣を繰り出して腿を突く。

こいつも裸だ。匂いで解る。太刀はたやすく腿の肉に入るが、それは一寸程度にすぎず、固い筋に弾かれる。これも何度も体験している。気を入れている時の人の筋肉は、刃さえ弾くのだ。

敵は声を上げ、大きく前のめりになる。それは濃霧の中の、派手な踊りだ。一瞬、敵に隙。見逃さず、がしと音をたてて肩口を斬った。大きく鳴るのは骨の割れる音だ。大声を上げ、この男もまた、前のめりに突っ込んでくる。土の上を体が滑る音。手を離れた大刀が転がる音。

足の痛みを感じない。治ったわけではない。だが、いよいよ斬られて死ぬという瀬際、なんとか生き延びようと、人の筋肉は痛みを消して動く。今それを知る。

闘いのこつが見えた。ある距離にまで迫れば、相手の躍る体が目に飛び込む。その一瞬が勝負だ。間髪を容れず斬る。そうできなければこちらが死ぬ。

「こいつ、目ぇ見えるんか！」

　与太者らしい男が叫んでいる。

「加勢呼べ、加勢！」

　そしてさらにこう続ける。

「種子島も呼んでこい！」

　瞬間、強烈な恐怖が鮎之進の脳裏を駈け抜けた。

　まずい、このままでは逃げ場がない。体は弱っている。疲労が大きい。このままではいずれ動けなくなり、思うままに斬られるだろう。現状打開の要がある。しかし、方法がない。

　遠方にまた足音。敵の数がどんどん増す。状況は、ますますこちらに不利になる。逃げ出しても駄目だ。しかしこのまま斬り合いを続ければ、到底全員は倒せない。いずれはやられる。まもなく種子島も来る。

　千代は今どうしているのか？　牢に戻されたろうか？　まごまごしていれば、千代も引き出されて盾に取られ、刀を棄てろとやられるであろう。八方ふさがりだ。どうするか。

　強いて打開の手というなら——、と鮎之進は考え、壁に沿ってじりじりと後退した。

　声とともに打ち込んでくる者がいる。だが今度は西河組のチンピラだ。腰が引けているから、こちらには刃先が届かない。そのかわりに、こちらも相手を斬れない。

じりじりとさがり続ける。指の先に、ようやく木戸が触れた。もと紅葉屋、今は西河屋別館の裏木戸だ。木戸を越えてさらにさがり、背に開け放した裏口が来た。さっと中に入り、素早く木戸を閉める。

同時にどんとぶつかってくる音。逃げたと思い、かさにかかって体当たりか。二度目の体当たりの瞬間、さっと板戸を開いた。チンピラの体が倒れ込んでくるから、素早く心の臓を貫き、土間に倒し込んだ。引き抜き、二人目の男があわてて背を向けるから、その背中を叩き斬った。そうして、さっとまた戸を閉める。そばを探ると心張り棒が触れたので、これをかました。

こんな棒杭一本では、体当たりを続けられればいくらも持たない。しかし今の様子で、いっときは警戒しよう、鮎之進はそう読む。声から判断して、今表にいる者たちは、すべて遊び人ばかりだ。武士はいない。この連中は度胸がないから、武士が来るのを待つはずだ。

死にきれず、血を流しながら土間でのたうつ者たちから、それぞれ大刀を奪う。顔を確かめることはできないが、この連中はおそらく自分を縛り、塩で目をつぶした者たちだ。容赦の必要はない。

大刀を持って畳にあがり、座敷を横切って襖を開け、隣室のとっつきの畳に、二本ともを突き立てた。これは自分の大刀が刃こぼれをした際、予備として使う。

隣室は、三方の襖が閉め切られていて暗い。背中で子供のぐずる声が聞こえはじめた。

腹が空いたか。すまんなと思う。泣かないでくれと祈る。泣きだせば、声でこちらの居どころが知れる。

が、祈りは通じず、泣きはじめた。泣き声はどんどん大きくなる。万事休すだ。これではもう隠れられぬ。敵は数を頼み、赤児の泣き声を目指して突進してこよう。

板戸の前には、みるみる人の数が増していた。すでに十人にもなった。そのうちの半数は武士だ。

「家の中に逃げ込んだか？」

野武士の一人が訊く。

「へい」

遊び人が答える。

「赤児を負うてか？」

言って鼻で嗤う。

「馬鹿なやつだ、袋のネズミよのぅ」

後方に立つ、別の侍が言う。彼は前に出てきて板戸に耳をつけ、中の物音を聞く。

「赤児の泣き声がしとるわ。奥の間だ」

別の武士がうなずく。

「奥の間に移動した。よし、奥の間に一挙になだれ込むぞ。みな続け」

言って、板戸を蹴った。二度、三度と蹴る。薄い板で作られた戸は、たちまち破れる。中の心張り棒が覗いたから、これを蹴りとばすと止めがはずれて、板戸はかしぐようにして開いた。

侍の一人が先頭になって、さっと中に飛び込む。二人の侍がこれに続き、やくざ者も三人ばかりが続く。

みな上がりがまちの畳に飛び乗り、奥の間に殺到しようとする。その瞬間、後方のやくざ者が断末魔の声を張り上げた。板戸の陰にいた鮎之進が、うしろ三人の背を、一刀のもとに斬り捨てたのだ。

ぎょっとして振り返る野武士の三人に向け、鮎之進は飛びあがった。背後からの思いがけない不意打ちに、体勢をくずした侍たちは、難なく鮎之進の大刀を浴びる。腕を斬られ、腰を切られ、背を斬られた武士たち三人は、畳に倒れ込む。素早く起きようともがくが、その前に鮎之進は、次々に背中から心の臓に突きを入れ、とどめを刺した。

足を引きずりながら鮎之進は、続いて畳の間の端に置かれていた火鉢に寄り、これを押して、土間に落とした。さらに転がし、板戸を閉めてその手前に置く。

鮎之進は、侍たちから大刀を集めて廻る。三本、そして与太者からも三本。抱えて襖を開け、隣室の取っつきの畳に、これらも突き刺した。六本、先ほどの二本も入れて八本だ。

それから、床の間に置いていた赤児のところに行くと、もう泣きやんでいる。抱き上げ、もと通りに背中に負うた。それから自分の大刀の刃を見る。鼻先に持ってくるが、様子は見えない。

安堵の時が来れば、目の痛みも、足の痛みも戻ってくる。じっと痛みに堪えながら、刃に沿って指を滑らせ、確かめる。案の定かなりの刃こぼれだ。鞘に戻し、畳に挿した刀から手頃な一本を抜いて、これには刃こぼれがないことを確かめる。

足の痛みが増している。心の臓の音がどくどくと聞こえて、軽いその振動が次第に全身に及ぶ。ゆっくりと尻を畳に落とし、いっとき足の肉を揉む。だが痛みは取れない。全身の疲労が解る。これでは、長い闘いは不利だ。はてどうしたものか。

ふと、空気の乱れを感じる。微音、廊下のきしみだ。表の玄関から、敵が潜入してきている。立ち上がり、足を引きずりながら、畳の上をすり足で玄関の方角に向かう。敵は廊下を進んできている。それならと、こちらは廊下には出ずにおく。

床の間脇の壁に造られた明かり採りの障子に、人影が浮いた。近寄って凝らす目に、うごめく灰色の影が、おぼろに見える。一人、二人、三人、四人と横切る。気配から、侍と解る。

足音を消すため、襖のそばを動かず、息を停めて五感を研ぎ澄ます。未熟な連中だ。襖一枚をはさみ、自分のすぐそばを通っていくが、こちらに気づかない。

こと、というかすかな襖の異音。ここから来る、と思った途端に襖が大きく引き開けられて、野武士が躍り込んでくる。すえた汗の匂い、複数の荒い呼吸。肉の発する臭気。

表から持ち込まれた土と草の匂い。それらが鮎之進の鋭い感覚に訴える。

数限りない命のやり取りゆえに、音と匂い、風の揺らぎで敵の動きが脳裏に見える。これなら目は要らぬ、そんな不遜な自信がふと頭をかすめる。しかも、至近距離に迫れば存在が見えもする。これなら斬れる！

繰り出される刃を弾き、踏み出して胸を突く。骨の間に刃を入れ、即座に引き抜き、噴き出る血の匂いを嗅ぐと同時に、さっと姿勢を屈めて続く敵の足を斬る。そのうしろの敵には、伸び上がりながら一歩を踏み出して刀を跳ね上げ、ずんと接近して、ばさと首筋を叩き斬った。これも激しい血潮、今度は顔に血がかかる。その生温かさ、そして特有の強い臭気。返す刀でその脇にいる者の腕を斬り落とす。

すべては一瞬のことだ。刃こぼれのない刀はよく斬れる。何人分かの断末魔の絶叫が、まとまって轟く。それは捨て置き、背後の廊下に気を集中する。続く人間の気配はない。後続の者はいないのか？　この四人だけか？　そう考える。

ゆっくりと戻り、腕を落とされてもだえ苦しむ者と、足を斬り払われ、這って逃げていく者を追っていって、殺生はこれが最後と願いながら、背から心の臓を刺し貫く。

急ぎ廊下に出て、壁を指で擦りながら、早足で玄関に向かう。板戸が開いていた。風がひゅうと鳴って入ってくる。

土間におり、素早く戸を閉め、太い心張り棒をかった。閉める瞬間、家を遠巻きにしているやくざ者らしい男たちの気配を感じた。しかし、目が見えないのだから間違いかもしれない。距離ができれば何も見えない、気配も届かない。四人だ、部屋に戻りながら鮎之進は考える。

今、侍ばかり四人を倒した。さっきの者たちと合わせて倒したのは十二人。そのうち、侍は九人。千代の話では、飛騨の野武士は十五人程度と言っていた。そうなら、手強い者どもの半数以上を倒した。種子島さえなければ、勝機は見えたともいえる。

残る侍は六人程度か。これで敵も、しばらくは慎重になろう。こちらもひと息がつけるというものだ。しかし、これでもうこの家を出ることはかなわなくなった。もとの千代の家で籠城戦か。しんどいことだがそれもよかろう。探せば食料もある。水も充分あった。

廊下を歩き、開いていた蔀戸《しとみど》は、突っかえを払って次々に閉めていった。その瞬間、どんと種子島の音がして、ぱっと木屑を散らし、蔀戸に穴が開く。

種子島が来たか、と思う。卑怯者の飛び道具だ。あのようなものがあれば、いかに剣の腕を磨いても無駄だ。時代はどんどん変わっていく。いずれ世の中に、武士は要らなくなるやも知れぬ。

蔀戸をすべて閉めた。家の中がすっかり暗くなった。これで五分と五分か、と思う。こちらの目はめしいているが、入ってきた敵も、こちらの姿はよく見えまい。

一室の畳に、ゆっくりと腰をおろす。それからぐるりを見渡す。見えないが、この部屋だ。覚えがある。この家をあとにする朝、千代に乞われ、二人並んで神酒を酌みかわした。千代の両親もまだ生きており、そばにいた。

あの時、千代の腹の中にはすでにこの子がいたということか。背中で寝息を立てる赤児の顔を、振り向いて見ようとした。しかし、振り向いてもよくは見えぬ。あれからわずかに一年。こんな戦の日々が訪れようとは、思いもしなかった。

これからどうするか。八方が塞がった。この窮地をはたしてどう切り抜けるか。そしてどう千代を助け出すか。

敵はまだ半数以上残る。多勢に無勢、いかにもむずかしい戦だが、奇跡が起こり、もしも千代を助け出せたなら、千代を連れてどこか遠い場所に落ち延び、百姓をして暮らしたいと思う。人を殺すも殺されるも、もううんざりだ。時代は変わり、剣で仕官はできなくなっていた。さらに種子島が現れて、剣の時代でさえなくなりつつある。もう自分のような者の出番はない。

武藤兵衛門の孤独げな横顔を思い出す。息子の嫁のおふじは今頃どうしているか？　寂蓮のもと、兵衛門どのの弔いは無事にすんだろうか？　そしてあの病んだ夫との貧しい長屋暮らしは、まだ続いているのか？

理不尽なことだと思う。このような薄汚れた時代、大金を得て面白おかしく日を送っているのは、大泥棒の岩五郎のような仕様もない輩ばかりだ。

ご城下で一年という徒食の日を送り、彼らの与太話を聞いて、道場をやる気も失せた。種子島の前に道場など、はたしてどんな意味があるというのか。そして鈴木道場の者の、あの体たらく。

寂蓮のもとで座禅を組んだ日々が、わずかに楽しい日々であったように思い起こされる。あの折、ほんの少しではあるが、み仏の心に近づけたような心地がした。こちらの錯覚であったのかもしれぬが。

そうだ、と思いつく。今、ほんのしばらくでもよい、座禅を組むか。死を前にして、わずかでも心の安らぎと準備が得られれば——。

結跏趺坐《けっかふざ》は足の痛みでできない。が、法界定印《ほっかいじょういん》は組める。

表は沈黙している。あれ以降、家に入ってくる者の気配はまったくない。やつら、このあとどう出てくるか。

目を閉じ、つかの間のものと知りながら瞑想する。頭にあるものはひとつ、この問いだ。自分は今、この窮地で死ぬことになるのか、それとも生き延びるのか——。

もしも生き延びられるのなら、少しでも、世のため人のためになる暮らしをしたい。しかし千代を助けられず、自分一人が生き延びるばかりなら、そんな生は要らぬと思う。生き延びるなら千代とともに。そうできぬのなら、もうここで死んでよい。

敵に向け、五感は極限まで研ぎすませていたが、不思議に瞑想は可能だった。何故なのか？　いずれ家に入ってくるであろう敵が、表にひしめいている。入ってくれば、否も応もなく斬り合い、殺し合うことになる。こちらはたった一人。種子島も来れば、到底歯は立たぬ。すれば自分の命など、あとわずかだ。

心に隙はない。斬り合う心積もりは思いの底でしっかりと続いている。このような殺伐、到底禅が組める心境ではなかろう。しかし、心は禅の世界にたやすく入っていく。深く、深く、思いは沈む。むしろ、身に少しの危険もなかったあの雨の日の寿経寺でより、気持ちが楽にみ仏の世界に入っていく。いったい何ゆえか。み仏は今、何ごとかを、自分に語ろうとしておられるのか？

閉じた目に、何かが見えはじめる。暗い世界。だが見つめていれば、わずかにうごめくものがある。それは、黒いものが雲であったと知れたからだ。雲がうごめき、後方へと去っていく。それは、こちらの気持ちが前に進んでいくからだ。

さっと雲が切れた。晴れた。そして見えたものは、洞窟の中だった。暗い暗い洞窟。深い奥行きがある。ここはどこだ？　と見つめながら思う。

鮎之進の心の目は、洞窟の中を、奥を目指して進む。とても深く、進んでも行き止まりは見えぬ。ところどころに水溜まりもある。

妙なものが見えてきた。植物のようだった。

うん？　と鮎之進は首をかしげる。これは何だ？　地の底の植物？

植物は、銀色に輝く長い茎を持ち、高くに伸びている。高く、高くに伸びあがって、天井に届きそうだ。銀色に光る、巨大な草。それが洞窟の床を、びっしりと埋めている。み仏の華か？　と思う。見たこともない植物。極楽に咲くという、これがみ仏の華なのか。しかし、銀色の茎の先には華はない。

華のない、背の高い奇妙な銀の草——。おのれの命が尽きかけている今、み仏は何故このような植物を自分に見せるのか？

何故このようなものが見える？　おのれの命が尽きかけている今、み仏は何故このような植物を自分に見せるのか？

み仏の世界なのか。間もなく死ぬであろう自分に、み仏は天上世界を前もって見せてくれている？　こうして自分は、み仏の世界に招かれるのか？　鮎之進は考えた。

その時だった。どんと大きな音がして、瞑想は破られた。鮎之進の心は、急速に現実にと舞い戻る。どんという音のあと、ぼうという、吼えるような音が続く。何だ？　と思う。いったい何が始まる？

何かの罠《わな》かもしれぬと考え、鮎之進は動かずにいた。耳を澄ますが、廊下に、相変わらず人の気配はない。しかし、得体の知れぬことが始まっている。

どん、どんと、異音は続けざまに響く。ばらばらと、何かが転がる音もする。どん、どんと、さらに続く。続いて、振動が家中を揺さぶる。見えぬ目を見開き、鮎之進は音のする方を見る。

臭気！　気づいた。異様な臭気が漂う。

ばちばちと、何かがはじける音があちらこちらでする。そして、襖の隙間から熱気。目を近づければ、それは白い煙だ。

火だ！　と悟る。

家に火をかけられた。

味方が大勢倒されたのを見て、斬り込みは危険と考え、敵は別館に火を放って、自分を家ごと焼き殺すつもりなのだ。

「ええかおまえら！」

表で野武士の頭領が、手下どもを叱咤《しった》している。

「家のぐるりをしっかり取り巻いてなぁ、蟻一匹這い出させるんやないぞぉ。ええか、這いだささすなよぉ。目ぇ皿にして、ようよう見とけ。あのチンピラ、必ず飛び出すぞぉ。飛び出してきたらなぁ、呼び子笛を吹くんや。そしたら、みなで寄ってたかって斬り殺せ。解ったか⁉」

おう、とみなが大声を戻す。

「家が完全に燃えて落ちるまで、絶対に目ぇ離すな。持ち場離れるな！　何が起こるか解らん。その場所、絶対に動くな。相手はなぁ、目ぇは見えんが、腕はたつぞぉ、ええか⁉」

おう、とまた手下の大声が応える。

「柄に手ぇかけとけ、すぐに抜けるようにな。敵は一人や。みなでかかりゃ、ものの数やない。解ったか！」

別館の周囲には、西河屋の手勢、全員がかり出されて取り巻いていた。手下どもが作る人の輪はしっかりと詰んでおり、人と人との間はせいぜい四、五尺ほどしかない。確かに、これでは逃げ出しようもない。

火のついた薪《まき》の束を、すべての窓からせいぜい投げ込んだのち、男らは別館の四方八方、周囲の板壁に薪をうずたかく、しかも隙間なく積み上げて、これに火を放ったのだ。

こうしておいて、西河屋のみながじっと見まもる中、もと紅葉屋、今西河屋別館は、激しく燃え上がっていって、ほどなく雄大な炎に包まれた。炎は天高くに噴き上がり、魔物のようにごおと吼える。火はみなの予想よりもはるかに巨大になって、建物のすべてを呑み尽くした。

ところが不思議なことに、赤児を背負った鮎之進は、いつまで待っても飛び出してはこなかった。大刀の柄に手をかけ、緊張して立ちつくす者たちは、次第に脱力し、首をかしげた。やがて轟音とともに屋根が崩落し、別館は平たくなった。

「おい、今ので死んだなァ、あのチンピラ！」

一人が、轟音に負けじと叫ぶ。

炎はそれからも吹きはじめた風に乗って荒れ続け、終日消えることがなかった。すべてを黒い炭にして鎮まったのは、陽も傾く刻限だった。

西河の者どもは、全員が首をかしげた。火と煙に追われ、人間ならたまらず飛び出てくるはずだ。

「おい、あのチンピラ、出てこなんだなぁ」

一人が言った。

「まあ、目ぇが見えへんのやからなぁ、飛び出ようと思うた時に、落ちてきた梁にでも頭やられたんとちゃうか。それとも煙に巻かれて、動けんようになったんか」

やくざ者たちは話し合った。

「わいらに斬られる前に死によったか」

「せやなぁ。いずれにしてもこの炎や、助かっとるわけはないわ」

「そりゃ確かやろうけどなぁ。こんなんで助かるやつ、おるわけないわ」

「骸《むくろ》を探せ！」

頭領は、そう檄《げき》を飛ばしてきた。

炎が鎮まったので、西河の手勢は、あちらこちらに残り火が燃えているのにもかかわらず、もう待ちきれずに焼け跡に踏み込み、大汗を流しながら、炭になった柱や梁を、棒でかき分けて歩いた。黒こげになった死体を、一体一体確かめて廻ったのだ。

黒く燃え尽きた死体は無数にあった。焦げているゆえ、人相の確認はもうしようもないし、原形をとどめていない。おとなと子供の区別もよくつかない。

しかしこれだけの数の見張りの目の中、気づかれずに逃げ出ようもないから、これらの内に、あの赤児を背負うた侍の死体もあるはずであった。

36

鮎之進が、赤児とともに焼け死んだと聞かされ、千代は牢の中で三日三晩泣き続けた。食事もいっさい口に入れず、死ぬ決意をしたことがはた目にも見て取れた。

　このままでは舌を噛むかもしれぬと思われて、両端に紐のついた棒を噛まされ、頭のうしろでその紐を結ばれた。そして自分でほどかぬようにと、両手首をうしろで結わかれた。そうした姿勢のまま、千代は畳の上に倒れ込んで泣き続けた。自らの命以上に大事に思っていた生命がふたつとも失われ、生きていく希望は、これで断たれた。

　西河屋を運営する遊び人たちによって人夫が雇われ、焼け跡の焦げた材木はすべて片付けられ、更地になった。そこに新たな家が建てられる運びになり、大工や左官がご城下から呼ばれて、測量が始まった。

　裏庭で殺されていた者、そして焼け跡から出た仲間の遺体の弔いは、翌日にさっさとすまされた。飛騨の山中で食い詰め生活を送っていた野武士の集団は、失職した者たちのやむを得ざる烏合の衆にすぎず、主君を持つ武人たちの団結ではない。今さら立身出世の夢があるわけではなし、行儀心ならとうに消滅している。仲間の数が減れば分け前が増えるわけだから、それなりに歓迎という空気もあって、あっさりしたものであった。

　武家としての気概を失い、生きる意味を見いだせぬその日暮らしに堕ちた者たちは、酒と女と博打で日々を楽しめればそれでよく、その意味で、西河屋に用心棒として住まうことは悪くなかった。女郎を抱え込み、添い寝の寝床を這い出せば賭場があり、旅荘だからうまい食い物はたんとあるし、酒もふんだんにある。ただ遊び暮らしていればそれでよく、どこからも文句は出ない。経営に関わる要はないし、薪割りひとつ要求されることはない。食事作りも風呂焚きも、往来の呼び込みも、女郎たちの世話も、専門に行う者たちが別にいる。ある意味で、理想の暮らしであった。

ただ、襲う勢力があれば命を賭して刀を抜かねばならない。別館が燃え落ちた直後は、どこぞの食い詰め集団が襲いくると聞いて警戒していたが、千代を問いつめ、それがどうやら虚言らしいと知ることになった。敵は赤児を負うた剣客が一人きりで、すべてはやつのはかりごとらしかった。それが死んだわけだから、用心棒たちの敵は消滅していた。すなわち、もはや天下晴れて大酒を食らってもよいということであり、これで武士たちの緊張は一気に瓦解し、弛緩した。

犀川の流域にはほかに盛り場はなく、淫売宿西河屋の商売は、まさしく順風満帆の勢いであった。今後さらなる発展が期待できるから、悪党どもはいよいよわが世の春到来を感じた。賭場は連日盛況だから、ここが湯水のように金を産む。ゆえに別館を建て直すこともすぐに決められたが、間もなく三番館も建てられそうであった。評判を聞いて博打打ちも集まりはじめている。第二の賭場も、開設を考えてよかった。

敵も消え、後顧の憂いもなくなった今、西河の者たちは、野武士と遊び人たちが合意して、演芸座敷で大々的に祝いの酒宴を張ることにした。最上等の料理を賄いの女たちに用意させ、一番高値の酒を運ばせ、最も腕のある芸妓に楽器を奏でさせ、あるいは舞台にあげて、舞いを舞わせることにした。そして最も上ものの娼妓を四人ほど選んで座敷に連れ込み、歌舞音曲を楽しみながら酒池肉林をもくろんだ。

もっとも無頼浪人や遊び人のことで、普段の暮らしもこれと大差はない。今さらの祝宴とも言えて、日頃の酒宴と違うことは、食い物と酒、おなごが、いつも以上の上ものということくらいであった。

命の危険がいっさいなくなった祝宴の席、緊張からの反動で、野武士たちは浴びるように酒を飲み、つとめて下品にふるまった。始めこそおとなしく杯で呑み、ぼつぼつ食いものをつまんでいたが、このようなものでは間尺に合わぬとばかりに杯を茶碗に替え、ええいしゃらくせぇ！　とわめいて新品の手桶を浴場から持ってこさせ、これに酒をついでがぶ呑みをはじめた。

荒くれ者たちが酒の勢いを得て、演芸座敷はみるみる手のつけられぬ乱痴気騒動になった。一人の野武士が宴曲が続く舞台上につかつかとあがり、踊っている芸妓をいきなり抱え上げて、悲鳴もものかは座敷に運んだ。驚いてあれぇと声をあげる芸妓を、二、三人が寄ってたかって押さえつけ、がばと着物の裾をめくる。膳や食器が音をたてて覆《くつがえ》り、座敷に散乱し、芸妓が泣き叫べば、男どもは興奮し、げらげら笑ってますますいきり立つ。

馬鹿騒ぎには、種子島組も加わっている。これは種子島の扱いに習熟した年配の職人に、弟子二人がついた三人が組になっていた。そして武器の手入れ法や的狙いのこつを、弟子たちに日々伝授していた。今は一梃にすぎぬが、西河組はいずれは種子島を、まとまった量仕入れる計画でいる。そうなれば種子島組は西河の主軸だ。彼らは彼らの思惑から、その前祝いとばかりに虎の子の種子島を壁に立てかけ、酒宴に加わっていた。

男たちはみなしたたかに酔い、大声を上げて笑い、わめき散らしていた。若い芸妓は寄ってたかって舞台から引きおろされ、三味線方も太鼓も、若い女は乱交の輪の中に無理に連れ込まれて、悲鳴をあげながら帯を解かれかかっている。最初から座敷にいる娼妓たちはとうに半裸に剝かれて、裸の肩を野武士たちに抱かれ、口移しに酒を飲まされてむせている。囃子方がいなくなって座敷は無音となり、男たちの胴間声、そして娘らの阿鼻叫喚ばかりが充ちる地獄図になった。

野武士たちは大半、とうに裸同然になっており、娼妓、芸妓たちに露骨な性の行為をしかけはじめる。おなごたちは大声をあげて逃げまどうが、別の男に捕えられて引き倒される。命の危険から解放された野武士たちはもはや野を駈ける獣も同然で、人らしい気配は霧消した。

「ええのう、こりゃあ!」

髭面の野武士が、上機嫌でわめく。

「昔、里からおなごさらいしてきたことがあったやろが。あの時以来やなぁ、こういうのは！」

　すると周囲の男たちはうなずき、げらげら笑い出す。

「毎日がこうならええのう、極楽や」

　飯盛りに来ていた年かさのおなごたち、あるいは囃子方に組み入っていた老境のおなごたちには男が手を出さないので、この酷い様子に眉をしかめながら、さっさと奥の間に引っ込んでしまった。それで男たちはますます蛮声を張りあげ、思うままに荒れ狂うが、一人の野武士がふと気づいたように、こんなことをわめき出した。

「おい、おめえら、これだけでええんか⁉　おお？　ええんかあっ？」

「なんや⁉　どしたんや？」

　と別の野武士が応じる。

「こんだけええ酒飲んで、ええおなご抱いて、おぬし、まだ文句があるんか？」

　隣りの者が、おなごを抱きながら言う。

「これら、ええおなごか？」

　男はぐるりを指差しながら訊く。

「ええやないか。みな顔がええど、べっぴんや」

　仲間は答える。そして横に視線を戻し、半裸にされているおなごたちを眺め廻して言う。

「おっぱいもええわ、なあ」

するとみながどっと湧く。

「みなええぞ、このあたりじゃ一番のおなごどもや、なあ」

するとみながてんがてんをする。

「いんや違う！」

ぬっと立ち上がりながら、男はわめいた。立ち上がれば、泥酔しているものだから足もとがふらつく。ふんどしも解けかかっている。帯がどこかに行き、着物がはだけているものだから、そういうことがすっかり見て取れる。

「おまえらはな、望みが低い」

大声で決めつけた。

「ああそうか？」

別の髭面が言う。

「一番顔のええおなごがおらんやないかい！」

男はわめいた。

男はみなに問う。

「今宵は、あらん限りの贅を尽くした祝いの酒宴やなかったんか？　ああ？　違うかあ⁉」

「そらそや」

別の者が応じる。

「ほうやのう」

「ほうやろうが！　ほなら、一番ええおなご、はよ連れてこんかい、ここに」

「誰やそれ」

また別の者が、娼妓の足をいじりながら訊く。

「決まっとるやないかあ、牢の中の千代や！」

それでみなしんとし、酔いの廻った顔を天井に向けて思案してから、ああそうやったという顔になった。

「ほやのう、千代がおったのう」

誰かが言う。

「おい誰か、牢行ってなぁ、千代をここに連れてこい！」

ふんどしの解けかかった野武士はわめく。


両手を後ろ手に結わかれ、口には棒を噛まされたままの千代が、酔っぱらいどもの乱痴気騒ぎが進行する座敷に、引き立ててこられた。連行してきた遊び人は、千代を連れてこいとわめいていたふんどし姿の野武士に、千代を引き渡してから自分の席にすわる。男は喜色満面のていで千代の二の腕をとり、自分の席まで引きずるように歩かせていく。さっきよりも酔いは進んでおり、男の足もとはますます怪しくなっている。

千代は、周囲の馬鹿騒ぎがまるで聞こえないかのように、虚脱したうつろな目をして、抵抗はすっかりあきらめているふうだった。男は千代を自分の横にすわらせると、酒を口にふくみ、いきなり千代の上体をぐいと抱いて、千代の唇に、口移しで酒を注ぎ込んだ。

千代はされるままにしている。しかし上体を離されると、口からずるずると酒を吐き出した。

「おい、何しよる、飲まんかい!」

男は大声で不平を言う。千代は無反応だ。

「おまえ、わしの口移しの酒は飲めん言うんか!」

腹を立てて男が訊くが、千代は反応せず、無言ですわり続ける。

「ああそうか、この棒が邪魔でしゃべれんか」

酔いの廻った声で男は言う。

「これじゃ、せっかくのべっぴんが台無しじゃのう。よしよし、今はずしてやろう、おとなしうしとれよ」

しかし千代は首をうなずかせもせず、横に振りもしない。ただ人形のようにされるままになっている。

男は千代のうしろ首の結び目を解き、口を割っていた棒をはずした。

「おい、はずしたったで」

恩を着せるように男は言った。そして、

「なんぞ言わんかい」

と要求する。

「おまえはな、今夜はわしのものになるんやどぉ、嬉しかろが。なんぞ言うてみい」

男は言う。しかし千代は反応しない。

「なんやおまえ、唖か？　人形になったんか。ほならなんぞ、声出さしたろかい」

周囲のどら声に対抗するように男は大声でわめき、いうなり千代の襟口からぐいと、胸に手を挿し込んだ。そして、大きく張った千代の乳房をむんずと掴む。それから無骨な手で、男は千代の乳房をまさぐり、愛撫する。しかし、千代は無反応だった。されるままにして、何をされても声は漏らさない。

「可愛ゆうないおなごやなおまえ。なんぞ、ええ言葉でもささやかんかいな」

男は勝手を言う。

「ああそうか。手ぇを縛られとるからやな。今ほどいたるからな、ええか？　ちょっとはわいに抱きつけよ」

言って千代の背を押して上体を屈ませ、手首を縛めている縄をほどいた。

千代の両手は、それでだらりと体の脇にさがる。しかし、何も動きを示そうとはしない。それで男は千代の両手を持ち、自分の腹を抱えさせて反対側に導いた。そうしておいて、自分は唇に吸いつく。しかし千代の両手はばたんと音をさせ、畳に落ちる。

「おい！」

言って男は険悪になり、ばしと千代の頬を張った。

「あ」

千代はそれではじめて声を漏らし、両手をばんと畳につくが、今度はそうしたまま動かなくなる。

「ようし、そっちがその気ならなあ、わいも本気になったるど」

わめいて千代を横からかき抱くと、男は千代の下半身の着物の前を割り、手を挿し入れて千代の腿に触れた。そしてまた唇に吸いついて千代の唾液を吸いながら、固く閉じた両足を強引に割って、千代の秘所に触れた。

「どや、これでどや」

言いながら、男は唇を千代から離し、表情をじっと観察する。

体に触れられながらも、千代は動じない。伏し目がちにした横顔を、男の好色な目に晒し続ける。

「どや、どや」

言いながら、おとこは指を動かす。

すると千代の唇が、つと開かれた。感覚に負け、あえぎが始まるものかと男は期待した。が、開いた千代の唇から漏れてきたものは、かすかなかすれ声で歌う、不思議な土地の歌だった。

犀川船頭さんはホーイホイ、

船頭さんは櫓を漕ぐホーイホイ。

良い子が寝るよにホーイホイ。


見れば、歌っている千代の瞼から涙が一筋溢れ出て、つーっと頬を伝い下がっていく。

良い子ははよ寝て夢を見よ、
泣いたら天狗さんが出てくるぞー。
天狗さんにゃ誰あれもかなわない、
みーんなみーんな殺されるー、
悪人はみーんなあの世行き。

その時だった、激しい音を立て、襖がいっぱいに引き開けられた。走った襖は柱にぶつかり、ぴしゃんと大きな音を立てる。

泥酔して酒池肉林を繰り広げていた男たちが、瞬間蛮声を停め、襖が鳴った方角を見た。

赤児を背に負うた侍が一人、立っていた。

「なんやおまえ！」

叫んで立ち上がろうとした侍を、男は大刀を一閃、一刀のもとに斬り捨てた。肉の裂けるしゃっという音がして、男が絶叫する。その声が、一瞬生じた静寂の中に響く。

仰天した手近の侍二人が、あわててかたわらの太刀を摑み、立ち上がろうとしたが、その横腹が、大きな音を立てて叩き斬られた。血潮が派手に飛び、二人は絶叫し、目の前の食器や膳を撥ね上げて畳に突っ込んだ。

周囲の男たちも驚き、そばにおいていた大刀を急いで探り、立ちながら抜刀しようとする。しかしそのいとまは与えられず、刀を摑んだ右手が、肘のところからばさと斬られて畳に飛んだ。

「生きとったんかおまえ！」

と大声で叫んだ男は、瞬間に斬り倒された。

血潮が周囲に飛び、浴びた周囲の者たちは色めき立つが、態勢を立て直す前に剣客は、間に躍り込んで二人の野武士の上体と肩口を斬る。そのまま返す刀で、隣の遊び人のはだけた胸を斜めに斬り裂く。がしんと、骨のくだける大きな音が、しんとなった座敷を圧倒する。切り裂かれた赤い亀裂から、白い肋骨がちらと覗く。

男はそのままさらに踏み込み、横にすわっていた男の肩口を叩き斬り、さらに隣りの男の胸に、大刀をどんと突き立てる。

太刀を突き立てたまま倒れ込む男を、刀を離して打ち捨て、赤児を負うた剣客は落ちた刀を拾う。そして左右にいた半裸の男たちを右に左に、薪のように叩き斬った。そしてそのままだっと駈け出し、一直線に千代の体をいじっていた男に向かった。

男は仰天して大刀を摑み、立ち上がろうとするが、したたかに酔っているものだから自由がきかない。ふらと立ち上がるところを、下から腿を斬られてひっくり返った。

「千代、種子島を押さえろ！」

赤児を負うた剣客が叫び、千代は立ち上がって、壁に立てかけられていた種子島目指して突進した。転倒した男の胸を、剣客は大刀で刺してとどめをさす。引き抜き、噴出する血潮を背後において、自らも種子島の三人組に向けて突風のように走る。

その時、ようやく恐慌が、座敷を支配した。半裸の女たちは喉を絞って悲鳴をあげ、ある者は立ち上がって逃げまどい、ある者は泣きながらあたりを這う。男たちも恐怖の叫び声をあげ、腰を浮かせて意味もなく這い廻る。酒と恐怖で腰が抜け、立てないのだ。

無数の殺戮があまりに瞬時に起こったから、したたかに酔うて目がうつろの者たちには、起こっていることへの理解が及ばず、ただ啞然として見ていた。今ようやくみな、座敷に何が起こっているかを理解して、座敷は絶叫のるつぼと化した。物音はまるで聞こえなくなり、膳もとっくりも音もなく覆り、酒が畳に広がる。

迫ってくる二人に、種子島組の弟子二人は血相を変えて自らの大刀を探るが、立ち上がろうとするところを、迫った鮎之進に斬り倒され、もう一人は抜刀して大刀を繰り出すが、弾かれ、瞬時に心の臓を深々と刺された。引き抜けば、顔に飛んでくる夥しい血飛沫。血に濡れたその太刀で、さっと背後に向いた鮎之進は、上段からばさと斬りおろす。剣を摑みながら上体を起こしていた遊び人が、そのまま背後に倒れ込む。

千代が種子島にたどり着き、取ってひしと胸に抱く。したたか酔っていて、この時にようやく事態に気づいた種子島組の師匠は、千代に背後から迫って虎の子を奪い返そうとするが、瞬間、背後に迫った鮎之進に背中を袈裟がけに叩き斬られた。

千代は師匠の手から逃れ、種子島を抱えて壁際に立つ。そして、

「持ちました！」

と叫ぶ。

「絶対に離しません！」

鮎之進は真っ赤に血にまみれた刀を舞台上にどんと突き立て、落ちているまた別の一本を拾う。取り上げざま、走り寄ってきた年配の野武士を下から上に斬り上げた。胸と顎を斬られ、酔っていた男の手から大刀が離れて飛ぶ。衝撃から男は、大きくよろめく。体勢をくずしたその肩口を、鮎之進は深々と叩き斬った。骨が割れる響き。

迫ってくる別の男の右腕を手首関節部で斬り落とし、さっと腰を沈めて、横の男の腿を斬る。仰天して背を向けかける続く男を、追って踏み込み、音を立てて背を叩き斬る。そうしておいて一歩戻り、腕と腿を斬っておいた男を見おろす。声を上げて転がり廻るそれぞれの背中から、あらためて心の臓を正確に突き通す。そのまま太刀を打ち捨て、畳に転がる別の大刀を拾い、ある者は立ち、ある者は這って逃げまどう遊び人たちを、阿修羅の形相で、斬って斬って斬りまくった。あちこちで噴出し続ける血で、座敷は見る間に広大な血の池と化していく。

遊び人たちはさして腕が立たず、それがさらに酔っているものだから、ひたすら恐怖で絶叫するばかりで、抵抗らしい抵抗がない。ろくに目も見えず、悲鳴をあげて這い廻るが、血の中で滑り、進まない。

這う者、あるいは転げ廻ってうごめく男たちを、鮎之進は追っていって、冷静に一人ずつ据え切りにした。心の臓を突き、腰に足をかけて引き抜き、噴出する血潮を気にかけず、その隣の者の心の臓も突き通す。刺したら蹴り飛ばして剣を抜き、また血潮を浴びながら別の者の心の臓をずぶと突く。すると酔うた男は、口から食べたものを勢いよく噴出させながら倒れ込み、血の上をつーっと滑る。

刃こぼれした刀を捨て置き、また別の太刀を拾い、廊下に逃げようとする遊び人たちの背を、右に左に袈裟がけに斬っていく。さらに追って廊下に出ると、悲鳴をあげて逃げる者たちを、これも斬って斬って斬りまくる。廊下にも、骸の山ができた。

歩み戻って座敷を見れば、広大な畳敷きの部屋は真っ赤になっており、大勢の男がその中に転がってうめいている。血の池の地獄絵図だ。立っている者はいず、抵抗する者は消えた。

「千代！」

鮎之進は名を呼ぶ。

「はい」

返事をして、千代が駈け寄ってくる。

「頭領はどこだ？」

訊けば千代は手を挙げ、苦しみ、のたうっている一人の年配者を指差す。

「あそこに」

「見えぬが、もうやっていたのか？」

鮎之進は訊く。

「はい」

千代は、鮎之進の目をじっと覗き込む。

「目は？　まだ……？」

鮎之進は首を横に振る。荒い息を吐き続ける。

「見えん。かなり戻りはしたが、人の輪郭が見えるばかりだ」

千代は唖然とし、瞳を覗き込む。鮎之進の目は、ガラス玉のように白濁し、うつろになっている。

「それでよく……」

千代は言う。

「だから手加減がいっさいできん。ひたすら殺すほかない」

鮎之進は言った。

「赤児は？」

「ここにいる」

「ああ、私たちの子。無事でしょうか？　あんなひどい斬り合いの中」

「死ねば、それも運命だ。こちらは、背負うて闘う以外にないのだから」

千代は、背に廻り、赤児に顔を近づけている。

「ああ生きております。笑うておる」

「ほう！　笑うて。なんと強い子だ」

鮎之進は感心して言った。

「首にいっぱい手拭いを……」

「首が動かぬようにな。よく生き残った。こいつも戦士だ」

「たった一人で、よくこれだけの人を」

「やつらはしたたかに酔うていた。ほぼ据え斬りだ」

「はい、でも……」

「前後不覚に酔う者は剣客ではない、斬られても文句は言えん」

鮎之進は冷酷に言う。そして、上がった息を整え続ける。

「でも鮎さま、あの火事からどうやって……」

「台所の床下のウドの室だ。入れば長い隧道《ずいどう》で、スキもあり、突き当たりの土をくずせば、袋小路の端に出られた」

「ああ……」

「種子島を」

言って手を伸ばし、鮎之進は飛び道具を受け取って眺めた。

「人は、下らぬものを作り出す。ただ人を殺すためだけに」

「はい」

「これは、弱者の剣だ。だがこいつも、不意をつけば怖くはない。火薬を籠め、弾を籠め、火縄に点火してと、いとまがかかる。そんな悠長なもの、恐るるには足らんさ」

言って、携えていた血にまみれた刀を、音を立てて床に突き立てた。そして千代に言う。

「もうこんな糞ったれのごみ溜めはたくさんだ！　行くぞ千代、手を引いてくれ」

「はい」

千代はうなずき、鮎之進の手を引いて廊下を歩き出す。

「どちらに？」

「千代、どこか遠いところに逃げ延びて、二人で百姓をやらんか。もう斬り合いにはつくづく飽いた」

鮎之進は言う。

「はい、どこへでも」

千代は応じた。

二人で玄関から往来に出た。陽が落ち、表は夜だ。さいわい、人の通りもない。

「右左、どちらに？」

「左だ。ご城下ももういい、うんざりだ。遠くへ、まだ行ったこともない遠くへ行こう」

そして手をつなぎ、二人は加賀のご城下とは反対の方角に歩き出し、夜の闇にまぎれていく。

以降、もう二人を見かけた者はない。

金沢へ

12

通子のマンションでなかなか寝つかれず、吉敷は早朝に部屋を出て、金沢の街をぶらつきながら考えた。近所に尾山神社という、金沢の名所に数えられる神社がある。曇天のもと、石段を上がると、神門が目に入る。これをくぐれば境内だ。この門は、神社のものとしてはまことに風変わりで、和洋折衷の三層式、三階にはステンドグラスがはまっていて、はじめて訪れる人は驚く。

吉敷もはじめて案内された時は驚いた。神社というより、キリシタン、バテレン、などというおどろな言葉が似合いそうで、一種怪しげな風情だ。夜にはステンドグラスのはまった三階に灯が入り、昔は海から訪れる者への灯台の役割も果たした。明治初期の建築らしいが、オランダ人の設計と聞く。建立当時は醜悪と悪評が立ったが、今はユニークな金沢名所になった。

境内を行くと、紅葉の低い木があり、紅葉している。これから、鷹科艶子の家に向かわなくてはなるまいと考えている。しかし、どう手を打つかを考えあぐねている。

昨夕、犯人と電話で会話したあと、盆次老人は目をつぶり、もう二度と答えなかった。意識を失ってしまい、軽い寝息を立てはじめた。

犯人が今何を考えているか、それが一番の気がかりだった。大阪に出た金森が北朝鮮に帰り、さらに死亡してしまって、彼は目標を失った思いでいただろう。そこに老人が会話を持ちかけ、犯人の兄を含む五人を斬殺した人物を知っていると告げた。これで確かに、犯人が子供に手をかけることを、一日二日は延ばせたかもしれない。犯人は半信半疑の念を抱きながら、盆次の続く言葉を待つほかはなくなる。だが待った挙げ句、どうなるか。

吉敷はあれから、老人の家を運営する桐田《きりた》という男性に、起こっている事件について詳しく説明し、固く口どめをした上で、江原盆次老人にまた電話がかかってきたら、すぐに自分の携帯に電話をくれるように頼んだ。艶子にもむろん、犯人からの電話があれば、すぐに連絡をくれるように頼んでいる。

そして携帯は内ポケットに入れ、常に着信に注意して気を張っている。だが果たしてこれだけでよいものか。艶子はとめるが、自分が動かなくともよいものか、思い悩む。しかし動くといっても一人にすぎないから、できることは限られる。

境内にガラスのはまる掲示板があり、「金沢チンドン屋演芸会」というものが、北國新聞赤羽ホールで開かれる、と告げたポスターが貼られていた。イヴェントの開始は午後かららしい。見るともなく眺め、そのますすぎて浅野川の方角に向かおうと考えていた。瞬間、ふと足が停まった。ポスターの下方にある、小さな活字が目に入ったからだ。金森金融、宣伝広告部という文字だった。

掲示板の前に戻り、しゃがみ込んだ。そうすると、目の高さに活字が来る。文字の上に白黒写真がある。新装開店と書かれた文字の横で、胸に抱えるようにして持った木枠入りの鉦と太鼓を、バチでしきりに叩いている小柄な人物が写っている。彼の左右には、三味線を持った高島田カツラの和装の女性が、歌い踊っているらしい。大勢の子供が集まって三人を遠巻きにし、しゃがんだり、立ったままで手を叩いて笑っている。当時のことで、みな坊主頭だ。

金森金融の宣伝広告部といえば、江原盆次がいた会社ではなかったか。そして犯人も、戦前ここで一時期、盆次の手伝いをしたと手記に書いていた。そうならこの鉦と太鼓で踊っているチンドン屋こそは、昨夕会った、江原盆次その人ではないかと疑ったのだ。しゃがみ込み、じっと写真を見つめる。木枠と鉦の陰になり、よく顔が見えないのだが、小柄な体つきは、どうやらそれらしい。

会場の赤羽ホールは、ここからそう遠くはない。ここを廻ってのち東の茶屋街に向かえば、遠廻りではあるものの、それほどのロスでもない。開演が午後なら、今頃は練習をしているのではないか。会場に寄り、集まっている人に尋ねれば、あるいは戦前の金森金融のチンドン屋を知る人が来ているかもしれない。うまくすれば、盆次の言っていた色男の歌舞伎役者を、知る人物と出会えないか。もと歌舞伎の役者で、それほどに眉目秀麗なら、当時は噂になったのではないか――。

遠い昔のことで、いかにもむしのよい話だが、噂話ぐらいなら聞けてもよい気がする。わずかな手がかりくらいは摑めるかもしれない。吉敷は赤羽ホールに向かうため、神門の方角に取って返した。

行ってみると、赤羽ホールはひっそりとして、正面入り口は閉まっていた。裏の楽屋口に廻ると、こちらのドアは開いている。入り、廊下に立っていた関係者らしい男に警察官の身分証を見せると驚き、誰をお探しでしょう、と言った。

今練習中なら、その様子を見せてもらえないかと問うと、いいですよと言い、気軽に先に立つ。長く通路を歩いて、防音材の貼られた厚い大扉を引いて開くと、大ホールが開けた。

木造りの立派なホールで、観客席の数は多い。しかしむろん、客の姿はまだない。左手前方に舞台が見え、壇上に大勢の人間たちがたむろしていた。さまざまなチンドン屋の扮装をした者、衣装はまだ着ず、ジャージ姿の者もいる。うなずき、礼を言うと、裏方の男性はすぐに裏口の方角に戻っていった。

舞台上には、さまざまなチンドン屋がいる。たいてい時代劇ふうの衣装をつけている。時間が早いから、まだ白塗りの化粧はしていない。だから女物の和服を着て、高島田のカツラをかぶった者もいるが、どうやら男であるらしいこともすぐ解る。

三味線、太鼓、ラッパ手もいる。ポスターに写真があったような、木枠内に鉦や太鼓を吊った鳴りものを持つ者もいた。それらが入り乱れ、歩き廻って立ち稽古をしていた。紹介者の口上に合わせ、チンドン屋のみなには若干の台詞《せりふ》も与えられているらしく、その段取りを打ち合わせているふうだ。チンドン屋の集合というより、地方巡業中の芝居の一座のようだった。

それを聞きながら吉敷は、客席壁際の通路を下っていった。舞台下の端に立ち尽くし、練習を見あげている熟年の男に向かって歩いた。

横に立ち、警察官の身分証を見せて、少し話を聞きたいのだが、と言った。

「え？　なんぞ、うちへの調査ですか？」

男は緊張して目の色を変えるが、吉敷は首を横に振った。

「いや、そうではないです。ほんの、参考程度の聞き込みなんですが」

吉敷は言った。

「はあ、なんでっしゃろ」

と彼は訊く。その声はつぶれていて、しかし物腰が素人筋ではないらしく見える。本来は、壇上にいるべき同業者なのであろう。

「ポスターを見たんですが、金森金融の宣伝広告部というチンドン屋の写真が、ポスターにありましたね」

「ああ、ありましたな」

彼は言い、大きく二度三度うなずく。

「あれは？」

「あれはたまたま仲間うちで持っとった者がありましてなぁ、持ってきたんです。古いもんで、子供らが集まっておったりして、当時の雰囲気をよう写しとるから、ポスターに入れることにしたんです」

吉敷はうなずく。

「今はチンドン屋ってもね、子供も大して集まりゃしませんから」

「あの写真に写っていた、金森金融の宣伝広告部の人を知っているような人は、今日はいらしてはいませんか？」

するとは彼はえーっと言った。

「いや、そりゃおらんですよ」

彼は言う。

「ありゃ戦前のもんです。あの会社ももうないし、ちょっとおりませんなあ、とっても。みな今の若いもんばっかしで」

「ああそうですか」

吉敷は言った。内心は予想していたが、やはりがっかりした。無理だったか。

「あの頃を知っとる者いうたら、もう九十にもなっとりますよ」

彼は吉敷の顔を見て言う。吉敷はうなずく。それはその通りだ。昨夜写真の人物に会ってきたのだ。老人の家のベッドにいた。

「この街にも、チンドン屋というものはまだあるんですか？」

素朴な興味が湧き、訊いてみる。

「あります。しかし金森を知っとる者いうんは、おりませんなあ」

彼は不必要なまでの大声で言う。そのかすれ声は、長年呼び込みで鍛えたというふうだ。

「つかぬことをうかがいますが」

期待をせずに、吉敷は言った。

「はい、なんでっしゃろ」

「当時、歌舞伎役者が流れてきて、この街でチンドン屋をやっていたなんて話、聞いたことはありませんか？」

「歌舞伎役者!?」

男は言って絶句する。

「そうです、えらく色男の」

「色男の歌舞伎役者……」

男は首をかしげる。

「まあそりゃ、京都から来た、いうもんは大勢おったようですしな、中にはそんなん、おったかもしれませんが、私は……、ちょいと知りまへんなあ。戦前ですか？」

「そうです、戦前から戦中」

「ほんなら、あったかもしれまへんなぁ。今と様子違いまっさかいにな。芝居も、今とは違うてさかんやったろうし」

吉敷はうなずく。しかし、それほどに眉目秀麗の役者なら、噂話になって残っていてもよかろう。女性のファン集団も、できたかもしれない。男の言うような、そんな淡い印象ではなかったろう。

「今日のこれは……？」

あきらめて、吉敷は話を変えた。

「チンドン屋の全国大会いうのがあるんですわ。このあたりのもんで、これに出たろかいうような腕自慢のもんが、今日はここに集まったんですわ。新聞社の主催で。全国大会の宣伝も兼ねとるんです」

「ふうん」

吉敷は言う。

礼を言って男を離れ、壁際の通路を少しのぼってから、中央通路方向に椅子の間を歩いていって、中央通路沿いの座席に腰をおろした。せっかく来たのだから、しばらく練習を見学していこうかと考えたのだ。参考になるとは思わないが、舞台の上を眺めながら、思索に耽ろうかと考えた。

舞台上では鉦や太鼓が始まり、三味線の音が遅れて加わると、演奏者たちは一列になってぞろぞろと歩き出し、演奏しながら、大きく輪を描いて舞台上を一周する。続いてもう一周。そして中央部に戻ると、また談義が始まる。吉敷はそれをじっと観ていた。

すると、

「親孝行でござい、親孝行！」

と大声でわめきながら、年寄りを背に負い、黄色のネンネコを着た黒縁眼鏡の男が、前屈みでよろよろと舞台に入ってきた。

「おおなんや、太郎やないか」

などと言いながら、舞台上のチンドン屋たちが彼を出迎える。

老婆を背負った男は、妙にのっぺりした顔をしていた。右に左に体の向きを変えるが、眼鏡の奥で目をいっぱいに見開き、ずっとそのままの無表情で、舞台上のチンドン屋たちのざわめきを超越している。

男はさらに前屈みになり、ちょっとよろけて見せ、

「おい、今日は母ちゃん重たいなぁ、夕べ何食うたんや？」

などと言う。よろければそのたび、ネンネコの下からぶら下がった二本の足がぶらぶらする。

「なんや、母ちゃん背負うて、せいが出るやないかぁ太郎」

仲間がそう言いながら、親子を取り囲み、肩を叩いたりなどして、労をねぎらう。

その瞬間だった。とんでもないことが起こった。老婆を背負っていた眼鏡の男が、母を負うたまま、後方にぱっとトンボを切ったのだ。

体操選手の床運動のように、あざやかに後転する、それが二度、三度。

彼を囲んで孝行をねぎらっていた仲間うちの三人ほどが仰天してのけぞり、尻餅をついた。そして、

「ああ、びっくりしたわぁ。母ちゃんまだ生きとるか？」

と言った。

母を背負って後転を見せた男が、ゆっくりと歩んで舞台中央に戻ってくる。その顔には相変わらず表情がない。と観ていると、その眼鏡の顔が、がくんとずり落ちた。そして、老婆がすっと立ち上がった。体の前面に巻き付けていた扮装をはずしたのだ。

老婆を背負うたように見せていたのは彼の芸で、実は自分の顔をしわだらけの老婆の顔にメイクアップし、体の前面に、若者の上半身を布の紐でしっかりと縛りつけていたのだ。そして若者の体の上に載っている無表情な眼鏡の顔は、実は人形の頭部なのだった。人形なのだから、無表情は当然だ。そしてその上に、黄色いネンネコを巻いていた。

仲間の熱演に、舞台上で笑いが湧いていた。はずしたところを見れば、息子の上半身と、うしろに下がる母親の二本の足が作りものなのだ。老婆の顔と、息子の下半身が演技者本人、すなわち、中身は一人きりの人間なのだった。

客席から観ながら、吉敷も笑った。よく考えられた、うまい芸だ。うっかりだまされ

たと思った。

その瞬間、電撃のように訪れたものがあり、吉敷は椅子をがたつかせて立ち上がっていた。放心し、口がぽかんと開いた。

「なに⁉」

と思ったのだ。

この瞬間に、すべてが理解された。自分の頭がいっさいを理解したこと、そういう認識が、やや遅れて到着した。

何の前触れもなく、解答の衝撃が、電流のように全身を貫き、駈け抜ける。

いっとき放心し、立ったまま、気分が落ち着くのを待った。それは、突飛な考えが整理され、安定するまでの時間だ。

しばらくして、ようやく目の焦点が合ってきて、前方の光景が見えるようになった。舞台上の者たちの動きが停まっている。そのことにやっと気づいた。立ち尽くし、彼らはこっちを見ている。今吉敷の立てた物音が、彼らの耳にも聞こえたのだ。

はっとして、舞台に向けて手を振った。何でもない、気にしないでくれと言ったつもりだった。

そのまま中央通路に出て、さっと舞台に背を向け、出口を求めてだっと駈け出していた。

恐怖と疲労の極にあった十歳の子供の視界なのだ。

そして、何ということだ！　と走りながら思った。いったいなんて男だ！　とそう思ったのだ。まったく、思ってもいなかったことだ。

通路を駈けのぼり、体当たりして、重い大扉を開く。赤羽ホール正面出入り口の扉の前に駈け寄るが、やはり閉まっていた。

引き返し、闇雲に通路を走った。走り続け、楽屋口の方角を探した。無駄な動きもあったろうが、夢中だったから解らなかった。気づけば、楽屋口のドアが前方に迫ってきていた。

押し開け、明るい表に飛び出した。大通りに向かって走り、駈け出て歩道を走りながら、後方から来るタクシーを探す。

なかなか見つからない。ようやく空車の赤い文字を見つけ、車道に飛び出して右手をあげた。たちまちウインカーが出て、こちら側に寄ってくる。ドアが開くのを待ちきれず、急いで尻から滑り込み、東の茶屋街へ、と告げた。タクシーはすぐに走り出す。吉敷の急《せ》く気分が伝わったのだろう。

懐から警察手帳を出し、江原盆次の収容されている老人の家の住所を読みあげる。

「ここへ」

そう言うと、運転手はうなずく。

「解りますか？」

訊くと、またうなずく。

タクシーは金沢城をぐるりと一周し、浅野川に沿って北上する大通りに出た。実際には川は見えないのだが、何度も散歩しているから、そういう地理が解るのだ。その時、胸の携帯電話が鳴った。急いで上着から引き出し、出る。

「刑事さん？」

男の声が遠くから問う。

「そうです。桐田さん？　どうかしましたか？」

急いで問うた。やはり桐田だった。江原盆次の入っている老人の家の主《あるじ》だ。吉敷があわてたのは、実はこれを恐れたからだ。老人の家の盆次に、何か起こってはいないかと予感した。

「私、今朝はほんの今、こっちに出てきたんですが、賄いのおばさんにまかせておったもんで」

吉敷は無言になる。そうか、賄いの女性にも言っておくべきだったか、そういう後悔が湧いて、返事が口から出なかった。何かよくないことが起こったのでなければよいが、と強く願う。

「江原の盆次さん、おらんのです」

「いない⁉」

知らず大声になった。

「おりまへん、ベッドの上、カラで」

吉敷は思わず唸った。案の定だ。

「トイレも浴室も、家中探しましたが、おりまへん」

「どこへ？」

「解りまへん」

「こういうことは、よくあるのですか？」

「全然ありまへん」

「何か、伝言の類いは残していないですか？」

「ないですなぁ、ありまへん。おばさんも、何も聞いとりまへん。それで……」

「はい、それで何ですか？」

急《せ》き込んで問う。

「車椅子がないんです」

「車椅子が⁉」

やはり、とまた思う気分がどこかにある。そうなら遠出か。これを恐れていたのだ。

一歩遅れた。不覚を取ったか。

「はい、玄関に置いとったんがない」

昨夕訪れた時、玄関で車椅子を見た記憶がある。

「電動でしたね？　車椅子は」

「電動です。バッテリーで走るやつですが、盆次さん、これに乗ってどこぞへ出たんやないかと思うんです」

「盆次さんは、歩けるんですか？」

「まあ、杖ついて、トイレに行けるくらいです。長い距離は無理ですなぁ」

桐田は言う。

「バッテリーは、どのくらいもちますか？」

「そやなあ……、まあ、二キロくらいかなぁ、めいっぱいもっても」

「心当たりはないですか？　行き先の」

もう一度訊く。

「ありまへん。そもそも盆さん、出かけるような人やないですから、一人では。ホンマ、ここ来てはじめてやないかなあ。鷹科さん来た時に、一緒に出たことはありましたけどな、何回か。それくらいで」

「ふむ」

「解らんなあ。鷹科さんのとこでも行ったかなぁ……」

それは違う、と吉敷は即座に思った。艶子のところではない。事態はもっと深刻だ。

「盆次さん、携帯電話は持っていないですね？」

艶子から、彼は持っていないとすでに聞いている。確認だ。

「持ってまへん」

桐田も言った。

「解りました」

吉敷は言った。

「また何か異常に気づかれたら、どんなことでもいい、すぐにこれに電話をいただけますか？」

「はあ、解りました」

彼は答える。吉敷は電話を切る。

携帯を持っていないなら、電話をかけるなら赤電話か、公衆電話からということになる。公衆電話からでも、ポケベルは鳴らせる。赤電話なら、番号を告げて、犯人からの電話を待つこともできる。

すぐに艶子にかける。盆次から彼女に電話がかかってはいないことを確認する。ないです、と艶子は言った。

それですぐに電話を切った。老人の家から盆次が消えたことは、まだ言わずにおく。また倒れられても困る。

携帯を閉じ、運転手にこう告げた。

「行き先を変更します。卯辰山の、卯辰八幡社に行ってください」

老人の考えが、今や吉敷にははっきり解る。彼は単身、車椅子でそこに向かったのだ。

13

盆次は、老人の家に一台だけある車椅子を操り、卯辰八幡社に向かう道を走っていた。右手で操作レヴァーを握りしめ、歩道に人がいなければ全速力になった。

歩行者の集団に追いつけば速度を下げるが、なんとか隙間を追い越し、歩行者の着衣や手に車椅子が触れて相手が驚けば、平身低頭、何度も何度も頭を下げる。そして、どもる口で懸命に詫びを言う。そして速度を上げる。

道が卯辰山の登りにかかり、歩道がなくなった。これはある意味で楽になる。自動車の領域に大きくはみ出せば、歩行者を追い抜くことがたやすいからだ。後方からの車を邪魔することになるが、致し方ない。ほかに方法はない。

卯辰八幡社への参道に入った。参拝客で道が混む。しかし入り口に車止めが現れた。ここから自動車の進入が禁止になる。これは盆次にとってはありがたい。道の中央を走れる。

だが上り坂になり、車椅子の速度ががくんと落ちる。走るにつれて果てしなく落ち続けて、とうとう這うような速度になった。バッテリーが切れてきたのだ。なんとか突き当たりの石段下まで、と念じたがむなしく、その手前で、とうとう車椅子は止まってしまった。もういかにレヴァーを操作しようとも、車椅子はぴくりとも動かない。困ったことには、手動もきかなくなった。車輪が回らない。どこかが噛んだか、それとも壊れてしまった。

杖を外に出し、地面についてから、盆次は苦労して道におりる。道は石畳で、とりあえずは平坦だ。ゆるゆると道に両足をつけると、膝が萎えており、立とうとして盆次は転んだ。

たまたま周囲に人の姿がなく、盆次は杖で体を支えながら、歯を食いしばって立ち上がる。そして杖にすがりながら、懸命に前進を開始した。左右に紅葉の朱の色がある。その下を、なんとか石段の手前まで進んで、手前の路地を右に入った。

左の家に寄っていき、左手を板壁に伸ばしてすがり、右手は杖、左手は壁について体を支え、ゆっくり、ゆっくりと前進する。歯を食いしばり、動かない足を懸命に持ち上げては前方に置く。そうして、這うよりも遅い速度で進む。

路地の道行きは、わずかに五十メートルほどにすぎなかったが、小一時間というまでの時間がかかった。卯辰酒造倉庫と書かれているらしい板が見えてきた頃、力つきて盆次は、また非舗装の路地に倒れ込んだ。そのまま、今度は長い間動けなかった。歩くことが久方振りで、疲労困憊したのだ。

盆次の体の中には、もう歩くだけの体力は残っていなかった。しばらく道にうつ伏せのまま、あえぎながら休んでいた。ありがたいことは、参道から折れた路地なので、人通りがないことだ。これなら人目にはつかない。と思っていたら、女性の声が降ってきた。

「おじいちゃん、大丈夫？」

言いながら、抱え起こしてくれる。そしてそばの石に腰をかけさせてくれた。通りかかったのだろう、近所に住む人か。

どもる声で懸命に礼を言うと、

「大丈夫？　救急車呼ぼうか？」

と問うから、首を大きく左右に振った。このまま休んでいたら回復するから、と廻らない口で懸命に訴え、どうか放っておいて欲しいと必死に懇願する。

女性が消えるのを待ち、盆次はもう一度歩き出そうとした。しかし、まるで足が動かず、再びどさと道に倒れ込む。膝を打った痛みに堪えて、しばらく地面でじっとしていたが、やむなく盆次は、這って前進することにした。自分が行かなければならないのだ。人に加勢を頼めることではない。車椅子も駄目、歩くのも駄目なら、這うまでだった。かすむ視界にかすかに浮かぶ卯辰酒造の文字を目指し、死にものぐるいで前進した。

そうしたら、また別の男性が通りかかり、抱き起こしてくれる。よけいなことをと内心思ったが、そばの石に親切に腰をかけさせてくれ、彼もまた、

「救急車を呼びましょうか？」

と訊いた。盆次は懸命にかぶりを振る。このまま休んでいたら楽になるからと言い、断った。どうか自分を放っておいて、とどもる口で懸命に訴える。

道を這っているような人間は今どきいないのであろう。人の目に、よほど奇異に映るのか。しかし今の自分は、これをやらなくてはならないのだ。長い長い人生、大して人さまの役には立てなかったが、これがいよいよ自分の最後の仕事だ。だからどんなに奇異に映ろうとも、どれほどみっともなかろうと、どうかみんな、自分を放っておいてもらえないものか、と盆次は内心で祈っていた。

その時、盆次は不思議なもの音を聞いた。世界の果てからそれは起こり、ゆっくりと迫ってくる。遠い山裾の木々が低く唸るような、それとも遠い潮騒のような響き。卯辰山全体が振動するような、不思議な音だった。目のよく見えない盆次には、起こっていることがしばらく解らなかったが、しかしみるみる空気が湿り、周囲がさあっと暗転したから解った。

最初の一滴が、頬に降りかかった。雨だ。雨が降り出すのだ。そう知って、盆次は天に感謝した。ありがたい、これこそは天の恵みだと思った。雨が降れば、道から人がいなくなる。

世界がすっかり暗転した。まだ午前中と思うのに、世界は夕刻のような暗さに沈む。世界中が水に打たれる、それを盆次は心地よく感じた。自分の服が濡れそぼるまで、盆次はじっと目を閉じ、石に腰かけていた。かたわらの石にはねる水音を聞いていた。そして、もうよかろうと思い、立とうと足腰に力を込めた。

しかし、もう立てなかった。立つことも、歩くことも、もうできなくなっていた。車椅子のバッテリー同様、盆次の体から、生命のエネルギーが消えている。

ゆるゆると前かがみになり、道に両手をつき、腹這いになった。それ以外にすることを思いつけず、そのまま背中を雨に打たせた。それから、ずるずると這いはじめる。そのあたりの道は非舗装だったから、水と、泥の中を泳ぐようにして、盆次はのろのろと前進を開始する。何がどうあろうと、決めたことは終えなくてはならない。そうしてのち、この世に別れを告げるまでだ。

そんなふうにして、盆次は卯辰酒造倉庫の正面入り口、石段下にたどり着く。長い長い時間がかかった。濡れねずみの上体を起こし、動かなくなった厄介な足を引きずりながら、死にものぐるいで石段を這い上がる。そして閉じている大木戸についたくぐり戸を押し、開いた隙間から、懸命に体を中に入れた。

土を押し固めた通路が、薄暗い内部には続いている。鼻が床に近いから、湿った土の臭気を嗅《か》ぐ。懐かしい匂いだ。この匂いは昔と変わっていない。通路の様子も、戦前から少しも変わってはいない。若い一時期、ここで暮らした。チンドン屋時代。遠い遠い昔のことだ。懐かしさが、盆次にかすかな力を与える。

顎をあげて見れば、左右に酒樽と、日本酒の瓶が入った木枠が高々と積み上げられている。あの頃、これはなかった。ごろりと仰向けになる。そして高い天井と、その下のぐるりを見廻した。表の雨の音が充ちる広く暗い空間。だが暗すぎて何も見えない。

盆次はまたうつ伏せに戻り、よろよろと這いはじめる。人の背丈の倍以上もある、巨大な酒樽に寄っていく。たどり着き、あえぐ。そしてもう、これ以上はびくとも動けなくなった。

「せ、せ、せ、正賢」

盆次は、声に出して名を呼んだ。

「ど、ど、どこや。わ、わ、わしは来たぞぉ、ぼ、盆次や、チ、チ、チン公や。で、出てこんかい」

すると、ぱっと明かりがともった。裸電球がひとつだった。

黒い空間、男の白い顔がぽつんと浮かんだ。

さかやきを剃ってはいず、渡世人ふうの風貌。眉目秀麗の、役者のように端正な顔立ち。その横には、彼が握るのか、日本刀が宙に浮いていた。しかし、体は見えない。

笑い声が、いきなり暗い空間に響いた。声はどんどん大きくなり、あざ笑うその声は、次第に哄笑に高まっていく。渡世人の生首が自分を笑っている。

笑い声を聞きながら、盆次は懸命に身を起こし、樽の前で全力を使って反転し、背を樽に持たせかけた。

「ええ格好やのう盆次、ずぶ濡れか、えろう老いぼれたもんやで。這うて、ようようここまで来たか」

そう男は言う。

タクシーの中の吉敷は、急に降り出した雨を見ていた。雨脚はみるみる強くなって、吉敷が顔を近づけている窓のガラスにも降りかかる。そして打ちつける雨脚の、音が車内に聞こえるほどになった。

せわしなく動き出したワイパーの向こうに、驟雨《しゅうう》に煙る浅野川がさっとひらける。するとタクシーは道を折れ、鉄骨の天神橋《てんじんばし》で流れを渡る。鉄骨越しにしばらく見える、雨の叩く川面。渡りきり、すぐに突き当たり、右折し、左折する。道がうねりはじめて、卯辰山を登り出す。

濡れた緑が前方に現れ、たちまち道の左右を埋めた。その中に紅葉も混じり、目を引く。朱の色はたちまち増して、燃え立つようなその色彩が、盆次の命の灯のように見える。雨に打たれ、濡れそぼって、かえって赤く燃える。冷えて、消えかかった生命に見える。

息を整えながら、吉敷は車の中にすわっていた。極限まで気は急く。命の最後の火を燃やそうとする盆次に、追いつきたい一心だ。

タクシーが坂道を登りきり、止まった。表はうつすような雨だ。

「ここが参道入り口ですわ。タクシーは、ここまでしか行けまへん」

運転手がすまなそうに言った。

「そうですか、じゃあここまででいい」

吉敷は言って、用意していた料金を払う。

「お客さん、雨ですが、傘は……？」

運転手が親切心から問う。

「いい」

吉敷は短く言い、

「ドアを開けてくれ」

と言った。ドアが開く。雨の音、そして匂い。吉敷は躊躇なく、その中に飛び出した。

参道に入り、ダッシュする。顔に降りかかる雨に挑むように、速度をあげる。

前方に、傘をさして卯辰八幡社を目指す人の群れ。右に左に、次々に傘を追い越し、吉敷は走った。髪も、顔も、首筋も、みるみる濡れていくが、気にはならなかった。いかに息があがろうと、停まる気などさらさらない。フォームを整え、周囲の人々をすっかり追い越すと、吉敷は全力になる。さらに速度をあげる。

暗い宙に浮いていた生首と剣が、暗幕とともにばさと地面に落ちた。渡世人の首が、押し固めた土の上を、壁際まで転がっていく。

すると、梯子《はしご》と樽が見えた。体軀のよい初老の男が、ゆっくりと梯子をおりてきた。

「久し振りやのうチン公」

男は気安い口調で話しかけてきた。

「ようよう気づいたで。あれは人形振りやったか？　のうチン公、そやろが」

「そ、そ、そや」

樽に凭《もた》れた盆次は目を閉じてうなずく。

「おまえやったとはのう。長いこと、全然気づかなんだわ。おまえがあれほどの腕やったとはのう、おまえみたよなもんが」

「ひ、ひ、人は、み、み、みかけによらんのぅ」

盆次は自嘲をつぶやく。

「金森の親分は知っとったんか？」

「あ、あ、当たり前や」

盆次は言う。

「せ、せ、せやから、わしがも、も、盲剣楼に移ったら、お、おまえの兄貴らの警護はえ、ええ、も、も、もう、い、い、いらんてい、い、言うたんや。わ、わ、わしが付いて歩いとったからな、お、お染めはんに」

「はあん」

初老の男はしたり顔になる。

「盲剣楼におったとはのう、知らなんだ。おまえも、お染めに惚れとったちゅうわけか」

盆次の頬に、かすかな嘲笑が浮く。

「な、な、何とでもい、言えや。か、か、かまへんで、わ、わしにはた、た、たった一人のお、おなごやった、こ、こ、後悔はない、ぜ、ぜ、全然ない」

沈黙になる。すると、表の雨の音が空間に響く。

「しっかし昭和二十年のあの時、わしは楼の中でおまえを見たのにのう、全然気づかなんだわ。ここで、金森の宣伝広告部で、ちょっとばっかし一緒やった、あのチン公やて。おまえ、金森やめて、どこへ移ったんか、わし全然知らされてなかったからの。あんた、あん時もうすっかり老け込んで、顔も変わっとったしのう、髪も少のうなって、腰も曲がったようになってのう、苦労したんか？」

「わ、わしの方は、す、すぐに、わ、わ、解ったで、せ、正賢やてな」

「ほんならなんで声かけなんだ？」

「か、か、か、かけそびれたんや。ぐ、軍隊行って、ろ、ろくでもないやつになっとったから。け、けっこうまともなや、やつやったのに、た、た、ただのヤー公や」

「そりゃ、わしのせいやないでぇ、この国のくそ外道《げどう》どものせいや！」

「ひ、ひ、人のせいにすなや、せ、正賢」

「けっ、わしはな、あれがなかったら成功しとったはずや、金持ちにもなっとった」

「お、お、おまえはな、しょ、しょ、しょせんその程度の人間やったんや、し、し、心配すな」

「アホ抜かせ！　きれいごと言うなやチン公！　おまえもそのざまなんなら。一生懸命つくしてのう、それであいつら、お染めも、おまえにちゃんと応えてくれたんか⁉」

「こ、これはわ、わしが、じ、自分で選んだ道や」

「人がええにもほどがあるでチン公。もっと自分を考ええや」

盆次は目を閉じ、応えない。しぶく雨の音。

「チン公、おまえ、なんであん時、そのまま斬り込んでこなんだ？　チン公のまんまで。なんで顔隠して人形振りやったんや」

　男が訊く。

「も、もうええ、お、おしゃべりはええわ」

苦しげに、盆次は言った。

「答ええやチン公」

「お、お、おまえな、なんぞに説明してもしゃ、しゃあないわ。も、もうええ、ど、ど、どうでもええやろ」

「ようないわい！」

「こ、こ、こりゃ、ふ、ふ、ふ、復讐か？　せ、正賢」

「そうや」

「そ、そ、そんならはよやれ、も、も、もうわし、も、もたんわ」

「おまえ、相討ちにはせんつもりか？　長ドス持ってこなんだんか？」

盆次は言った。

「そ、そ、そんなもんはない、や、や、焼けたわ、火事で、ぜ、全部」

「手ぶらか、アホやな、なんでそないな……」

　言葉に詰まると、雨の音だ。

「ああに、閃光のようやったおまえの剣」

「そ、そ、そうなも、もんはもうない。き、消えてしもうたわ」

「そうか、消えたか」

「せ、せ、せやからの、わ、わしの、い、い、命はやる、こ、子供はど、どこや」

「あっちの、東北の角部屋の倉庫に地下がある。あそこに入れとる。菓子とオモチャと、絵本とテレビと、与えとる。ええ子やで、あんまり泣かへんわ、けっこう仲良うなった。チン公、そんでもおまえ、なんで相討ちにせえへんのや？」

「あ、あ、相討ちにしたら、こ、こ、子供を助ける者が、お、おらんようになるわい、わ、わしの命はやるからな、こ、子供は、ちゃ、ちゃ、ちゃんと届けえよ、頼子母ちゃんとこへ。た、た、た、頼んだで、え、え、ええか？　わ、わ、わしのさ、さ、最後のた、頼みや、ちゃ、ちゃんとやれよ」

「よしゃ、解ったわ」

「ほ、ほんならは、は、はよやれ、は、はよせんと、わ、わしゃも、もうし、死ぬるで」

「ほうか」

　男は背中を見せ、樽の隙間から、隠していた長ドスを取り出した。抜いて鞘を捨て、言う。

「この日をなぁ、何度も夢に見たわチン公。ヒョンニムら斬り殺したやつを、この手でばっさり叩っ斬るのをなぁ」

「つ、つ、つべこべは、え、ええわ、は、はよやれ」

「おまえは汚い、兄貴らが酔うとるとこをやりやがって。兄貴の無念を思い知れ」

「な、なんがき、汚いもんかい。ろ、楼を占拠して、む、無力なおなごの子らて、手籠めにして、お、お染めはんも。み、三日三晩もさんざん楽しんだんや。え、ええようにオモチャにして、そ、その上です、好きで酒飲んだのや、だ、誰も頼んどりゃせんわい」

「わしの人生狂わしたんもおまえや」

刀の切っ先を盆次の胸にぴたりと向けて、男は言う。

「あの世に送ったる、みなの恨み！」

男は大声をあげる。

「お、おまえら、う、恨みが好きよのう」

盆次は静かに言った。これが最後の言葉か。

「やかましい！」

ひと声叫んで、男は駆け出した。

「停まれ！」

空間に、大声が響いた。しかし、男は停まらなかった。

瞬間、銃声が空間を圧した。男が勢いよく倒れ込む。手から刀が離れ、回りながら宙を飛んで、盆次の頭上にカンと音をたてて突き立った。盆次がゆるゆると顎をあげ、頭上の刃を見た。

あえぎながらくぐり戸をいっぱいに開け、雨脚を背に、ずぶ濡れの男が入ってきた。

そして、

「停まれと言ったぞ」

とつぶやいた。

そして倒れ込んだ男の方にゆっくりと歩き、しゃがんで、首筋に手を当てる。男の荒い息はまだ続く。それが空間に響く。雨の中、駈け続けてきたのか。

男の靴の先に、血がゆっくりと広がる。

それから立ち上がり、盆次に近づく。

「大丈夫ですか？」

と訊いた。

「あ、あ、あきまへん。も、もうわし、し、死にますわ」

盆次は言った。

「け、け、刑事はん、な、なんでわしを助けたんです？　ど、ど、どうせすぐにし、死にますのに。あ、あ、あと何日か生きとってもしゃ、しゃ、しゃあないのに」

「誘拐犯を助けろと？」

吉敷は言って、拳銃を上着の下のホルスターにしまった。

「そんなことはできん」

吉敷の声には、まだあえぎが残っている。盆次は静かに溜め息をつく。

「け、け、刑事さん、え、ええ腕でんな、い、い、一発や」

「撃ったのははじめてだ」

吉敷は言う。

「もう少し早く着いていたら、撃たずにすんだ」

すると盆次が言う。

「ほ、ほ、ほうですな、も、もうちょっと遅かったらわ、わしゃし、死ねた」

「あんた、死ぬまでそんな冗談を言う気ですか。子供は？」

「と、と、東北の角部屋の地下にお、おるて、い、言うてました」

「つれて来よう」

言ってから、部屋のすみにある暗幕を、ずるずると引っ張ってきて、男の死骸にかけた。

子供を抱いて吉敷が戻ってくると、盆次はうっすらと目を開けた。おろされると、子供は盆次に駈け寄った。

「爺ちゃん」

そう呼びかけると、

「あ、あ、の、の、希美ちゃん、よ、よかった、い、い、いけんいけん、じ、爺ちゃんに触ったらいけんよ、ふ、ふ、服と手が、よ、汚れるけね」

と言い、それからゆっくりと横倒しになって、意識を失った。希美はじっと、その前に立ち尽くす。

携帯を出し、吉敷は救急車を呼ぶ。終わるとまた、希美を抱き上げた。

「希美ちゃんも病院行くか？　疲れてるだろう？　どこか、痛いとことか、苦しいとこないか？」

「ないよ、お母ちゃんは？」

子供は言った。吉敷はうなずく。

「そうか。じゃ、タクシーでお母ちゃんとこ、帰ろうか」

すると子供はうん、と言った。

エピローグ

金沢県立病院の個室に、鷹科一家が集まって、ベッドの盆次を囲んでいた。吉敷と通子もいた。盆次はこんな個室は高いので、早く六人部屋に移るか、老人の家に帰りたいと何度も訴えた。気にしないでゆっくり養生してね、と艶子は言った。

病室は一階で、窓のそばに紅葉の木があり、気持ちのよい部屋だった。

「爺ちゃん」

と言って、希美が盆次の体に抱きついた。そして母親に教えられているのか、

「ありがとう」

と言った。

まず子供に言わせておき、それから頼子も、艶子も、ベッドサイドに寄って、リノリウムの床に膝をつき、

「盆さん、本当にありがとう」

と感謝の言葉を述べ、頭を下げた。

「盆さんの頑張りがないと、到底この子は帰ってきませんでした」

艶子が言う。

「盆さんには母の代からおなご三代、いえ四代、本当にお世話になりっぱなしで」

と言った。

「わ、わしやないです、こ、こっちのけ、刑事さんや、お、お世話になったんは」

それでみんながいっせいに吉敷の方を向く。

「吉敷さんも、本当にありがとうございます」

と言って、母娘二人が頭をさげる。

「いや、私は今回、大した働きはしていない」

吉敷は言った。そして窓の外の紅葉に目をやってから、

「盆次さんには、まだまだ長生きをしてもらわないとね」

と言った。

「現場で盆次さんを助けたら、えらく文句を言われた。あそこで死ななくてよかったと、そう思ってもらわないとね、こっちは立つ瀬がない」

「それは、うちらの役目ですわねぇ」

艶子が静かに言った。

「盆さん、退院したら、うちに来てもらいますけね、うちの座敷に寝てもらいます」

艶子が続けて言う。

「い、いや、そ、そらあかんわ、め、め、迷惑かけるさけ、た、た、畳の上で死んだら、

わ、わしはバチが当たります、そ、そ、そういうやつなんや。わ、わ、わしはた、畳の上で死んだらあ、あ、あかんに、人間や」

盆次が言いつのる。

「いや、あんたは畳の上で死ぬべき人だ」

吉敷が断じた。

「とにかく、まだまだ長生きしてもらいます」

頼子も言う。

「そ、そ、そら、ち、ちと無理やな」

盆次は言う。

「ら、来週あたりそ、葬式ですわ」

「またそんな」

「や、や、焼いたら、は、灰はう、う、梅ノ橋の欄干から、あ、浅野川にま、撒いてくれたらそ、それでよろし、は、墓はいりまへんさけね」

「またそんなこと」

「墓がなかったら、うちら、お礼のお参りができませんがな」

「か、川に祈ってくれたらよ、よろし」

「盆さん、吉敷さん、あの終戦の年の九月にうちが見た剣客は、あれは人形やったんですか？」

艶子が訊く。

「い、い、いんや、ちゃ、ちゃいます、あ、あれはホ、ホンマにも、も、盲剣さまですわ」

即座に、真剣な表情で、盆次が言いつのる。これは本気だなと、盆次の目の色を見て吉敷は思った。

「はあ？」

艶子は、曖昧な表情になって言う。

「さようでございますか？」

「さ、さ、さようです」

「あの時、おなごらみんな疲労困憊で、酒も飲まされておったし、寝てもおらんし、みな頭が朦朧としておりました。その上に、恐怖でみな下を向いとりましたし、ちゃんと見ておった私はまだ十歳の子供やったし、母はというともう亡《の》うなったし……、人形？でも人形をどうやって？」

誰も答える者がなくて、しばし沈黙になった。

「盲剣さまの伝承というものが、たまたま子供を背負うた、風変わりな剣客だったからな」

吉敷はつぶやく。

「江戸以来の伝統芸の形態が、偶然にも一致した。それで盆次さんはあれを思いついた

「……、か」

こういうことこそ、天の差配というものではないか、吉敷は思った。なんと素晴らしい偶然であったことか。

「ともかく、ロボットではなかったのでありますな？」

「違いますね」

吉敷は笑って言い、ベッドの盆次の顔を見た。

「ともかく、あの時盲剣さまが現れたと、今はとりあえず、そういうことにしませんか」

場をまとめるように言うと、

「パフェ」

と希美が言った。パフェを食べに行く約束をしているようだ。

「それじゃ盆さん、また来ますさかいにな」

艶子は言う。

「何かまた、甘いもの持ってきますけね、盆さん好きな」

「うちに布団、延べとくからね」

頼子も言った。

そして女たちは揃って頭を下げ、ぞろぞろと廊下に出ていく。ちょっと迷ったふうだったが、通子も一番うしろをついていく。吉敷を見るので、吉敷も廊下まで一緒に出た。

「竹史さん、ありがとう」

今まで黙っていた通子が言い、両手で吉敷の右手を取った。そして、

「やっぱり竹史さん、うちの自慢や」

と素早くささやいた。そして艶子たちについて、病室を出ていった。

吉敷は一人になり、パイプチェアを持って盆次の枕もとに戻った。広げ、すわる。そして言った。

「あの、人形振りと言うんですか？　あの芸の、あの人形は……」

「ああ、あ、ありやす、助六《すけろく》いうき、京都の人形師が作った顔で、あ、あれは、て、天才やったです、間違いないなあ、あの爺さん天才や。あ、ああなき、きれいな男や女の顔ほ、彫れるも、もん、ほ、ほ、ほかにゃおらなんだ。も、も、もうああな人形師、で、で、出ませんわなぁ。わ、わしがに、人形振りの芸が好きやったんも、あ、あの顔があったからや。あの顔に、わしはもうほ、惚れて惚れて、あの人形の頭、墓場まで持っていきたいて、お、思てました。で、で、でも火事で、焼けてしもうた」

「盆次さん、なんであんたあの時、盆次のままで二階の座敷に斬り込まず、その人形振りの扮装を体の前に付けてから斬り込んだのです？　盆次のままでやったら、お染めさんはもっと、あなたに感謝したかもしれないのに」

「そ、そりゃない」

盆次は即座に否定し、苦笑した。

「け、刑事さんも、せ、せ、正賢とお、お、おんなじことき、訊きますんやなぁ」

吉敷は小さく、何度かうなずく。

盆次は迷うようにしばらく黙っていた。しかし、やがてゆっくりと語り出した。

「こ、こうなつまらんこと、こ、これもか、棺桶まで持って行こうてわ、わしは思うとりました。わ、わ、わしは、ホ、ホンマに一回だけやけど、お染めさんに抱きつかれて、泣かれたことがあります。あ、あの人が、じ、じ、実は金森の親分にだ、抱かれるのがい、嫌なんやて、わ、わしに言うて、だ、抱きついて、な、長いこと、な、泣きました。で、でも抱かれんと、く、く、故郷《くに》の親もや、養われん、お、弟にもい、妹にもし、仕送りがでけん、や、養われんのやて、そ、そう言うて、な、長いこと泣きましてん。あ、あの時にわし、し、幸せやったなぁ。い、今もわ、忘れん。ホ、ホンマにわて、お、お、お染めさんのことす、好きやったから。わ、わしも、い、一緒にな、泣いた。そ、そいで、こ、この人のことを一生守ろうて、あ、あん時、こ、心に誓うたんです。ふ、ふ、深く、ふ、深く、こ、心に誓うた、か、固う、固うに。わ、わしは、こ、このひ、人のために生きていこうて。

な、なんでかい、いうような問いも持たず、ほ、ほんの一分でも、や、休みたいとか、ら、楽したい、そうな思いも持たず、か、感謝なんぞい、いっさい求めんと、み、身も心も捧げて、こ、こ、この人につくそうてそ、そうき、決めたんです。い、命もな、な、何もかんも捧げて、い、い、一生そばにおって、し、死に水まで取ろうて、そ、そう決めたんです。

あ、あの人はわしには、た、たった一人きりのお、おなごやったです。な、なんもあったわけやない、て、手ぇ握って、だ、抱かれて、く、口吸いされたんもその時がい、一回だけです。そ、そ、それ以上な、なんもない。で、でもわしには、あ、あの人は、しょ、しょ、しょ……、生涯ただひ、一人のお、おなごでした。じ、自分よりも、じ、自分の命よりも、ず、ず、ずっとずっと大事な人やったです。あ、あの人のためやったら、わ、わしは喜んで、わ、笑うてい、命投げ出します。い、今でも、そ、その気持ちはちょ、ちょっとも、か、変わらんわ。ホ、ホンマ、ぜ、全然変わらんわ。

せ、せ、せやから、あ、あの時は、あ、ああするほかなかったんですわ。ひ、東い、一のし、し、老舗のも、盲剣楼やけど、も、もう立ち行かんようになっとったんです。き、着付けのべえべはおらん、ば、ばあばもおらん、ぎゅ、ぎゅ、牛太郎はおらんし、りょ、りょ、料理人もおらへん、げ、げ、芸妓のお、お、おなごん子らが、な、何人かい、家に戻ってきとるだけやった。あ、あの子ら、りょ、料理もでけまへん。お、おまけにせ、戦時中、お、お染めさんだけはま、ま、枕商売やらなんださかいに、も、もう家の貯えも、ほ、ほとんどそ、底をついとった。しゃ、借金もあ、あったしな、わ、わしがおらなんだら、ろ、楼はたたんで、お、お染めさんはく、首をくらんならん瀬戸際でした。わ、わしがは、八面六臂《はちめんろっぴ》のた、ただ働きして、い、家を支えんと、と、到底駄目なじょ、じょ、状態でした」

「ふむ」

　言って、吉敷はうなずいた。

「せ、せやから、わ、わしが刑務所い、行くわけにはい、いかなんだんです。わ、わしがおらんようになったら、お、おなごらだけになる。あ、あの子らだけやったら、く、食い物ど、どこで買うたらええんかし、知らんし、き、着付けもひ、一人ででけへんし、りょ、りょ、料理もでけん。せ、世間のこ、こと、な、何も知らん。お、重いもんも運べん、よ、用心棒もおらんでぶ、物騒や。ろ、楼のことぜ、全部知っとるわ、わしがおらんと、あ、あの楼た、立ち行かなんだんです」

「そうか」

「わ、わしが、ぼ、盆次がき、斬り込んだら、な、なんぼおなごの子助けるためやい、いうても、わ、わしはた、ただやすみまへん、ひ、ひ、人をご、五人も斬り殺したんやから。な、なんぼじょ、情状酌量さ、されても、な、何年かはく、くらい込みます。ほ、ほしたらそ、その間に、ろ、楼はつぶれます、こ、これは確かなことや。あ、あのじ、時代、わ、わしのようにし、仕事、な、なんもかんもひ、一人でやれるようなもんお、おりまへん。わ、わしは、む、むしろお、お染めさんよりか、あ、あの家のか、家計もよ、ようし、知っとりましたしなぁ」

「ふむ」

　吉敷はまたうなずく。

「せ、せやから、も、盲剣さんにた、助けてもらうことにしたんです。に、人形振りい、いうのはわ、わしの一番の得意芸でした。お、親孝行もで、でけますがむ、昔はトンボも切れたしな、な、なんぼでも。で、でも、に、人形振りの方がえ、得手やった。わ、わし、む、昔は任俠世界におって、け、剣でならしたもんで。で、でけるだけひ、人は斬らんよにしたけど、で、でもけ、怪我さしたことはあるし、カ、カタワにしたもんもお、おります。

ほ、ほしたらど、どういうわけかなあひ、人け、怪我さすたびにく、口が、ど、どもるようになりましてん。こ、こ、言葉がどんどんで、出てこんようになります。バ、バチやな。そ、それで、あ、足洗うたんです。く、組は、む、向こうでつ、つぶれたり、お、親分が出えと言うてくれたりで、こ、小指はお、置かんですみましたが。

む、昔のこと、と、遠いむ、む、昔のことで、そ、それに、じ、時代やさけなぁ。あ、あん時も、い、田舎警察に、ひ、人もろ、ろくにおらんような時代やったさけなぁ、も、盲剣さまにで、出っ張ってもろたら、な、なんとかなる、お、思いましたが、そ、その通りでしたわ。い、家にき、来た警官ら、い、今のわしほどやないけど、じ、爺さんばっかでなあ、め、目もよう見えんようなと、年寄りば、ばっかりで、け、結局う、うまいこと、う、うやむやや。そ、そいでわ、わしは、ぶ、無事にも、盲剣楼にお、おり続けることがで、でけました。

そ、それでぶ、無事にも、盲剣楼もつ、次のひ、人に引き継いで、お、お染めさんもあがって、か、堅気になりました。わ、わて、む、娘のつ、艶ちゃんの面倒もずっ、ずっと見てこられて、お、お染めさんの死に水も、ぶ、無事に取らせてもろて。ま、孫のよ、頼子ちゃんもう、産まれて、お、お、大きゅうなって、ひ、ひ、ひ孫の、の、の、希美ちゃんもう、産まれてな、こ、今回ゆ、誘拐されたけえど、け、刑事さんのお、おかげで、け、怪我もさせずにぶ、無事と、取り戻せました。わ、わしもう、な、なんも言うことない、お、思い遺すことな、なんもな、ないです、ホ、ホンマ、し、幸せない、一生やった。ホ、ホンマのこと言うと、あ、あの酒蔵でし、死にたかったけど、た、助けられてしもうて、そ、葬式がさ、先に延びましたわ。ほ、ほんでも恨みまへん、け、刑事さんあ、あの時はあ、ああなことわ、わし言うたけど、お、お染めさんの子孫三代の人らみなにさ、さっきれ、礼言われて、ホ、ホンマな、泣こうかお、思た。そ、そのくらいう、嬉しかったです、か、感謝しとります、け、刑事さん。ホ、ホンマですで、こ、こうなわ、わしですが、か、か、感謝しとります」

盆次は言って、吉敷に深く頭を下げた。

長い話を聞き、吉敷の内で、いっさいの言葉が消えた。心の中を突風が吹き抜けていった心地がして、なにひとつ言葉を思いつけず、ただ放心して、窓外に視線を移した。

そこにはただ燃えるような紅葉の赤い葉の重なりがあって、それが今、わずかな風に揺らいで見えた。

解説　トリヴィアル・ファントム論

山岸　塁

島田荘司が小説を書かなければ、わたしは〝わたし〟ではなく、そして〝わたし〟がいなければ、本書『盲剣楼奇譚』は存在していなかった——かもしれない。

人口わずか一五〇〇余の山村に、わたしは生まれた。インターネットのない時代、田舎の少年にとって、小説は、世界を覗き見る窓だった。

小学校の図書室で見つけた『黒猫・黄金虫』で推理小説を知り、〈少年探偵団〉〈アルセーヌ・ルパン〉に夢中になった。中学生になると同時に〈金田一少年の事件簿〉ブームが到来した矢先、これまた学校の図書室にあった、あかね書房版の『エジプト十字架の秘密』と、そして新本格の象徴だった辰巳四郎の装画に導かれるように購入した光文社文庫版の綾辻行人『殺人方程式　切断された死体の問題』の二冊によって、わたしは本格ミステリに開眼した。

島田作品との出逢いは、図書館にあった『出雲伝説7／8の殺人』だったと記憶している。実はわたしには『占星術殺人事件』『奇想、天を動かす』のみならず『斜め屋敷の犯罪』のトリックを読了前に知ってしまった苦い経験があるが、その欠落は『異邦の騎士』『暗闇坂の人喰いの木』『水晶のピラミッド』『眩暈《めまい》』『アトポス』といった傑作群が充たしてくれた。御手洗潔は間違いなく、わたしのヒーローだった。

そして、島田荘司は、ワールドクラスの文化人だった。ロサンゼルス在住（当時）。スポーツカーを愛し、はてはパリ＝ダカール・ラリーにも帯同。武蔵野美術大学出身のイラストレーターでもあり、ミュージシャンとしてもポリドールよりソロ名義のアルバムをリリース。そんな異形の才能に少年が影響されないわけがなく、高校入学と同時に音楽活動に没頭、金沢美術工芸大学のデザイン科に進学したのは、むしろ当然だった。小説執筆にも何度も挑戦し、けれど挫折した。トリックは思いつくのに、物語にできなかったのだ。

世界金融危機とリーマンショックの渦中に就職し、一時は小説から離れたものの、二〇一三年、金沢市を中心に活動する読書会〈金沢ミステリ倶楽部〉入会前後からまた読書に耽溺するようになった。数年間の読書空白期間が作用したのか、学生の頃はあれほど願っても書けなかった物語が思い浮かぶようになり、二〇一四年、はじめて短篇ミステリを物した。この作品を金沢ミステリ倶楽部の会誌用原稿として提出したところ、編集担当者から「応募しては」の提案があり、掲載を中止、某賞に応募するもあえなく三次落選の憂き目にあったのだが、そこに吉報が舞いこむ。

島田荘司初の映画化作品『幻肢《げんし》』だ。

映画『幻肢』は、当時まだ珍しかったクラウドファンディングで宣伝配給費の一部を募集したが、その出資返礼のひとつに〈島田荘司×綾辻行人　特別対談への同席権〉があったのだ。人格形成に最大の影響を与えた小説家ふたりに一度に会える、と震える指でスマートフォンの画面をタップした。

なぜ震えたか。たぶんこう思ったのだ。窓の向こうの世界に触れられる、と。

いま思い返すと必死すぎて意味不明だが、その意味不明の必死さが、さらに意味不明の行動をさせる。

〝あの短篇を持参しよう〟

綾辻先生との対談中に「このなかに作家志望のかたはいらっしゃいますか」と島田先生が言うから挙手すると「どのような作品を書いていますか」と言うので「ここにあります」と答えたところ、休憩中に肩を叩かれ、振り返ると「君の作品を読ませておくれよ」と島田先生が笑っていた。終了後に控室に呼ばれ、気がつけば打ち上げの席にいて、その席で漏らした「このあとは映画のプロモーションで広島に行かねばならず大変に忙しい」の一言を舞台挨拶と聞き間違えて「金沢でも是非」と言ったら名刺をくれた。面識があった金沢のミニシアター〈シネモンド〉の支配人に聞き間違えたままの話をしたら大歓迎だと言うので、島田先生にお礼かたがたメールをしたら文藝春秋経由で話が進み、金沢ミステリ倶楽部の支援もあって、聞き間違いが実現してしまった。

だから映画『幻肢』で島田先生が舞台挨拶をしたのは東京と金沢だけだったりするのだが、意味不明はさらに続き、金沢でのメディア取材に同席することになった。取材中、加賀藩が舞台の大ヒット映画『武士の家計簿』が話題に出たので、ためしに「島田先生が金沢が舞台の作品を書き、北國新聞で連載、文藝春秋で単行本化、そのうえで映画化はどうでしょう」と言ってみたところ、これがまた実現に向けて動きだし——

もちろんすべては関係各位の水面下の尽力の賜物だが、本書の背後にはこんな顚末があったのである。

*

この『盲剣楼奇譚』は〈吉敷シリーズ〉二〇年振りの長篇ミステリだ。

一匹狼の刑事、吉敷竹史が主役の〈吉敷シリーズ〉は、天才にして奇人、御手洗潔が主役の〈御手洗シリーズ〉と並び立つ、島田荘司の二大看板だ。

ところが全国七紙に順次掲載された新聞連載版〈盲剣楼奇譚〉は、美剣士・山縣が主人公の剣豪活劇小説だったから、吉敷の活躍を期待した長年のファン、リアルタイムの新聞読者は驚倒した。

この新聞連載は、本書の挿話「疾風無双剣」に相当するが、特徴がふたつある。

ひとつは物語としての〝結構〟だ。

この剣豪譚は単体の物語として綺麗に完結していて――と書くと、挿話の完結は当然では、の疑義があろうが、これは島田作品においては異例なのである。最新作『ローズマリーのあまき香り』でも同様だが、島田長篇の挿話は、何の前触れもなく〝突然の終焉〟を迎えることが多い。

もうひとつの特徴は〝分量〟だ。

過去作品で最も挿話の比率が大きいのは「長い前奏」が約半分を占める『アトポス』だが、実は〈エリザベート・バートリ〉の挿話は「長い前奏」の半分ほどで、つまり作品全体においては1／4ほどである。しかし「疾風無双剣」は本書の2／3を占めていて、つまり挿話のほうがボリュームがあるという逆転現象が発生している。

分量で驚くべきは解決篇に相当する「金沢へ」も同様で、なんとこれは作品全体のたった5パーセント未満である。文庫上下巻で七〇〇ページ超の『アルカトラズ幻想』の解決篇はラスト五〇ページほどで、こちらは大胆にも解決の直前に新たな謎が登場するから誇張ぬきで卒倒しかけたが、本書においても単行本で読んだとき「あと二〇ページで本当に解決するのか」と本気で困惑をした。

この〝解決篇の異常な短さ〟は後述するとして、挿話の〝長大化〟と〝物語としてのまとまりのよさ〟は新聞連載ゆえだが、わたしはここに、本格ミステリが構造的に抱える欠陥への問題意識を見てしまう。

その欠陥とは〝犯人のアイデンティティの剝奪〟だ。

フーダニット、つまり、犯人の正体が主眼の謎になることが多い本格ミステリは、真相隠蔽のために犯人を無個性化せねばならず、この問題解決にはいくつか手段があるが、アガサ・クリスティは『ナイルに死す』で〝事件以前〟の群像劇に筆を割くことで、その構成員として犯人の個性を豊かに描いた。

本書は、このクリスティ・メソッドの類例と言える。もちろん、犯人と〈盲剣さま〉は別人だが、しかし、無辜の人々を護りたい、その想いは共通で、つまり、ひとつの正義を複数人に共有させたことに本書の眼目はあるのではないだろうか。

＊

正体を隠蔽しつつ、犯人を登場させる方法のひとつに〝変装〟がある。

代表的なのは〈少年探偵団〉の怪人二十面相だが、一部の島田作品にも〝怪人〟が登場する。『異邦の騎士』のドッペルゲンガー、『水晶のピラミッド』のアヌビス神、『アトポス』の吸血鬼、『涙流れるままに』の首なし男、『透明人間の納屋』の透明人間、

「UFO大通り」の宇宙人、『ゴーグル男の怪』のゴーグル男など、これら島田作品の怪人には〝唯一無二のある特徴〟があるのだが、さきに別の論点に触れておきたい。

それは、島田荘司の筆力についてだ。


島田作品の小説としての面白さは、その圧倒的なストーリーテリングにある。あらゆる物語に共通する普遍的な駆動力。それは〝欲求〟だ。三大欲求とはつまるところ生存欲だが、形而上的欲求で最も強力なものはおそらく〝執着〟であるはずで、考えてみれば島田作品の登場人物はまず例外なく何かに強烈に執着していて、ゆえに喜怒哀楽が激しく、だから島田荘司の物語は猛烈にドライブするのである。

この執着は実はミステリとしての要素にも大きく貢献していて、ときに荒唐無稽な島田作品の真相の説得力に有無を言わさぬ迫力があるのは、犯人の執着が、トリックや犯罪計画の瑕瑾《かきん》もろとも読者を呑みこんでしまうからだ。犯人の鬼気迫る執着の前にあっては、第三者視点の客観的整合性やトリックのコストパフォーマンスなど些事なのである。

初期作品、パズラー色の強い『占星術殺人事件』『斜め屋敷の犯罪』「数字錠」「ある騎士の物語」などにおいてさえ、犯人の心情を丁寧に描いていることが象徴するように、〝心ある人間として犯人を描きたい〟という首尾一貫した執着が、島田荘司には明確に存在する。

これは連城三紀彦も同様だが、島田荘司の筆力は、しばしば〝豪腕〟の一言でさしたる説明や分析もされずに済まされてしまうが、その正体とは、人間の欲求のなかでも最も強烈なものである執着を描くことに対する、作者本人の執着なのだ。

〝犯人のアイデンティティと怪人としての容姿が不可分である〟

これこそが、島田作品の怪人における唯一無二の特徴だ。

ほとんどの変装には恣意性がある。正体を隠すことができれば、外見はなんであってもよいのだから。しかし、島田作品の怪人には、その容姿でなければならないその人物固有の切実な理由が存在する。

つまり、島田作品の怪人とは、犯人のアイデンティティを描くための〝装置〟なのだ。

島田作品の解決篇が異常なまでに短いのは、真相をたった一言で説明できるためだ。

では、何故、そのシンプルな真相を我々は看破できないのか——

それは〝トリヴィア〟だからだ。

トリヴィアとは、一般的には〝雑学的な事柄や豆知識〟だが、本稿では〝特殊知識〟の意味で使用させてほしい。

島田作品における最たる例として、長篇は『ロシア幽霊軍艦事件』、短篇は「糸ノコとジグザグ」を挙げておくが、そもそも『占星術殺人事件』のメイントリックが実在した詐欺事件のそれを別の物品に応用したものだったように、島田荘司のトリック発想の根幹には、トリヴィアへの指向性がある。

ある本格作家志望のマジシャンは、ぼくにこのように言った。マジックは本格ではない、精神はホラーに近いものです――。

エイドリアン・マッキンティ『アイル・ビー・ゴーン』島田荘司解説より

右記引用中の〝マジシャン〟とは実はわたしなのだが、観客におけるマジックの価値とはトリックではなく、そのトリックによって作られる不思議にある。マジックやホラーと異なり、ミステリには解決篇が存在するが、エドガー・アラン・ポー「モルグ街の殺人」の真相もまたトリヴィアだと考えるならば、〝トリヴィアによる新たなる謎の創出〟こそが、本格ミステリの根源的価値だと言える。

本書は、特殊知識《トリヴィア》による新たなる謎としての怪人《ファントム》を創出し、のみならず、この〈トリヴィアル・ファントム〉を心ある人間として描くために挿話を極限まで肥大化させ、そして、たった一言で説明できる真相によってもまた犯人の執着とも呼ぶべき憐憫と慈愛を描いた、どこまでも島田荘司らしい作品なのである。

（マジシャン）

本書は高知新聞、神戸新聞、熊本日日新聞、北國新聞、秋田魁新報、中国新聞、信濃毎日新聞に二〇一七年九月から二〇一九年一月まで順次掲載したものに加筆した作品です。

単行本　二〇一九年八月　文藝春秋刊

DTP制作　エヴリ・シンク

文春文庫

盲《もう》剣《けん》楼《ろう》奇《き》譚《たん》

定価はカバーに
表示してあります

2023年8月10日　第1刷

著　者　島《しま》田《だ》荘《そう》司《じ》
発行者　大沼貴之
発行所　株式会社　文藝春秋

東京都千代田区紀尾井町3-23　〒102-8008
TEL　03・3265・1211㈹
文藝春秋ホームページ　http://www.bunshun.co.jp

落丁、乱丁本は、お手数ですが小社製作部宛お送り下さい。送料小社負担でお取替致します。

印刷製本・凸版印刷

Printed in Japan
ISBN978-4-16-792085-2

文春文庫　最新刊